KB112823

자기만의 방·3기니

A Room of One's Own·Three Guineas

세계문학전집 130

자기만의 방·3기니

A Room of One's Own·Three Guineas

버지니아 울프

이미애 옮김

민음사

일러두기

1 이 책은 Virginia Woolf, *A Room of One's Own*(Oxford World's Classics, 1998)을
저본으로 번역했다.
2 본문에 '원주'라고 표기된 것 외의 각주는 모두 옮긴이 주이다.

차례

자기만의 방

1장

하지만 '여성과 픽션'에 대해 이야기하라고 했는데 내가 자기만의 방이라는 말을 꺼낸다면 도대체 그게 무슨 관련이 있느냐고 말하겠지요. 설명해 보도록 하지요. '여성과 픽션'에 대해 강연하라는 요청을 받았을 때 나는 강둑에 앉아 그 단어들이 무엇을 의미하는지 생각하기 시작했습니다. 그것은 그저 패니 버니[1]에 대한 몇 마디 언급과 제인 오스틴에 관한 더 많은 논평, 브론테 자매에 대한 찬사와 눈 덮인 하워스 목사관[2]에 대한 묘사, 가능하다면 미트퍼드 양[3]에 대한 몇 마디 재담,

---

1) Fanny Burney(1752~1840). 영국 작가. 주로 여성을 주인공으로 한 풍자적인 세태 소설을 썼다.
2) 요크셔에 있는 브론테 가족의 집.
3) 메리 러셀 미트퍼드(Mary Russell Mitford, 1787~1855). 영국의 스케치

조지 엘리엇에 대한 경의에 찬 암시, 개스켈 부인4)에 관한 언급을 의미하고 또 그것으로 충분할 수도 있겠지요. 그러나 다시 생각해 보니 그 단어들은 그리 단순해 보이지 않았습니다. '여성과 픽션'이라는 제목은 여성과, 여성이 과연 어떤 존재인가를 의미할 수도 있고, 어쩌면 여러분은 그런 의미를 생각하고 있었을 수도 있습니다. 아니면 여성과, 여성이 쓴 픽션을 의미할 수도 있지요. 혹은 여성과 여성에 관해 쓰인 픽션을 뜻할 수도 있겠지요. 또는 이 세 가지가 뒤섞여 있으므로 이 세 관점을 통틀어 이 문제에 접근하리라 기대했을 수도 있을 것입니다. 그러나 그중 가장 흥미롭게 보이는 이 마지막 방법으로 그 주제를 고찰하기 시작하자, 거기에는 치명적인 결함이 있다는 사실을 이내 알게 되었습니다. 나는 결코 결론에 도달할 수 없을 것입니다. 그러므로 강연자의 첫 번째 의무를 완수할 수 없으리라는 사실을 깨닫게 되었지요. 한 시간의 강연이 끝난 후 여러분의 공책 갈피 속에 숨겨진 채 벽난로 위 선반에 영원히 보관될, 순수한 진실의 알맹이를 전달해 주어야 하는 임무를 말입니다. 내가 할 수 있는 일이라고는 고작해야 별로 중요해 보이지 않는 한 가지 의견, 즉 여성이 픽션을 쓰기 위해서는 돈과 자기만의 방이 있어야 한다는 의견을 제시하는 것입니다. 그리고 앞으로 알게 되겠지만 이러한 견해로는 여성의 진정한 본성과 픽션의 진정한 본질이라는 크나큰 문제

작가, 극작가, 시인.

4) 엘리자베스 개스켈(Elizabeth Gaskell, 1810~1865). 산업화되어 가는 영국 사회의 다양한 면모를 그려 낸 영국의 소설가.

를 해결하지 못한 채 남겨 둘 수밖에 없습니다. 나는 이 두 가지 문제의 결론에 도달해야 할 의무를 회피했고 따라서 내게 여성과 픽션이라는 주제는 해결되지 않은 문제로 남는 셈입니다. 그러나 어느 정도라도 이를 보완하기 위해서 내가 어떻게 방과 돈에 대한 이러한 견해를 가지게 되었는지 최선을 다해 보여 주겠습니다. 나는 이런 생각을 하게 된 사고의 궤적을 여러분 앞에 될 수 있는 대로 충실하고 자유롭게 개진할 것입니다. 아마도 돈과 방에 관한 나의 이 진술의 이면에 숨어 있는 생각이나 편견을 여러분 앞에 드러내게 되면, 그 가운데 어떤 것은 여성이라는 주제와 또 어떤 것은 픽션이라는 주제와 맞닿아 있음을 여러분은 알게 될 것입니다. 어쨌든, 어떤 주제가 상당한 논쟁을 불러일으키는 것일 때 (성(性)에 관한 문제는 어느 것이나 그렇지요.) 진실을 밝히리라고 기대할 수는 없는 일이지요. 다만 자신이 주장하는 견해를 어떻게 가지게 되었는지는 보여 줄 수 있을 겁니다. 그리하여 청중이 강연자의 한계와 편견 그리고 특유한 성격을 관찰함으로써 그들 나름의 결론을 이끌어 낼 기회를 줄 수 있을 뿐입니다. 이런 점에서는 사실보다도 허구가 더 많은 진실을 내포할 것입니다. 그러므로 나는 소설가로서의 모든 자유와 파격을 이용하여 내가 여기 오기 전 이틀 동안의 이야기, 다시 말해 여러분이 내 어깨 위에 올려놓은 주제의 무게에 짓눌려 그 문제를 숙고하며 일상생활의 안팎에서 내 견해를 이끌어 낸 과정을 여러분에게 말하겠습니다. 앞으로 내가 묘사하려는 것이 실재하지 않는다는 것은 말할 필요도 없겠지요. 옥스브리지는 가공의 대학이며 편엄도 마찬가지입니다. 여기서 '나'는 실재하는 존재라기보다는 누군가를 뜻하는 편리한 가칭일 뿐입니다. 내 입술에서 거짓말이 흘러나오겠지만 아마 거기엔 약간의 진실이 섞여 있겠지요. 이 진실을 찾아내고 그중 어떤 부분이 간직할 만한 가치가 있는가를 결정하는 것은 여러분의 몫입니다. 가치가 전혀 없다고 생각한다면 여러분은 물론 이야기를 통째로 휴지통에 던져 버리고 전부 잊겠지요.

　자, 그러면 나는 (나를 메리 비턴이나 메리 시턴, 또는 메리 카마이클, 아니면 여러분이 좋을 대로 아무 이름으로나 불러도 상관없습니다.[5] 이것은 전혀 중요치 않은 문제니까요.) 한두 주일 전 날씨가 맑은 10월의 어느 날 어느 강둑에 앉아 생각에 잠겨 있었습니다. '여성과 픽션'이라는 주제, 온갖 편견과 격정을 불러일으키는 이 주제에 결론을 내려야 할 필요성 때문에 고개를 숙이고 있었지요. 오른쪽과 왼쪽에는 황금빛과 진홍빛이 어우러진 수풀이 불빛으로 달아오르다 못해 그 열기로 타오르는 것 같았습니다. 저쪽 강둑에는 버드나무들이 어깨에 머리칼을 늘어뜨리고 끊임없이 비탄을 토하고 있었고, 하늘과 교각과 타오르는 나무들이 강물 위로 제각기 반사되고 있었습니다. 한 학부생이 물 위에 비친 그림자 사이로 보트를 저어

────────────

5) 여기서 울프는 「메리 네 명의 발라드(Ballad of the Four Marys)」라는 영국의 옛 발라드를 언급하고 있다. 이 노래에는 "어제저녁 왕비에게는 네 명의 메리가 있었지/ 오늘 밤에는 세 명밖에 없을 거라네/ 메리 비턴과 메리 시턴/ 메리 카마이클과 내가 있었지."라는 후렴이 나온다. 이 노래의 화자는 메리 해밀턴이며 왕과의 정사로 사생아를 낳아 사형에 처해진 여성이다.

지나가자 곧 그 그림자들은 아무 일도 없었다는 듯 다시 온전한 제 모습을 찾았습니다. 그곳에서라면 생각에 잠긴 채 스물네 시간을 계속 앉아 있을 수도 있었을 겁니다. 사색(실제 그 값어치보다 조금 더 당당한 이름으로 부르자면)이 그 낚싯대를 강물 속에 드리웠습니다. 그것은 몇 분간 물 위에 비친 그림자와 수초 사이에서 이리저리 흔들리며 물결을 따라 오르락내리락 했지요. 마침내 (아시다시피 미약하게 끌어당기는 힘이 느껴지자) 낚싯줄 끝에 어떤 생각이 갑작스럽게 응결되었습니다. 그래 그것을 조심스레 잡아당겨 살짝 펼쳐 놓았지요. 아아, 풀밭 위에 내려놓자 나의 이 사고는 얼마나 작고 하찮게 보였는지요. 사려 깊은 어부라면 언젠가 살이 더 붙어 요리해 먹을 수 있을 만큼 자라도록 다시 물속에 놓아줄 만한 물고기였습니다. 그 생각이 어떤 것인가 하는 문제로 지금 여러분을 번거롭게 하지는 않겠습니다. 하지만 여러분이 신중하게 살펴본다면 내가 이야기하는 과정에서 여러분 스스로 그 생각을 찾아낼 수 있겠지요.

그러나 비록 작고 보잘것없더라도 그것은 그 나름의 신비스러운 속성을 가지고 있어서 다시 마음속에 집어넣자 이내 아주 흥미롭고 중요한 것이 되었습니다. 치솟았다가 가라앉고, 여기저기서 번뜩이며 물밀듯 요동치는 그 사고의 격정 때문에 더 이상 가만히 앉아 있을 수 없었지요. 그리하여 나도 모르는 사이에 잔디밭을 가로질러 재빨리 걷고 있었습니다. 그 순간 웬 남자의 모습이 솟아올라 갑작스럽게 나를 가로막았습니다. 처음에는 와이셔츠에 모닝코트를 걸친 기묘해 보이는 그 물체의 몸짓이 나를 겨냥하고 있다는 사실을 알아차리지 못했지요. 그의 얼굴은 경악과 분노를 담고 있었습니다. 그 순간 나를 도운 건 이성보다는 본능이었지요. 그 사람은 교구(敎區) 관리였고 나는 여자였습니다. 이곳은 잔디밭이었고 인도는 저편에 있었습니다. 이곳은 대학의 특별 연구원이나 학자들에게만 허용된 장소였으며 내게 적합한 곳은 저 자갈길이었습니다. 이런 생각을 떠올리는 데는 채 한순간도 걸리지 않았지요. 내가 길로 접어들자 그 관리는 팔을 내리며 평상시의 평온한 표정을 되찾았습니다. 사실 걷기엔 자갈길보다는 잔디밭이 더 낫고, 그렇다고 잔디밭이 크게 손상된 것도 아니었지요. 이 대학이 어디건 간에 대학 연구원과 학자들에게 던질 수 있는 유일한 비난은, 300년 동안이나 줄곧 물결치듯 펼쳐져 온 그들의 잔디밭을 보호한다는 구실로 내 작은 물고기를 숨어 버리게 했다는 사실입니다.

그토록 대담하게 잔디밭으로 침입하도록 나를 격동시킨 그 생각이 무엇이었는지 이제는 기억해 낼 수 없습니다. 평화의 정령이 하늘에서 구름처럼 내려앉았지요. 이 세상에 평화의 정령이 머무는 곳이 있다면 그곳은 맑은 10월 아침 옥스브리지의 교정일 겁니다. 오래된 강당을 지나 단과 대학 사이를 어슬렁거리다 보니 좀 전의 고약한 기분이 가라앉는 듯했지요. 몸은 어떤 소리도 꿰뚫을 수 없는 신기한 유리 상자 속에 들어가 있고, 마음은 현실과의 접촉에서 해방되어 (다시 잔디밭에 침입하지만 않는다면) 그 순간과 조화를 이루는 어떤 사색에라도 자유로이 안주할 수 있었습니다. 아주 우연히도, 찰스 램이 긴 방학 동안 옥스브리지를 방문하고 나서 썼다던 오래된 수필이 떠오르자 그를 생각하게 되었지요. 새커리는 램의 편지 한 통을 이마에 대면서 싱(聖) 찰스라고 불렀다지요. 실제로 모든 죽은 이들 가운데서 (지금 나는 생각이 떠오르는 대로 이야기하고 있습니다.) 램은 나와 마음이 가장 잘 맞는 사람이고, 수필을 어떻게 썼는지 말해 달라고 묻고 싶은 사람입니다. 그의 수필들이 맥스 비어봄의 완벽한 수필보다 탁월한 것은, 거칠게 번뜩이는 상상력과 사이사이로 번개 치듯 빛나는 천재성이 그 수필들에 결함을 제공하고 또 불완전한 형식을 만들지만 동시에 그의 수필에 점점이 시(詩)를 뿌려 놓기 때문입니다. 램이 옥스브리지에 왔던 때는 아마 백 년쯤 전일 것입니다. 분명 그는 이곳에서 원고 상태인 밀턴의 시 한 편을 보고 그것에 관한 수필(그 제목은 생각이 나지 않는군요.)을 썼지요. 그 시가 아마 「리시다스」였을 겁니다.[6] 램은 「리시다스」에 나오는 어떤 단어라도 현재의 시와 달라질 수 있었다는 사실을 생각하고 자신이 얼마나 충격을 받았는지를 썼습니다. 밀턴이 그 시의 단어들을 바꾼다는 생각만으로도 그에게는 일종의 신성 모독으로 여겨졌지요. 이런 생각을 하면서 나는 「리시다스」에서 기억할 수 있는 모든 것을 생각해 내고 밀턴이 고친 단어가 어느 것이었을까, 그리고 고친 이유가 무엇일까를 추측하게 되었습니다. 바로 그때, 램이 보았던 그 원고가 몇십

---

6) 울프는 옥스브리지를 가공의 대학으로 설정하고 있지만 여기서 어디를 염두에 두고 있었는지 분명히 드러난다. 「리시다스(Lycidas)」 원고는 케임브리지의 트리니티 대학에 소장되어 있다.

미터 떨어지지 않은 곳에 있으며, 뜰을 가로질러 램의 발자국을 따라 그 보물이 보관된 그 유명한 도서관으로 가 볼 수도 있으리라는 생각이 들었습니다. 게다가 새커리의 『헨리 에스먼드』 원고가 보관되어 있는 곳도 바로 그 유명한 도서관이라는 사실을 상기하면서 나는 이 계획을 실행에 옮겼습니다. 비평가들은 흔히 『헨리 에스먼드』가 새커리의 가장 완벽한 소설이라고 하지요. 그러나 내가 기억하기로는 18세기의 문체를 모방한 꾸밈이 많은 문체가 장애가 됩니다. 실제로 18세기의 문체가 그에게 자연스러운 것이 아니었다면 말이지요. 이것은 원고를 살펴봄으로써, 그리고 개작이 문체를 위한 것이었는지 아니면 의미를 위한 것이었는지를 판가름함으로써 입증할 수 있는 사실입니다. 그러나 그러려면 무엇이 문체이고 무엇이 의미인지를 결정해야 하겠지요. 이러한 질문은 — 그러나 실제로 여기서 나는 도서관으로 이르는 문 앞에 서 있었습니다. 그리고 틀림없이 문을 열었을 겁니다. 왜냐하면 흰 날개가 아닌 검은 가운을 펄럭이며 길을 가로막는 수호천사처럼 친절한 은발의 신사가 금세 나타났으니까요. 그는 미안한 표정으로 내게 돌아가라고 손짓하며 여성이 도서관에 들어가려면 대학 연구원을 동반하거나 소개장을 소지해야 한다고 유감스럽다는 듯 나지막이 말했습니다.

한 유명한 도서관이 한 사람의 여성에게 저주받았다는 사실쯤은 그곳 입장에서 보자면 전혀 괘념치 않을 일이겠지요. 모든 보물을 안전하게 가슴속에 간직한 채 그 장엄하고 고요한 도서관은 평온하게 잠자고 있었으며, 나와 관련해서 그것은 영원히 그렇게 잠잘 것입니다. 분노에 차서 계단을 내려오며 다시는 이 메아리들을 깨우지 않으리라, 다시는 호의적인 수락을 요청하지 않으리라고 맹세했으니까요. 아직도 오찬까지는 한 시간이 남아 있었습니다. 그러니 무엇을 해야 할까요? 강변의 풀밭을 걸어 다닐까요? 강둑에 앉아 있을까요? 정말로 아름다운 가을 아침이었습니다. 나뭇잎들이 붉은빛으로 퍼덕이며 땅에 떨어졌지요. 무엇을 하든지 큰 어려움은 없었습니다. 그런데 음악 소리가 내 귀에 와 닿았습니다. 예배나 축전이 거행되려는 것이지요. 교회당 문을 지나갈 때 오르간이 웅장한 소리로 하소연했습니다. 기독교의 비애조차 그 맑은 공기 속에서는 슬픔 그 자체라기보다 슬픔의 회상처럼 들렸습니다. 심지어 오래된 오르간의 신음 소리도 평화로움에 포근히 안겨 있는 듯이 들렸지요. 내게 그럴 권리가 있다 하더라도 들어가고 싶은 생각은 없었습니다. 이번에는 교회당 안내인이 나타나 나를 멈춰 세우고 아마 세례 증명서를 요구하거나 사제장의 소개장을 보여 달라고 하겠지요. 그러나 이 장엄한 대학 교회당 건물의 외부는 때로 내부만큼이나 아름답습니다. 게다가 사람들이 벌집 입구의 벌들처럼 떼 지어 들어오고 나가며 교회당 문 앞에서 분주하게 다니는 것을 지켜보는 일도 충분히 재미있었지요. 많은 사람들이 모자를 쓰고 가운을 입고 있었습니다. 어떤 이들은 어깨에 모피 술을 늘어뜨리고 있었고 어떤 이들은 휠체어로 운반되고 있었습니다. 중년이 채 지나지 않았지만 너무나 기이한 형태로 구겨지고 뭉개진 나머지, 유리 수족관의 모래 속에서 힘들여 오르내리는 거대한 게와 가재를 연상시키는 사람들도 있었습니다. 내가 벽에 기대 서 있는 동안, 그 대학은 실제로 성소처럼 보였고 그 안에 보관된 희귀한 유형들은 스트랜드 거리의 포장도로 위에서 생존 투쟁을 하도록 내버려 둔다면 곧 폐물이 될 것들로 보였지요. 옛 사제장들과 연구원들에 대한 오래전의 이야기가 떠올랐습니다. 그러나 내가 휘파람을 불 용기를 내기도 전에 (휘파람 소리가 나면 늙은 모 교수님이 즉시 뛰어왔다고 전해지곤 했지요.) 그 고상한 회중은 안으로 들어가 버렸습니다. 교회당 건물만 남았습니다. 아시다시피 그 높고 둥근 지붕과 첨탑들은, 항상 항해하면서도 도달할 곳을 영원히 찾지 못하는 돛단배처럼, 밤에 불을 밝히면 언덕 너머 멀리 몇 마일 떨어진 곳에서도 보이지요. 아마도 과거에는 이 매끄러운 잔디밭이 있는 뜰과 장엄한 대학 건물들과 교회당조차 습지였을 것이며, 잡초들이 물결치고 돼지들이 코를 박고 먹을 것을 찾아다니는 곳이었을 겁니다. 수십 마리의 말과 황소들이 멀리 떨어진 곳에서 수레에 돌을 싣고 날라 왔을 것입니다. 내가 서 있는 곳에 그림자를 드리운 이 커다란 회색 건물은 주춧돌 위에 순서대로 돌을 쌓아 올려 평형을 유지하는 데 무한한 공력을 들였을 것입니다. 도색공들은 창문에 끼울 유리를 날라 왔고 석공들은 몇 세기 동안 지붕 위에서 접착 용품과 시멘트, 삽, 흙손을 들고 분주했을 것입니다. 토요일마다 누군가는 가죽 지갑에서 금화와 은화를 꺼내 그들의 늙은 손아귀에 떨어뜨렸겠지요. 그들도 아마 하루 저녁쯤은 마시고 즐겼을 테니까요. 돌을 끊임없이 운반하고 석공들이 계속해서 일하도록 금화와 은화의 물결도 연이어 이 대학 구내로 흘러들었을 것입니다. 하지만 그때는 신앙의 시대였지요. 굳건한 초석 위에 이 돌들을 쌓느라 후하게 돈을 쏟아부었고, 더욱이 여기서 찬송가를 부르고 학생들을 가르치기 위해 왕과 여왕과 귀족들은 돈궤로부터 더 많은 돈을 쏟아부었을 겁니다. 토지가 하사되고 교구세가 걷혔습니다. 신앙의 시대가 끝나고 이성의 시대가 도래했어도 금화와 은화의 물결은 여전히 계속되었지요. 연구원 기금이 설립되고 강사직 기금이 기부되었습니다. 다만 이제는 금화와 은화의 물결이 왕의 금고에서 흘러나온 것이 아니라 상인과 제조업자의 금고에서, 산업을 일으켜 재산을 모으고는 자신들에게 그 기술을 전수해 준 대학에 더 많은 의자와 더 많은 강사 기금, 더 많은 연구 기금을 기부하도록 자신들의 유언장에 아낌없이 한몫을 기록해 놓은 사람들에게서 흘러나왔지요. 그리하여 몇 세기 전만 해도 잡초가 물결치고 돼지들이 코를 박고 다니던 곳에 도서관과 실험실이 세워지고 관측소가 설립되었으며, 오늘날 유리 선반 위에 갖춰진 값비싸고 정교한 기구들이 마련된 것입니다. 대학 구내를 이리저리 거닐다 보니, 금과 은의 토대가 충분히 깊숙하게 박혀 있는 것을 볼 수 있었지요. 머리에 쟁반을 인 사람들이 분주히 계단을 오르내리고 있었습니다. 창가의 화초 상자에는 화려한 꽃이 피어 있었습니다. 안쪽 방들의 축음기에서 노래가 크게 울려 나왔습니다. 무엇인가를 생각지 않을 수 없었지요. 그러나 그 사색이 무엇이었든 간에 곧 중단되었습니다. 시계가 울렸고, 이제 오찬에 참석할 시간이 되었으니까요.

신기하게도 소설가들은 오찬 파티란 항상 누군가의 재치있는 말이나 현명한 행위로 기억에 남는 법이라고 믿게 만듭니다. 그러나 오찬에서 무엇을 먹었는지에 대해서는 거의 한마디도 할애하지 않습니다. 수프나 연어, 오리 고기에 대해서는 언급하지 않는 것이 소설가들의 관습입니다. 마치 수프와 연어와 오리 고기가 전혀 중요하지 않은 것처럼, 그리고 아무도 담배를 피우지 않았고 포도주도 전혀 마시지 않은 것처럼 말이지요. 하지만 여기서 나는 외람되이 그 관습에 도전하여 이번 오찬은 넙치로 시작되었다는 점을 말씀드리지요. 그것은 대학 요리사의 손에 의해 사슴 옆구리의 반점처럼 여기저기 갈색 살이 드러나게끔 하얀 크림에 덮여 우묵한 접시에 담겨 나왔습니다. 그다음 순서는 자고새 요리였습니다. 하지만 털 없는 갈색 새 두 마리가 접시에 담긴 것을 연상한다면 그건 잘못입니다. 톡 쏘는 맛과 부드러운 맛이 가미된 온갖 종류의 소스와 샐러드를 곁들인 갖가지 다양한 새고기들이 푸짐하게 순서대로 나왔습니다. 감자는 동전처럼 얄팍했지만 그리 딱딱하진 않았고 장미 봉오리처럼 생긴 작은 양배추는 더욱 촉촉했지요. 구운 고기와 그 부식들의 순서가 끝나자 말없이 시중들던 교구 관리가 더욱 부드러운 표정으로 파도에서 설탕을 건져 올린 듯한 당과를 냅킨으로 꽃처럼 장식하여 우리 앞에 내려놓았습니다. 그것을 푸딩이라 부르고 쌀이나 타피오카와 관련시킨다면 아마 모욕이 되겠지요. 그동안 노란색, 진홍색으로 빛나던 포도주 잔들은 비워졌다가 다시 채워지곤 했습니다. 그리하여 등뼈의 절반쯤 내려간 곳, 영혼이 머무는 곳에서 점차 불이 켜졌지요. 그것은 입술에서 튀어나왔다 들어 갔다 할 때마다 우리가 빛나는 재기라고 부르는 단단하고 작은 전기 불빛이 아니라, 그보다 더욱 심오하고 섬세한 지하의 작열하는 불빛이며 합리적인 교제의 풍부한 노란 불꽃입니다. 서두를 필요가 없습니다. 재치를 번뜩일 필요도 없지요. 자기 자신이 아닌 다른 사람이 되려고 할 필요도 없고요. 우리 모두 천국으로 갈 것이고, 반 다이크[7]도 우리와 함께 있으니까요. 다시 말해서 좋은 담배에 불을 붙이고 창가 의자의 푹신한 쿠션에 깊숙이 파묻혀 있을 때, 인생이란 아주 훌륭한 것이며 그 보상은 감미롭고 이런저런 원한이나 불만은 하찮은 것에 불과하며 같은 부류의 사람들과의 교제와 우정은 대단히 감탄할 만한 것으로 보였지요.

만일 다행히도 재떨이가 가까이 있었더라면, 그래서 창밖으로 재를 떨어 버리지 않았더라면, 만약 사정이 실제와 약간 달랐더라면, 아마도 창밖의 꼬리 없는 고양이를 보지 못했을 겁니다. 잔디밭 위에서 부드럽게 어슬렁거리며 걷고 있는 꼬리 없는 짐승을 갑자기 보게 되자 어떤 잠재되어 있던 지성이 문득 발휘되며 나의 감정적인 시각도 변화되었습니다. 마치 누군가가 갑자기 그늘을 드리운 것 같았지요. 그 순간 그 훌륭한 포도주의 영롱한 취기가 가시는 것 같았습니다. 역시 온 우주를 의문시하는 듯 잔디밭 한가운데 멈춰 서 있는 그 맨섬 고

7) 안토니 반 다이크(Anthony Van Dyck, 1599~1641). 플랑드르의 화가. 영국에서 찰스 1세의 궁정 화가로 활약하였고, 섬세하고 명암에 갈색을 즐겨 쓰는 소위 영국풍 초상화의 틀을 이루었다.

양이[8]를 바라보았을 때, 확실히 무엇인가 결핍된 듯한 느낌이 들었으며 무엇인가 달라 보였습니다. 그렇지만 무엇이 결핍되어 있으며 무엇이 다른가 하고 나는 대화를 들으면서 스스로에게 물었지요. 그 물음에 답하기 위해 나는 이 방 밖으로 나가서 과거로, 실제로는 전쟁 이전으로 돌아가서 이곳으로부터 멀리 떨어져 있지 않은 방에서 열렸던, 그렇지만 지금과는 달랐던 오찬을 눈앞에 떠올려야 했습니다. 모든 것이 달랐지요. 그동안 많은 젊은 손님들 사이에서는 이야기가 계속되고 있었지요. 어떤 사람들은 여성이고 어떤 사람들은 다른 성으로서, 대화는 거침없이 유쾌하고 자유롭고 재미있게 진행되고 있었습니다. 이야기가 계속되는 동안 이전에 이루어졌던 다른 대화를 배경에 놓고 그 두 대화를 비교해 보면, 하나는 다른 하나의 후예이며 적법한 계승자라는 것을 의심할 수 없었습니다. 아무것도 변하지 않았지요. 아무것도 달라지지 않았습니다. 다만――여기서 나는 온 신경을 귀에 집중시켜 대화의 내용을 듣는 데 그치지 않고 그 이면의 웅얼거림 혹은 흐름을 들었습니다. 그래, 바로 그것입니다. 변화된 것은 그것이었지요. 전쟁 전에도 이와 같은 오찬에서 사람들은 지금과 똑같은 이야기를 나누었겠지만, 그러나 그것은 다르게 들렸을 겁니다. 왜냐하면 당시에 그 이야기들은 어떤 콧노래 소리, 명료하지는 않지만 음악적이고 자극적이며 단어 자체의 가치를 변화시

---

8) 맹크스(Manx). 사람에게 길들여진 꼬리 없는 고양이 품종. 영국 맨섬에서 왔다는 전설이 있다.

켰던 소리를 수반하고 있었기 때문입니다. 그 콧노래 소리를 말로 표현할 수 있을까요? 아마 시인의 도움이 있다면 할 수 있겠지요. 내 옆에 책이 한 권 놓여 있었고 나는 무심결에 펼쳐 테니슨의 시를 읽었습니다. 테니슨은 이와 같이 노래하고 있더군요.

> 문가의 시계꽃 덩굴에서
>> 빛나는 눈물이 떨어졌지.
> 그녀는 오고 있다네, 나의 비둘기, 나의 연인.
>> 그녀가 오고 있다네, 나의 생명, 나의 운명.
> 붉은 장미가 외치지, "그녀가 왔어, 가까이 왔어."
>> 백장미는 흐느끼네, "그녀는 늦는군."
> 제비꽃이 귀 기울이지, "나에게 들려, 들을 수 있어."
>> 백합은 속삭이네, "나는 기다리고 있어."[9]

전쟁 전의 오찬에서 남자들이 부른 콧노래가 바로 이것이었을까요? 그러면 여자들은?

> 내 마음은 노래하는 새,
>> 둥지는 물오른 여린 가지에 있고.
> 내 마음은 사과나무,
>> 가지는 무성한 과일로 휘어지고.

---

9) 앨프리드 테니슨(Alfred Tennyson)의 「모드(Maud)」 22부 10연.

내 마음은 무지갯빛 조가비,

　　고요한 바다를 노 저어 가고.

내 마음은 이 모든 것보다 기쁘다네,

　　내 사랑 나에게 왔기에.[10]

이것이 전쟁 전의 오찬에서 여자들이 부른 콧노래일까요?

전쟁 전의 오찬에서 사람들이 작은 목소리로라도 그런 콧노래를 부르는 광경을 생각하니 너무 우스운 나머지 그만 폭소를 터뜨렸습니다. 나는 맨섬 고양이를 가리키며 내 웃음을 변명해야 했지요. 잔디밭 한가운데 꼬리도 없이 서 있는 그 불쌍한 짐승은 조금 우스꽝스럽게 보였으니까요. 그 고양이는 태어날 때부터 그랬을까요, 아니면 사고로 꼬리를 잃었을까요? 꼬리 없는 고양이가 맨섬에 실제로 존재한다고들 하지만 생각보다는 희귀한 동물이니까요. 그것은 기묘한 동물이고, 아름답기보다는 기이하지요. 꼬리가 얼마나 커다란 차이를 만드는지 참으로 신기한 일입니다. ── 오찬이 끝나고 사람들이 코트와 모자를 걸치면서 나누는 상투적인 말들은 다 아시겠지요.

이번 오찬은 주인의 환대 덕분에 오후 늦게까지 계속되었습니다. 아름다운 10월의 하루가 기울어 갔고 내가 걸어가는 가도의 가로수에선 나뭇잎이 떨어지고 있었습니다. 내 뒤에서는 문들이 부드럽지만 단호하게 닫히는 것 같았습니다. 무 수

─────────────

10) 크리스티나 로제티(Christina Rossetti)의 「생일(A Birthday)」.

히 많은 교구 관리들이 기름칠이 잘된 자물쇠들에 무수히 많은 열쇠를 끼워 돌리고 있었지요. 그 보물의 집은 또 하룻밤을 안전하게 지낼 준비를 마치고 있었습니다. 가로수 길을 지나자 어느 거리 — 그 이름은 잊었지만 — 로 나서게 되었는데 거기서 제대로 모퉁이를 돌기만 하면 편엄에 도달하게 되지요. 하지만 시간은 충분히 있었습니다. 7시 30분이 되어야 만찬을 시작할 테니까요. 이런 오찬을 마친 후에는 사실 저녁을 먹지 않아도 별로 지장이 없지요. 한 편의 시가 마음속에 솟구쳐서 그것에 박자를 맞춰 길을 따라 다리를 움직이게 되는 것은 참 신기한 일입니다. 이런 시구가 —

문가의 시계꽃 덩굴에서
빛나는 눈물이 떨어졌지.
그녀는 오고 있다네, 나의 비둘기, 나의 연인.

내 혈관 속에서 노래를 부르는 동안 나는 헤딩리를 향해 경쾌하게 걸음을 옮겼습니다. 그러고 나서 물결이 둑 가장자리에 거품을 일으키는 곳에 서서 다른 박자로 바꾸어 노래를 불렀지요.

내 마음은 노래하는 새,
둥지는 물오른 여린 가지에 있고.
내 마음은 사과나무…….

사람들이 어둠 속에서 흔히 그러듯 나는 큰 소리로 외쳤습니다. 참 대단한 시인들이야, 정말 대단한 시인들이야!

아마 우리 세대를 염두에 두어서인지 약간 질투를 느끼면서, 또한 이러한 비교가 어리석고 불합리하다는 것을 알면서도, 과거의 테니슨과 크리스티나 로제티만큼 위대한 현존 시인 두 사람을 정직하게 꼽아 낼 수 있을지 궁금해졌습니다. 거품이 이는 물결을 들여다보며 이런 비교는 명백히 불가능하다고 생각했지요. 그 시들이 사람들에게 그 정도의 탐닉과 열광을 불러일으킬 수 있었던 이유는 다름 아니라 사람들이 (아마 전쟁 전의 오찬에서) 느꼈던 어떤 감정을 그 시들이 칭송하고, 따라서 사람들은 그 감정을 억제하려고 애쓰거나 또는 현재 가지고 있는 다른 감정과 비교하려는 노력을 기울이지 않고 편안하고 익숙하게 반응할 수 있었기 때문입니다. 그러나 현존 시인들은 실제로 형성되고 있으면서도 동시에 우리에게서 찢겨 나가는 감정을 표현하지요. 처음에 사람들은 그 감정을 인식하지 못합니다. 무슨 이유에서인지 종종 그것을 두려워하는 경우도 있지요. 아니면 그것을 예리하게 관찰하고, 질투심과 의혹에 가득 차서 자신이 알던 옛 감정과 비교를 하기도 합니다. 그리하여 현대 시의 어려움이 생기게 됩니다. 그리고 이러한 어려움 때문에, 아무리 훌륭한 현대 시인의 시라도 두 행 이상을 연속해서 기억하기 힘듭니다. 이러한 ─ 기억이 나지 않는다는 ─ 이유로 자료가 부족해서 나의 논의는 시들해졌습니다. 그러나 나는 헤딩리를 향해 걸어가면서 왜 우리들은 오찬에서 작게나마 콧노래 부르기를 그만두었을까 하고

생각했습니다. 왜 앨프리드는

> 그녀는 오고 있다네, 나의 비둘기, 나의 연인.

이라 노래하기를 멈추었으며, 왜 크리스티나는 응답을 그만두었을까요?

> 내 마음은 이 모든 것보다 기쁘다네,
> 내 사랑 나에게 왔기에.

우리는 모든 책임을 전쟁에 돌려야 할까요? 1914년 8월 소총이 발사되었을 때 서로의 얼굴이 서로의 눈에 너무도 똑똑히 비쳤기에 남자와 여자의 로맨스는 그만 살해되고 만 것일까요? 확실히 포화의 빛 속에서 통치자들의 얼굴을 보는 것은 (특히 교육과 그 밖의 것에 대한 환상을 가진 여자들에게) 충격이었지요. 그들 ─ 독일인, 영국인, 프랑스인 ─ 은 너무 못생기고 너무 우둔해 보였습니다. 그러나 어디에 비난을 돌리건 또 누구에게 비난을 던지건 간에, 연인이 온다고 그렇게 열정적으로 노래하도록 테니슨과 크리스티나 로제티에게 영감을 불어넣었던 환상이 희귀해진 것은 사실입니다. 이제는 다만 읽거나 보고 듣거나 기억할 수 있을 따름이지요. 그러나 무엇 때문에 '비난'을 운운하는 겁니까? 만일 그것이 환상이라면, 환상을 파괴하고 그 자리에 진실을 되찾아 놓은 그 격변을, 그것이 무엇이건 간에 찬양해야 하지 않을까요? 왜냐하면 진실은… 이 세 개의 점들은 내가 진실을 추구하느라 편엄으로 가는 모퉁이를 놓쳐 버린 지점을 표시하는 겁니다. 그래, 실제로 무엇이 진실이고 어느 것이 환상일까, 하고 나는 자문해 보았지요. 예를 들어 지금 석양에 붉게 빛나는 창문으로 축제를 벌이는 듯한 어둑한 집들, 그러나 아침 9시면 사탕절임과 구두끈 등으로 혼잡스럽고 너저분해질 그 집들에서 무엇이 진실일까요? 그리고 버드나무와 강, 강으로 이어져 내려간 정원들, 지금은 그 너머로 안개가 껴서 어렴풋이 보이지만 햇빛 속에서는 황금빛, 붉은빛으로 빛날 그것들 중에 어느 것이 진실이고 어느 것이 환상일까요? 이와 같이 뒤얽히고 변전하는 사색은 이제 삼가겠습니다. 헤딩리로 가는 길에서는 어떤 결론도 찾을 수 없었으니까요. 모퉁이를 잘못 돌았다는 사실을 깨닫고는 발걸음을 돌려 편엄으로 향했다고 상상해 주길 바랍니다.

10월 어느 날이라고 이미 말했기에 계절을 바꾸어 정원 담벼락에 늘어진 라일락이나 크로커스, 튤립, 그 밖의 다른 봄철의 꽃들을 묘사함으로써 픽션 자체의 고귀한 이름과 여러분이 갖고 있는 픽션에 대한 존중심을 감히 손상시키려 하지는 않겠습니다. 픽션은 사실에 충실해야 하고, 사실이 진실에 가까울수록 픽션은 더욱 나아진다고 우리는 들어왔지요. 그러므로 지금도 여전히 가을이며 노란 나뭇잎은 계속 떨어지고 있습니다. 아니 전보다 더 빠르게 떨어지고 있지요. 지금은 저녁(정확히 말해서 7시 23분)이며 바람(정확히 남서쪽에서)이 일었기 때문입니다. 하지만 이 모든 것들에도 불구하고 무언가

묘한 것이 작용하고 있었습니다.

> 내 마음은 노래하는 새,
>> 둥지는 물오른 여린 가지에 있고.
> 내 마음은 사과나무
>> 가지는 무성한 과일로 휘어지고.

아마도 그 어리석은 환상—물론 그것은 환상에 불과한 것인데—은 부분적으로는 크리스티나 로제티의 시구 때문이었겠지만, 라일락이 정원 담 너머에 꽃잎을 흩날리고 멧노랑나비가 이리저리 스치듯 날아가며 꽃가루가 공중에서 휘날리는 듯한 느낌이었습니다. 어디로부터 왔는지 알 수 없는 바람이 불었고, 반쯤 자란 나뭇잎들이 휘날려 공중에서 은회색 섬광이 반짝거렸습니다. 색깔들이 강렬한 변화를 겪고, 흥분하기 쉬운 심장의 고동처럼 자주색, 금색이 창틀에서 타오르는, 빛이 교차되는 시간이었습니다. 무슨 이유 때문인지 세계의 아름다움이 드러났다가 곧 사라지는 순간에 (여기서 나는 문을 밀고 정원 안으로 들어갔지요. 부주의하게도 문이 열려 있었고 주위에는 교구 관리들이 보이지 않았으니까요.) 곧 사라질 세계의 아름다움에는 심장을 조각조각 잘라 내는 두 개의 날, 즉 웃음의 날과 번민의 날이 있지요. 봄의 황혼 속에서 펀엄의 정원은 거칠게 훤히 트여 있었으며 수선화와 초롱꽃들이 기다란 풀밭에 팽개쳐진 듯 무관심하게 산재해 있었습니다. 아마 한창때에도 제대로 다듬어진 적이 없었을 겁니다. 그 순간도 역시 바람에 나부껴 뿌리가 뽑힐 듯 휘날리고 있었습니다. 건물 창문들은 붉은 벽돌의 넘치는 파도에 떠 있는 배의 창문처럼 굴곡을 이루며, 급히 흘러가는 봄철의 구름 아래로 레몬 빛에서 은빛으로 변했습니다. 누군가 해먹 안에 누워 있었지요. 이렇게 어슴푸레한 빛 속에서 절반쯤은 보이고 절반쯤은 추측해야 할 환영에 불과했지만, 누군가는 잔디밭을 가로질러 뛰었고 — 혹시 누가 그녀를 가로막지 않을까요? — 그리고 당당하지만 겸손해 보이는 사람이 마치 신선한 공기를 마시고 정원을 둘러보기 위해 나오기라도 한 듯 테라스에 나타났습니다. 그녀는 이마가 넓고 허리가 굽었으며 초라한 옷을 입고 있었습니다. 그 사람이 그 유명한 학자 J — H — 그녀일까요?[11] 어둠이 정원 위에 던져 놓은 휘장이 별이나 칼 — 늘 그렇듯 봄의 정수에서 솟아난 어떤 끔찍한 리얼리티의 섬광 — 에 의해 조각조각 찢겨 나가듯 모든 것이 어둑하면서도 강렬했습니다. 왜냐하면 젊음이란 — 이제 수프가 나왔습니다. 큰 식당에서 만찬이 준비되고 있었지요. — 봄날이기는커녕 사실은 10월의 저녁이었습니다. 모두들 커다란 식당에 모였지요. 식사가 제공되었습니다. 수프가 나왔지요. 그것은 평범한 고깃국이었습니다. 그 안에는 상상력을 자극할 만한 어떤 것도 들어 있지 않았지요. 그 멀건 액체를 통해 접시 바닥의 무늬를 들여다볼 수 있을 정도였습니다. 그러나 무늬는 없었습니다. 접시

---

11) 제인 해리슨(Jane Harrison, 1850~1928). 그리스 종교에서 여성 신들의 역할을 연구한 영국의 고전학자이자 인류학자.

도 평범한 것이었지요. 다음엔 쇠고기와 녹색 야채, 감자가 나왔습니다. 이 초라한 삼위일체는 진흙투성이의 시장에 서 있는 소들의 궁둥이와 가장자리가 노랗게 시들어 구부러진 작은 양배추와 월요일 아침 그물주머니를 멘 여인네들이 흥정하며 값을 깎는 광경을 연상시켰습니다. 제공된 음식의 양은 충분했으며 석탄 광부들은 틀림없이 이보다 못한 식탁에 앉으리라는 사실을 알고 있었기에 인간의 일상적인 음식을 불평할 이유는 없었지요. 프룬과 커스터드가 나왔습니다. 만일 누군가, 커스터드가 프룬을 조금은 보완해 주었을지라도 프룬은 여전히 무자비한 채소(그것은 과일이 아니지요.)며 수전노의 심장처럼 끈적끈적하고, 팔십 년 동안 스스로 포도주와 안락함을 거부하면서 가난한 자에게도 베풀지 않았던 수전노의 핏줄에 흐를 만한 액체를 배출한다고 불만을 토로한다면, 그는 그것이라도 기꺼이 환영할 만한 사람들이 있다는 사실을 기억해야 합니다. 그다음엔 비스킷과 치즈가 나왔지요. 여기에 또 물병이 후하게 건네졌습니다. 비스킷의 속성은 퍽퍽한 것이고, 이런 점에서 이 자리에 나온 비스킷은 속속들이 본성을 발휘하고 있었으니까요. 이것이 전부였습니다. 식사가 끝났지요. 모두 의자를 뒤로 밀었고 회전문이 거칠게 여닫혔습니다. 곧 음식의 흔적이 모두 치워졌고 식당은 다음 날 아침 식사를 위해 정돈되었지요. 아래층 복도와 층계 위에서는 영국의 젊은이들이 큰 소리로 문을 여닫고 노래를 부르며 다니고 있었습니다. 초대받은 손님 또는 방문객(편엄이라고 해서 트리니티, 서머빌, 거턴, 뉴넘, 크라이스트처치 등의 대학들보다 내게 더 많은 권리를 주는 것은 아니니까요.)이 "만찬이 별로 대단치 않았어요."라고 말한다거나 "우리 둘만 (우리, 즉 메리 시턴과 내가 지금 그녀의 응접실에 앉아 있었으니까요.) 여기서 식사할 수 없었을까요?"라고 말할 수 있을까요? 그런 말을 했더라면 나는 방문객에게 외관상 쾌활하고 당당해 보이는 이 대학의 내밀한 경제 사정을 엿보고 탐색했음이 분명했겠지요. 아니, 그런 말은 도저히 할 수 없습니다. 실제로 대화는 잠시 시들해졌습니다. 인간이라는 유기체는 실상 마음과 몸, 두뇌가 함께 결합되어 있고, 앞으로 백만 년이나 지나면 모를까 각각의 칸막이 속에 격리 수용된 것이 아니기에, 훌륭한 저녁 식사는 훌륭한 대화를 나누는 데 대단히 중요한 요인이지요. 저녁 식사를 잘하지 못하면 사색을 잘할 수 없고 사랑도 잘할 수 없으며 잠도 잘 오지 않습니다. 쇠고기와 프룬을 먹고는 등뼈의 램프에 불이 켜지지 않습니다. 우리 모두는 아마도 천국으로 갈 것이고 바라건대 반 다이크는 다음 모퉁이를 돌아서 우리를 만나겠지요. 하루의 노동을 끝낸 후 쇠고기와 프룬으로 저녁 식사를 하면 이런 모호하고 제한된 마음 상태가 되는 법입니다. 이곳에서 과학을 가르치는 내 친구는 다행히도 개인 찬장을 가지고 있었고 그 안에는 땅딸막한 술병과 작은 유리잔이 준비되어 있었지요.(하지만 우선 넙치와 새고기로 시작했으면 더 나았겠지요.) 그래서 우리는 불가로 의자를 끌어당기고 그날의 생활에서 입은 몇 가지 손상을 보상받을 수 있었지요. 일이 분지나자 우리는 호기심과 흥미를 불러일으키는 모든 대상 속으로 자유롭게 미끄러져 들어갔다 나오곤 했습니다. 그것은 어떤 특정한 사람이 없을 때 마음속에 형성되었다가 다시 함께 있게 되면 자연스럽게 논의되는 것으로, 누구는 결혼을 했고 누구는 안 했다든지, 누구는 이렇게 생각하고 누구는 저렇게 생각한다든지, 누구는 지식을 얻어 발전했고 누구는 아주 놀랍게도 타락했다든지 하는 서두로부터 자연스럽게 우리가 살고 있는 놀라운 세계의 성격과 인간 본성에 관해 솟아나는 온갖 사색이지요. 그러나 이러한 이야기를 하는 동안 부끄럽게도 나는 스스로 밀고 들어와 모든 것을 그 나름의 결말로 끌어가 버리는 어떤 흐름을 의식하게 되었지요. 스페인이나 포르투갈에 대해서 또는 어떤 책이나 경마에 대해서, 무엇에 관해서 이야기하건 진정한 관심의 대상은 이런 것들이 아니라 500년 전 높은 지붕 위에서 일하던 석공의 모습이었습니다. 왕과 귀족들이 거대한 자루에 보물을 담아 와서 땅 밑에 쏟아부었지요. 이 장면은 끊임없이 내 마음속에 되살아났고 그 옆에는 여윈 암소와 진흙투성이 시장, 시들어 빠진 채소, 노인의 끈적끈적한 심장이 나타났습니다. 이 두 그림은 사실 관련도 없고 터무니없이 뒤섞여 있었지만 끊임없이 함께 몰려와 서로 격투를 벌이며 나를 완전히 사로잡았습니다. 우리가 나누는 이야기를 완전히 뒤틀어지게 하지 않으려면 가장 좋은 방법은 내 마음속에 떠오른 그림을 공중에 노출시키는 것이었습니다. 만약 운이 좋다면 그것은 윈저궁에서 관을 열었을 때 드러난 죽은 왕의 머리처럼 가루로 부서져 사라지겠지요. 그래서 나는 시턴 양에게 간단히 이야기했습니다. 몇백 년 동안 대학 교회당 지붕 위에서 일해 온 석공들과 어깨에 금은 자루를 지고 와서 땅속에 퍼부은 왕과 여왕, 귀족들에 관해서, 또한 다른 이들이 금은괴와 가공되지 않은 금 덩어리를 내려놓은 곳에 오늘날에는 산업계의 위대한 거물들이 수표와 증서를 내려놓는다는 것을 말이지요. 저기 있는 대학들의 발밑에는 그 모든 것들이 놓여 있다고 말했지요. 하지만 우리가 지금 앉아 있는 이 대학에는, 이 용감한 붉은 벽돌과 거칠고 정돈되지 않은 정원 풀밭 아래에는 무엇이 놓여 있을까요? 저녁 식사 때의 그 평범한 그릇들 이면에는, 그리고 (미처 멈출 새도 없이 이 말이 튀어나왔지요.) 쇠고기와 커스터드와 프룬의 뒤에는 어떤 힘이 있을까요?

"글쎄, 1860년경에."라고 메리 시턴이 말을 꺼냈습니다. "하지만 어떻게 됐는지 아시잖아요." 그녀는 같은 이야기를 반복하기 지루해하면서 말했지요. 그러고는 다음과 같이 말했습니다. 방을 임대하고 위원회가 열렸지요. 봉투에 주소를 써넣었고 안내장을 작성했어요. 회의가 열렸고 답장들을 읽었지요. 모 씨는 상당히 많은 금액을 약속했지만 그 반대로 아무개 씨는 한 푼도 내지 않겠다고 했지요. 《새터데이 리뷰》는 상당히 무례했어요. 사무직 임금을 지불하기 위한 기금을 어떻게 모을 수 있을까요? 바자회를 열어야 할까요? 제일 앞줄에 앉힐 만한 예쁜 소녀를 찾을 수 없을까요? 존 스튜어트 밀이 그 문제에 관해 뭐라고 말했는지 찾아봅시다.

모 지(誌)의 편집장에게 편지를 인쇄해 달라고 설득할 수 있을까요? 모 귀부인에게 그것에 서명해 달라고 해도 될까요? 그 귀부인은 런던에 있지 않다더군요. 추측건대 육십 년 전에 일이 이런 식으로 진행되었으며 그것은 지난한 노력과 막대한 시간을 요했지요. 그리하여 오랫동안 투쟁하고 극심한 어려움을 겪은 후에야 그들은 3만 파운드를 모을 수 있었어요.[12] 그러니 우리가 포도주와 새고기를 먹을 수 없고 머리에 양철 쟁반을 이고 다니는 하인을 둘 수 없다는 것은 분명한 일이라고 그녀는 말했습니다. 우리는 소파도, 각자의 방도 가질 수 없지요. "쾌적한 것들은 앞으로 더 기다려야 합니다."[13] 그녀는 어느 책에선가 인용하면서 말했지요.

그 모든 여성들이 일 년 내내 일하면서도 2000파운드를 모으기 어렵다는 것을 알게 되고 3만 파운드를 마련하기 위해 온갖 일들을 다 해야만 했다는 사실을 생각하며, 우리는 비난받아 마땅할 여성의 가난에 경멸을 터뜨렸습니다. 우리의 어머니들은 도대체 무엇을 하고 있었기에 우리에게 물려줄 재산이 없었을까요? 콧잔등에 분을 바르고 있었을까요? 상점 유리를 들여다보고 있었을까요? 몬테카를로에서 일광욕을 하

---

12) "우리는 최소한 3만 파운드를 모아야 한다고 들었습니다…… 이런 종류의 대학이 잉글랜드와 아일랜드 그리고 식민지를 통틀어 하나밖에 없고 또 남학생들을 위한 학교를 세우는 데는 막대한 기금을 무척 쉽게 모을 수 있었다는 점을 생각하면, 이 금액은 그리 큰 액수가 아니었습니다. 그러나 여성이 교육받기를 진정으로 원하는 사람이 거의 없다는 점을 생각하면 그것은 상당한 액수입니다."(레이디 스티븐(Lady Stephen), 『에밀리 데이비스의 생애(Life of Miss Emily Davies)』) ─ 원주
13) "긁어모을 수 있는 돈은 마지막 한 푼까지도 건물을 짓는 데 충당했고, 쾌적한 시설들은 뒤로 미루어야만 했다."(레이 스트레이치(Ray Strachey), 『대의(The cause)』) ─ 원주

며 으스대고 있었을까요? 벽난로 장식장 위에 몇 장의 사진이 있었습니다. 메리의 어머니는— 만일 저것이 그녀의 사진이라면— 여가 시간에 낭비를 즐겼을 겁니다.(그녀는 목사인 남편에게서 열세 명의 아이를 낳았지요.) 그러나 그렇다 하더라도 그녀의 명랑하고 낭비벽 있는 생활은 그녀의 얼굴에 즐거움의 흔적을 거의 남기지 않았습니다. 그녀는 평범하게 생긴 노부인으로, 커다란 조개 브로치로 고정시킨 체크무늬 숄을 두르고 있었습니다. 그녀는 스패니얼 한 마리에게 카메라를 주시하도록 하면서 카메라의 셔터를 누르는 순간 그 개가 움직이리라 확신하는 사람의 즐거우면서도 긴장된 표정을 지은 채 버들가지로 엮은 의자에 앉아 있었습니다. 자, 그녀가 사업계에 들어갔더라면, 인조 실크 제조업자가 되었거나 증권 거래소의 실력자가 되었더라면, 그녀가 이 편엄에 2만이나 3만 파운드를 기증했더라면, 우리는 오늘 밤 안락하게 앉아 있을 것이고, 고고학, 식물학, 인류학, 물리학, 원자의 성격, 수학, 천문학, 상대성 이론, 지리학 등의 주제로 대화했을 겁니다. 만일 시턴 부인과 그녀의 어머니와 그녀의 할머니가 그들의 아버지와 그 이전의 할아버지들처럼 돈을 버는 위대한 기술을 배워 자신들의 성만 사용하도록 전유된 연구원 기금, 강사 기금, 상금, 장학 기금을 설립할 돈을 남겼더라면, 우리는 여기 위층에서 단둘이 새고기와 포도주 한 병으로 꽤 훌륭한 식사를 할 수 있었을 겁니다. 우리는 대우가 좋은 전문직의 은신처에서 보내는 유쾌하고 영예로운 생애를 지나친 소망이라 생각하지 않고 기대할 수 있었을 겁니다. 우리는 탐험을 하거나 글을 쓸 수도 있고, 지상의 유서 깊은 곳들을 목적 없이 돌아다닐 수도 있고, 파르테논 신전의 층계에 앉아 사색에 잠길 수도 있고, 또 아침 10시에 사무실에 나갔다가 4시 30분이면 편안히 집에 돌아와 시를 쓸 수도 있었을 겁니다. 다만 시턴 부인과 그녀의 부류들이 열다섯 살의 나이에 실업계에 발을 들여놓았더라면 아마 — 이것이 논의에서 뜻하지 않은 난관입니다만 — 메리는 태어나지 못했겠지요. 나는 그 점을 어떻게 생각하느냐고 물었습니다. 커튼 사이로 아름답고 고요한 10월의 밤이 보이고 노랗게 물든 나뭇잎들 사이에 별 한두 개가 걸려 있었습니다. 일필휘지로 갈겨쓴 5만 파운드가량의 기부금을 편엄이 받을 수 있게끔, 메리는 이 아름다운 정경의 그녀의 몫을, 늘 자랑해 온 스코틀랜드의 맑은 공기와 맛있는 케이크의 기억을, 어린 시절의 유희와 말다툼의 기억을 (그들은 대가족이었지만 행복한 집안이었지요.) 포기할 수 있을까요? 대학에 기금을 기부하기 위해서는 불가피하게 가족의 수를 억제해야 했을 테니까요. 큰 재산을 모으는 한편 열세 명의 아이를 낳는 것, 그것은 누구도 해낼 수 없는 일입니다. 이런 사실을 고려해 보자고 말했지요. 우선 아기가 태어나기 전에 아홉 달이 걸립니다. 그리고 아기가 태어납니다. 그러고 나면 아기를 먹이는 데 서너 달이 소모됩니다. 아기에게 먹을 것을 공급한 후에는 아기와 함께 놀아 주는 데 오 년이 족히 흘러갑니다. 아이들을 길거리에서 뛰어다니게 내버려 둘 수는 없을 테니까요. 러시아에서 거칠게 뛰어다니는 아이들을 본 적이 있는 사람이라면 그 광경이 별로 유쾌하지 않았다고들 얘기합니다. 또한 인간의 성격이란 한 살부터 다섯 살 사이에 형성된다고 흔히들 말하지요. 만일 내가 말한 것처럼 시턴 부인이 돈을 벌고 있었다면 당신은 유희와 말다툼에 대한 기억을 가질 수 있었을까요? 스코틀랜드와 그 청명한 공기와 케이크와 그 밖의 것들에 대해 무엇을 알 수 있었겠어요? 하지만 이런 질문을 던지는 것은 전혀 무익한 일입니다. 당신은 아예 존재하지 않았을 테니까요. 더욱이 시턴 부인과 그녀의 어머니와 그 이전의 어머니들이 막대한 재산을 축적하고 대학과 도서관의 초석 아래 재산을 기부했다면 어땠을까 하는 질문도 무익한 일입니다. 왜냐하면 첫째 그들이 돈을 버는 것은 불가능했으며, 둘째 돈 버는 일이 가능했다 하더라도 자신들이 번 돈을 소유할 수 있는 권리가 법적으로 인정되지 않았기 때문입니다. 시턴 부인이 자기 자신의 돈을 한 푼이라도 가질 수 있게 허용된 지 이제 겨우 사십팔 년밖에 되지 않았습니다.[14] 그 이전의 수백 년 동안 그것은 남편의 재산이었습니다. 이러한 생각이 아마도 시턴 부인과 그녀의 어머니들을 증권 거래소로부터 떼어 놓는 데 한몫 단단히 했겠지요. 그들은 이렇게 말했을 겁니다. "내가 버는 돈은 마지막 동전 한 푼까지도 빼앗길 것이고 내 남편의 현명한 처사에 따라 아마도 베일리얼이나 킹스 대학에 장학 기금을 설립하거나 연구원 기금으로 기부하는 데 쓰일 것이다. 그러니 내가 돈을 벌 수 있다 하더라도 돈 버는 것은 내게 별로 흥

---

14) 영국에서 기혼 여성이 재산을 소유할 수 있도록 허용한 '기혼 여성 재산법'이 통과된 해는 1870년이다.

미로운 일이 아니다. 그것은 남편에게 맡겨 버리는 편이 낫다."

어쨌든, 스패니얼을 보고 있는 노부인에게 비난의 화살을 돌리건 돌리지 않건 간에, 이러저러한 이유로 해서 우리의 어머니들이 자신의 일들을 매우 심각하게 잘못 처리했다는 것은 의심할 여지가 없습니다. '쾌적한 것' 즉 새고기와 포도주, 교구 관리와 잔디밭, 책과 고급 담배, 도서관과 여가를 위해 단 한 푼도 남길 수 없었으니까요. 헐벗은 땅에 헐벗은 벽을 세워 올리는 것이 그들이 할 수 있는 최선이었습니다.

그렇게 우리는 창가에 서서 수천 명의 사람들이 매일 밤 바라보듯이 아래쪽 그 유명한 도시의 둥근 지붕과 탑들을 내려다보면서 이야기를 나누었습니다. 그것은 가을의 달빛을 받아 아주 아름답고 신비스러웠지요. 그 오랜 돌은 무척 희고 유서 깊게 보였습니다. 저 아래 모여 있는 모든 책들, 패널로 장식된 방에 걸린 옛 성직자와 명사의 사진들, 포장도로 위에 이상한 공과 초승달 문양을 내비치는 채색된 창문들, 기념패와 기념비 그리고 비문들, 분수와 잔디밭, 고요한 구내 뜰이 내다보이는 조용한 방들을 생각했지요. 그리고 (이런 생각을 하는 것을 용서하십시오.) 경탄할 만한 담배와 술, 푹신한 안락의자, 기분 좋은 양탄자도 생각했습니다. 또한 사치와 개인적 자유와 공간이 합쳐 빚어낸 세련됨, 온화함, 품위에 대해서 생각했습니다. 확실히 우리의 어머니들은 이 모든 것에 비견될 만한 그어떤 것도 우리에게 제공하지 못했지요. 3만 파운드를 긁어모으는 일이 어렵다는 사실을 알게 된 우리의 어머니들, 세인트 앤드루스에서 목사에게 열세 명의 아이를 낳아 준 우리 어머니들은 말입니다.

이렇게 해서 나는 숙소로 돌아갔으며 어두운 거리를 걸어 가면서 하루 일과를 마친 사람들이 흔히 그러듯 이것저것 골똘히 생각했지요. 시턴 부인이 우리에게 물려줄 돈이 없었던 것은 어째서인가, 그리고 가난이 마음에 어떤 영향을 미치는가, 또한 부(富)는 마음에 어떤 영향을 주는가를 숙고했습니다. 그리고 그날 아침에 보았던, 모피 술을 어깨에 늘어뜨린 노신사들을 생각했습니다. 누군가 휘파람을 불면 그들 중 하나가 달려온다는 사실을 기억했습니다. 교회당에서 울리던 오르간과 도서관의 닫힌 문을 생각했습니다. 잠긴 문밖에 있는 것이 얼마나 불쾌한 일인가를 생각했고, 어쩌면 잠긴 문 안에 있는 것이 더욱 나쁠지도 모른다고 생각했습니다. 한 성(性)의 안정과 번영, 다른 성의 가난과 불안정을 생각했고, 작가의 마음에 전통이 미치는 영향과 전통의 결핍이 미치는 영향을 생각하면서, 마침내 그날의 논의와 인상들, 분노와 웃음과 함께 그날의 구겨진 껍질을 말아서 울타리 밖으로 내던져 버려야 할 시간이라고 생각했습니다. 푸르고 광막한 하늘에는 수천 개의 별들이 반짝이고 있었습니다. 마치 불가사의한 사회에 혼자 버려진 듯한 느낌이었습니다. 사람들은 모두 잠이 든 채 수평으로 엎드려 아무 말이 없었지요. 옥스브리지 거리에서 움직이고 있는 사람은 아무도 없었습니다. 호텔 문조차 보이지 않는 손이 닿기라도 한 듯 갑자기 열렸으며, 나를 잠자리로 인도하기 위해 불을 비춰 주려고 일어나 앉아 있는 사람도 없었습니다. 너무 늦었지요.

2장

여러분에게 나와 계속 동행해 달라고 요청해도 된다면, 이제 장면이 바뀌었습니다. 나뭇잎은 여전히 떨어지고 있지만 이젠 옥스브리지가 아니라 런던입니다. 그리고 다른 수천 채의 집들처럼, 사람들의 모자와 화물차 및 자동차들의 행렬을 가로질러 맞은편 집 창문이 보이는 창이 달린 방을 상상해 주면 됩니다. 방 안의 탁자 위에는 백지 한 장이 놓여 있고 거기에는 커다란 글씨로 '여성과 픽션'이라고만 쓰여 있을 뿐 그 밖에는 아무것도 쓰여 있지 않았습니다. 옥스브리지에서의 오찬과 펀엄에서의 만찬에 대한 불가피한 귀결점은 불행히도 대영 박물관을 방문하는 것이라 여겨졌습니다. 모름지기이 모든 인상들에서 개인적이고 우연적인 것을 걸러 내어 순수한 액체, 본질적 진실의 순수한 기름을 찾아내야 합니다. 옥스브리지의 방문과 그곳에서의 점심과 저녁 식사로 의문들이 벌 떼처럼 무수히 일어났으니까요. 왜 남자들은 포도주를 마시고 여자들은 물을 마시는가? 무슨 이유로 남성은 그렇게 부유하고 여성은 그다지도 가난한가? 가난은 픽션에 어떤 영향을 미치는가? 예술 작품을 창조하는 데 어떤 조건들이 필요한가? 수많은 의문들이 동시에 쏟아져 나왔지요. 하지만 필요한 것은 질문이 아니라 답입니다. 그리고 그 문제들에 대한 답은, 논쟁과 혼란스러운 육체를 초월하여 자신들의 추론과 연구의 결과를 책으로 발간한 박학하고 공평무사한 사람들의 견해를 참조함으로써 얻을 수 있을 것이며, 그것은 바로 대영 박물관에서 찾을 수 있을 것입니다. 만일 대영 박물관의 서가에서 진실을 찾을 수 없다면 진실은 과연 어디 있겠느냐고 나는 공책과 연필을 집으며 자문했지요.

이렇게 준비를 갖춘 나는 탐색하는 마음으로 진실을 추구하러 자신만만하게 나섰습니다. 그날은 실제로 비가 오지는 않았지만 음울하고 어두웠으며, 박물관 근처의 길거리에는 집들마다 석탄 저장 창고를 모두 연 채 석탄을 쏟아붓고 있었지요. 사륜마차가 멈추더니 끈으로 포장된 상자들을 도로 위에 내려놓았습니다. 그 안에는 아마 출세를 노리거나 은신처를 찾는, 아니면 겨울에 블룸즈버리의 하숙집에서 볼 수 있는 탐나는 물건들을 얻으려는 스위스인 또는 이탈리아인 가족의 옷이 들어 있겠지요. 늘 그렇듯 목소리가 거친 남자들이 손수레에 농작물을 싣고 활보하고 있었습니다. 소리치는 사람도 있었고 노래를 부르는 이도 있었습니다. 런던은 마치 하나의 공장 같았습니다. 하나의 기계 같았지요. 우리 모두는 이 밋밋한 바탕에 어떤 무늬를 새기기 위해 앞뒤로 섞여 짜이고 있습니다. 대영 박물관도 그 공장의 한 분과에 불과합니다. 회전문이 획 열리자 거대한 둥근 천장 아래로 들어서게 되었지요. 나 자신이 마치 한 무리의 유명한 이름들로 화려하게 에워싸인 거대한 대머리 속에 들어간 한 가지 사소한 생각처럼 느껴졌습니다. 카운터에 가서 종이 한 장을 받아 들고 도서 목록을 펼쳤지요. 그리고 ····· 이 다섯 개의 점은 망연자실하고 어리둥절했던 그 오 분을 각각 나타내는 겁니다. 당신은 일 년 동안 여성에 대해 쓰인 책이 얼마나 많은지 알고 있습니까? 그중에서 남성에 의해 저술된 책이 얼마나 되는지 짐작할 수 있겠습니까? 여러분이 어쩌면 우주에서 가장 많이 논의되는 동물이라는 사실을 알고 있습니까? 나는 책을 읽으며 오전을 보낼 작정으로 공책과 연필을 들고 여기 왔고 오전이 지날 무렵이면 진실이 내 공책에 옮겨지겠거니 생각했지요. 그러나 이것을 모두 읽으려면 한 무리의 코끼리가 되거나 무수히 많은 거미가 되어야겠다고, 가장 오래 산다는 동물과 가장 눈이 많다고 이름난 곤충을 생각하면서 자포자기한 심정이 되었지요. 심지어 그 껍데기만 꿰뚫으려 해도 강철 발톱과 청동 부리가 필요할 겁니다. 이 산더미 같은 종이들 속에 박힌 진실의 알맹이를 도대체 어떻게 찾을 수 있을까? 나는 스스로에게 질문을 던지며 절망적인 시선으로 제목의 기다란 목록을 훑어보았습니다. 책의 제목들도 내게 생각거리를 제공했지요. 성과 그 본질이 의사나 생물학자의 관심을 끄는 것은 당연하겠지요. 그러나 설명하기 어려운 놀라운 사실은 성, 즉 여성이 유쾌한 수필가나 글재주 있는 소설가 혹은 석사 학위를 받은 젊은이들이나 학위를 받지 않은 사람들, 또한 여성이 아니라는 점을 제외하고는 아무 자격도 없는 사람들의 관심을 끈다는 점이었습니다. 이들 중 어떤 책은 표면적으로 볼 때 경박하고 익살스러웠지만, 반면에 진지하고 예언적이며 도덕적으로 권고하는 내용을 다룬 책도 많이 있었습니다. 그저 제목을 읽은 것만으로도, 연단과 설교대에 올라 이 한 가지 주제로 강연에 보통 할당되는 시간을 훨씬 초과하는 다변으로 설교하는 무수히 많은 교장 선생님과 목사님들의 모습이 연상되었습니다. 그것은 대단히 신기한 현상이었지요. 그리고 명백히 ── 여기서 나는 M(male)이라는 글자를 염두에 두고 찾아보았습니다. ── 남성에게만 한정된 현상이었지요. 여성들은 남성에 대한 책을 쓰지 않습니다. 이것은 안도감을 느끼며 환영하지 않을 수 없는 사실이지요. 왜냐하면 내가 우선 여성에 관해 남성이 쓴 책을 모두 읽고 그다음에는 남성에 관해 여성이 쓴 책을 읽어야 한다면, 내가 그것을 모두 읽고 글을 쓰는 동안 백 년에 한 번 꽃이 핀다는 알로에 꽃을 두 번은 보아야 할 테니까요. 그래서 임의로 열두 권 정도를 선택해 철망 접시에 얇은 대출 카드를 놓고 진실의 순수한 기름을 좇는 다른 사람들 사이에 서서 차례를 기다렸지요.

영국의 납세자들이 다른 목적을 위해 제공한 대출 카드에 수레바퀴 모양의 낙서를 하면서, 그렇다면 이 이상한 불균형의 원인이 무엇일까 생각했습니다. 이 목록으로 판단컨대, 남성이 여성에게 유발하는 홍미보다 여성이 남성에게 불러일으키는 홍미가 더 큰 것은 도대체 어찌된 일일까요? 그것은 상당히 신기한 일이었지요. 나는 더 나아가 여성에 관한 책을 쓰면서 시간을 소비한 남자들의 일상을 상상하기에 이르렀지요. 그들은 늙었을까 젊을까, 결혼을 했을까 아니면 하지 않았을까, 딸기코일까 곱사등이일까. 어쨌든 스스로가 그러한 관심의 대상이라고 느끼는 것은 막연하나마 우쭐하게 만드는 데가 있습니다. 만일 그런 관심을 기울이는 사람이 불구자나 병자만이 아니라면 말이지요. 이런 경박한 생각을 하고 있는 가운데 내 앞에는 책들이 산사태를 이루며 쏟아졌습니다. 이제부터 곤경의 시작입니다. 옥스브리지에서 연구하는 방법을 훈련받은 학생이라면 양을 우리로 몰듯 물음들을 흐트러지지 않게 다독거려 곧장 해답으로 이끌어 갈 수 있겠지요. 예를 들어 내 옆에 앉은 학생은 과학 책자를 부지런히 베끼고 있었는데 십 분마다 원석에서 순수한 금괴를 찾아내고 있었습니다. 그가 만족스럽다는 듯 나지막하게 끙끙거리는 소리가 그것을 알려 주었지요. 그러나 불행히도 대학 교육을 전혀 받지 못한 사람이라면 그 물음을 우리 안으로 안전하게 몰아가기는커녕 사냥개들에게 쫓기는 겁에 질린 새 떼처럼 당황해 어쩔 줄 모르고 이리저리 날아다니게 할 뿐입니다. 교수님과 교장 선생님, 사회학자, 목사, 소설가, 수필가, 언론인 또는 여자가 아니라는 사실 이외에는 아무런 자격도 없는 사람들이 나의 단 하나의 단순한 물음 — 왜 여성은 가난한가? — 을 추격해 마침내 그것은 쉰 개의 물음이 되었고, 그 쉰 개의 물음은 미친 듯 강물 한가운데로 뛰어들어 휩쓸려 가 버렸습니다. 내 공책의 각 페이지마다 메모가 휘갈겨졌지요. 내 마음 상태가 어떠했는지를 보여 주기 위해서 몇 가지를 읽어 보죠.

그 페이지에는 목판 글자체로 '여성과 가난'이라는 제목이 붙어 있고 다음과 같은 것들이 그 아래 쓰여 있습니다.

중세의 ……의 조건

피지 섬에서 ……의 습관

……에 의해 여신으로 숭배됨

……보다 도덕의식이 약함

……의 이상주의

……가 보다 더 양심적임

남태평양 제도 주민의 ……의 사춘기 연령

……의 매력

……에 의해 제물로 제공됨

……의 두뇌가 작음

……의 더욱 심오한 잠재의식

……의 몸에 털이 더 적음

……의 정신적, 도덕적, 신체적 열등성

……의 아이들에 대한 사랑

……이 더 장수함

……의 약한 근육

……의 강한 애정

……의 허영심

……의 고등 교육

……에 대한 셰익스피어의 견해

……에 대한 버컨헤드 경의 견해

……에 대한 잉 사제장의 견해

……에 대한 라브뤼예르15)의 견해

……에 대한 존슨 박사의 견해

……에 대한 오스카 브라우닝의 견해……

여기서 나는 숨을 들이쉬고 여백에 덧붙였습니다. 새뮤얼 버틀러가 "현명한 남성은 여성에 대해 생각하는 바를 결코 말하지 않는다."라고 말한 이유가 무엇일까? 현명한 남성들은 다른 무엇보다도 그 주제에 대해서 분명하게 말하는데 말이지요. 그러나 나는 의자에 등을 기대고 거대한 둥근 천장을 바라보면서 계속 생각했습니다. 처음 나는 이 공간에서 하나의 생각으로 존재했지만 이제는 뒤죽박죽으로 뒤엉킨 사고가 되었지요. 불행한 사실은 현자들이 여성에 대해 결코 똑같이 생각하지 않는다는 것입니다. 포프16)는 이렇게 말했지요.

대부분의 여성은 성격을 전혀 가지고 있지 않다.

---

15) La Bruyère(1645~1696). 프랑스의 작가. 당대 귀족 사회와 여러 인간 군상을 묘사하는 작품을 썼다.
16) 알렉산더 포프(Alexander Pope, 1688~1744). 영국 신고전주의 시대를 대표하는 시인.

라브뤼예르는 이렇게 말했습니다.

여성은 극단적이다. 그들은 남성보다 우월하거나 또는 저열
하다.

동시대를 살았던 두 예리한 관찰자들이 보여 주는, 전적으
로 상반되는 의견이지요. 여성에게 교육받을 능력이 있는가
없는가? 나폴레옹은 여성이 교육받을 수 없다고 생각했지만
존슨 박사는 정반대로 생각했습니다.[17] 그들이 영혼을 가지고
있는가 그렇지 않은가? 어떤 야만인들은 여성에게 영혼이 없
다고 말합니다. 반면에 어떤 사람들은 여성이 반쯤 신적인 존
재라고 주장하며 그러한 이유로 그들을 숭배합니다.[18] 어떤
박식한 사람들은 여성의 두뇌가 더 얄팍하다고 주장하는 반
면, 여성의 의식이 더욱 심오하다고 주장하는 사람들도 있습
니다. 괴테는 여성을 찬미했고, 무솔리니는 여성을 경멸합니

---

17) "'남성은 여성이 감당하기 어려운 존재라는 것을 알기 때문에 가장 나
약하거나 가장 무지한 여성을 선택한다. 여성에 대해 그렇게 생각하지 않는
다면, 그들은 여성이 교육받는 것을 두려워하지 않을 것이다.' …… 이후의
대화에서 존슨은 이 말이 진담이었다고 나에게 말했다. 여성을 공정하게 평
가하기 위해서, 이 사실을 인정하는 것이 솔직한 태도라고 생각한다."(제임
스 보즈웰(James Boswell), 『헤브리디스 제도 여행기(The Journal of a Tour
to the Hebrides)』) ─ 원주
18) "고대 독일인은 여성에게 신성한 힘이 있다고 믿었고 신탁을 전하는 여
성에게 자문을 구했다."(제임스 조지 프레이저(James George Frazer), 『황금
가지(The Golden Bough)』) ─ 원주

다. 어디를 돌아보든 남성은 여성에 관해서 생각했고, 그것도 서로 다르게 생각했습니다. 앞에 앉아 책을 읽는 사람을 부럽게 쳐다보며 나는 이 모든 것의 정체를 도저히 파악할 수 없겠다고 낙담했습니다. 그는 A 또는 B, C로 종종 제목을 붙이면서 아주 깔끔한 요약을 만들고 있었지만, 내 공책은 거칠게 휘갈겨 쓴 서로 상반되는 메모들만이 어지럽게 흩어져 있었지요. 그건 참담하고 혼란스러웠으며 굴욕적이었습니다. 진실은 내 손가락 사이로 빠져나가 버렸습니다. 방울방울 달아나 버린 것이지요.

집에 돌아가서 '여성과 픽션'의 연구에 대한 중대한 공헌이랍시고, 여성은 남성보다 몸에 털이 적다거나 남태평양 제도 주민들의 사춘기 연령은 아홉 살(아니면 아흔 살인가? 글씨조차 너무 산만해서 알아볼 수 없게 되어 버렸군요.)이라는 말이나 덧붙일 수는 없는 노릇이지요. 오전 내내 일하고 나서도 내보일 만한 무게 있고 훌륭한 결론을 얻지 못했다는 사실은 수치스러웠지요. 만일 내가 과거의 W(간결함을 위해 여성을 이렇게 부르기로 했지요.)에 대한 진실을 포착할 수 없다면, 무엇 때문에 미래의 W에 대해 고민하겠습니까? 여성과 여성이 그 무엇에든 — 정치이건 아동이건 급료이건 도덕성이건 무엇이든 간에 — 미치는 영향을 전공하는 그 모든 신사들이 수적으로 우세하고 학식 있는 분들이긴 하지만 그들의 연구를 참조하는 것은 순전히 시간 낭비인 듯했습니다. 그들의 책을 펼치지 않은 채 내버려 두는 편이 차라리 나을 것입니다.

그러나 이러한 생각을 하는 동안 나는 무력감을 느끼고 자포자기의 심정에 빠져 무의식적으로 하나의 그림을 그리고 있었지요. 내 옆에 앉은 사람처럼 결론을 쓰고 있어야 할 곳에 말입니다. 나는 하나의 얼굴, 하나의 형체를 그리고 있었지요. 그것은 '여성의 정신적, 도덕적, 신체적 열등성'이라는 제목의 기념비적 연구서를 집필하는 데 몰두하고 있는 X 교수의 얼굴이자 형상이었습니다. 내 그림에서 그는 여자들에게 매력적인 남성이 아니었지요. 그는 육중한 몸에 턱살이 매우 늘어졌으며 거기 균형이라도 맞추듯 눈은 아주 작았습니다. 그는 얼굴이 아주 붉게 상기되어 있었습니다. 글을 쓰는 동안 그의 표정은 어떤 불쾌한 벌레를 죽이듯이 펜으로 종이를 찌르게 하는 감정에 휘둘려 일하고 있음을 보여 줍니다. 그러나 그는 그 벌레를 죽였을 때조차도 만족한 듯 보이지 않았습니다. 그는 계속 그것을 죽여야 합니다. 그렇게 해도 분노와 짜증의 원인은 여전히 남아 있으니까요. 내 그림을 보며 나는 물어보았습니다. 그 원인은 그의 아내였을까? 그의 아내가 기병대 장교와 사랑에 빠졌을까? 그 기병대 장교는 날씬하고 우아하며 아스트라한 모피를 입었을까? 프로이트의 이론을 이용해서 말하자면, 그는 어린 시절 요람에서 어여쁜 소녀에게 조롱받은 적이 있었을까? 왜냐하면 그 교수는 요람에서조차 귀여운 아기였을 리 없기 때문입니다. 그 이유가 무엇이건 간에 여성의 정신적, 도덕적, 신체적 열등성에 관한 위대한 책을 쓰고 있는 그 교수는 내 스케치에서 아주 화가 나고 몹시 추한 모습으로 그려졌습니다. 그림을 그리는 일은 무익한 오전 작업을 끝내는 방법으로는 나태한 것이었지요. 하지만 우리의 나태함에서, 우리의 헛된 공상에서 가라앉았던 진실이 때로는 표면으로 떠오르기도 합니다. 정신 분석이라는 거창한 이름으로 위엄을 갖출 필요도 없이 그저 심리학에 대한 기초적인 훈련만으로도 나는 공책을 보면서 그 분노한 교수의 얼굴이 나의 분노로 그려졌다는 것을 알았습니다. 내가 공상하는 동안 분노가 연필을 낚아챘던 것입니다. 그러나 분노가 거기서 무엇을 하고 있었을까요? 흥미, 당혹감, 즐거움, 지루함 — 이 모든 감정들이 오전 내내 잇따라 지나갈 때 나는 그것들을 추적하고 이름을 붙일 수 있었습니다. 그것들 사이에 분노가, 그 검은 뱀이 잠복하고 있었던 것일까요? 그래, 분노가 도사리고 있었다고 스케치가 알려 주었습니다. 그 그림은 내게 그 악마를 일깨운 한 권의 책, 하나의 문구를 의심의 여지없이 일러 주었습니다. 그것은 여성의 정신적, 도덕적, 신체적 열등성에 대한 그 교수의 진술이었지요. 심장이 뛰고 뺨에서 열이 나며 분노로 얼굴이 붉어졌습니다. 그것은 어리석긴 하지만 그리 주목할 만한 현상은 아니었지요. 거칠게 숨을 쉬며 기성품 넥타이를 매고 두 주 동안 면도하지 않은 조그만 남자(나는 내 옆의 학생을 보았지요.)보다 자기 자신이 천성적으로 열등하다는 말을 듣고 싶진 않은 법이니까요. 사람들에겐 어떤 어리석은 허영심이 있습니다. 하지만 그건 단지 인간의 본성일 따름이라고 생각하며 나는 분노한 교수의 얼굴 위에 수레바퀴와 원을 그리기 시작했습니다. 마침내 그는 타오르는 덤불이나 불꽃을 튀기는 혜성같이 보이게 되었고, 어쨌든 인간의 형체나 의미를 갖지 않는 환영이 되었지요. 이제 그 교수는 햄프스테드 히스[19]의

꼭대기에서 타오르는 장작더미처럼 보였습니다. 이내 나의 분노는 설명되었고 사라졌습니다. 그러나 호기심이 남았지요. 그 교수님들의 분노를 어떻게 설명할까? 왜 그들은 화가 났을까? 왜냐하면 이 책들이 남긴 인상을 분석해 볼 때 거기엔 항상 열기가 존재했으니까요. 이 열기는 여러 가지 형태를 띠었고 때로 풍자에서, 정감에서, 호기심에서, 질책에서 그 모습을 드러냈지요. 그러나 종종 실재하지만 쉽게 이름 붙일 수 없는 또 다른 요소가 있었습니다. 나는 그것을 분노라고 불렀지요. 그러나 그 분노는 지하로 숨어 들어가 온갖 종류의 다른 감정들과 뒤섞인 것이었습니다. 그것이 미치는 기묘한 효과로 판단컨대, 그것은 단순하고 공공연한 분노가 아니라 복합적이고 감춰진 분노였지요.

나는 책상 위에 산더미처럼 쌓인 책들을 살펴보며 그 이유가 무엇이든지 간에 이 책들은 모두 내 목적에 무가치하다고 생각했습니다. 이 책들이 인간적으로는 교훈과 흥미와 권태와 피지섬 주민들의 관습에 대한 기이한 사실들로 가득 차 있을지 모르지만 과학적으로는 무가치했습니다. 그것들은 진실의 흰빛이 아니라 감정의 붉은빛으로 쓰였으니까요. 그러므로 그것들은 중앙 탁자로 되돌아가서 거대한 벌집 속 각각의 방으로 반송되어야 합니다. 내가 오전 내내 일하면서 얻어 낸 것은 분노라는 하나의 사실이었지요. 그 교수님들(나는 그들을 총괄하여 이렇게 말합니다.)은 분노하고 있었습니다. 책을 돌려주고

---

19) 런던 북서부의 고지대 햄프스테드에 있는 공원.

나서 왜냐고 자문했지요. 주랑 아래 비둘기들과 선사 시대의 카누 사이에 서서 무엇 때문일까 반복해 물었습니다. 왜 그들은 화가 났을까? 스스로에게 이런 질문을 던지면서 나는 점심 먹을 곳을 찾아 천천히 걸었습니다. 내가 일단은 분노라고 이름 붙인 그 감정의 진정한 성격은 무엇일까 자문했지요. 이것은 대영 박물관 근처 어딘가의 작은 식당에서 음식을 기다리는 동안 지속된 수수께끼였습니다. 누군가 먼저 점심을 먹은 사람이 의자 위에 석간신문의 초판을 남겨 놓았습니다. 그래서 음식이 나오기 전에 한가롭게 표제를 읽기 시작했지요. 아주 큰 글자들이 길게 신문 지면을 가로지르고 있었지요. 어떤 사람이 남아프리카에서 크게 성공했답니다. 그보다 짧은 줄은 오스틴 체임벌린 경이 제네바에 있다는 사실을 알렸습니다. 어느 지하실에서 고기 자르는 도끼가 발견되었는데 사람의 머리칼이 붙어 있었답니다. 모 재판관이 이혼 법정에서 여성의 파렴치함에 대해 논평했답니다. 그 밖의 뉴스 조각들이 신문에 흩어져 있었습니다. 한 여배우가 캘리포니아의 산꼭대기에서 늘어뜨려진 채 공중에 매달려 있었지요. 안개가 낄 거라고 합니다. 이 혹성에 일시 방문한 사람이라도 이 신문을 집어 들면 여기 산재한 증언으로 보아 영국이 가부장제의 지배하에 있다는 사실을 의식하지 않을 수 없을 겁니다. 제정신을 가진 사람이라면 그 교수님의 지배력을 간파하지 않을 수 없습니다. 권력과 돈과 영향력은 그의 것입니다. 그는 그 신문의 소유자이고 편집장이며 부주필입니다. 그는 외무대신이며 재판관이고 크리켓 선수입니다. 그는 경주마와 요트를 소유하고 있고 주주들에게 200퍼센트의 배당금을 지급하는 회사의 중역입니다. 그는 자기가 운영하는 대학과 자선 단체에 수백만 파운드를 남겼습니다. 그는 여배우를 공중에 달아맸습니다. 그는 고기 자르는 도끼에 붙은 털이 인간의 것인지 아닌지 결정할 것입니다. 살인자에게 무죄를 선고해 석방하거나 아니면 유죄를 선고해 목매는 것도 그 사람입니다. 안개를 제외하고는 모든 것을 지배할 수 있는 듯합니다. 그런데도 그는 화가 났습니다. 이런 점에서 나는 그가 화났다는 사실을 알 수 있었지요. 여성에 대한 그의 글을 읽으며 나는 그의 글이 아니라 그 사람 자신에 대해 생각했습니다. 한 논자가 감정에 휩쓸리지 않고 공정하게 논의를 펼칠 때, 그는 오로지 그 논의만 생각하고 있고 따라서 독자들도 그 논의를 생각하지 않을 수 없습니다. 만일 그가 여성에 관해 공정하게 썼더라면, 자신의 주장을 입증하기 위해 누구도 논박할 수 없는 증거를 동원했다면, 그 결과가 다른 게 아니라 이것이기를 바란다는 흔적을 보이지 않았더라면, 독자도 분개하지 않았을 것입니다. 독자는 그 주장을 수긍했겠지요. 완두콩은 녹색이고 카나리아는 노란색이라는 사실을 받아들이듯 말입니다. 따라서 나도 그렇지 하고 말했을 테지요. 그러나 그가 분개했기 때문에 나도 분노했습니다. 하지만 이 모든 권력을 가진 사람이 분개하는 것은 불합리해 보인다고 나는 석간신문을 넘기며 생각했습니다. 아니면, 분노란 권력을 쫓아다니는 친숙한 유령일까요? 예를 들어 부자들은 가난한 사람들이 자신들의 재산을 빼앗고 싶어 한다고 의심하기 때문에 종종 분개합니다. 교수님들, 아니

더 정확하게 부르자면 가장(家長)들은 부분적으로 그런 이유 때문에 분개하겠지만 또 부분적으로는 겉으로 명백히 드러나지 않는 이유 때문에 분개합니다. 어쩌면 그들은 전혀 '분노하지' 않았을지도 모릅니다. 실제로 사적인 인간관계에서 종종 그들은 여성에게 헌신적이며 모범적인 찬미자들입니다. 그 교수가 여성의 열등함에 대해 좀 지나치게 힘주어 주장했을 때 어쩌면 그는 여성의 열등함보다는 자기 자신의 우월함이 손상되지나 않을까 더 염려하고 있었을 겁니다. 그것이 그에게는 무한한 가치를 지닌 희귀한 보석이었기에 대단히 격렬하게 그리고 지나치게 강조하면서 간직해 온 것이지요. 어느 성(나는 보도에서 어깨를 스치며 지나가는 사람들을 바라보았지요.)에게나 삶은 힘들고 어려운 영속적인 투쟁입니다. 그것은 어마어마한 용기와 힘을 요구합니다. 그리고 우리같이 환상을 지닌 피조물에겐 그것은 아마 다른 무엇보다도 자기 자신에 대한 자신감을 필요로 할 겁니다. 자신감이 없다면 우리는 요람에 누운 아기와 마찬가지이지요. 이 측정할 수 없이 가벼운, 그러나 무한한 가치가 있는 자질을 어떻게 해야 가장 신속하게 획득할 수 있을까요? 다른 사람들이 자신보다 열등하다고 생각함으로써 가능하겠지요. 자기 자신에게 다른 사람보다 천성적으로 우월한 점(재산이거나 신분, 곧은 콧날이거나 롬니[20]가 그린 조부의 초상화일 수도 있겠지요. 인간의 상상력이 빚어낸 애처로운 책략

20) 조지 롬니(George Romney, 1734~1802). 18세기 말 영국 상류 사회에서 인기를 끌었던 초상화가.

에는 끝이 없으니까요.)이 있다고 느낌으로써 가능할 겁니다. 그러므로 통치해야 하고 정복해야 할 가장에게 있어서 다수의 사람들, 사실 인류의 절반이 자신보다 열등하다고 느끼는 것은 막대한 중요성을 가질 겁니다. 그것이 실상 그의 권력의 중요한 원천 중 하나겠지요. 그러나 이제 이 관찰로 실제 생활을 조명해 보도록 합시다. 그것이 일상생활의 여백에 기록해 둔 심리적 곤혹감 몇 가지를 설명하는 데 도움이 될까요? 일전에 아주 친절하고 겸손한 남성인 Z 씨가 레베카 웨스트[21]의 책을 집어 들고 한 단락을 읽은 후 "터무니없는 여성 해방론자로군. 그녀 말에 의하면 남자들은 속물이라네!"라고 소리쳤을 때 내가 느꼈던 경악을 설명할 수 있을까요? 그 외침은 아주 놀라웠는데 (웨스트 양이 남성에 대한 찬사는 아닐지라도 어쩌면 진실일지도 모를 진술을 했다고 해서 그녀를 터무니없는 여성 해방론자라고 부를 이유가 있을까요?) 그것은 그저 상처 입은 허영심의 외침은 아니었습니다. 오히려 자기 자신에 대한 믿음을 침해당한 데 항의한 것이지요. 여성은 지금까지 수세기 동안 남성의 모습을 실제 크기의 두 배로 확대 반사하는 유쾌한 마력을 지닌 거울 노릇을 해 왔습니다. 그 마력이 없었다면 지구는 아마 지금도 늪과 정글뿐일지도 모르지요. 온갖 전쟁의 위업은 알려지지 않았을 것이고 우리는 아직도 양의 뼈다귀에

---

21) 레베카 웨스트(Rebecca West, 1892~1983). 영국의 작가이자 문학 비평가. 본명은 시실리 이저벨 페어필드(Cicily Isabel Fairfield)로, 헨리크 입센의 희곡에 등장하는 반항적인 여주인공에게서 필명을 따 왔다. 여성주의와 사회주의를 대변하는 다수의 글을 기고했다.

사슴의 윤곽을 긁어 놓거나 부싯돌을 양가죽이나 미개한 취향에 걸맞은 단순한 장식물과 교환하고 있을 겁니다. 초인이나 운명의 손은 존재하지 않았을 것이고, 러시아 황제와 로마 황제는 왕관을 써 본 적도 빼앗긴 적도 없었을 겁니다. 문명사회에서 거울의 용도가 무엇이건 간에, 거울은 모든 격렬하고 영웅적인 행위에 필수적인 것입니다. 바로 이런 이유 때문에 나폴레옹과 무솔리니는 여성의 열등함을 아주 힘주어 강조합니다. 만일 여성이 열등하지 않다면 거울은 남성을 확대시키기를 그만둘 테니까요. 그것은 여성이 남성에게 무척 빈번히 필요한 이유를 설명하는 데 일면 도움이 됩니다. 남성이 여성의 비판을 받고 안절부절못하는 것도 설명해 주지요. 여성이 남성들에게 이 책은 좋지 않다거나 이 그림은 형편없다거나 그 밖의 어떤 비평을 할 때마다, 똑같이 비평하는 남성들에 의해 야기되는 것보다 더 큰 분노를 일으키고 더 큰 고통을 준다는 사실도 설명해 줍니다. 만일 여성이 진실을 말하기 시작한다면, 거울 속의 형체는 오그라들 것이고 삶에 대한 적응력도 감소될 것입니다. 아침 식사와 저녁 식사에서 최소한 실제 크기의 두 배인 자기 모습을 볼 수 없다면 그가 어떻게 계속해서 판결을 내리고 원주민을 교화하며 법률을 제정하고 책을 집필하며 정장을 차려입고 연회에서 장광설을 늘어놓을 수 있겠습니까? 빵을 잘게 부수고 커피를 저으며, 거리를 지나가는 사람들을 이따금 바라보면서 나는 이렇게 생각했지요. 거울의 환영은 활력을 충전시키고 신경 조직을 자극하기 때문에 더없이 중요한 것입니다. 그것을 빼앗아 보십시오. 그러면 남성은 코카인을 빼앗긴 마약 중독자처럼 죽을 것입니다. 보도 위의 절반의 사람들이 그 환상의 주문에 홀려 활보하며 일터로 가고 있다고 나는 창밖을 내다보며 생각했지요. 그들은 아침이면 그 주문의 쾌적한 광선을 받으며 모자를 쓰고 코트를 입지요. 그들은 자신만만하게 분발하여 스미스 양의 티 파티에 자신의 존재가 필요하다고 믿으며 그날을 시작합니다. 그들은 방으로 들어서며 스스로에게 말하지요. 나는 여기 모인 사람들의 절반보다 우월하다고 말입니다. 그리하여 그들은 자신감과 자기 확신을 가지고 이야기하고, 그 자신감으로 인해 공적 생활에서 중요한 결과를 낳았으며 사적인 마음의 여백에 그런 이상한 메모를 남기게 되는 것입니다.

그러나 남성의 심리라는 위험하고도 매력적인 주제에 대한 이러한 기여(이것은 바라건대 당신에게 연 500파운드의 수입이 있어야 탐구할 수 있는 주제입니다.)는 점심 값의 지불로 중단되었지요. 총액이 5실링 9펜스였습니다. 나는 웨이터에게 10실링짜리 지폐를 주었고 그는 거스름돈을 가지러 갔습니다. 내 지갑에는 10실링짜리 지폐가 한 장 더 있었지요. 나는 그것을 눈여겨보았습니다. 왜냐하면 내 지갑에서 10실링짜리 지폐가 자동적으로 나올 수 있다는 것은 아직도 숨을 멎게 할 정도로 놀라운 사실이기 때문입니다. 내가 지갑을 열면 그곳엔 지폐가 있지요. 나와 이름이 같다는 이유로 한 숙모님이 물려준 유산에서 나오는 몇 장의 종잇조각에 대한 대가로 사회는 닭고기와 커피, 침대와 숙소를 제공해 줍니다.

내 숙모님 메리 비턴은 봄베이에서 바람을 쐬려고 말 타러 나갔다가 낙마하여 죽었습니다. 내가 유산을 받게 되었다는 소식을 들은 것은 여성에게 투표권을 부여하는 법안이 통과되던 당시의 어느 날 밤이었습니다. 한 변호사의 편지가 우편함에 떨어졌으며 그것을 열어 보고 내게 매년 500파운드가 지급되도록 재산이 상속되었다는 사실을 알았지요. 둘 ─ 투표권과 돈 ─ 중에서 돈이 더 무한히 중요해 보였다는 사실을 고백해야겠지요. 그전까지 나는 신문사에 잡다한 일자리를 구걸하고 여기에다 원숭이 쇼를 기고하고 저기에다 결혼식 취재 기사를 쓰면서 생계를 이어 나갔습니다. 그리고 봉투에 주소를 쓰고 노부인들에게 책을 읽어 주거나 조화를 만들고 유치원의 어린아이들에게 철자법을 가르쳐 줌으로써 몇 파운드를 벌었지요. 그러한 일이 1918년 이전의 여성들에게 개방된 주된 일거리였습니다. 아마 여러분도 그런 일을 하는 여성들을 알 테니 그 일의 어려움을 상세히 묘사할 필요는 없겠지요. 또한 돈을 벌어 그 돈에만 의존해서 사는 어려움도 언급할 필요가 없을 겁니다. 어쩌면 여러분도 애를 써 보았을 테니까요. 그러나 그런 것보다 더한 고통이라고 지금도 여겨지는 것은 그 당시 내 마음속에서 싹튼 두려움과 쓰라림의 독이었습니다. 무엇보다도, 원하지 않는 일을 늘 하고 있다는 사실, 그리고 항상 부득이하지는 않았지만 그렇게 하는 것이 필요해 보였고 또 모험을 하기에는 너무 큰 이해관계가 걸려 있기에 노예처럼 아부하고 아양을 떨며 그 일을 하고 있다는 사실, 또한 그것을 드러내지 않으면 죽는 것이나 다름없는 단 하나의 재능이 ─ 작은 것이지만 소유자에게는 소중한 ─ 소멸하고 있으며 그와 함께 나 자신, 나의 영혼도 소멸하고 있다는 생각, 이 모든 것들이 나무의 생명을 고갈시키며 봄날의 개화를 잠식하는 녹과 같았습니다. 그러나 아까 말했듯이 숙모님이 돌아가셨습니다. 그리고 내가 10실링짜리 지폐를 바꿀 때마다 그 녹과 부식된 부분들은 조금씩 벗겨져 나가고 두려움과 쓰라림도 사라집니다. 나는 은화를 지갑 안에 미끄러뜨리며 생각했습니다. 그 당시의 쓰라림을 기억하건대, 고정된 수입이 사람의 기질을 엄청나게 변화시킨다는 사실은 참으로 놀라운 일이라고요. 이 세상의 어떤 무력도 나에게서 500파운드를 빼앗을 수 없습니다. 음식과 집, 의복은 이제 영원히 나의 것입니다. 그러므로 노력과 노동만 끝나는 것이 아니라 증오심과 쓰라림도 끝나게 됩니다. 나는 누구도 미워할 필요가 없습니다. 아무도 나에게 해를 끼칠 수 없으니까요. 또 누구에게도 아부할 필요가 없습니다. 그가 나에게 줄 것이 없기 때문이지요. 이렇게 하여 나는 스스로 인류의 다른 절반에 대해 아주 미세하나마 새로운 태도를 취하게 되었음을 알게 되었습니다. 어떤 계급이나 성을 뭉뚱그려서 비난하는 것은 불합리한 일이었지요. 대다수의 사람들에게 그들의 행위에 대한 책임을 물을 수 없습니다. 그들은 스스로 억제할 수 없는 본능에 휘둘리고 있으니까요. 그들, 가장들과 교수님들 역시 극복해야 할 끝없는 어려움과 끔찍한 결함을 가지고 있습니다. 그들의 교육은 어떤 점에서는 내가 받은 교육만큼이나 잘못된 것이었지요. 그것은 그들에게서 그만큼 큰 결함을 낳았습니다. 그들이 돈과 권력을 가지고 있는 것은 사실입니다. 그러나 그것은 끊임없이 간을 찢어 내고 허파를 잡아채려는 독수리와 매를 가슴속에 담아 두는 희생을 치르고서야 가능했지요. 소유에 대한 충동과 획득에 대한 격정은 그들로 하여금 다른 사람들의 땅과 재산을 끝없이 탐내고, 개척지를 만들어 깃발을 세우며, 전함과 독가스를 만들고, 그들 자신의 생명과 자녀들의 생명을 바치도록 몰아갔습니다. 해군 아치(나는 그 기념비에 이르렀습니다.)나 전승 트로피와 대포가 전시된 거리를 걸어 보고 그곳에서 칭송되는 명예가 어떤 것인지 숙고해 보십시오. 아니면 봄날 햇살 속에서 증권 중개인과 위대한 변호사가 돈을 벌고도 더 많은 돈을 벌려고 문 안으로 들어가는 것을 지켜보십시오. 일 년에 500파운드만 있으면 햇빛을 받으며 살아가기에 충분하다는 것이 엄연한 사실인데 말이지요. 이러한 본능은 가슴에 품어 두기엔 불쾌한 것들이라고 생각했습니다. 케임브리지 공작의 동상을 바라보면서, 지금까지 받아 본 적이 없었을 뚫을 듯한 시선으로 특히 그의 삼각모에 꽂힌 깃털을 바라보면서 숙고했지요. 이런 본능은 삶의 조건에서, 다시 말해 문명의 결핍에서 비롯되는 것들이라고요. 내가 이러한 결함들을 인식하게 됨에 따라 두려움과 쓰라림은 점차 완화되어 연민과 관용으로 바뀌어 갔습니다. 그리고 일이 년이 지나자 연민과 관용도 사라지고 가장 커다란 해방, 즉 사물을 그 자체로 생각하는 자유가 생겨났습니다. 예를 들면 저 건물을 내가 좋아하는가 아닌가? 저 그림은 아름다운가 그렇지 않은가? 내 생각에 그것이 좋은 책인가 나쁜 책인가? 진정 숙모님의 유산은 내게 하늘의 베일을 벗겨 주었고, 밀턴이 우리에게 영원히 숭배하라고 천거한 신사의 크고 위압적인 모습 대신 훤히 트인 하늘을 보여 주었습니다.

이렇게 생각하고 추론하면서 나는 강가의 집으로 돌아가는 길에 들어섰습니다. 가로등이 켜지고 있었고 아침 이후 런던은 형언할 수 없는 어떤 변화로 뒤덮였습니다. 마치 거대한 기계가 하루 종일 일한 후 우리의 도움으로 아주 자극적이고 아름다운 어떤 것, 붉은 눈을 반짝이며 타오르는 듯한 직물을 몇 야드가량 더 자아내고, 뜨거운 숨결로 으르렁거리는 황갈색 괴물을 만들어 놓은 듯했습니다. 집을 채찍질하고 게시판을 덜컹거리게 하는 바람마저 깃발처럼 흔들리는 것 같았습니다.

그러나 내가 사는 작은 거리에는 주로 가정적인 일이 일어나고 있었지요. 도색공이 사다리에서 내려오고 있었고 아이 보는 여자는 유모차를 이리저리 조심스레 밀면서 차를 마시러 육아실로 돌아가고 있었지요. 석탄을 운반하는 인부가 텅 빈 자루들을 차곡차곡 개고 있었고 채소 가게의 주인 여자는 붉은 장갑을 낀 손으로 그날의 수입을 계산하고 있었습니다. 그러나 여러분이 내 어깨에 올려놓은 그 문제에 너무 몰두하고 있었기에 나는 이런 일상적인 광경을 볼 때에도 그것들을 하나의 중심에 연결시키지 않을 수 없었지요. 이러한 직업들 중에서 어느 것이 더 고귀하고 더 필요한 일인지를 판가름하는 것은 백 년 전에도 어려웠겠지만 지금은 더욱 어려울 거라고 생각했습니다. 석탄 인부가 되는 것과 아이 보는 여자가 되는 것 중 어떤 것이 더 나을까요? 여덟 명의 아이를 길러 낸 유모는 10만 파운드를 버는 변호사보다 세상에 더 가치 없는 인물일까요? 그런 질문을 던지는 것은 무익할 겁니다. 아무도 대답할 수 없을 테니까요. 유모와 변호사의 비교 가치는 십 년마다 오르락내리락할 뿐 아니라 현재의 상황에서도 그 가치를 측정할 잣대가 없으니까요. 내가 교수님에게 여성에 관한 그의 논의에서 이것저것 '논박할 수 없는 증거'를 요구한 것은 어리석은 일이었습니다. 누군가가 어느 순간에 어떤 재능의 가치를 말할 수 있다 하더라도 이 가치들은 변화할 것입니다. 백년이 지나면 이 가치들은 완전히 변하겠지요. 더욱이 앞으로 백 년이 지나면, 집 문 앞에 이르러 생각하건대, 여성은 보호받는 성이기를 그만둘 것입니다. 필연적으로 그들은 한때 자신들에게 허용되지 않았던 모든 활동과 힘든 작업에 참여할 것입니다. 아이 보는 여자는 석탄을 운반할 것이고 가게 주인 여자는 기관차를 운전할 것입니다. 여성이 보호받는 성이었을 때 관찰된 사실에 근거를 둔 모든 가설들은 사라질 것입니다. 예를 들어 (지금 군인 부대가 길거리를 따라 행군하고 있습니다.) 여성과 목사와 정원사가 다른 사람들보다 장수한다는 가설 같은 것 말입니다. 그 보호막을 제거하고, 여성에게 똑같은 활동과 작업을 접하게 하고, 여성을 군인이나 선원, 기관사, 부두 노동자로 만들어 보십시오. 그러면 사람들이 "오늘 비행기를 보았어."라고 과거에 말했듯 "오늘 여자를 한 명 보았어."라고 할 정도로 여자가 남자보다 젊은 나이에, 훨씬 빨리 죽게 될지도 모르는 일 아니겠어요? 여성이 더 이상 보호받는 처지에 있지 않게 되면 어떻게 될까 하고 나는 현관문을 열면서 생각했지요. 그러나 이 모든 생각들이 내 강연 주제인 '여성과 픽션'하고 무슨 관련이 있을까요? 나는 안으로 들어가면서 자문했지요.

3장

저녁이 되어도 어떤 중요한 진술이나 신빙성 있는 사실을 가지고 돌아오지 못했다는 것은 실망스러운 일이었습니다. 여성은 남성보다 가난한데, 그것은 아마도 이러저러한 이유 때문이었겠지요. 어쩌면 지금은 진실에 대한 탐색을 그만두고, 용암처럼 뜨겁고 개숫물처럼 혼탁한 숱한 견해들을 받아들이지 않는 편이 나을 것입니다. 커튼을 내려 산만한 생각을 내몬 후 램프에 불을 밝히고 탐구의 폭을 좁혀서, 의견이 아니라 사실을 기록하는 역사가에게 여성이 어떤 상황 아래 살아왔는지, 전 세기에 걸쳐서가 아니라 영국에서, 예컨대 엘리자베스 시대에 어떠했는지를 말해 달라고 하는 편이 나을 것입니다.

왜냐하면 남성이라면 누구든지 노래와 소네트를 지을 수

있었던 듯한 그 시대에 어떤 여성도 탁월한 문학 작품을 단 한 줄 쓰지 않았다는 사실은 영원한 수수께끼이기 때문입니다. 당시 여성이 처한 상황이 어떤 것이었을까 나는 자문했습니다. 픽션은 상상력에 의한 작업이긴 하지만 조약돌처럼 땅 위에 떨어지는 것이 아닙니다. 과학은 그러할지 모르지만요. 픽션은 거미집과 같아서 아주 미세하게라도 구석구석 현실의 삶에 부착되어 있습니다. 종종 그 부착된 상태는 거의 눈에 띄지 않지요. 일례를 들자면 셰익스피어의 희곡들은 홀로 완벽하게 공중에 매달려 있는 듯 보이지요. 그러나 거미집을 비스듬히 잡아당겨 가장자리에 갈고리를 걸고 중간을 찢어 보면, 이 거미집들은 형체 없는 생물이 공중에서 자아낸 것이 아니라 고통받는 인간 존재의 작업이며, 건강과 돈 그리고 우리가 사는 집처럼 조잡한 물질에 부착되어 있다는 사실을 기억하게 됩니다.

그리하여 나는 역사책들을 꽂아 둔 서가로 가서 최근에 나온 트리벨리언[22] 교수의 『영국사』를 뽑아 들었습니다. 다시 한번 여성이라는 단어를 찾아본 다음 '여성의 지위'라는 항목을 발견하고 지시된 쪽을 펼쳤지요. 다음을 읽었습니다. "아내에 대한 구타는 남성의 공인된 권리였고, 상층민이나 하층민이나 할 것 없이 수치심을 느끼지 않고 자행했다……. 이와 유사하게……." 그 역사가는 계속해서 말했습니다. "부모가 선택한 신

---

22) 조지 트리벨리언(George Trevelyan, 1876~1962). 역사학자. 영국 사상사에서 휘그당의 전통을 높이 평가했으며 영국 국체에 깃들어 있는 앵글로색슨적 요소에 깊은 관심을 가졌다.

사와 결혼하기를 거부하는 딸을 방에 가두고 구타하며 내동 댕이친다 해도 여론에 전혀 충격적인 일이 아니었다. 결혼은 개인적인 애정의 문제가 아니었고 가족의 탐욕이 결부된 문제 였으며, 특히 '기사도를 중시하는' 상류층에서 그러했다…….
약혼은 종종 당사자들 중 하나 또는 둘 다 요람에 누워 있는 나이에 성사되었으며 유모의 보살핌을 받는 나이가 채 지나기 도 전에 결혼이 이루어졌다." 이때가 초서[23]의 시대 바로 직후 인 1470년경입니다. 여성의 지위에 대한 그다음 언급은 약 이 백 년 후인 스튜어트 왕조 시대에서나 발견됩니다. "자신의 남 편을 선택하는 것은 상류층과 중산층 여성에겐 여전히 예외 적인 일이었다. 그리고 남편이 정해지면 그는 최소한 법과 관 습이 지켜 주는 한에서 그녀의 지배자이자 주인이었다. 비록 그렇기는 해도……." 트리벨리언 교수는 이와 같이 결론을 내 리고 있었지요. "셰익스피어의 여성들이나 버니, 허친슨과 같 이 신뢰할 만한 17세기 수상록[24]에 등장하는 여성들은 개성 이나 성격이 결핍된 것처럼 보이지 않는다." 생각해 보면 클레 오파트라는 분명 자기 나름의 행동 방식을 가지고 있었습니 다. 맥베스 부인은 자기 나름의 의지를 가졌다고 생각할 수 있 습니다. 로잘린드는 매력적인 소녀라고 추정할 수 있겠지요.

---

23) 제프리 초서(Geoffrey Chaucer, 1342 추정~1400). 14세기 후반 궁정 대 신, 외교관, 공무원을 지낸 영국의 대표적인 시인.
24) 레이디 버니 편집, 『17세기 버니 가문의 수상록(Memoirs of the Verney Family during the Seventeenth Century)』(1923)과 루시 허친슨, 『허친슨 대 령의 생애 회고록(Memoirs of the Life of Colonel Hutchinson)』(1810).

트리벨리언 교수가 셰익스피어의 작품에 등장하는 여성들에게 개성이나 성격이 결핍된 듯이 보이지 않는다고 말할 때, 그의 말은 진실입니다. 나는 역사가가 아니므로 한 걸음 더 나아가 유사 이래 모든 시인들의 작품에서 여성들이 횃불처럼 타올랐다고 말할 것입니다. 극작가들의 작품에는 클리템네스트라, 안티고네, 클레오파트라, 맥베스 부인, 페드르, 크레시다, 로잘린드, 데스데모나, 몰피의 공작 부인 등이 존재하고, 산문 작가의 작품에는 밀러먼트, 클라리사, 베키 샤프, 안나 카레니나, 에마 보바리, 게르망트 부인 ─ 이런 이름들이 무리 지어 마음속에 떠오르며, 이 이름들은 '개성이나 성격이 결핍된' 여성을 연상시키지 않습니다. 여성이 남성들이 쓴 픽션에서만 존재한다면, 우리는 그녀를 최고로 중요한 인물이라고 상상할 수 있습니다. 매우 다양하며, 영웅적이거나 비열하고, 빛나거나 천박하며, 무한히 아름답거나 극단적으로 가증스럽고, 남성만큼 위대하기도 하고 또 어떤 사람들 생각엔 남성보다 더욱 위대한 인물이니까요.[25] 그러나 이것은 픽션에 나타난 여

---

25) "실제로 아테네에서 여성은 노예로서 동양에서와 유사한 억압에 얽매여 있거나 고된 일로 시달린 반면, 무대에서는 클리템네스트라와 카산드라, 아토사와 안티고네, 페드르와 메데이아 그리고 '여성 혐오자'인 에우리피데스의 연극을 거의 모두 지배하는 여주인공들을 산출했다는 것은 설명하기 힘든 기이한 시 실이다. 실제 생활에서는 신분이 높은 여성이 혼자 거리에서 얼굴을 들고 다닐 수 없었지만 무대에서는 여성이 남성과 동등하거나 남성을 능가하는 이러한 세계의 모순은 아직 만족스럽게 해명되지 않았다. 현대의 비극에서도 여성이 우월한 현상은 지속된다. 어찌 되었건 셰익스피어의 작품들(말로나 존슨의 작품과는 다르지만 웹스터의 작품과는 유사하게)을

성입니다. 실제로는 트리벨리언 교수가 지적하듯이 방에 갇혀 구타당하고 내동댕이쳐졌던 것입니다.

그리하여 아주 기묘하고 복합적인 존재가 생겨납니다. 상상에 있어서 여성은 더없이 중요한 인물이지만, 실제로는 전적으로 하찮은 존재입니다. 시에서는 첫 장에서 마지막 장까지 여성의 존재가 고루 퍼져 있지만, 역사에서는 전혀 존재하지 않습니다. 픽션에서 그녀는 왕과 정복자들의 삶을 지배하지만, 실제로는 그녀의 손가락에 강제로 반지를 끼워 준 어느 부모의 아들에 딸린 노예였습니다. 문학에서는 영감이 풍부한 말들, 심오한 생각들이 그녀의 입술에서 흘러나옵니다. 그러나 현실에서 그녀는 거의 읽을 줄 모르고 철자법도 모르며 남편의 재산에 불과했습니다.

확실히 이것은 역사가들의 글을 먼저 읽고 나중에 시인들의 글을 읽음으로써 만들어진 기묘한 괴물이었습니다. 독수리 날개가 달린 벌레, 또는 부엌에서 양의 비계를 떼어 내는 생명과 미의 요정이라고나 할까요. 그러나 이러한 괴물을 상상하기가 무척 재미있는 일이더라도 실제로는 존재하지 않는

대략적으로 살펴본다 하더라도, 로잘린드부터 맥베스 부인에 이르기까지 여성의 이러한 우월성과 주도권이 존속한다는 사실을 밝히기에 충분하다. 라신에게서도 마찬가지다. 그의 비극 가운데 여섯 편의 제목이 여주인공의 이름이다. 에르미온과 앙드로마크, 베레니스와 록산, 페드르와 아탈리에 대적할 만한 남성 인물들이 과연 존재하는가? 입센의 경우에도 그러하다. 솔베이그와 노라, 헤다와 힐다 반젤 그리고 레베카 웨스트에 필적할 만한 남성을 찾을 수 있을까?"(프랭크 로런스 루카스(Frank Laurence Lucas), 「비극(Tragedy)」, 114~115쪽)─원주

것입니다. 그러므로 우리가 그녀를 소생시키기 위해서 해야 할 일은 시적으로 그리고 동시에 산문적으로 생각하는 것이고, 그리하여 사실—그녀는 마틴 부인이고 서른여섯 살이며 푸른 옷을 입고 검은 모자를 쓰고 갈색 구두를 신고 있다는 것—과 계속 접촉하는 것입니다. 그러나 또한 픽션—그녀는 온갖 종류의 정신과 힘이 부단히 흐르며 반짝이는 그릇이라는—을 시야에서 놓치지 않아야 합니다. 하지만 엘리자베스 시대의 여성에게 이 방법을 적용해 보려고 하는 순간, 한 부분의 조명이 부족합니다. 즉 사실의 결핍으로 가로막히게 되지요. 그녀에 대한 세세한 사실, 더할 나위 없이 진실하고 실제적인 사실을 전혀 알지 못하니까요. 역사는 여성을 거의 언급하지 않습니다. 그래서 트리벨리언 교수에게는 역사가 무엇을 의미하는지 알아보기 위해서 나는 다시 책을 펼쳤습니다. 각 장의 제목을 보면서 역사란 다음을 의미한다는 것을 알게 되었지요.

"중세 장원과 공동 경작의 방법 …… 시토 수도회와 목양업 …… 십자군 …… 대학 …… 하원 …… 백년전쟁 …… 장미전쟁 …… 르네상스 학자들 …… 수도원의 해체 …… 농민 투쟁과 종교적 갈등 …… 영국 해군력의 기원 …… 무적함대……." 이런 것들이었지요. 때로 엘리자베스와 메리 같은 여왕이나 귀부인이 언급되기도 했습니다. 그러나 내세울 것이라고는 두뇌와 개성밖에 없는 중산층 여성들은, 모두 합쳐서 과거에 대한 그 역사가의 개념을 형성한 그 위대한 흐름들의 어디에도 낄 수 없었습니다. 또한 일화를 수집해 놓은 책에서도 여성의 존재를 찾을 수 없습니다. 오브리[26]는 여성을 거의 언급하지 않지요. 또 여성은 자기 자신의 생활을 글로 옮기는 법이 없으며 일기도 거의 쓰지 않습니다. 단지 편지 몇 장만 남아 있지요. 여성은 우리에게 그녀를 판단할 척도가 될 만한 희곡이나 시 한 편 남기지 않았습니다. 우리에게 필요한 것은 (뉴넘이나 거턴 대학의 똑똑한 학생들은 왜 그것을 제공하지 않는 걸까요.) 다량의 정보입니다. 여자들이 몇 살에 결혼하고 통상적으로 아이를 몇 명이나 낳았는가, 그녀의 집은 어떠했을까, 그녀에게 자기만의 방이 있었는가, 그녀가 직접 요리를 했을까, 그녀는 하인을 두고 싶어 했을까? 이 모든 사실들은 어딘가에, 아마도 교구 등기부와 회계 장부에 남아 있을 것입니다. 엘리자베스 시대에 살았던 평범한 여성의 생활에 대한 기록이 어딘가에 산재할 것이므로, 누군가 그것을 모아서 책으로 만들어 낼 수도 있을 겁니다. 나는 서가에 없는 책을 찾으며 생각했지요. 그 유명한 대학의 학생들에게 역사를 다시 쓰라고 제안하는 것은 내가 감히 무릅쓸 수 있는 정도를 넘어선 야심일 거라고요. 비록 역사라는 것이 사실 약간 기묘하고 비현실적이며 한쪽으로 기운 듯이 보인다는 점은 인정하지만 말입니다. 그러나 그들이 역사에 부록을 한 장 붙여서는 안 되는 걸까요? 거기에 여성이 부적절하지 않게 등장할 수 있도록 물론 눈에 띄지 않는 제목을 붙이고요. 왜냐하면 우리는 종종 위인들의 전기에서 여성이 배경으로 재빨리 물러나거나 ─ 때로 생각하

---

26) 존 오브리(John Aubrey, 1626~1697). 영국의 전기 작가.

건대 — 윙크나 웃음, 혹은 눈물을 감추고 있는 것을 흘끗 보게 되니까요. 그리고 요컨대 우리는 제인 오스틴의 생애에 대해서는 충분히 알고 있습니다. 조애너 베일리[27]의 비극들이 에드거 앨런 포의 시에 미친 영향을 다시 고려할 필요는 거의 없겠지요. 나 자신으로 말하자면 메리 러셀 미트퍼드의 집과 그녀가 자주 다니던 곳들이 최소한 일 세기 동안 대중에게 공개되지 않는다 하더라도 개의치 않겠습니다. 그러나 다시 서가를 바라보면서 생각하건대 내가 유감스러워하는 것은 18세기 이전의 여성들에 대해서 알려진 바가 전혀 없다는 사실입니다. 내 마음속에서 이리저리 굴려 볼 만한 모델이 없는 것이지요. 여기서 나는 엘리자베스 시대에 여성들이 왜 시를 쓰지 않았는지를 묻고 있습니다만 그들이 어떤 교육을 받았는지, 글 쓰는 법을 배웠는지, 자기만의 방이 있었는지, 스물한 살이 되기 전에 아이를 낳은 여자는 얼마나 되었는지, 간단히 말해 그들이 아침 8시부터 밤 8시까지 무엇을 했는지 모르고 있습니다. 그들에겐 분명히 돈이 없었지요. 트리벨리언 교수에 의하면 그들은 원하건 원치 않건 간에 아이 방에서 나오기도 전인 대략 열다섯 살이나 열여섯 살쯤 결혼했습니다. 이러한 사실만을 놓고 보더라도 만일 그들 중 누군가가 갑자기 셰익스피어의 희곡을 썼더라면 그것은 대단히 기이한 일이었을 겁니다. 지금은 죽었지만 아마 생전에 주교였던 한 노신사가 과거든 현재든 또 미래에서든 여성이 셰익스피어의 재능을 갖는

---

27) Joanna Baillie(1762~1851). 스코틀랜드의 시인이자 극작가.

것은 불가능하다고 공언했던 일이 생각나는군요. 그는 신문에 그 점에 관해 썼습니다. 그는 또한 자신에게 문의한 어떤 부인에게 고양이는 사실상 천국에 가지 않는다고 말했지요. 하지만 고양이에게도 일종의 영혼이 있다고 덧붙였습니다. 이러한 노신사들은 우리가 생각할 거리를 얼마나 많이 덜어 주었는지요! 그들이 접근하면 무지의 테두리가 움찔하며 뒤로 물러나지요! 고양이들은 천국에 가지 않습니다. 여성은 셰익스피어의 희곡을 쓸 수 없지요.

그러나 어쨌든 간에 나는 서가에 꽂힌 셰익스피어의 작품들을 보면서 그 주교가 최소한 이런 점에서는 옳았다고 생각하지 않을 수 없었습니다. 즉 어떤 여성이 셰익스피어 시대에 셰익스피어의 희곡에 버금가는 작품을 쓴다는 것은 완전히 그리고 전적으로 불가능하다는 사실입니다. 셰익스피어에게 놀랄 만한 재능을 가진 누이, 이를테면 주디스라 불리는 누이가 있었다면 어떤 일이 일어났을까를 — 사실을 얻기 어려우니까 — 상상해 보도록 하지요. 셰익스피어 자신은 문법 학교에 다녔음이 거의 확실합니다. 그의 어머니가 유산 상속인이었으니까요. 그곳에서 그는 라틴어 — 오비디우스, 베르길리우스, 호라티우스 — 와 문법 원칙, 논리학을 배웠을 겁니다. 잘 알려져 있다시피, 그는 토끼를 밀렵하고 사슴을 사냥한 거친 소년이었으며, 이웃에 사는 여자와 지나치게 이른 나이에 결혼해야 했고, 그 여자는 적절한 시기보다 훨씬 이르게 아기를 낳았습니다. 그 엉뚱한 짓으로 인해서 그는 출세의 길을 찾아 런던으로 갔지요. 그는 연극을 좋아했습니다. 그래서 무대 출입구에서 말을 돌보는 시종으로 연극 생활을 시작했지요. 곧 그는 극장에서 일거리를 얻게 되었고 성공적인 배우가 되었으며 우주의 중심에서 살았습니다. 모든 사람을 만나고 모든 사람을 알게 되었으며 배우로서의 기술을 익히고 길거리에서 재치를 발휘하고 심지어 여왕의 궁전에 접근하기도 했지요. 그동안 특별한 재능을 가진 그의 누이는 집에 남아 있었다고 가정해 봅시다. 그녀도 셰익스피어만큼이나 모험심이 강하고 상상력이 풍부하며 세계를 알고 싶은 열망에 가득 차 있었습니다. 그러나 그녀는 학교에 다니지 못했지요. 그녀에게는 호라티우스와 베르길리우스를 읽을 기회는커녕 문법과 논리학을 접할 기회조차 없었습니다. 그녀는 때때로 책을, 아마도 오빠의 책이었겠지만, 집어 들고 몇 쪽을 읽었지요. 그러면 그녀의 부모님이 들어와서 양말을 꿰매거나 국을 끓이는 데 신경을 쓰라고, 책이나 논문 따위를 붙들고 멍하니 시간을 보내지 말라고 말했습니다. 그들은 호되게 나무랐지만 그것은 선의에서 나온 꾸지람이었을 겁니다. 왜냐하면 그들은 여자들의 삶의 조건이 어떠한지를 아는 현실적인 사람들이었으며, 딸을 사랑했기 때문입니다. 참으로 그녀는 아버지에게 눈에 넣어도 아프지 않을 존재였을 겁니다. 그녀는 아마 사과 창고에서 은밀히 몇 쪽을 휘갈겨 썼겠지요. 하지만 조심스럽게 숨기거나 불에 태웠지요. 그녀는 십 대를 벗어나기도 전에 이웃에 사는 양털 중개상의 아들과 약혼하게 되었습니다. 자신은 그 결혼이 혐오스럽다고 소리쳤지요. 그 때문에 그녀는 아버지에게 심하게 맞았습니다. 그러고 나서 그는 딸을 더 이상 꾸짖지 않았습니다.

그 대신 자신의 마음을 상하게 하지 말라고, 결혼 문제로 더 이상 망신시키지 말라고 사정했습니다. 그녀에게 목걸이와 멋진 페티코트를 주겠다고 말했지요. 그의 눈에는 눈물이 어렸습니다. 그녀가 어떻게 아버지의 말을 거역할 수 있겠습니까? 어떻게 그녀가 그를 비탄에 잠기게 할 수 있겠습니까? 그러나 그녀 자신의 강렬한 재능이 그녀를 몰아세웠습니다. 그녀는 조그마한 짐을 꾸려 어느 여름날 밤 밧줄을 타고 내려와 런던으로 가는 길에 섰습니다. 그녀는 열일곱 살도 채 되지 않았지요. 산울타리에서 노래하는 새들도 그녀보다 더 음악적일 수는 없었을 겁니다. 그녀는 오빠와 똑같은 재능 즉 단어의 음조에 대한 예리한 상상력을 가지고 있었지요. 셰익스피어와 마찬가지로 그녀는 연극에 소질이 있었습니다. 그녀는 무대 출입구에 서서 연기를 하고 싶다고 말했지요. 남자들은 그녀의 면전에서 폭소를 터뜨렸습니다. 감독 — 뚱뚱하고 입이 가벼운 사람이었는데 — 은 너털웃음을 쳤습니다. 그리고 여자가 연기를 하는 것은 푸들이 춤추는 것과 마찬가지라고 내뱉고는 어떤 여자도 배우가 될 수 없다고 단언했지요. 그가 넌지시 암시했는데, 여러분은 그가 무슨 말을 했는지 상상할 수 있을 겁니다. 그녀의 재능은 훈련을 받을 수 없었지요. 그녀가 선술집에서 저녁을 먹거나 한밤중에 길거리를 배회할 수 있었을까요? 하지만 그녀의 재능은 픽션을 추구했고, 남자들, 여자들의 삶과 그들의 생활 방식을 풍부하게 보고 관찰하기를 갈망했습니다. 마침내 — 그녀는 아주 젊었고 기묘할 정도로 시인 셰익스피어와 얼굴이 닮았으며 똑같은 회색 눈과 둥근 이마를 가졌기에 — 배우 감독인 닉 그린이 그녀를 동정했습니다. 그녀는 그 신사의 아이를 임신했음을 알게 되었고 그래서 (시인의 마음이 여자의 몸속에 갇혀서 엉망으로 뒤엉켜 있을 때 그것이 분출할 열기와 격렬함을 누가 측정할 수 있겠습니까.) 어느 겨울 밤 스스로 목숨을 끊었으며 지금은 엘리펀트 앤 캐슬[28] 바깥쪽의 버스 정류장 근처 교차로 어딘가에 묻혀 있습니다.

만일 셰익스피어 시대에 한 여성이 셰익스피어의 재능을 가지고 있었더라면, 이야기가 아마 이렇게 전개되었을 것입니다. 그러나 나 자신은 그 돌아가신 주교님(그가 주교였음이 확실하다면 말입니다.)의 말에 동의합니다. 셰익스피어 시대에 어떤 여성이 셰익스피어의 재능을 갖는다는 것은 생각할 수도 없는 일입니다. 왜냐하면 셰익스피어 같은 천재는 교육받지 못하고 노동하며 노예처럼 사는 사람들 가운데서 태어나지 않기 때문입니다. 그러한 천재는 영국의 색슨족이나 브리튼족에서 태어난 적이 없으며 오늘날 노동 계층에서도 태어나지 않습니

---

28) 런던 남부의 한 구역으로서 싸구려 쇼핑센터와 허름한 정부 건물을 둘러싼 거대한 순환 도로로 악명 높다. 이 지명은 원래 헨리 8세의 첫 번째 부인인 캐서린의 이름 '인판타 디 카스틸라(카스티야의 아이)'에서 유래했다. 그녀는 로마 교황청과 스페인, 영국 간의 담합에 따라 헨리 8세와 결혼했으며, 결혼 후 18년이 지난 다음에도 아들을 낳지 못하자 헨리 8세는 결혼 당시 그녀가 처녀가 아니었다는 핑계로 결혼을 무효화하려는 재판을 걸었고, 이 사건을 계기로 로마 교회와 결별하여 영국 국교를 창시했다. 여기서 울프는 이 지명을 통해 여성이 아버지에게서 남편에게로, 그리고 다시 아버지에게로 남성들 사이에서 물건처럼 넘겨지며 억압당한 역사의 한 사례를 암시하는 동시에 허구의 주디스 셰익스피어를 실제 역사 안에 자리 잡게 하면서 그 두 여성의 경험을 교차시킨다.

다. 그렇다면 그러한 천재가 어떻게 여성들 가운데서 태어날 수 있겠습니까? 트리벨리언 교수에 의하면 여성들은 아이 방에서 나올 나이가 되기 이전부터 가사를 시작해야 했으며, 그렇게 하도록 부모들에게 강요받고 법과 관습의 강제력에 의해 억눌렸던 것입니다. 그러나 어떤 천재가 노동 계층에서 틀림없이 존재했던 것처럼, 여성에게도 분명히 존재했을 것입니다. 이따금 에밀리 브론테 같은 소설가나 로버트 번스 같은 시인이 밝게 타올라 그 존재를 입증합니다. 그러나 분명 그 천재성은 글로 옮겨지지 못했습니다. 하지만 사람을 피해 달아나는 마녀, 악마에 사로잡힌 여자, 약초를 파는 현명한 여인, 또는 어느 탁월한 남성의 어머니에 관해서 읽게 될 때, 우리는 잃어버린 소설가나 억눌린 시인, 즉 제인 오스틴이나 에밀리 브론테에 필적할 만한 재능을 갖고 있지만 그 재능으로 인해 고통받고 제정신을 잃어서 얼굴을 일그러뜨리고 길거리를 방황하거나 황무지에서 발광하여 자신의 머리를 부숴 버린 무명의 말 없는 작가를 추적할 만한 단서를 얻게 된다고 생각합니다. 실제로 나는 자신들의 이름을 붙이지 않고 많은 시를 쓴 익명의 작가들 중 상당수가 여성이었을 거라고 과감하게 추측합니다. 에드워드 피츠제럴드는 발라드나 민요를 만들어 내어 나지막한 소리로 아이들에게 불러 주거나 노래를 부르며 실을 자아 기나긴 겨울밤을 잊은 사람들이 바로 여성이었음을 시사한 적이 있습니다.

이것은 사실일 수도, 그렇지 않을 수도 있겠지요. 누가 알 수 있겠습니까? 그러나 내가 지어낸 셰익스피어 누이의 이야기를 검토하면서 생각하건대 그 이야기에서 사실이라 할 수 있는 점은, 16세기에 태어난 위대한 재능을 가진 여성은 틀림없이 미치거나 총으로 자살하거나 또는 마을 변두리의 외딴 오두막에서 절반은 마녀, 절반은 요술쟁이로 공포와 조롱의 대상이 되어 일생을 끝마쳤을 거라는 것입니다. 왜냐하면 시적 재능을 발휘해 보려고 시도한 천부적 재능을 지닌 여성은 다른 사람들에 의해 방해받고 저지되었으며 자기 내면에서 상충하는 충동들로 고통받고 갈가리 찢겨서 틀림없이 건강과 온전한 정신을 잃었을 거라고, 심리학에 대한 지식이 거의 없어도 확신할 수 있기 때문입니다. 어떤 소녀라도 런던까지 걸어간 뒤 무대 출입구에 서서 기웃거리며 배우 감독이 있는 곳에 억지로 밀치고 들어가려 했다면 스스로에게 극심한 상처를 입히지 않을 수 없었을 것이고, 불합리하지만 (순결이란 어떤 사회들이 알 수 없는 이유로 만들어 낸, 맹목적 숭배의 대상이었으니까.) 그럼에도 불구하고 피할 수 없는 고뇌를 겪지 않을 수 없었을 겁니다. 그 당시 순결이란, 지금도 거의 마찬가지이지만, 여자들의 생활에서 종교적인 중요성을 가진 것이었고 여성의 신경과 본능을 휘감았으므로 그것을 자유로이 절단해 한낮의 햇빛에 노출하려면 극히 드문 용기가 필요했을 겁니다. 시인이나 극작가인 여성에게 16세기의 런던에서 자유로이 생활한다는 것은 신경의 긴장과 딜레마를 의미했을 것이고 그 때문에 그녀는 당연히 죽을 수밖에 없었을 것입니다. 만일 그녀가 살아남았다면 그녀가 쓴 것은 무엇이든 팽팽히 긴장된 병적인 상상력의 소산이었으므로 비틀리고 불구가 되었겠지요. 그리고, 여성이 쓴 희곡이 단 한 편도 없는 서가를 바라보며 생각하건대, 의심할 바 없이 그녀의 작품은 서명되지 않은 채 출간되었을 겁니다. 틀림없이 그녀는 그 도피처를 찾았을 겁니다. 그것은 심지어 19세기까지도 여성에게 익명이기를 요구한 정조관의 유산이었지요. 커러 벨,[29] 조지 엘리엇, 조르주 상드, 이들의 작품이 입증하듯이 이 내면적 투쟁의 희생자들은 남성의 이름을 사용함으로써 비효과적으로나마 자신을 베일로 가리려 애썼습니다. 그리하여 이들은 남성이 주입하지는 않았더라도 남성이 적극적으로 권장한 관습,(여성에게 있어 최고의 명예는 사람들에게 거론되지 않는 것이라고, 자기 자신은 대단히 많이 거론되는 사람인 페리클레스가 말했지요.) 즉 여성에게 있어서 널리 알려진 평판이란 혐오스러운 것이라는 관습에 경의를 표한 것이지요. 익명성이 여성의 핏줄에 흐르고 있습니다. 스스로를 베일로 가리려는 욕구는 아직도 그들을 사로잡고 있지요. 지금도 그들은 명성에 대해서 남자들만큼 신경 쓰지 않으며, 또 대체로 묘비나 길 안내판을 지나면서 거기에 자신의 이름을 새겨 넣고 싶은 억누를 수 없는 욕망을 느끼지도 않습니다. 앨프, 버트, 체스와 같은 남성들은 멋있는 여자 또는 개 한 마리라도 지나가는 것을 보면 "저 개는 내 거야."라고 중얼거리는 자신들의 본능에 따라서 그렇게 느끼겠지요. 물론 그것은 단지 개 한 마리가 아니라 땅 조각이거나 검은 고수머리의 남자일 수도 있을 거라고 나는 의사당 광장

---

29) 샬럿 브론테(Charlotte Bronte, 1816~1855)의 필명.

과 지게스 알레[30] 그리고 그 밖의 거리를 연상하면서 생각했습니다. 아주 멋진 흑인 여자를 영국 여자로 만들고 싶다고 느끼지 않으면서 지나칠 수 있는 것은 여성만이 누리는 커다란 이점이라 할 수 있습니다.

그렇다면 16세기에 시적 재능을 가지고 태어난 여성은 스스로에 대한 투쟁을 벌여야 하는 불행한 여성이었을 겁니다. 그녀의 삶의 모든 조건과 그녀의 모든 본능은, 두뇌에 간직된 그 무엇이든 자유롭게 풀어놓기 위해 필요한 마음 상태에 적대적이었을 겁니다. 그러나 창조 행위에 가장 순조로운 마음 상태는 어떠한 것일까요? 그 익숙하지 않은 행위를 가능케 하고 촉진시켜 주는 상태를 이해할 수 있을까요? 여기서 나는 셰익스피어의 비극들을 수록한 책을 펼쳐 들었습니다. 예컨대 셰익스피어가 『리어 왕』과 『안토니와 클레오파트라』를 썼을 때 그의 마음 상태는 어땠을까요? 확실히 그것은 지금까지 존재해 온 마음들 중에서 시를 쓰는 데 가장 알맞은 상태였습니다. 그러나 셰익스피어 자신은 그것에 대해 아무 말도 하지 않았지요. 우리는 그저 그가 "한 줄도 휘갈겨 쓰지 않았다."라는 사실만 우연히 알고 있을 따름입니다. 예술가가 자신의 마음 상태에 대해 조금이라도 언급하게 된 것은 18세기 이후입니다. 아마 루소가 처음 시작했을 겁니다. 어쨌든 19세기가 되어 자의식이 상당히 발달하면서 문인들이 자신들의 마음 상태

---

30) 의사당 광장은 런던의 국회 앞에 있으며 기념비적 조각상들로 유명하고, 지게스 알레('승리의 거리')는 베를린에 있다.

를 고백록이나 자서전에 묘사하는 것이 관행이 되었지요. 또한 그들의 전기도 저술되었고, 사후에 편지도 인쇄되었습니다. 그리하여 우리는 셰익스피어가 『리어 왕』을 썼을 때 어떤 마음 상태였는지는 모르지만, 칼라일이 『프랑스 혁명』을 썼을 때 무엇을 경험했으며 플로베르가 『보바리 부인』을 썼을 때 어떤 심정이었는지, 또 키츠가 다가오는 죽음과 무관심한 세상에 대항하여 시를 쓰려고 했을 때 무엇을 겪었는지는 알고 있습니다.

그리고 현대의 숱한 고백 문학과 자기 분석 문학을 보건대, 천재적인 작품을 쓰는 것은 거의 언제나 막대한 시련의 위업이라는 사실을 짐작할 수 있지요. 위대한 작품이 작가의 마음에서 완전하고 총체적인 모습으로 나타날 가능성을 거스르는 것들이 도처에 존재합니다. 일반적으로 물적 환경이 그것에 적대적이지요. 개들이 짖을 테고 사람들이 방해할 것이며 돈을 벌어야 하고 건강은 악화될 겁니다. 게다가 이 모든 곤경을 가중시키고 더욱 견디기 어렵게 만드는 것은 세상의 악명 높은 무관심입니다. 세상은 사람들에게 시나 소설, 역사를 쓰라고 부탁하지도 않고 필요로 하지도 않습니다. 세상은 플로베르가 정확한 단어를 찾든지 말든지, 칼라일이 이런저런 사실을 면밀하게 입증하든지 말든지 전혀 신경을 쓰지 않습니다. 당연히 세상은 자신이 원하지 않는 것에 대해 보상을 치르지 않겠지요. 그래서 키츠나 플로베르, 칼라일 같은 작가들은 특히 창조적인 젊은 시절에 온갖 형태의 분열과 낙담을 경험합니다. 자기 분석과 고백을 담은 책에서는 저주와 고통의 비명이 솟구치지요. "비참하게 죽은 위대한 시인들."—이것이 그들 노래의 무거운 짐입니다. 이 모든 시련에도 불구하고 무엇인가가 나온다면 그건 기적입니다. 그리고 처음에 구상되었던 대로 온전하게 손상되지 않은 상태로 태어나는 책은 아마 없을 것입니다.

그러나 여성들에게 이러한 시련은 무한히 가중된다고 나는 텅 빈 서가를 보며 생각했지요. 우선 조용한 방이나 방음 장치가 된 방은 말할 것도 없고, 여성이 자기만의 방을 갖는 것은 그녀의 부모가 보기 드문 부자이거나 대단한 귀족이 아니라면 19세기 초까지 전혀 불가능한 일이었지요. 아버지의 아량에 달려 있던 용돈은 옷을 사 입는 데나 족할 정도였으므로 그녀는 키츠나 테니슨, 칼라일처럼 가난한 남성들에게도 허용되었던 도보 여행이나 짧은 프랑스 여행, 누추한 곳이라 하더라도 그들을 가족의 압제와 권리 주장으로부터 보호해 줄 독립된 숙소 등 그녀의 고통을 덜어 줄 수 있는 것으로부터 완전히 배제되었습니다. 그런 물질적 곤경도 만만치 않았지만 비물질적인 시련은 더욱 가혹했습니다. 키츠와 플로베르와 그 밖의 천재적인 남성들이 몹시 견디기 힘들어했던 세상의 무관심이 그녀에게는 무관심 정도가 아니라 적대감이었습니다. 세상은 남자들에게 말하듯이 "네가 원한다면 써라. 내게는 아무 상관도 없으니까."라고 말하지 않습니다. 세상은 너털웃음을 터뜨리며 "글을 쓴다고? 네가 글을 쓰는 것이 무슨 소용이 있느냐는 말이냐?"라고 말하지요. 다시 한번 서가 위의 텅 빈 공간을 바라보면서 나는 생각했습니다. 여기서 뉴넘과 거턴의 심리학자들이 우리를 도와주어야 한다고 말이지요. 지금은 용기의 좌절과 낙담이 예술가의 마음에 미치는 영향에 대해서 측정해야 할 때입니다. 나는 유제품 회사에서 보통 우유와 1등급 우유가 쥐의 몸에 미치는 영향을 측정한 것을 본 적이 있습니다. 그들은 쥐 두 마리를 나란히 붙어 있는 상자에 집어넣었는데 그중 하나는 도피적이고 소심하며 왜소한 데 반해 다른 한 마리는 윤기가 흐르고 대담하며 몸집도 컸습니다. 자, 우리가 여성 예술가에게 어떤 먹이를 주었을까? 나는 프룬과 커스터드가 나온 저녁 식사를 기억하면서 자문했습니다. 이 질문에 답하기 위해서는 석간신문을 펼쳐 들고 버컨헤드 경의 견해를 읽기만 하면 되었지요. 하지만 여성들의 글에 대한 버컨헤드 경의 견해를 베끼느라 고생하지는 않겠습니다. 잉 사제장의 견해도 거론하지 않겠습니다. 할리가(街)의 전문의가 고함을 질러 할리가의 메아리를 일깨운다 해도 나는 머리카락 한 올 까딱하지 않을 겁니다. 하지만 오스카 브라우닝 씨는 인용하겠습니다. 왜냐하면 그는 한때 케임브리지 대학에서 유명한 인물이었을 뿐 아니라 거턴과 뉴넘의 학생들에게 시험을 치르곤 했기 때문입니다. 오스카 브라우닝 씨는 "어떤 답안지라도 검토하고 나면, 학점과 상관없이, 최고의 여성이라 해도 최저의 남성보다 지적인 면에서 열등하다는 인상이 남는다."라고 천명하곤 했지요. 이 말을 한 후에 그는 자신의 방으로 돌아갔는데 (이 연속되는 부분이 그에게 애정을 느끼도록 해 주고 그를 어느 정도 크고 위엄 있는 인물로 만들어 주지요.) 마구간지기 소년이 소파에 누워 있는 것을 보았지요. "그저 해골같이 뺨은 푹 꺼지고 흙빛인 데다 이는 시커멓고 손발은 충분히 발육된 것 같지 않았다……. '저건 아더로군.' (브라우닝 씨가 말했다.) '정말 소중하고 대단히 고귀한 마음을 지닌 녀석이야.'" 나에게는 이 두 가지 그림이 언제나 서로를 보완해 주는 것으로 여겨집니다. 다행히도 전기가 유행하는 요즈음, 두 개의 그림은 종종 서로를 완성시켜 주기 때문에, 우리는 위인들의 견해를 그들의 말뿐 아니라 그들의 행위에 의해서 해석할 수 있지요.

하지만 오늘날에는 이런 해석이 가능하다 하더라도, 오십 년 전만 해도 중요한 인물들의 입에서 흘러나오는 그러한 견해는 무시무시한 것이었음에 틀림없습니다. 아주 고귀한 동기에서 한 아버지가 자신의 딸이 집을 떠나 작가나 화가 또는 학자가 되기를 바라지 않았다고 생각해 봅시다. "오스카 브라우닝 씨가 뭐라고 말하는지 한번 읽어 보아라." 그는 이렇게 말할 것입니다. 오스카 브라우닝 씨만 있었던 것도 아니지요. 《새터데이 리뷰》도 있었고 그레그 씨 ─ "여성 존재의 본질은 남자에 의해서 부양되고 남자에게 봉사하는 것이다."라고 역설했지요. ─ 도 있습니다. 여성에게 지적으로 기대할 만한 것은 전혀 없다는 취지가 담긴 남성의 의견들이 산더미처럼 쌓여 있습니다. 그녀의 아버지가 이러한 견해들을 크게 소리 내어 읽어 주지 않았다 하더라도 어떤 소녀든 혼자서 읽을 수 있었으며 그것을 읽음으로써, 심지어 19세기에도, 그녀의 생명력은 저하되었을 것이고 그녀의 작업은 심각한 영향을 받았을 것입니다. 언제나 항거하고 극복해야 할 주장들 ─ 이것을 해서는 안 된다, 저것도 할 수 없다. ─ 이 있었지요. 아마도 소설가에게는 이러한 병균이 더 이상 대단한 영향력을 미치지 않았을 겁니다. 왜냐하면 업적을 남긴 여성 소설가들이 있었으니까요. 그러나 화가에게 그것은 아직도 어느 정도 독침을 담고 있고, 음악가에게는 지금도 번식하고 있는 극히 유해한 세균입니다. 현대의 여성 작곡가는 셰익스피어 시대의 여배우가 처했던 입장에 놓여 있지요. 내가 셰익스피어의 누이에 대해 지어낸 이야기를 기억해 보면, 닉 그린은 연기하는 여자가 춤추는 개를 연상시킨다고 말했습니다. 약 200년 뒤에 존슨 박사는 설교하는 여성에 대해서 똑같은 표현을 반복했지요. 지금도 음악에 관한 책을 펼쳐 보면 1928년 현재 작곡을 하려는 여성에 대해 똑같은 말이 사용됨을 알 수 있습니다. "제르맹 타유페르[31] 양에 대해서는 여성 설교자에 대한 존슨 박사의 금언을 음악 용어로 바꿔 반복하기만 하면 된다. '선생, 여자가 작곡하는 것은 개가 뒷다리로 걸어 다니는 것과 마찬가지라오. 그런 일이 잘되지도 않았지만 어쨌든 그런 일이 벌어진다는 사실이 놀라울 따름이오.'"[32] 이와 같이 역사는 정확하게 반복되고 있습니다.

그러므로 나는 오스카 브라우닝 씨의 전기를 덮고 나머지 책들을 밀어 넣으며 결론지었습니다. 19세기에도 여성은 예술가가 되도록 고무되지 않았음이 명백하다고요. 오히려 여성은

31) Germaine Tailleferre, 1892~1983. 프랑스의 작곡가.
32) 세실 그레이(Cecil Gray),『현대 음악의 고찰(A Survey of Contemporary Music)』, 246쪽.─원주

냉대받고 얻어맞으며 설교와 훈계를 들었습니다. 그녀의 마음은 이런 사실에 항의하고 저런 사실에 논박할 필요성 때문에 지나치게 긴장되었고 생명력은 위축되었을 겁니다. 여기서 다시 한 번 우리는 여성 운동에 지대한 영향력을 행사해 온 아주 흥미롭고도 불명료한 남성의 복합적인 심리에 근접하게 됩니다. 그것은 여성이 열등하기보다는 남성이 우월하기를 바라는 뿌리 깊은 욕망으로서, 남성을 예술의 전면뿐 아니라 도처에 서 있게 함으로써 여성이 정치에 참여하는 것을 가로막도록 합니다. 심지어 자신에게 위험 부담이 극히 적고, 청원자가 겸손하며 헌신적일 때라도 그렇지요. 심지어 레이디 베스버러조차 정치에 대한 열정에도 불구하고 비굴하게 머리를 숙이며 그랜빌 레버슨 가워 경에게 편지를 써야 합니다. "……정치에 있어서 나의 격렬한 태도와 그 주제에 관한 그렇게 많은 논의에도 불구하고, 나는 어떤 여성도 (요청을 받는다면) 자신의 견해를 제시하는 것 이상으로 이런저런 진지한 사안에 간섭하고 참견할 권리가 없다는 당신의 견해에 전적으로 동의합니다." 그래서 그녀는 아무런 장애와도 맞닥뜨리지 않을 곳, 즉 하원에서의 그랜빌 경의 처녀 연설이라는 그 엄청나게 중요한 주제에 자신의 열정을 쏟게 됩니다. 그 광경은 참 이상한 것이라 생각했지요. 여성 해방에 대한 남성들의 저항의 역사는 어쩌면 해방 그 자체의 역사보다도 더욱 흥미롭습니다. 만일 거턴이나 뉴넘의 어떤 젊은 학생이 사례를 수집하여 이론을 도출해 낸다면 아마 재미있는 책이 만들어지겠지요. 하지만 그 여학생은 자신의 순수한 보물을 지키기 위해 손에 두터운 장갑을 끼고 막대기를 들어야 할 겁니다.

　레이디 베스버러의 책을 덮으며 회상하건대, 지금은 우스 꽝스럽게 여겨지는 것들이 과거에는 절망적으로 심각하게 받 아들여져야 했습니다. 지금은 수탉들의 울음소리라는 꼬리표 가 붙은 책에서 오려 내어 여름밤 선정된 청중에게 읽어 주기 위해 보관하는 그 견해들이 한때는 눈물을 자아냈다고 여러 분께 장담할 수 있습니다. 여러분의 할머니와 증조할머니 중 에서도 눈이 빠지도록 운 사람이 많을 겁니다. 플로렌스 나 이팅게일도 고통을 겪으며 큰 비명을 질렀지요.[33] 더욱이, 대 학에 들어왔고 자기만의 방―아니면 다만 침실 겸 거실이라 도―을 가지고 있는 여러분이, 천재들은 그러한 견해를 무 시해야 하며 자신들에 대한 여론에 개의치 않아야 한다고 말 하는 것은 당연합니다. 불행히도, 자신들에 관한 이야기에 가 장 신경을 많이 쓰는 사람들이 바로 천재적인 남성과 여성입 니다. 키츠를 기억해 보십시오. 그가 자신의 묘비에 새겨 놓은 문구를 생각해 보십시오. 테니슨을 생각해 보고 또―그러나 자신에 관한 이야기에 과도하게 신경 쓰는 것이 예술가의 본 성이라는, 아주 불행하지만 부정할 수 없는 사실을 자꾸 예시 할 필요는 없겠지요. 문학은 사리 분별을 넘어설 정도로 타인 의 의견에 신경 쓴 사람들이 파멸한 잔해로 온통 뒤덮여 있습 니다.

33) 레이 스트레이치의 『대의』에 수록된 플로렌스 나이팅게일(Florence Nightingale)의 「카산드라(Cassandra)」를 보시오. ―원주

그리고 창조적인 작업을 하는 데 어떤 마음 상태가 가장 적합한가 하는 나의 본래의 물음으로 되돌아가서 생각해 볼 때, 이처럼 민감한 그들의 감수성은 이중으로 불행한 것입니다. 내 앞에 펼쳐져 있는 『안토니와 클레오파트라』를 보면서 추측건대, 예술가의 마음은 자기 속에 내재한 작품을 흠 없이 완전하게 풀어놓으려는 엄청난 노력을 기울이기 위해서 셰익스피어의 마음처럼 작열해야 합니다. 그 안에 어떤 방해물이 있어서도 안 되고 태워지지 않는 이물질이 끼어서도 안 됩니다.

  우리가 셰익스피어의 마음 상태에 대해 아무것도 알지 못한다고 말하지만 그런 말을 하는 순간에도 우리는 그의 마음 상태에 대한 어떤 이야기를 하고 있는 겁니다. 아마도 셰익스피어에 대해서—던이나 벤 존슨, 밀턴과 비교해 볼 때—거의 알지 못하는 이유는 그의 원한이나 악의, 반감이 우리에게 숨겨져 있기 때문입니다. 우리는 작가를 상기시키는 어떤 '계시'에 의해 방해받지 않습니다. 항의하거나 설교하려는 욕구, 자신이 받은 모욕을 공표하거나 원한을 갚으려는 욕구, 세상을 자신이 겪은 곤경과 불만의 증인으로 삼으려는 욕구, 그 모든 욕구가 그에게서는 불타올라 소진되었습니다. 그러므로 그의 시는 방해받지 않고 자유로이 흐르는 것입니다. 만일 자신의 작품을 온전하게 표현할 수 있는 작가가 있었다면 그건 바로 셰익스피어였습니다. 다시 한번 서가를 보면서 생각하건대, 만일 방해받지 않고 눈부시게 타오를 수 있는 마음이 있었다면 그것은 셰익스피어의 마음이었지요.

4장

그러한 마음 상태에 있는 여성을 16세기에 발견한다는 것은 명백히 불가능한 일이었습니다. 자식들이 손을 모으며 무릎을 꿇고 모여 있는 엘리자베스 시대의 묘비를 생각해 보면, 또 여성들이 젊은 나이에 죽었다는 사실과 답답하고 어두운 방들이 있는 그들의 집을 기억해 보면, 어떤 여성도 그 당시에 시를 쓸 수 없었으리라는 사실을 깨닫게 됩니다. 다소 시간이 흐른 후에 어떤 탁월한 귀부인이 비교적 풍부한 자유와 안락함을 이용하여 자신의 이름을 붙여 무엇인가를 출판하고는 괴물이라고 여겨질 위험을 무릅쓸 것이라 기대할 수 있겠지요. 레베카 웨스트 양의 "어처구니없는 여성 해방론"을 조심스럽게 피하면서 생각하건대, 남성들은 물론 속물이 아닙니다. 그러나 그들은 백작 부인이 시를 쓰려는 노력을 기울일 때 대부분 호의적으로 평가합니다. 그 당시 작위를 가진 귀부인은 무명의 오스틴 양이나 브론테 양보다 훨씬 큰 격려를 받았으리라고 예상할 수 있습니다. 그러나 그녀의 마음은 두려움과 증오심 같은 이질적인 감정으로 혼란스러워졌으며, 그녀의 시도 그러한 혼란의 흔적을 보였으리라 짐작할 수 있지요. 예를 들어 레이디 윈칠시가 있습니다. 나는 그녀의 시집을 서가에서 꺼내며 생각했지요. 그녀는 1661년에 태어났고 혈통으로나 결혼으로나 의심할 나위 없는 귀족이었습니다. 그녀는 자식이 없었고 그리고 시를 썼지요. 그녀의 시들을 펼쳐 보기만 하면 그녀가 여성의 지위에 대해 분노를 터뜨리고 있다는 사실을 발견할 수 있습니다.

우리는 얼마나 영락한 것일까! 그릇된 지배에 영락한,

자연이 빚어낸 바보라기보다 교육이 빚어낸 어릿광대.

어떠한 마음의 진보도 저지된,

우둔하리라 예상되고 설계된 생물.

누군가 더 열렬한 상상력으로 열망에 이끌려

남들 위로 솟아오르려 하면

강력한 반대 당파 끊임없이 나타나,

번영의 희망은 그 두려움에 압도당하지.

확실히 그녀의 마음은 결코 '모든 장애물을 다 태우고 눈부시게 빛나지' 못했습니다. 오히려 그것은 증오와 원한으로 고통받고 분열되어 있지요. 그녀에게 인류는 두 개의 당파로 나뉘어 있습니다. 남성들은 "반대 당파"입니다. 남성을 증오하고 두려워하는 것은 그들이 그녀가 하고자 하는 것, 즉 글쓰기를 가로막을 수 있는 권력을 가지고 있기 때문입니다.

슬프게도! 펜을 드는 여성은
주제넘은 동물이라 간주되어
어떤 미덕으로도 그 결함은 구제될 수 없다네.
그들은 말하지, 우리가 우리의 성과 방식을 착각하고 있다고.
교양, 유행, 춤, 옷 치장, 유희,
이것이 우리가 바라야 할 소양이라고.
쓰고, 읽고, 생각하고, 탐구하는 것은
우리의 아름다움을 흐리게 하고, 시간을 낭비하며,
한창때의 남성 정복을 방해한다고.
반면 지루하고 굴욕적인 집안 살림이
우리의 최고 기술이자 쓰임새라고 누군가는 주장하지.

실제로 그녀는 자신의 글이 결코 출판되지 않을 거라고 가정함으로써 글을 쓰도록 스스로를 고무했으며 슬픈 노래로 자기 자신을 위로했습니다.

몇몇 친구들에게 그대의 슬픔을 노래하라,
그대, 월계관을 쓰도록 태어나지 않았으니
그대의 그늘을 어둡게 드리우고 그곳에서 자족하라.

그러나 그녀의 마음이 증오와 두려움에서 해방되고 쓰라림과 분노를 쌓아 올리지 않을 수 있었다면, 그녀의 내면의 불길이 뜨거웠으리라는 점은 분명합니다. 이따금 순수한 시구들이 흘러나옵니다.

바래어 가는 실크로도 만들지 않겠네,
그 비길 데 없는 장미를 가냘프게.

타당하게도 머리 씨[34]는 이러한 시구들을 칭찬합니다. 생각건대 포프 씨는 다른 시구들을 기억해서 자신의 시에 이용했습니다.

이제 노란 수선화가 나약한 머리를 압도해
향기로운 아픔으로 우리는 쓰러진다네.

이와 같은 시를 쓸 수 있고 자연과 명상에 적합한 마음을 지닌 여성이 분노와 쓰라림을 겪을 수밖에 없었다는 것은 천만번 유감스러운 일입니다. 그러나 그녀에게 달리 어쩔 도리가 있었을까요? 나는 조롱과 폭소, 아첨꾼들의 아부와 전문 시인들의 회의적 태도를 상상하면서 자문했지요. 비록 그녀의 남편이 더없이 친절한 사람이었고 그들의 결혼 생활은 완벽했더

---

34) 존 미들턴 머리(John Middleton Murry) 편집, 『윈칠시 백작 부인 앤의 시집(Poems by Anne, Countess of Winchilsea)』의 서문.

라도, 그녀는 글을 쓰기 위해서 틀림없이 스스로를 시골의 한 방에 감금했을 것이고, 어쩌면 쓰라림과 망설임으로 갈가리 찢겼을 겁니다. "틀림없이"라고 말하는 것은 레이디 윈칠시에 관한 사실들을 찾아보려고 할 때, 흔히 그렇듯이, 그녀에 관해 알려진 사실이 거의 없다는 것을 알게 되기 때문입니다. 그녀는 우울증으로 상당한 고통을 받았을 것입니다. 우울증에 사로잡힌 그녀가 어떤 상상을 하는가를 보여 줄 때 최소한 어느 정도는 그 사실을 설명할 수 있습니다.

   나의 시는 비웃음을 사고, 내 소일거리는
   쓸데없는 어리석음과 주제넘은 결함이라 여겨지지.

이와 같이 비난받는 소일거리는, 우리가 찾아볼 수 있는 바로는, 들판을 거닐며 공상하는 무해한 것이었습니다.

   내 손은 낯선 것을 더듬기 좋아하고
   알려진 평범한 길에서 벗어난다네.
   바래어 가는 실크로도 만들지 않겠네,
   그 비길 데 없는 장미를 가냘프게.

만일 그녀의 습관이 이러했고 그녀가 이러한 것에서 즐거움을 느꼈다면, 당연히 그녀는 비웃음을 받으리라 예상했을 것입니다. 포프 혹은 게이[35]가 그녀를 "끼적거리려는 참을 수 없는 욕망을 가진 블루스타킹[36]"이라고 풍자했다고 전해지지요. 또한 그녀도 게이를 비웃어 그의 기분을 상하게 했다고 합니다. 그녀는 그의 『트리비아』를 보고 "그는 의자에 걸터앉기보다는 의자 앞에 서서 걸어 다니는 데 적합한 사람"이라고 말했다지요. 하지만 이런 것들은 모두 "수상쩍은 뒷공론"이고 "흥미 없는 일화"라고 머리 씨는 말합니다. 그러나 이 점에서 나는 그의 말에 동의하지 않습니다. 들판을 배회하고 낯선 것들을 생각하기 좋아했으며 아주 경솔하고 현명치 못하게도 "지루하고 굴욕적인 집안 살림"을 경멸했던 이 우울한 귀부인의 이미지를 찾아내고 형상화할 수 있도록, 이런 수상쩍은 뒷공론이라도 더 많이 있었으면 하는 것이 내 바람이니까요. 하지만 머리 씨는 그녀가 산만해졌다고 말합니다. 그녀의 재능은 잡초들로 무성하고 가시나무로 뒤덮였지요. 그것은 그 자체가 섬세하고 고귀한 재능이라는 것을 내보일 기회가 없었던 것입니다. 그리하여 나는 그녀의 책을 다시 서가에 돌려놓으며 또 다른 귀부인을 찾아보았습니다. 레이디 윈칠시보다 나이는 많았지만 동시대인이었으며 램의 사랑을 받았던, 변덕스럽고 환상적인 마거릿 뉴캐슬 공작 부인[37]입니다. 그 둘은 전

---

35) 존 게이(John Gay, 1685~1732). 시인이자 극작가. 유머 넘치는 풍자와 탁월한 기교가 두드러지는 작품 『거지 오페라(The Beggar's Opera)』로 유명하다.

36) 청탑파. 18세기 영국 사교 계에서 문학에 취미를 가진 여성들을 조롱하여 이르던 말.—원주

37) 마거릿 캐번디시(Margaret Cavendish, 1623~1673). 뉴캐슬 공작 부인으로 문인이었다. 1814년에 출판된 『수상록(Memoirs)』에 에저턴 브리지스(Egerton Brydges, 1762~1837) 경이 서문을 썼다.

혀 달랐지만 귀족이었고 자식이 없었으며 최고의 남편감과 결혼했다는 점에서 같았습니다. 그들은 시에 대해 똑같은 열정을 불태웠으며, 동일한 이유로 손상되고 볼품없는 모습이 되었지요. 공작 부인의 책을 펴 보십시오. 그러면 똑같은 분노의 토로를 발견하게 됩니다. "여성은 박쥐와 올빼미처럼 맹인으로 살고 짐승처럼 노동하며 벌레처럼 죽는다……." 마거릿 역시 시인이 될 수 있었을 겁니다. 우리 시대에서라면 그 모든 행위가 어떤 운명의 바퀴를 돌려놓았을 겁니다. 실제로, 그 거칠고 풍부하며 교육받지 못한 지성을 인류에 도움이 되도록 얽어매고 길들이고 교화할 수 있는 그 무엇이 있었을까요? 그 재능은 운문과 산문, 시와 철학의 급류에 쓸려 뒤죽박죽인 채 쏟아져 나왔고, 그 글들은 지금 아무도 읽지 않는 사절판과 이절판 책들에 응집되어 있습니다. 그녀는 손에 현미경을 들어야 했을 겁니다. 아니면 별을 관측하고 과학적으로 추론하는 법을 배워야 했을 겁니다. 그녀의 기지는 고독과 자유로 변질되었지요. 아무도 그녀를 규제하지 않았습니다. 아무도 그녀를 가르치지 않았지요. 교수들은 그녀에게 아첨했고, 궁정에서는 야유를 보냈습니다. 에저턴 브리지스 경은 그녀의 상스러움 ─ "궁정에서 자라난 높은 신분의 여성에게서 흘러나오는 것으로서" ─ 에 대해 불평했지요. 그녀는 홀로 웰벡에 들어박혔습니다.

마거릿 캐번디시를 생각하면 무척 외롭고 격렬한 광경이 마음속에 떠오릅니다! 마치 거대한 오이가 정원의 장미나 카네이션 위로 뻗어 나와 그것들을 질식시켜 버린 것처럼 말이지요. "가장 잘 양육된 여성은 공민의 마음을 가진 사람이다."라고 쓸 수 있었던 여성이 터무니없는 것을 휘갈겨 쓰고 모호함과 어리석음으로 점점 깊이 빠져들면서 시간을 허비했으며 마침내 밖으로 나올 때면 사람들이 마차 주위로 몰려들 정도였다는 것은 얼마나 소모적인 일입니까! 분명 그 미친 공작 부인은 똑똑한 소녀들을 겁에 질리게 할 만한 요귀가 되었지요. 나는 공작 부인의 책을 밀어 넣고 공작 부인의 새 책에 관해 도로시가 템플에게 쓴 편지를 기억하고는 도로시 오즈번의 서한집[38]을 펼쳤습니다. "분명 그 불쌍한 여자는 약간 정신이 나갔나 봐요. 그렇지 않다면 책을 쓰려고 무릅쓸 만큼, 그것도 운문으로 쓰려 할 만큼 그렇게 우스꽝스러울 수 없었을 거예요. 나라면 두 주일 동안 잠을 못 잔다 하더라도 그렇게 되지는 않을 거예요."

이처럼 양식이 있고 정숙한 여자라면 책을 쓸 수 없으므로, 민감하고 우울하며 기질적으로 공작 부인과는 정반대인 도로시는 아무것도 쓰지 않았습니다. 편지는 문제가 되지 않았지요. 여성은 아버지의 병상 옆에 앉아서 편지를 쓸 수 있지요. 또 남자들이 대화하는 동안 난롯가에서 그들을 방해하지 않고 쓸 수도 있습니다. 도로시의 서한집을 넘기면서 생각하건대 신기한 점은 그 교육받지 못한 외톨이 소녀가 문장을 구사하고 장면을 만들어 내는 상당한 재능이 있다는 사실입니

---

38) 훗날 남편이 된 윌리엄 템플에게 쓴 편지를 모아 엮은 책. 공화정 시기에 영국의 한 귀족 처녀가 누린 삶을 흥미롭게 보여 준다.

다. 계속되는 이야기를 들어 보십시오.

"저녁을 먹은 후 우리는 앉아서 이야기를 나눴어요. B 씨가 무언가를 물어보러 들어왔기에 나는 밖으로 나왔지요. 뜨거운 한낮은 책을 읽고 일하면서 보냈고 6시나 7시쯤 바로 집 근처에 있는 공터로 나갔어요. 어린 계집아이들 여럿이 그늘에 앉아 양과 암소를 지키며 발라드를 부르고 있었지요. 나는 그 애들에게 다가가서 그들의 목소리와 아름다움을 책에서 읽은 옛 양치기 소녀들과 비교해 보았어요. 거기에는 상당한 차이가 있었지만, 이 애들도 그 소녀들만큼이나 순진하다고 생각해요. 나는 그 애들과 말을 나누어 보고 그들을 이 세상에서 가장 행복한 사람으로 만들기 위해 더 이상 필요한 것이 없다는 걸 알게 되었지요. 자신들이 가장 행복한 사람들이라는 사실을 깨닫지 못하고 있다는 점만 빼고 말이죠. 우리가 이야기하는 동안 내내 주위를 살펴보던 한 아이는 자신의 암소가 밭에 들어가는 것을 보았어요. 그러자 그 애들 모두 마치 발꿈치에 날개라도 돋친 것처럼 달려갔어요. 나는 그렇게 재빨리 움직일 수 없었기에 뒤에 남아 있었지요. 그 애들이 가축을 우리로 몰고 가는 것을 보고 나 역시 돌아가야 할 시간이라고 생각했어요. 저녁을 먹은 후 정원으로 들어가 그 옆에 흐르는 조그만 개울로 갔지요. 그곳에 앉아 당신이 나와 함께 있다면 하고 바랐어요……"

그녀의 내면에 작가의 소질이 있다고 맹세할 수 있을 정도입니다. 그러나 "나라면 두 주일 동안 잠을 못 잔다 하더라도 그렇게 되지는 않을 거예요."—글쓰기에 놀라운 자질을 가진 여성조차 책을 쓰는 것은 우스꽝스러운 일이며 더욱이 정신이 분열되었음을 보여 주는 것이라고 믿었다는 사실을 발견할 때, 우리는 여성의 글쓰기에 대해 만연한 적대감의 정도를 측정할 수 있습니다. 도로시 오즈번의 단 한 권의 짧은 서한집을 서가에 다시 꽂으며 이제 벤 부인[39]을 살펴보아야겠다고 생각했지요.

벤 부인으로 인해 우리는 길 위의 아주 중요한 모퉁이를 돌게 됩니다. 이제 그들만의 사원(私園)에 감금되어 자신들의 사절판 책에 파묻혀 독자도 비평도 없이 자기만의 즐거움을 위해 글을 썼던 그 외로운 귀부인들을 뒤에 남기게 되지요. 우리는 도시에 와서 평범한 사람들과 길거리에서 어깨를 스치게 됩니다. 벤 부인은 유머와 활력, 용기라는 평민의 미덕을 모두 갖춘 중산층 여성이었지요. 그녀는 남편의 죽음과 몇 가지 불행한 사건들로 인해서 자신의 기지로 생계를 꾸려 가야만 했습니다. 그녀는 남자들과 대등하게 일해야 했지요. 열심히 일함으로써 그녀는 먹고살 만큼 충분히 벌었습니다. 그러한 사실이 지니는 중요성은 그녀가 실제로 쓴 것들, 「수천의 순교자들을 만들었네」와 「사랑은 환상적 승리 안에 앉았지」 같은 그 빛나는 작품들보다 더욱 귀중한 것입니다. 왜냐하면 여기에서 마음의 자유 아니, 시간이 경과하면 마음 내키는 대로 자유로이 쓸 수 있으리라는 가능성이 시작되기 때문입니다. 이제 에

---

39) 에프라 벤(Aphra Behn, 1640~1689). 글쓰기를 생업으로 삼은 영국 최초의 여성. 극작가, 소설가, 시인. 한때 스파이로 활동했으며 빚을 져서 투옥된 적이 있었고 성적 분방함으로 유명했다.

프라 벤이 그 일을 해냈으므로, 소녀들은 부모에게 말할 수 있을 겁니다. "저에게 용돈을 주실 필요 없어요. 저도 제 펜으로 돈을 벌 수 있어요."라고 말이지요. 물론 다가올 여러 해 동안 그 말에 대한 대답은 "그래, 에프라 벤같이 살겠다고? 차라리 죽는 게 낫겠다!"일 것이고, 전보다 더욱 빨리 꽝 소리를 내며 문이 닫힐 것입니다. 남성이 여성의 정조에 두는 가치와 그것이 여성의 교육에 미치는 영향이라는 지극히 흥미로운 주제가 여기서 논의의 대상으로 등장하는데, 만일 거턴이나 뉴넘의 어느 학생이라도 그 문제를 깊이 파고든다면 상당히 흥미로운 책을 제공할 수 있을 것입니다. 스코틀랜드의 황무지에서 곤충이 득실거리는 가운데 다이아몬드로 휘감고 앉아 있는 레이디 더들리가 그 책의 권두 삽화로 알맞겠지요. 일전에 레이디 더들리가 죽었을 때《타임스》는 더들리 경에 대해 이렇게 보도했습니다. "세련된 취향과 여러 가지 소양이 풍부한 사람으로서 관대하고 후했지만, 변덕스럽고 전제적이었다. 그는 스코틀랜드의 고지에서 가장 멀리 떨어진 사냥 막사에서도 자신의 아내에게 정장을 강요했다. 그는 그녀를 찬란한 보석들로 감싸 주었다." 그리고 계속해서 이렇게 말하고 있습니다. "그는 그녀에게 모든 것을 주었다. 언제나 책임감만을 제외하고는 말이다." 그런데 더들리 경은 뇌졸중을 일으켰고 레이디 더들리는 그를 간호하며 그 이후 계속 탁월한 능력으로 그의 재산을 관리했습니다. 그러한 변덕스러운 전제 군주는 19세기에도 여전히 존재했지요.

그러나 다시 돌아갑시다. 에프라 벤은 어쩌면 기분 좋은 여성적 자질을 희생했을지 모르지만, 글을 씀으로써 돈을 벌 수 있다는 것을 입증했습니다. 그리하여 점차적으로 글을 쓰는 것은 단순히 어리석음이나 분열된 마음의 징후가 아닌 실제적인 중요성을 가진 것으로 받아들여지게 되었지요. 남편이 죽을 수도 있고 어떤 재앙이 가족을 덮칠 수도 있습니다. 18세기에 이르면서 수백 명의 여성들이 번역을 하거나 저질 소설들을 숱하게 씀으로써 용돈을 보태거나 가족을 돕게 되었지요. 그 소설들은 교과서에 기록되어 있지는 않습니다만 채링크로스가[40]의 4페니짜리 상자에서 골라 뽑을 수 있습니다. 18세기 후반 여성들 사이에서 드러난 지극히 활발한 마음의 행위—대화와 모임, 셰익스피어에 관한 에세이 쓰기, 고전 번역 등—는 여성이 글을 씀으로써 돈을 벌 수 있다는 엄연한 사실에 기초하고 있습니다. 대가가 지불되지 않을 때에는 경박했던 일이 돈으로 위엄을 갖추게 됩니다. "끼적거리려는 참을 수 없는 욕망을 가진 블루스타킹"을 비웃는 것은 여전히 당연한 일이었겠지만, 그들이 지갑 안에 돈을 넣을 수 있다는 사실은 부정할 수 없었지요. 그리하여 18세기 말 무렵 어떤 변화가 일어났는데, 내가 만일 역사를 다시 쓴다면 십자군이나 장미전쟁보다 그것을 더 충실하게 묘사하고 더 중요하게 생각할 것입니다. 즉 중산층 여성들이 글을 쓰기 시작한 것이지요. 만약 『오만과 편견』이 중요하다면 그리고 『미들마치』와 『빌렛』, 『폭풍의 언덕』이 중요한 작품들이라면,[41] 시골 저택에서 아침

---

40) 런던 중심부의 광장.

꾼들과 사절판 책 속에 파묻혀 있던 외로운 귀족들만이 아니라 일반 여성들이 글을 쓰게 되었다는 것은 내가 한 시간의 강연에서 피력할 수 있는 정도를 넘어서는 훨씬 중요한 사실일 것입니다. 이런 선두 주자가 없었다면 제인 오스틴과 브론테 자매, 조지 엘리엇은 글을 쓸 수 없었을 것입니다. 마찬가지로 셰익스피어는 말로가 없었다면, 말로는 초서가 없었다면, 초서는 그 이전에 길을 열고 자연적 언어의 야만성을 순화한 잊힌 시인들이 없었다면 글을 쓸 수 없었겠지요. 왜냐하면 걸작이란 혼자서 외톨이로 태어나는 것이 아니니까요. 그것은 오랜 세월에 걸쳐서 한 무리의 사람들이 공동으로 생각한 결과입니다. 그래서 다수의 경험이 하나의 목소리 이면에 존재하는 것이지요. 제인 오스틴은 패니 버니의 무덤에 화환을 놓아야 하고, 조지 엘리엇은 엘리자 카터 — 일찍 일어나서 그리스어를 배우기 위해 침대에 종을 매달았던 용감한 노파 — 의 억센 그림자에 경의를 표해야 했을 겁니다. 지금 웨스트민스터 사원에 — 세간에 상당한 물의를 일으키긴 했지만 아주 마땅히 — 안치되어 있는 에프라 벤의 무덤에 모든 여성들은 꽃을 바쳐야 합니다. 왜냐하면 여성들에게 마음을 표현할 수 있는 권리를 얻어 준 사람이 그녀였으니까요. 내가 오늘 밤 여러분에게 "여러분의 기지로 연 500파운드를 버십시오."라고 말하는 것이 완전히 터무니없는 말로 들리지 않게

---

41) 각각 제인 오스틴(Jane Austen), 조지 엘리엇(George Eliot), 샬럿 브론테(Charlotte Bronte), 에밀리 브론테(Emily Bronte)의 소설.

만든 것도 그녀―비록 수상쩍은 구석이 있고 문란하긴 했지만―입니다.

그렇다면 이제 우리는 19세기 초에 도달했습니다. 여기서 처음으로 서가 몇 단이 여성들의 작품으로 채워져 있습니다. 그런데 나는 그것들을 훑어보면서 어째서 그 작품들은 소수를 제외하고 전부 소설인지 묻지 않을 수 없었지요. 본래의 충동은 시적인 것이었습니다. "노래의 최고 정상"은 여성 시인이었지요.[42] 프랑스와 영국에서 여성 시인은 여성 소설가보다 먼저 등장합니다. 게다가, 네 명의 유명한 이름들을 보면서 생각하건대, 조지 엘리엇이 에밀리 브론테와 어떤 공통점이 있습니까? 샬럿 브론테는 제인 오스틴을 전혀 이해하지 못한 게 아닐까요?[43] 그들 중 어느 누구도 아이를 갖지 않았다는 사실을 제외하고는 그들보다 더 상이한 인물들이 한 방에서 함께 만나는 경우는 없을 겁니다. 그래서 그들의 만남을 상상해 보고 그들의 대화를 꾸며 보고 싶을 정도입니다. 그러나 그들이 글을 쓸 때, 그들은 어떤 이상한 힘에 이끌려 어쩔 수 없이 소설을 썼습니다. 그것이 중산층 출신이라는 것과 어떤 관계가 있었을까 하고 나는 자문했지요. 후에 에밀리 데이비스 양이 아주 인상적으로 입증했듯이, 19세기 초 중산층

---

42) 그리스 여성 시인 사포에 대한 언급으로, 기원전 610~580년경 소아시아 레스보스섬에서 활동한 유명한 서정 시인이다.
43) 샬럿 브론테는 제인 오스틴이 삶의 표면만을 빈틈없이 다룬 작가이며 관찰력은 있으나 시적 재능이 없으므로 위대한 작가로 볼 수 없다고 비판한 적이 있다.

가족은 오직 하나의 거실을 공유했다는 사실과 관련이 있을까요? 만일 여성이 글을 썼다면 그녀는 공동의 방에서 써야만 했을 겁니다. 그리고 나이팅게일 양이 격렬하게 불만을 토로했듯이 ─ "여성에게는 자기만의 것이라 부를 수 있는 시간이……채 삼십 분도 되지 않는다." ─ 여성은 언제나 방해를 받았지요. 그곳에서 시나 희곡을 쓰는 것보다는 산문과 픽션을 쓰는 것이 더 쉬웠을 겁니다. 집중력이 덜 요구되니까요. 제인 오스틴은 생애 마지막 날까지 그런 환경에서 글을 썼습니다. 그녀의 조카는 회상록에서 이렇게 쓰고 있습니다. "어떻게 숙모님이 이 모든 것을 이루어 낼 수 있었는지 놀라울 따름이다. 왜냐하면 숙모님에게는 종종 찾아갈 만한 독립된 서재가 없었고, 또 숙모님이 쓴 작품의 대부분은 공동의 거실에서 온갖 종류의 일상적인 방해를 받으며 쓰여야 했기 때문이다. 숙모님은 자신이 하는 일이 하인들이나 방문객, 또는 가족의 범위를 넘어선 사람들에게 알려지지 않도록 조심했다."[44] 그리하여 제인 오스틴은 원고를 숨기거나 압지 한 장을 덮어 놓았습니다. 그리고 다시 생각해 보면, 19세기 초에 여성이 받을 수 있는 문학 훈련이라고는 성격 관찰과 감정 분석 훈련이 고작이었지요. 그녀의 감수성은 몇 세기 동안 공동 거실의 영향을 받아 훈련되어 왔습니다. 사람들의 감정이 그녀에게 인상을 남겼고, 개인들의 관계가 항상 그녀의 눈앞에

---

44) 제인 오스틴의 조카인 제임스 에드워드 오스틴 리(James Edward Austen-Leigh)의 『제인 오스틴 회상록(A Memoir of Jane Austen)』 ─ 원주

있었지요. 그러므로 중산층 여성이 글을 쓰게 되었을 때, 그녀는 당연히 소설을 썼습니다. 비록 분명히 드러나다시피 여기 언급된 네 명의 유명한 여성 가운데 두 명은 천성적으로 소설가가 아니었지만 말입니다. 에밀리 브론테는 시극을 썼어야 했을 것이고, 조지 엘리엇의 넓은 마음은 그 창조적 충동이 역사나 전기를 향할 때 마음껏 펼쳐졌을 겁니다. 하지만 그들은 모두 소설을 썼지요. 서가에서 『오만과 편견』을 꺼내며 생각했습니다만, 우리는 한 걸음 더 나아가 그들이 훌륭한 소설을 썼다고 말할 수 있을 것입니다. 남성들에게 자랑하거나 상처를 주려는 것은 아니지만, 우리는 『오만과 편견』이 훌륭한 책이라고 말할 수 있습니다. 어쨌든 『오만과 편견』을 쓰고 있다가 들켰더라도 그것은 전혀 부끄러워할 일이 아니었습니다. 그러나 제인 오스틴은 누군가 들어오기 전에 원고를 숨길 수 있게끔 돌쩌귀가 삐걱거리는 것을 다행스럽게 여겼지요. 제인 오스틴에게는 『오만과 편견』을 쓰는 데 무언가 떳떳하지 못한 것이 있었습니다. 만일 제인 오스틴이 방문객들로부터 원고를 숨길 필요가 없다고 생각했다면, 『오만과 편견』은 더 좋은 소설이 되었을까요? 나는 그것을 알아보려고 한두 쪽을 읽었지요. 그러나 그녀의 상황이 그녀의 작품에 조금이라도 해를 끼친 흔적은 전혀 찾을 수 없었습니다. 이것이 아마도 가장 놀라운 기적이었습니다. 여기 1800년경 증오나 쓰라림, 두려움도 없이 항의하거나 설교하지 않으면서 글을 쓴 한 여성이 있었지요. 나는 『안토니와 클레오파트라』를 보면서 셰익스피어가 글을 쓴 방식이 바로 그러했다고 생각했습니다. 사람들은 셰익스피어와 제인 오스틴을 비교할 때 두 작가의 마음이 모든 방해물을 다 태워 버렸다는 사실을 깨달을 겁니다. 바로 그런 이유 때문에, 우리는 제인 오스틴을 알지 못하고 또 셰익스피어를 알지 못합니다. 그리고 그런 이유 때문에, 제인 오스틴은 그녀가 쓴 모든 단어에 스며들어 있고 셰익스피어도 마찬가지입니다. 만일 제인 오스틴이 그녀의 상황에서 어떤 것으로든 고통을 받았다면 그것은 그녀에게 주어진 삶의 제한이었을 겁니다. 여성이 혼자서 돌아다니는 것은 불가능했지요. 그녀는 단 한 번도 여행을 하지 않았습니다. 그녀는 버스를 타고 런던 시내를 다닌 적도 없고 식당에서 혼자 점심을 사 먹은 적도 없습니다. 하지만 어쩌면 자신이 가지지 않은 것을 바라지 않는 것이 제인 오스틴의 성격이었는지도 모르지요. 그녀의 재능과 그녀의 상황은 완벽하게 들어맞았습니다. 그러나 『제인 에어』를 펼쳐서 『오만과 편견』 옆에 놓으며 과연 그것이 샬럿 브론테에게도 해당될까, 나는 궁금했지요.

나는 그 책의 12장을 펼쳤고 나의 눈은 "아무나 내키는 대로 나를 비난해도 좋다."라는 구절에 박혔습니다. 무엇 때문에 사람들이 샬럿 브론테를 비난한다는 것일까요? 나는 의아하게 생각했지요. 그리고 페어팩스 부인이 젤리를 만드는 동안 제인 에어가 지붕으로 올라가곤 했으며 들판 건너 멀리 있는 풍경을 바라보았다는 내용을 읽었습니다. 그때 그녀는 갈망했지요. 그들이 그녀를 비난한 것은 바로 이 점이었습니다. "그 순간 나는 저 경계를 넘어서, 들어 본 적은 있지만 보지 못했던 그 분주한 세계, 도시, 활기가 넘치는 지역에 도달할 수 있는 투시력을 갈망했다. 그 순간 나는 내가 가진 것보다 더욱 풍부한 실제적 경험을 쌓을 수 있기를 갈구했다. 여기서 접할 수 있는 것보다 더욱 다양한 인물들과의 교제와 내 부류의 사람들과의 더 많은 접촉을 갈망했다. 나는 페어팩스 부인의 좋은 점과 아델라의 좋은 점을 높이 평가했지만 그것과는 다른, 더욱 생생한 미덕이 존재한다고 믿었고 내가 믿는 바를 눈으로 보고 싶었다."

"누가 나를 비난할까? 틀림없이 많은 사람들이겠지. 내가 불만을 품고 있다고들 말할 것이다. 나도 어쩔 수 없었다. 고요히 가라앉힐 수 없는 갈망이 내면에 존재했고 그것은 때로 고통스러울 정도로 나를 동요시켰다……."

"인간이 평온한 삶에 안주해야 한다고 말하는 것은 헛된 일이다. 그들은 행동을 해야 한다. 할 일을 발견할 수 없다면, 그들은 일거리를 만들어 낼 것이다. 수백만의 사람들이 나보다 더 고요한 삶을 살도록 저주받았고, 수백만의 사람들이 자기 운명에 조용히 반역을 일으키고 있다. 지상을 채운 숱한 생명들에게서 얼마나 많은 반역의 효소가 발효되고 있는지 아무도 모를 것이다. 여성은 평정을 지켜야 한다고 흔히들 생각한다. 그러나 여성은 남성들이 느끼는 것을 똑같이 느끼며, 자신들의 남자 형제들처럼 자신의 능력을 훈련하기를 바라고, 자신의 노력을 기울일 활동 영역을 요구한다. 남성들과 마찬가지로 그들도 지나치게 엄격한 통제와 절대적인 침체에서 고통받는다. 여성은 푸딩을 만들고 양말을 짜며 피아노를 치거나 가

방에 수를 놓는 일에 전념해야 한다고 보다 많은 특권을 누리는 동료 남성들이 말한다면 그들은 도량이 좁은 것이다. 만일 여성이 관습적으로 자신들에게 필요하다고 여겨지는 것 이상을 배우려고 하거나 더 많은 일을 하려고 해서 그들을 나무라거나 비웃는 것은 분별없는 일이다."

"이처럼 혼자 있을 때 나는 가끔 그레이스 풀의 웃음소리를 들었다……."

이 부분이 어색한 단절이라고 나는 생각했지요. 갑자기 그레이스 풀과 맞닥뜨리는 것은 혼란을 일으킵니다. 연속성이 파괴되지요. 이 페이지를 쓴 여성은 제인 오스틴보다 훨씬 많은 재능을 가지고 있다고 말할 수도 있을 겁니다. 나는 『오만과 편견』 옆에 이 책을 내려놓으며 계속 생각했지요. 그러나 그것을 반복해서 읽어 보고 그 안의 경련과 분노를 주목한다면, 그녀가 결코 자신의 재능을 흠 없이 온전하게 표현하지 못할 거라는 사실을 알게 됩니다. 그녀의 책들은 불구가 되고 비틀릴 것입니다. 그녀는 고요히 써야 할 곳에서 분노에 싸여 쓸 테고, 현명하게 써야 할 곳에서 어리석게 쓸 것입니다. 또한 그녀는 등장인물에 대해 써야 할 곳에서 자기 자신에 대해 쓸 겁니다. 그녀는 자신의 운명과 격투를 벌이고 있는 것입니다. 비틀리고 꺾인 그녀가 젊은 나이에 죽지 않을 수 있었을까요?

만일 샬럿 브론테가 일 년에 300파운드를 소유했다면 어떤 일이 일어났을까 잠시 생각해 보지 않을 수 없습니다. 그러나 그 어리석은 여자는 자신의 소설 저작권을 곧장 1500파운드에 팔아넘겼지요. 만일 그녀가 분주한 세계와 도시, 활기가 넘치는 지역에 대해 더 많이 알고 실제적 경험이 더 풍부했더라면, 그녀 부류의 사람들과 접촉하고 다양한 인간들과 교제했더라면, 어떤 일이 벌어졌을까요? 앞에 인용한 글에서 그녀는 소설가로서 자기 자신의 결함뿐 아니라 당시 여성들에게 결핍되었던 점을 지적하고 있습니다. 만약 자신의 재능이 멀리 떨어진 들판을 홀로 쳐다보는 데 소모되지 않았더라면, 경험과 교제와 여행이 허용되었더라면, 자신의 재능이 얼마나 큰 혜택을 입었을지를 그녀는 누구보다도 잘 알고 있었습니다. 그러나 그런 것들은 허용되지 않았습니다. 그러한 욕망은 억눌렀지요. 그리하여 이 훌륭한 소설들, 『빌렛』, 『에마』, 『폭풍의 언덕』, 『미들마치』는 점잖은 목사의 집안에서 허용되는 경험을 가진 여성들에 의해 쓰였으며, 그 점잖은 집의 공동의 거실에서 쓰였고, 또 너무 가난해서 『폭풍의 언덕』이나 『제인 에어』를 쓸 종이를 한 번에 몇 묶음 이상 살 수 없었던 여성들에 의해 쓰였다는 사실을 인정해야 합니다. 사실 그들 중의 한 명인 조지 엘리엇은 많은 고생 끝에 탈출했지만 다만 세인트 존스 우드에 있는 빌라로 탈출해서 격리되었을 뿐입니다. 거기서 그녀는 세상이 인정하지 않는 어두운 그늘에 정착했지요. "초대해 달라고 요구하지 않은 분들께는 제가 방문해 달라고 초청하지 않는다는 것을 이해해 주시기 바랍니다."라고 그녀는 썼습니다. 기혼의 남자와 함께 사는 죄를 지었으니, 그녀를 만남으로써 스미스 부인이나 그 밖의 우연한 방문객들의 정조가 손상돼서야 되겠습니까? 사람은 사회적 관습에 복종해야 하므로 그녀는 "소위 세상으로부터 단절되어"야 합니다. 동시대에 유럽의 다른 쪽에서는 한 젊은이가 때로는 집시와 때로는 귀부인과 자유분방하게 살았지요. 전쟁에 참가하기도 했습니다. 이처럼 방해받지 않고 비난받지 않으면서 다양한 인간 생활을 경험했지요. 이러한 경험들은 그가 후에 책을 쓰게 되었을 때 커다란 도움이 되었습니다. 톨스토이가 기혼녀와 "소위 세상으로부터 단절되어" 프라이어리[45]에 살았더라면, 그 도덕적 교훈이 아무리 유익하더라도 『전쟁과 평화』를 쓸 수는 없었을 겁니다.

그러나 소설을 쓰는 문제와 성이 소설가에게 미치는 영향에 대해서 어쩌면 좀 더 깊이 파고들 수 있겠지요. 만일 눈을 감고 소설 전반에 대해 생각해 보면, 소설이란 삶에 대한 어떤 거울 같은 유사성을 가진 창조물이라고 여겨질 겁니다. 물론 소설이 삶을 단순화하고 왜곡하는 측면이 무수히 많이 있지만요. 어쨌든 그것은 마음의 눈에 어떤 형체를 남기는 구조물인데, 그것은 때로 사각형 모양으로 형성되고, 때로 탑의 형태로 구성되며, 양옆으로 뻗어 나가 주랑이 생기고 콘스탄티노플의 성 소피아 성당처럼 굳건한 구조에 둥근 지붕을 갖게 됩니다. 이러한 형체는, 몇몇 유명한 소설들을 회상하며 생각하건대, 그것에 적합한 감정을 내면에 일으킵니다. 그러나 그 감정은 이내 다른 감정들과 혼합되지요.

그 '형체'는 돌과 돌의 관계에 의해서가 아니라 인간과 인간

---

45) 조지 엘리엇이 조지 헨리 루이스와 1864년부터 1880년 사이에 함께 살았던 집의 이름.

의 관계에 의해 만들어지기 때문입니다. 그리하여 소설은 우리의 내면에 서로 적대적이고 상반된 온갖 감정들을 야기합니다. 삶은 삶이 아닌 어떤 것과 갈등을 일으키지요. 그러므로 소설에 대한 어떤 합의에 이르기가 어렵고, 우리의 개인적인 편견이 우리에게 지대한 영향력을 행사하는 것이지요. 우리는 당신 —— 주인공 존 —— 이 살아야 한다고 느낍니다. 그렇지 않으면 나는 깊은 절망에 빠지게 될 테니까요. 그러나 다른 한편, 슬프게도 존, 당신이 죽어야 한다고 느낍니다. 그 책의 형체가 그것을 요구하기 때문이지요. 삶은 삶이 아닌 어떤 것과 갈등을 일으킵니다. 그러나 그것이 부분적으로는 삶이기 때문에, 우리는 그것을 삶으로 판단합니다. "제임스는 내가 제일 싫어하는 부류의 사람이야."라고 누군가 말합니다. 아니면 "이건 터무니없는 엉터리군. 나는 그런 것을 전혀 느낄 수 없었어."라고 말이지요. 어떤 유명한 소설이라도 되새겨 볼 때 명백하게 드러나는바, 소설의 전체 구조는 지극히 다양한 판단과 지극히 다양한 감정으로 구성되어 있기 때문에 무한히 복잡합니다. 놀라운 사실은 그렇게 구성된 책이 일이 년 이상 존속한다는 것과 그 책이 영국인 독자에게 의미하는 바와 러시아인이나 중국인 독자들에게 주는 의미가 거의 유사하다는 것입니다. 때로 그 책들은 아주 탁월하게 생명을 유지해 나갑니다. 이와 같이 희귀하게 생존하는 경우(나는『전쟁과 평화』를 생각하고 있습니다.)에 그것들을 지탱하는 것은 소위 성실성이라는 것입니다. 이때의 성실성이란 빚을 갚는다거나 비상사태에 직면하여 명예롭게 행동하는 것과는 상관이 없지요. 소설가에게 있어서 성실성이라는 말로 표현되는 것은 작가가 독자에게 부여하는, 이것이 진실이라는 확신입니다. 그래, 나는 이 일이 그리되리라고는 생각하지 못했을 거야. 나는 그렇게 행동하는 사람을 본 적이 없으니까. 하지만 그것이 이렇고 그런 일이 발생한다고 당신이 나를 확신시켰지라고 독자는 느낍니다. 우리는 책을 읽으면서 모든 구절, 모든 장면을 빛에 비춰 봅니다. 자연은 아주 기묘하게도 소설가의 성실성이나 불성실을 판단할 수 있는 내면의 빛을 우리에게 부여한 듯하니까요. 어쩌면 더없이 변덕스러운 기분에 사로잡혀서 자연은 인간 마음의 벽 위에 보이지 않는 잉크로 위대한 예술가들만이 확증해 줄 수 있는 어떤 예감을 그려 놓았고, 그것은 오직 천재의 불길이 닿아야 눈에 보이는 스케치일지도 모릅니다. 그것이 빛에 노출되어 생명을 얻는 것을 볼 때 우리는 황홀해서 소리치지요. 하지만 이거야말로 내가 항상 느껴 왔고 알아 왔고 바랐던 거야! 하고 말입니다. 그리하여 흥분으로 끓어넘치며, 마치 살아 있는 동안 언제라도 되돌아가 찾아볼 대단히 소중한 것인 양 일종의 존경심을 느끼며 그 책을 덮어 서가에 올려놓습니다. 나는 『전쟁과 평화』를 집어서 제자리에 다시 꽂으며 생각했지요. 다른 한편 우리가 집어 들고 검토하는 이 빈약한 문장들은 처음에는 빛나는 색채와 과감한 제스처로 신속하고 열성적인 반응을 일깨우지만 거기서 멈춰 버리고 맙니다. 무언가가 그것의 발달을 억제하는 듯하지요. 또는 그 문장들이 한구석의 희미한 낙서나 다른 쪽의 얼룩을 드러내고, 어떤 것도 흠이 없는 온전한 모습으로 나타나지 않는다면, 그때 독자는 실망의 한숨을 쉬며 또 하나의 실패작이군 하고 말합니다. 이 소설은 어디에선가 실패한 것이지요.

물론 대부분의 경우 소설은 어느 부분에선가 실패하기 마련입니다. 지나친 긴장으로 작가의 상상력이 비틀거리게 됩니다. 통찰력이 흐트러지며 더 이상 진실과 거짓을 구별할 수 없습니다. 매 순간 아주 다양한 기능들을 사용해야 하는 그 막대한 노동을 지속할 만한 힘을 더 이상 끌어낼 수 없는 것이지요. 그러나 나는 소설가의 성이 이 모든 요인들에 어떤 영향을 미칠 것인지『제인 에어』와 그 밖의 다른 책들을 보면서 생각했습니다. 그녀의 성이 어떤 식으로든 여성 소설가의 성실성 — 작가에게 있어서 중추라 여겨지는 그 성실성 — 에 방해가 될까요? 자, 『제인 에어』의 인용 부분에서, 소설가 샬럿 브론테의 성실성을 분노가 방해하고 있다는 점은 분명합니다. 그녀는 개인적인 비탄에 신경을 쓰느라 마땅히 자신이 전념했어야 할 이야기를 그만 내버린 것이지요. 그녀는 자신에게 적합하고 응당 누려야 할 경험에 굶주렸다는 사실을 기억했지요. 세상을 자유로이 방랑하고 싶을 때, 그녀는 목사관에서 양말을 기우며 침체되어야만 했습니다. 그녀의 상상력은 분노로 인해 빗나갔고, 우리는 그 사실을 느낄 수 있습니다. 그러나 분노 이외의 다른 여러 영향력들 또한 그녀의 상상력을 잡아 찢고 그 길에서 비껴 나가게 했지요. 예를 들면 무지함이 그렇습니다. 로체스터[46]는 어둠 속에서 묘사되었습니다. 우리

---

46)『제인 에어(Jane Eyre)』의 남자 주인공.

는 로체스터의 묘사에서 공포가 미치는 영향을 느낍니다. 마찬가지로 우리는 억눌림의 결과인 신랄함과 그녀의 열정 아래 끓고 있는 숨겨진 고통, 비록 빛나는 책들이긴 하지만 그 책들을 경련의 아픔으로 수축시키는 적의를 끊임없이 느낍니다.

소설이 실제 생활과 이러한 상응 관계를 가지기 때문에, 소설의 가치는 실제 생활의 가치와 어느 정도 동일합니다. 그러나 여성의 가치는 다른 성이 세워 놓은 가치와 다른 경우가 빈번하다는 것이 분명합니다. 당연히 그렇지요. 하지만 전반적으로 만연되어 있는 것은 남성의 가치입니다. 조야하게 말하자면, 축구와 스포츠는 '중요'합니다. 반면 유행의 숭배와 옷의 구입은 '하찮은' 일입니다. 이러한 가치들은 삶에서 픽션으로 불가피하게 전달됩니다. 이것은 전쟁을 다루므로 중요한 책이라고 비평가들은 평가합니다. 이 책은 응접실에 앉은 여성의 감정을 다루고 있으므로 보잘것없습니다. 전쟁터에서의 한 장면은 상점에서의 한 장면보다 더 중요하지요. 도처에서 더욱 미묘하게 가치의 차별이 지속됩니다. 그러므로 19세기 초 여성 작가의 경우 소설의 전체 구조는 일직선에서 약간 비껴 나, 외적 권위에 순종하여 자신의 투명한 비전을 어쩔 수 없이 변화시켰던 마음에 의해 세워졌습니다. 오래되고 잊힌 소설들을 대충 훑어보고 그것들을 쓴 목소리의 음조를 들어 보기만 하면, 그 작가가 비판에 맞서고 있다는 사실을 알게 됩니다. 그녀는 공격하기 위해 이런 말을 하거나 화해하기 위해 저런 말을 합니다. 그녀는 자신의 기질이 명하는 대로 때로는 유순하고 소심하게, 때로는 분개하고 역설하며 그 비판에 대처했습니다. 어느 쪽을 택했는가는 중요하지 않습니다. 문제는 그녀가 사물 자체가 아닌 어떤 다른 것을 생각하고 있었다는 사실입니다. 우리의 머리 위로 그녀의 책이 떨어집니다. 바로 그 책의 중심부에 결함이 있었지요. 나는 과수원에 나뒹구는 얽은 자국이 있는 작은 사과들처럼 런던의 중고 서점에 산재한 여성들의 소설을 생각했습니다. 그것들을 썩게 한 것은 중심에 존재하는 바로 그 흠집입니다. 그녀는 다른 사람들의 의견에 경의를 표하여 자신의 가치를 변질시켰던 것입니다.

그러나 그녀들은 오른쪽이든 왼쪽이든 조금도 움직이지 않을 수는 없었을 것입니다. 순전한 가부장제 사회의 한가운데에서 그런 비판에 직면하여 움츠러들지 않고 자신이 본 그대로의 사물을 고집하는 일은 대단한 재능과 성실성을 요구했겠지요. 그 일을 해낸 것은 오직 제인 오스틴과 에밀리 브론테뿐이었습니다. 이것은 그들의 또 다른, 어쩌면 가장 훌륭한 미덕입니다. 그들은 남성처럼 쓰지 않고 여성이 쓰듯이 썼습니다. 그 당시 소설을 썼던 수천 명의 여성들 가운데 그들만이 영원한 현학자들의 끊임없는 충고 — 이렇게 써라, 저렇게 생각하라. — 를 완전히 무시했지요. 그들만이 그 지속적인 목소리, 때로 불평하고 때로는 선심 쓰는 척하며 때로 권력을 휘두르고 때로는 상심하고 때로 충격을 받고 때로는 분노하며 때로는 숙부처럼 친절한 그 목소리에 귀를 기울이지 않았습니다. 그 목소리는 여성을 홀로 내버려 두지 않으며 지나치게 양심적인 가정 교사처럼 항상 그들에게 달라붙어서 에저턴 브리지스 경처럼 여성에게 세련된 몸가짐을 가질 것을 엄명하거나 심지어 시 비평에 성의 비평을 끌어들이기도 합니다.[47] 또한 여성들이 착해지고 싶고 빛나는 상을 받고 싶다면 문제의 그 신사가 적합하다고 생각하는 어떤 한계 내에 머물러 있으라고 권고합니다. "……여성 소설가들은 자신의 성의 한계를 용감하게 인정함으로써 탁월한 경지에 이르기를 열망할 수 있다."[48] 이 말은 문제의 핵심을 단적으로 표현합니다. 놀랍겠지만, 이 문장이 쓰인 때는 1828년 8월이 아니라 1928년 8월입니다. 이런 말이 지금 우리에게는 대단히 재미있게 여겨진다 하더라도 일 세기 전에는 훨씬 강력하고 요란하게 울렸던 거대한 한 덩어리의 견해들(나는 그 오래된 웅덩이를 휘젓지 않을 것입니다. 우연히 내 발치로 흘러 들어온 것만을 붙잡을 뿐입니다.)을 대변한다는 사실에 여러분은 동의할 것입니다. 1828년에 이 모든 타박과 꾸짖음, 상의 약속 등을 무시하려면 무척 완강한 젊은 여성이어야 했을 겁니다. 그리고 스스로에게 이렇

---

47) "(여성은) 형이상학적 목적을 가지고 있다. 이것은 특히 여성에게 있어서 위험한 강박 관념이다. 여성은 남성이 가지고 있는 수사학에 대한 건전한 사랑을 느끼는 일이 거의 없기 때문이다. 다른 점에서는 더욱 원시적이고 더욱 물질주의적인 그 성에게 그것이 결핍되어 있다는 점은 이상한 일이다."(《새로운 기준(New Criterion)》, 1928. 6.) — 원주

48) "그 보고자와 마찬가지로 여러분도 여성 소설가들이 자기 성의 한계를 용감하게 인정함으로써 탁월한 경지에 이르기를 열망할 수 있다는 사실을 믿으신다면(제인 오스틴은 이러한 제스처를 얼마나 우아하게 달성할 수 있는지 보여 주었습니다.)……."(『전기와 서한집(Life and Letters)』, 1928. 8.) — 원주, (데스먼드 매카시(Desmond MacCarthy, 1877~1952)는 앞의 2장에서 레베카 웨스트의 소설을 보고 "터무니없는 여성 해방론자"라고 말한 장본인이기도 하다.) — 역주

게 말하려면 횃불 같은 선구자여야 했을 겁니다. 하지만 그들도 문학을 매수할 수는 없어. 문학은 모든 이들에게 개방되어 있으니까. 나는 비록 당신이 교구 관리라 해도 나를 잔디밭에서 쫓아내도록 용인치 않겠어. 그러고 싶다면 당신의 도서관을 잠그라고. 그러나 당신은 내 자유로운 마음에 문이나 자물쇠, 빗장 따위를 달 수는 없어.

그러나 용기를 꺾는 방해와 비판이 여성의 글에 어떤 영향을 미쳤든지 간에 — 물론 강력한 영향을 미쳤으리라고 생각합니다만 — 여성이 종이 위에 자신의 생각을 옮겨 놓으려고 할 때 그들(나는 아직 19세기 초의 소설가들을 생각하고 있습니다.)이 직면했던 다른 어려움과 비교하면 그것은 사소한 것이었습니다. 그 다른 어려움은 여성들의 배후에 전통이 전혀 없거나 설령 있더라도 너무 짧고 편파적인 전통이라서 그들에게 거의 도움이 되지 않았다는 사실입니다. 우리가 여성이라면 우리는 어머니를 통해 거슬러 생각하기 때문입니다. 즐거움을 맛보기 위해서라면 얼마든지 위대한 남성 작가들에게 접근할 수 있다 하더라도, 그들에게 도움을 청하러 가는 것은 무익한 일입니다. 램, 브라운, 새커리, 뉴먼, 스턴, 디킨스, 드 퀸시 — 그 밖의 누구든지 간에 — 는 아직 여성을 도와준 적이 없습니다. 여성이 그들의 몇 가지 기법을 배워서 자신에게 적합하도록 이용했을 수는 있었겠지요. 하지만 남성의 마음의 무게와 속도, 보폭은 여성과 너무 다르기 때문에 여성은 그들에게서 실속 있는 것을 효과적으로 얻어 올 수 없습니다. 너무 멀리 떨어져 있으므로 모방할 수 없는 것이지요. 아마 그녀가 펜을 종이에 대자마자 알게 되었을 첫 번째 사실은 그녀가 사용할 수 있도록 마련된 공동의 문장이 없다는 것입니다. 새커리와 디킨스, 발자크 같은 위대한 예술가들은 모두 자연스러운 산문을 썼는데, 신속하면서도 어설프지 않고 표현이 풍부하면서도 까다롭지 않으며 공동의 자산이면서도 그들 나름의 색조를 가지고 있었습니다. 그들은 당시 유통되던 문장들을 자신들의 기반으로 삼았지요. 19세기 초에 통용되던 문장은 대체로 이처럼 쓰였을 겁니다. "그들 작품의 장중함은 그들에게 중단하지 말고 계속 전진해 나가라는 논거였다. 그들은 자신들의 기교를 발휘하고 진실과 아름다움을 부단히 창조하면서 최고의 흥분과 만족을 느낄 수 있었다. 성공은 능력 발휘를 촉구하고 습관은 성공을 용이하게 한다." 이것은 남성의 문장입니다. 그 이면에서 우리는 존슨 박사와 기번, 그 밖의 다른 사람들을 엿볼 수 있습니다. 그것은 여성이 사용하기에 적합하지 않은 문장이었지요. 산문에 탁월한 재능을 가지고 있으면서도 샬럿 브론테는 그 투박한 도구를 움켜쥐고 비틀거리며 쓰러졌습니다. 조지 엘리엇은 그것을 가지고 말로 다 할 수 없는 큰 실수를 저질렀지요. 제인 오스틴은 그것을 보았지만 비웃어 버렸고 자신이 사용하기에 적합한, 더할 나위 없이 자연스럽고 맵시 있는 문장을 고안해 냈으며 거기에서 결코 벗어나지 않았습니다. 그리하여 샬럿 브론테보다 글 쓰는 재능이 훨씬 떨어지면서도 그녀는 무한히 더 많은 것을 말했습니다. 표현의 자유와 충실성은 예술의 본질적인 부분이므로, 그러한 전통의 결핍과 도구의 결핍 및 부적절함은 여성의 글쓰기에 지대한 영향을 미쳤을 것입니다. 게다가 책이란 문장들을 이어 붙여서 만드는 것이 아니라, 이미지를 빌리자면, 아치나 둥근 지붕으로 지어진 것입니다. 이러한 형체도 자신들이 사용하기 위해서 그들 자신의 필요에 따라 남성들이 만들어 온 것이지요. 문장이 여성에게 적합하지 않은 것과 마찬가지로, 서사시나 시극 형식 또한 여성에게 적합하리라고 생각할 이유가 없습니다. 그러나 여성이 작가가 될 무렵 옛 문학 형식들은 모두 이미 굳어지고 결정된 형태였습니다. 소설만이 그녀가 다룰 수 있을 정도로 유연하고 새로운 것이었지요. 이것이 아마 여성이 소설을 쓰게 된 또 다른 이유일 것입니다. 그러나 심지어 "소설"(이 단어가 부적절하다는 나의 느낌을 표현하기 위해서 인용 부호를 썼습니다.)[49]이, 모든 형식들 가운데 가장 유연한 이 형식이 여성이 사용하기에 적합한 형태를 가지고 있다고 어느 누가 감히 자신 있게 말할 수 있을까요? 여성이 자유로이 팔다리를 사용할 수 있게 되면 틀림없이 그녀는 그것을 부수고 새로운 형태를 만들 것이며 반드시 운문이 아니더라도 자기 내면의 시를 전달할 새로운 수단을 제공할 것입니다. 아직도 출구가 막혀 있는 것은 시이니까요. 나는 더 나아가 오늘날의 여성이 시 비극을 5막으로 쓸지 곰곰이 생각해 보았습니다. 그녀는 운문을 사용할까요? 오히려 산문으로 쓰지 않을까요?

---

49) 소설(novel)이 '새로운' 장르라는 의미에서 그런 명칭이 붙은 것에 대한 언급이다.

그러나 이런 것들은 미래의 어슴푸레한 빛 속에 놓인 어려운 문제들입니다. 지금 나는 이 문제들을 그냥 내버려 둘 것입니다. 이러한 문제들이 나를 자극하면 나는 내 주제로부터 이탈해 길이 없는 숲 속을 방랑하다가 어쩌면 야수에게 잡아먹힐 가능성이 다분하니까요. 나는 픽션의 미래라는 그 우울한 주제를 끄집어내고 싶지 않고 여러분도 그러길 원하지 않으리라 확신합니다. 그래서 다만 여기 잠시 멈춰 미래의 여성들과 관련해 신체적 조건이 수행해야 할 커다란 역할에 대한 여러분의 관심을 환기시켜 보려고 합니다. 책은 어떻게든 육체에 적응해야 합니다. 따라서 여성의 책은 남성의 책보다 더욱 짧고 더욱 응집되어야 하며, 지속적이고 방해받지 않는 장시간의 독서가 필요하지 않게끔 꾸며져야 한다고 나는 과감하게 말할 것입니다. 여성은 언제나 방해를 받을 테니까요. 또한 두뇌에 양분을 공급하는 신경은 여성과 남성에게 각각 다른 것처럼 보입니다. 만일 여성이 최선을 다해 노고를 기울이도록 만들려면 그들을 어떻게 대접해야 적합할지 — 예를 들어 수도승들이 몇백 년 전에 고안해 냈을 이런 강연 시간이 그들에게 적합한지 — 그들이 일과 휴식을 어떻게 교체하기를 요구하는지, 휴식이 아무것도 하지 않는 것이 아니라 무언가를 하는 것이며 그 무엇이 어딘가 다른 것이라면 그 다른 점이 어떤 것인지 알아내야 합니다. 이 모든 것들을 토론하고 알아내야겠지요. 이 모두가 '여성과 픽션'이라는 문제의 일부분입니다. 그런데 나는 다시 서가로 다가서며 생각했지요. 여성이 쓴 여성 심리에 대한 섬세한 연구를 어디서 찾을 수 있을까요?

여성들이 축구를 못한다고 해서 의사가 되는 것이 허용되지 않는다면……

　다행히도 이제 내 생각은 다른 것으로 옮겨 갔습니다.

5장

이처럼 서성이다가 마침내 현존 작가들의 책을 보관한 서가에 이르렀습니다. 이제는 남성의 책만큼이나 여성의 책도 많이 있으니까 현존 여성과 남성의 책이라 해야겠지요. 아직은 그것이 정확한 사실은 아니라 하더라도, 여전히 남성이 수다스러운 성이라 하더라도, 여성이 이제 오로지 소설만 쓰지 않는다는 것은 분명합니다. 희랍 고고학에 관한 제인 해리슨의 책이 있고 미학에 관한 버넌 리의 책도 있습니다. 또 페르시아에 관한 거트루드 벨의 책들도 있지요. 일 세기 전에는 어떤 여성도 손대지 않았을 온갖 주제에 관한 책들이 있습니다. 시와 희곡과 비평서도 있지요. 또한 역사와 전기, 여행기, 학문 연구서 등이 있으며 심지어 몇몇 철학서와 과학과 경제학에 관한 책들도 있습니다. 소설이 우세하긴 하지만 소설 자체도 다른 부류의 책들과 관련을 맺음으로써 많이 달라졌을 것입니다. 여성의 글쓰기에 있어 서사시의 시대, 즉 자연스러운 소박함은 사라졌겠지요. 독서와 비평이 그녀에게 더욱 넓은 안목과 더욱 섬세한 감수성을 부여했을 것입니다. 이제 자서전을 쓰려는 충동은 소진되겠지요. 여성은 자기표현의 수단이 아니라 예술로서 글을 쓰기 시작하겠지요. 이 새로운 소설들 가운데서 그러한 여러 가지 의문에 대한 답을 찾을 수 있을지도 모릅니다.

나는 임의로 그중 한 권을 꺼냈습니다. 그것은 서가의 맨끝에 있었는데 『생의 모험』인가 그 비슷한 제목의 소설로 메리 카마이클[50]이 쓴 것이며 바로 이달 10월에 출판되었습니다. 이 책이 그녀의 첫 작품인 것 같다고 나는 중얼거렸습니다. 하지만 우리는 이 책을 상당히 긴 연속 선상의 마지막 책인 양, 지금까지 살펴보았던 다른 책들 — 레이디 윈칠시의 시와 에프라 벤의 희곡, 네 명의 위대한 소설가들의 소설 — 에 이어진 것으로 읽어야 합니다. 우리는 책들을 개별적으로 판단하는 데 익숙하지만, 사실 그것들은 서로 연관되어 있으니까요. 나는 또한 그녀 — 이 무명의 여성 — 를 앞서 살펴보았

---

50) 마리 카마이클(Marie Carmichael)은 산아 제한 운동가인 마리 스톱스(Marie Stopes, 1880~1958)의 필명이며, 그녀는 1928년 『사랑의 창조(Love's Creation)』라는 소설을 출판했고, 이 소설에는 실험실에서 함께 일하는 두 명의 여성이 등장한다. 울프는 이 작가의 이름을 메리로 바꿈으로써 화사의 이름 및 「메리 네 명의 발라드」와 관련지어 여성이 일반적으로 공유하는 공통의 경험과 운명을 시사한다.

던 다른 여성들의 후예로 간주하고 그녀가 그들의 특성과 한계에서 무엇을 물려받았는지 보아야 합니다. 그래서 한숨을 쉬며 ― 소설은 해독제보다는 진통제를 제공하는 경우가 허다하고, 타오르는 횃불로 사람을 일깨우기보다는 무감각한 잠으로 빠뜨리기에 ― 나는 메리 카마이클의 첫 작품 『생의 모험』에서 무엇인가 얻어 낼 각오로 공책과 연필을 들었습니다.

우선 나는 한 페이지를 위아래로 훑어보았습니다. 푸른 눈이나 갈색 눈, 또는 클로이와 로저 사이에 있을 관계를 내 기억에 담기 전에 우선 그녀의 문체를 알아야겠다고 생각했지요. 그녀가 손에 펜을 들었는지 아니면 곡괭이를 들었는지 판단하고 난 후에 그런 것을 살펴볼 시간이 있을 겁니다. 곧 나는 한두 문장을 혀 위에서 굴려 보았습니다. 이내 어딘가가 제대로 자리 잡혀 있지 않다는 점이 명백해졌습니다. 문장과 문장의 매끄러운 연결이 차단되었지요. 무엇인가 찢기고 무엇인가 긁혔습니다. 여기저기 단어들이 내 눈앞에서 불을 번쩍였지요. 옛 희곡에서 말하듯이 그녀는 자신의 "손을 놓아 버리고" 있었습니다. 나는 그녀가 불이 붙지 않을 성냥을 그어 대는 사람 같다고 생각했지요. 하지만 어째서 제인 오스틴의 문장은 당신에게 적합하지 않을까요 하고 나는 그녀가 내 앞에 있기라도 하듯 물었습니다. 에마와 우드하우스 씨가 죽었기 때문에 제인 오스틴의 문장도 모두 부스러기로 해체되어야 합니까? 그렇게 되어야 한다면 슬픈 일이군요. 나는 한숨을 쉬었습니다. 왜냐하면, 모차르트의 음악이 한 노래에서 다른 노래로 옮겨 가듯이 제인 오스틴의 글은 한 멜로디에서 다른 멜로디로 넘어가는 반면, 이 글을 읽는 것은 갑판도 없는 작은 배를 타고 바다로 나간 것과 같았기 때문이지요. 위로 솟구쳤다가 아래로 푹 꺼졌습니다. 문체의 간결함과 긴박감은 그녀가 무엇인가 두려워했음을 나타내고 있을지도 모릅니다. 어쩌면 '감상적'이라고 불릴까 봐 두려워했을지도 모르지요. 또는 여성의 글이 화려하다는 말을 기억하고 가시를 지나치게 많이 박아 놓았는지도 모릅니다. 하지만 한 장면을 주의 깊게 읽고 나서야, 그녀가 자기 자신을 표현하고 있는지 아니면 다른 사람이 되려고 하는지를 확인할 수 있을 것입니다. 어쨌든 나는 좀 더 세심하게 읽어 가면서 그녀가 인간의 활력을 억누르지는 않는다고 생각했습니다. 그러나 그녀는 사실들을 너무 많이 쌓아 가고 있군요. 그녀는 이 정도 분량의 책(그것은 『제인 에어』의 절반 정도 되는 길이였습니다.)에서 그것들을 반도 사용할 수 없을 겁니다. 하지만 어떤 수단에 의해서인지 그녀는 우리 모두 ─ 로저, 클로이, 올리비아, 토니와 빅엄 씨 ─ 를 강을 거슬러 올라가는 카누로 모으는 데 성공했습니다. 나는 의자에 기대면서 잠깐만 기다리라고 말했지요. 더 앞으로 나아가기 전에 전체를 좀 더 신중하게 살펴보아야 하니까요.

메리 카마이클이 우리에게 속임수를 쓴 것이 확실하다고 나는 중얼거렸습니다. 왜냐하면 전향선 철로에서 아래로 내려갈 거라고 예측했던 차가 궤도를 벗어나 다시 위로 올라갈 때의 기분을 느끼기 때문입니다. 메리는 예상된 연속성을 함부로 바꾸고 있었지요. 처음에는 문장을 부수어 놓고 이제는 연속성을 부수어 버렸습니다. 좋습니다. 부수기 위해서가 아니라 창조하기 위해서 그렇게 한다면 그런 일을 할 만한 권리가 있지요. 그 둘 중 어느 쪽인지는 그녀가 어떤 상황에 직면할 때까지 확인할 수 없습니다. 나는 그 상황이 어떤 것이 될지 선택할 자유를 그녀에게 주겠습니다. 내킨다면 그녀가 통조림 깡통과 낡은 주전자에서 상황을 만들어 내도 좋습니다. 하지만 그녀가 그것이 상황이라고 믿고 있다는 것을 나에게 확신시켜야 합니다. 그리고 상황을 만들어 냈을 때 그녀는 그것에 직접 맞부딪쳐야 합니다. 그녀는 뛰어넘어야 합니다. 그녀가 나에게 작가로서 자신의 의무를 다한다면, 나도 그녀에게 독자로서 나의 의무를 다하리라 마음먹으며 책장을 넘기고 읽었지요……. 갑자기 말을 끊어서 미안합니다만 여기에 남성은 한 사람도 없습니까? 저기 붉은 커튼 뒤에 차트리스 바이런 경[51]이 숨어 있지 않다고 약속하실 수 있습니까? 여기 모두 여성들뿐이라고 보장합니까? 그렇다면 말씀드리지요. 내가 읽은 바로 다음 문장은 "클로이는 올리비아를 좋아했다."였습니다. 놀라지 마십시오. 얼굴을 붉히지 마십시오. 이러한 일들이 때로 일어난다는 것을 우리들만이 모인 곳에서 인정합시다. 때로 여성은 여성을 좋아합니다.

"클로이는 올리비아를 좋아했다." 나는 이 문장을 읽었지요. 그러자 그곳에 거대한 변화가 있다는 생각이 퍼뜩 들었습

---

51) 차트리스 바이런 경(Chartres Biron, 1863~1940)은 여성 동성애를 다룬 래드클리프 홀(Radclyffe Hall)의 소설 『고독의 우물(The Well of Loneliness)』에 대한 외설 시비 재판을 맡은 대법관이었다. 버지니아 울프는 이 소설을 변호하려고 준비했었다.

니다. 아마 문학사상 처음으로 클로이는 올리비아를 좋아했을 겁니다. 클레오파트라는 옥타비아를 좋아하지 않았습니다. 만약 그랬더라면 『안토니와 클레오파트라』는 완전히 다른 작품이 되었겠지요. 『생의 모험』에서 약간 벗어난 생각입니다만 실상 『안토니와 클레오파트라』는, 감히 이런 말을 해도 된다면, 터무니없이 단순하고 인습적인 작품입니다. 옥타비아에 대한 클레오파트라의 유일한 감정은 질투심이지요. 그녀가 나보다 키가 클까? 그녀는 머리 손질을 어떻게 할까? 어쩌면 그 희곡은 그 이상을 요구하지 않겠지요. 그러나 그 두 여성 간의 관계가 좀 더 복잡했더라면 얼마나 흥미로웠을까요? 문학 작품에 나타난 여성들 간의 관계는, 문학 작품에 전시된 빛나는 허구의 여성들을 재빨리 회상하면서 생각하건대, 너무나 단순합니다. 아주 많은 부분이 생략되었고 시도조차 되지 않았습니다. 나는 내가 읽어 본 글에서 두 여성이 친구로 묘사된 경우가 있었는지 기억해 보려고 했지요. 『교차로의 다이애나』[52]에는 그러한 시도를 하려는 흔적이 있습니다. 물론 라신의 작품과 그리스 비극에도 막역한 친구들이 나옵니다. 때로 모녀 간의 관계가 그러하지요. 그러나 거의 예외 없이 여성은 남성과 맺는 관계를 통해서만 제시됩니다. 제인 오스틴의 시대까지 픽션의 모든 위대한 여성들이 다른 성의 눈으로 보였을 뿐 아니라 다른 성과의 관계를 통해서만 보였다는 것은 참이상한 일이었습니다. 남성과의 관계는 여성의 삶에서 아주

---

52) 1885년 발표한 조지 메러디스(George Meredith, 1828~1909)의 소설.

자그마한 부분밖에 차지하지 못하는데 말이지요. 게다가 남성이 검거나 붉은 성적 편견의 안경을 코에 걸치고 그 관계를 관찰할 때 그들은 그 관계에 대해서조차 제대로 알지 못합니다. 아마도 이런 이유로 픽션의 여성들은 특이한 성격으로 나타나겠지요. 놀랄 만큼 극단적으로 아름답거나 극단적으로 혐오스러운 존재이고, 천사 같은 선함과 악마 같은 사악함 사이에서 동요합니다. 한 남성이 자신의 사랑이 상승하는가 침체하는가에 따라서, 또는 순조로운가 그렇지 않은가에 따라서 여성을 보기 때문이지요. 물론 이것은 19세기의 소설가들에게는 적용되지 않습니다. 거기서 여성은 좀 더 다양하고 복잡한 존재가 됩니다. 실제로 어쩌면 여성에 대해서 쓰고자 하는 욕망 때문에 남성들은 여성을 거의 등장시킬 수 없었던 난폭한 시극을 점차 쓰지 않고 보다 적합한 양식으로서 소설을 고안하게 되었는지도 모릅니다. 그렇다 하더라도 남성에 대한 여성의 인식이 그렇듯이, 여성에 관한 남성의 이해도 편파적이며 대단히 제한되어 있다는 사실은 심지어 프루스트의 글에서도 명백히 드러납니다.

다시 그 책을 내려다보며 생각해 보건대, 여성도 가정생활에 대한 영원한 관심 외에 남성과 마찬가지로 다른 관심을 가지고 있다는 점 또한 분명해지고 있습니다. "클로이는 올리비아를 좋아했다. 그들은 실험실을 같이 쓰고 있었다……." 나는 계속 읽으며 그들 중 한 명은 결혼했고 두 명(아마도 맞을 겁니다.)의 어린아이가 있었지만 그 젊은 여성들은 악성 빈혈치료를 위해 간을 잘게 자르는 데 몰두하고 있음을 알았습니다. 자, 이 모든 것들이 물론 과거의 문학 작품에서는 배제되어야 했고 그리하여 허구의 여성에 대한 빛나는 묘사는 너무 단순하고 지나치게 단조로웠던 겁니다. 예를 들어 남성이 문학에서 오로지 여성의 애인으로만 묘사되고, 다른 남성의 친구 또는 군인, 사상가, 공상가로 제시되는 일이 전혀 없었다고 상상해 봅시다. 그렇다면 셰익스피어의 희곡에서 그들이 차지할 수 있는 역할이 얼마나 적고, 문학은 얼마나 극심한 손상을 입었을까요! 아마 오셀로 같은 인물이 대부분이고 안토니 같은 인물도 상당수 있었겠지만 시저나 브루투스, 햄릿, 리어, 자크는 없었을 것이며, 문학은 믿을 수 없을 정도로 빈곤해졌을 겁니다. 여성에게 닫힌 문 때문에 실제로 문학이 측정할 수 없을 정도로 빈곤해진 것처럼 말이지요. 자신들의 의사와 상관없이 결혼하고 방 한 칸에 갇혀 한 가지 일만 하도록 강요된 여성을 어떤 극작가가 충실하고 흥미롭고 진실하게 묘사할 수 있겠습니까? 사랑만이 유일하게 가능한 통역자였습니다. 시인은 열정적이거나 신랄하거나 둘 중 하나였습니다. 그가 '여성을 증오하기로' 작정하지 않았다면 말이지요. 그러나 이 경우는 대개 그가 여성에게 매력적이지 못하다는 의미였지요.

자, 클로이가 올리비아를 좋아하고 그들이 실험실을 같이 쓴다면 그들의 관계는 덜 개인적이므로 그들의 우정이 더욱 다양하게 지속될 것입니다. 만약 메리 카마이클이 글 쓰는 법을 안다면, (이제 나는 그녀의 문체가 가진 어떤 특질을 즐기게 되었습니다.) 그녀에게 혼자 쓸 수 있는 방이 있다면, (이 점에 대해서는 확신할 수 없습니다만) 그녀가 연간 500파운드를 가지고 있다면, (그것은 앞으로 입증되어야 할 사실이지요.) 그렇다면 대단히 중요한 어떤 일이 발생했다고 나는 생각합니다.

만약 클로이가 올리비아를 좋아하고 메리 카마이클이 그것을 표현하는 법을 안다면, 그녀는 지금까지 아무도 들어가 본 적이 없는 그 거대한 방에 횃불을 밝히게 되기 때문입니다. 사람들이 어디를 걷는지도 모르면서 촛불을 들고 위아래를 살펴보며 걸어가는 구불구불한 동굴처럼, 그곳은 온통 어슴푸레하고 깊은 그림자로 덮여 있습니다. 나는 그 책을 다시 읽기 시작했고, 올리비아가 선반에 병을 올려놓으며 아이들에게로 돌아갈 시간이라고 말하는 것을 클로이가 지켜보는 장면을 읽었습니다. 이것은 세계가 시작된 이래 한 번도 본 적이 없는 광경이라고 나는 경탄했지요. 그래서 나 또한 호기심에 차서 지켜보았습니다. 여성이 남성의 변덕스러운 편견의 빛으로 조명되지 않고 홀로 있을 때, 천장에 붙은 나방의 그림자만큼이나 어렴풋이 형성되는 그 기록되지 않은 제스처를 포착하고, 말해지지 않은 또는 반쯤 말해진 말들을 포착하기 위해 메리 카마이클이 어떻게 착수하는지 보고 싶었던 것입니다. 그 일을 하려면 그녀는 숨을 죽여야 할 거라고 나는 계속 읽으며 말했지요. 여성은 타인이 분명한 동기 없이 어떤 관심을 기울일 때 민감하게 의심을 품고 자신을 숨기거나 억누르는 데 끔찍할 정도로 익숙하므로, 자신을 관찰하는 듯한 눈의 깜박거림에도 사라져 버리기 때문입니다. 나는 메리 카마이클이 거기 있기라도 하듯이 그녀에게 말했습니다. 당신이 그 일을 해낼 수 있는 유일한 방법은 계속 창밖을 내다보며 어떤 다른 일에 대해 이야기하는 것이라고요. 그리하여 올리비아—수백만 년 동안 바위의 그늘 아래 웅크리고 있었던 이 유기체—가 자기 몸 위로 빛이 드는 것을 느끼고 낯선 음식들—지식, 모험, 예술—이 자신에게로 다가오는 것을 볼 때 어떤 일이 일어나는지 공책에 연필로 쓸 것이 아니라 가장 짧은 속기 즉 아직 거의 분절되지 않은 말로 기록하는 것이라고 말입니다. 그리고 다시 책에서 눈을 떼며 생각했지요. 올리비아는 새로운 음식들을 붙잡기 위해 손을 내밀고, 무한히 복잡하고 정교한 전체의 균형을 깨뜨리지 않은 채 새것을 옛것에 흡수시키기 위하여, 다른 목적을 위해서 고도로 발달된 자신의 재능들을 전적으로 새롭게 결합시켜야 합니다.

하지만 유감스럽게도 나는 하지 않으리라 결심했던 일을 해 버렸군요. 아무 생각 없이 나의 성을 칭찬하는 데 빠져들어 간 것이지요. '고도로 발달된', '무한히 복잡한', 이런 말들은 부정할 수 없는 찬사이고, 자신의 성을 칭찬하는 것은 항상 수상쩍고 종종 어리석은 일이지요. 게다가 이 경우 그 말들을 어떻게 정당화할 수 있겠습니까? 지도를 가리키면서 콜럼버스가 아메리카 대륙을 발견했고 콜럼버스는 여자였다고 말할 수도 없습니다. 또는 사과를 집어 들고 뉴턴이 중력의 법칙을 발견했으며 뉴턴은 여자였다고 언급할 수도 없지요. 또는 하늘을 보면서 머리 위로 비행기가 날아가고 있고 비행기는 여성이 발명했다고 할 수도 없습니다. 여성의 정확한 크기를 잴 수 있는 벽 위의 눈금도 없습니다. 훌륭한 어머니의 자질이나 딸의 헌신, 누이의 신의, 또는 가정주부의 능력을 잴 수 있는, 1인치보다 더 작은 눈금으로 세밀하게 구분된 야드 자도 없습니다. 아직까지도 대학에서 평가를 받아 본 여성이 거의 없습니다. 육군, 해군, 무역, 정치, 외교 등 전문직의 위대한 시련은 여성을 시험해 본 적이 거의 없지요. 지금 이 순간에도 여성은 거의 분류되지 않은 상태입니다. 그러나 내가 홀리 버츠 경에 대해서 인간이 알 수 있는 모든 것을 알고 싶다면, 버크나 더브렛[53]의 책을 펼치기만 하면 됩니다. 그러면 그가 이러저러한 학위를 받았으며 시골 저택을 소유하고 있고 상속자가 있으며 어느 성(省)의 대신이었고 캐나다에서 대영 제국을 대표했으며, 수많은 학위와 직책 그리고 그의 공적을 지울 수 없이 박아 놓은 메달과 훈장들을 받았다는 것을 알게 될 것입니다. 홀리 버츠 경에 대해 그보다 더 많이 아는 자는 오로지 하느님뿐이겠지요.

그러므로 여성은 '고도로 발달된', '무한히 복잡한' 자질을 가지고 있다고 말할 때 나는 내 말을 휘터커나 더브렛 또는 대학 연감으로 입증할 수 없습니다. 이런 곤란한 처지에서 내가 무엇을 할 수 있을까요? 다시 책장을 보았습니다. 거기에는 존슨과 괴테, 칼라일, 스턴, 쿠퍼, 셸리, 볼테르, 브라우닝과 그 밖의 다른 사람들의 전기가 있었습니다. 다음과 같은 생각이 떠올랐지요. 이 모든 위인들은 이러저러한 이유로 여성을

---

53) 버크(Burke)와 더브렛(Debrett)은 매년 발행되는 참고 서적들로서 영국 귀족 계급과 지주 신사 계층의 계보를 다룬다.

찬미했고 여성과 교제하기를 바랐으며 여성과 함께 살았고 여성에게 비밀을 털어놓았으며 여성을 사랑했고, 여성에 대한 글을 썼고 여성을 신뢰했으며, 이성에 대한 필요와 의존이라고 표현될 수 있는 바를 드러냈다고요. 이 모든 관계들이 전적으로 플라토닉했다고는 단언하지 않겠습니다. 윌리엄 조인슨 힉스 경도 아마 부정하겠지요. 그러나 이 뛰어난 남성들이 이러한 관계에서 오직 안락함과 아부와 육체적인 쾌락만을 누렸다고 주장한다면, 그들을 상당히 부당하게 폄하하는 것이 될 겁니다. 그들이 얻은 것은 분명 자신들의 성이 제공할 수 없는 것이었습니다. 더 나아가, 의심할 바 없이 열광적인 시인들의 말을 인용하지 않고도, 그것은 이성만이 줄 수 있는 선물로서 어떤 자극이며 창조력의 부활이라고 정의한다 해도 경솔하지 않을 것입니다. 남성은 응접실이나 아이 방의 문을 열고 아이들 가운데 있거나 무릎 위에 수놓을 천을 올려놓고 앉아 있는 여성을 — 어느 경우이건, 삶의 다른 질서와 다른 체계의 중심으로서 그녀를 — 보게 될 것입니다. 그러면 이러한 세계와 법정이나 하원 같은 그 자신의 세계의 대조로 인해서 이내 그의 심신은 상쾌해지고 활력을 찾게 될 것입니다. 아주 간단한 대화에서도 자연스러운 견해의 차이가 드러날 것이며 따라서 그의 고갈된 생각들은 다시 풍부해지겠지요. 그녀가 그와는 다른 매개체를 통하여 창조하는 광경을 봄으로써 그의 창조력은 되살아나고, 그의 메마른 마음은 알지 못하는 사이에 서서히 무엇인가를 다시 도모하게 될 것이며, 그녀를 방문하려고 모자를 썼을 때 자기에게 결여되어 있던 어구나 정경을 발견할 것입니다. 존슨 같은 이에게는 트레일 같은 여성이 있었고, 이러한 이유 때문에 그는 그녀에게 집착하는 것입니다. 그리고 트레일이 이탈리아인 음악 선생과 결혼할 때 존슨은 분노와 혐오감으로 거의 미치다시피 하는데, 이것은 그가 스트리트엄에서 유쾌한 저녁 시간을 보낼 수 없기 때문만이 아니라 자신의 삶의 빛이 "마치 꺼져 버린 듯"했기 때문입니다.

그리고 존슨 박사나 괴테 또는 칼라일이나 볼테르가 아니더라도, 이 위대한 사람들과는 대단히 다르겠지만, 우리는 여성 내면의 복잡한 성격과 고도로 발달된 창조력을 느낄 수 있습니다. 한 여성이 방으로 들어갑니다. 그러나 그녀가 방으로 들어갈 때 어떤 일이 일어나는지를 그녀가 말할 수 있으려면, 영어라는 언어가 가진 자원이 훨씬 늘어나야 하고 모든 단어들은 날개를 달고 뻗어 나가 파격적으로 새롭게 태어나야 할 겁니다. 방들은 모두 전혀 다르지요. 고요할 수도 있고 우레 같은 소리가 울릴 수도 있으며, 바다를 면하고 있을 수도, 아니면 정반대로 감옥의 뜰을 향할 수도 있습니다. 빨래들이 널려 있을 수도 있고, 오팔 같은 보석과 실크로 화려하게 장식될 수도 있지요. 또 말총처럼 거칠거나 새털처럼 부드러울 수도 있을 것입니다. 어느 거리에 있는 어떤 방이든 들어서기만 하면, 더할 수 없이 복합적인 여성성의 힘 전체가 얼굴로 날아들 것입니다. 어떻게 그렇지 않을 수 있겠습니까? 여성은 수백 년 동안 방 안에 앉아 있었기 때문에, 지금은 벽 자체에도 여성의 창조력이 스며들어 있습니다. 그 창조력은 실제로 수용 용량을 넘도록 벽돌과 회반죽을 채워 왔으므로, 이제는 펜과 화필, 사업, 정치에 연결되어야 합니다. 하지만 이 창조력은 남성의 창조력과는 전적으로 다르지요. 그 창조력이 좌절되거나 소모된다면 천만번 유감스러운 일일 거라고 단언해야 합니다. 여성의 창조력은 몇 세기에 걸쳐 더없이 고통스러운 훈련에 의해 얻어졌고 그것을 대신할 만한 것은 없으니까요. 여성이 남성처럼 글을 쓰거나 남성과 같은 생활을 하거나 또는 남성처럼 보인다면, 그것도 천만번 유감스러운 일이지요. 세계의 광대함과 다양함을 고려해 볼 때 두 가지 성으로도 너무나 불충분할진대, 하나의 성만 가지고 어떻게 해 나갈 수 있겠습니까? 교육은 유사성보다는 차이점을 이끌어 내고 강화해야 하지 않을까요? 현 상태에서 우리는 너무나 유사합니다. 만약 어떤 탐험가가 돌아와서 다른 나뭇가지들 사이로 다른 하늘을 바라보는 다른 성들에 대해 전해 준다면 인류에게 그보다 더 큰 봉사는 없을 겁니다. 게다가 우리는 X 교수가 자신이 '우월'하다는 것을 입증하기 위해 측정 자를 가지러 뛰어가는 것을 지켜보는 재미를 덤으로 누리겠지요.

메리 카마이클은 자신에게 마련된 일을 그저 관찰자로서 수행할 거라고 나는 아직 책 위의 허공에 눈길을 주면서 생각했습니다. 유감스럽게도 그녀는 소설가 부류 가운데 그다지 흥미롭지 못한 분파, 다시 말해서 사색적 소설가가 아니라 자연주의적 소설가가 되고 싶은 유혹을 느낄 것입니다. 그녀가 관찰해야 할 새로운 사실들이 너무 많으니까요. 그녀는 더 이상 중상 계층의 점잖은 집에 국한될 필요가 없습니다. 친절을 베풀거나 짐짓 겸손한 척할 필요 없이 그녀는 동류의식을 가지고 좁고 냄새나는 방으로 들어갈 것입니다. 거기에는 고급 창부와 매춘부 그리고 발바리를 안고 있는 여자가 남성 작가들이 그들의 어깨에 강제로 끼워 놓은 거친 기성복을 입고 아직까지 앉아 있지요. 그러나 메리 카마이클은 가위를 들고 우묵한 곳이나 각이 진 곳에 맞게 잘라 낼 것입니다. 후에 이 여성들을 있는 그대로의 모습으로 보는 것은 호기심을 끄는 광경이겠지요. 하지만 우리는 좀 더 기다려야 합니다. 왜냐하면 아직 메리 카마이클은 성적 야만의 유산인 '죄'에 직면하여 자의식으로 방해받을 테니까요. 그녀는 아직도 낡고 허위적인 계급의 족쇄를 발에 차고 있을 겁니다.

하지만 여성 대다수는 매춘부도 고급 창부도 아닙니다. 또 여름날 오후 내내 먼지투성이의 우단 옷에 발바리를 끌어안고 앉아 있지도 않습니다. 그러면 그들은 무엇을 할까요? 내 마음의 눈에는 강의 남쪽 어딘가 무수히 늘어선 집들에 수많은 사람들이 모여 사는 긴 거리가 떠올랐습니다. 나는 상상의 눈으로 아주 늙은 여인이 아마도 자기 딸일 중년 여성의 팔에 기대어 길을 건너는 것을 보았습니다. 둘 다 품위 있게 구두를 신고 모피를 둘렀는데 그날 오후 그들의 옷 치장은 틀림없이 하나의 의식이었을 겁니다. 그 옷들은 매년 여름철 내내 방충제를 넣은 옷장 속에 보관되었겠지요. 매년 해 왔던 것처럼 그들은 가로등에 불이 켜지고 있을 때 (어스름이 깔리는 저녁이 그들이 좋아하는 시간이므로) 길을 건너갑니다. 노인은 여든 살에 가까웠지요. 그러나 누군가 그녀의 삶이 스스로에게 무엇을 의미하는지 그녀에게 묻는다면, 그녀는 발라클라바 전투

때문에 거리에 불이 켜졌던 것을 기억한다거나 에드워드 7세의 탄생을 축하하기 위해 하이드 파크에서 축포가 울린 것을 들었다고 말할 것입니다. 그리고 누군가가 날짜와 계절을 정확히 꼬집어서 1868년 4월 5일과 1875년 11월 2일에 무엇을 하고 있었느냐고 그녀에게 묻는다면 그녀는 흐리멍덩한 표정으로 아무것도 기억할 수 없다고 말할 것입니다. 언제나 저녁 식사를 준비했고 접시와 컵 들을 닦았지요. 아이들은 학교에 다녔고 사회에 나갔습니다. 그 모든 일에서 남은 것은 전혀 없습니다. 모두가 사라져 버렸지요. 어떠한 전기나 역사도 그것에 대해 한마디 말도 하지 않습니다. 그리고 소설은 그럴 의도는 없더라도 불가피하게 거짓말을 하지요.

무한히 불명료한 이 모든 삶을 기록하지 않으면 안 된다고 나는 메리 카마이클이 내 앞에 있기라도 하듯 그녀에게 말했습니다. 그리고 나의 상상 속에서 무언의 압력과 기록되지 않은 삶의 축적을 느끼며 런던 거리를 따라 걸어갔습니다. 길모퉁이에서 양손을 허리에 대고 서 있는 여자들이 살찌고 부어오른 손가락에 파묻힌 반지를 끼고 흡사 셰익스피어의 대사를 읊듯 격렬한 몸짓을 하면서 이야기하고 있군요. 또 문간 아래에는 제비꽃을 파는 여자와 성냥팔이 여자 그리고 노파가 쭈그리고 앉아 있습니다. 저기 정처 없이 떠도는 소녀들의 얼굴에는, 햇빛과 구름을 반사하는 파도처럼, 다가오는 남녀들과 쇼윈도의 명멸하는 빛이 어른거렸습니다. 횃불을 손으로 단단히 붙잡고 이 모든 것들을 탐구해야 한다고 나는 메리 카마이클에게 말했습니다. 무엇보다도 당신은 당신 영혼의 깊은 곳과 얕은 곳을, 그것의 허영과 관대함을 밝혀 주어야 합니다. 그리고 당신의 아름다움 혹은 평범한 용모가 당신에게 무엇을 의미하는지, 인조 대리석이 깔린 포목점들 옆 약국의 약병에서 흘러나오는 희미한 냄새 속에서 위아래로 흔들리는 장갑, 구두, 잡동사니 등 끊임없이 변화하는 세계와 당신이 어떤 관계가 있는지 이야기해야 합니다. 상상 속에서 나는 한 상점 안으로 들어갔지요. 바닥은 흑백으로 포장되어 있고 놀랄 만큼 아름다운 색깔의 리본이 걸려 있었습니다. 나는 메리 카마이클도 지나가면서 그것을 보았을 거라고 생각했습니다. 그것은 안데스 산맥의 눈 덮인 봉우리 또는 암석투성이의 골짜기만큼이나 글로 옮기기에 적합한 광경이니까요. 또 카운터 뒤에 한 소녀가 있습니다. 나는 나폴레옹의 생애를 백쉰 번째로 쓴다든가 키츠에 대한 연구를 칠십 번째로 한다든가, 늙은 Z 교수와 그 부류들이 지금 쓰고 있는, 밀턴의 어순 도치를 키츠가 이용했다는 등의 글을 쓰느니 차라리 그녀의 진정한 역사를 쓸 것입니다. 그러고 나서 나는 아주 신중하게, 혀끝이 아니라 발가락 끝으로(나는 무척 겁이 많아서 한때 내 어깨에 거의 닿을 뻔했던 채찍질을 아주 겁내고 있지요.) 메리 카마이클이 남성의 허영심(아니면 특이성이라고 말하는 편이 나을까요, 그것이 훨씬 덜 공격적인 말이니까요.)을 신랄하지 않게 비웃는 법을 배워야 한다고 중얼거렸습니다. 왜냐하면 사람의 머리 뒤쪽에는 스스로 볼 수 없는 동전만 한 크기의 반점이 있으니까요. 뒤통수의 그 동전만 한 크기의 반점을 묘사하는 것은 한 성이 다른 성에게 베풀어 줄 수 있는 훌륭한 호의 중 하나입니다. 여성들이 유베날리스의 논평과 스트린드베리의 비평에서 얼마나 많은 도움을 받았는지 생각해 보십시오. 고대로부터 남성들이 얼마나 인간적으로 또 얼마나 탁월하게 여성의 머리 뒤쪽의 그 어두운 곳을 지적해 왔는지 생각해 보십시오. 만약 메리가 아주 용감하고 대단히 정직하다면, 그녀는 남성의 뒤편으로 가서 그곳에서 무엇을 발견했는지 우리에게 말해 줄 것입니다. 여성이 동전 크기의 그 반점을 묘사한 후에야 비로소 남성의 진정한 초상화가 총체적으로 그려질 수 있습니다. 우드하우스 씨와 캐서번 씨[54]는 그 반점의 성격을 드러내는 인물들입니다. 물론 어느 누구라도 양식이 있는 사람이라면, 그녀에게 일정한 목적을 가지고 조롱과 조소로 일관하라고 권고하지 않을 것입니다. 문학은 그런 정신으로 쓰인 것이 무익함을 보여 주지요. 우리는 사실에 충실하라고 말할 것입니다. 그러면 그 결과는 틀림없이 놀라울 정도로 흥미로울 테니까요. 희극은 반드시 풍부해질 것이고, 새로운 사실들이 어김없이 발견될 것입니다.

그러나 눈을 내려서 다시 책을 보아야 할 때가 되었습니다. 메리 카마이클이 무엇을 쓸 수 있고 써야 하는지 생각하기보다는 그녀가 실제로 무엇을 썼는지 살펴보는 것이 더 나을 테지요. 그래서 나는 다시 읽기 시작했습니다. 나는 그녀에게 무언가 불만을 느꼈던 것을 기억했지요. 그녀는 제인 오스틴의

---

54) 우드하우스는 제인 오스틴의 『에마(Emma)』에, 캐서번은 조지 엘리엇의 『미들마치(Middlemarch)』에 등장하는 인물이다.

문장을 해체해 버렸고, 그리하여 흠잡을 데 없는 내 취향과 까다로운 청력을 자랑할 만한 기회를 주지 않았습니다. 그 두 작가 사이에 어떠한 유사성도 없다는 것을 인정해야만 했을 때 "그래, 이 부분은 상당히 좋군. 하지만 제인 오스틴은 당신보다 훨씬 더 잘 썼지."라고 말해 봤자 아무 소용없으니까요. 게다가 더 나아가 그녀는 연속성, 즉 기대되는 순서를 깨뜨렸습니다. 어쩌면 그녀는 여성답게 글을 쓰려는 여성으로서 무의식적으로 연속성을 깨뜨리면서 사물에 그저 자연스러운 질서를 부여했을지 모릅니다. 그러나 그 결과는 다소 곤혹스러웠지요. 산더미처럼 높아지는 파도를 볼 수 없고, 다음 모퉁이를 돌아 나오는 위기를 볼 수 없었습니다. 그러므로 나는 내 감정의 깊이와 인간의 심정에 대한 심오한 이해를 자랑할 수 없었지요. 내가 사랑이나 죽음에 관해 일상적인 곳에서 일상적인 것을 느끼려고 할 때마다, 그 골치 아픈 작가는 마치 조금 더 나아가야 중요한 것이 나오는 듯 나를 잡아챘습니다. 그리하여 나는 '본질적인 감정'이나 '인간성의 공통적인 자질', '인간 심정의 깊이'와 같이 여운이 남는 말이나 인간이 표면적으로는 아무리 잔꾀가 많다 하더라도 밑바탕에서는 대단히 진지하고 심오하며 인도적이라는 우리의 믿음을 지탱해 줄 말들을 낭랑하게 읊을 수 없었지요. 그녀는 인간이 진지하고 심오하며 인도적인 것이 아니라 그 반대로 — 훨씬 매력적이지 못한 생각이었지만 — 그저 나태할 뿐이며 게다가 인습적이라고 느끼게 만들었습니다.

그러나 나는 계속 읽었지요. 그리고 다른 사실들을 주목했습니다. 그녀는 '천재'가 아니었습니다. 그것은 명백했지요. 그녀는 위대한 선배들, 즉 레이디 윈칠시, 샬럿 브론테, 에밀리 브론테, 제인 오스틴, 조지 엘리엇이 지녔던 자연에 대한 사랑이나 열렬한 상상력, 열광적인 시상, 빛나는 기지와 명상적 지혜를 가지고 있지 못했습니다. 그녀는 도로시 오즈번처럼 아름다운 선율과 기품이 넘치도록 쓸 수도 없었지요. 실제로 그녀는 그저 영리한 여성에 불과했고 그녀의 책들은 틀림없이 십 년이 지나면 출판업자들에 의해서 펄프로 환원될 것입니다. 그러나 그럼에도 불구하고, 그녀는 훨씬 위대한 재능을 가진 여성들에게 오십 년 전만 해도 결여되어 있던 어떤 유리한 점을 가지고 있었지요. 그녀에게 남성은 더 이상 '반대 당파'가 아니었습니다. 그녀는 남성들을 맹렬히 비난하느라 시간을 허비할 필요가 없습니다. 그녀는 지붕으로 올라가서 자신에게 허용되지 않는 여행, 경험, 세상과 사람들에 대한 지식을 갈망하며 마음의 평화를 깨뜨릴 필요가 없지요. 공포와 증오는 거의 사라졌습니다. 아니면, 자유의 기쁨에 대한 약간 과장된 표현이나 남성을 다룰 때 낭만적이라기보다 신랄하고 풍자적으로 나아가는 경향에서 그 흔적이 조금 엿보였다고나 할까요. 그렇다면 소설가로서 그녀가 상당한 수준의 자연스러운 이점을 누렸다는 것은 의심할 바 없습니다. 그녀는 매우 폭넓고 열성적이며 자유로운 감수성을 가지고 있었습니다. 그 감수성은 거의 지각할 수 없을 정도의 미세한 감촉에도 반응을 보였습니다. 그녀의 감수성은 야외에 새로 심어 놓은 식물처럼 자기에게 와 닿는 모든 광경과 소리를 마음껏 즐겼습니다. 또한 그것은 호기심에 가득 차서 거의 알려지지 않고 기록되지 않은 것들 사이로 아주 섬세하게 퍼져 나갔습니다. 그 감수성은 작은 것들 위에 내려앉아서 어쩌면 그것들이 결코 작지 않다는 것을 보여 주었지요. 그녀의 감수성은 사장되었던 것들에 빛을 밝혀 주었고, 그것들을 사장할 필요가 있었는지 의아하게 여기도록 만들었습니다. 그녀는 비록 서툴렀고, 새커리나 램 같은 작가들이 조금만 펜을 놀려도 귀를 즐겁게 해 주는 작품을 만들어 낸 오랜 남성 문학 전통과의 무의식적인 관련이 없었으나, 그녀는 첫 번째 중요한 교훈을 터득했다고 나는 생각하게 되었지요. 즉 그녀는 여성으로서, 그러나 자신이 여성이라는 것을 잊어버린 여성으로서, 글을 쓴 것입니다. 그리하여 그녀의 책은 성이 그 자체를 의식하지 않을 때라야 생겨나는 그 신기한 성적 자질로 가득 차 있습니다.

이 모든 것들은 이득이 됩니다. 그러나 그녀가 일시적인 것과 개인적인 것들로 무너지지 않을 항구적인 건축물을 세울 수 없다면 아무리 풍부한 감각과 섬세한 인식이라도 아무 쓸모가 없겠지요. 나는 그녀가 '어떤 상황'에 직면할 때까지 기다리겠다고 말했었지요. 그 말의 의미는, 부르고 손짓하고 한데 그러모음으로써 그녀가 그저 표면만 스친 것이 아니라 심연 저 밑바닥까지 들여다보았다는 것을 입증할 때까지라는 뜻입니다. 어느 순간에 그녀는 스스로에게 말하겠지요. 자, 이제 무리하게 어떤 일을 억지로 하지 않아도 이 모든 것의 의미를 보여 줄 수 있는 때가 되었다고 말입니다. 그리하여 그녀는 부르고 손짓하기 시작할 것이며 (그때의 활발한 생기는 의심할 바 없지요!) 그러면 다른 장(章)들에서 이야기 도중에 넌지시 비쳤던 아주 사소한 것들, 반쯤 잊힌 것들이 기억에 떠오를 것입니다. 그녀는 누군가 바느질을 하거나 담배를 피우는 동안 될 수 있는 대로 자연스럽게 그 잊힌 것들의 존재가 느껴지도록 만들 것입니다. 그녀가 계속 써 나가는 동안 우리는 마치 세상 꼭대기에 올라서서 저 아래 아주 장엄하게 펼쳐진 세상을 내려다본 듯한 기분이 들겠지요.

어쨌든 그녀는 그런 시도를 하고 있었습니다. 그리고 그녀가 그 시험을 치르기 위해 오랫동안 준비하는 것을 지켜보면서 나는 그녀에게 경고와 충고의 고함을 지르는 주교, 사제장, 박사, 교수, 가장, 교육자 들을 보았고, 그녀가 그들을 보지 않았기를 바랐지요. 당신은 이런 일을 할 능력이 없고, 저런 일은 해서는 안 됩니다! 대학 연구원과 학자 들만이 잔디밭에 들어갈 수 있습니다! 부인들은 소개장 없이는 들어갈 수 없습니다! 열망을 품은 우아한 여성 소설가들은 이쪽으로 오십시오! 이처럼 그들은 경마장의 울타리에 몰려든 관중들처럼 그녀에게 계속 소리 질렀고, 그녀가 치를 시험은 오른쪽이나 왼쪽을 돌아보지 않고 울타리를 넘는 것이었지요. 만약 당신이 욕설을 퍼붓기 위해 멈춰 선다면 당신은 파멸이라고 나는 그녀에게 말했지요. 비웃기 위해 멈추어도 마찬가지라고 말입니다. 망설이거나 더듬거린다면 당신은 끝장이다. 오로지 뛰어넘는 것만을 생각하라. 나는 그녀의 등에 내 온 재산을 건 것처럼 간청했습니다. 그리고 그녀는 새처럼 그것을 가볍게 넘었습니다. 그러나 그 너머에도 울타리가 있고 또 그 너머에도 있었지요. 박수 소리, 고함 소리가 신경을 마모시키고 있었으므로 그녀가 지구력을 가질 수 있을지 의심스러웠습니다. 그러나 그녀는 최선을 다했지요. 메리 카마이클이 천재도 아니고, 돈과 시간, 여유 등의 바람직한 조건들을 충분히 갖추지도 못한 채 침실 겸 거실에서 첫 번째 소설을 쓰고 있는 무명의 여성이라는 점을 고려한다면 그리 나쁘지는 않다고 생각했습니다.

나는 마지막 장(章)을 읽으며 (누군가 거실의 커튼을 걷어서 별이 총총한 하늘을 배경으로 사람들의 코와 드러난 어깨가 적나라하게 보였지요.) 그녀에게 백 년을 더 주자고 결론지었습니다. 그녀에게 자기만의 방과 연간 500파운드를 주자, 그녀가 솔직하게 자신의 내면을 이야기하고 지금 쓴 것의 절반을 빼 버리도록 허용해 주자, 그러면 그녀는 조만간 더 나은 책을 쓸 거라고 말입니다. 나는 메리 카마이클이 쓴 『생의 모험』을 서가의 끝에 꽂으며 그녀는 시인이 될 거라고 말했습니다. 앞으로 백 년이 지나면 말이지요.

6장

다음 날 10월의 아침 햇살이 커튼을 치지 않은 창문으로 들어와 광선 줄기 사이로 먼지들을 내비쳤습니다. 거리는 시끄러운 차 소리로 다시 소란스러워졌지요. 런던은 이 시간이면 다시 기지개를 켜며 준비 운동을 합니다. 자리를 털고 일어난 공장이 기계를 돌리기 시작한 것이지요. 앞서 여러 책들을 읽고 난 후 이제 창밖을 내다보며 1928년 10월 26일 아침에 런던은 무엇을 하고 있는지 보고 싶어졌습니다. 런던은 무엇을 하고 있을까요? 어느 누구도 『안토니와 클레오파트라』를 읽고 있는 것 같지는 않았습니다. 런던은 셰익스피어의 희곡에 전혀 관심이 없는 듯했지요. 어느 누구도 소설의 미래나 시의 죽음, 평범한 여성의 마음을 완벽하게 표현해 줄 산문체의 발달에 대해 털끝만큼도—그들을 비난하는 것은 아닙니다만—신경을 쓰지 않았습니다. 만약 이런 문제에 대한 견해들이 보도 위에 분필로 쓰여 있다면, 그것을 읽으려고 몸을 굽히는 사람은 없을 겁니다. 무관심하고 분주하게 움직이는 발자국들이 삼십 분 만에 그것을 문질러 지워 버리겠지요. 저기 심부름꾼 소년이 오고 있군요. 한 여인이 개를 줄에 매어 끌고 지나갑니다. 런던 거리의 매력이라 할 만한 점은 서로 비슷해 보이는 사람이 단 한 명도 없다는 사실입니다. 각자 사적인 자기 용무에 얽매여 있는 듯 보이지요. 사업가처럼 보이는 사람들이 작은 가방을 들고 지나갑니다. 지하실 출입구 난간에다 지팡이를 부딪치며 정처 없이 다니는 사람들도 있습니다. 길거리를 클럽의 회원실 정도로 여기는지 마차에 탄 사람들에게 큰 소리로 인사하고 묻지도 않는데 새로운 소식을 알려 주는 붙임성 있는 사람들도 있습니다. 또한 장례식 행렬도 지나갑니다. 행인들은 자신들의 육체도 사라져 버릴 것을 갑자기 깨닫기라도 한 듯 모자를 들어 경의를 표하는군요. 또 아주 별난 차림의 신사가 천천히 층계를 내려오고 있습니다. 그는 허둥대는 어떤 부인을 비켜 가기 위해 멈춰 섰습니다. 그녀는 무슨 수로 장만했는지 화려한 모피 코트를 입고 파르마 제비꽃 한 다발을 안고 있습니다. 이들 모두는 각각 분리되어 자기 일에만 몰두하고 있는 듯이 보였지요.

바로 그 순간 통행이 완전히 뜸해지고 정지되었습니다. 런던에선 가끔 이런 일이 있지요. 아무것도 거리를 따라 내려오지 않았고 아무도 지나가지 않았습니다. 거리 끝의 플라타너스에서 이파리 하나가 떨어져 그 휴지(休止)와 정지의 순간에 내려앉았습니다. 어쩐지 그것은 하나의 신호, 지금까지 사람들이 간과해 온 사물에 내재한 힘을 가리키는 신호 같았지요. 그것은 눈에 보이지 않게 흘러가면서 모퉁이를 돌고 길을 따라 사람들을 끌어가 소용돌이치게 하는 어떤 흐름을 가리키는 듯했습니다. 옥스브리지에서 보트에 탄 학부생과 낙엽을 신고 흐르던 강처럼 말입니다. 이제 그 흐름은 거리의 한쪽에서 대각선 방향의 다른 쪽으로 에나멜가죽 구두를 신은 한 소녀를 실어 왔습니다. 그리고 나서 밤색 외투를 입은 젊은이를 데려오고 있었습니다. 그것은 또한 택시도 실어 왔지요. 그것은 이 세 가지를 모두 내 창문 바로 밑으로 데려왔습니다. 그곳에서 택시가 멈추었고 소녀와 젊은이도 멈추었지요. 그들은 택시에 올라탔고 마치 그 흐름에 휩쓸리듯 미끄러지며 이내 다른 곳으로 사라졌습니다.

그 광경은 아주 일상적인 것이었지요. 그런데도 이상한 것은 내 상상력이 그 광경에 역동적인 질서를 부여했고, 두 사람이 택시에 올라타는 일상적인 광경이 외견상 그들의 만족감 같은 것을 전달하는 힘이 있었다는 사실입니다. 나는 택시가 방향을 돌려 사라지는 것을 지켜보면서 두 사람이 거리를 따라 내려와 모퉁이에서 만나는 광경이 마음의 긴장을 덜어 주는 것 같다고 생각했습니다. 어쩌면 내가 지난 이틀간 생각해 온 방식대로 한 성을 다른 성과 구별하여 생각하는 것은 고역스러울지도 모릅니다. 그것은 마음의 통일성을 방해하지요. 이제 두 사람이 함께 만나서 택시에 올라타는 광경을 봄으로써 그 노력은 중단되었고 마음의 통일성이 회복되었습니다. 마음이란 확실히 우리가 그것에 대해 아무것도 모르면서도 전적으로 의존하는, 참으로 신비로운 기관입니다. 나는 창문에서 고개를 돌려 안으로 들어가면서 곰곰이 생각해 보았습니다. 우리 몸이 명백한 원인들로 인해서 긴장하듯이, 마음에도 단절과 대립이 있다고 느낀 것은 무엇 때문일까요? '마음의 통일성'이라는 말은 무엇을 의미할까 하고 나는 골똘히 생각했습니다. 마음이란 어느 때고 어떤 점에라도 집중할 수 있는 막대한 능력을 지녔기에 단일한 상태로 존재하지 않는 듯하니까요. 예를 들어 그것은 거리의 사람들과 스스로를 분리시킬 수 있고, 2층 창문에서 사람들을 내려다보면서 그들과 그 자체를 별개의 것으로 생각할 수 있습니다. 혹은 군중들 가운데에서 새로운 소식이 발표되기를 기다릴 때처럼 자발적으로 다른 사람들과 같은 생각을 할 수도 있지요. 아버지를 통해서 또는 어머니를 통해서 거슬러 올라가 생각할 수도 있습니다. 글을 쓰는 여성은 자기 어머니를 통해서 거슬러 올라가 생각한다고 앞에서 말했던 것처럼 말이지요. 만약 여성이라면 또한 그녀는 종종 갑작스러운 의식의 분열에 놀라게 됩니다. 이를테면 화이트홀을 따라 걸으면서 자신이 그 문명의 타고난 계승자가 아니라 그 반대로 문명의 변두리에 서 있는 이질적이고 비판적인 존재라는 사실을 깨닫게 되듯이 말이지요. 분명히 마음은 항상 그 초점을 변화시키고, 세계를 다양한 시각으로 보게 합니다. 그러나 자연스럽게 든 것이라도 어떤 마음 상태는 다른 마음 상태보다 불편해 보입니다. 불편한 마음 상태를 지속하고 있으려면 사람은 무의식적으로 무엇인가를 억제하게 되고 점차 그 억제는 고역스러운 일이 됩니다. 그러나 어떤 것도 억제할 필요가 없기 때문에, 노력하지 않고도 지속할 수 있는 마음 상태가 있습니다. 아마 지금이 그런 마음일 거라고 나는 창문에서 물러나며 생각했지요. 왜냐하면 그 두 사람이 택시에 올라타는 것을 보았을 때, 마음이 분열되어 있다가 다시 모여서 자연스럽게 융합된 듯했기 때문입니다. 두 성이 협력하는 것이 자연스러운 현상이라는 사실이 그 명백한 이유이겠지요. 우리에게는, 남성과 여성의 결합이 최고의 만족과 가장 완벽한 행복을 이룬다는 이론을 선호하는, 비합리적일지라도 심오한 본능이 있습니다. 그러나 두 사람이 택시에 올라탄 광경과 그것이 나에게 준 만족감으로 인해 나는 육체의 두 성에 상응하는 마음속의 두 성이 있는지, 그리고 그것들도 또한 완전한 만족과 행복을 위해서 결합되기를 요구하고 있는지 자문해 보았습니다. 더 나아가 나는 서투르게 영혼의 윤곽을 그려 보았지요. 두 종류의 힘, 즉 남성적인 힘과 여성적인 힘이 우리 인간의 내면세계를 관장하고 있습니다. 남성의 두뇌에서는 남성적인 것이 여성적인 것보다 우세하고, 여성의 두뇌에서는 여성적인 것이 남성적인 것보다 우세합니다. 그 두 가지가 함께 조화를 이루고 정신적으로 협력할 때 우리는 정상적이고 편안한 상태가 됩니다. 남성이라 하더라도 자기 두뇌의 여성적인 부분을 사용해야 합니다. 여성도 또한 자기 내면의 남성적인 부분과 교섭을 가져야 하지요. 콜리지가 위대한 마음이란 양성적이라고 말했을 때 그 말의 의미는 아마 이런 것이었을 겁니다. 이러한 융화가 일어날 때라야 마음은 온전히 풍부해지고 제 기능을 모두 사용하게 됩니다. 아마도 순전히 남성적인 마음은 순전히 여성적인 마음과 마찬가지로 창조력을 잃을 것입니다. 그러나 잠시 멈춰 서서 책 한두 권을 살펴보며 여성적 남성과 그 반대로 남성적 여성이 무엇을 의미하는지 알아보는 것이 좋겠지요.

위대한 마음은 양성적이라는 콜리지의 말은, 여성에게 어떤 특별한 공감을 가진 마음이나 여성의 대의를 채택하여 여성을 대변하는 데 헌신하는 마음을 뜻한 것이 분명 아니었습니다. 어쩌면 양성적인 마음은 한 가지 성의 마음보다 이러한 성적 차이를 더욱 구별하지 못할지도 모르지요. 콜리지가 언급한 양성적 마음이란 타인의 마음에 열려 있고 공명하며, 아무런 방해도 받지 않고 감정을 전달할 수 있고, 본래 창조적이고 빛을 발하며 분열되지 않은 것이라는 뜻이었을 겁니다. 실제로 양성적인 마음, 여성적 남성의 마음을 보여 주는 전형으로 셰익스피어의 마음을 들 수 있습니다. 비록 셰익스피어가 여성을 어떻게 생각했는지는 알 수 없지만 말이지요. 그리고 실제로 성에 대해서 특별히 또는 분리해서 사고하지 않는 것이 완전히 발달된 마음의 징표라면, 과거 어느 때보다도 지금은 그 상태에 도달하기 훨씬 어려울 것입니다. 여기서 나는 현존 작가들의 책이 꽂힌 곳에 멈추어 서서, 오랫동안 나를 당혹하게 한 것의 근저에 이러한 사실이 자리 잡고 있는 게 아닐까 생각했습니다. 지금처럼 귀에 거슬릴 정도로 성을 의식한 시대는 없었을 것입니다. 여성에 관해서 남성이 저술한 대영 박물관의 그 무수한 책들이 그것을 입증하지요. 여성 선거

권 운동도 틀림없이 한몫 단단히 했을 겁니다. 그것은 자기를 주장하고자 하는 특별한 욕망을 남성에게 일깨워 주었겠지요. 그리고 도전받지 않았더라면 애써 생각해 보지도 않았을 자신의 성과 그 성의 특징을 강조하도록 만들었을 겁니다. 그리고 사람이란 도전을 받게 되었을 때, 그전에 전혀 도전받은 적이 없었다면, 훨씬 지나치게 앙갚음을 하는 법입니다. 비록 그 상대가 검은 보닛을 쓴 몇 명의 여자라 하더라도 말이지요. 지금 한창 전성기에 있고 비평가들이 훌륭하다고 평가하는 A 씨의 신간 소설을 꺼내면서 나는 생각했습니다. 어쩌면 그러한 사실이 내가 이 책에서 발견했다고 기억하는 몇 가지 특징들을 설명해 줄 거라고 말이지요. 나는 그 책을 펼쳤습니다. 남성의 글을 다시 읽는 것은 정말 즐거웠습니다. 여성의 글을 읽은 후에 그것을 읽자 아주 직선적이고 대단히 솔직하게 느껴졌지요. 그 글은 마음의 자유와 일신의 자유분방함, 스스로에 대한 커다란 자신감을 드러냈습니다. 한 번도 방해받거나 저지된 적이 없으며 태어날 때부터 내키는 대로 어느 쪽 방향이건 뻗어 나갈 수 있는 완전한 권리를 누려 온 이 자유로운 마음, 영양분을 풍부하게 공급받았고 훌륭한 교육을 받아 온 이 마음을 읽으면서 나는 물질적 풍요를 느꼈습니다.

이 모든 것이 감탄스러웠지요. 그러나 한두 장(章)을 읽고 나자 어떤 그림자가 책장을 가로질러 드리워지는 게 느껴졌습니다. 그것은 곧고 검은 막대기로 'I'[55]자 모양의 그림자였지

---

55) '나', 즉 남성적 자아.

요. 나는 그것 너머의 풍경을 흘끗 보려고 이쪽저쪽으로 몸을 옮겼습니다. 그러나 뒤쪽의 풍경이 실제로 나무 한 그루인지 어떤 여자가 걸어오는 것인지 확신할 수 없었지요. 되돌아오면 계속 'I'라는 글자가 나를 맞았습니다. 결국 나는 'I'에 싫증 나기 시작했지요. 이 'I'가 더할 나위 없이 존경할 만한 'I'이고, 정직하고 논리적이며, 견과처럼 단단하고, 몇 세기 동안의 훌륭한 교육과 질 좋은 영양 공급으로 다듬어졌다는 것을 부정하는 것은 아닙니다. 나는 진심으로 그 'I'를 존경하고 경탄합니다. 그러나 (여기서 나는 이것저것을 찾으며 한두 페이지를 넘겼습니다.) 가장 곤혹스러운 점은 그 'I'라는 글자의 그림자 속에서 모든 것의 형체가 안개처럼 사라졌다는 것입니다. 저건 나무일까요? 아니, 그건 여자군요. 그러나 …… 피비 —그것이 그녀의 이름이었기에— 가 해변을 가로질러 오는 것을 지켜보며 나는 그녀의 몸에 뼈가 하나도 없는 듯하다고 생각했습니다. 그때 앨런이 일어났고 앨런의 그림자가 금세 피비를 지워 버렸습니다. 앨런은 자기의 견해가 있었고, 피비는 그 견해의 홍수에 잠겨 버렸기 때문입니다. 나는 앨런이 정열을 가지고 있다고 생각했지요. 여기서 나는 위기가 다가오고 있음을 느끼면서 책장을 매우 빨리 넘겼습니다. 사실이 그러했지요. 그것은 내리쬐는 햇볕 아래 해변에서 일어났습니다. 그 일은 대단히 공공연히, 무척 박력 있게 일어났지요. 그 이상 외설적인 장면은 없었을 것입니다. 그러나 …… 나는 '그러나'를 너무 자주 썼군요. 계속해서 '그러나'라고 말할 수는 없는 일이지요. 여하튼 이 문장을 끝내야 한다고 나는 스스로를 꾸짖었습니다. "그러나 — 나는 지루해졌다!"라고 끝낼까요? 그러나 내가 왜 지루해졌을까요? 부분적으로는 'I'라는 글자의 지배력과 거대한 너도밤나무 같은 그 글자의 그늘에 드리워진 황폐함 때문이겠지요. 그곳에서는 아무것도 자랄 수 없을 테니까요. 그리고 다른 한편으로는 그보다 분명치 않은 이유 때문이었습니다. A 씨의 마음속에는 창조적 에너지의 샘을 봉쇄하고 그것을 좁은 테두리 안에 가두어 놓은 어떤 장애물, 어떤 방해물이 있는 듯 보였지요. 옥스브리지에서의 오찬과 담뱃재, 맨섬 고양이, 테니슨과 크리스티나 로제티를 한 덩어리로 묶어서 기억해 보건대, 아마도 거기에 방해물이 있는 듯 여겨졌습니다. 피비가 해변을 가로질러 올 때 더 이상 그는 숨을 죽이고 "문가의 시계꽃 덩굴에서 빛나는 눈물이 떨어졌지."라고 콧노래를 부르지 않았고, 피비도 "내 마음은 노래하는 새, 둥지는 물오른 여린 가지에 있고."라고 답하지 않았지요. 그러니 앨런이 다가서서 무엇을 할 수 있겠습니까? 대낮처럼 정직하고 태양처럼 논리적이므로 그가 할 수 있는 일이라고는 오직 한 가지밖에 없습니다. 그를 온당하게 평가하자면, 그는 그일을 자꾸자꾸 (나는 책장을 넘기면서 말했지요.) 반복합니다. 그리고 그 일은, 내 고백이 너무 대담하다는 것을 의식하면서 덧붙이건대, 어쩐지 지루해 보였습니다. 셰익스피어의 외설은 우리의 마음속에 수천 가지 다른 생각들을 뿌리째 흔들어 놓기 때문에 결코 지루하지 않습니다. 그러나 셰익스피어는 그일을 재미 삼아 하지요. A 씨는, 유모들이 흔히 말하듯, 일부러 그 일을 합니다. 항의로 그렇게 하는 것이지요. 그는 자신의 우월함을 주장함으로써 다른 성과의 평등에 대항하는 것이지요. 그러므로 그는 방해받고 억제되고 자의식적입니다. 아마 셰익스피어도 클러프 양[56]이나 데이비스 양[57]을 알았더라면 그러했겠지요. 만약 여성 운동이 19세기가 아니라 16세기에 시작되었더라면 엘리자베스 시대의 문학은 틀림없이 실제와는 아주 달랐을 것입니다.

마음의 두 측면에 관한 이 이론이 유효하다면, 근래에 와서 남성성이 자의식적이 되었다고 결론지을 수 있습니다. 다시 말해, 현대의 남성은 자기 두뇌의 남성적인 면만 가지고 글을 쓴다는 것이지요. 여성이 그들의 글을 읽는 것은 무익한 일입니다. 부득불 그녀는 자신이 찾고자 하는 것을 발견할 수 없을 테니까요. 그들에게 가장 결핍된 것은 암시력입니다. 나는 비평가 B 씨의 책을 손에 쥐고 시의 기법에 관한 그의 논평을 주의 깊고 매우 충실하게 읽으며 그렇게 생각했지요. 그 논평은 상당히 훌륭하고 날카로우며 깊은 학식을 담고 있었지요. 그러나 문제는 비평가의 감정이 더 이상 전달되지 않는다는 점이었습니다. 그의 마음은 각각의 방에 단절되어 있었고 어떤 소리도 한 방에서 다른 방으로 옮겨 가지 못하는 듯했지요. 그러므로 B 씨의 문장 하나를 마음에 떠올리면 그것은 바닥으로 쿵 떨어져 ─ 죽어 버립니다. 그러나 우리가 콜리지의

---

56) 앤 제미마 클러프(Anne Jemima Clough, 1820~1892). 교육 운동가이자 케임브리지의 뉴넘 대학 학장.
57) 에밀리 데이비스(Emily Davies, 1830~1921). 참정권 운동가이자 교육 운동가. 케임브리지의 거턴 대학 학장.

문장 하나를 마음에 떠올리면 그것은 폭발하면서 온갖 다른 생각들을 탄생시키지요. 그런 것이야말로 영원한 생명의 비밀을 가지고 있다고 말할 수 있는 유일한 부류의 글입니다.

그러나 원인이 무엇이든 간에 현대의 남성이 남성적인 면만 가지고 글을 쓴다는 것은 통탄해야 할 사실입니다. 왜냐하면 그것은 (여기서 나는 골즈워디 씨와 키플링 씨의 책들이 줄지어 있는 곳에 와서 섰습니다.) 우리 시대의 가장 위대한 현존 작가들의 훌륭한 몇몇 작품들이 전혀 주목을 받지 못하게 됨을 의미하기 때문입니다. 아무리 노력한다 해도 여성은 그들의 작품에서 영원한 생명의 샘을 발견할 수 없습니다. 그것이 그 작품들 속에 있다고 비평가들은 그녀를 설득하려 들지만 말입니다. 그 작품들은 남성의 미덕을 찬미하고 남성적 가치를 강요하며 남성의 세계를 묘사할 뿐 아니라, 그 책들에 스며든 감정이 여성에게는 이해할 수 없는 것이기 때문입니다. 비평가들은 "그것이 나오고 있다, 그것이 점점 응집되고 있다, 그것이 머리 위에서 막 터져 나오려 한다."라고 작품이 끝나기 오래전부터 말하기 시작합니다. 그 그림은 늙은 졸리온의 머리 위에 떨어질 것이고 그는 그 충격으로 죽을 것이며 늙은 서기가 그의 사망에 관해 두세 마디 사망 기사를 쓰겠지요. 그리고 템스 강의 모든 백조들은 동시에 노래를 터뜨릴 겁니다. 그러나 그런 일이 일어나기 전에 여성은 달아나서 구즈베리 덤불 속에 숨을 것입니다. 왜냐하면 남성에게는 대단히 깊고 지극히 섬세하며 무척이나 상징적인 감정이 여성에게는 불가사의한 것이니까요. 등을 돌린 키플링 씨의 장교들도 그렇습니다. 방탕의 씨를 뿌린 사람들, 홀로 자신의 작업에 몰두한 남성들 그리고 깃발―순전히 남성들만의 유홍을 엿듣다가 들킨 것처럼 이 모든 고딕체 활자들을 보며 여성은 얼굴을 붉히게 됩니다. 사실 골즈워디 씨나 키플링 씨는 내면에 여성적인 불꽃을 조금도 갖고 있지 않았지요. 그리하여 여성에게 그들의 모든 자질은, 일반화하여 이야기하자면, 조야하고 유치해 보입니다. 그들에게는 암시력이 결핍되어 있습니다. 그리고 어떤 책에 암시력이 결핍되어 있을 때, 그것이 마음의 표면에 아무리 세게 부딪친다 하더라도 내면을 뚫고 들어갈 수는 없습니다.

책을 꺼내어 보지도 않고 다시 꽂아 넣으며 불안한 마음으로 나는 앞으로 다가올 순전히 자기주장적인 남성다움의 시대를 상상해 보았습니다. 교수들의 편지(월터 롤리 경의 편지를 예로 들 수 있지요.)에서 예견된 바 있는, 그리고 이미 이탈리아의 지배자들이 출현시킨 것과 같은 시대 말이지요. 로마에 가면 순전한 남성성을 의식할 수밖에 없는데, 국가에 있어서는 순전한 남성성이 어떤 가치를 가지든 간에, 시 예술에 그것이 어떤 영향을 미칠 것인가에 대해 의문을 가져 볼 수 있습니다. 보도에 의하면 어쨌든 이탈리아에서는 소설에 대한 모종의 불안감이 있는 모양입니다. "이탈리아 소설을 발달시키기 위한" 목적으로 학술회 회원들의 회의가 열렸습니다. 일전에 "명문가 출신과 재정, 산업, 파시스트 법인의 유명 인사들"이 모여서 그 문제를 논의했고, "파시즘 시대는 곧 그것에 걸맞은 시인을 탄생시킬 것"이라는 희망을 담은 전문을 총통에게 보냈습니다. 우리 모두 그 경건한 희망에 동참할 수 있을 것입니다만, 인큐베이터에서 시가 나올 수 있을지는 의심스러운 일입니다. 시는 아버지뿐 아니라 어머니도 있어야 하니까요. 두려운 일입니다만, 파시즘 시는 어떤 소도시 박물관의 유리병 속에서나 볼 수 있는 작고 끔찍스러운 발육 부전 생물일 것입니다. 그런 괴물은 결코 오래 살지 못한다고 합니다. 그런 괴물이 들판에서 풀을 뜯어 먹는 일은 아직 없었습니다. 몸통 하나에 머리가 두 개 있다면 오래 살지 못하지요.

그러나 이 모든 것에 대한 책임을 묻고자 한다면, 비난의 화살이 어느 일방의 성에만 쏠리는 것은 아닙니다. 선동가들과 개혁가들 모두가 책임을 져야 합니다. 즉 그랜빌 경에게 거짓말을 했을 때의 레이디 베스버러와 그레그 씨에게 진실을 말했을 때의 데이비스 양 모두 말입니다. 성을 의식하도록 만든 모든 사람들이 비난을 받아야 합니다. 그리고 내가 책에 관한 나의 재능을 펼치려고 할 때 그 책을 데이비스 양과 클러프 양이 태어나기 이전의 그 행복한 시대, 즉 작가가 자기 마음의 두 측면을 똑같이 사용했던 시대에서 찾도록 한 것도 그들입니다. 그렇다면 우리는 셰익스피어로 돌아가야 하겠지요. 셰익스피어의 마음은 양성적이었으니까요. 키츠와 스턴, 쿠퍼, 램, 콜리지도 그러했습니다. 아마도 셸리는 무성(無性)이었을 겁니다. 밀턴과 벤 존슨은 내면에 남성적인 기질을 너무 많이 가지고 있었지요. 워즈워스와 톨스토이도 마찬가지였습니다. 우리 시대에는 프루스트가 전적으로 양성적 마음을 가지고 있고 어쩌면 여성적 마음이 조금 더 우세하다고 할 수 있겠지요. 그러나 그런 결함은 너무 희귀한 것이라서 불평할 수 없습니다. 그런 류의 혼합이 없다면 지성이 우세하게 되어 마음의 다른 기능들은 무감각해지고 메마르게 되기 때문이지요. 그러나 이것은 일시적인 국면일 거라고 나는 자위했습니다. 여러분에게 내 사고의 궤적을 서술하겠다는 약속을 이행하면서 지금까지 이야기해 온 것의 많은 부분들이 시대에 뒤떨어진 것으로 보일 것입니다. 내 눈에는 불꽃을 내며 타오르는 것들이 아직 성년이 되지 않은 여러분에게는 모호해 보이겠지요.

그렇다 하더라도, 여기서 책상으로 가로질러 가서 '여성과 픽션'이라는 제목이 쓰인 종이를 들어 올리며 생각했습니다만, 내가 여기에 쓰게 될 첫 번째 문장은 바로 글을 쓰는 사람이 자신의 성을 염두에 두면 치명적이라는 것입니다. 순전한 남성 또는 순전한 여성이 되는 것은 치명적입니다. 인간은 남성적 여성이거나 여성적 남성이어야 합니다. 여성이 어떤 불평을 조금이라도 강조하거나 정당한 것이라 하더라도 어떤 대의를 변호하는 것, 어떤 식이건 여성으로서의 의식을 가지고 말하는 것은 치명적인 일입니다. 여기서 '치명적'이란 비유적인 표현이 아닙니다. 의식적인 편향성을 가지고 쓰인 것은 필연적으로 살아남지 못하기 때문입니다. 그것은 비옥해질 수 없지요. 그런 작품은 당장 하루 이틀은 빛나고 효과적이며 강력한 걸작처럼 보일지 모르나, 해 질 무렵이면 시들어 버립니다. 다른 사람의 마음속에서 자라날 수 없는 것이지요. 창조적 예술이 이루어질 수 있으려면 먼저 마음속에서 여성성과 남성성이 협력해야 합니다. 마음속에서 반대되는 성들이 결합하여

신방(新房)에 들어야 하지요. 작가가 자신의 경험을 온전히 충실하게 전달하고 있다는 느낌을 줄 수 있으려면 마음 전체가 활짝 열려 있어야 합니다. 자유가 있어야 하고 또 평화가 있어야지요. 바퀴가 삐걱거리거나 빛이 깜박거려서도 안 됩니다. 커튼을 완전히 내려야지요. 작가는 일단 자신의 경험이 끝나면 드러누워서 자기 마음이 어둠 속에서 결혼식을 거행하도록 두어야 합니다. 그는 어떤 일이 일어나고 있는지 보거나 질문을 던져서도 안 됩니다. 오히려 그는 장미 꽃잎을 따거나 백조들이 조용히 강물에 떠가는 것을 지켜보아야 합니다. 나는 다시 보트와 학부생과 낙엽을 싣고 가던 그 흐름을 보았습니다. 그리고 남자와 여자가 함께 길을 가로질러 오는 것을 마음속으로 보면서, 또 멀리서 들리는 런던의 혼잡한 차 소리를 들으며 생각했지요. 택시에 그들이 탔고 그 흐름이 그들을 휩쓸어 거대한 물결 속으로 실어 갔다고요.

자, 여기서 메리 비턴은 말을 멈추었습니다. 그녀는 픽션이나 시를 쓰려면 일 년에 500파운드의 돈과 문에 자물쇠를 채울 수 있는 방이 필요하다는 결론(평범한 결론이지요.)에 어떻게 도달하게 되었는지를 여러분에게 이야기했습니다. 자신으로 하여금 이런 결론을 끌어내도록 만든 생각과 인상들을 털어놓으려고 노력했지요. 그녀는 교구 관리의 손짓에 놀라 허둥거리고 이곳에서 점심 식사를 하고 저곳에서 저녁을 먹고 대영 박물관에서 낙서를 하거나 서가에서 책을 꺼내며 창밖을 내다본 자신의 행로에 동행해 달라고 여러분에게 요청했습니다. 그녀가 이러저러한 일을 하는 동안에 틀림없이 여러분은 그녀의 결함과 단점을 지켜보았을 것이고 이런 결함들이 그녀의 견해에 어떤 영향을 미쳤는지를 판단했을 것입니다. 여러분은 그녀의 의견에 반론을 제기하고 여러분 나름대로 덧붙이거나 추론했겠지요. 그것은 당연한 일입니다. 왜냐하면 이러한 문제에서 진실이란 여러 가지 그릇된 의견들이 모두 개진된 후에야 비로소 얻어질 수 있기 때문입니다. 이제 나는 여러분이 제기하지 않을 수 없을 정도로 명백한 두 가지 비판을 스스로 제기하면서 이 글을 끝낼 것입니다.

여러분은 두 성의 상대적인 장점, 더 나아가 작가로서 각 성이 지니는 장단점에 대한 견해가 피력되지 않았다고 지적하겠지요. 그것은 의도적인 것이었습니다. 왜냐하면 그러한 가치 평가를 할 수 있는 시대가 온다 하더라도 (각 성의 능력에 대한 이론을 체계화하는 것보다는 여성이 얼마나 돈을 벌고 있고 방을 몇 개나 가지고 있는지를 아는 것이 지금으로서는 훨씬 더 중요합니다.) 나는 마음의 재능이나 성격의 특징이 설탕과 버터처럼 무게를 잴 수 있는 것이라고 생각하지 않습니다. 사람들을 등급별로 나누어 머리에 제모(制帽)를 씌우고 그들의 이름에 칭호를 붙이는 데 숙련된 케임브리지 대학에서도 마찬가지입니다. 휘터커의 『연감』[58]에서 찾아볼 수 있는 계층 순위표도 궁극적인 가치 서열을 대변한다고 믿을 수는 없습니다. 또한 만

---

58) 『Whitaker's Almanack』. 1868년부터 매년 발간되는 참고 서적적으로서 클레오파트라의 오벨리스크와 더불어 타임캡슐에 보관될 정도로 지명도가 높다.

찬회에 들어갈 때 바스 훈장을 단 지휘관이 정신 병원 원장보다 나중에 들어갈 거라고 상정하는 데도 납득할 만한 이유가 있다고 믿지 않습니다. 이와 같이 한 성을 다른 성에, 한 가지 자질을 다른 자질에 대립시키고 우월성을 주장하며 열등함을 전가하는 모든 행위들은 인간의 경험을 단계로 나누자면 사립 학교 단계에 속하는 것입니다. 그 단계에서는 '양편'이 있으며, 한편이 다른 편을 이겨야 하고, 연단에 올라가서 교장 선생님이 직접 주는 화려한 장식의 상배(賞盃)를 받는 일이 대단히 중요해 보이지요. 사람들은 점차 성장하면서 양편이라든가 교장 선생님 혹은 고도로 장식적인 상배를 믿지 않게 됩니다. 어쨌거나 책에 관한 한, 책의 장점을 기록한 꼬리표를 떨어지지 않게끔 붙이기가 어렵다는 것은 주지의 사실입니다. 현대 문학에 대한 평론들이 판단의 어려움을 끝없이 예시하고 있지 않습니까? 동일한 책이 '이 위대한 책' 또는 '이 무가치한 책'이라는 두 이름으로 불립니다. 칭찬은 비난과 마찬가지로 아무런 의미도 없습니다. 아니, 가치를 측정하는 것이 아무리 즐거운 소일거리라 하더라도 그것은 더없이 무익한 일이며, 가치를 측정하는 사람들의 규정에 복종하는 것은 가장 굴욕적인 태도입니다. 여러분이 쓰고 싶은 것을 쓰는 것, 그것만이 중요한 일입니다. 그 책이 몇 세대 동안 가치 있을지 아니면 단지 몇 시간 동안만 중요할지는 아무도 예측할 수 없습니다. 그러나 은 항아리를 들고 있는 교장 선생님이나 소매를 걷어붙이고 자를 든 어떤 교수님에게 경의를 표하기 위해서 당신의 비전을 머리카락 한 올만큼이라도, 그 빛깔의 미묘한 색조라도 희생시킨다면, 그것은 가장 비굴한 변절입니다. 이에 비교하면 인간에게 가장 큰 재앙이라 일컬어지는 재산과 정조의 희생은 그저 사소한 고통일 뿐이지요.

다음으로, 이 모든 논의에서 내가 물질의 중요성을 지나치게 강조했다며 여러분이 이의를 제기할 거라고 생각합니다. 연간 500파운드란 심사숙고할 수 있는 능력을 상징하며 문에 달린 자물쇠는 스스로 사고할 수 있는 능력을 의미한다는 식으로 폭넓게 상징적인 해석을 붙인다 하더라도, 마음은 그런 것들을 능가해야 하며 위대한 시인들은 종종 가난한 사람들이었다고 반박하겠지요. 그렇다면 시인이 되기 위해 무엇이 필요한지를 나보다 더 잘 아는 여러분의 문학 교수가 한 말을 인용하겠습니다. 아서 퀄러 쿠치 경은 다음과 같이 말합니다.[59]

"지난 백 년 동안의 위대한 시인들은 누구인가? 콜리지, 워즈워스, 바이런, 셸리, 랜더, 키츠, 테니슨, 브라우닝, 아널드, 모리스, 로제티, 스윈번 — 여기서 멈춰도 될 것이다. 이들 중에서 키츠와 브라우닝, 로제티를 제외하곤 모두 대학 출신이며, 이들 세 명 중 한창 젊은 나이에 목숨을 빼앗긴 키츠만이 유복하지 않은 유일한 시인이었다. 이런 말을 하는 것이 야만적이며 서글픈 일로 여겨질 것이다. 그러나 엄연한 사실로서, 시적 재능이 내키는 대로 바람처럼 불어 가서 빈자에게나 부자에게 똑같이 존재한다는 주장은 거의 진실성이 없다. 엄연

---

59) 아서 퀄러 쿠치 경(Arthur Quiller-Couch), 『글쓰기의 기술(The Art of Writing)』 — 원주

한 사실로서, 이 열두 명 중에서 아홉 명이 대학 출신이었고, 이는 그들이 어떤 방식으로든 영국이 제공할 수 있는 최고 교육을 받을 수 있는 수단을 획득했다는 것을 의미한다. 또한 엄연한 사실로서, 나머지 세 명 중에서 브라우닝은 알다시피 유복했다. 만약 그가 유복하지 않았더라면 그는 『사울』이나 『반지와 책』을 쓰지 못했을 것이다. 마찬가지로 러스킨도 아버지의 사업이 번창하지 못했더라면 『현대 화가들』을 쓸 수 없었을 것이다. 로제티는 적지만 개인 수입이 있었으며, 게다가 그는 그림을 그렸다. 그중에 키츠만 남게 되는데 운명의 여신은 그가 젊을 때 그를 살해했다. 정신 병원에서 죽은 존 클레어나 낙심한 마음을 잠재우려고 상용한 아편으로 살해된 제임스 톰슨처럼 말이다. 이런 것들이 끔찍한 사실이긴 하지만 그것을 직시하기로 하자. 영국의 어떤 결함으로 인해서 요즈음뿐 아니라 과거 200년 동안에도 가난한 시인들은 아주 작은 기회조차 얻을 수 없었다는 것 ─ 한 국민으로서 우리에게 대단히 불명예스러운 일이긴 하지만 ─ 은 명백한 사실이다. 진심으로 말하건대 (나는 약 320개의 초등학교를 관찰하면서 족히 십 년을 보냈다.) 우리는 입으로는 민주주의에 대해 말하지만, 실제로 영국의 가난한 집 아이들은 위대한 작품을 산출하는 지적 자유로 해방될 희망이 아테네 노예의 아들만큼이나 없는 것이다."

어느 누구도 이 점에 대해 이보다 명료하게 표현할 수 없을 겁니다. "요즈음뿐 아니라 과거 200년 동안에도 가난한 시인들은 아주 작은 기회조차 얻을 수 없었다. ……영국의 가난한

집 아이들은 위대한 작품들을 산출하는 지적 자유로 해방될 희망이 아테네 노예의 아들만큼이나 없는 것이다." 바로 그것입니다. 지적 자유는 물질적인 것들에 달려 있습니다. 시는 지적 자유에 달려 있지요. 그리고 여성은 그저 200년 동안이 아니라 역사가 시작된 이래로 언제나 가난했습니다. 여성은 아테네 노예의 아들보다도 지적 자유가 없었습니다. 그러니 여성에게는 시를 쓸 수 있는 일말의 기회도 없었던 거지요. 이러한 이유로 나는 돈과 자기만의 방을 그토록 강조한 것입니다. 하지만 우리에게 좀 더 많이 알려지기를 바라는 과거 무명 여성들의 노고 덕분에, 그리고 신기하게도 두 차례의 전쟁 덕택으로, 즉 플로렌스 나이팅게일을 거실에서 뛰쳐나오게 했던 크림 전쟁과 약 육십 년 후 평범한 여성들에게도 문을 열어 준 유럽 전쟁으로 인해 이러한 해악은 개선되고 있습니다. 그렇지 않았더라면 여러분은 오늘 밤 여기 모일 수 없었을 것이며, 여러분이 연간 500파운드를 벌 수 있는 기회는, 유감스럽게도 지금도 불확실하긴 하지만, 극히 적었을 것입니다.

하지만 여성이 책을 쓰는 작업에 왜 그렇게 중요성을 부여하느냐고 여러분은 의문을 제기하겠지요. 내가 말한 바에 따르면, 책을 쓰는 작업은 엄청난 노력을 요구하고 어쩌면 숙모를 살해하기에 이를지도 모르며 거의 틀림없이 오찬 모임에 늦게 하고 아주 훌륭한 사람들과 무척 심각한 논쟁을 벌이도록 할 텐데 말이죠. 스스로 인정하지만, 내 동기는 부분적으로는 이기적인 것입니다. 대다수 교육받지 못한 영국 여성들처럼 나도 책 읽기를—대량으로 읽기를—좋아합니다. 최근에 나의 식단은 약간 단조로웠지요. 역사는 전쟁에 관해서 너무 많이 다뤘고 전기는 위인들에 관한 것이 너무 많았습니다. 내 생각에, 시는 빈곤해지는 경향을 드러냈고 소설은—그러나 현대 소설의 비평가로서 나의 무능함이 충분히 노출되었을 테니까 그것에 대해서는 더 이상 이야기하지 않겠습니다. 그러므로 나는 여러분에게 아무리 사소하고 아무리 광범위한 주제라도 망설이지 말고 어떤 종류의 책이라도 쓰기를 권하고 싶습니다. 무슨 수를 써서라도 여행하고 빈둥거리며 세계의 미래와 과거를 성찰하고 책을 읽고 공상에 잠기며 길거리를 배회하고 사고의 낚싯줄을 강 속에 깊이 담글 수 있기에 여러분 스스로 충분한 돈을 소유하게 되기 바랍니다. 나는 여러분을 픽션에만 한정하는 것이 결코 아니니까요. 여러분이 나를 (나와 같은 사람이 수천 명이나 있지요.) 즐겁게 해 주고 싶다면, 여러분은 여행과 모험에 관한 책, 연구서와 학술서, 역사와 전기, 비평과 철학, 과학에 대한 책들을 쓸 것입니다. 그렇게 함으로써 여러분은 틀림없이 픽션 기법에 도움을 주겠지요. 책이란 서로에게 영향을 미치지 않을 수 없으니까요. 픽션이 시나 철학과 뺨이 닿을 정도로 가까워지면 훨씬 나아질 것입니다. 게다가 사포와 무라사키 부인,[60] 에밀리 브론테와 같은 과거의 위대한 인물들을 생각해 보면, 그들은 창시자인 동시에 계승자이며, 여성이 자연스럽게 글을 쓰는 습관을 가졌기 때문에 그들이 존재하게 되었음을 알게 될 것입니다. 그러므로

---

60) 『겐지 이야기(源氏物語)』를 쓴 고대 일본의 여성 작가.

시를 위한 전주곡으로라도 여러분의 그러한 행위는 무한한 가치를 가지게 될 것입니다.

그러나 내가 쓴 이 기록을 돌이켜 보고 내 사고의 궤적을 비판해 볼 때, 나의 동기가 전적으로 이기적이지만은 않았음을 깨닫게 됩니다. 이 논평들과 산만한 추론들 사이에는 어떤 확신 ― 또는 어떤 본능이라고 할까요? ― 이 흐르고 있습니다. 즉 좋은 책이란 바람직한 것이며, 좋은 작가들은 비록 그들이 인간적으로는 갖가지 타락상을 드러낸다 하더라도 좋은 인간들이라는 것입니다. 그러므로 내가 여러분에게 더 많은 책을 쓰라고 권하는 것은 여러분 자신에게 그리고 세계 전반에 도움이 될 일을 하라고 촉구하는 것입니다. 이러한 본능 또는 믿음을 어떻게 정당화할 수 있을지 모르겠습니다. 철학적 용어들은 대학에서 교육을 받지 못한 사람을 기만하기 쉬우니까요. '리얼리티'란 무엇을 의미할까요? 그것은 일정치 않은 어떤 것, 다분히 의존할 수 없는 어떤 것으로 보일 겁니다. 때로 먼지투성이의 길에서, 때로는 거리에 떨어진 신문 조각에서, 때로 햇빛을 받고 있는 수선화에서 리얼리티를 발견할 수 있겠지요. 그것은 또한 방에 있는 한 무리의 사람들을 비춰 주고, 어떤 우연한 말 한마디에도 강한 인상을 받도록 합니다. 그것은 별빛 아래에서 집으로 돌아가는 누군가를 압도하여 그 고요한 세계를 대화의 세계보다 더 리얼한 것으로 만들어 줍니다. 그리고 또 그것은 떠들썩한 피커딜리가의 버스 안에도 존재하지요. 때로 그것은 너무 멀리 떨어져 있어서 그 본질이 무엇인지 식별할 수 없는 형체들 속에 머무르는 듯합니다. 그러나 리얼리티가 손대는 것은 무엇이든지 고정되고 영원해집니다. 그것이야말로 하루의 껍질이 울타리 밖으로 던져질 때 뒤에 남는 것이고, 지나간 시간과 우리의 사랑과 증오에서 남는 것입니다. 내가 생각하는 바로는, 이제 작가들은 다른 사람들보다 더욱 풍부하게 이러한 리얼리티 속에서 생활할 기회를 갖게 됩니다. 리얼리티를 찾아내어 수집하고 그것을 여타의 사람들에게 전달하는 것이 작가의 의무이지요.『리어 왕』, 『에마』또는『잃어버린 시간을 찾아서』를 읽으며 나는 최소한 그렇게 결론을 내립니다. 이런 책들을 읽고 나면 감각 기관이 신기한 개안 수술을 받은 듯 그 이후로는 사물이 더욱 강렬하게 보이지요. 세상은 그 덮개를 벗고 더욱 강렬한 삶을 드러내는 듯합니다. 리얼하지 않은 것과 반목하며 사는 사람은 부러워할 만한 사람들입니다. 반면 알지도 못하고 관심도 없는 일로 뒤통수를 얻어맞는 사람은 불쌍한 사람들입니다. 그러므로 내가 여러분에게 돈을 벌고 자기만의 방을 가지기를 권할 때, 나는 여러분이 리얼리티에 직면하여 활기 넘치는 삶을 영위하라고 조언하는 겁니다. 여러분이 그런 삶을 나눠 줄 수 있건 그렇지 않건 말이지요.

나는 여기서 멈추고 싶지만, 모든 강연은 결론을 맺고 끝내야 한다는 관습적 명령이 압력을 가하는군요. 여성들을 대상으로 한 강연에서 결론이란, 여러분도 동의하겠지만, 특히 여성들의 용기를 북돋고 고양시키는 무엇인가가 있어야겠지요. 나는 여러분에게 더욱 고귀하고 더욱 정신적인 여러분의 임무를 기억하라고 간청해야 할 것입니다. 또 여러분에 의존하고 있는 것이 얼마나 많은지, 여러분이 미래에 어떤 영향력을 발휘할 수 있는지 상기시켜야겠지요. 그러나 이런 권고들은 다른 성의 몫으로 안전하게 남겨 두겠습니다. 그들은 내가 구사할 수 있는 것보다 훨씬 유창한 웅변으로 그것을 표현할 것이고 실제로 그렇게 해 왔으니까요. 내 마음속을 샅샅이 뒤져 보아도, 나는 남성의 동료라든가 남성과 대등한 사람이 되고자하는 고귀한 감정을 찾을 수 없고 더 높은 목적을 위해 세상에 영향을 끼치려는 생각도 없습니다. 나는 그저 다른 무엇이아닌 자기 자신이 되는 것이 훨씬 중요한 일이라고 간단하게 그리고 단조롭게 중얼거릴 뿐입니다. 다른 사람에게 영향을 미치겠다는 생각은 꿈도 꾸지 마시오, 하고 나는 말할 겁니다. 그 말을 고귀하게 들리게끔 표현할 수 있다면 말이지요. 오로지 사물을 그 자체로 생각하십시오.

나는 신문과 소설, 전기들을 띄엄띄엄 읽으면서, 여성이 다른 여성에게 이야기할 때 그녀의 소매에 어떤 불쾌한 것을 숨겨 두고 있다는 통념을 또다시 생각하게 되었지요. 여성은 여성에게 가혹합니다. 여성은 여성을 싫어하지요. 여성은 ─ 그런데 여러분은 그 단어에 진절머리가 나지 않습니까? 나는 그렇다고 단언할 수 있습니다. 그러니 한 여성이 다른 여성에게 읽어 주는 강연문은 특히 불쾌한 이야기로 끝나야 한다는 점에 동의하도록 합시다.

그러나 어떻게 해야 할까요? 내가 무엇을 생각할 수 있을까요? 사실은, 나는 종종 여성을 좋아합니다. 나는 그들의 비관습성을 좋아합니다. 그들의 예민함을 좋아하고 그들의 익명성을 좋아하지요. 나는 또 ─ 하지만 이런 식으로 계속해서는 안 되겠지요. 저기 있는 벽장에 ─ 여러분은 그 안에 깨끗한 식탁보만 들어 있다고 말씀하시는데요, 만약 아치볼드 보드킨 경[61]이 그 안에 숨어 있다면 어찌 될까요? 그러므로 좀 더 엄격한 논조를 띠겠습니다. 내가 앞에서 남성들의 경고와 책망을 충분히 여러분에게 전달했습니까? 오스카 브라우닝 씨가 여러분을 상당히 저급하게 평가했다는 것을 말씀드렸지요? 나폴레옹은 예전에 여러분에 대해서 어떻게 생각했는지, 무솔리니는 지금 어떻게 생각하는지를 지적했습니다. 그리고 여러분이 픽션을 쓰고자 열망하는 경우에 여러분에게 도움이 되도록 여러분의 성의 한계를 용감하게 인정하라는 비평가의 충고를 인용했지요. X 교수를 언급했고, 여성은 지적으로, 도덕적으로, 신체적으로 남성보다 열등하다는 그의 진술을 각별히 제시했습니다. 굳이 찾으러 다니지 않아도 나에게 흘러들어 온 모든 진술을 여러분에게 건네주었습니다. 여기 마지막 경고가 남아 있습니다. 존 랭던 데이비스 씨가 보낸 것이지요.[62] 존 랭던 데이비스 씨는 "아이가 전적으로 바람직하지 않은 나이가 될 때, 여성도 전적으로 필요하지 않은 존재가 된다."라고 여성들에게 경고합니다. 여러분이 이것을 기록해 두기 바랍니다.

여러분에게 자신의 일에 매진하라고 이 이상으로 격려할

---

61) 래드클리프 홀의 소설 『고독의 우물』을 기소한 검찰 국장.

62) 존 랭던 데이비스(John Langdon Davies), 『여성사 개요(A Short History of Women)』─ 원주

수 있을까요? 젊은 여성들이여, 결론이 나오고 있으니 집중해 주십시오, 하고 말하겠습니다. 내 생각으로는, 여러분은 수치스러울 정도로 무지합니다. 여러분은 어떤 종류든 중요한 것을 발견한 적이 한 번도 없습니다. 여러분은 제국을 뒤흔들거나 군대를 전투로 이끈 적도 없습니다. 셰익스피어의 희곡은 여러분이 쓴 것이 아니며, 여러분은 야만인들에게 문명의 축복을 전달하지도 않았습니다. 여러분은 무어라고 변명할 겁니까? 여러분은 교역과 기업 또는 사랑놀이에 바쁘게 몰두하고 있는 흑인, 백인, 커피색 피부의 주민들로 꽉 차 있는 지구의 거리와 광장과 숲을 가리키면서 우리는 다른 일을 책임지고 있었다고 말하겠지요. 우리가 일하지 않았더라면 대양을 횡단하는 일도 없었을 것이고 이 비옥한 땅들은 황무지였을 거라고요. 통계에 따르면 현재 존재하는 16억 2300만의 인간들을 우리가 낳았고 어쩌면 예닐곱 살까지 기르고 씻기며 가르쳤습니다. 누군가의 도움을 받았다 하더라도, 그 일은 상당한 시간이 걸리는 것입니다.

여러분의 말에는 진실이 담겨 있습니다. 나는 그것을 부정하려는 것이 아닙니다. 그러나 동시에 나는 여러분에게 상기시켜 드릴 것입니다. 1866년 이래 영국에는 여성을 위한 대학이 적어도 두 곳 존재해 왔으며, 1880년 이후에는 기혼 여성이 자신의 재산을 소유하도록 법적으로 허용되었고, 1919년 — 꼭 구 년 전의 일인데 — 에 여성은 투표권을 얻게 되었다는 것을 말입니다. 또한 대부분의 전문직이 여러분에게 개방된 지 대략 십 년 정도 되었다는 사실을 상기시켜 드릴까요? 여러분이 이 막대한 특권들과 그것들을 누릴 수 있었던 기간을 곰곰이 생각해 보고, 이 순간에도 이러저러한 방법으로 연간 500파운드 이상을 벌 수 있는 여성이 약 2만여 명 있다는 사실을 숙고해 본다면, 기회가 부족하고 훈련이나 격려를 받지 못했으며 여유와 돈이 없다는 변명은 더 이상 유효하지 않다는 사실에 동의할 겁니다. 게다가 경제학자들은 시턴 부인이 아이를 너무 많이 낳았다고 말합니다. 물론 여러분도 계속 아이를 낳아야겠지요. 하지만 그들이 말하기로는 열이나 열두 명이 아니라 둘이나 셋이어야 한다는군요.

그리하여 여러분의 손에 남게 된 시간과 여러분의 두뇌에 쌓인 학식으로 (내가 느끼기로는, 여러분은 다른 종류의 지식은 충분히 가지고 있기 때문에, 부분적으로 탈교육화되기 위해서 대학에 보내집니다.) 분명 여러분은 매우 길고 무척 고되며 대단히 미천한 경력의 또 다른 단계에 착수해야 합니다. 여러분이 무엇을 해야 하고 어떤 영향력을 가져야 할지를 제시해 주려고 수천 개의 펜이 대기하고 있습니다. 나의 제안은 약간 환상적이라는 것을 스스로 인정합니다. 그러므로 픽션의 형식으로 그것을 표현하는 것이 더욱 좋겠지요.

이 강연의 중간에서 셰익스피어에게 누이가 있었다고 여러분에게 말했지요. 그러나 시드니 리 경의 시인전(傳)에서 그녀를 찾지 마십시오. 그녀는 젊어서 죽었고, 슬프게도 글 한 줄 쓰지 못했습니다. 그녀는 지금 엘리펀트 앤 캐슬 맞은편 버스가 정류하는 곳에 묻혀 있지요. 이제 나의 신념은 글 한 줄 쓰지 못한 채 교차로에 묻힌 이 시인이 아직 살아 있다는 것입니다. 그녀는 여러분 속에 그리고 내 속에, 또 오늘 밤 설거지하고 아이들을 재우느라 이곳에 오지 못한 많은 여성들 속에 살아 있습니다. 그녀는 살아 있지요. 위대한 시인은 죽지 않으니까요. 그들은 계속되는 존재들입니다. 그들은 우리 속으로 걸어 들어와 육체를 갖게 될 기회를 필요로 할 뿐입니다. 이제 여러분의 힘으로 그녀에게 이런 기회를 줄 수 있는 가능성이 커지고 있습니다. 우리가 앞으로 백 년 정도 살게 되고 (우리가 개인으로 살아가는 각자의 짧은 인생이 아니라 진정한 삶이라 말할 수 있는 공동의 생활을 언급하는 겁니다.) 각자가 연간 500파운드와 자기만의 방을 가진다면, 그리고 우리가 스스로 생각하는 것을 정확하게 표현할 수 있는 용기와 자유의 습성을 가지게 된다면, 우리가 공동의 거실에서 조금 탈출하여 인간을 서로에 대한 관계에서만이 아니라 리얼리티와 관련하여 본다면, 그리고 하늘이건 나무이건 그 밖의 무엇이건 간에 사물을 그 자체로 보게 된다면, 아무도 시야를 가로막아서는 안 되므로 밀턴의 악귀를 넘어서서 볼 수 있다면, 매달릴 팔이 없으므로 홀로 나아가야 하고 남자와 여자의 세계만이 아니라 리얼리티의 세계와 관련을 맺고 있다는 사실 ─ 그것이 사실이므로 ─ 을 직시한다면, 그때에 그 기회가 도래하고 셰익스피어의 누이였던 그 죽은 시인이 종종 스스로 내던졌던 육체를 걸치게 될 것입니다. 그녀의 오빠가 그러했듯이, 그녀는 선구자들이었던 무명 시인들의 삶에서 자기 생명을 이끌어 내며 태어날 것입니다. 그러한 준비 작업 없이, 우리 편에서 그런 노력을 기울이지 않고, 그녀가 다시 태어날 때 그녀가 살아갈 수 있고 자신의 시를 쓸 수 있다고 느끼게끔 만들겠다는 결단 없이, 그녀가 출현할 것을 기대할 수는 없습니다. 그것은 불가능하니까요. 그러나 우리가 그녀를 위해 일한다면 그녀가 출현하리라는 것과 비록 가난한 무명인의 처지에서라도 그것을 위해 일하는 것은 가치 있는 일이라고 단언합니다.

3기니

1

삼 년의 세월이란 편지에 답장하지 않은 채 내버려 두기에는 긴 시간입니다. 그리고 당신의 편지는 그보다 더 오랜 기간 동안 답장을 받지 못하고 있었지요. 나는 그 편지가 스스로 답을 찾아내거나 아니면 다른 사람들이 나 대신 답해 주기를 바라고 있었습니다. 그러나 그 편지가 제기한 질문 ─ 전쟁을 방지하기 위해서 어떻게 해야 한다고 생각하십니까 ─ 은 아직도 답이 없는 채로 남아 있습니다.

여러 가지 답이 제시되어 온 것은 사실입니다. 그러나 설명이 필요하지 않은 답은 없었고, 설명에는 시간이 걸리는 법이지요. 이 경우에도 역시, 특히 오해를 피하기 어려울 수밖에 없는 이유들이 있습니다. 핑계를 대거나 사과를 하면서 한 면을 가득 채울 수도 있었을 겁니다. 그 질문에 답할 자격이 없다거나 무능하고 지식과 경험이 부족하다고 선언하면서 말입니다. 그건 사실이겠지요. 하지만 그런 말들을 모두 하고 난 뒤에도, 당신이 이해할 수 없고 우리도 설명할 수 없는 어떤 근원적인 어려움이 여전히 남을 것입니다. 그러나 당신의 편지처럼 대단히 주목할 만한 편지를 답장하지 않은 채 내버려 두고 싶지는 않습니다. 그것은 어쩌면 인간의 서신 교환 역사상 유례없는 편지였으니까요. 언제부터 교육받은 남성이 전쟁을 방지하기 위해서 어떻게 해야 할지 여성의 견해를 물어보았습니까? 그러니 그 답을 시도해 보기로 합시다. 비록 실패할 수밖에 없는 시도라 하더라도 말이지요.

우선, 편지를 쓰는 사람들이 누구나 본능적으로 그리듯이, 편지를 받을 사람의 스케치를 그려 보도록 합시다. 편지의 저편에서 숨 쉬고 있는 따뜻한 사람이 없다면 편지란 무가치한 것이니까요. 자, 그 질문을 던진 당신은 관자놀이가 약간 희끗희끗하고 정수리에는 머리숱이 그다지 많지 않은 남성입니다. 당신은 법조계에서 일생을 보내며 중년을 맞았고, 그 과정에 노력이 없지 않았지요. 하지만 대체로 당신의 여정은 번영 일로에 있었습니다. 당신의 표현에는 메마르거나 비열하거나 불만스러운 듯한 부분이 없습니다. 그리고 당신에게 아첨하려는 의도 없이 말하건대, 당신은 번영 ─ 아내, 아이들, 집 ─ 을 누릴 만한 가치 있는 삶을 영위해 왔습니다. 당신은 중년의 안일한 무감각에 빠져든 적이 한번도 없었습니다. 런던 중심부의 사무실에서 보낸 당신의 편지에서 알 수 있듯이, 당신은 베개 위에서 뒹굴거나 돼지를 몰거나 배나무의 가지를 치며 (당신에게는 노퍽에 몇 에이커의 농장이 있지요.) 시간을 보낸 것이 아니라, 귓전에 울리는 총소리를 들으며 편지를 쓰고 회의에 참석하고 이것저것을 주관하면서 질문을 던지고 있으니까요. 그밖에 당신은 상당히 유명한 어느 사립 학교에서 교육을 받았고 대학에서 교육을 마쳤습니다.

자, 이제 우리 사이의 대화에 첫 번째 난제가 등장합니다. 그 이유를 신속히 밝히도록 하지요. 혈통이 뒤섞이기는 했지만 계층의 구분은 여전히 확고한 이 혼종(混種)의 시대에, 우리는 양쪽 다 교육받은 계층이라고 편리하게 부를 수 있는 계층 출신입니다. 우리가 직접 대면한다면 우리는 동일한 악센트로 말하고, 같은 방식으로 칼과 포크를 사용하며, 하녀가 저녁을 차리고 설거지를 하리라 기대하고, 저녁 식사 중에는 정치와 민족, 전쟁과 평화, 야만과 문명 — 실제로 당신의 편지에서 제기된 모든 문제들 — 에 대해서 별 어려움 없이 이야기를 나눌 수 있습니다. 게다가 우리는 둘 다 생계비를 벌고 있습니다. 그러나 ⋯ 이 세 개의 점은 우리 사이의 간극을 나타냅니다. 그 심연이 너무 깊이 패어 있어서 삼 년이 넘도록 나는 이편에 앉아 그 심연을 가로질러 말하려는 시도가 과연 소용이 있을지 의심하고 있었습니다. 그렇다면 나 대신 다른 사람(그 사람의 이름은 메리 킹즐리입니다.)에게 부탁하도록 하지요. "내가 당신에게 알려 주었는지 모르겠지만, 내가 지금껏 교육비를 지급하고 받은 교육이라곤 독일어를 배운 것이 전부였습니다. 내 남자 형제에게는 2000파운드 교육비가 지출되었지요. 그것이 헛되지 않기를 나는 지금도 바람니다."[미주1] 메리 킹즐리의 이야기는 자신의 경우에만 한정된 것이 아닙니다. 더 나아가 그녀의 말은 교육받은 남성들의 많은 딸들에게 해당되는 이야기입니다. 그리고 그녀는 그들을 대변하여 이야기할 뿐 아니라, 그들에게 아주 중요한 사실을 지적하고 있지요. 이후의 모든 것에 깊은 영향을 미친 사실, 즉 '아서 교육 자금'을 또한 시사하고 있으니까요. 『펜더니스』[1]를 읽어 본 사람이라면 A.E.F.(아서 교육 자금)라는 신비로운 글자가 가계부에서 중요한 자리를 차지하고 있음을 기억할 것입니다. 13세기 이래로 영국 가정은 내내 그 항목에 돈을 지급해 왔습니다. 파스톤 가족에서 펜더니스 가족에 이르기까지 교육받은 가정이라면 누구나 13세기부터 지금까지 그 청구서에 돈을 지불해 왔습니다. 그것은 탐욕스러운 그릇이었지요. 교육시킬 아들이 많을 때, 그 그릇을 채우려면 각 가정마다 대단히 노력을 기울여야 했습니다. 교육이란 그저 책을 배우는 데 그치는 것이 아니니까요. 사냥은 신체를 단련시켰습니다. 친구들은 책이나 사냥보다 더 많은 것을 가르쳐 주었습니다. 친구들과의 대화는 시야를 넓혀 주었고 마음을 풍요롭게 해 주었지요. 휴일이면 당신은 여행을 했습니다. 예술에 대한 취미를 얻고 외국 정치에 대한 지식을 습득했지요. 그리고 나서 스스로 생계비를 벌 수 있기 전까지 아버지가 준 용돈으로 생활했습니다. 그러면서 전문적인 기술을 익힐 수 있었고 그리

---

1) 영국 빅토리아조의 소설가 새커리의 소설(『펜더니스의 생애』, 1848)로서 주인공 아서 펜더니스를 중심으로 다양한 인물들의 세계를 보여 준다.

하여 이제는 당신의 이름에 K.C.(칙선 변호사)와 같은 글자들을 붙일 자격을 얻게 된 것이지요. 이 모든 것은 아서 교육 자금에서 나왔습니다. 그리고 메리 킹즐리가 지적하듯이, 이 자금에 당신의 자매들도 기여했습니다. 독일인 교사에게 지급된 약간의 금액을 제외하고는 자매들에게 쓰였어야 할 교육비가 그 자금에 들어갔으니까요. 그뿐만 아니라 결국 교육의 본질적인 부분을 이루는 여러 가지 사치스러운 즐거움과 부수적인 것들 즉 여행, 사교, 고독, 본가와 떨어진 별개의 숙소 같은 것들 역시 그 안에 흡수되었습니다. 그것은 탐욕스러운 그릇이었고, 대단히 확고한 한 가지 사실 — 아서 교육 자금 — 입니다. 그 사실은 실제로 아주 확고하게 뿌리를 내리고 있었기에, 전체적인 전망에 그림자를 드리웠습니다. 그 결과 우리는 같은 사물을 바라보더라도 다른 식으로 보게 됩니다. 저기 예배당과 회관과 초록빛 운동장이 있고 수도원처럼 보이는 저 건물들이 모여 있는 곳이 무엇을 의미할까요? 당신에게 그것은 예전에 다닌 이튼 고등학교나 해로 학교이고, 당신의 모교인 옥스퍼드나 케임브리지 대학이며, 갖가지 기억과 무수한 전통의 원천입니다. 그러나 아서 교육 자금의 그림자를 통해서 그것을 바라보는 우리에게는 교실의 탁자이고, 강의실로 운행되는 승합 마차이며, 자신은 교육을 잘 받지 못했음에도 병든 어머니를 부양해야 하는 코가 붉고 체구가 작은 여성이고, 옷을 사고 선물을 주고 어른이 되는 과정을 거치라고 받는 연간 50파운드의 용돈입니다. 아서 교육 자금이 우리에게 미친 영향은 바로 그런 것입니다. 그것은 마술을 부리듯 풍경

3기니

을 바꾸어버리기 때문에, 옥스퍼드와 케임브리지의 고즈넉한 안뜰과 그것을 둘러싼 건물들이 교육받은 남성의 딸들[미주2]에게는 종종 구멍 난 속치마라든가 차가운 양고기 다리, 그리고 외국으로 떠나는 임항 열차로 보입니다. 문지기가 그들의 면전에서 꽝 소리가 나도록 문을 닫아 버리는 동안 말이지요.

아서 교육 자금이 그 풍경 — 회관과 운동장과 신성한 건물들 — 을 달리 보이게 한다는 것은 중요한 사실입니다. 하지만 이 점은 이후의 논의를 위해 남겨 두겠습니다. 여기서는 전쟁을 방지하기 위해 우리가 어떻게 도울 수 있을 것인가라는 중요한 문제를 고려하면서, 교육이 차이를 만들어 낸다는 명백한 사실에만 관심을 가질 것입니다. 전쟁을 야기하는 원인들을 이해하기 위해서는 정치, 국제 관계, 경제에 대한 어느 정도의 지식이 분명 필요합니다. 철학, 심지어 신학도 유용할지 모릅니다. 그러니 교육받지 못한 사람, 마음의 훈련을 받지 못한 사람은 아마도 그런 문제를 만족스럽게 다룰 수 없겠지요. 당신도 동의하겠지만, 인간 외적인 힘들의 결과로 빚어진 전쟁은 훈련받지 못한 마음이 이해할 수 없습니다. 하지만 인간 본성의 결과로 벌어진 전쟁은 다른 문제이지요. 인간의 본성, 일반적 남성과 여성의 이성과 감정이 전쟁을 일으킨다고 생각하지 않았더라면, 당신은 우리에게 도움을 요청하는 편지를 쓰지 않았을 것입니다. 틀림없이 당신은 남성과 여성이 바로 지금 여기에서 자신들의 의지를 행사할 수 있다고 주장했겠지요. 인간은 눈에 보이지 않는 손이 조종하는 대로 춤추는 꼭두각시 인형이나 볼모가 아니라고 말입니다. 인간은 스스로 사고하고 행동할 수 있고, 어쩌면 다른 사람들의 사고와 행동에 영향을 미칠 수도 있다 ― 이렇게 생각하면서 당신은 우리에게 요청했을 것입니다. 거기에는 타당한 일면이 있습니다. 다행히도 '교육비를 지급하지 않은 교육' 항목에 해당되는 한 분야가 있기 때문입니다. 그것은 인간 존재와 인간의 심리적 동기에 대한 이해로서 심리학이라고도 불릴 수 있는 것입니다. 그 용어에서 과학에 대한 연상을 배제한다면 말이지요. 유사 이래로 1919년까지 우리에게 개방된 유일하고도 위대한 직업이었던 결혼을 통해서, 우리는 성공적인 인생을 더불어 살아갈 수 있는 인간을 고르는 기술에 약간의 재주를 익혔을 겁니다. 하지만 여기서 또다시 다른 어려움에 직면하게 됩니다. 양성은 여러 가지 본능들을 다소 공유하고 있기는 하지만, 전쟁은 언제나 여성이 아닌 남성의 습관이었다는 것입니다. 타고난 습성이든 우연히 습득된 것이든 이러한 차이는 법과 관행으로 더욱 발전되어 왔습니다. 역사상 인간이 여성의 소총에 맞아 쓰러진 경우는 거의 없습니다. 엄청나게 많은 새와 짐승을 살해한 것은 우리가 아니라 당신들이었지요. 우리가 공유하지 않은 것을 판단하기란 어려운 일입니다.[미주3]

그렇다면 어떻게 우리가 당신의 문제를 이해할 수 있겠습니까? 그리고 이해할 수 없다면, 전쟁을 방지할 방법에 대한 당신의 질문에 어떻게 우리가 답할 수 있겠습니까? 왜 싸우는가 하는 문제에 대해 우리의 경험과 심리에 근거한 답은 전혀 가치를 갖지 못합니다. 분명 당신들은 전쟁을 통해서 우리가 느끼지 못하고 누려 본 적 없는 어떤 영광, 어떤 필연성, 어떤 만족감을 찾을 수 있겠지요. 완벽한 이해란 수혈과 기억 주입을 통해서만 이루어질 수 있을 겁니다. 그것은 아직까진 과학의 한계를 넘어서는 기적이지요. 하지만 현재를 살아가는 우리가 급한 경우에 도움을 받을 수 있는, 수혈과 기억 주입의 대체물이 있습니다. 인간의 동기를 이해하는 데 도움을 주며 경이로울 뿐만 아니라 영속적으로 쇄신되며 아직 충분히 활용되지 않은 것, 바로 우리 시대의 전기와 자서전입니다. 또한 생생한 역사를 전달하는 일간 신문이 있지요. 그러므로 여전히 무척 협소하고 제한된 직접 경험의 좁은 틀 속에 우리가 더 이상 갇혀 있을 이유가 없습니다. 우리는 다른 사람들의 생애를 그린 그림을 보면서 그것을 보완할 수 있으니까요. 물론 현재로서는 그저 그림에 불과하지만 그 자체로도 도움이 될 것입니다. 그렇다면 전쟁이 남성에게 무엇을 의미하는가를 이해하기 위해 제일 먼저 빠르고 간략하게 살펴보아야 할 것은 전기입니다. 어느 전기에서 몇 문장을 뽑아 보기로 합시다.

우선 이것은 어떤 군인의 전기에 나오는 부분입니다.

나는 최고로 행복한 삶을 살아왔고, 언제나 전쟁을 위해서 일해 왔으며, 이제 인생의 절정기에 군인으로서 가장 큰 전쟁에 참전했다. …… 다행히도, 우리는 한 시간 내에 출전한다. 더없이 훌륭한 군대다! 훌륭한 인간들, 훌륭한 말들! 바라건대, 열흘 내로 나는 프랜시스와 나란히 말을 타고 독일인들에게 곧바로 진격할 것이다.[미주4]

이 말에 전기 작가는 이렇게 덧붙입니다.

처음부터 그는 더할 나위 없이 행복했다. 그는 자신의 진정한 소명을 발견한 것이었다.

여기에 한 비행사의 전기에 나오는 진술을 덧붙여 봅시다.

우리는 평화 및 무장 해제의 전망과 국제 연맹에 대해 이야기했다. 이 주제에 관해서 그는 군국주의적이라기보다는 호전적이었다. 혹시 영구적인 평화가 정착된다면, 그래서 육군과 공군이 존재하지 않게 된다면, 전쟁으로 발달된 남성적 자질의 배출구가 없어질 것이며 인간의 체격과 성격이 나빠질 거라는 곤혹스러운 문제에 대해서 그는 아무런 대답도 할 수 없었다.미주5

여기서 당신의 성을 전쟁으로 이끄는 세 가지 이유를 즉시 찾아낼 수 있습니다. 전쟁은 직업이고, 행복과 흥분의 원천이며, 또한 남성적 자질의 배출구라는 것이지요. 전쟁이 없다면 남성은 타락할 겁니다. 그러나 당신의 성이 일반적으로 이러한 감정과 견해를 지지하지 않는다는 사실은, 유럽 전쟁에서 살해된 시인 윌프레드 오언의 생애를 다룬 또 다른 전기에서 발췌한 다음 글을 통해 입증됩니다.

이미 나는 국교회의 교리에 절대로 스며들지 않을 하나의 빛을 깨달았다. 즉 그리스도의 본질적 계명 가운데 한 가지는 '어떤 대가를 치르더라도 저항하지 말라는 것'임을. 불명예와 치욕을 참아라. 결코 무력에 의존하지 마라. 협박을 받고 폭행을 당하고 살해당하더라도 결코 살해하지 마라. …… 그러므로 순수한 기독교는 순수한 애국주의에 들어맞지 않음을 알게 된다.

그가 살아 있는 동안 시로 옮기지 못한 몇 가지 메모 가운데 이런 것이 남아 있습니다.

　무기의 부자연스러움 …… 전쟁의 비인간성 …… 전쟁을 지지할 수 없음 …… 전쟁의 끔찍한 야만성 …… 전쟁의 어리석음.^{미주6}

이 인용문들을 보면 같은 성이라도 같은 문제에 대해 대단히 상이한 견해를 가지고 있음이 분명합니다. 하지만 오늘 신문을 보면, 아무리 반대 의견을 가진 사람이 많더라도, 당신 성의 대다수가 전쟁을 찬성하고 있음도 분명합니다. 지식인의 스카버러 협회와 노동자의 본머스 협회는 군비에 연간 3억 파운드를 쓸 필요가 있다고 함께 동의했습니다. 그들은 윌프레드 오언이 틀렸으며, 살해당하는 것보다는 살해하는 편이 낫다는 견해입니다. 하지만 전기에서 드러나듯이 견해의 차이가 다양하므로, 이 압도적인 동의를 이끌어 내기 위해서는 전반적으로 유포된 한 가지 이유가 분명 있어야겠지요. 간단히 말해서, 그것을 '애국심'이라고 부를까요? 그렇다면 다음으로 제기해야 할 질문은 당신을 전쟁에 나가도록 이끄는 이 '애국심'

이란 무엇인가 하는 것입니다. 영국 대법원장은 그것을 이렇게 해석하고 있습니다.

영국인은 영국을 자랑스러워합니다. 영국의 학교와 대학교에서 교육받고 영국에서 일생의 과업을 수행한 우리에게서 국가에 대해 느끼는 사랑보다 더 강한 사랑은 거의 찾아볼 수 없습니다. 다른 나라들을 고려해 볼 때, 이 나라 또는 저 나라 정책의 장점을 판단할 때, 우리는 영국의 기준을 적용합니다. …… 자유는 영국을 자신의 거처로 삼았습니다. 영국은 민주주의 제도의 고향입니다. …… 우리 가운데 자유의 적이 많으며 어쩌면 다소 예상치 못한 곳에서 발견되는 것은 사실입니다. 그러나 우리는 굳건히 발을 딛고 있습니다. 영국인의 집은 그의 성이라고 종종 일컬어져 왔습니다. 자유의 집은 영국에 있습니다. 그것은 실제로 성이며, 끝까지 수호될 성입니다. …… 그렇습니다, 우리 영국인은 커다란 축복을 받은 것입니다.[미주7]

이 말은 애국심이 교육받은 남성에게 무엇을 의미하는지, 그리고 그것이 그에게 어떤 의무를 부과하는지를 대체로 알려 줍니다. 그러나 교육받은 남성의 누이, 그녀에게 '애국심'이란 무엇을 의미하는 걸까요? 그녀도 영국을 자랑스럽게 여기고, 영국을 사랑하고, 영국을 지킬 동일한 이유가 있는 걸까요? 그녀는 영국에서 "커다란 축복"을 받은 걸까요? 이러한 질문을 던질 때, 역사와 전기는 자유의 고향에서 그녀의 지위가 남자 형제와는 달랐음을 보여 주는 듯합니다. 그리고 심리학은 역사가 인간의 마음과 몸에 영향을 미치지 않을 수 없음을 암시하는 듯하지요. 그러므로 '애국심'에 대한 그녀의 해석 역시 남자 형제와는 다를 것입니다. 그리고 그 차이로 인해서 그녀는 애국심에 대한 남성의 정의와 거기서 비롯되는 의무감을 이해하기가 무척 어려울 것입니다. 그러므로 "우리가 어떻게 전쟁을 방지할 수 있다고 생각하십니까?"라는 당신의 질문에 대한 우리의 답이 남성을 전쟁으로 이끄는 이유와 감정, 충성심을 이해하는 데 달려 있다면, 이 편지를 갈가리 찢어서 쓰레기통에 던져 버리는 편이 나을 겁니다. 이런 차이점들 때문에 우리가 서로를 이해할 수 없음이 명백하니까요. 태어나기를 다르게 태어나듯이 우리의 사고가 다르다는 점 또한 분명해 보입니다. 그렌펠의 관점이 있고, 넵워스의 관점이 있고, 윌프레드 오언의 관점이 있고, 대법원장의 관점이 있고, 교육받은 남성의 딸의 관점이 있습니다. 모두 다르지요. 하지만 어떤 절대적인 관점을 찾을 수는 없을까요? 어디선가 "이것은 옳다. 이것은 그르다."라고 불 또는 황금으로 쓰인 글자를 발견할 수 없을까요? 우리의 차이에도 불구하고 우리 모두가 받아들여야 할 도덕적 판단 말입니다. 그렇다면 도덕을 직업으로 삼는 사람들 즉 성직자 집단에게 전쟁의 옳고 그름에 대한 문제를 문의해 보기로 합시다. 성직자들에게 "전쟁이 옳은 걸까요, 아니면 그릇된 걸까요?"라는 단순한 물음을 던진다면, 틀림없이 그들은 우리가 부정할 수 없는 명확한 답을 제시할 테니까요. 그런데 아니, 그런 문제를 세속적인 혼돈에서 걸러내어 정리할 수 있다고 여겨지는 영국 국교회도 마찬가지로 두 가지 마음이군요. 주교들조차도 논쟁을 벌이고 있으니까요. 런던 주교는 "오늘날 세계 평화를 진정으로 위협하는 것은 반전론자들이다. 전쟁이 나쁘기는 하지만, 불명예는 더욱 나쁘다."[미주8]라고 주장했습니다. 반면에 버밍엄 주교[미주9]는 스스로를 "극단적 반전론자"라고 묘사했으며 "나는 전쟁이 그리스도의 정신과 일치하는 것으로 간주할 수 없다."라고 말했습니다. 그러니 교회 스스로도 우리에게 상반된 조언 — 어떤 경우에는 싸우는 것이 옳다. 아니, 어떤 경우에도 싸우는 것은 옳지 않다 — 을 합니다. 이것은 곤란하고 당황스럽고 혼란스러운 일입니다. 하지만 그 사실을 직시해야겠지요. 저 위의 하늘에서나 아래의 땅에서나 확실한 것은 아무것도 없습니다. 실제로 우리가 전기를 더 많이 읽고 연설을 더 많이 듣고 견해를 더 많이 참조할수록 혼란은 더욱 커지고, 당신이 전쟁을 방지하는 데 도움이 될 제안을 하기가 더욱 불가능해지는 듯합니다. 당신을 전쟁으로 이끈 충동과 동기와 도덕을 이해할 수 없기 때문이지요.

그러나 다른 사람들의 생애와 마음의 그림들 — 전기와 역사 — 외에도 다른 그림들, 즉 실제 사실의 그림인 사진이 있습니다. 물론 사진은 이성에 호소하는 논리적 주장이 아닙니다. 그것은 단순히 눈에 호소하는 사실의 진술이지요. 그러나 그 단순함 자체에 어떤 도움이 있을지도 모릅니다. 그렇다면 우리가 동일한 사진을 볼 때 동일한 것을 느끼는지 알아보기로 합시다. 여기 우리 앞의 탁자에 사진 몇 장이 있습니다. 스페인 정부는 일주일에 대략 두 번씩 끈덕지게 그 사진들을 보냅니다.[2] 이것들은 보기 유쾌한 사진은 아닙니다. 대개 시체 사진이니까요.[3] 오늘 아침에는 남자의 몸인지 여자의 몸인지 알 수 없는 사진이 게재되어 있습니다. 그것은 사지가 절단되어 있기에 다른 쪽에서 보면 돼지의 몸으로 보일 수도 있습니다. 그러나 분명 그것은 죽은 아이들의 시체이고, 저것은 틀림없이 집의 한 부분입니다. 폭격으로 그 측면이 폭파되어 떨어져 나갔고 아마도 응접실이었던 곳에는 아직 새장이 매달려 있습니다. 그러나 집의 나머지 부분은 포개진 나무토막들이 공중에 매달려 있는 듯이 보였지요.

이 사진들은 주장이 아닙니다. 그저 눈에 호소하는 사실의 조야한 진술에 불과하지요. 그러나 우리의 눈은 뇌와 연결되어 있고, 뇌는 신경계와 연결됩니다. 이 신경계는 과거의 모든 기억과 현재의 감정 사이로 순식간에 메시지를 보냅니다. 우리가 이 사진들을 바라볼 때 우리의 내부에서는 어떤 융합이 일어납니다. 우리들 이면의 교육과 전통이 아무리 다르더라도, 우리의 감각은 동일합니다. 그리고 그 감각은 격렬하지요. 당신은 그런 감각을 '공포와 혐오'라고 부릅니다. 우리 또한 그것을 공포와 혐오라고 부릅니다. 그리고 동일한 말이 우리의 입술에 떠오릅니다. 당신은 이렇게 말합니다. 전쟁은 끔찍하고

---

2) 1936~1937년 겨울. —원주
3) 이 사진들은 스페인 내란(1936~1939)의 사상자들을 보여 준다. 스페인 내란은 이탈리아와 독일의 도움을 받은 스페인 군대의 일부 분대가 공화당 정부에 대항하여 일으킨 반역의 결과로 일어났으며, 파시즘에 대한 국제적 저항의 구심점이 되었다.

야만적이며 어떤 대가를 치르더라도 중단되어야 한다고요. 우리도 당신의 말을 되풀이합니다. 전쟁은 끔찍하고 야만적이므로 중단되어야 한다고요. 이제 마침내 우리가 같은 그림을 보고 있기 때문입니다. 당신과 함께 우리는 동일한 시체를, 동일한 파괴된 집을 보고 있으니까요.

그렇다면 전쟁을 방지하도록 어떻게 도울 수 있을 것인가 하는 당신의 질문에 답하기 위해서 당신을 전쟁에 나가도록 이끈 정치적, 애국적 또는 심리적 이유들을 논의하려는 노력은 당분간 중단하기로 합시다. 이 감정이 너무나 분명하므로 수동적인 분석에 그칠 수는 없으니까요. 그러면 당신이 우리에게 검토하도록 제시한 실제적 방안들에 초점을 맞추어 봅시다. 그것은 세 가지입니다. 첫 번째는 신문에 기고할 편지에 서명하는 것입니다. 두 번째는 어떤 협회에 가입하는 것이고, 세 번째는 그 협회에 기금을 보내는 것입니다. 겉보기에 이보다 더 간단하게 들리는 일은 없을 겁니다. 종이에 이름을 갈겨쓰기란 쉬운 일입니다. 이미 평화주의적 견해를 갖고 있는 사람들에게 그런 견해를 다소 수사적으로 되풀이하는 회의에 참석하기도 쉬운 일입니다. 그리고 막연하나마 수용할 만한 견해를 지지하여 수표를 써 보내는 것도 그리 쉽지는 않겠지만, 편리하게 양심이라고 부를 수 있는 것을 달래는 값싼 방법입니다. 하지만 우리를 망설이게 하는 이유들이 있습니다. 그 이유에 대해서는 나중에 피상적인 차원을 넘어서 살펴보기로 합시다. 여기서는 당신이 제시한 세 가지 방안들이 그럴듯해 보이기는 하지만, 당신이 부탁한 바를 행하더라도 그 사진으로 야기된 감정들은 여전히 진정되지 않을 거라고 말하는 것으로 족하겠지요. 그 감정, 대단히 명확한 그 감정은 종이에 서명하거나 한 시간의 강연을 듣고 우리가 낼 수 있는 금액이 얼마든지 간에 — 예컨대 1기니 — 그 금액을 수표에 써넣는 일보다 더욱 확실한 어떤 것을 요구합니다. 윌프레드 오언이 표현한 대로 전쟁은 야만적이고, 전쟁은 비인간적이며, 전쟁은 참을 수 없이 끔찍하고 잔인하다는 우리의 믿음을 표현할 보다 강력하고 보다 적극적인 방법이 요구되는 듯합니다. 그러나, 미사여구는 접어 두고, 우리에게 어떤 적극적인 방법들이 가능할까요? 그 방법들을 고려하고 비교해 보기로 합시다. 물론 당신은 평화를 지키기 위해서 과거에 프랑스에서 했듯이 스페인에서도 또다시 무기를 들 수 있습니다. 그러나 그것은 아마 당신이 이미 시도해 보고 배제한 방법일 겁니다. 어떻든 그 방법은 우리에게 가능하지 않습니다. 육군이나 해군은 우리 성(性)에게 닫혀 있는 영역이니까요. 우리는 전쟁터에 나가도록 허용되지 않습니다. 또한 우리는 증권거래소의 회원이 될 수도 없습니다. 그러므로 우리는 무력의 압력도, 돈의 압력도 행사할 수 없습니다. 교육받은 남성으로서 우리의 남자 형제들이 외교 분야에서, 교회에서 행사하는 덜 직접적이지만 더욱 효과적인 무기 또한 우리에게는 주어지지 않습니다. 우리는 설교를 할 수도 없고 조약을 협의할 수도 없습니다. 또한 우리가 신문에 기사를 쓰고 편지를 보낼 수 있는 것은 사실이지만, 언론의 통제 — 무엇을 인쇄하고 무엇을 인쇄하지 않을 것인가의 결정 — 는 전적으로 당신 성의 수중에 있습니다. 지난 이십 년간 우리가 공직과 법조계에 수용되어 온 것은 사실입니다. 그러나 그곳에서 우리의 지위는 아직도 무척 불안정하고 우리의 권위는 미약하기 짝이 없습니다. 교육받은 남성이 자신의 견해를 강행하기 위해 휘두를 수 있는 무기들은 모두 우리의 힘이 미치지 않는 곳에 있거나 우리의 영역 밖에 있기에, 우리가 그것을 사용한다 하더라도 할퀸 자국 하나 낼수 없을 것입니다. 만약 당신 직종의 남성들이 단결하여 어떤 것을 요구하고 "이것이 허용되지 않는다면 우리는 일하지 않겠다."라고 말한다면, 영국의 법령은 집행될 수 없을 겁니다. 그러나 당신 직종의 여성들이 똑같이 한다면, 영국의 법령에 아무런 변화도 일어나지 않겠지요. 우리는 같은 계층의 남성과 비교할 수 없을 정도로 무력할 뿐 아니라, 노동 계층의 여성보다도 무력합니다. 만약 "당신들이 전쟁에 나간다면, 우리는 군수품 제조를 거부하거나 상품 생산을 돕지 않겠다."라고 노동하는 여성들이 말한다면, 전쟁을 수행하기가 심각할 정도로 어려워질 겁니다. 그러나 교육받은 남성의 딸들이 내일 모두 파업에 들어간다 하더라도, 공동체 생활이나 전쟁 수행에 필수적인 부분이 방해받는 일은 없겠지요. 우리는 국가의 모든 계층 가운데 가장 무력합니다. 우리에게는 우리의 의지를 강행할 수 있는 무기가 없으니까요.[미주10]

이에 대한 대답은 너무나 익숙한 것이라서 우리는 쉽게 예상할 수 있습니다. 교육받은 남성의 딸들이 직접적인 영향력은 가지고 있지 않지만 (그건 사실입니다.) 가장 강력한 힘, 즉 교육받은 남성에게 행사할 수 있는 영향력을 가지고 있다는 것이지요. 만약 이 말이 사실이라면, 즉 영향력이 우리의 가장 강력한 무기이며 당신이 전쟁을 방지하도록 도움을 줄 수 있는 효과적 방법으로서 유일한 것이라면, 당신의 성명서에 서명을 하거나 당신의 협회에 가입하기 전에 그 영향력이 어떤 결과를 낳는지 고려해 봅시다. 분명 그것은 지극히 중요한 문제라서 오랜 시간을 두고 깊이 파헤쳐 볼 필요가 있습니다. 하지만 우리는 그것을 깊이 있게 다룰 수 없습니다. 오랜 시간을 두고 살펴볼 수도 없습니다. 신속하고 불완전하게 살펴볼 수밖에 없지요. 그렇더라도 시도해 보기로 합시다.

그렇다면 과거에 우리는 전쟁과 가장 긴밀히 관련된 전문직 분야 즉 정치에 어떤 영향을 미쳤을까요? 이 점에서도 매우 귀중한 전기들을 무수히 참조할 수 있습니다. 하지만 산더미처럼 쌓인 정치가들의 전기에서 여성이 그들에게 미친 영향이라는 그 특정한 가락을 뽑아내려면 연금술사라도 어리둥절해질 겁니다. 우리의 분석은 가볍고 피상적일 수밖에 없습니다. 하지만 우리가 다룰 수 있을 정도로 탐구의 범위를 좁혀서 백오십 년 동안의 회상록을 훑어본다면, 정치에 영향을 미친 여성들이 있었음을 부정할 수 없습니다. 유명한 이름들을 대충 훑어보기만 해도, 그 유명한 데번셔 공작 부인, 레이디 파머스턴, 레이디 멜버른, 마담 드 리에방, 레이디 홀런드, 레이디 애슈버턴은 모두 의심할 바 없이 상당한 정치적 영향력을 지녔지요. 그들의 유명한 저택과 그 안에서 열린 파티들은 정치를 다룬 당대의 회상록에서 무척 큰 비중을 차지하고 있으므로, 그러한 저택과 그러한 파티가 존재하지 않았더라면 영국의 정치, 심지어 어쩌면 영국의 전쟁도 다른 양상을 띠게 되었으리라는 것을 부정할 수 없을 정도입니다. 그러나 이 회상록들이 공유하는 한 가지 특징이 있습니다. 위대한 정치 지도자들의 이름 ─ 피트, 폭스, 버크, 셰리든, 필, 캐닝, 파머스턴, 디즈레일리, 글래드스턴 ─ 은 책장마다 점점이 뿌려져 있지만, 계단 위에서 손님들을 맞이하거나 집 안의 내실에서 접대하는 교육받은 남성의 딸들은 찾아볼 수 없다는 것입니다. 그들은 매력이 부족했거나 위트, 신분, 또는 옷이 부족했는지도 모르지요. 그 이유가 무엇이든 간에, 책장을 계속 넘기고 계속해서 여러 권을 살펴보아도, 그들의 남자 형제와 남편 ─ 데번셔 저택의 셰리든, 홀런드 저택의 매콜리, 랜즈다운 저택의 매슈 아널드, 심지어 바스 저택의 칼라일 ─ 은 발견할 수 있지만, 제인 오스틴, 샬럿 브론테 그리고 조지 엘리엇의 이름은 등장하지 않습니다. 칼라일 부인은 파티에 참석하기는 했지만, 자기가 느끼는 불편함을 드러내는 데 몰두하고 있는 듯합니다.

그러나 교육받은 남성의 딸들이 가진 영향력은 다른 종류의 것이었다고 당신은 지적하겠지요. 재산이나 신분과는 무관하고, 위대한 귀부인들의 훌륭한 저택을 아주 유혹적인 곳으로 만들어 주는 포도주, 음식, 드레스, 온갖 쾌적한 시설들과는 관계없는 영향력 말입니다. 실제로 이 부분에서 우리는 보다 확고한 기반 위에 있습니다. 물론 지난 150년간 교육받은 남성의 딸들에게 큰 관심사였던 한 가지 정치적 대의가 있었으니까요. 참정권의 문제 말입니다. 그러나 그들이 그 대의를 쟁취하기 위해서 얼마나 오랜 기간 동안 얼마나 극심한 노력을 기울여야 했는지를 고려해 보면 다음과 같은 결론을 내릴 수 있을 뿐입니다. 즉 영향력이 정치적 무기로서 효과를 발휘하려면 부와 결합되어야 하며, 교육받은 남성의 딸들이 행사할 수 있는 영향력이란 그 효력이 대단히 저조하고 그 실행이 대단히 더디며 그것을 발휘하려면 무척 고통스럽다는 것이지요.[미주11] 확실히, 교육받은 남성의 딸들은 그 위대한 한 가지 정치적 업적을 달성하기 위해서 백 년이 넘는 기간 동안 더없이 비천한 일을 지치도록 해야 했습니다. 행렬을 지어 터벅터벅 걸었고 사무실에서 일했으며 길거리 구석에서 연설했고 급기야는 무력을 사용했기에 감옥에 보내졌으며 아마 지금도 그 상태 그대로일 것입니다. 역설적이게도, 남자 형제들이 무력을 사용할 때 그들을 도와줌으로써 마침내 스스로를 영국의 친딸은 아니더라도 양녀라고 말할 수 있는 권리를 얻어 내지 않았더라면 말이지요.[미주12]

그렇다면 영향력이란 높은 신분이나 막대한 부, 거대한 저택과 결합될 때만 충분한 효과를 발휘하는 듯이 보입니다. 영향력을 가진 사람은 교육받은 남성의 딸들이 아니라, 귀족의 딸들이지요. 당신과 같은 전문직에 종사한 뛰어난 인물, 고(故) 어니스트 와일드 경은 그런 종류의 영향력을 다음과 같이 묘사하고 있습니다.

그는 여성이 남성에게 행사한 커다란 영향력은 언제나 간접적이었고 앞으로도 그러해야 한다고 주장했다. 남성은 실제로는 여성이 원하는 것을 하고 있을 때라도 그 일을 스스로 하고 있다고 생각하기를 좋아한다. 그리고 현명한 여성은 실제로는 그렇지 않은 경우라도 언제나 남성이 스스로 주도권을 쥐고 있다고 생각하도록 만든다. 정치에 관심을 가지기로 작정한 여성들은 투표권이 있을 때보다 없을 때 무한히 더 큰 힘을 발휘해 왔다. 많은 유권자들에게 영향을 미칠 수 있었기 때문이다. 그는 여성을 남성의 수준으로 끌어내리는 것이 옳지 않다고 느꼈다. 그는 여성들을 존경했고 계속 그렇게 하고자 했다. 그는 기사도의 시대가 지나가지 않기를 바랐다. 자신을 돌봐 줄 여성이 있는 남성이라면 누구나 그녀의 눈에 빛나는 모습으로 보이고 싶어 하기 때문이었다.^{미주13}

이러한 묘사가 계속되고 있지요.

우리 모두 이런 묘사를 보아 왔고 그것이 미칠 효과에 주목해 왔지만, 만약 우리가 미칠 영향력의 진정한 성격이 그런 것이라면, 그것은 둘 중 하나입니다. 한 가지는 그런 영향력이 우리의 능력 밖의 일이라는 겁니다. 우리들 대부분은 못생기고 가난하고 늙었으니까요. 아니면 그것이 경멸할 가치조차 없는 영향력이라는 것입니다. 우리들 중 많은 이들은 그런 영향력을 발휘하느니 차라리 스스로를 그저 창녀라고 부르며 피커딜리 광장의 램프 아래 공공연히 서 있는 쪽을 택할 테니까요. 만약 이처럼 칭송되는 무기의 진정한 성격 즉 간접적 영향력이 그런 것이라면, 우리는 그것을 배제해야 합니다. 보다 확실한 당신의 영향력에 하찮은 우리의 추진력을 보태 주고, 당신이 제안하듯이 편지에 서명하고 협회에 가입하고 이따금씩 적은 금액을 수표에 써 보내는 것으로 만족해야겠지요. 영향력의 본질에 대한 우리의 탐구는 불가피하게도 그런 우울한 결론에 이르는 듯이 보일 겁니다. 결코 만족스럽게 설명될 수는 없는 어떤 이유로 인해 그 자체로 결코 무시할 수 없는 투표권이란 권리^{미주14}가 교육받은 남성의 딸들에게 무한한 가치를 지닌 다른 권리와 신비롭게도 결부되지 않았다면 말입니다. 그 가치로 인해서 '영향력'이라는 단어를 포함한 사전의 거의 모든 단어들의 의미가 변화되었지요. 그 다른 권리가 곧 생계비를 벌 수 있는 권리를 가리킨다고 설명하면, 당신은 이 말이 과장이라고 생각하지 않을 겁니다.

그것은 아직 이십 년도 채 지나지 않은 1919년에 전문직의 빗장을 벗겨 버린 법령이 우리에게 준 권리였습니다. 사적인 가정의 문이 활짝 열렸습니다. 지갑마다 반짝이는 6펜스짜리 새 동전이 들어 있거나 있을 수 있었고, 그것에 비추어 보면 모든 사고와 모든 광경, 모든 행위가 다르게 보였습니다. 세월의 흐름에서 이십 년이란 긴 시간이 아니지요. 6펜스짜리도 대단히 귀중한 동전은 아닙니다. 또한 새로 6펜스짜리 동전을 소유한 사람의 생애와 마음의 그림을 알려 줄 전기를 인용할 수 있는 것도 아닙니다. 그러나 상상을 통해서 우리는 교육받은 남성의 딸을 그려 볼 수 있습니다. 그녀는 사적인 가정의 그림자에서 벗어나 옛 세계와 새 세계 사이에 놓인 다리 위에 서서 그 신성한 동전을 손으로 빙빙 돌리며 묻습니다. "이걸 가지고 무엇을 할까? 이것으로 볼 수 있는 게 무엇일까?”그 빛을 통하면, 눈에 보이는 것들─남자와 여자, 차와 교회─이 모두 다르게 보였습니다. 실상 잊혀진 분화구들의 흉터가 남아 있는 달조차 그녀에게는 흰 6펜스짜리 동전으로 보였습니다. 그것은 순결한 6펜스였지요. 그 제단에서 그녀는 굴욕적인 고용 관계에 서지 않겠다고 맹세했습니다. 그것은 그녀의 것이고 그것으로 원하는 일을 할 수 있으니까요. 그녀가 몸소 자기 손으로 번 신성한 6펜스 말입니다. 만약 진부한 상식을 동원하여 상상력을 억제하면서 당신이 직업에 의존하는 것은 다른 형태의 예속에 불과할 뿐이라고 반대 의견을 제시한다 하더라도, 직업에 의존하는 것은 아버지에게 의존하는 것보다 덜 불쾌한 예속임을 경험적으로 인정할 겁니다. 당신이 첫 번째 소송사건에서 1기니를 받았을 때의 기쁨과 아서 교육 자금에 의존하던 시절이 끝났다는 사실을 실감하면서 당신이 내쉰 자유의 깊은 한숨을 기억해 보십시오. 아이들이 불을 붙이면 나무 모양이 솟아오르는 작은 마술 탄알처럼, 바로 그 기니에서 당신이 가장 소중하게 여기는 모든 것들─아내, 아이들, 가정─과 특히 당신이 다른 사람들에게 행사할 수 있는 현재의 영향력이 생겨난 것입니다. 만약 당신이 지금도 가족의 지갑에서 일 년에 40파운드를 빼 쓰고 있다면, 그리고 그 금액을 조금이라도 늘리기 위해서 더없이 관대한 분이라 하더라도 아버지에게 의존할 수밖에 없다면, 그 영향력이 과연 어디 있겠습니까? 하지만 장황하게 설명할 필요는 없겠지요. 그 이유가 무엇이든, 자부심이든 아니면 자유에 대한 사랑이든 아니면 위선에 대한 증오이든 간에, 당신은 1919년에 당신의 누이들이 1기니가 아니라 6페니 동전을 벌기 시작했을 때의 흥분을 이해할 것이고, 그 자부심을 경멸하지 않을 것이며, 그것에 정당한 근거가 있음을 부정하지 않을 겁니다. 그들이 더 이상 어니스트 와일드 경이 묘사한 영향력을 발휘할 필요가 없음을 의미하는 것이니까요.

그러므로 '영향력'이라는 단어가 달라졌습니다. 이제 교육받은 남성의 딸은 이전에 지녔던 영향력과는 다른 영향력을 수중에 넣게 되었습니다. 그것은 위대한 레이디 세이렌[4]의 영향력이 아닙니다. 교육받은 남성의 딸들이 투표권이 없었을 때 발휘했던 영향력도 아니지요. 또한 투표권은 있었지만 생계비를 벌 수 있는 권리가 없었을 때 발휘했던 영향력도 아닙니다. 그것은 다릅니다. 매력이라는 요소가 배제된 영향력이기 때문입니다. 돈이라는 요소가 배제된 영향력이기 때문이지요. 여성은 더 이상 아버지나 남자 형제에게서 돈을 얻기 위해 애교를 부릴 필요가 없습니다. 가족이 그녀에게 재정적으로 압박을 가할 수 없기 때문에, 그녀는 자신의 견해를 표현할 수 있습니다. 전에는 돈이 필요하기 때문에 종종 무의식적으로 상황에 따라 경탄과 혐오감을 표현했지만, 이제는 진정으로 좋아하는 것과 싫어하는 것을 말할 수 있습니다. 간단히 말해서, 그녀는 순응할 필요가 없습니다. 비판할 수 있지요. 마침내 그녀는 공평무사한 영향력을 소유하게 된 것입니다.

---

4) 사교계의 모임을 주도한 상류층 부인들. 3장의 주 1번 참조.

대충 간략하게 묘사하면, 교육받은 남성의 딸이 자신의 생계를 꾸려갈 수 있게 된 지금 그녀가 행사할 수 있는 영향력 즉 우리의 새로운 무기의 본질은 바로 이와 같은 것입니다. 그러므로 다음에 논의되어야 할 문제는 당신이 전쟁을 방지할 수 있도록 돕기 위해서 그녀가 이 새로운 영향력을 어떻게 사용할 수 있는가 하는 점입니다. 전문직에서 생계비를 버는 남성과 여성 사이에 차이점이 없다면 이 편지를 그냥 끝낼 수 있겠지요. 우리의 관점이 당신의 관점과 동일하다면, 우리는 당신의 기니에 우리의 6펜스를 보태 주고 당신의 방안을 따르며 당신의 말을 되풀이하면 될 테니까요. 하지만 다행이든 불행이든 그것은 사실이 아닙니다. 두 부류 간의 차이는 아직도 엄청나니까요. 이 사실을 입증하기 위해서 심리학자와 생물학자의 불확실하고 위험한 이론에 의지할 필요는 없습니다. 사실에 호소하는 것으로 충분하지요. 교육의 실태를 살펴봅시다. 당신은 공립 학교와 대학교에서 오륙백 년간 교육을 받았습니다. 우리는 육십 년간 받았지요. 재산 소유의 실태를 살펴봅시다.[미주15] 당신은 결혼을 통해서가 아닌 자신의 권리로서 영국의 모든 자본과 모든 땅, 모든 귀중품을 소유하고 모든 특혜를 독차지했습니다. 우리는 실상 결혼을 통해서가 아닌 자신의 권리로써 영국의 자본도, 땅도, 귀중품도 전혀 소유하지 못했으며 특혜도 전혀 받지 못했습니다. 그런 차이가 마음과 몸에 상당한 차이를 만들어 낸다는 것을 어떤 심리학자나 생물학자도 부정할 수 없을 것입니다. 그렇다면 '우리'('우리'란 기억과 전통의 영향을 받은 몸과 두뇌와 정신으로 구성된 총체를 뜻합니다.)가 어떤 본질적인 면에서 여전히 '당신'과 다르다는 것은 논박할 수 없는 사실로 여겨집니다. 당신의 몸과 두뇌와 정신은 전혀 다른 훈련을 받았고, 기억과 전통에 의해서 무척 다른 영향을 받았으니까요. 우리는 같은 세계를 보지만, 다른 눈으로 봅니다. 우리가 당신에게 줄 수 있는 도움은, 당신이 스스로에게 줄 수 있는 도움과 틀림없이 다르겠지요. 어쩌면 그 도움의 가치는 그 차이에서 찾아볼 수 있을지도 모릅니다. 그러므로 당신의 성명서에 서명하거나 당신의 협회에 가입하기 전에 그 차이가 어디 있는지를 알아내는 것이 좋겠지요. 그래야 우리가 어디에서 도움을 줄 수 있을지 알게 될 테니까요. 그렇다면 처음부터 시작하여 당신 앞에 사진 한 장 — 거칠게 채색된 사진 — 을 놓기로 합시다. 그것은 우리가 사적인 가정의 문지방에 서서 성 바울로가 아직도 우리 눈에 드리운 베일의 그림자를 통해, 사적인 가정과 공적인 생활의 세계를 연결하는 다리 위에서 바라본, 우리 눈에 비친 당신들 세계의 사진입니다.

이런 각도에서 볼 때 당신들의 세계, 전문적이고 공적인 생활의 세계는 의심할 여지없이 기묘해 보입니다. 처음 보는 순간 그것은 매우 인상적인 광경입니다. 상당히 좁은 공간 안에 세인트폴 대성당, 영국 은행, 런던 시장 관저, 음울하고 장중한 흉벽에 둘러싸인 왕립 재판소 등이 밀집되어 있고 다른 쪽에는 웨스트민스터 사원과 국회의사당이 있습니다. 다리를 건너려는 이 순간 우리는 멈춰 서서 우리의 아버지와 남자 형제들이 저곳에서 일생을 보냈다고 중얼거립니다. 수백 년간 그들은 그 층계를 올라갔고 그 문으로 들어서고 나왔으며 연단에 오르고 설교했고 돈을 벌고 재판을 주재했습니다. 이 세계로부터 사적인 가정(대충 말하자면 웨스트엔드[5] 어딘가에 있는)은 그 나름의 신조와 법칙, 그 나름의 의복과 양탄자, 그 나름의 쇠고기와 양고기를 손에 넣었지요. 이제는 우리도 이 사원에 들어갈 수 있도록 허용되었으므로, 조심스레 그 회전문을 밀고 발끝으로 걸어 들어가 그 광경을 더욱 자세히 살펴봅니다. 어마어마한 규모의 웅대한 석조 건축물을 보고 처음 느낀 감정은 물음표가 뒤섞인 무수한 놀라움의 부호로 뒤바뀌게 됩니다. 우선 당신의 의상을 보고 우리는 놀라서 입을 딱 벌리게 되지요.[미주16] 교육받은 남성들이 공적 지위에서 입는 의상들은 얼마나 다양하고 화려하며 고도로 장식적인지요! 자, 당신은 자주색 옷을 입고 있습니다. 당신의 가슴에는 보석이 박힌 십자가가 흔들리고 있습니다. 그리고 당신의 어깨는 레이스로 덮여 있지요. 자, 이제는 담비 털을 두르고 있습니다. 보석들이 박힌 여러 가지 사슬을 늘어뜨리고 있지요. 이제 당신은 머리에 가발을 쓰고 있습니다. 가지런히 배열된 곱슬머리가 당신의 목까지 늘어져 있습니다. 당신의 모자는 보트 모양이거나 아니면 삼각형 모양으로 챙이 젖혀져 있습니다. 때로 그것은 까만 모피로 원뿔 모양을 이루고 있고 때로는 놋쇠 석탄 통 모양입니다. 어떨 때는 붉은 깃털 혹은 푸른 깃털이 그 위에 꽂힙니다. 당신은 긴 가운으로 당신의 다리를 덮기도 하

---

5) 런던의 서부 지역으로 대저택, 큰 상점, 극장이 많다.

고 때로는 각반으로 가립니다. 사자와 유니콘[6]을 수놓은 관복이 당신의 어깨에서 흔들립니다. 별이나 원 모양으로 잘라진 금속 물질이 당신의 가슴에서 반짝이며 빛을 발합니다. 온갖 색깔 — 파란색, 자주색, 진홍색 — 의 리본들이 한쪽 어깨에서 다른 어깨로 교차됩니다. 당신이 집에서 입는 비교적 소박한 평상복에 견주어 보면 당신의 공적 의상의 화려함은 눈이 부실 정도입니다.

그러나 우리의 눈이 처음의 놀라움에서 회복되었을 때 점차 드러나는 두 가지 다른 사실은 훨씬 더 기이하게 보입니다. 당신들 모두 여름이나 겨울이나 동일한 의상으로 차려입을 뿐 아니라 (계절에 따라 그리고 개인적 취향과 편안함을 이유로 옷을 바꿔 입는 성에게는 이상하게 보이는 특징이지요.) 단추, 술, 줄무늬조차 모두 상징적인 의미를 가진 듯이 보입니다. 어떤 사람은 평범한 단추만 달 권리가 있으며 다른 사람들은 술을 달 수 있습니다. 어떤 사람은 줄무늬를 하나만 달 수 있으며 다른 사람들은 셋, 넷, 또는 다섯을 달 수 있습니다. 그리고 장식과 줄무늬는 모두 정확히 일정한 간격을 두고 박음질이 되어 있습니다. 어떤 사람에게는 1인치이고 다른 사람에게는 1과 4분의 1인치의 간격입니다. 어깨의 금세공 장식이나 바지의 끈, 모자의 꽃 모양 모표에도 규정이 있습니다. 한 사람의 눈으로는 이러한 차이점들을 모두 다 관찰할 수 없습니다. 정확히 묘사하는 것은 더 말할 나위도 없지요.

---

6) 영국 왕실의 문장.

하지만 상징적이고 화려한 당신의 의상보다 더욱 기이한 것은 당신이 그것을 입고 치르는 의식입니다. 여기서 당신은 무릎을 꿇습니다. 저기서는 고개를 숙이지요. 여기서는 은 막대를 든 사람 뒤에서 행진하며 앞으로 나갑니다. 여기서 당신은 조각이 새겨진 의자에 오릅니다. 여기서는 채색된 나뭇조각에 경의를 표하는 듯이 보입니다. 여기서는 화려하게 수놓은 비단이 덮인 탁자 앞에서 몸을 굽힙니다. 이러한 의식들이 무엇을 의미하든 간에, 당신은 언제나 무리를 지어, 언제나 보조를 맞추어, 언제나 직위와 의식에 적합한 제복을 입고 그것을 수행합니다.

이러한 의식과는 별도로, 이 장식적인 의상들은 처음 본 순간 극히 기묘하게 여겨집니다. 여성에게 의복의 용도는 비교적 단순한 것이지요. 몸을 감싸 주는 기본적인 기능 이외에 의복은 다른 두 가지 기능을 수행합니다. 눈에 보이는 아름다움을 만들어 줄 뿐 아니라 당신의 성에게서 찬사를 이끌어 내는 것이지요. 1919년 — 채 이십 년도 지나지 않은 — 까지 여성에게 개방된 유일한 직업이 결혼이었기에, 여성에게 의상의 중요성이란 두말할 필요가 없지요. 의상과 여성의 관계는 소송 의뢰인과 당신의 관계와 같습니다. 의상은 여성이 대법관이 될 수 있는 가장 중요한, 어쩌면 유일한 수단입니다. 그러나 고도로 정교한 당신의 의상은 분명 다른 기능을 가지고 있습니다. 그것은 벌거숭이를 감싸고 허영심을 충족시켜 주며 시각적인 즐거움을 줄 뿐 아니라 그 의상을 입는 사람의 사회적, 직업적, 지적 지위를 선전하는 기능을 수행합니다. 초라한 비유를 너그러이 봐주신다면, 당신의 의상은 식료품 가게의 꼬리표와 같은 기능을 한다고 말할 수 있습니다. 하지만 여기서는 "이건 마가린이다, 이건 순수한 버터다, 이건 시장에서 제일 좋은 최고 품질의 버터다."라고 알려 주는 것이 아니라 "이 사람은 똑똑한 사람이다 ─ 그는 석사다. 이 사람은 대단히 똑똑한 사람이다 ─ 그는 박사다. 이 사람은 가장 똑똑한 사람이다 ─ 그는 메리트 훈장을 받은 사람이다."라고 말합니다. 우리에게 가장 기묘하게 여겨지는 것은 당신 의상의 이러한 기능, 즉 선전 기능입니다. 성 바울로의 견해에 따르면, 그러한 선전 행위는 적어도 우리 성에게는 어울리지 않고 정숙하지 않은 행위입니다. 몇 년 전까지만 해도 우리에게는 그런 장식이 금지되었지요. 그리고 금속 조각이나 리본, 색깔 있는 두건이나 가운을 걸침으로써 지적이건 도덕적이건 그 밖의 어떤 가치이건 표시하는 것은 조롱받을 만한 미개한 행위라는 전통 혹은 믿음이 아직 우리들에게 남아 있습니다. 우리는 야만인들의 의식을 그런 식으로 조롱하지요. 당신도 동의하시겠지만, 왼쪽 어깨에 말총 술을 늘어뜨려서 자신이 어머니임을 선전하는 여성은 존경받을 만한 대상이라고 말할 수 없을 것입니다.

그러나 이 차이점이 우리가 직면한 문제와 관련하여 무엇을 드러내 줄까요? 교육받은 남성의 화려한 의상과 파괴된 집과 시체의 사진 사이에 어떤 관련이 있습니까? 분명 의상과 전쟁 사이에서 관련성을 찾기란 어렵지 않습니다. 당신의 의상 가운데 가장 훌륭한 옷은 당신이 군인으로서 입는 군복입니다. 붉은색과 황금색, 놋쇠와 깃털은 현역 군인에게 지급되므로, 아마도 위생적이지 않을 그 화려하고 값비싼 의상들은 부분적으로는 보는 이들에게 군부의 권위를 일깨우고, 부분적으로는 젊은이들의 허영심을 자극함으로써 군인이 되도록 유도하기 위해서 발명되었음이 분명합니다. 그렇다면 이 부분에서는 우리의 영향력과 차이가 어떤 효과를 낼 수 있습니다. 그런 옷의 착용이 금지된 우리는 그 옷을 입은 사람들이 유쾌하거나 인상적으로 보이지 않는다는 견해를 표명할 수 있으니까요. 오히려 그들의 모습은 우스꽝스럽고 야만적이며 불쾌합니다. 그러나 교육받은 남성의 딸로서 우리는 방향을 바꾸어서 우리 자신의 계층, 즉 교육받은 남성 계층에 보다 효과적으로 영향력을 발휘할 수 있습니다. 그곳, 법원과 대학교에서도 의상에 대한 동일한 애착을 발견할 수 있으니까요. 그곳에도 역시 벨벳과 실크, 모피와 담비 털 가운이 있습니다. 교육받은 남성이 남들과 다르게 옷을 입음으로써 그리고 자신의 이름 앞에 칭호를 붙이고 뒤에 글자들을 덧붙임으로써 태생에서나 지성에서 다른 사람보다 우월하다고 강조하는 것은, 경쟁심과 질투를 유발하는 행위라고 말할 수 있습니다. 전기를 들어 입증하거나 심리학을 원용하여 예시할 필요도 없이, 그런 감정들은 전쟁을 추구하는 성향을 고무한다고 말할 수 있지요. 그러므로 눈에 띄는 표시들을 달고 있는 사람들은 우스꽝스럽게 보이고 학문을 경멸할 만한 것으로 만든다는 견해를 표명한다면, 우리는 전쟁을 유발하는 감정들을 간접적으로 억제하게 되는 겁니다. 이것은 우리가 직면한 문제, 즉 전쟁을 방지하는 방법에 대한 하찮기는 하지만 명백한 공헌이고, 당신과는 다른 훈련을 받고 다른 전통을 가진 우리가 더욱 용이하게 접근할 수 있는 방식입니다.[미주17]

그러나 우리에게 보이는 사물 외부의 조감도는 전적으로 고무적이지는 않습니다. 우리가 보고 있는 채색된 사진이 주목할 만한 특징들을 제시하는 것은 사실입니다. 그러나 우리가 들어갈 수 없는 은밀한 내실이 많다는 점 또한 상기시켜 주는 듯하지요. 법 또는 사업, 종교 또는 정치와 관련하여 어떻게 우리가 진정한 영향력을 미칠 수 있겠습니까? 우리에게는 아직도 많은 문들이 닫혀 있고 아니면 기껏해야 조금 열려 있으며, 우리의 배경에는 자본도 세력도 없는데 말입니다. 우리의 영향력이란 표면에서 그치고 말 듯합니다. 표면에서 어떤 견해를 제시하고 나면, 할 수 있는 일을 모두 다 끝낸 것이지요. 표면이 내면의 깊은 곳과 관련이 있을 수 있음은 사실이지만, 당신이 전쟁을 방지하도록 돕기 위해서는 표피 아래를 깊숙이 꿰뚫도록 노력해야 합니다. 그렇다면 다른 방향, 교육받은 남성의 딸들에게 자연스러운 방향으로 나아가 교육 그 자체를 살펴보기로 합시다.

다행히 이 부분에서 그 신성한 1919년이 우리에게 도움을 주었습니다. 그해 교육받은 남성의 딸들이 생계비를 벌 수 있는 권리를 얻은 이후로, 마침내 그들은 교육에 진정한 영향력을 발휘할 수 있게 됩니다. 그들은 돈이 있습니다. 대의명분을 위해 기부할 수 있는 돈이 있지요. 명예 회계원들은 그들의 도움을 호소합니다. 다행히도 이런 사실을 입증할 편지 한 통이 여기 당신의 편지와 나란히 놓여 있습니다. 어느 회계원이 여성 대학을 재건할 수 있도록 기금을 요청하는 편지입니다. 명예 회계원들이 도움을 호소할 때, 그들에게 조건을 제시하는 것은 사리에 어긋나는 일이 아닙니다. 우리는 그 회계원에게 이렇게 말할 권리가 있지요. "지금 우리 앞에 놓인, 전쟁을 방지하기 위한 도움을 호소하는 이 편지를 보낸 신사를 당신이 도와준다면, 대학 재건을 돕기 위해서 1기니를 기부하겠습니다." 또는 이렇게도 말할 수 있겠지요. "당신은 젊은이들이 전쟁을 증오하도록 가르쳐야 합니다. 전쟁이 비인간적이고 잔인하며 지지할 수 없는 것임을 느끼도록 가르쳐야 합니다." 그러나 어떤 종류의 교육을 요구해야 할까요? 어떤 종류의 교육이 젊은이들에게 전쟁을 증오하도록 가르칠 수 있을까요?

이것은 그 자체로도 무척 어려운 문제입니다. 메리 킹즐리 부류의 사람들 즉 대학 교육을 직접 경험하지 못한 사람들은 당연히 답할 수 없겠지요. 하지만 교육은 인간의 삶에서 대단히 중요한 역할을 하고 있고, 당신의 질문에 답하는 데 있어서도 그 역할이 상당할 것이므로, 젊은이들이 전쟁에 반대하도록 교육을 통하여 영향을 줄 수 있는 방법을 고찰하도록 합시다. 그것을 회피한다면 비겁한 일이 되겠지요. 그러므로 템스 강을 가로지르는 다리에서 자리를 옮겨 다른 강을 가로지르는 다리로, 이번에는 위대한 대학들 가운데 한 곳에 위치한 다리로 가 보도록 합시다. 두 대학 모두 강이 있고 다리가 있어서 우리가 그 위에 서 있을 수 있으니까요. 또다시 돔과 뾰족탑, 강의실과 실험실로 이루어진 이 세계는 우리가 서 있는 위치에서 바라볼 때 무척 이상하게 보입니다! 우리의 눈에 비치는 것은 당신에게 보이는 것과 전혀 다르겠지요! 메리 킹즐리의 시각─"내가 지금껏 교육비를 지급하고 받은 교육이라곤 독일어를 배운 것이 전부였습니다."─에서 바라보는 사람들에게 그 의식과 전통은 너무나 이질적이고 강력하며 복잡한 세계로 보이는 탓에 그에 대해 비평이나 논평을 해봐야 아무 소용도 없는 듯 여겨집니다. 여기서도 우리는 당신의 화려한 의상에 놀라움을 금치 못합니다. 여기서도 우리는 권표 봉지자(權標捧持者)들이 일어서서 행렬을 이루는 것을 바라봅니다. 지나치게 눈이 부시기 때문에 중절모와 두건, 자주색과 진홍색, 벨벳과 나사, 제모와 제복의 미묘한 차이를 설명할 수 없는 것은 물론이고 그 차이점들을 기록할 수조차 없습니다. 그것은 장엄한 광경이지요. 『펜더니스』에 나오는 아서의 노랫말이 입술에 솟아납니다.

> 비록 안으로 들어가지는 않지만,
> 그곳 주위에서
>   때로 나는 서성인다네,
> 그 성스러운 문에 서서,
> 갈망하는 눈으로 기다린다네,
>   기대에 차서……

그리고 다시 이런 구절이 떠오릅니다.

> 그곳으로 들어가지 않을 거라네,

당신의 순수한 기도를
　불손한 생각으로 더럽힐까 두려워.

하지만 그 금지된 곳 주위를
걷도록 허락해 준다면
　잠시 머무르련만,
천국의 문을 통하여
그 안의 천사들을 보려고 기다리는
　버림받은 영혼처럼.

　하지만 대학 재건 기금을 모금하는 명예 회계원과 당신이
답장을 기다리고 있으므로, 낡은 다리에 서서 옛 노래를 흥얼
거리는 것을 그만두어야겠지요. 비록 완전하지 못하나마 교육
의 문제를 다루어 보아야 할 테니까요.

　그렇다면, 메리 킹즐리의 자매들이 귀에 못이 박히도록 들
어왔고 무척 큰 고통을 감수한 채 기여해 온 이 '대학 교육'이
란 무엇일까요? 약 삼 년에 걸쳐 이뤄지고, 목돈이 들고, 조
야하고 생경한 인간을 완성된 상품 즉 교육받은 남성과 여성
으로 변화시키는 이 신비로운 과정은 무엇입니까? 우선 그
지고의 가치에 대해서는 의심의 여지가 없겠지요. 전기의 증
언—글을 읽을 수 있는 사람이라면 어느 공공 도서관의 선
반에서든 찾아볼 수 있는 증언—은 이 점에 있어서 이의가
없습니다. 교육의 가치는 모든 인간적 가치 가운데 가장 위대
한 것에 속합니다. 전기는 이 점을 두 가지 방식으로 입증합니

다. 첫 번째로 지난 500년간 영국을 지배한 남성들, 지금도 의회와 공직에서 영국을 지배하는 남성들 거의 모두가 대학 교육을 받았다는 사실입니다. 두 번째로, 대학 교육이 얼마만 한 노고와 궁핍을 의미하는가(이에 대한 증거를 전기에서 풍부하게 찾아볼 수 있습니다.)를 고려하면 더욱 인상적인 사실이 떠오르는데, 그건 바로 지난 500년간 막대한 비용이 교육에 쓰였다는 사실입니다. 옥스퍼드 대학교의 수입은 43만 5656파운드(1933~1934)이고 케임브리지 대학교의 수입은 21만 2000파운드(1930)입니다. 대학교 전체 수입 말고도 단과 대학들은 각각 독자적인 수입을 가지고 있으며 이따금 신문에 발표되는 선물과 증여로 판단하더라도 그것은 어떤 경우 믿을 수 없으리만치 천문학적인 규모임에 틀림없습니다.[미주18] 여기에 유명한 사립학교들 — 가장 큰 학교들만 거론하자면 이튼, 해로, 윈체스터, 럭비 — 이 향유하는 수입을 더하면 막대한 금액에 이르기 때문에, 인간이 교육에 부여하는 지대한 가치는 의심할 바 없겠지요. 또한 가난하거나 이름 없는 사람들, 교육받지 못한 사람들의 생애를 그린 전기를 살펴보면, 그들이 그 위대한 대학교에서 교육을 받기 위해서라면 어떤 노력이건, 어떤 희생이건 기꺼이 치렀을 것임을 알 수 있습니다.[미주19]

그러나 어쩌면 교육의 가치에 대해 전기에서 찾아볼 수 있는 가장 큰 증언은 교육받은 남성의 누이들이 안락함과 즐거움을 희생했을 뿐 아니라 (그들의 남자 형제들이 교육받기 위해서는 어쩔 수 없었지요.) 실제로 그들 자신들도 교육받기를 원했다는 사실입니다. 이 주제에 관한 교회의 주된 입장, 전기에서 알 수 있듯 몇 년 전만 하더라도 유력했던 입장——"……
여성에게 있어서 학문에 대한 욕망은 신의 의지에 반하는 것
이라고 들었다."[미주20]—— 을 생각해 보면, 그들의 욕망은 틀림
없이 강렬했을 거라고 인정해야 합니다. 그리고 남자 형제들
이 대학 교육으로 자격을 갖춰 종사할 수 있었던 그 전문직들
이 여성에게는 차단되었다는 사실을 고려하면, 교육의 가치
에 대한 그녀의 믿음은 훨씬 더 강했으리라 짐작할 수 있습니
다. 그녀는 교육 그 자체에 대한 믿음을 가지고 있었을 테니까
요. 더 나아가 여성에게 개방된 유일한 직업인 결혼에는 교육
이 전혀 필요하지 않으며 교육받은 여성은 결혼에 적합하지
않은 속성을 갖게 된다고 여겨졌다는 점을 고려하면, 여성이
교육받으려는 소망이나 시도를 포기하고 남자 형제들에게 교
육을 제공하는 것으로 만족했다는 사실은 놀라운 일이 아닙
니다. 대다수의 여성들 즉 이름 없고 가난한 여성들은 생활비
를 줄였고, 작위가 있고 부유한 극소수의 여성들은 남성을 위
한 대학을 설립하거나 돈을 기부했습니다. 실제로 그들은 이
런 일을 했지요. 그러나 교육에 대한 열망은 인간의 천부적인
본성이라서, 전기를 살펴보면, 전통과 가난과 조롱이 부과한
온갖 장애에도 불구하고 여성들 사이에 동일한 열망이 존재
했다는 사실을 알게 됩니다. 이것을 입증하기 위해서 단 한 명
의 여성, 메리 애스텔[미주21]의 생애를 살펴보기로 합시다. 그녀
에 대해 알려진 바는 거의 없지만 약 250년 전 그녀의 내면에
이 완강하고 어쩌면 비종교적인 열망이 살아 있었음을 보여
주기에는 충분합니다. 그녀는 여성 대학을 설립하자고 실제로

제안했으니까요. 그 못지않게 놀라운 사실은 앤 공주가 그녀에게 그 기금으로 1만 파운드를 주려고 했다는 것입니다. 그당시는 물론 지금도 한 여성이 마음대로 쓸 수 있는 금액으로는 엄청난 액수이지요. 그런데 그때 (바로 그때 우리는 역사적으로나 심리학적으로나 극히 흥미로운 사실에 맞닥뜨리게 됩니다.) 교회가 간섭합니다. 버닛 주교는 교육받은 남성의 누이들이 교육을 받으면 그릇된 기독교 종파 즉 로마 가톨릭이 부흥할 거라는 견해를 피력했습니다. 그 돈은 다른 곳으로 흘러갔고, 그대학은 결코 설립되지 않았지요.

그러나 사실들이 종종 그러하듯이, 이러한 사실들은 양면성을 입증합니다. 즉 교육의 가치를 입증하지만 또한 교육이결코 절대적인 가치가 아님을 증명합니다. 교육은 모든 상황에서 좋은 것이 아니고, 모든 사람들에게 좋은 것도 아니지요. 그것은 어떤 사람들에게만, 그리고 어떤 목적을 위해서만 좋은 것입니다. 그것이 영국 국교에 대한 믿음을 낳는다면 좋은 것이고, 로마 교회에 대한 믿음을 낳는다면 나쁜 것이지요. 그것은 한 성에·그리고 어떤 직업에는 좋은 것이고, 다른 성에그리고 다른 직업에는 나쁜 것이지요.

전기에서 제시되는 답은 최소한 이런 것인 듯합니다. 신탁이 내려지기는 했지만 수상쩍은 신탁이지요. 하지만 교육을통하여 젊은이들이 전쟁에 반대하도록 영향을 미치는 것이대단히 중요한 일이므로, 우리는 이 문제에 관한 전기의 모호한 책임 회피에 당황하거나 그 매력에 현혹되어서는 안 됩니다. 우리가 대학에서 최선을 다해 영향력을 발휘할 수 있으려면 교육받은 남성의 누이들이 현재 어떤 교육을 받고 있는지 알아보아야 합니다. 대학은 마땅히 우리가 영향력을 발휘할 수 있고 그 영향력이 표면을 꿰뚫고 들어갈 기회를 가장 많이 확보할 수 있는 곳이니까요. 이제는 다행히도 더 이상 전기에 의존할 필요가 없습니다. 전기는 개인의 삶과 관련되어 있으므로 불가불 무수히 갈등하는 사적 견해들로 점철되기 마련이지요. 이제 우리는 공적 생활의 기록, 즉 역사의 도움을 받아야 합니다. 개인의 일상적인 견해를 기록한 것이 아니라, 교육받은 남성들이 숙고한 견해를 하원과 상원들의 입을 통하여 더욱 강력한 어조로 전달하는 공적 집단의 연보를 아웃사이더들도 참조할 수 있으니까요.

역사를 살펴보면, 약 1870년 이래로 교육받은 남성의 누이들을 위한 대학이 옥스퍼드와 케임브리지 두 곳에 존재해 왔고 지금도 그러하다는 것을 알 수 있습니다. 그러나 교육을 통해 젊은이들이 전쟁에 반대하도록 영향을 주려는 시도를 전적으로 단념하게끔 하는, 이 대학들에 관한 사실들도 알려 줍니다. 이런 사실들에 아랑곳없이 "젊은이들에게 영향을 주자."라고 말하는 것은 시간과 호흡을 낭비하는 것에 불과합니다. 명예 회계원에게 1기니를 주기 전에 조건을 제시하는 것도 쓸데없는 일이지요. 이 신성한 교문에서 기웃거리기보다는 첫 기차를 타고 런던으로 돌아가는 편이 나을 겁니다. 그러나 그 사실들이라는 게 대체 무엇이냐고 당신은 의문을 제기하겠지요. 이 역사적인 그러나 통탄스러운 사실들 말입니다. 그러므로 이 사실들을 당신 앞에 드러내기로 하지요. 이 사실들은

3기니

아웃사이더도 손에 넣을 수 있는 기록으로서, 당신의 모교가 아닌 케임브리지 대학교의 연감에서 발췌했음을 밝힙니다. 그러니 당신의 판단은 옛 유대에 대한 충성심이나 당신이 받은 혜택에 대한 감사의 마음으로 왜곡되지 않고 공정하며 공평무사할 것입니다.

그렇다면 우리가 중단한 부분에서 시작하기로 합시다. 앤 여왕이 죽고 버닛 주교도 죽고 메리 애스텔도 죽었습니다. 그러나 그녀 자신의 성을 위한 대학을 세우려는 메리 애스텔의 열망은 죽지 않았습니다. 실제로 그것은 점점 더 강해졌지요. 19세기 중반 무렵 그 열망은 아주 강렬해져서 케임브리지 대학교에 여학생을 위한 기숙사 건물이 한 채 확보되었습니다. 그것은 멋진 건물은 아니었습니다. 시끄러운 거리 한복판에 자리 잡은 데다 정원도 없는 건물이었지요. 그리고 나서 두 번째 건물이 확보되었습니다. 이번에는 좀 더 나았지요. 비록 폭풍우가 치는 날이면 식당 안으로 물이 급류를 이루며 흐르고 운동장도 없었지만 말입니다. 그러나 그 건물로는 충분하지 않았습니다. 교육에 대한 열망이 대단히 간절했기에 더 많은 방과 산책할 정원과 놀이를 위한 운동장이 필요했습니다. 그러므로 또 다른 건물이 필요했지요. 자, 이 건물을 짓기 위해 돈이 필요했다고 역사는 말합니다. 당신은 이 사실에 대해서는 의문을 제기하지 않겠지만 그다음 사실, 즉 돈을 빌렸다는 사실에 대해서는 의아하게 생각할 겁니다. 돈을 그냥 기부받았다는 편이 더욱 그럴듯하게 들릴 테니까요. 다른 단과대학들은 부유했다고 당신은 말할 겁니다. 모두들 간접적으로 때로는 직접적으로 그들의 누이에게서 밑천을 끌어왔지요. 그레이[7]의 「송시」가 그 점을 증명합니다. 그레이가 후원자들 —— 펨브룩 대학을 설립한 펨브룩 공작 부인, 클레어 대학을 설립한 클레어 공작 부인, 퀸스 대학을 설립한 앙주의 마거릿, 세인트존 대학과 크라이스트 대학을 설립한 리치먼드와 더비의 공작 부인 —— 을 찬양한 그 노래를 인용할 수 있겠지요.

> 영광이란 무엇인가, 권력이란 무엇인가?
>
> 막중한 노고, 탁월한 고통.
>
> 우리가 받는 빛나는 보상은 무엇인가?
>
> 선량한 이들의 감사의 기억.
>
> 봄날 소낙비의 달콤한 숨결,
>
> 꿀벌이 모은 달콤한 보물,
>
> 달콤한 음악의 애수에 찬 하강하는 곡조,
>
> 하지만 그보다 더 달콤한, 감사의 고요한 목소리.[미주22]

이제 빚을 갚을 기회가 왔다고 당신은 차분히 상식적으로 말하겠지요. 얼마만큼의 액수가 필요했을까요? 겨우 1만 파운드입니다. 그 주교가 약 이 세기 전에 가로챈 바로 그 액수이지요. 그것을 삼켜 버린 교회가 분명 그 1만 파운드를 토해 냈겠지요? 그러나 교회는 일단 삼켜 버린 것을 쉽게 토해 내

---

7) 토머스 그레이(Thomas Gray, 1716~1771). 영국 시인으로서 「시골 교회 묘지에서 쓴 엘러지」 등의 시가 있다.

지 않습니다. 그렇다면 혜택을 받았던 단과대학들이 그 고귀한 여성 후원자들을 기념하여 기꺼이 그 금액을 기부했을 거라고 당신은 말하겠지요? 세인트존 대학이나 클레어, 크라이스트 대학에 기껏 1만 파운드가 무슨 대단한 의미가 있었겠습니까? 그리고 그 토지는 세인트존 대학의 소유였지요. 그러나 역사에 의하면, 그 토지는 임대되었습니다. 그 1만 파운드는 기증되지 않았지요. 그것은 어렵사리 개개인의 지갑에서 모금되었습니다. 그들 가운데 한 숙녀를 영원히 기억해야 합니다. 그녀는 1000파운드를 기부했으니까요. 그리고 20파운드에서 100파운드에 이르는 금액을 기부한 익명의 여성들은 스스로 받고자 하는 만큼의 감사를 받아야 할 것입니다. 또 다른 숙녀는 어머니에게서 받은 유산 덕택에 월급을 받지 않고 교사로 봉사할 수 있었습니다. 그리고 학생들도 학생으로서 할수 있는 한―침대를 정돈하고 설거지를 함으로써, 쾌적한 시설을 누리지 못하고 변변찮은 음식을 먹음으로써―기여했습니다. 1만 파운드의 돈을 가난한 사람들의 지갑에서, 젊은이들의 몸으로 모아야 할 때, 그것은 결코 하찮은 금액이 아닙니다. 그것을 모으려면 시간과 에너지와 두뇌가 필요합니다. 그것을 기부하려면 희생이 따르지요. 물론 교육받은 남성 몇몇은 아주 친절했습니다. 그들은 그들의 누이에게 훈계했습니다. 다른 사람들은 그다지 친절하지 않았고 그들의 누이에게 훈계하기를 거부했지요. 어떤 교육받은 남성들은 대단히 친절했고 그들의 누이를 격려했습니다. 다른 사람들은 그다지 친절하지 않았고 누이를 방해했지요.[미주23] 그럼에도 불구하고, 기어코 누군가 시험에 통과한 날이 마침내 도래했다고 역사는 전합니다. 그러자 여교사인지 여교장인지 아니면 스스로를 뭐라고 불렀든 간에 (월급을 받지 않으려는 여성의 직함은 의심스러운 문제니까요.) 그들은, 직함의 문제에 있어서는 전혀 의심의 여지가 없는 명예 총장과 학장들에게 자문했습니다. 시험에 통과한 여학생도 남학생과 마찬가지로 자기 이름 뒤에 글자를 붙임으로써 그 사실을 드러내야 할지를 말입니다. 그것은 권장할 만한 일이었습니다. 왜냐하면 당시 트리니티 대학의 학장인 J. J. 톰슨 경, O. M.(메리트 훈장), F.R.S.(영국 학술원 특별 회원)는 이름 뒤에 글자를 붙이는 사람들의 '용서해 줄 만한 허영심'에 대해 약간 그럴듯한 재담을 한 후, 다음과 같은 사실을 알려 주기 때문이지요. "학위가 있는 사람보다 학위를 받지 못한 일반 대중은 이름 뒤에 붙이는 B.A.(학사)를 훨씬 중요하게 여긴다. 그러므로 대학의 여학장들은 글자가 붙은 교수를 선호한다. 따라서 이름 뒤에 B.A.를 붙일 수 없었던 뉴넘과 거턴의 학생들은 직업을 얻는 데 불리했다." 이름 뒤에 붙은 글자가 직업을 얻는 데 도움을 준다면, 도대체 그들이 그렇게 하지 못하도록 막아야 할 어떤 타당한 이유가 있었을까요? 이 질문에 대해서 역사는 답을 하지 않습니다. 우리는 심리학이나 전기에서 그 답을 찾아보아야겠지요. 그러나 역사는 사실을 제공합니다. 트리니티 대학 학장은 계속해서 이렇게 말합니다. "그러나 그 제안은," 즉 시험에 통과한 여성이 스스로를 B.A.라고 부를 수 있어야 한다는 제안은 "더없이 확고한 반대에 맞닥뜨렸다. …… 투표 당일에 학내에 거주하지 않는 학자들이 대거 몰려들었고 1707 대 661의 압도적인 표차로 부결되었다. 투표 참여자 수가 이에 버금간 적은 한번도 없었다. …… 평의원회는 투표가 끝난 후 일부 학부생들의 행동이 유례없이 유감스럽고 불명예스러웠다고 발표했다. 많은 학생들이 평의원 회관을 나와 뉴넘으로 가서 초대 학장인 클러프 양을 기념하여 세워진 청동 문을 부서뜨렸다."[미주24]

이것으로 충분하지 않습니까? 대학에서 제공하는 교육을 통해서 젊은이들이 전쟁을 반대하도록 영향을 주려는 시도를 모두 단념해야 한다는 우리의 진술을 입증하기 위해, 역사와 전기에서 또 다른 사실들을 수집해야 할 필요가 있을까요? 이러한 사실은 교육이, 이 세상에서 최고의 교육이라 하더라도, 사람들에게 무력을 증오하도록 가르치는 것이 아니라 무력을 사용하도록 가르친다는 사실을 입증하지 않습니까? 교육은 교육받는 이들에게 관대함과 너그러움을 가르치는 것이 아니라 정반대로 그들의 소유물, 그 시인이 말한 "영광과 권력"을 손에 움켜쥐고 유지하느라 노심초사하게 만들어서, 그것을 나누자는 요청을 받을 때 무력이 아니라 무력보다 훨씬 교묘한 방법을 사용할 것임을 증명하지 않습니까? 그리고 무력과 소유욕은 전쟁과 아주 긴밀한 관련을 맺고 있지 않습니까? 그렇다면 사람들에게 영향을 주어서 전쟁을 방지하려는 데 대학 교육이 무슨 소용이 있을까요? 그러나 역사는 물론 계속됩니다. 한 해가 다음 해로 이어지지요. 그 세월은 사물을 변화시킵니다. 감지할 수 없을 정도로 조금씩 사물을 변화시키지요. 역사를 보면, 이름 뒤에 B.A.를 붙임으로써 여교장들에게 깊은 인상을 줄 수 있는 권리가 마침내 허용되었습니다. 탄원자에게 적합하고 여성에게 기대되는 겸손한 태도로 당국에 지속적으로 간청하느라 무한히 귀중한 시간과 노력을 쏟아부은 다음이었지요. 그러나 그 권리는 그저 유명무실한 것이었다고 역사는 전합니다. 1937년에 케임브리지 대학교에서 여자 대학(아마 당신은 믿기 어렵겠지만, 또다시 지금 말하고 있는 것은 픽션이 아니라 사실의 목소리입니다.)은 그 대학교의 일부로 인정되지 않습니다.[미주25] 그리고 양성 모두 대학 기금에 기여했음에도 불구하고 대학 교육을 받도록 허용된 교육받은 남성의 딸들의 수는 여전히 엄격하게 제한되지요.[미주26] 《타임스》 신문은 빈곤에 대한 수치를 제공합니다. 철물상에서 미터자를 팔 듯이 말이지요. 남자 대학에서 장학금으로 쓸 수 있는 돈과 여자 대학에서 그 누이들이 사용할 수 있는 돈을 비교하면, 수고스럽게 덧셈을 하지 않아도, 교육받은 남성의 누이들을 위한 대학은 남자 형제들의 대학과 비교할 때 믿을 수 없이 수치스러울 정도로 가난하다는 결론에 이르게 될 것입니다.[미주27]

이 마지막 사실에 대한 증거는 대학 재건 기금을 요청한 명예 회계원의 편지에서 즉시 찾아볼 수 있습니다. 그녀가 요청하기 시작한 이래로 꽤 시간이 흘렀지요. 그녀는 지금도 요청하고 있는 듯합니다. 그러나 위에서 언급한 사실을 생각해 볼 때 그녀가 가난하다는 사실이나 그녀의 대학이 재건될 필요가 있다는 사실에서 우리를 어리둥절하게 만드는 점은 전혀 없습니다. 위에서 제시된 사실에 비추어 볼 때 당혹스러운 것은, 그리고 점점 더 당혹스럽게 하는 점은 바로 이것입니다. 즉 그녀가 대학 재건을 도와 달라고 요청할 때 우리가 뭐라고 대답해야 할 것인가이지요. 역사, 전기, 그리고 일간 신문을 보면 그녀의 편지에 답장하거나 조건을 구술하기가 어려워집니다. 그것들도 그 나름대로 여러 가지 의문을 제기했지요. 우선, 대학 교육이 교육받은 사람들을 전쟁에 반대하도록 만든다고 생각할 이유가 있는가? 다시 말해서 우리가 교육받은 남성의 딸이 케임브리지 대학교에 가도록 돕는다면, 그녀가 교육이 아니라 전쟁에 대해서 생각하고, 어떻게 지식을 습득할수 있는가가 아니라 어떻게 전쟁에 참여하여 남자 형제들과똑같은 혜택을 얻을 수 있는가를 생각하도록 강요하는 것이아닌가? 게다가 교육받은 남성의 딸들은 케임브리지 대학교의 구성원이 아니므로 그 교육에 대해 발언할 권리가 없다면,우리가 그들에게 요구한다 하더라도 그들이 어떻게 그 교육을 변화시킬 수 있겠는가? 그다음으로 당신처럼 분주한, 명예회계원들이 쉽게 이해할 수 있는 다른 질문들, 실제적인 성격의 질문들이 물론 제기됩니다. 대학 재건을 위한 기금을 모으는 일에 몰두하고 있는 사람에게 그 교육의 성격을 숙고하고그것이 전쟁에 어떤 영향을 미칠 수 있는지를 생각하라고 요구하는 것은 이미 과중한 짐을 짊어진 등에 지푸라기 하나를더 얹어 놓는 것과 마찬가지라는 데 당신은 누구보다 먼저 동의할 것입니다. 더욱이 발언의 권리가 없는 아웃사이더가 그런 요청을 한다면, 여기 옮겨 적을 수 없을 정도로 심한 말을들을 만하고 아마 실제로도 듣겠지요. 그러나 우리는 우리의영향력 ──우리가 획득한 돈의 영향력── 을 사용하여 당신이 전쟁을 방지하도록 최선을 다해 돕겠다고 맹세했습니다. 그리고 교육은 명백히 그 방법입니다. 그녀가 가난하므로, 그녀가 돈을 요청하고 있으므로 그리고 돈을 기부하는 사람은 조건을 제시할 자격이 있으므로, 큰맘 먹고 그녀에게 보내는 편지의 초안을 작성하여, 대학 재건을 위한 기부금을 희사하는 데 따르는 조건을 규정해 봅시다. 그렇다면 다음과 같이 시도해 보지요.

"부인, 당신의 편지는 얼마간 답장을 받지 못하고 기다려 왔지요. 그러나 어떤 의혹과 의문이 일었습니다. 그것들을 당신에게 제기해도 될까요? 으레 그렇듯이 아웃사이더는 무지하지만, 돈을 기부하라는 요청을 받는다면 아웃사이더 또한 마땅히 그래야 하듯이 솔직하게 말입니다. 당신은 대학 재건을 위해 10만 파운드를 요청한다고 말합니다. 하지만 어떻게 당신은 그다지도 어리석을 수 있을까요? 아니면 당신은 나이팅게일과 버드나무 사이에서 은둔하며 살아온 나머지, 혹은 대학의 제복과 제모라는 심오한 문제에 몰두하여 학장의 퍼그나 여학장의 포메라니안처럼 사무장의 응접실로 먼저 걸어 들어가는 일로 바쁜 나머지, 일간 신문을 읽을 시간도 없는 걸까요? 아니면 무관심한 대중으로부터 10만 파운드를 우아하게 끌어내는 문제로 시달린 나머지, 당신은 호소와 위원회, 바자회와 얼음, 딸기와 크림 외에는 생각할 수 없는 걸까요?

그렇다면 당신에게 알려 주기로 하지요. 우리는 매년 육군과 해군에 3억 파운드를 쓰고 있습니다. 당신의 편지와 나란히 놓인 한 편지에 의하면 심각한 전쟁의 위험이 있기 때문입니다. 그런데 어떻게 당신이 우리에게 대학 재건을 위한 돈을 기부해 달라고 진지하게 요청할 수 있습니까? 그 대학이 값싸게 날림으로 지어졌으므로 재건할 필요가 있다고 대답한다면 그것은 사실이겠지요. 그러나 일반 대중은 관대하며 대학 재건을 위한 많은 금액을 지금도 제공할 수 있다고 계속해서 말한다면, 트리니티 대학 학장의 회고록에 나오는 중요한 구절을 알려 주지요. '하지만 다행히도 금세기가 시작된 이래로 대학은 상당히 관대한 증여와 기부금을 계속 받게 되었다. 여기에 정부에서 후하게 지급한 보조금을 더하면 대학의 재정 상태가 무척 양호했으므로 단과 대학들로부터 들어오는 기부금을 확대할 필요가 전혀 없었다. 모든 재원으로부터 얻은 대학교의 수입은 1900년 약 6만 파운드에서 1930년 21만 2000파운드로 증가했다. 이것이 대체로 대학에서 이룩한 매우 흥미롭고 중요한 발견들 덕택이었다는 생각은 터무니없는 가설이 아니다. 그리고 케임브리지 대학교는 연구 그 자체를 위한 연구에서 비롯된 실용적 결과의 본보기로 예시될 수 있다.'

바로 마지막 문장을 고려해 보십시오. '……케임브리지 대학교는 연구 그 자체를 위한 연구에서 비롯된 실용적 결과의 본보기로 예시될 수 있다.' 당신의 대학은 위대한 제조업자들이 기부금을 내도록 자극할 만한 어떤 일을 한 적이 있습니까? 당신들은 전쟁 도구를 발명하는 데 주도적인 역할을 한 적이 있습니까? 당신의 학생들은 자본가로서 어느 정도나 사업에서 성공했습니까? 어떻게 당신은 '상당히 후한 증여와 기부금'이 당신에게 제공될 거라고 기대할 수 있습니까? 다시 말해서, 당신은 케임브리지 대학교의 구성원입니까? 그렇지 않지요. 그렇다면 그 기금의 분배에 한몫을 주장하는 것이 공정할까요? 그렇지 않겠지요. 그러므로 부인, 틀림없이 당신은 파티를 열고 모자를 손에 든 채 문간에 서서 기부금을 간청하는 데 노력과 시간을 쏟아부어야겠지요. 그것은 분명합니다. 하지만 당신이 그런 일에 몰두하고 있는 것을 본 아웃사이더가 당신 대학의 재건을 위한 기부금 요청에 자문하리라는 것도 분명한 일입니다. 기부금을 보내야 할까, 보내지 말아야 할까? 그것을 보낸다면 그 돈으로 무엇을 하라고 요구해야 할까? 예전 방식대로 대학을 재건하도록 요청해야 할까? 아니면 다른 방식으로 재건하도록 요청할까? 아니면 넝마와 가솔린과 브라이언트 앤 메이 성냥을 사서 대학을 불태워 버리라고 요구할까?

이런 의문들로 해서 당신의 편지에 그렇게 오랫동안 답장을 하지 못했던 것입니다, 부인. 대단히 어려운 질문들이고 어쩌면 무익한 질문들이지요. 그러나 이 신사의 질문을 고려하건대 그 질문에 답하지 않고 내버려둘 수 있을까요? 그는 전쟁을 방지하기 위해 우리가 어떻게 도울 수 있는지를 묻고 있습니다. 그는 자유를 지키고 문화를 수호하도록 우리가 도울 수 있는 방법을 묻고 있지요. 또한 이 사진들을 살펴보십시오. 이것은 시체와 파괴된 집의 사진입니다. 당신은 대학을 재건하기 전에 분명 이러한 질문과 사진을 염두에 두고 교육의 목적이 무엇인지, 어떤 종류의 사회를, 어떤 종류의 인간을 만들어 내고자 추구하는지 신중하게 고려해야겠지요. 어찌되었든,

당신이 전쟁을 방지하는 데 도움이 될 그런 종류의 사회와 그런 종류의 사람을 만들어 내는 데 기부금을 사용할 거라는 확신을 준다면, 나는 당신 대학의 재건을 위해 1기니를 보낼 것입니다.

그러면 어떤 종류의 교육이 필요할지 될 수 있는 대로 신속하게 논의해 봅시다. 자, 역사와 전기 —아웃사이더가 손에 넣을 수 있는 유일한 증거—를 살펴보면 옛 대학들의 옛 교육이 자유에 대한 특별한 존중심이나 전쟁에 대한 특별한 증오심을 낳지 않았음이 분명합니다. 그러므로 당신의 대학을 다른 방식으로 재건해야 합니다. 그것은 젊고 가난한 대학입니다. 그러니 이 자질들을 이용하여 젊음과 빈곤에 기반을 둔 대학을 설립하도록 합시다. 그러면 그것은 분명 실험적인 대학, 모험적인 대학이 되겠지요. 그 대학을 그 나름의 방침에 따라 설립하도록 합시다. 조각된 돌이나 스테인드글라스로 지을 것이 아니라 값싸고 쉽게 탈 수 있는 재질로 지어서, 먼지를 축적하거나 전통적인 관행을 저지르지 않도록 합시다. 예배당을 짓지 마십시오.^{미주28} 사슬에 매달린 책과 초판본을 유리 상자 속에 보관하는 박물관과 도서관을 만들지 마십시오. 그림들과 책들을 항상 새로운 것으로 바꿀 수 있도록 하십시오. 각 세대마다 자신의 손으로 직접 값싸게 새로 장식하도록 하십시오. 살아 있는 예술가들의 작품은 값이 싸지요. 그들은 전시할 수 있는 기회를 얻기 위해 스스로 작품을 헌정할 것입니다. 다음으로 이 새로운 대학, 가난한 대학에서 무엇을 가르쳐야 할까요? 다른 사람들을 지배하는 기술은 아닙니다. 통치하고 살해하고 토지와 자본을 획득하는 기술도 아니지요. 그런 것들은 너무 많은 경상비를 요구합니다. 임금과 제복과 예식이 필요하니까요. 가난한 대학은 값싸게 가르칠 수 있고 가난한 사람들이 실행에 옮길 수 있는 기술을 가르쳐야 합니다. 예컨대 약학, 수학, 음악, 회화, 문학 같은 것이지요. 또한 친교의 기술을 가르쳐야 합니다. 다른 사람의 삶과 마음을 이해하는 기술, 그와 관련된 대화, 의복, 요리법 등의 사소한 기술들이지요. 새로운 대학, 가난한 대학은 차별화와 특수화가 아니라 결합을 목표로 삼아야 합니다. 마음과 몸이 협력하는 방법을 탐구해야 하며, 어떤 새로운 결합이 인간을 훌륭한 통합체로 만들 수 있는지 발견해야 합니다. 훌륭한 사상가들뿐 아니라 훌륭한 생활인들을 교사로 끌어 와야 합니다. 그들을 끌어들이는 데 어려움은 없을 겁니다. 현재 유서 깊은 부유한 대학들을 아주 불편한 거주지로 만든 부와 예식, 선전과 경쟁의 장벽이 전혀 없을 테니까요. 이것은 자물쇠로 잠겨 있고 저것은 사슬로 묶여 있는 그곳들은 투쟁의 도시입니다. 거기에서는 분필로 그어진 어떤 경계선을 침범할까 봐 아니면 어느 고관의 기분을 상하게 할까 두려워 어느 누구도 자유롭게 걸어다닐 수 없고 자유롭게 말할 수도 없습니다. 하지만 대학이 가난하다면 제공할 것이 없으므로 경쟁도 없어질 것입니다. 삶은 개방되고 편안해지겠지요. 배움 그 자체를 사랑하는 사람들이 기꺼이 그곳으로 모여들 것입니다. 음악가, 화가, 작가 들이 그곳에서 가르치겠지요. 그들도 배울 수 있을 테니까요. 작가에게 있어서, 시험이나 학위에 관심을 두지 않고 또한 문학으로 어떤 명예나 이익을 얻을 것인지를 생각하지 않고 예술 그 자체를 생각하는 사람들과 글쓰기의 기술을 토론하는 것보다 더 큰 도움이 되는 일이 어디 있겠습니까?

다른 예술과 예술가들에게도 마찬가지입니다. 그들은 그 가난한 대학에 와서 자신들의 기술을 연마할 것입니다. 그곳은 인간들 간의 교제가 자유로운 곳이니까요. 부자와 가난한 자, 똑똑한 자와 어리석은 자라는 하찮은 차이로 구분되지 않고, 온갖 부류의 다양한 차이를 가진 마음과 몸과 영혼이 만나서 협력하는 곳입니다. 그러니 이러한 새로운 대학, 가난한 대학을 설립합시다. 학문 그 자체를 추구하는 그곳에서는 선전이 없어지고 학위도 없고 강의나 설교도 하지 않습니다. 경쟁과 질투심을 낳는 예전의 유해한 장식들과 과시적인 행렬도 사라질 것입니다……"

편지는 이 부분에서 중단되었습니다. 할 말이 부족했기 때문은 아니었지요. 이제 막 열변을 시작한 참이었으니까요. 그 이유는 편지 저편에 있는 얼굴—편지를 쓰는 사람이 언제나 보고 있는 얼굴—이 우울한 표정으로 우리가 이미 인용한 책의 한 단락을 뚫어지게 바라보는 듯했기 때문이었습니다. "그러므로 대학의 여학장들은 글자가 붙은 교수를 선호한다. 따라서 이름 뒤에 B.A.를 붙일 수 없었던 뉴넘과 거턴의 학생들은 직업을 얻는 데 불리했다." 재건 기금의 명예 회계원은 그 문구를 뚫어지게 바라보고 있었습니다. 그녀는 이렇게 말하는 듯했지요. "대학이 어떻게 변화될 수 있는지를 생각해 봐야 무슨 소용이람? 대학은 학생들이 직업을 얻도록 가르치는 곳이어야 하는데." 다소 지친 모습으로 그녀는 축제를 열기 위해 준비하던 탁자로 몸을 돌리며 덧붙이는 듯했습니다. "당신은 당신의 꿈이나 꾸세요. 당신의 웅변적인 미사여구를 계속 쏟아 내고요. 하지만 우리는 현실을 직시해야 해요."

그녀의 시선이 고착된 '현실'은 바로 그것이었습니다. 학생들이 생계비를 벌기 위해서 교육을 받아야 한다는 것이지요. 그리고 그 현실은 그녀가 다른 대학들과 같은 노선을 따라 그녀의 대학을 재건해야 한다는 의미를 담고 있으므로, 교육받은 남성의 딸들을 위한 대학도 연구를 통하여 부자들의 기증과 기부금을 끌어낼 만한 실용적인 결과를 낳아야 한다는 결론이 나옵니다. 그것은 경쟁을 자극해야 합니다. 학위와 여러 가지 색깔의 두건을 도입해야 합니다. 막대한 재산을 축적해야 합니다. 다른 사람들이 그 재산의 한몫을 차지하지 못하도록 배척해야 합니다. 그리하여 앞으로 오백 년 정도 지나면, 그 대학도 지금 당신이 묻고 있는 것과 동일한 질문을 하겠지요. "당신은 우리가 어떻게 전쟁을 방지할 수 있다고 생각하십니까?"

이것은 바람직하지 않은 결과인 듯합니다. 그런 결과를 낳기 위해서 1기니를 기부할 이유가 어디 있겠습니까? 최소한 이 질문에 대한 답은 주어진 셈입니다. 우리가 번 돈의 1기니라도 대학을 예전 방식대로 재건하는 데 쓰여서는 안 됩니다. 하지만 새로운 계획에 따라 대학을 설립하는 데 단 한 푼도 쓰일 수 없으리라는 점 또한 명백합니다. 그러므로 그 기니는 '넝마, 가솔린, 성냥' 용이라고 표시되어야 합니다. 그리고 거기에 이런 메모를 붙여야 합니다. "이 기니를 가지고 대학을 태워 버리십시오. 예전의 가설들을 불태우십시오. 타오르는 건물의 불길이 나이팅게일을 겁주고 버드나무를 붉게 물들이도록 하십시오. 교육받은 남성의 딸들이 불길 주위에서 춤을 추며 그 불꽃에 시든 나뭇잎을 한 아름씩 던지도록 하십시오. 그들의 어머니들이 창문에서 내려다보며 소리치게 하십시오. '타올라라! 타올라! 우리는 이 '교육'을 끝장내 버렸으니까!'"

이 구절은 무의미한 수사가 아닙니다. 그것은 과거에 이튼 고등학교의 교장을 지낸 현 더럼 대학 학장의 고귀한 견해에 기초하고 있으니까요.[미주29] 그럼에도 불구하고 거기에는 일순간 사실과의 충돌에서 드러나듯 공허한 일면이 있습니다. 교육받은 남성의 딸들이 현재 전쟁에 반대하여 발휘할 수 있는 유일한 영향력은 그들이 생계비를 벌게 됨으로써 소유한 공평무사한 영향력이라고 우리는 말했습니다. 생계비를 벌 수 있도록 그들을 훈련할 수단이 없다면, 그 영향력도 사라질 것입니다. 그들은 직업을 얻을 수 없겠지요. 그들이 직업을 얻을 수 없다면 다시 아버지와 남자 형제들에게 의존할 것입니다. 다시 아버지와 남자 형제들에게 의존한다면 그들은 의식적으로나 무의식적으로 다시 전쟁을 옹호하게 되겠지요. 역사는 그 점에 대해 의심의 여지를 남기지 않는 듯합니다. 그러므로 우리는 대학 재건 기금의 명예 회계원에게 1기니를 보내서, 그녀가 그 돈으로 할 수 있는 일을 하도록 허용해야겠지요. 현재의 상황으로는 그 기니를 사용할 방식에 대해서 조건을 붙이는 것이 무용한 일입니다.

그렇다면, 교육받은 남성의 딸을 위한 대학의 당국자들에게 교육을 통하여 전쟁을 방지하도록 영향력을 발휘해 달라고 요청할 수 있는가 하는 질문에 대한 다소 어설프고 우울한 답은 바로, 우리가 그들에게 아무것도 요구할 수 없다는 것입니다. 그들은 옛 노선을 따라서 옛 목적을 수행해야겠지요. 아웃사이더로서 우리의 영향력은 극히 간접적일 수밖에 없습니다. 만약 우리가 가르치라는 요청을 받는다면, 우리는 가르침의 목표를 아주 신중하게 검토하고 나서 전쟁을 장려하는 기술이나 과학을 가르치기를 거부할 겁니다. 더 나아가 우리는 예배당과 학위, 시험의 가치에 대해서 은근히 조롱할 수 있겠지요. 입선된 시가 상을 받았다는 사실에도 불구하고 여전히 장점이 있을 수 있다고 넌지시 암시할 수 있습니다. 그리고 어떤 책의 저자가 영어 졸업 시험에서 우등으로 졸업했다는 사실에도 불구하고 그 책이 여전히 읽을 만한 가치가 있다고 주장할 수 있겠지요. 강의를 하라는 요청을 받는다면, 강의 자체를 거부함으로써 무익하고 사악한 강의 체제에 반대할 것입니다.^{미주30} 우리에게 우등상이나 학위가 제공된다면, 우리는 물론 그것들을 거부할 수 있습니다. 여러 가지 사실들을 고려하면서 어떻게 우리가 실제로는 다른 방식으로 행동할 수 있겠습니까? 그러나 현재의 상황에서 교육을 통하여 전쟁을 방지하도록 당신을 도울 수 있는 가장 효과적인 방법은, 교육받은 남성의 딸들을 위한 대학에 될 수 있는 대로 관대하게 기부하는 것이란 사실을 간과할 수 없습니다. 왜냐하면 반복해서 말하건대, 이 딸들이 교육을 받지 못한다면 그들은 생계비를 벌 수 없기 때문입니다. 그들이 생계비를 벌지 못한다면, 그들은 다시 사적인 가정 교육에 얽매일 것입니다. 그들이 다시 사적인 가정교육에 얽매인다면, 그들은 또다시 의식적으로나 무의식적으로 전쟁을 옹호하는 데 영향력을 발휘할 것입니다. 이 점에 대해서는 의심의 여지가 거의 없습니다. 당신이 그 사실을 의심한다면, 증거를 요청한다면, 한 번 더 전기를 살펴보기로 하지요. 이 점에 있어서 전기에 드러난 증언은 아주 분명하지만 대단히 방대하므로, 여러 권의 책을 압축하여 하나의 이야기로 만들어봅시다. 19세기의 사적인 가정에서 아버지와 남자 형제들에게 의존했던, 교육받은 남성의 딸의 생애는 다음과 같이 기술됩니다.

날이 무척 더웠지만 그녀는 밖에 나갈 수 없었습니다. "길고 지루한 여름날들을 집 안에 갇혀서 보냈어. 가족 마차에는 내가 탈 자리가 없고, 하녀는 나와 산책할 시간이 없으니까." 해가 졌습니다. 마침내 그녀는 밖으로 나왔지요. 일 년에 40파운드에서 100파운드에 이르는 용돈으로 될 수 있는 대로 잘 차려입고 말이지요.[미주31] 그러나 "어떤 즐거운 모임에라도 참석하려면 아버지나 어머니 또는 결혼한 여성이 동반해야 했습니다." 그녀는 그렇게 차려입고, 그렇게 동반하여, 그런 즐거운 모임에서 누구를 만났을까요? 교육받은 남성들, "모두들 화려하게 차려입고 장식을 단 각료, 대사, 유명한 군인 및 그 비슷한 사람들"이었지요. 그들은 무엇에 대해 이야기했을까요? 자신들의 업무를 잊고 싶어 하는 바쁜 남성들에게 기분 전환이 되는 것이라면 어떤 화제라도 괜찮았을 겁니다. "무도회의 잡담"이 아주 좋은 화제였지요. 하루하루가 지났습니다. 토요일이 되었지요. 토요일이면 "국회의원과 다른 바쁜 남성들이 사교를 즐길 여유가 있었습니다." 그들은 차를 마시러도 오고 만찬에도 왔지요. 다음 날은 일요일이었습니다. 일요일이면 "우리 대부분은 당연히 아침 예배를 드리러 갔지요." 계절이 바뀌어 여름이 되었습니다. 여름이면 그들은 시골에서 방문객들, "대개 친척들"을 대접했습니다. 이제 겨울이 되었지요. 겨울이면 "그들은 역사와 문학과 음악을 공부하고 그림을 그리려고 애썼습니다. 대단히 뛰어난 것은 만들지 못했다 하더라도, 그 과정에서 많은 것을 배웠지요." 때로 환자들을 방문하기도 하고 가난한 사람들을 가르치기도 하면서 그렇게 세월이 흘러갔습니다. 이 세월들, 이런 교육의 위대한 목적과 목표가 무엇이었을까요? 물론 결혼입니다. "……문제는 우리가 결혼을 해야 할 것인가가 아니라, 오로지 누구와 결혼할 것인가였다."라고 그들 가운데 한 명이 말합니다. 결혼을 목적으로 그녀의 마음은 훈련을 받았습니다. 결혼을 목적으로 그녀는 피아노를 뚱땅거렸지만 오케스트라에 들어가는 것은 허용되지 않았습니다. 순진무구한 가정 풍경을 스케치했지만 누드를 연구하는 것은 허용되지 않았지요. 이 책은 읽었지만 저 책을 읽거나 그 책에 매료되어 이야기하는 것은 금지되었습니다. 결혼을 목적으로 그녀의 몸은 교육되었습니다. 하녀 한 명이 그녀에게 제공되었습니다. 길거리는 그녀에게 차단되었지요. 들판도 그녀에게는 닫힌 곳이었습니다. 고독도 그녀에게는 주어지지 않았지요. 이 모든 것들은 그녀가 남편감을 위하여 처녀의 몸을 보존하도록 강요되었습니다. 간단히 말해서, 결혼에 관한 생각이 그녀의 모든 말과 생각, 행동에 영향을 주었습니다. 어떻게 그렇지 않을 수 있겠습니까? 결혼이 그녀에게 개방된 유일한 직업이었는데 말입니다.[미주32]

이런 광경이 교육받은 남성과 그의 딸에 대해 보여 주는 바가 너무나 기묘하기 때문에, 우리는 이 부분에서 머뭇거리고 싶어집니다. 꿩이 사랑에 미치는 영향은 그것만으로도 한 장(章)을 할애할 수 있을 정도입니다.[미주33] 그러나 지금 우리는 교육이 인간에게 미친 영향은 무엇인가라는 흥미로운 질문을 던지고 있는 것이 아닙니다. 우리가 묻고 있는 것은, 왜 그러한 교육이 그렇게 교육받은 사람을 의식적으로나 무의식적으로 전쟁을 옹호하도록 만든 것일까이지요. 의식적인 차원에서는 그녀가 하녀와 마차, 멋진 옷과 훌륭한 파티(이런 수단으로 그녀는 결혼이라는 목적을 달성했지요.)를 자신에게 제공한 체제를 지지하기 위해서 자신이 지닌 어떤 영향력이건 사용할 수밖에 없었다는 점은 분명합니다. 의식적으로 그녀는 하루의 일과가 끝난 다음 기분 전환을 원하는 바쁜 남성들 즉 군인, 변호사, 대사, 각료 들을 부추기고 그들에게 아양을 떨기 위해서 매력과 아름다움을 모두 동원해야 합니다. 의식적으로 그녀는 그들의 견해를 수용하고 그들의 신념에 동의해야 합니다. 오로지 그렇게 함으로써 그녀는 달콤한 말로 그들을 유혹하여 결혼의 수단이나 결혼 그 자체를 얻어 낼 수 있으니까요.[미주34] 간단히 말해서 그녀의 의식적인 노력은 레이디 러블레이스가 "우리의 찬란한 제국"이라고 명명한 바를 옹호하는 것이어야

합니다. 레이디 러블레이스는 덧붙여 말했지요. "그것의 대가
는 주로 여성들이 치렀다." 어느 누가 그녀의 말을 의심할 수
있겠습니까? 그 대가가 과중했다는 점 또한 말입니다.

그러나 여성의 무의식적인 영향력은 어쩌면 더욱 강력하게
전쟁을 지지했을 겁니다. 그렇지 않다면 1914년 8월의 그 놀
라운 폭발적 사태를 어떻게 설명할 수 있겠습니까? 그처럼 교
육받은 여성들, 즉 교육받은 남성의 딸들은 병원으로 돌진했
고 개중에는 여전히 하녀를 동반한 여성들도 있었습니다. 그
들은 짐마차를 몰았고, 들판과 군수공장에서 일했으며, 그들
에게 풍부하게 비축되었던 매력과 공감을 모두 발휘하여, 싸
우는 것은 영웅적이고 전장에서 부상당한 군인들은 그녀들의
온갖 보살핌과 찬사를 받을 자격이 있다고 젊은 남성들을 부
추겼지요. 그 이유는 바로 교육에서 찾을 수 있습니다. 사적
인 가정에서 이루어지는 교육의 잔인함과 결핍, 위선, 비도덕
성, 공허함에 대한 그녀의 무의식적 혐오가 대단히 뿌리 깊이
박혀 있었기에, 거기서 벗어날 수만 있다면 그녀는 아무리 비
천한 일거리에라도 뛰어들고 아무리 치명적인 매력이라도 발
휘하려고 했을 겁니다. 그리하여 의식적으로 그녀는 "우리의
찬란한 제국"을 열망했습니다. 무의식적으로는 우리의 찬란한
전쟁을 갈망했지요.

그러므로 전쟁을 방지하도록 우리가 돕기를 바라신다면,
그 결론은 불가피한 것으로 귀결됩니다. 우리는 여자 대학을
재건하도록 도와야 합니다. 비록 불완전할지라도 그것은 사적
인 가정 교육에 대한 유일한 대안이니까요. 시간이 지나면 그

대학 교육이 변화되기를 바라야겠지요. 당신이 당신의 협회를 위해 요청한 기니를 보내기 전에, 우리는 우선 그 기니를 다른 곳에 기부해야 합니다. 하지만 그것은 동일한 대의, 즉 전쟁 방지에 기여하는 것이지요. 기니는 희귀한 돈입니다. 기니는 귀중한 돈이지요. 하지만 재건 기금의 명예 회계원에게 어떤 조건도 달지 말고 1기니를 보내기로 합시다. 그렇게 함으로써 우리는 전쟁을 방지하는 데 확실히 기여하고 있으니까요.

2

이제 대학 재건을 위해 1기니를 기부했으므로, 당신이 전쟁을 방지하도록 돕기 위해서 우리가 할 수 있는 다른 일이 있는지 고려해 보아야겠지요. 그런데 우리가 영향력에 관해서 말한 것이 사실이라면, 전문직에 호소해야 한다는 생각이 이내 명료하게 떠오릅니다. 생계비를 벌 수 있는 사람들, 그리하여 이 새로운 무기, 다시 말해서 독립적 수입에 입각한 독자적 견해라는 우리의 유일한 무기를 실제로 손에 쥐고 있는 사람들에게 전쟁에 반대하도록 이 무기를 사용해 달라고 설득할 수 있다면 당신에게 훨씬 더 큰 도움이 되겠지요. 젊은이들에게 생계비를 벌도록 가르쳐야 하는 사람들에게 호소하거나 젊은이들이 그런 가르침을 받는 대학의 금지된 장소와 신성한 교문을 기웃거리며 오래 머물러 있는 것보다 그들에게 호소하는

3기니

편이 더 효과적일 테니까요. 그러므로 이것이 다른 방법보다 훨씬 더 중요한 문제입니다.

그렇다면 전문직에서 생계비를 벌고 있는 독립적이고 성숙한 사람들 앞에 전쟁을 방지하기 위한 도움을 요청하는 당신의 편지를 펼쳐 놓기로 합시다. 미사여구는 전혀 필요 없습니다. 아마 주장을 내세울 필요도 거의 없을 겁니다. 이렇게 말하기만 하면 되겠지요. "여기 우리 모두가 존경할 만한 사람이 있습니다. 그는 전쟁이 일어날 가능성이 있다고, 거의 확실하다고 말합니다. 그는 생계비를 벌 수 있는 우리가 전쟁을 방지하기 위하여 어떤 식으로든 도와주기를 요청합니다." 분명 이 말로 충분하겠지요. 그동안 내내 탁자에 쌓여 온 사진들, 더 많은 시체와 더 많은 파괴된 집의 사진들을 가리키지 않아도 당신이 요청한 바로 그 도움을 줄 답을 이끌어 낼 테니까요. 그러나 …… 어떤 주저, 어떤 의혹이 있는 듯합니다. 그것은 윌프레드 오언이 말했듯이 전쟁은 끔찍하며, 전쟁은 야만적이고, 전쟁은 지지할 수 없는 것이며, 전쟁은 비인간적이라는 점에 대한 의혹은 아닙니다. 또한 전쟁을 방지하도록 당신을 돕기 위해서 우리가 할 수 있는 일을 모두 하려는 데 망설임이 있는 것도 분명 아닙니다. 그럼에도 불구하고 의혹과 망설임이 있습니다. 그것을 이해하기 위해서 또 다른 편지, 당신의 편지만큼이나 진심에서 우러나온 편지를 당신 앞에 펼쳐 놓겠습니다. 우연히도 그것은 탁자 위의 당신 편지 바로 옆에 있으니까요.^{미주1}

그것은 또 다른 명예 회계원이 보낸 편지이고, 역시 돈을 요청하고 있습니다. 그녀는 이렇게 쓰고 있지요. "우리가 생계비를 벌 수 있도록 돕기 위해서 (교육받은 남성의 딸들의 전문직 취업을 돕는 단체에) 기부금을 보내 주시겠습니까?" 그녀는 계속해서 이렇게 말합니다. "돈이 부족하시면, 어떤 선물이라도 받겠습니다. 바자회에서 팔 수 있는 책이나 과일, 입지 않는 옷도 됩니다." 이 편지는 위에서 언급한 의혹과 주저 그리고 우리가 당신에게 줄 수 있는 도움과 커다란 상관관계가 있으므로, 이 편지가 제기하는 문제들을 숙고하고 나서야 그녀에게 또는 당신에게 1기니를 보낼 수 있을 것입니다.

첫 번째로 그녀가 왜 돈을 요청하고 있는가 하는 의문이 제기됩니다. 전문직 여성의 대표자인 그녀가 어째서 바자회를 위해 입지 않는 옷을 구걸해야 할 정도로 가난할까요? 이것이 가장 먼저 해결해야 할 문제입니다. 이 편지에서 암시하듯이 그녀가 그 정도로 가난하다면, 전쟁을 방지하도록 당신을 돕기 위해 우리가 의존하고 있었던 독자적인 견해라는 무기는, 온건하게 표현한다 하더라도, 대단히 강력한 무기가 될 수 없으니까요. 다른 한편, 가난하다는 것은 그 나름의 장점이 있습니다. 그녀가 주장하듯 그렇게 가난하다면, 우리는 케임브리지에 있는 그녀의 자매와 흥정한 것처럼 그녀와 흥정하면서 잠재적인 시혜자의 권리를 행사하여 조건을 내세울 수 있을 테니까요. 그렇다면 그녀에게 1기니를 주거나 그 돈을 받기 위한 조건들을 제시하기 전에, 그녀의 재정 상태와 다른 사실들에 관해서 문의하기로 합시다. 그 편지의 초고는 다음과 같습니다.

"부인, 당신의 편지에 대한 답장을 이렇게 오래 기다리게 해서 정말 미안합니다. 실은 어떤 의문점들이 생겨서, 기부금을 보내기 전에 당신에게 그에 대한 답변을 요청해야겠습니다. 우선 당신은 돈을 요청하고 있습니다. 임대료를 내기 위한 돈이지요. 하지만 친애하는 부인, 당신이 이처럼 비참할 정도로 가난한 것은 도대체 어찌 된 일일까요? 교육받은 남성의 딸들에게 전문직이 개방된 지 거의 이십 년이나 되었습니다. 그런데 그들의 대표자라고 할 수 있는 당신이, 케임브리지에 있는 당신의 자매처럼 모자를 손에 들고 서서 돈을 간청하고, 돈이 여의치 않다면 바자회에서 팔 과일, 책, 입지 않는 옷들을 보내 달라고 요청하는 것은 어찌 된 일일까요? 다시 한번 말하건대, 어떻게 이런 일이 있을 수 있습니까? 분명 공동의 인간성과 공동의 정의 또는 공동의 상식에 어떤 심각한 결함이 있는 게 틀림없습니다. 아니면 당신은 길모퉁이의 거지처럼 슬픈 얼굴을 하고 과장된 이야기를 하고 있지만 집의 침대 밑에 몰래 숨겨 둔 양말 속에 금화를 안전하게 가득 쌓아 두고 있는 걸까요? 어떤 경우든 이처럼 끝없이 돈을 요청하고 가난을 하소연함으로써 당신은 대단히 심각한 비난의 표적이 됩니다. 수표에 서명하기 싫어하는 것만큼이나 실제적인 문제에 대해 생각하기 싫어하는 나태한 아웃사이더뿐 아니라 교육받은 남성도 당신을 비난하니까요. 당신은 확고한 명성을 누리고 있는 남성 철학자와 소설가—조드 씨와 웰스 씨 같은 남성의 질책과 경멸을 끌어내고 있습니다. 그들은 당신의 빈곤을 부정할 뿐 아니라 당신의 무감각과 무관심을 비난합니다.

당신에 대한 그들의 비난을 알려 드리지요. 우선 C. E. M. 조드 씨가 당신에 대해 뭐라고 말하는지 들어 보십시오. "과거 오십 년간 젊은 여성들이 지금보다도 정치적으로 더 무감각하고 사회적으로 더 무관심한 때가 있었는지 의심스럽다." 그는 이와 같이 시작하지요. 그러고는 아주 타당하게도, 당신이 해야 할 일을 말해 주는 것이 자기 임무가 아니라고 말합니다. 하지만 당신이 할 수 있는 일을 예시하겠다고 매우 친절하게 덧붙이지요. 당신은 미국에 있는 당신 자매들을 모방할 수 있답니다. 당신은 '평화 증진을 위한 단체'를 설립할 수 있지요. 그는 일례를 제시합니다. 이 단체는 "얼마나 정확한지는 모르겠으나 올해 전 세계에서 군비로 사용된 파운드의 총액은, 전쟁이 기독교 정신에 부합되지 않는다고 가르친 그리스도가 죽은 이후로 흘러간 분(分) ── 아니면 초였던가요 ── 의 합계와 정확히 일치한다."라고 주장했습니다. 그러니 당신도 역시 그들을 본보기 삼아 영국에 그런 단체를 설립해야 하지 않겠습니까? 물론 거기에는 돈이 필요하겠지요. 하지만 (이것이 내가 특히 강조하고 싶은 점입니다.) 당신에게 돈이 있다는 건 의심의 여지가 없습니다. 조드 씨가 그 증거를 제시합니다. "제1차 세계 대전 이전에 여성이 투표권을 얻기 위한 기금이 W.S.P.U.(여성 사회 정치 연합)의 금고에 쏟아져 들어갔다. 그리고 그렇게 함으로써 여성이 전쟁을 과거지사로 만들 수 있을 거라고 기대되었다. 참정권은 획득되었다." 조드 씨는 계속 말합니다. "그러나 전쟁은 결코 과거지사가 되지 않았다." 이 점에 대해서는 나도 증거를 제시할 수 있습니다. 전쟁을 방지하도록 도움을 요청하는 이 신사의 편지를 보십시오. 그리고 시체와 파괴된 집의 사진들도 있지요. 하지만 조드 씨의 말을 계속 들어 봅시다. "현대의 여성에게 평화라는 대의를 위하여 많은 에너지와 돈을 바치고 비방과 모욕을 감수하라고 요구한다면 터무니없는 일일까? 그녀의 어머니들이 평등이라는 대의를 위해서 그 많은 것을 바치고 고통을 받았던 것처럼 말이다." 나는 또다시 그의 말을 되풀이하지 않을 수 없습니다. 세대를 거듭하면서 처음에는 남자 형제로부터의, 그다음엔 남자 형제를 위하여 비방과 모욕을 감수하도록 여성에게 요청하는 것이 불합리할까요? 그것은 더없이 타당하며 대체로 그녀 자신의 물질적, 도덕적, 정신적 복지를 증진시키지 않을까요? 하지만 조드 씨의 말을 중단하지 말고 계속 들어 보기로 합시다. "만약 그렇다면, 여성은 공무에 집적거리면서 내세우는 구차한 핑계들을 집어치우고 빨리 개인 생활로 돌아가는 편이 더 나을 것이다. 만약 그녀가 하원에서 잘 해낼 수 없다면, 최소한 그녀 자신의 가정이라도 훌륭한 곳으로 만들도록 하라. 만약 구제할 수 없는 남성 특유의 사악한 장난기로 인해 남성에게 닥쳐올 파멸로부터 그를 구하는 법을 여성이 배울 수 없다면, 남성이 스스로를 파괴하기 전에 최소한 그에게 음식이라도 제공하는 법이라도 배우도록 하라."[미주2] 이 부분에서 멈추어, 여성이 참정권을 가지고 있다손 치더라도, 조드 씨 스스로가 구제할 수 없다고 인정한 것을 여성이 어떻게 구제할 수 있는지에 대한 의문을 제기하지 않도록 합시다. 이 진술에 비추어 볼 때 중요한 점은 당신이 어쩌면 그리도 뻔뻔스럽게 임대료를 내기 위해 1기니를 보내 달라고 나에게 요청할 수 있는가 하는 것입니다. 조드 씨에 의하면 당신은 엄청나게 부자일뿐더러 무척 게으르지요. 당신 자신은 땅콩과 아이스크림을 탐닉하느라 남성이 스스로를 파괴하기 전에 그를 위해서 저녁 식사를 차려 주는 법도 배우지 않았습니다. 그 치명적인 결과를 막을 방법을 배우지 못한 것은 말할 것도 없고요. 그러나 좀 더 심각한 비난은 다음에 이어집니다. 당신의 무력증은 중증이어서, 어머니들이 당신을 위해 획득한 자유를 지키기 위해서조차 싸우지 않을 것입니다. 당신에 대한 이러한 비난은 영국의 현존 소설가들 가운데 가장 유명한 H. G. 웰스 씨가 제기합니다. "파시스트나 나치 당원의 실제적 자유 말살에 저항하는 여성 운동은 전혀 눈에 띄지 않는다."[미주3] 부유하고 나태하며 탐욕적이고 무기력한 당신이 어떻게, 교육받은 남성의 딸들이 전문직에서 생계를 이루도록 원조하는 단체에 기부하라고 뻔뻔스럽게도 요청할 수 있습니까? 이 신사들이 입증한 바에 따르면, 참정권과 그 참정권에 틀림없이 수반되었을 재산에도 불구하고 당신은 전쟁을 끝내지 못했지요. 참정권과 그 참정권에 틀림없이 수반되었을 권력에도 불구하고, 당신은 파시스트나 나치 당원이 당신의 자유를 실제로 말살하는 데 저항하지 않았지요. 그렇다면 소위 '여성 운동' 전체가 하나의 실패작이었다는 결론 외에 어떤 결론에 이를 수 있겠습니까? 그러므로 내가 당신에게 보낼 1기니는 당신의 임대료를 내는데 쓸 것이 아니라 당신의 건물을 불태워 버리는 데 사용되어야 합니다. 그것이 타 버리거든 다시 부엌으로 물러나십시오, 부인. 그리고 할 수 있다면, 저녁 식사를 차리는 법을 배우십시오. 아마 그 식사에 당신은 합석할 수 없을지도 모르지만……."[미주4]

이 부분에서 편지는 중단되었습니다. 편지 저편의 얼굴 — 편지 쓰는 사람이 언제나 보고 있는 얼굴 — 에 어떤 표정이 어렸으니까요. 그것은 권태로움이었을까요? 아니면 피로함이었을까요? 명예 회계원의 시선은 따분한 사실 두 가지가 기록된 신문 조각에 머물고 있는 듯이 보였습니다. 그것은 우리가 논의하고 있는 문제 즉 전문직에서 생계비를 벌고 있는 교육받은 남성의 딸들이 전쟁을 방지하도록 당신을 돕기 위한 방법의 문제와 약간 관련이 있으므로, 여기에 옮겨 보기로 합시다. 첫 번째 사실은 W.S.P.U.가 부유하다고 조드 씨가 평가할 때 기준으로 삼았던 그 수입이 (그 활동의 절정기였던 1912년에) 4만 2000파운드였다는 것입니다.[미주5] 두 번째 사실은 "수년간의 경험이 있고 고도의 자격을 갖춘 여성에게도 연간 250파운드를 버는 것은 대단한 성취였다."[미주6]라는 것입니다. 이것은 1934년에 나온 진술입니다.

이 두 가지 사실은 무척 흥미로울 뿐 아니라 우리가 직면한 문제와 직접적인 관련이 있으므로, 자세히 검토해 보기로 합시다. 우선 첫 번째 사실이 흥미로운 까닭은, 우리 시대의 가장 위대한 정치적 변화들 가운데 한 가지가 연 4만 2000파운드라는 믿을 수 없을 만큼 하찮은 수입으로 이루어졌음을 알려 주기 때문입니다. 물론 '믿을 수 없을 만큼 하찮은'이란 표현은 상대적인 것입니다. 말하자면 그것은 보수당 또는 자유당 ─ 교육받은 여성의 남자 형제들이 속한 당 ─ 이 그들의 정치적 명분을 위하여 마음대로 쓸 수 있는 수입과 비교할 때 믿을 수 없을 만큼 하찮다는 것이지요. 그것은 노동당 ─ 노동하는 여성의 남자 형제들이 속한 당 ─ 이 마음대로 쓸 수 있는 수입보다도 상당히 적습니다.[미주7] 그것은 예컨대 '노예제 철폐 협회'와 같은 단체가 노예제 철폐를 위해 쓸 수 있는 금액과 비교해도 믿을 수 없을 만큼 하찮은 액수입니다. 교육받은 남성이 정치적 명분을 위해서가 아니라 스포츠와 여흥을 위해 연간 사용하는 금액과 비교해도 믿을 수 없을 만큼 적습니다. 그러나 우리가 교육받은 남성의 딸들의 빈곤함에 놀라건 아니면 그들의 검소함에 놀라건 간에, 이 상황은 우리에게 분명 유쾌하지 않은 감정을 불러일으킵니다. 가난하다고 주장하는 명예 회계원의 말이 온전히 사실일지도 모른다는 의심을 품지 않을 수 없기 때문입니다. 그리고 교육받은 남성의 딸들이 그들의 대의를 위해서 여러 해 동안 고군분투하며 모을 수 있었던 총액이 4만 2000파운드였다면, 그들이 과연 당신의 대의를 위하여 도움을 줄 수 있을까 하는 의문이 들수밖에 없습니다. 매년 군비에 3억 파운드를 쓰고 있는 현재 시점에서, 연 4만 2000파운드의 수입으로 얼마만큼의 평화를 살 수 있겠습니까?

그러나 두 번째 사실 즉 교육받은 여성이 돈을 벌 수 있는 직업을 가지도록 허용된 지 이십 년이 지난 지금 "수년간의 경험이 있고 고도의 자격을 갖춘 여성에게도 연간 250파운드를 버는 것은 대단한 성취였다."라는 진술은 첫 번째보다 더욱 놀랍고 우울하게 들립니다. 만약 이 말이 사실이라면 무척 놀라울 뿐만 아니라 우리가 당면한 문제와도 깊은 관련이 있으므로, 우리는 잠시 멈추어서 그 사실을 검토해야 합니다. 대단히 중요한 사실인 만큼, 전기의 채색된 빛이 아니라 사실의 흰빛에 비추어 검토해야겠지요. 그러므로 사리사욕에서 벗어나 있고 저녁 식사를 차려야 할 필요도 없는, '클레오파트라의 오벨리스크'[8]처럼 비개인적이고 공정한 권위의 소지자, 예컨대 『휘터커의 연감』을 살펴보기로 합시다.

휘터커는 말할 필요도 없이 더할 나위가 없는 공평무사한 저자일 뿐 아니라 대단히 체계적인 사람입니다. 그는 교육받은 남성의 딸들에게 개방된 모든 전문직, 아니 거의 모든 사항에 대한 사실을 그의 연감에 수집해 놓았습니다. '정부와 관공서'라고 불리는 항목에서 그는 정부가 어떠한 직책으로 사람을 고용하는지 그리고 고용한 사람들에게 무엇을 지급하는지에 대해 평이하게 진술합니다. 휘터커가 알파벳 순서를 택하고 있으므로, 우리도 그를 따라서 알파벳의 처음 여섯 글자를 검토해 보기로 합시다. A 아래에는 '해군 본부', '공군 본부', '농경부'가 있습니다. B 아래에는 '영국 방송 공사'가 있습니다. C 아래에는 '식민청'과 '자선 사업 감독 위원회'가 나옵니다. D 아래에는 '자치령청'과 '개발 위원회'가 있습니다. E 아래에는 '교회 관리부'과 '교육부'가 있습니다. 여섯 번째 글자

---

8) 런던 템스강 변에 세워진 방첨탑(Cleopatra's Needle)으로 1877년에 알렉산드리아에서 끌어 왔으며 그 쌍을 이루는 오벨리스크는 뉴욕의 센트럴 파크에 있다.

인 F 아래에는 '수산부'와 '외무부', '공제 조합', '예술부'가 있습니다. 흔히 알려진 바로는, 이러한 부서들이 남성과 여성 모두에게 공평하게 개방된 전문직에 포함됩니다. 그리고 여기 고용된 사람들에게 지급되는 급료는 양성이 공평하게 제공한 공적 자금에서 지출됩니다. 그리고 (다른 무엇보다도) 이 급료의 재원인 소득세는 현재 1파운드당 약 5실링입니다. 그러므로 우리 모두는 그 돈이 어떻게 쓰이는지 그리고 누구에게 지급되는지 알고 싶은 흥미를 느끼지요. 교육부의 급료 장부를 살펴봅시다. 정도의 차이가 상당하기는 하지만 우리 둘 다 명예롭게도 그 부서에 속해 있으니까요. 휘터커의 말에 따르면, 교육부 장관은 2000파운드를 받습니다. 그의 수석 서기관은 847파운드에서 1058파운드를 받습니다. 그의 서기관보는 277파운드에서 634파운드를 받습니다. 그리고 교육부의 사무차관이 있습니다. 그는 3000파운드를 받습니다. 그의 서기관은 277파운드에서 634파운드를 받지요. 정무차관은 1200파운드를 받습니다. 그의 개인 서기관은 277파운드에서 634파운드를 받지요. 대표 서기관은 2200파운드를 받습니다. 웨일스 담당청의 사무차관은 1650파운드를 받습니다. 그리고 수석 서기관보들과 서기관보들이 있고, 국교 감독관, 회계 과장, 수석 재무관, 재무관, 법률 고문관, 법률 고문관보들이 있습니다. 흠잡을 데 없이 공정한 휘터커가 우리에게 알려 주는 바에 따르면, 이 모든 숙녀들과 신사들은 네 자리 숫자 또는 그이상의 수입을 얻습니다. 오늘날 수입이 연간 1000파운드를 넘거나 그 정도를 매년 어김없이 받는다면 상당히 많이 버는 셈입니다. 하지만 그것이 상근직이고 숙련된 기능을 요하는 일임을 고려할 때, 우리는 이 숙녀들과 신사들의 급료에 대해서 불평하지 않을 것입니다. 비록 우리의 소득세는 1파운드당 5실링이나 되고, 우리의 수입은 제때에 어김없이 지급되지 않으며, 게다가 매년 지급되지도 않지만 말입니다. 약 23세의 나이부터 60세 정도까지 매일 매일 온종일 사무실에서 보내야 하는 남성과 여성은 그들 급료의 마지막 동전 한 푼까지도 받을 만한 가치가 있습니다. 다만 이런 생각이 저절로 끼어드는 것이지요. 만약 이 숙녀들이 교육부뿐 아니라 알파벳 첫 글자의 '해군본부'에서부터 마지막 글자의 '노동부'에 이르기까지 현재 여성에게 개방된 모든 부서와 관공서에서 연간 1000파운드, 2000파운드, 3000파운드를 벌고 있다면, "수년간의 경험이 있고 고도의 자격을 갖춘 여성에게도 연간 250파운드를 버는 것은 대단한 성취였다."라는 진술은 솔직히 말해서 틀림없이 새빨간 거짓말이라는 것입니다. 화이트홀을 따라 걸으면서, 그곳에 얼마나 많은 관공서와 부서가 자리 잡고 있는지 생각해 보고, 각각의 부서에 그 이름만 들어도 머리가 핑 돌 정도로 다양하고 세밀하게 등급화된 대신과 차관이 임명되어 배치돼 있다는 것을 고려하고, 각각 자기들 나름의 충분한 수입을 얻는다는 사실을 기억해 보면, 그 진술이 터무니없고 납득할 수 없다고 항의할 수 있습니다. 이것을 어떻게 설명할 수 있을까요? 도수가 더 높은 안경을 쓰고 자세히 살펴보면 가능합니다. 그 목록을 따라서 점점 더 아래로 읽어 내려 갑시다. 마침내 우리는 '미스'라는 칭호가 붙은 명칭에 이르게 됩니다.

그렇다면 과연 그 위의 명칭들, 높은 급료가 붙어 있는 명칭들은 모두 신사들의 직위였을까요? 그런 듯합니다. 그렇다면 부족한 것은 급료가 아니었습니다. 바로 교육받은 남성의 딸들이었지요.

이제 이 기이한 결핍 또는 불균형에 대한 세 가지 타당한 원인이 표면에 드러납니다. 로브슨 박사가 첫 번째 원인을 제시합니다. "내무성 공직에서 지배적인 지위를 차지하고 있는 행정관 계층은 모두 옥스퍼드와 케임브리지 대학교를 들어갈 수 있었던 소수의 운 좋은 사람들로 구성되어 있다. 그 입학시험은 언제나 바로 그 목적을 위해서 고안되었다."[미주8] 우리 계층 즉 교육받은 남성의 딸들의 계층에서 그 행운의 소수는 정말 대단히 적습니다. 이미 살펴보았다시피, 옥스퍼드와 케임브리지는 대학 교육을 받을 수 있는 교육받은 남성의 딸들을 수적으로 엄격히 제한하고 있지요. 두 번째로, 집에 머물며 늙은 부친을 보살피는 아들보다는 집에서 늙은 모친을 보살피는 딸이 훨씬 더 많습니다. 사적인 가정은 여전히 계속되는 걱정거리임을 기억해야겠지요. 그러므로 공무원 임용 시험에 지원하는 딸의 수는 아들보다 훨씬 적습니다. 세 번째로, 육십 년의 시험 통과 기간이 500년의 기간만큼 효과적이지 않을 거라고 추정하는 것이 공정하겠지요. 공무원 임용 시험은 어렵습니다. 딸보다는 아들이 그 시험에 더 많이 합격하리라고 예상하는 것은 당연합니다. 그럼에도 일정 수의 딸들이 시험에 응시하고 합격하지만 '미스'라는 단어가 부착된 명칭은 네 자리 숫자의 영역에 들어가지 않는다는 이 기이한 사실을 설명해야 합니다. 휘터커에 의하면, 성의 구별은 신기하게도 납과 같은 성질을 가지고 있어서, 그 단어가 부착된 어떤 명칭이건 저급한 영역으로 끌어내려 맴돌게 하는 경향이 있습니다. 분명 그 이유는 표면에 있는 것이 아니라 내면에 있겠지요. 솔직히 말하자면 그 딸들에게 결함이 있을지도 모릅니다. 신뢰할 수 없거나, 만족스럽게 일 처리를 하지 못하거나, 필요한 능력이 결핍되어 있기 때문에, 그들을 낮은 등급에 두는 것이 공공의 이익에 도움이 되는지도 모르지요. 그곳에서는 그들이 급료를 적게 받는다손 치더라도, 공적 사업의 집행을 방해할 기회가 적을 테니까요. 이러한 답을 손쉽게 제시할 수 있습니다만, 불행히도 그러한 주장은 근거가 없습니다. 그런 주장이 근거가 없음을 알려 준 사람은 바로 수상입니다. 일전에 볼드윈 씨[9]는 공직에 있는 여성들을 신뢰할 수 없다는 주장은 사실이 아니라고 말했습니다. "그 여성들 중 상당수는 일상 업무에서 비밀 정보를 수집할 수 있는 위치에 있다. 우리 정치가들이 쓰라린 경험을 통하여 알고 있듯이, 비밀 정보가 새어 나가는 일은 무척 허다하다. 그러나 나는 그러한 누설의 사례가 여성에게서 비롯된 경우를 한 번도 본 적이 없다. 오히려 좀 더 사리분별이 있어야 할 남성에게서 비밀이 누설된 경우를 많이 보아 왔다." 그렇다면 여성이 무척이나 입이 가볍고 잡담을 좋아한다는 관습적인 편견은 사실이 아닐까요? 이것은 그 나름대로 심리학에 유용한 공헌을 할 수 있고 소설가들에게도 생각

9) 이 말을 한 이후로 볼드윈 씨는 수상을 그만두고 백작이 되었다. —원주

할 거리를 줄 수 있는 대목입니다. 그러나 여성을 공무원으로 고용하는 데 있어서 여전히 다른 이의가 남아 있을지도 모르지요.

지적인 면에서 여성은 그들의 남자 형제처럼 유능하지 않을지도 모릅니다. 하지만 이 부분에서 수상이 우리를 다시 구해 줄 수 있을까요? "그는 여성이 남성만큼 훌륭한지 아니면 남성보다 더 훌륭한지에 대한 결론에 이르렀거나 혹은 그런 결론이 필요하다고 말할 의도는 없었다. 그러나 여성들이 공직에서 스스로 만족스럽게 일해 왔으며 분명 그들과 관련된 모든 사람들이 전적으로 만족하도록 일해 왔다고 그는 믿었다." 마지막으로, 어차피 결론이 있을 수 없는 자신의 진술에 보다 마땅한 긍정적인 사견을 덧붙임으로써 마무리하려는 듯 그는 말합니다. "내가 공직에서 마주친 여성들의 근면함, 재능, 역량, 충실성에 개인적인 찬사를 바치고 싶다." 더 나아가 그는 사업가들이 대단히 귀중한 이 자질들을 보다 많이 활용하기를 희망한다고 표현합니다.[미주9]

자, 누군가 사실을 알 수 있는 지위에 있다면, 그 사람은 수상입니다. 그리고 누군가 그 사실들에 대한 진실을 말할 수 있다면, 그 사람 역시 그 동일한 신사입니다. 하지만 볼드윈 씨와 휘터커 씨의 말은 서로 다릅니다. 볼드윈 씨가 정보를 많이 알고 있다면, 휘터커 씨도 마찬가지이지요. 그럼에도 불구하고 그들은 서로 상반된 견해를 표명합니다. 볼드윈 씨는 여성이 일등 공무원이라고 말합니다. 반면 휘터커 씨는 그들이 삼등 공무원이라고 말하지요. 간단히 말해서 이것은 볼드윈 대

(對) 휘터커의 문제입니다. 이것은 아주 중요한 문제이므로 수상 대(對) 연감의 진술을 검토해 보기로 합시다. 교육받은 남성의 딸의 빈곤뿐 아니라 교육받은 남성의 아들들의 심리에 있어서 우리를 어리둥절하게 만든 여러 가지 의문에 대한 답이 달려 있으니까요.

당신은 이러한 문제를 검토할 만한 자격을 명백히 갖추고 있습니다. 법정 변호사로서 당신은 전문직에 대한 직접적인 지식을 갖추고 있으며 교육받은 남성으로서 여러 전문직에 대한 간접적인 지식 또한 가지고 있으니까요. 그리고 메리 킹즐리와 같은 계층의 교육받은 남성의 딸들은 직접적인 지식은 없다 하더라도, 아버지와 삼촌, 사촌과 남자 형제를 통해서 전문직 생활(그것은 그들이 종종 바라본 사진입니다.)에 대한 간접적인 지식을 어느 정도 가지고 있다고 말할 수 있을 것입니다. 그들은 그럴 생각만 있다면, 문틈으로 들여다보고 기록을 하고 신중하게 질문을 던짐으로써 이 간접적인 지식을 증가시킬 수 있습니다. 그러므로 이 중요한 볼드윈 대 휘터커의 문제를 검토하기 위해서 전문직에 대한 우리의 일차적이거나 이차적인 지식, 직접적이고 간접적인 지식을 그러모으면, 무엇보다 먼저 우리는 전문직이 대단히 기묘하다는 사실에 동의하게 될 것입니다. 현명한 사람이 정상에 오르는 것도 아니고, 어리석은 사람이 밑바닥에 남아 있는 것도 아닙니다. 이 상승과 하락은 틀이 정해진 투명하고 합리적인 과성이 결코 아님을 우리 모두 인정할 수 있지요. 생각해 보면 알 수 있듯이, 결국 판사는 아버지들입니다. 사무차관은 아들이 있지요. 판사는 사법 비서관이 필요하고, 사무차관은 개인 비서관이 필요합니다. 조카가 사법 비서관이 되고 옛 동창의 아들이 개인 비서관이 되는 것보다 더 자연스러운 일이 어디 있겠습니까? 그런 특권을 줄 수 있는 권한은 공직자의 당연한 권리입니다. 이따금 시가를 얻어 피우거나 입지 않는 옷을 얻는 것이 가정집 하인의 특권이듯이 말입니다. 그러나 그런 특권의 부여, 그런 영향력의 행사로 인해서 전문직의 세계는 기묘한 곳이 됩니다. 두뇌의 능력이 동일하다 하더라도, 어떤 사람들은 성공이 쉽지만 다른 사람들은 어렵습니다. 그래서 어떤 사람은 예기치 않게 높은 지위에 오르지만, 어떤 사람은 예기치 않게 영락하며, 어떤 사람은 이상하게도 고정된 자리에 머물러 있습니다. 결과적으로 전문직은 기묘한 세계가 됩니다. 사실 기묘한 곳이기 때문에 공공의 이익이 되는 경우도 종종 있습니다. 트리니티 대학 학장에서부터 아래로 (어쩌면 몇몇 여교장들을 제외하고) 어느 누구도 시험관의 무과실을 믿지 않으므로, 어느 정도의 탄력성은 대중에게 이득이 됩니다. 비인격적인 것에 오류의 가능성이 있으므로, 인격적인 것으로 보완되면 좋겠지요. 그러므로 우리 모두에게 다행스럽게도, 공직 위원회는 말 그대로 참나무나 분할된 철제 칸막이로 만들어진 것이 아닙니다. 위원회나 부서는 모두 인간의 공감을 전달하며 인간의 반감을 반영하므로 그 결과, 불완전한 시험 체계가 개선되고, 공공의 이익에 도움이 되며, 혈연과 우정의 유대가 인정됩니다. 그러므로 '미스'라는 칭호는 분명 시험장에서 효과적인 인상을 주지 못하는 진동을 위원회 탁자나 부서의 칸막이

들 사이로 보낼 것입니다. '미스'는 성을 전송합니다. 성은 그와 더불어 어떤 냄새를 전달하지요. '미스'는 페티코트의 사각거리는 소리를 전달하고, 칸막이 저편에서도 맡을 수 있는 향기롭거나 그렇지 못한 냄새를 전달하면서 그쪽에 불쾌감을 줍니다. 사적인 가정에서는 매력적이고 위안을 주는 것이 사무실에서는 정신을 산란하게 만들고 노여움을 격화시킵니다. 대주교 위원회는 설교단에서도 사정이 그러하다고 분명히 말합니다.[미주10] 화이트홀도 그 점에 있어서 마찬가지로 민감할 겁니다. 어떻든 미스는 여성이므로, 미스는 이튼이나 크라이스트처치에서 교육을 받지 못했지요. 미스는 여성이므로, 미스는 아들이나 조카도 아닙니다. 우리는 헤아릴 수 없는 것들 사이를 더듬으며 위태롭게 나아가고 있습니다. 발끝으로 걸어서는 아주 멀리까지 나아갈 수 없겠지요. 우리는 공직에서 성에 들러붙은 냄새가 무엇인지를 알아내려고 합니다. 사실이 아니라 지극히 미묘한 낌새를 맡아보려고 합니다. 그러므로 우리의 코에 의지할 것이 아니라 외부의 증거를 불러오는 편이 좋겠지요. 공공 언론으로 몸을 돌려서 그곳에서 유통되는 견해들 가운데 우리를 이끌어 줄 실마리를 찾을 수 있을지 알아보도록 합시다. 화이트홀에서 '미스'라는 단어를 둘러싼 그 냄새, 그 분위기에 관한 미묘하고 어려운 문제를 해결하기 위해서 말입니다. 신문을 참조해 봅시다.

우선,

내가 생각하기에 당신의 투고자는 …… 여성에게 자유가 너무 많다는 의견에 관한 이 논의를 정확하게 요약하고 있다. 소위 이 자유는 전쟁으로 인해 여성이 이전에는 알지 못했던 의무를 떠맡으면서 생겨났을 것이다. 그들은 그 당시에 훌륭하게 봉사했다. 불행히도 그들은 그들이 이룬 업적의 가치와 전혀 걸맞지 않는 칭찬과 총애를 받았다.[미주11]

서두로는 꽤 괜찮은 편입니다. 그러나 계속 읽어 봅시다.

나는 사회의 이 부문(성직자 집단)에 만연한 고통의 상당 부분은 가능하면 어디에서나 여성이 아닌 남성을 고용하는 정책으로 해소할 수 있다고 생각한다. 오늘날 관청, 우체국, 보험회사, 은행, 그 밖의 다른 사무직에서 남성이 할 수 있는 일을 수천 명의 여성들이 대신하고 있다. 반면에 자격을 갖춘 젊은이나 중년의 남성 수천 명은 일거리를 전혀 구하지 못하고 있다. 가사에 있어서 여성의 노동에 대한 수요가 크다. 노동력을 다시 분배하는 과정에서, 성직으로 흘러 들어간 많은 여성들이 가사노동을 충당할 수 있을 것이다.[미주12]

당신도 동의하시겠지만, 고약한 냄새가 강해지고 있습니다. 그리고 다시 한번,

수천 명의 젊은 여성들이 지금 하고 있는 일을 남성들이 대신한다면 남성들은 그 여성들을 훌륭한 집에서 부양할 수 있다. 이 말은 틀림없이 수천 명의 젊은 남성들의 견해를 대변할

것이다. 지금 남성들을 빈둥거리도록 내몰고 있는 여성들이 진정으로 있어야 할 곳은 가정이다. 더 많은 남성들에게 일거리를 주도록, 그리하여 그들이 지금은 접근할 수도 없는 그 여성들과 결혼할 수 있도록, 정부가 고용주들에게 압력을 넣을 때가 되었다.[미주13]

자, 이제 그 고약한 냄새는 의심의 여지가 없습니다. 고양이가 자루에서 튀어나와 정체를 드러냈고, 그 이름은 톰입니다.

이 세 가지 인용문에 담긴 증거를 고려한다면, '미스'라는 단어가 사적인 가정에서는 아무리 달콤한 향기를 풍긴다 하더라도 화이트홀에서는 칸막이 저편의 코에 불쾌감을 주는 어떤 고약한 냄새를 풍기며, '미스'가 부착된 이름은 이 냄새 때문에 급료가 상당한 높은 영역으로 오르기보다는 급료가 낮은 저급한 영역에서 맴돌 거라고 생각할 이유가 충분히 있다는 데 동의할 것입니다. '미시즈'로 말하자면, 그것은 오염된 단어입니다. 역겨운 단어이지요. 그 단어에 대해서는 언급을 피하는 편이 더 나을 것입니다. 그 냄새가 그처럼 고약하게 화이트홀의 콧구멍을 찌르고 있기에, 화이트홀은 그것을 전적으로 배제합니다. 천국에서와 마찬가지로 화이트홀에서는 결혼도 불가능하고 결혼을 공표하는 것도 불가능하지요.[미주14]

그렇다면 그 냄새 ― 그것을 '분위기'라고 부를까요? ―는 전문직에서 대단히 중요한 요소입니다. 다른 중요한 요소들이 그렇듯이 그것도 감지할 수 없지만 말입니다. 그것은 시험 감독관의 코는 피할 수 있지만 위원회와 부서를 뚫고 들어가 그 안에 있는 사람들의 감각에 영향을 미칩니다. 우리가 직면한 문제가 그것과 관련이 있다는 사실은 부정할 수 없지요. '볼드윈' 대 '휘터커'의 문제에 있어서 수상과 연감이 둘 다 진실을 말하고 있다고 단정할 수 있도록 해 주니까요. 여성 공무원이 남성들만큼의 보수를 받을 가치가 있다는 것은 사실입니다. 그러나 그녀가 남성들만큼 받지 못하는 것 또한 사실입니다. 이러한 불일치는 분위기에서 비롯되는 것이지요.

분위기는 분명 매우 강력한 힘을 발휘합니다. 분위기는 사물의 크기와 형태를 변화시킬 뿐 아니라, 분위기에 영향을 받지 않는다고 여겨지는 급료와 같은 실질적인 부분에도 영향을 미칩니다. 분위기에 대해서라면 서사시도 한 편 쓸 수 있고 소설을 열 권이나 열다섯 권쯤 쓸 수도 있겠지요. 하지만 이것은 편지에 불과하고 당신은 시간에 쫓기고 있으므로, 교육받은 남성의 딸들이 겨뤄야 할 가장 강력한—부분적으로는 가장 감지하기 어렵다는 이유 때문에—적들 가운데 하나가 분위기라는 명백한 진술에 국한하기로 합시다. 이 진술이 과장되었다고 생각한다면, 이 세 가지 인용문에 함축된 분위기를 다시 한번 살펴보십시오. 거기에서 우리는 전문직 여성의 급료가 아직도 무척 낮은 이유뿐 아니라 그보다 더 위험한 것을 발견할 수 있습니다. 만약 유포된다면 양성에 똑같이 해악을 끼칠 것이지요. 거기 그 인용문들에는 다른 나라에서 다른 이름으로 불리는 바로 그 동일한 벌레의 알이 들어 있습니다. 거기에는 그 생물의 유충이 들어 있지요. 그 생물이 이탈리아인이거나 독일인일 때 우리는 그것을 '독재자'라고 부릅니다. 그 독재자는 다른 인간들에게 어떻게 살아야 할지, 무엇을 해야 할지를 명령할 권리가 자신에게 있다고 믿습니다. 그 권리를 신이 부여했건, 자연이 주었건, 아니면 성이나 인종에 따라 받았건, 그것은 문제가 되지 않습니다. 다시 인용해 보기로 하지요. "지금 남성들을 빈둥거리도록 내몰고 있는 여성들이 진정으로 있어야 할 곳은 가정이다. 더 많은 남성들에게 일거리를 주도록, 그리하여 그들이 지금은 접근할 수도 없는 여성들과 결혼할 수 있도록, 정부가 고용주들에게 압력을 넣을 때가 되었다." 이 옆에 다른 문장을 인용해 봅시다. "국가의 삶에는 두 가지 세계, 즉 남성의 세계와 여성의 세계가 있다. 자연은 현명하게도 남성에게 그의 가족과 국가를 보살피도록 위탁했다. 여성의 세계는 그녀의 가족과 남편, 아이들과 가정이다."[10] 전자는 영어로 기록되었고 후자는 독일어로 기록되었습니다. 그러나 무슨 차이가 있습니까? 이 두 가지가 동일한 것을 말하고 있지 않습니까? 영어로 말하건 독일어로 말하건 간에, 이것은 둘 다 독재자의 목소리가 아닙니까? 그리고 우리가 외국에서 보게 되는 그 독재자는 매우 추할 뿐 아니라 아주 위험한 동물이라고 우리 모두 동의하지 않았던가요? 그런데 그 독재자가 여기 우리들 사이에 있습니다. 작고 추한 머리를 들고 독을 내뿜으며 이파리 위의 모충처럼 아직은 몸을 웅크리고 있지만, 여기 영국의 심장부에 있는 것입니다. 다시 웰스 씨의 말을 인용하자면 "파시스트와 나치 당원들에 의한 자유의 실

---

10) 아돌프 히틀러의 연설에서 발췌. 《선데이 타임스》, 1936. 9. 13, 23쪽.

제적 말살"은 바로 이 알에서 비롯된 것이 아닌가요? 사무실에서 이 독을 들이마시며 무기도 없이 은밀히 이 벌레와 싸워야 하는 여성은 파시스트나 나치 당원에 대항하여 싸우는 것이 아닌가요? 무기를 들고 공공연히 이목을 끌며 싸우는 사람들과 마찬가지로 말입니다. 이 싸움은 그녀의 힘을 고갈시키고 그녀의 정신을 피폐하게 만들지 않을까요? 우리가 그녀에게 외국의 독재자를 격파하도록 도와 달라고 요청하기 전에, 그녀가 영국에 존재하는 독재자를 격파하도록 우리가 도와야 하지 않을까요? 그리고 주 중 어느 날이나 가장 권위 있는 신문에서도 이런 알들을 찾아낼 수 있는데, 우리가 무슨 권리로 우리의 자유와 정의의 이상을 다른 나라에 떠벌릴 수 있겠습니까?

적절하게도 당신은 이 부분에서 장광설로 흐를 징후를 모두 억제하려고 하겠지요. 이 편지에서 표현된 견해들이 우리의 국가적 자긍심에 전적으로 유쾌한 것은 아니지만 두려움과 질투의 자연스러운 표현이며 우리가 그것을 비난하기 전에 이해해야 한다고 지적하면서 말이지요. 이 신사들이 약간 지나칠 정도로 자신들의 급료와 안정을 염려하는 듯이 보이는 것은 사실이지만, 그들 성의 전통을 고려하면 그것은 이해할 수 있는 일이고 심지어 자유에 대한 진정한 사랑과 독재에 대한 진정한 혐오와도 양립할 수 있는 것이라고 당신은 말할 것입니다. 이 신사들은 남편이자 아버지이고 그런 역할을 하기를 바라고 있으며 그 경우 가족의 부양은 그들에게 달려 있으니까요. 다시 말해서 당신의 말은 현재 세계가 두 가지 업무,

즉 공적인 업무와 사적인 업무로 나뉘어 있다는 의미로 받아들일 수 있습니다. 한 세계에서 교육받은 남성의 아들들은 공무원, 판사, 군인으로 일하고 그 일에 대한 보수를 받습니다. 다른 세계에서 교육받은 남성의 딸들은 아내, 어머니, 딸로 일합니다. 그러나 그들은 그 일에 대한 보수를 받지 못하고 있지 않습니까? 어머니, 아내, 딸의 노동은 화폐로 환산해 볼 때 국가에 아무런 가치도 없는 걸까요? 이 사실은, 만약 이것이 사실이라면, 너무 놀라운 것이라서 우리는 그 완벽한 휘터커에게 다시 한번 문의하여 확인해야 합니다. 그의 책을 다시 찾아보기로 합시다. 그 책장들을 모두 넘기고 다시 넘겨 봅니다. 믿을 수 없지만 부정할 수 없는 사실인 듯합니다. 이 모든 직업들 가운데 어머니의 직위 같은 것은 없습니다. 이 모든 급료들 가운데 어머니의 급료 같은 것은 존재하지 않습니다. 대주교의 업무는 국가에 연간 1만 5000파운드의 가치가 있습니다. 판사의 업무는 연간 5000파운드의 가치가 있지요. 사무차관의 업무는 연간 3000파운드의 가치가 있습니다. 육군 대위, 해군 대위, 기병 하사관, 경찰, 우편집배원 — 이 모든 직무는 세금에서 나오는 급료를 받을 가치가 있습니다. 그러나 하루도 빠지지 않고 온종일 일하는 아내, 어머니, 딸 들의 노동은 전혀 보수를 받지 못합니다. 그들의 노동이 없다면 국가는 붕괴하여 해체되고, 그 노동이 없다면 당신의 아들도 존재하지 않을 텐데요. 이것이 가능한 일일까요? 아니면 우리는 그 완벽한 휘터커에게 오류가 있음을 입증한 것일까요?

아, 이 부분에 또 다른 오해가 있다고 당신은 이의를 제기할 겁니다. 남편과 아내는 한 몸일 뿐 아니라 한 지갑이라는 거지요. 아내의 급료는 남편 수입의 절반입니다. 남성이 여성보다 보수를 더 많이 받는 것은 바로 그런 이유, 그에게 부양할 아내가 있기 때문이라는 것이지요. 그렇다면 미혼 남성은 미혼 여성과 동일한 보수를 받습니까? 그렇지 않은 듯합니다. 틀림없이 이 문제는 기묘한 분위기의 영향을 또다시 드러내지만, 그냥 넘어가기로 합시다. 아내의 급료가 남편 수입의 절반이라는 당신의 진술은 공정한 합의처럼 보입니다. 그것이 공정하니까 틀림없이 법적으로 보장되었겠지요? 법은 이런 사적인 문제들을 개인적으로 해결하도록 내버려 둔다는 당신의 대답은 그다지 만족스럽지 못하군요. 공동 수입의 절반인 아내의 몫이 법적으로 그녀의 손에 지급되는 것이 아니라 남편의 손에 들어간다는 뜻이니까요. 그러나 아마도 정신적 권리는 법적 권리만큼이나 구속력이 있겠지요. 교육받은 남성의 아내에게 남편 수입의 절반에 대한 정신적 권리가 있다면, 교육받은 남성의 아내는 일단 공동의 가계비를 치르고 나서 자신에게 호소하는 어떤 대의에건 쓸 수 있는 돈을 남편만큼 갖게 되겠지요. 자, 휘터커의 증언을 들어 보십시오. 일간 신문에 게재된 유서를 보십시오. 그녀의 남편이 자기 직업에서 상당한 보수를 받을 뿐 아니라 대단한 자산가인 경우가 종종 있습니다. 그러므로 오늘날 전문직에서 여성이 벌 수 있는 총액이 연간 250파운드라고 주장하는 이 여성은 문제를 회피하고 있는 것입니다. 교육받은 계층에서 결혼이라는 직업은 상당한 보수를 보장하니까요. 남편 급료의 절반에 대한 권리, 정신적 권리가 있으니 말입니다. 하지만 이 수수께끼는 점점 복잡해지고, 이 불가사의는 더욱 풀기 어려워집니다. 부자의 아내들이 부유한 여성들이라면, 어떻게 해서 W.S.P.U.의 수입은 연간 4만 2000파운드에 불과할까요? 어떻게 해서 대학 재건 기금의 명예 회계원이 아직도 10만 파운드를 요청하고 있을까요? 어떻게 해서 전문직 여성의 취업을 돕는 단체의 회계원이 임대료를 낼 돈을 요청할 뿐 아니라 책과 과일, 입지 않는 옷가지 들에 대해서도 고마워할까요? 아내로서의 노동에 대한 보수가 없기 때문에 아내가 남편 수입의 절반에 대한 정신적 권리를 가지고 있다면, 그녀는 자신에게 호소하는 대의명분에 쓸 수 있는 돈을 남편만큼 가져야 하는 것이 사리에 맞습니다. 그런데 대의명분을 호소하는 사람들이 아직도 모자를 손에 들고 서서 구걸하고 있으므로, 그 명분들이 교육받은 남성의 아내에게 흥미를 끌지 못했다는 결론을 내릴 수밖에 없습니다. 그녀에 대한 비난은 아주 심각한 것이지요. 생각해 보십시오. 돈이 있습니다. 가계에 필요한 비용을 지급하고 난 다음에 교육, 유흥, 자선 행위에 쓸 수 있는 잉여 자금이지요. 그녀의 남편이 자기 몫을 자유롭게 쓸 수 있듯이 그녀도 자신의 몫을 자유롭게 쓸 수 있습니다. 자기 마음에 드는 어떤 대의명분에건 그 돈을 쓸 수 있지요. 하지만 그녀는 자신의 성에 중요한 그 대의명분에는 그것을 쓰지 않으려고 합니다. 거기 그들이 모자를 손에 들고 구걸하고 있는데도 말이지요. 바로 이것이 그녀에게 제기될 엄중한 비난입니다.

그러나 그녀에게 비난을 던지기 전에 잠시 멈추어 봅시다.

교육받은 남성의 아내가 공동의 잉여 자금에서 자기 몫을 실제로 사용하는 대의명분, 유흥, 자선 행위가 어떤 것인지 의문을 가져 봅시다. 여기서 우리는 좋든 싫든 간에 우리가 직면해야 할 사실과 마주치게 됩니다. 그 사실은, 우리 계층의 기혼 여성들의 취향이 두드러지게 남성적이라는 것입니다. 그녀는 막대한 금액을 매년 파티 자금과 스포츠, 꿩 사냥, 크리켓과 축구에 씁니다. 그녀는 클럽에 아낌없이 돈을 냅니다. 가장 유명한 클럽만 들자면 '브룩스', '화이트', '여행자', '개혁', '아테네 신전'이 있습니다. 이런 대의명분과 유흥과 자선 행위에 그녀가 지출하는 비용은 매년 수백만 파운드에 이릅니다. 하지만 지금까지 이 금액의 대부분은 그녀가 누리지 못하는 즐거움에 지출되었지요. 그녀는 자신의 성이 출입 금지된 클럽에, ^{미주15} 자신이 말을 타지 않는 경마장에, 자신의 성이 배제된 대학에, 수천 파운드에 수천 파운드를 내놓습니다. 그녀는 자기가 마시지 않은 포도주와 자기가 피우지 않은 시가의 청구서에 매년 막대한 돈을 지불합니다. 간단히 말해서, 우리가 교육받은 남성의 아내에 대하여 내릴 수 있는 결론은 오직 두 가지입니다. 첫 번째는 그녀가 더없이 이타적인 존재라서 공동 자금의 자기 몫을 남편의 오락과 명분에 쓰기 좋아한다는 것입니다. 그보다는 감탄스럽지 못하지만 더욱 가능성이 높은 두 번째 결론은 그녀가 더없이 이타적인 존재가 아니라, 남편 수입의 절반의 몫에 대한 그녀의 정신적 권리가 점차적으로 소멸하여 실제로는 식사, 잠자리 및 용돈과 옷을 사기 위해 매년 받는 푼돈으로 줄어든다는 것입니다. 이 결론들 중 어느 한쪽이 옳겠지요. 공공 기관과 기부자 명단을 증거로 놓고 보면 그 밖의 다른 결론은 전적으로 불가능합니다. 교육받은 남성이 자신의 모교인 학교와 대학에 얼마나 후하게 지원하는지, 파티 기금에 얼마나 호사스럽게 기부하는지, 자신과 아들의 마음을 교육하고 신체를 단련해 줄 모든 기관들과 스포츠에 얼마나 아낌없이 공헌하는지를 생각해 보십시오. 논의의 여지가 없는 이러한 사실들은 매일 일간 신문에서 찾아볼 수 있습니다. 그러나 기부자 명단에서 그녀의 이름이 빠져 있다는 점과 그녀의 마음과 몸을 교육하는 기관의 가난함은, 공동 수입에서 아내의 정신적 몫이 남편이 승인하는 명분과 그가 즐기는 오락 쪽으로 쏠리도록 ── 감지할 수는 없지만 불가항력적으로 ── 만드는 무엇인가가 사적인 가정의 분위기에 내재한다는 사실을 입증하는 듯합니다. 떳떳하건 떳떳하지 못하건 간에 그것은 사실입니다. 그리고 바로 그러한 이유에서 다른 명분들은 구걸을 하며 서 있는 것입니다.

휘터커가 제시한 사실과 기부자 명단이라는 사실을 앞에 놓고, 우리는 논박할 수 없는 세 가지 사실에 도달한 듯이 보입니다. 그것은 전쟁을 방지하도록 당신을 도울 수 있는 방법에 대한 우리의 탐구에 커다란 영향을 미칠 사실들이지요. 첫 번째 사실은 교육받은 남성의 딸들이 그들의 공적 봉사에 대해 공공 기금에서 받는 보수가 대단히 적다는 것입니다. 두 번째는 그들이 사적인 봉사에 대해서는 공공 기금에서 전혀 보수를 받지 못한다는 것입니다. 그리고 세 번째는 남편의 수입에서 그들의 몫은 실체가 있는 것이 아니라 정신적 혹은 명목상의 몫이며, 아내와 남편 둘 다 옷을 차려입고 음식을 먹은 다음 명분과 유흥과 자선 행위에 쓸 수 있는 잉여 자금은 기이하게도 남편이 즐기고 인정하는 명분과 유흥과 자선 행위 쪽으로 명백히 이끌려 간다는 것입니다. 실제로 급료를 받는 사람이 그 급료를 쓸 용도를 결정할 실제적 권리를 가진 듯합니다.

그렇다면, 이런 사실들로 인해서 우리는 침울한 기분과 다소 변화된 관점을 가지고 출발점으로 돌아오게 됩니다. 당신도 기억하시겠지만, 우리는 전쟁을 방지하도록 도와 달라는 당신의 호소를 전문직에서 생계비를 벌고 있는 여성들에게 돌리려 하고 있었으니까요. 우리는 그들에게 호소해야 한다고 말했지요. 우리의 새로운 무기, 독립적 수입에 근거한 독자적 견해의 영향력을 소유한 사람들이 그들이니까요. 그러나 이런 사실들은 다시 한번 우리를 우울하게 만듭니다. 우선, 우리의 잠재적 원조자 범주에서 결혼이 직업인 대규모의 집단을 배제해야 한다는 점이 명확해집니다. 그것은 보수를 받지 못하는 직업이고, 남편 급료의 절반에 대한 정신적 몫은 실제적 몫이 아님이 사실로 드러났기 때문입니다. 그러므로 독자적 수입에 입각한 공평무사한 영향력은 제로입니다. 만약 남편이 무력을 선호한다면 그녀 역시 무력을 옹호하게 되겠지요. 두 번째로, 이러한 사실들은 "수년간의 경험이 있고 고도의 자격을 갖춘 여성에게도 연간 250파운드를 버는 것은 대단한 성취였다."라는 진술이 새빨간 거짓말이 아니라 상당히 그럴싸한 진실임을 입증하는 듯합니다. 그러므로 교육받은 남성의 딸들이 현재 돈을 버는 능력으로 발휘할 수 있는 영향력이란 그다지 높이 평가될 수 없습니다. 하지만 우리가 도움을 요청해야 할 사람이 바로 그들이라는 점이 전보다 더욱 명백해졌으므로—우리를 도울 수 있는 사람은 그들밖에 없으니까—그들에게 호소해야 합니다. 그렇다면 이러한 결론으로 인해서 우리는 앞서 인용했던 편지—교육받은 남성의 딸들이 전문직에 고용되도록 원조하는 단체에 기부를 요청한 명예 회계원의 편지—로 되돌아가게 됩니다. 당신도 동의하시겠지만, 우리가 그녀를 도우려는 데에는 강한 이기적인 동기가 있습니다. 그 점에 대해서는 의심할 여지가 없지요. 여성이 전문직에서 생계비를 벌도록 도와줌으로써 여전히 그들에게 가장 강력한 무기인 독자적 견해라는 무기를 소유하도록 도우려는 것이니까요. 당신이 전쟁을 방지하도록 돕기 위해서 그들 나름의 마음과 그들 나름의 의지를 갖추도록 도우려는 것입니다. 그러나 ··· 여기서 또다시 이 점들에 의혹과 주저가 나타납니다. 위에서 제시된 사실들을 고려하건대, 1기니를 사용할 방법에 관하여 엄격한 조건들을 붙이지 않고 그 돈을 보낼 수 있을까요?

그녀의 재정 상태에 대한 그녀의 진술을 검토하면서 발견한 사실들로 인해 여러 가지 의문이 일었고, 전쟁을 방지하기 위해서 사람들이 전문직에 종사하도록 장려하는 것이 현명한 일인지 의심하게 되었기 때문입니다. 기억하시겠지만, 우리는 심리적 통찰력(그것이 우리가 갖춘 유일한 능력이므로)을 이용하여 인간 본성의 어떠한 자질들이 전쟁을 일으키는가를 알아내려고 하고 있습니다. 위에서 밝혀진 사실들로 미루어 보건대, 교육받은 남성의 딸들이 전문직에 들어가도록 권장한다면 우리가 억제하고자 하는 바로 그 자질들을 고무하는 것이 아닌가 하는 의문이 수표를 써 보내기 전에 일어나는 것이지요. 앞으로 이삼백 년이 지나면 전문직에 종사하는 교육받은 남성뿐 아니라 전문직의 교육받은 여성도 당신이 지금 우리에게 던진 바로 그 질문, "우리가 어떻게 전쟁을 방지할 수 있는가?"를 묻는 상황—하지만 시인의 말대로 "아, 누구에게?"—이 벌어지고, 우리는 그런 상황을 만드는 데 우리가 기부한 기니만큼 공조한 것이 되지 않을까요? 만약 전문직에 종사하는 방법에 관하여 어떤 조건도 제시하지 않은 채 딸들이 전문직에 들어가도록 장려한다면, 우리는 바늘이 고정된 축음기처럼 지금 인간들이 불길하게도 한목소리로 뱉어 내는 그 옛 곡조를 판에 박아 찍어 내도록 최선을 다하는 것이 아닐까요? "자, 우리는 오디나무를 돌아서 간다, 오디나무, 오디나무. 나에게 전부 줘, 나에게 전부 줘, 나에게 모두 다. 전쟁에 들어간 3억 파운드를."[11] 이런 노래 또는 이와 비슷한 노래가 귓전에 울리는 가운데, 우리는 명예 회계원에게 미래의 전문직은 다른 노래와 다른 결론에 이르도록 실천하겠다고 맹세해야 우리의 기니를 받을 수 있다고 경고하지 않을 수 없습니다. 우리의 기니가 평화라는 명분에 쓰일 거라고 우리를 안심시킬 수 있어야만 그녀는 그 기니를 받을 것입니다. 그런 조건들을 명확하게

---

11) "여기 우리는 오디나무 덤불을 돌아서 간다."는 어린이 노래 게임의 후렴구이다.

제시하기는 어렵습니다. 현재 우리의 심리학적인 무지로 인해서 어쩌면 불가능하지요. 그러나 이 문제는 아주 심각하며 전쟁은 견딜 수 없이 참혹하고 대단히 비인간적이기 때문에, 어떻게든 시도해 보아야 할 것입니다. 그러므로 그 동일한 숙녀에게 보내는 다른 편지를 작성해 보기로 하지요.

"부인, 당신의 편지는 오랫동안 답장을 기다렸습니다. 하지만 우리는 당신에 대한 몇 가지 비난을 검토하고 어떤 의문점들을 문의해 보았습니다. 당신이 거짓말하고 있다는 혐의가 해소됐다는 것을 알면 당신은 안도감을 느끼겠지요. 당신이 가난하다는 것은 사실인 듯하니까요. 더 나아가 당신이 게으르고 무감각하며 탐욕적이라는 혐의도 해소됐습니다. 당신이 옹호하는 여러 가지 대의명분들은, 은밀하고 비효과적이긴 하지만 당신에게 긍정적으로 작용합니다. 당신이 구운 쇠고기와 맥주보다 아이스크림과 땅콩을 좋아한다면, 그것은 미각보다는 경제적인 이유에서 그렇겠지요. 당신이 발행하는 안내장과 소책자들, 당신이 주선하는 회의와 당신이 조직하는 바자회를 생각해 보면, 당신에게는 음식에 지출할 돈이 그다지 많지 않고 그것을 먹을 시간적 여유도 많지 않을 테니까요. 실제로 당신은 내무성에서 승인한 근무 시간보다 훨씬 더 긴 시간들을 더구나 급료도 받지 못하면서 일하는 듯합니다. 하지만 비록 우리가 당신의 가난을 유감스럽게 여기고 당신의 근면함을 칭찬할 의향이 있다 하더라도, 여성이 전문직에 종사하면서 전쟁을 방지할 거라는 확신을 우리에게 줄 수 없다면, 우리는 여성의 취업을 도우려는 당신을 위해서 1기니를 보내지 않을 것입니다. 당신은 그것이 모호한 말이고 불가능한 조건이라고 대답하겠지요. 그렇다고는 하더라도 기니는 희귀하고 가치 있는 돈이므로, 당신은 우리가 제시하려는 조건에 귀를 기울여야 할 것입니다. 당신이 넌지시 암시하듯이 그 조건들을 간단하게 기술한다면 말이지요. 자, 그렇다면 부인, 당신은 한편으로는 보조금 법안에 관한 문제로, 다른 한편으로는 당신의 요청대로 투표하도록 귀족들을 유도하여 상원에 들여보내는 문제로, 또 한편으로는 영국 국회 의사록과 신문을 읽는 일(이것은 그다지 시간이 많이 걸리지 않을 겁니다. 거기서 당신의 활동에 대한 언급은 찾아볼 수 없을 테니까요.^{미주16} 침묵의 공모가 관례인 듯합니다.)로, 그리고 공직에서 동일한 업무에 동일한 보수를 받도록 기획하는 일로 시간에 쫓기고 있습니다. 게다가 바자회에서 산토끼 가죽과 낡은 커피포트들을 실제 가치보다 더 많은 돈을 받을 수 있도록 매혹적으로 보이게끔 진열하고 있지요. 한마디로 말해서 당신은 틀림없이 무척 바쁠 것이므로, 상황을 신속하게 개관하고, 당신 도서관의 책들과 당신 앞에 놓인 신문의 몇 단락을 논의하고 나서, 우리가 그 조건들을 덜 모호하게 진술하고 보다 명료하게 기술할 수 있을지 알아보기로 합시다.

그렇다면 우선 사물의 외면, 일반적 측면을 살펴보기로 합시다. 사물은 내면뿐 아니라 외면을 가지고 있음을 기억해야겠지요. 가까이 템스강 위에 다리가 걸쳐져 있습니다. 여러 가지를 개관하기에 적합한 훌륭한 위치이지요. 아래로 강이 흐르고 목재와 곡물을 가득 실은 거룻배가 지나갑니다. 한쪽에는 도시의 돔과 뾰족탑들이 있습니다. 다른 쪽에는 웨스트민스터 사원과 국회의사당이 있지요. 여기는 공상에 잠겨서 몇 시간을 보낼 만한 곳입니다. 그러나 지금은 아니지요. 지금 우리는 시간에 쫓기고 있으니까요. 자, 우리는 사실을 고려하기 위해 여기 서 있습니다. 이제 우리는 행렬 ─ 교육받은 남성의 아들들의 행렬 ─ 에 시선을 고정시켜야 합니다.

저기 그들이 지나갑니다. 사립 학교와 대학교에서 교육을 받은 우리의 남자 형제들이 계단을 오르고, 저 문들을 들락날락하며, 연단에 오르고, 설교하고, 가르치고, 법을 집행하고, 의사로 개업하고, 사업을 하고, 돈을 법니다. 그것은 언제 보아도 장엄한 광경입니다. 사막을 건너는 대상(隊商)처럼 보이는 행렬이지요. 증조할아버지, 할아버지, 아버지, 삼촌 ─ 그들은 모두 그 길로 갔습니다. 가운을 입고, 가발을 쓰고, 어떤 사람은 가슴에 리본을 드리우고, 어떤 사람은 그렇게 하지 않았지요. 한 사람은 주교였습니다. 다른 사람은 판사였지요. 한 사람은 제독이었습니다. 다른 사람은 장군이었지요. 한 사람은 교수였습니다. 다른 사람은 의사였지요. 그 행렬에서 이탈한 어떤 사람들이 태즈메이니아에서 빈둥거린다는 소문이 나중에 들리기도 했습니다. 어떤 사람들은 다소 누추한 옷을 입고 채링 크로스에서 신문을 파는 것이 목격되기도 했지요. 그러나 그들 대부분은 보조를 맞추어 규칙대로 걸었고, 어떻게 해서건 어딘가에, 대충 말하자면 웨스트엔드에 저택을 마련할 만큼 돈을 벌었으며, 가족 모두에게 쇠고기와 양고기를 공급했고, 아서를 교육시켰습니다. 이 행렬은 장엄한 광경입니다. 기억하시겠지만 이 광경을 위층 창문에서 곁눈질로 바라본 우리들은 어떤 질문을 스스로에게 던지게 됩니다. 그러나 지금 그리고 지난 이십여 년 동안 그 행렬은 우리가 그저 심미적 감식력을 가지고 바라볼 수 있는 광경이나 사진 혹은 시간의 벽 위에 낙서한 프레스코화에 불과한 것이 아닙니다. 저기 그 행렬의 꼬리에서 우리도 어슬렁거리며 따라가고 있으니까요. 이것은 상당한 차이를 만들어 냅니다. 아주 오랫동안 책에 그려진 화려한 행렬을 보아 왔거나 커튼이 드리워진 창가에 서서 교육받은 남성이 9시 30분경 집을 나서서 사무실로 가고 6시 30분경 사무실에서 집으로 돌아오는 것을 지켜보아 온 우리가 이제는 더 이상 수동적으로 바라볼 필요가 없습니다. 우리도 집을 나서서 저 계단을 오르고 저 문들을 들락날락하며 가발을 쓰고 가운을 입고 돈을 벌고 법을 집행할 수 있으니까요. 생각해 보십시오. 언젠가는 당신도 판사의 가발을 머리에 쓰고 어깨에 담비 털 가운을 두르거나, 사자와 유니콘 아래 앉고, 은퇴할 때 연간 5000파운드의 연금을 받을 수 있을 것입니다. 지금 이 초라한 펜을 긁적거리고 있는 우리가 백 년 또는 200년이 지나면 연단에 서서 연설할지도 모릅니다. 그때가 되면 어느 누구도 감히 우리에게 논박하려 들지 않겠지요. 우리는 신성한 정신의 대변인이 될 것입니다. 대단히 엄숙한 생각이지요, 그렇지 않습니까? 시간이 지나면 우리도 군복을 입고 가슴에 금빛 레이스를 달고 옆구리에 칼을 차고 머리에는 낡은 가정용 석탄 통(이 훌륭한 물건에 흰 말총 장식이 없다는 점만 제외하고)처럼 보이는 모자를 쓰지 않을 거라고 누가 말할 수 있겠습니까? 당신은 웃음을 터뜨립니다. 사적인 가정의 그늘에서 그런 옷들이 다소 기묘하게 보이는 것은 사실이지요. 우리는 너무 오랫동안 사복을 입어 왔습니다. 성 바울로가 권장한 베일이지요. 그러나 웃음을 터트리거나 남성과 여성의 패션에 대한 이야기를 하려고 우리가 여기 온 것은 아닙니다. 스스로에게 어떤 질문들을 던지려고 여기 다리 위에 서 있는 것이지요. 그것은 아주 중요한 질문들이고 그것에 답할 시간이 아주 조금밖에 없습니다. 이 변화의 순간에 저 행렬에 대해서 우리가 묻고 답해야 할 질문들은 남성과 여성 모두의 삶을 영원히 바꾸어 놓을 수 있을 정도로 아주 중요한 것입니다. 우리는 바로 지금 이 자리에서 스스로에게 물어야 하니까요. 저 행렬에 가담하기를 원하는가, 그렇지 않은가? 어떤 조건에서 우리는 저 행렬에 가담할 것인가? 그리고 무엇보다도 저 행렬, 교육받은 남성들의 행렬은 우리를 어디로 이끌어 가고 있는가? 순간은 짧습니다. 오 년간 지속될 수도 있고 십 년 혹은 어쩌면 몇 달간이 될 수도 있지요. 하지만 그 질문에 답해야 합니다. 이것은 지극히 중요한 문제이기 때문에, 교육받은 남성의 딸들 모두가 아침부터 밤까지 아무 일도 하지 않고 오로지 그 행렬에 대해 갖가지 관점에서 생각하고, 그것에 대해 숙고하고 분석하며, 그것에 대해 생각하고 읽고, 자신들의 생각과 읽은 것, 본 것과 추측한 것들을 수집하기만 한다 하더라도, 그들에게 개방된 다른 활동을 하는 것보다 훨씬 더 훌륭하게 시간을 보내는 것이 될 겁니다. 하지만 당신은 생각할 시간이 없다고 항의하겠지요. 당신은 전투를 치러야 하고, 임대료를 지불해야 하고, 바자회를 열어야 하니까요. 이러한 핑계는 당신에게 도움이 되지 않을 겁니다. 부인. 당신도 경험적으로 알고 있듯이 (그것을 입증한 사실들도 있습니다.) 교육받은 남성의 딸들은 언제나 근근이 사고를 해 왔습니다. 한적한 대학의 은둔처 안에 있는 서재 탁자의 초록 램프 불빛 아래 앉아서 사고한 것이 아니지요. 그들은 냄비를 휘저으며, 요람을 흔들면서 생각했습니다. 이렇게 하여 그들은 우리에게 아주 새로운 6펜스를 벌 권리를 획득해 준 것이지요. 이제 계속 생각할 임무가 우리에게 넘어왔습니다. 그 6펜스를 어떻게 쓸까요? 우리는 생각해야 합니다. 사무실에서, 버스에서, 군중 속에 서서 대관식과 런던 시장 취임 행렬을 지켜보면서 생각합시다. 전사자 기념비를 지나면서, 화이트홀에서, 하원 방청석에서, 왕립 재판소에서 생각합시다. 세례식과 결혼식, 장례식에서 생각하도록 합시다. 한시도 생각을 멈추지 않도록 합시다. 우리가 몸담고 있는 이 '문명'이란 무엇인가? 이 의식들은 무엇이고, 우리는 왜 거기에 참여해야 하는가? 이 직업들은 무엇이고, 우리는 왜 거기서 돈을 벌어야 하는가? 간단히 말해서, 교육받은 남성의 아들들의 이 행렬은 우리를 어디로 이끌어 가는가?

하지만 당신은 바쁘지요. 그러니 사실로 돌아가도록 합시다. 그러면 실내로 들어가서 당신 도서관의 선반에 있는 책들을 펼쳐 봅시다. 당신에게도 도서관이 있으니까요. 그것도 좋은 도서관이지요. 작업하는 도서관, 살아 있는 도서관입니다. 어떤 것도 사슬에 묶이거나 자물쇠로 잠기지 않은 도서관이지요. 삶을 영위한 사람들의 생애에서 노랫소리가 자연스레 솟아오르는 도서관입니다. 저기 시집이 있고 여기 전기가 있습니다. 이 전기들이 전문직에 대해서 어떤 사실을 밝혀 줄까요? 전문직 여성이 되도록 딸들을 돕는다면 전쟁을 방지할 거라고 우리가 생각하게끔 이 책들이 도와줄까요? 이 질문에 대한 답은 이 책들 도처에서 찾아볼 수 있고, 평이한 글을 읽을 수 있는 사람이라면 누구든지 쉽게 읽을 수 있습니다. 그런데 그 답이 무척 기묘하다는 것을 인정해야겠지요. 멀지 않은 과거이고 충분히 문서화된 시대인 19세기에 국한하여 전문직을 가진 남성의 전기를 읽어 보면, 우리가 읽는 전기가 거의 다 대체로 전쟁과 관련되기 때문입니다. 그들은 위대한 투사였지요. 빅토리아 여왕 시대에 전문직을 가진 남성들은 그렇게 보입니다. 웨스트민스터 전투가 있었지요. 대학교들의 전투가 있었습니다. 화이트홀의 전투가 있었지요. 할리가(街)의 전투가 있었습니다. 왕립 미술원의 전투가 있었지요. 이 전투들 가운데 어떤 것들은, 당신이 증언할 수 있겠지만, 지금도 진행되고 있습니다. 사실 19세기에 격심한 전투를 치르지 않은 듯한 유일한 직업은 문학이라는 전문직입니다. 전기들이 입증하는 바에 따르면, 다른 전문직들은 실제로 무기를 휘두르는 직업만큼이나 피에 굶주린 듯이 보입니다. 그 투사들이 육체에 상처를 입히지 않은 것은 사실입니다.[미주17] 기사도 정신이 그것을 금했지요. 그러나 시간을 낭비하는 전투는 피를 낭비하는 전투만큼이나 치명적이라는 데 당신은 동의할 겁니다. 돈이 들어가는 전투는 다리나 팔을 희생하는 전투만큼이나 치명적이라는 데 동의하겠지요. 회의실에서 입씨름하고 호의를 구걸하며 조롱을 숨기고 존경의 가면을 쓰면서 청춘의 힘을 소진해야 하는 전투는 어떤 의술로도 치유할 수 없는 상처를 인간의 정신에 남긴다는 데 동의할 겁니다. 심지어는 동일한 업무에 동일한 보수를 받기 위한 전투에도 시간을 써 버리고 노고를 쏟아부어야 했다는 데 동의하겠지요. 당신이 어떤 문제에 관해서 까닭 모를 침묵을 지키지 않는다면 말이지요. 자, 당신 서고의 책들은 이런 전투들을 너무 많이 기록하고 있어서 그것들을 전부 살펴보는 것은 불가능합니다. 그러나 그 전투들은 거의 모두 동일한 방식으로 치러졌고, 동일한 투사들 즉 전문직을 가진 남성 대(對) 그들의 누이와 딸들에 의해 치러진 듯이 보입니다. 그러므로, 시간이 촉박하니까, 전문직이 그것에 종사하는 사람들에게 어떤 영향을 미치는지 이해할 수 있도록 이 캠페인들 가운데 한 가지인 할리가의 전투를 살펴보고 검토해 보기로 합시다.

이 캠페인은 1869년에 소피아 젝스블레이크의 선도로 시작되었습니다. 그녀의 경우는 가부장제의 희생자 대 가장, 딸 대 아버지 사이에 있었던 그 위대한 빅토리아 시대의 전투를 전형적으로 보여 주는 사례이므로 잠시 검토할 만한 가치가 있습니다. 소피아의 아버지는 빅토리아 시대 당시 교육받은 남성의 훌륭한 표본으로서 친절하고 교양 있고 유복했지요. 그는 민법 박사 회관의 사무 변호사였습니다. 그는 여섯 명의 하인을 거느리고 말과 마차를 구비할 수 있었으며 그의 딸에게 음식과 잠자리뿐 아니라 그녀의 침실에 '멋진 가구들'과 '안락한 난롯불'을 제공할 수 있었습니다. '옷과 사적인 용돈'을 위한 급료로 그는 딸에게 연간 40파운드를 주었지요. 어떤 이유에서인지 그녀는 이 금액이 부족하다고 느꼈습니다. 1859년에 그녀는 다음 분기까지 자기에게 남은 돈이 9실링 9펜스밖에 없다는 사실을 생각하고 스스로 돈을 벌고자 했습니다. 그리고 시간당 5실링의 보수를 받는 개인 교사직에 대한 제안을 받았지요. 그녀는 아버지에게 그 제안에 대해 이야기했습니다. 그는 대답했지요. '내 사랑하는 딸아, 나는 이제야 네가 개인 교사로 보수를 받으려고 한다는 것을 들었다. 그건 네 품위를 떨어뜨리는 일이란다, 애야. 나는 그것에 동의할 수 없다.' 그녀는 자기주장을 펼쳤지요. '왜 제가 그걸 해서는 안 된다는 거지요? 아버지는 남성으로서 일을 하고 보수를 받으시지요. 어느 누구도 그것이 품위를 떨어뜨리는 일이라고 생각하지 않아요. 공정한 교환이라고 생각하지요. …… 톰은 내가 소규모로 하려는 것을 대규모로 하고 있어요.' 아버지가 대답했습니다. '네가 든 예들은 요점을 벗어난 거란다. …… T. W는 …… 남자로서 …… 자기 아내와 가족을 부양할 의무가 있다고 느끼지. 그는 인격을 갖춘 가장 우수한 사람만이 차지할 수 있는 높은 지위를 얻었고, 연간 1000파운드가 아니라 2000파운드에 가까운 수입을 얻는단다. …… 내 딸의 경우와는 전적으로 다르지! 너에게 부족한 것이 없고 (인간의 능력이 미치는 한에 있어서는) 앞으로도 없으리라는 걸 알고 있겠지. 만약 네가 내일이라도 내 마음에 드는 사람과 결혼한다면 — 혹시라도 그렇지 않은 결혼을 할 거라고는 생각하지 않지만 — 너에게 큰 재산을 줄 거란다.' 이 말에 대해 그녀는 일기에 자기 의견을 덧붙였지요. '바보처럼 나는 이번만은 보수를 포기하기로 동의했다. 비참할 정도로 가난한 신세였지만. 그건 어리석었다. 투쟁을 지연시킬 뿐이었다.'[미주18]

이 점에서 그녀는 옳았습니다. 자기 아버지와의 투쟁은 끝났습니다. 그러나 아버지들 일반 즉 가부장제 그 자체와의 투쟁은 다른 곳으로, 다른 시간대로 지연되었지요. 두 번째 싸움은 1869년 에든버러에서 일어났습니다. 그녀가 왕립 의과대학에 지원한 것이었지요. 그 전초전에 대한 신문 기사는 다음과 같습니다. '어제 오후 왕립 의과대학 앞에서 대단히 부적절한 성격의 동요가 일어났다. …… 4시 직전에 …… 거의 200명이나 되는 학생들이 그 건물로 이르는 정문 앞에 모였다…….' 의대생들은 고함을 지르고 노래를 불렀습니다. '그 문은 그들(여성들)의 면전에서 닫혔다. …… 핸디사이드 박사가 항의하려 했지만 시작조차 할 수 없었다. …… 애완용 양 한 마리가 그 방에 밀어 넣어졌다.' 등등. 그 방식은 케임브리지에서 '학위' 전투가 벌어졌을 때 사용되었던 것과 거의 동일합니다. 그리고 이 경우에도 또다시, 당국자들은 이 노골적인 방식을 개탄했고 자기들 나름의 더욱 주도면밀하고 더욱 효과적인 다른 방식을 사용했습니다. 신성한 교문 안에 주둔한 당국자들에게 여성의 입학을 허용하도록 설득할 수 있는 방법은 전혀 없었습니다. 그들은 신이 자신들 편이고, 자연이 자신들 편이며, 법이 자신들 편이고, 소유권이 자신들 편이라고 말했습니다. 대학은 오로지 남성을 위하여 설립되었습니다. 법적으로 남자들만이 대학의 기부금으로 혜택을 받을 수 있는 권리가 있었지요. 그러자 그 흔한 위원회가 구성되었습니다. 그 흔한 청원서에 서명을 받았지요. 그 흔하고 겸손한 호소가 전달되었습니다. 그 흔한 바자회가 열렸지요. 그 흔한 전략의 문제가 논의되었습니다. 평소와 마찬가지로 이런 문제가 제기되었습니다. 지금 공격해야 할까, 아니면 기다리는 편이 현명할까? 우리의 친구는 누구이며, 우리의 적은 누구인가? 평소와 마찬가지로 견해의 차이가 있었고, 조언자들 사이에 그 흔한 분열이 일어났습니다. 하지만 일일이 열거할 필요가 어디 있겠습니까? 그 진행 과정 전체가 너무 흔한 일이라서 1869년의 할리가의 전투는 현재 케임브리지 대학교의 전투라고 보아도 무리가 아닐 겁니다. 두 경우 모두 힘의 낭비, 감정의 낭비, 시간의 낭비, 돈의 낭비에 있어서 동일합니다. 거의 동일한 딸들이 거의 동일한 남자 형제들에게 거의 동일한 권리를 요구하고 있습니다. 거의 동일한 신사들이 거의 동일한 이유로 거의 동일한 거절의 말을 입에 올립니다. 인류에게 진보란 없는 듯합니다. 그저 반복이 있을 따름이지요. 귀를 기울이면, 그들이 동일한 옛 노래를 부르는 것을 들을 수 있을 정도입니다. '자, 우리는 오디나무를 돌아서 간다, 오디나무, 오디나무.' 만약 우리가 '소유, 소유, 소유'라고 덧붙여 부른다면, 사실을 왜곡하지 않으면서 각운을 맞출 것입니다.

하지만 우리는 옛 노래를 부르거나 빠진 각운을 채워 넣으려고 여기 있는 것이 아닙니다. 우리가 여기 있는 것은 사실을 고려하기 위해서니까요. 그리고 방금 전기에서 살펴본 사실들은 전문직이 교수들에게 부정할 수 없는 어떤 영향을 미친다는 것을 입증하는 듯합니다. 전문직에 종사하는 사람은 소유욕이 강해지고, 자기 권리가 조금만 침해당해도 몹시 신경을 곤두세우며, 감히 누군가 그 권리를 문제 삼으면 대단히 전투적이 됩니다. 그렇다면, 우리가 그 동일한 전문직에 들어간다면 바로 그 동일한 자질을 갖게 될 거라고 생각하는 것이 옳지 않을까요? 그리고 그러한 자질이 바로 전쟁을 유발하는 것이 아닌가요? 우리가 동일한 방식으로 전문직에 종사한다면, 앞으로 백 년 정도 지나서 우리는 지금 이 신사들과 똑같이 소유욕이 강하고, 권리를 빼앗기지 않으려고 노심초사하며, 호전적이고, 신과 자연 및 법과 재산의 규정에 대해 단정적이지 않을까요? 그러므로 여성이 전문직에 종사하도록 도움을 주려는 이 기니에 딸린 첫 번째 조건은 이것입니다. 당신은 온갖 능력을 동원하여 역설하겠다고 맹세해야 합니다. 어떤 전문직에라도 종사할 여성은 누군가가 남성이건 여성이건, 백인이건 흑인이건 간에 그 남자 또는 그 여자가 전문직에 들어갈 자격을 갖추고 있다면, 그 사람을 어떤 식으로든 방해하지 않을 것이며 온 힘을 다해서 그들을 돕도록 하겠다고 말입니다.

당신은 지금 이 자리에서 그 일에 손을 대겠노라고 말합니다. 그러면서 동시에 그 손을 뻗쳐서 이 기니를 잡으려고 합니다. 하지만 기다리십시오. 이 돈이 당신 것이 되기 전에 또 다른 조건들이 붙어 있으니까요. 다시 한번 교육받은 남성의 아들들의 행렬을 생각해 보십시오. 당신 자신에게 다시 한번 물어보십시오. 그것이 우리를 어디로 이끌어 가는

가? 한 가지 답이 즉시 떠오릅니다. 분명, 수입으로 이끌어 가지요. 최소한 우리에게는 상당한 금액으로 보이는 수입입니다. 휘터커는 그것을 의심할 수 없는 사실로 제시합니다. 휘터커의 증거 외에도 일간 신문에 제시된 증거가 있습니다. 우리가 이미 살펴본 유서와 기부금이 그 증거이지요. 예를 들어 어느 신문의 어느 호에 교육받은 남성 셋이 죽었다고 보도되었습니다. 한 사람은 119만 3251파운드를 남겼고, 다른 사람은 101만 288파운드를 남겼으며, 다른 사람은 140만 4132파운드를 남겼습니다. 당신도 인정하시겠지만 이것은 민간인이 모으기에는 막대한 금액입니다. 세월이 흐른 뒤 우리도 그들처럼 그 금액을 모아서는 안 될 이유가 있을까요? 공직이 우리에게 개방되었으므로, 우리도 연간 1000파운드에서 3000파운드를 버는 것은 무리가 아닙니다. 법조계가 우리에게 개방되었으므로, 우리도 판사로서 연간 5000파운드를 벌 수 있으며 법정 변호사로서 연간 4만 또는 5만 파운드를 버는 것도 무리가 아닙니다. 교회가 우리에게 개방되면, 우리는 매년 1만 5000이나 5000 혹은 3000파운드의 급료를 받고 그와 더불어 관저와 지방 부감독 관구를 받을 것입니다. 증권 거래소가 우리에게 개방될 때 우리는 피어폰트 모건이나 록펠러처럼 수백만 파운드를 소유한 백만장자로 죽을 것입니다. 의사로서 우리는 연간 2000파운드에서 5만 파운드까지 벌 수 있습니다. 심지어는 편집자로서도 결코 무시할 수 없는 급료를 받을 것입니다. 어떤 사람은 1000파운드를 다른 사람은 2000파운드를 받고 있지요. 유명한 일간 신문의 편집자는 연간 5000파운드의 급료를 받는다는 소문도 있습니다. 우리가 전문직에 종사하기만 하면 이 모든 부는 시간이 흐르면 우리의 길로 모여들 것입니다. 간단히 말해서, 우리는 연간 30파운드 내지 40파운드를 현금으로 받고 덤으로 식사와 잠자리를 현물로 제공받는 가부장제의 희생자에서 연간 수천 파운드의 소득을 올리는 자본주의 체제의 챔피언으로 우리의 지위를 변화시킬 수 있을 것입니다. 그것을 현명하게 투자하면 우리가 죽을 때쯤 수백만 파운드라는 셀 수 없을 정도의 엄청난 금액을 소유하게 될지도 모르지요.

　이것은 가히 매혹적이라 하지 않을 수 없는 생각입니다. 우리들 가운데 여성 자동차 제조업자가 있다면 어떤 의미를 가질지 생각해 보십시오. 그녀는 펜을 한 번 휘둘러서 여자 대학들에 각각 이삼십 만 파운드를 기부할 수 있을 것입니다. 그러면 당신의 자매인 케임브리지 대학교의 재건 기금 명예 회계원은 노고를 상당히 줄일 수 있겠지요. 탄원과 위원회, 바자회, 딸기와 크림도 필요 없을 겁니다. 부유한 여성이 단 한 명이 아니라, 부유한 남성만큼 흔하다고 가정해 보십시오. 당신이 할 수 없는 일이 과연 있을까요? 당신은 당장 사무실을 닫아 버릴 수 있습니다. 당신은 하원에서 여성당에 자금을 공급할 수 있겠지요. 일간 신문사를 운영하면서 침묵의 공모가 아니라 언론의 공모에 전념할 수도 있습니다. 노처녀들을 위한 연금을 확보할 수 있겠지요. 가부장제의 희생자인 그들의 용돈은 불충분하고 숙식은 이제 더 이상 덤으로 제공되지 않으니까요. 당신은 동일한 노동에 대한 동일한 보수를 확보할 수 있을 겁니다. 당신은 출산 시의 모든 산모들에게 마취약을 제공할 수 있겠지요.[미주19] 당신은 산모의 사망률을 천 명당 네 명에서 어쩌면 영으로 낮출 수 있을 겁니다. 지금은 하원을 통과시키기 위해서 어쩌면 백 년 동안 끝없이 힘겨운 노력을 바쳐야 할 법안들을 한 회기에 통과시킬 수도 있을 겁니다. 당신의 남자 형제들이 가진 것과 동일한 자본을 당신이 마음대로 쓸 수 있다면, 일견 당신에게 불가능한 일은 없을 듯합니다. 그렇다면 우리가 그 자본을 소유하기 위한 첫걸음을 내딛도록 왜 도와주지 않느냐고 당신은 외치겠지요. 우리가 돈을 벌 수 있는 유일한 방법은 전문직이라고요. 더없이 바람직한 목적을 달성할 수 있는 유일한 수단은 돈이라고 하면서 말이지요. 그런데도 여기서 조건에 대해 입씨름을 하며 흥정하고 있다고 당신은 항의하는 듯합니다. 그러나 전쟁을 방지하도록 도와달라고 우리에게 요청한 이 전문 직업인의 편지를 생각해 보십시오. 또한 스페인 정부가 거의 매주 보내는 시체와 파괴된 집의 사진들을 보십시오. 조건에 대해 입씨름하고 흥정해야할 이유가 바로 여기 있습니다.

전문직과 관련하여 역사와 전기가 우리에게 제공하는 사실들을 편지와 사진이 제공하는 증거와 결부시켜 보면, 이 전문직은 어떤 빛, 말하자면 어떤 붉은빛을 띠게 됩니다. 당신은 전문직에서 돈을 법니다. 그건 사실이지요. 그러나 이런 사실들을 고려해 볼 때, 돈이 그 자체로서 어느 성도나 바람직한 소유물일까요? 당신도 기억하겠지만, 2000년 전에 인간의 삶에 대한 한 위대한 권위자는 많은 소유물이 바람직하지 않다고 주장했습니다. 이 말에 대해서 당신은 마치 지갑 끈을 풀지 않으려는 또 다른 핑곗거리를 감지한 듯 열을 내며 대답합니다. 부자와 천국에 대한 그리스도의 말은 다른 세계에서 다른 사실들을 직면해야 하는 사람들에게는 더 이상 도움이 되지 않다고요. 현재 영국의 상황으로 보면 극도의 빈곤은 극도의 부보다 더 바람직하지 않다고 당신은 주장합니다. 자기 소유물을 모두 나눠주어야 하는 기독교인의 빈곤은, 숱하게 널린 일상적 증거에서 알 수 있는 바, 불구의 몸과 나약한 마음을 만들어 낸다고요. 명백한 일례를 들자면, 실직자들은 나라의 정신적, 지적 자산의 원천이 될 수 없다는 것이지요. 이것은 설득력 있는 주장입니다. 하지만 잠시 피어폰트 모건의 생애를 생각해 보십시오. 그 증거를 놓고 볼 때, 극도의 부는 극도의 빈곤과 마찬가지로 바람직하지 않으며 그것도 동일한 이유 때문이라고 당신은 동의하지 않습니까? 만약 극도의 부가 바람직하지 않고 극도의 빈곤도 바람직하지 않다면, 그 두 가지 사이에 바람직한 중용이 있다고 주장할 수 있습니다. 그렇다면 그 중용이란 무엇일까요? 오늘날 영국에서 살기 위해 어느 정도의 돈이 필요할까요? 그리고 그 돈은 어떻게 사용되어야 할까요? 당신이 이 기니를 손에 넣는다면 당신은 어떤 종류의 삶을, 어떤 종류의 인간상을 추구하겠다고 제안합니까? 내가 당신에게 고려하기를 요구하는 물음들은 바로 이런 것들이고, 당신은 이것이 지극히 중요한 질문임을 부정할 수 없을 겁니다, 부인. 그러나 유감스럽게도, 그 질문들은 여기 우리가 몸담고 있는 사실의 확고한 세계를 멀리 벗어나도록 이끌 것입니다. 그러니 신약 성서와 셰익스피어, 셸리, 톨스토이와 나머지 책들을 덮고, 이 전환의 순간에 우리의 얼굴을 응시하고 있는 그 사실 즉 행렬이라는 것과 뒤쪽 언저리에서 우리가 어슬렁거리며 따라가고 있다는 사실을 직시하기로 합시다. 지평선 위의 비전에 시선을 고정시키기 전에 우리는 먼저 그 사실을 고려해야 합니다.

자, 그러면 우리 눈앞에 교육받은 남성의 아들들의 행렬이 전개됩니다. 연단에 오르고 계단을 올라가고, 저 문들을 들락날락하며, 설교하고, 가르치고, 법을 집행하고, 의사로 개업하고, 돈을 법니다. 이 남성들이 종사하는 전문직과 동일한 직업에서 동일한 수입을 얻으려면, 분명 당신은 그들이 받아들이는 것과 동일한 조건을 받아들여야 합니다. 위층 창문에서 바라보고 책을 읽기만 해도 우리는 이 조건들이 무엇인지 알고 있고 짐작할 수 있습니다. 당신은 9시에 집을 나서고 6시에 돌이 올 것입니다. 그러므로 아버지가 자식에 대해 알 수 있는 시간은 아주 조금밖에 남지 않지요. 당신은 스물한 살 정도의 나이에 시작하여 대략 예순다섯 살까지 매일 이 일을 해야 할 겁니다. 그러면 교제나 여행 또는 예술에 할애할 수 있는 시간이 아주 조금밖에 남지 않겠지요. 당신은 무척 고된 업무와 야만적인 임무를 수행해야 할 것입니다. 당신은 제복을 입고 충성심을 선언해야겠지요. 당신이 이 직업에서 성공한다면, 개 목걸이에 적힌 주소처럼 '신과 대영 제국을 위하여'라고 쓰인 메달을 목에 걸게 될 것입니다.[미주20] 그리고 말이 의미를 가진다면—어쩌면 말이란 의미가 있어야 하니까— 당신은 그 말의 의미를 받아들이고 그것을 실천하기 위해 가능한 일을 모두 해야 할 것입니다. 간단히 말해서, 당신은 전문직을 가진 남성과 동일한 삶을 영위해야 할 것이고, 그들이 수백 년 동안 공언해 온 동일한 충성심을 공언할 것입니다. 그것은 의심의 여지가 없습니다.

당신은 이렇게 대꾸할 수 있겠지요. 그렇게 하는 것이 무슨 해가 되는가? 우리 이전의 아버지와 할아버지가 해 온 일을 하는데 왜 망설여야 하는가? 더욱 자세히 사실들을 참조해 보기로 합시다. 그것은 모국어로 쓰인 전기를 읽을 수 있는 사람이라면 누구나 검토할 수 있도록 오늘날에는 개방되어 있는 사실들입니다. 저기 당신 서재의 서고에 매우 귀중한 저서들이 수없이 많이 쌓여 있습니다. 전문직에서 성공한 남성들의 생애를 다시 신속하게 살펴봅시다. 여기 한 위대한 변호사의 전기에서 발췌한 부분이 있습니다. '그는 9시 30분경 영국 법학원 내의 변호사 사무실로 갔다. …… 그는 서류를 들고 집으로 돌아왔다. …… 새벽 1시나 2시쯤 잠자리에 들 수 있으면 운이 좋은 편이었다.'[미주21] 이 부분은 만찬 파티에서 성공한 법정 변호사들 옆자리가 앉을 만한 가치가 거의 없는 이유를 설명해 줍니다. 그들은 그렇게도 하품을 해 대니까요. 다음은 어떤 유명한 정치가의 연설에서 인용한 부분입니다. '……1914년 이래로 나는 제일 먼저 피는 자두 꽃부터 마지막 사과 꽃에 이르기까지 화려한 꽃들의 잔치를 본 적이 없다. 1914년 이후로 우스터셔에서 꽃들을 한 번도 보지 못했다. 이것이 희생이 아니라면, 무엇을 희생이라고 불러야 할지 모르겠다.'[미주22] 정말로 희생이지요. 이 희생은 정부가 미술에 언제나 무관심한 이유를 설명해 줍니다. 이 불행한 신사들은 장님과 다름없으니까요. 다음은 종교를 직업으로 가진 사람의 말을 들어 봅시다. 한 위대한 주교의 전기에서 인용한 부분입니다. '이것은 마음과 영혼을 파괴하는 끔찍한 삶이다. 나는 정말로 어떻게 살아 내야 할지 모르겠다. 밀린 중요한 일들이 산더미처럼 쌓여서 나를 압도한다.'[미주23] 이 말은 요즘 무척 많은 사람들이 교회와 국가에 대해서 말하는 바를 확인해 줍니다. 우리의 주교들과 수석 사제들은 설교를 할 수 있는 영혼과 글을 쓸 수 있는 마음을 가지고 있지 않은 듯합니다. 어느 교회라도 가서 어떤 설교든 들어 보십시오. 어느 신문에서든 앨링턴 사제나 잉 사제가 기고한 기사를 읽어 보십시오. 다음으로 의사 직을 들어 봅시다. '나는 한 해 동안 1만 3000파운드 이상의 많은 돈을 벌었다. 하지만 아마 이 정도를 유지하기는 어려울 것이다. 이 정도를 유지하려면 노예나 다름없이 살아야 한다. 내가 가장 절실하게 느끼는 것은 일요일에도, 크리스마스에도 엘리사와 아이들에게서 떨어져 있을 때가 빈번하다는 것이다.'[미주24] 이것이 한 유명한 의사의 불만입니다. 그의 환자가 이와 유사한 불만을 늘어놓는 것도 무리가 아니겠지요. 할리가의 전문의가 연간 1만 3000파운드의 노예로 사로잡혀 있을 때, 마음이나 마음과 몸의 결합은 말할 것도 없고 몸을 이해할 시간이 어디 있겠습니까? 전문 작가의 삶은 조금이라도 나을까요? 여기 대단히 성공한 저널리스트의 전기에서 발췌한 부분이 있습니다. '이 당시 어느 날 그는 니체에 관한 1600단어의 논문을 썼고, 《스탠더드》에 철도 파업에 관한 같은 분량의 논설을 썼으며, 《트리뷴》지에 600단어를 썼고 저녁에 슈 레인에 있었다.'[미주25] 이 부분은 무엇보다도 일반 대중이 정치 기사를 냉소적으로 읽는 이유와 작가들이 자신들에 관한 논평을 볼 때 자를 들고 길이를 재는 이유를 알려 줍니다. 중요한 것은 선전이니까요. 칭찬이나 비난은 아무런 의미도 없습니다. 정치가의 생애를 한 번 더 살펴보고—결국 그 직업이 실제로는 가장 중요하니까—끝내기로 합시다. '휴 경은 로비에서 빈둥거렸다. …… 그 법안(사망한 아내의 자매 법안)은 결과적으로 폐기되었다. 그 안건은 다른 연도로 넘어갔으며 그 해의 행운과 불운에 따라 진척 여부가 결정될 것이다.'[미주26] 이 말은 정치가에 대해 만연된 불신을 설명하는 데 도움이 될 뿐 아니라, 당신에게도 하원이라는 대단히 공정하고 인도적인 기관의 로비를 헤쳐 나가야 할 연금 법안이 있으므로, 이 유쾌한 전기들 사이에서 너무 오래 빈둥거리지 말고 여기서 얻은 정보를 요약하도록 우리를 일깨워 줍니다.

그렇다면, 성공한 전문 직업인들의 전기에서 뽑아낸 이 인용문들이 무엇을 입증하는가 하고 당신은 묻겠지요? 이 인용문들이 휘터커처럼 사실을 입증하는 것은 결코 아닙니다. 주교가 연간 5000파운드를 받는다고 휘터커가 말한다면 그것은 사실입니다. 그것을 조사하여 확인할 수 있지요. 그러나 고어 주교가 주교의 생활이란 '마음과 영혼을 파괴하는 끔찍한 삶'이라고 말한다면, 그는 그저 자신의 견해를 제시하고 있을 뿐입니다. 벤치의 옆에 앉은 다른 주교는 단호하게 그의 말에 반박할 수 있습니다. 그렇다면 이 인용문들은 조사하여 진위를 확인할 수 있는 사항을 제시하는 것이 아닙니다. 다만 우리에게 어떤 견해를 가지도록 할 따름이지요. 그리고 이 견해는 전문직 생활의 가치를 의심하고 비판하고 의문시하도록 만듭니다. 그것의 막대한 금전적 가치를 의심하는 것은 아니지요. 의심스러운 것은 바로 그 정신적, 도덕적, 지적 가치입니다. 이 인용문들을 보면, 사람들이 전문직에서 성공하게 되면 감각을 잃는다는 생각이 듭니다. 시각이 사라집니다. 그림을 볼 시간이 없으니까요. 소리가 사라집니다. 음악을 들을 시간이 없으니까요. 말이 사라집니다. 대화를 나눌 시간이 없으니까요. 균형 감각 — 한 가지 사물과 다른 사물 간의 관계 — 을 잃습니다. 인간적인 면이 사라집니다. 돈 버는 일이 아주 중요하기에 그들은 낮이건 밤이건 일해야 합니다. 건강이 사라집니다. 치열하게 경쟁하기 때문에, 그들은 감당할 수 없을 정도로 할 일이 많을 때에도 다른 사람들과 일을 나누지 않습니다. 그렇다면 시각, 소리, 균형 감각을 잃은 인간에게 무엇이 남겠습니까? 그저 동굴에 갇힌 불구자에 불과하지요.

물론 이것은 한 가지 비유이고 상상에 의한 것이지요. 그러나 이것은 상상이 아닌 통계 수치 — 군비에 쓰인 3억 파운드 — 와 어떤 관련이 있을 것입니다. 폭넓게 관찰하고 공정하게 판단할 온갖 기회를 확보한 위치에 있는, 공평무사한 관찰자의 견해는 적어도 그러할 것입니다. 그러한 견해를 두 가지만 검토해 봅시다. 런던데리 후작은 이렇게 말했습니다.

우리는 방향성과 지도력이 결여된 바벨탑의 왁자지껄한 목소리들을 듣고 있고 세계는 제자리걸음을 하는 듯이 보인다. …… 지난 세기에 과학적 발견이라는 거대한 힘은 해방되었지만, 그 반면에 문학적 또는 과학적 업적에서는 그에 상응하는 진전을 찾아볼 수 없었다. …… 우리가 자문하는 점은 인간이 과학적 지식과 발견의 새로운 결실을 누릴 수 있는가, 아니면 그것을 오용함으로써 인간 자신과 문명 체계를 파괴하는 데 이르지 않겠는가 하는 것이다.^{미주27}

처칠 씨는 이렇게 말했지요.

인간은 측정할 수 없이 가속화된 속도로 지식과 권력을 축적해 왔지만, 수백 년이 지나는 동안 그들의 미덕과 지혜가 주목할 만큼 향상되지 않았다는 것은 확실하다. 본질적인 면에서 현대인의 두뇌는 수백만 년 전에 이곳에서 싸우고 사랑했던 인간들의 두뇌와 다르지 않다. 지금까지 인간의 본성은 사실상 변하지 않았다. 스트레스를 많이 받는 상황 ─ 기아, 테러, 전쟁 같은 격정, 심지어 냉정한 지적 격분 ─ 이 되면, 우리가 아주 잘 알고 있는 현대 남성은 더없이 끔찍한 행위를 저지를 것이며, 현대 여성은 그를 지지할 것이다.^{미주28}

이 인용문들은 동일한 취지의 아주 많은 글에서 뽑은 두 가지에 불과합니다. 이 인용문들에 한 가지를 덧붙이기로 합시다. 그 출처가 그다지 인상적이지는 않지만 우리의 문제와 관련이 있으므로 읽을 만한 가치가 있는, 노스 웸블리의 시릴 채번트리 씨의 글입니다.

> 여성의 가치관은 논의의 여지없이 남성의 가치관과 다르다. 그러므로 여성은 남성이 창조한 활동 영역에서 경쟁할 때 분명 불리한 입장에 처하고 의심을 받는다. 오늘날 여성은 새롭고 더 나은 세계를 건설할 기회를 이전보다 더욱 많이 가지고 있다. 그러나 이와 같이 노예처럼 남성을 모방하면서 여성은 기회를 낭비하고 있다.[미주29]

이것 또한 대표적인 견해입니다. 일간 신문이 제공하는 동일한 취지의 대단히 많은 글들 가운데 한 가지이지요. 이 세 가지 인용문을 결합해 보면 다분히 교훈적입니다. 처음 두 인용문은 교육받은 남성의 지대한 전문적 능력이 문명 세계에 전적으로 바람직한 상황을 초래하지는 않았음을 입증하는 듯합니다. 그리고 전문직 여성들에게 '그들의 상이한 가치관'을 이용하여 '새롭고 더 나은 세계를 건설'할 것을 요구하는 세 번째 인용문은 이 세계를 건설한 사람들이 그 결과에 불만스러워하고 있음을 암시할뿐더러 다른 성에게 그 해악의 개선을 촉구함으로써 엄청난 책임을 부과하는 동시에 대단한 찬사를 담고 있습니다. 실제로 전문직 여성이 '불리한 입장에 처하고 의심을 받고' 있으며 정치 훈련이나 직업 훈련을 거의 혹은 전혀 받지 못했고 연간 약 250파운드의 급료를 받는다 하더라도 '새롭고 더 나은 세계를 건설'할 수 있다고 채번트리 씨와 그의 의견에 동조하는 신사들이 믿는다면, 그들은 여성에게 거의 신성하다고 일컬어질 만한 능력이 있다고 믿고 있는 것입니다. 그들은 괴테의 말에 동의하겠지요.

일어나야 할 일들은

오직 상징일 뿐.

여기서 모든 실패는

성취로 나아간다.

여기서 이름을 밝힐 수 없는 자가

모든 실현을 이루어낸다.

여성 안의 여성이

영원히 앞으로 인도한다.[미주30]

이 역시 대단한 찬사이며, 당신도 동의하겠지만 무척이나 위대한 시인에게서 나온 찬사입니다.

그러나 당신은 찬사를 바라는 것이 아닙니다. 당신은 이 인용문들에 대해 골똘히 생각하고 있지요. 분명 침울한 당신의 표정으로 보아, 전문직 생활의 특징에 관한 이 인용문들은 당신에게서 어떤 우울한 결론을 이끌어 낸 게 분명합니다. 그것이 무엇일까요? 우리 즉 교육받은 남성의 딸들이 악마와 심해(深海) 사이에 놓여 있다고 당신은 간단히 대답합니다. 우리 등 뒤에는 가부장제가 있습니다. 무의미하고 비도덕적이며 위선적이고 굴욕적인 사적 가정이 있지요. 우리 앞에는 공적 세계가 있습니다. 소유욕이 강하고 시기심이 많으며 호전적이고 탐욕적인 전문직의 세계이지요. 전자는 우리를 하렘의 노예처럼 감금합니다. 후자는 우리에게 벌레처럼 머리부터 꼬리까지 오디나무, 그 신성한 자산의 나무를 맴돌도록 강요합니다. 그것은 해악들 중의 선택입니다. 어느 쪽이라 할 것 없이 나쁘지요. 차라리 다리에서 강으로 뛰어들어 그 게임을 끝내고, 인간의 삶 자체가 착오라고 선언하며 끝장을 내는 편이 낫지 않을까요?

그러나 '죽음은 생명의 문'('Mors Janua Vitae'라고 세인트폴 대성당의 아치에 적혀 있지요.)이라는 영국 국교회 교수들의 견해 — 이 경우에 물론 그것을 권장할 이유가 많이 있겠지만 — 에 당신이 동의하지 않는다면, 그런 조처, 그런 결정적인 수단을 취하기 전에 다른 답이 가능하지 않을지 살펴봅시다.

또 다른 답은 당신 서재의 선반 위에서, 또다시 전기에서 우리의 얼굴을 응시하고 있을지도 모릅니다. 죽은 자들이 과거 그들의 삶에서 시도한 실험들을 살펴봄으로써, 지금 우리에게 강요된 지극히 어려운 물음에 답하는 데 어떤 도움을 얻을 수도 있지 않을까요? 어떻든 시도해 보기로 합시다. 이제 우리가 전기에 대해서 제기할 문제는 이것입니다. 위에서 제시된 이유들 때문에 우리는 전문직에서 돈을 벌어야 한다고 동의했습니다. 위에서 제시된 이유들 때문에 그 전문직들은 다분히 바람직하지 않은 것으로 보입니다. 이제 죽은 자들의 생애에 대해서 제기할 문제는, 어떻게 우리가 전문직에 종사하면서도 문명화된 인간으로 남을 수 있는가 하는 것입니다. 즉 전쟁이 일어나지 않기를 바라는 인간으로 말이지요.

이번에는 19세기 남성의 생애가 아니라 여성, 직업을 가진 여성의 생애를 살펴보기로 합시다. 하지만 당신의 서고에는 빈 곳이 있어 보이는군요, 부인. 전문직에 종사한 19세기 여성들의 전기는 한 권도 없습니다. 톰린슨, F.R.S.(영국 학술원 회원), F.C.S.(화학 협회 회원)이라는 어떤 사람의 부인이 그 이유를 설명해 줍니다. '젊은 숙녀들의 보육직 취업을 권고하려고' 책을 쓴 이 부인은 이렇게 말합니다. '……가정 교사로 일자리를 얻는 것 외에 미혼 여성이 생계비를 벌 수 있는 방법은 전혀 없었다. 성격적으로나 교육으로 인해서 또는 교육의 결핍 때문에 여성이 그 일에 부적합한 경우도 종종 있었다.'[미주31] 이 글이 쓰인 것은 1859년입니다. 지금으로부터 채 백 년도 되지 않은 과거이지요. 이것이 당신 서고의 빈 곳을 설명해 줍니다. 가정 교사를 제외하고는 전문직을 가진 여성들이 없었으므로, 그들의 생애를 기록한 책도 없습니다. 그리고 가정 교사의 전기 즉 기록된 생애는 한 손으로도 꼽을 수 있을 정도입니다. 그렇다면 가정 교사의 생애를 연구함으로써 우리가 전문직 여성의 삶에 관해서 무엇을 알 수 있을까요? 다행히 오래된 상자들이 옛 비밀들을 꺼내 놓기 시작하고 있습니다. 일전에 1811년경에 쓰인 그러한 문서 하나가 기어 나왔지요. 무명의 위턴 양이라는 사람이 있었던 모양입니다. 그녀는 아이들이 잠자리에 들고 나면 다른 무엇보다도 직업 생활에 대한 자기 생각을 휘갈겨 쓰곤 했지요. 그런 생각들 가운데 한 가지는 이런 것입니다. '아, 라틴어, 프랑스어, 예술, 과학을 배울 수 있다면 얼마나 좋을까! 매일 종종걸음 치듯 바느질하고 가르치고 베껴 쓰고 설거지하는 것이 아니라면 그 무엇이든 …… 왜 여성은 물리학, 신학, 천문학 등등과 그에 따른 화학, 식물학, 논리학, 수학 등을 모두 배울 수 없는 것일까?'[미주32] 가정 교사의 생애에 대한 이 논평, 가정 교사의 입술에서 흘러나온 이 질문은 암흑으로부터 우리에게 전달됩니다. 그것은 또한 빛을 밝혀 주지요. 하지만 계속 더듬어 가며 19세기 여성들이 종사한 전문직의 실상에 관한 암시를 여기저기에서 찾아내도록 합시다. 다음으로 앤 클러프를 찾을 수 있습니다. '오리얼 특별 회원'이었던 아널드 박사의 제자인 아서 클러프의 누이로서 그녀는 급료를 받지 않고 봉사하기는 했지만 뉴넘의 초대 학장이었으며 그렇기 때문에 잉태되고 있던 전문직 여성이라고 불릴 수 있습니다. 그녀가 받은 직업 훈련이라고는 '부지런히 집안일을 하고' …… '친구들에게 빌린 돈을 갚기 위해 돈을 벌고' '작은 학교를 운영하기 위해 인가를 내 달라고 조르고' 오빠가 빌려준 책을 읽는 것이었습니다. 그녀는 '내가 남자라면, 재산을 모으거나 명성을 얻고 사후에 부유한 가족을 남기기 위해 일하지 않을 것이다. 아니, 나는 내 나라를 위해 일할 것이며 전 백성을 내 상속자로 만들 것이다.'[미주33]라고 외쳤습니다. 19세기의 여성들에게 야심이 없지는 않았던 모양입니다. 다음으로 들 수 있는 여성은 조세핀 버틀러입니다. 엄밀히 말해서 전문직 여성은 아니지만 그녀는 전염병에 관한 법령에 반대하는 운동을 승리로 이끌었고 '수치스러운 목적을 위한' 아동 매매 반대 운동을 주도했습니다. 자신의 생애에 대한 전기를 집필하겠다는 제의를 거절하면서 조세핀 버틀러는 자신이 주도한 운동에 협력했던 여성들에 대해서 말했지요. '인정받고자 하는 욕구는 그들의 내면에 조금도 존재하지 않았으며 어떤 형태의 이기주의적인 흔적도 전혀 남아 있지 않았다는 점은 언급할 만한 가치가 있다. 동기의 순수성에 있어서 그들은 '수정처럼 맑게' 빛을 발한다.'[미주34] 그렇다면 바로 이것이 빅토리아 사대의 여성들이 칭송하고 실천한 자질들 가운데 하나였습니다. 소극적인 자질이지요. 그건 사실입니다. 인정받지 않는 것, 이기적이지 않을 것, 일 그 자체를 위하여 일하는 것이지요.[미주35] 이런 성향은 그 나름대로 심리학에 흥미로운 사실을 제공할 것입니다. 우리 시대에 좀 더 가까이 오면 거트루드 벨을 발견하게 됩니다. 지금도 그렇지만 외교 업무가 여성에게 차단되어 있었던 과거에, 그녀는 거의 외교관에 준하는 자리를 차지하고 있었지요. 그러나 다소 놀랍게도 '거트루드는 런던에서 외출할 때 여자 친구나, 때로 사정이 여의치 않을 때에는 하녀를 동반해야 했다.[미주36] …… 어느 티 파티에서 다른 장소로 옮기느라 거트루드가 어쩔 수 없이 젊은 남자와 마차를 함께 타야 했을 때, 그녀는 어머니에게 편지를 써서 고백해야 한다고 느꼈다.'[미주37]라는 걸 알게 됩니다. 그러니 빅토리아 시대의 외교관에 준하는 여성들이 정숙했다는 말이지요?[미주38] 몸뿐만 아니라 마음도 정숙했습니다. 거트루드는 부르제의 『사도』[12]를 읽을 수 없었지요. 그 책이 퍼뜨릴지 모

---

12) 프랑스 작가의 작품(1889)으로 무신론적 유물론의 한계를 탐구한 멜로드라마적 소설.

를 어떤 병에라도 걸릴까 두려웠기 때문입니다. 불만에 차 있지만 야심적이고, 야심적이지만 엄격하고, 정숙하지만 모험적인 ― 이것이 우리가 찾아낸 빅토리아 시대의 여성이 가진 몇 가지 자질입니다. 하지만 계속 살펴보기로 합시다. 전기의 행위에서가 아니라면 행간에서 숨은 의미를 찾아봅시다. 남편들의 전기의 행간에서 우리는 자신의 일에 종사한 숱하게 많은 여성들 ― 하지만 아홉이나 열 명의 아이들을 세상에 태어나게 하는 일, 집안을 꾸리고 환자를 간호하고 가난한 사람들과 병든 사람들을 방문하는 일, 여기서는 늙은 아버지를, 저기서는 늙은 어머니를 보살피는 일로 점철된 이 직업을 뭐라고 부를까요 ― 의 직업은 이름도 없고 보수도 없다는 것을 알게 됩니다. 하지만 19세기에 교육받은 남성의 어머니와 누이와 딸들이 대부분 그런 일에 종사했기 때문에 우리는 그들과 그들의 생애를 한 덩어리로 묶어서 남편과 남자 형제들의 생애 뒤편에 두고, 그것을 발췌할 시간과 해독할 상상력이 있는 사람들에게 그 메시지를 전달하도록 남겨 두어야 합니다. 당신이 넌지시 암시하듯이 우리는 시간에 쫓기고 있으니까요. 그러므로 엄밀한 의미에서 전문직 여성은 아니었지만 그럼에도 불구하고 여행가로서 애매한 명성을 누린 여성, 메리 킹즐리의 중요한 발언을 다시 한번 인용함으로써 19세기 여성의 전문직 생활에 대한 이 임의적 암시들과 성찰을 정리하기로 합시다.

당신에게 알려 주었는지 모르겠지만, 내가 지금껏 유일하게 교육비를 지급하고 받은 교육은 독일어를 배운 것이 전부였습니다. 내 남동생에게는 2000파운드의 교육비가 지출되었지요. 그것이 헛되지 않기를 나는 지금도 바랍니다.

이 말은 대단히 시사적이므로, 전문직 남성들의 전기의 행간에서 그 누이들의 생애를 더듬어 찾아야 할 수고를 덜어 줄 것입니다. 이 말이 시사하는 바를 발전시켜서 우리가 밝혀낸 다른 암시 및 단상들과 연결시키면, 지금 우리가 직면하고 있는 바로 그 어려운 문제에 답하는 데 도움이 될 어떤 이론이나 관점에 도달할 수 있을지도 모릅니다. 메리 킹즐리가 "……교육비를 지급하고 받은 교육은 독일어를 배운 것이 전부였습니다."라고 말할 때 그녀는 교육비를 지급하지 않고도 받은 교육이 있었음을 시사하기 때문입니다. 우리가 검토해 보았던 다른 전기들도 그런 암시를 확인시켜 줍니다. 그렇다면 이 '교육비를 지급하지 않은 교육', 좋든 나쁘든 간에 수백 년 동안 우리가 받아온 그 교육의 성격은 무엇일까요? 무명의 존재가 아니라 전기가 집필될 정도로 성공적이고 뛰어난 삶을 살았던 네 명의 여성 즉 플로렌스 나이팅게일, 클러프 양, 메리 킹즐리, 거트루드 벨의 생애 뒤편에 있는 무명의 생애들을 집적해 보면, 그들이 모두 동일한 교사의 가르침을 받았음을 부정할 수 없습니다. 전기에서는 완곡하게 간접적으로 제시되어 있지만 그럼에도 불구하고 의문의 여지없이 명확하게 드러나는바, 이 교사들은 가난, 순결, 조롱이었고, 그리고 ── 하지만 '권리와 특권의 결핍'을 함축하는 단어가 무엇일까요? 그 구태의연한 단어, '자유'에 압력을 가해 확장시켜 다시 한번 사용할까요? 그렇다면, '비실재적 충성심으로부터의 자유'가 그들의 네 번째 교사였습니다. 이 모든 여성은 옛 모교, 옛 출신 대학, 옛 교회, 옛 의식, 옛 나라에 대한 충성심으로부터의 자유를 누렸고, 지금도 여전히 영국의 법과 관습에 의해서 그 자유를 상당히 보장받고 있습니다. 우리는 새로운 단어를 만들 시간이 없습니다. 비록 새로운 단어들이 언어에 보충되어야 하지만 말입니다. 그러니 교육받은 남성의 딸들의 위대한 네 번째 교사로서 '비실재적 충성심으로부터의 자유'를 들기로 합시다.

그러므로 전기는 교육받은 남성의 딸들이 가난, 순결, 조롱, 비실재적 충성심으로부터의 자유에 의해서 무료 교육을 받았다는 사실을 시사합니다. 전기가 우리에게 알려 주는 바에 따르면, 바로 이 무료 교육은 당연히 그들을 무급 직업에 적합하게 만들었지요. 그리고 이 무급직은 유급직 못지않게 그 나름의 분명한 법칙과 전통과 노고가 있었다는 점 또한 전기는 알려줍니다. 더 나아가 이러한 교육과 직업이 급료를 받지 못하는 사람들 자신과 후손들에게도 여러 면에서 극히 나쁜 영향을 미쳤다는 사실을, 전기를 연구하는 사람이라면 그 안에 제시된 증거로 보건대 아마도 의심할 수 없을 것입니다. 빅토리아 시대 무급직 아내의 집중적인 출산과 유급직 남편의 집중적인 돈벌이가 현대인의 마음과 몸에 끔찍한 결과를 초래했으리라는 것은 의심할 수 없으니까요. 그것을 입증하기 위해서 플로렌스 나이팅게일이 교육과 교육이 낳은 결과를 비판한 그 유명한 단락을 다시 한번 인용할 필요는 없습니다. 또한 그녀가 마음에서 우러나오는 기쁨을 느끼며 크림 전쟁을 환호한 것도 강조할 필요가 없습니다. 또한 다른 원전들(유감스럽게도 그 원전들은 무수히 많지요.)에 제시된 양성의 생애에서 아주 풍부하게 입증되듯이, 그 교육이 만들어 낸 공허함, 치졸함, 원한, 폭정, 위선, 비도덕성을 예시할 필요 역시 없을 것입니다. 어떻든 그 교육이 한 성에 가혹했음을 보여 주는 마지막 증거는 우리 시대의 '위대한 전쟁'에 대한 기록에서 찾을 수 있습니다. 당시의 병원, 수확기의 들판, 군수 공장에는 대체로 그 교육에 대한 끔찍한 공포에서 달아나 비교적 마음에 맞는 곳으로 피신한 여성들이 몰려들었지요.

그러나 전기는 다면적입니다. 전기는 제기된 어떤 질문에 대해서라도 한 가지 단순한 답을 제시하지 않습니다. 그리하여 전기가 집필된 여성들 — 플로렌스 나이팅게일, 앤 클러프, 에밀리 브론테, 크리스티나 로제티, 메리 킹즐리 — 의 전기는 이 동일한 교육, 교육비를 지급하지 않은 교육이 커다란 결함뿐 아니라 커다란 미덕 또한 틀림없이 가지고 있었음을 입증합니다. 이들이 교육을 받지 못했다 하더라도 문명화된 여성이었음을 부정할 수 없으니까요. 교육받지 못한 우리의 어머니와 할머니들을 생각해 볼 때 우리는 교육을 단지 '직업을 얻고' 명예를 얻고 돈을 버는 능력에 의해서만 판단할 수는 없습니다. 정직하게 판단한다면, 유료 교육을 받지 못하고 급료와 직위를 얻지 못한 어떤 여성들은 문명화된 인간(그들을 '영국' 여성이라고 부르는 것이 타당할지 어떨지는 따로 논의할 문제입니다만)이었음을 인정해야 합니다. 그러므로 뇌물이나 장식을 얻기 위해서 그 무료 교육의 결과를 내던져 버리거나 그 교육에서 얻은 지식을 포기한다면, 그것은 대단히 어리석은 일임을 인정해야겠지요. 그리하여 전기는 우리가 제기한 문제 ─ 우리가 어떻게 전문직 세계에 종사하면서도 문명화된 인간, 전쟁에 반대하는 인간으로 남을 수 있는가 ─ 에 대하여 이렇게 답하는 듯합니다. 만약 당신이 교육받은 남성의 딸들의 위대한 네 스승 ─ 가난, 순결, 조롱, 그리고 비실재적 충성심으로부터의 자유 ─ 과 결별하지 않고 그것을 어떤 자산, 어떤 지식, 진정한 충성심에 대한 봉사와 결합한다면, 당신은 전문직 세계에 들어가서도 그것을 바람직하지 않게 만드는 위험에서 피할 수 있을 거라고요.

신탁의 계시가 이러하므로, 이 기니에 붙어야 할 조건들은 바로 이것입니다. 되풀이하여 요약하자면 성, 계급 혹은 피부색과 관계없이 적절한 자격을 갖춘 사람들이 전문직에 들어가도록 돕는다는 조건으로 당신은 1기니를 받게 될 것입니다. 더 나아가 당신이 전문직에 종사하면서도 가난, 순결, 조롱, 비실재적 충성심으로부터의 자유와 결별하지 않는다는 조건으로 말이지요. 이 진술이 이제 전보다 명확해졌습니까? 이 조건들이 보다 명료해졌고, 당신은 그 조건에 동의합니까? 당신은 망설이는군요. 당신은 그 조건들 몇 가지는 좀 더 논의가 필요하다고 암시하는 듯합니다. 그렇다면 그것을 순서대로 들어봅시다. 가난이란 살아가기에 충분한 돈을 뜻합니다. 즉 당신이 어느 누구에 대해서나 독립적일 수 있고, 몸과 마음을 온전히 발달시키는 데 필요한 건강과 여유, 지식, 기타의 것들을 소량 구입할 수 있을 정도로 돈을 벌어야 합니다. 그러나 그 이상은 아닙니다. 1페니라도 더 벌어서는 안 됩니다.

순결이란 당신이 직업으로써 살아갈 만큼 충분히 벌었을 때 돈을 위해서 당신의 두뇌를 파는 것을 거부해야 한다는 뜻입니다. 즉 직업에 종사하는 것을 그만두거나 오로지 연구와 실험을 위하여 종사해야 합니다. 혹은 당신이 예술가라면, 예술을 위하여 종사해야 합니다. 또한 직업상 얻은 지식을 필요로 하는 사람들에게 무료로 나눠 주어야 합니다. 하지만 오디나무가 당신을 그 주위로 맴돌게 하면, 당장 그만두십시오. 그 나무를 비웃어 주십시오.

조롱이란 (나쁜 말이지요. 다시 한번, 영어에 새로운 단어들이 도입되어야 할 필요성을 절실하게 느낍니다.) 장점을 선전하는 방법들을 모두 거부하고, 어떤 심리적 이유들로 인해서 조롱과 무명과 질책이 명성이나 칭찬보다 더 낫다고 주장해야 한다는 의미입니다. 배지, 훈장 또는 학위가 당신에게 제공되면, 그것들을 제공한 사람의 면전에 던져 버리십시오.

비실재적 충성심으로부터의 자유란 당신이 우선 국적에 대한 자부심을 버려야 한다는 뜻입니다. 또한 종교적 자부심, 출신 대학에 대한 자부심, 모교에 대한 자부심, 가족에 대한 자부심, 성에 대한 자부심, 그리고 거기서 비롯되는 비실재적 충성심을 버려야 한다는 의미입니다. 유혹하는 사람이 유혹적인 것들로 당신을 매수하여 사로잡으려고 하면, 당장 그 문서를 찢어 버리십시오. 그 서식을 채워 넣기를 거부하십시오.

만약 당신이 이러한 정의가 지나치게 임의적이며 포괄적이라고 반대 의견을 제시한다면, 그리고 몸과 마음을 온전히 발달시키기 위해서 돈과 지식이 얼마나 필요한지 어떻게 알 수 있으며, 우리가 봉사해야 할 진정한 충성심이 무엇이고, 우리가 경멸해야 할 비실재적 충성심이 어떤 것인지 묻는다면, 나는 그저 당신에게 — 시간이 촉박하니까 — 두 가지 전거(典據)를 참조하라고 말할 수 있을 따름입니다. 한 가지는 아주 친숙한 것입니다. 바로 당신의 손목에 달고 다니는 정신 측정기로서 당신은 모든 인간관계에 있어서 그 작은 도구에 의존합니다. 만약 그것이 눈에 보인다면 체온계처럼 보일 겁니다. 그 안에는 수은주가 들어 있으며, 그것은 어떤 육체나 영혼, 집이나 단체에 접하면 영향을 받습니다. 만약 당신이 어느 정도의 부가 바람직한지를 알고 싶으면 그것을 부자들이 있는 곳에 내놓으십시오. 어느 정도의 학식이 바람직한지 알고 싶으면 학식 높은 사람이 있는 곳에 드러내십시오. 애국심이나 종교, 그 밖의 나머지 것들도 마찬가지입니다. 당신이 그것을 참고하는 동안 대화를 중단할 필요도 없고, 대화의 즐거움이 방해받는 것도 아닙니다. 그러나 만약 이것이 너무 개인적이고 오류가 많은 방법이라서 실수의 위험이 따른다고 반박한다면 (개인적 정신 측정기를 따른 결과 불행한 결혼과 깨어진 우정에 이른 경우가 숱하게 많았다는 사실을 주목하십시오.) 이제 교육받은 남성의 딸들 가운데 아주 가난한 사람이라도 쉽게 접할 수 있는 다른 전거가 있습니다. 공공 화랑에 가서 그림들을 보십시오. 라디오를 켜서 공기 중에 전파되는 음악을 끌어내리십시오. 이제는 누구에게나 무료로 개방되는 공공 도서관 어디에라도 들어가십시오. 그곳에서 당신은 공적 정신 측정기의 결과물을 스스로 참고할 수 있을 것입니다. 시간에 쫓기고 있으므로 한 가지 예만 들어봅시다. 소포클레스의 『안티고네』는 대수롭지 않은 이름을 지닌 한 남성에 의해서 산문과 운문의 영어로 옮겨졌습니다.미주39 크레온의 성격을 생각해 보십시오. 거기서 우리는 권력과 부가 영혼에 미치는 영향에 대한 가장 심오한 분석을 발견할 수 있습니다. 그 시인은 심리학자로 작업하고 있지요. 크레온이 자기 백성에 대한 절대적 지배력을 주장하는 것을 고려해 보십시오. 그 부분은 오늘날의 정치가가 제시할 수 있는 어떠한 분석보다도 훨씬 더 교훈적으로 전제 정치를 분석합니다. 우리가 경멸해야 할 비실재적 충성심이 어떤 것인지, 우리가 경의를 바쳐야 할 진정한 충성심이 어떤 것인지 알고 싶다고요? 안티고네가 구분한 법률과 법칙의 차이를 생각해 보십시오. 그것은 오늘날의 사회학자가 제시할 수 있는 어떤 진술보다도 훨씬 더 심오하게 사회에 대한 개인의 의무를 진술합니다. 영어로 옮긴 것이 서툴기는 하지만, 안티고네의 다섯 단어는 대주교들의 설교를 모두 합쳐 놓은 것만 한 가치가 있습니다.미주40 그러나 이 논의를 더 확대한다면 주제넘는 일로 보이겠지요. 하지만 사적 판단은 사적인 영역에서 여전히 자유롭습니다. 그리고 그 자유가 바로 자유의 본질입니다.

그 밖에 비록 조건이 많아 보이고 기니는 유감스럽게도 한 닢밖에 없지만, 현재의 상황으로 미루어 볼 때 그 조건들을 달성하기란 대부분 그다지 어렵지 않을 것입니다. 첫 번째 조건—생계를 유지할 만큼 충분히 돈을 벌어야 한다는—을 제외하면, 다른 조건들은 영국의 법률에 의해서 대체로 보장되어 있으니까요. 영국의 법은 여성이 막대한 재산을 상속받지 못하도록 규정해 놓았습니다. 영국의 법은 우리에게 국적이라는 정식 낙인을 찍지 않았으며, 바라건대 앞으로도 오랫동안 허용하지 않을 것입니다. 그리고 허영심과 자만, 과대망상증이라는 현대의 커다란 죄악을 방지하는 데 있어서 매우 귀중한 것, 정신의 온전함을 유지하기 위해서 필수적인 것—말하자면 조롱과 질책, 경멸—을 우리의 남자 형제들이 지난 몇 세기 동안 그러했듯이 앞으로도 몇백 년 동안 우리에게 제공하리라는 것은 거의 의심할 여지가 없습니다.[미주41] 또한 영국 국교회가 여성을 고용하기를 거부하는 한—앞으로도 오랫동안 우리를 배제하기를!—그리고 유서 깊은 학교와 대학교들이 그 기금과 특권의 한몫을 우리에게 허용해 주지 않는 한, 우리는 우리 편에서 조금의 노력도 들이지 않고 그러한 기금과 특권의 소산인 특정한 충성심과 신의의 맹세에서 면제될 것입니다. 더욱이 사적인 가정의 전통 즉 현재의 이면에 놓인 대대로 내려온 기억은 당신에게 도움이 될 것입니다, 부인. 우리는 위에 제시된 인용문에서 순결 즉 몸의 순결이 우리 성의 무료 교육에서 얼마나 큰 역할을 해왔는지 보았습니다. 육체의 순결이라는 과거의 이상을 마음의 순결이라는 새로운 이상으로 변화시키는 것은 어렵지 않을 겁니다. 돈을 벌기 위해서 몸을 파는 것이 나쁜 일이었다면, 돈을 벌기 위해서 마음을 파는 것은 훨씬 더 나쁘다고 주장하는 것이지요. 마음은 몸보다 더 고귀하다고 흔히들 말하니까요. 그렇다면 다시 말해서, 이러한 전통으로 말미암아 우리에게는 모든 유혹들 중에서도 가장 강렬한 유혹—돈—에 저항하는 막강한 요새가 있지 않습니까? 몇백 년 동안 온종일 그리고 매일 매일 일하면서 연간 40파운드의 돈과 식사와 잠자리를 덤으로 제공받는 권리를 누리지 않았습니까? 그리고 교육받은 남성의 딸들의 노동의 절반은 아직도 급료를 받지 못하는 일이라고 휘터커가 입증하지 않습니까? 마지막으로, 명예와 명성과 영향력—우리는 이런 유혹에 쉽게 저항할 수 있지 않습니까? 몇백 년 동안 우리는 아버지나 남편의 이마와 가슴에 달린 보관(寶冠)과 배지에서 반사된 명예 외에는 다른 명예를 누리지 못한 채 일해 왔으니까요.

그러므로 법이 우리 편이고, 자산이 우리 편이고, 대대로 내려오는 기억이 우리를 인도하므로, 더 이상 논의할 필요가 없습니다. 이 기니를 당신에게 주는 조건들 중 첫 번째만 제외하면 비교적 쉽게 달성할 수 있다고 당신도 동의하겠지요. 그저 지난 이천 년간 존속해 온 사적인 가정의 전통과 교육을 두 가지 정신 측정기가 감지하는 대로 발전시키고 수정하고 이끌어 가기만 하면 됩니다. 당신이 그 일을 하겠다고 동의한다면 우리 사이의 흥정은 끝날 것입니다. 그러면 1기니가 당신 것이 되어 당신 사무실의 임대료로 쓰일 수 있겠지요. (1000기니라면 좋으련만!) 만약 당신이 이 조건에 동의한다면, 당신은 전문직에 종사하면서도 그것에 의해 오염되지 않을 것입니다. 당신은 전문직의 강한 소유욕과 시기심, 호전성, 탐욕을 배제할 수 있겠지요. 당신은 전문직을 이용하여 당신 자신의 마음과 당신 자신의 의지를 갖게 될 것입니다. 그리고 당신은 그 마음과 의지를 사용하여 전쟁의 비인간성, 야만성, 공포, 어리석음을 척결하겠지요. 그렇다면 이 기니를 가지고 가서 사용하십시오. 집을 불태워 무너뜨릴 것이 아니라 그 창문에서 불이 활활 타오르도록 하십시오. 그리고 교육받지 않은 여성의 딸들이 그 새집을 돌며 춤추도록 하십시오. 마차가 지나가고 행상인들이 소리쳐 물건을 파는 좁은 거리에 자리 잡은 그 가난한 집 말입니다. 그 딸들에게 '우리는 전쟁을 끝냈다! 우리는 폭정을 끝장냈다!'라고 노래하게 하십시오. 그러면 그들의 어머니들이 무덤에서 웃을 것입니다. '이것을 위해서 우리는 욕설과 경멸을 견뎌냈다! 새집의 창문에 불을 밝혀라, 딸들아! 활활 타오르게 하라!'

교육받지 않은 여성의 딸들이 전문직에 들어가도록 돕기 위해서 이 기니를 당신에게 주는 조건은 바로 이러합니다. 이만 장광설을 줄임으로써, 산토끼 가죽과 커피포트를 배열하고 바자회의 마무리 손질을 한 후 당신이 샘슨 레전드 경, O.M.(메리트 훈위), K.C.B.(바스 중급 훈작사), LL.D.(법학 박사), D.C.L.(민법 박사), P.C.(추밀 고문관), 기타 등등을 미소를 지으며 경의에 찬 태도로 맞아들이기를 바랍니다. 남자 형제들 앞에서는 교육받은 남성의 딸들에게 그런 태도가 적합하니까요."

바로 이것이 교육받은 남성의 딸들이 전문직에 들어가도록 도우려는 단체의 명예 회계원에게 마침내 보낸 편지입니다. 이 편지에서 우리는 금화 한 닢이 발휘할 수 있는 영향력을 우리의 심리학적 능력이 허용하는 한 잘 묘사함으로써, 전쟁을 방지하도록 당신을 돕기 위해 그녀가 할 수 있는 모든 일을 하도록 명시했지요. 그 조건들이 제대로 정의되었는지 어떤지는 알 수 없습니다. 그러나 보다시피, 당신의 편지에 답하기 전에 그녀의 편지와 대학 재건 기금의 명예 회계원의 편지에 답하고 그들에게 각각 기니를 보낼 필요가 있었지요. 우선 교육받은 남성의 딸들이 교육을 받고 그러고 나서 전문직에서 생계비를 벌 수 있도록 그들을 돕지 않으면, 이 딸들은 독자적이고 공평무사한 영향력을 가질 수 없기 때문입니다. 그러면 전쟁을 방지하도록 당신을 도울 수 없겠지요. 이 명분들은 서로 관련되어 있는 듯이 보입니다. 하지만 우리의 능력이 닿는 대로 이러한 사실을 드러내 보였으므로, 이제 당신의 편지와 당신의 협회에 대한 기부 요청으로 되돌아갑시다.

3

자, 여기 당신의 편지가 있습니다. 이미 살펴보았듯이 이 편지에서 당신은 전쟁을 방지할 방법에 대한 우리의 견해를 물은 후, 전쟁을 방지하도록 도움이 될 실제적 방안들을 제시합니다. 그 방안이란 "문화와 지적 자유를 수호"[미주1]하겠다고 약속하며 어떤 성명서에 서명하고, 평화를 수호하기 위한 방법들을 헌신적으로 추구하는 어떤 협회에 가입하고, 마지막으로 다른 단체들과 마찬가지로 기금이 필요한 그 협회에 기부금을 내는 것입니다.

그렇다면 우선 문화와 지적 자유를 수호함으로써 어떻게 전쟁을 방지하는 데 도움을 줄 수 있을지 생각해 봅시다. 당신은 다소 추상적인 이 단어들과 무척 확실한 이 사진들—시체와 파괴된 집의 사진들—사이에 관계가 있음을 주지시키니까요.

그러나 전쟁을 방지할 방법에 대한 의견을 요청받은 것이 놀라운 일이었다면, 성명서의 다소 추상적인 용어로 문화와 지적 자유를 수호하도록 도와 달라는 요청을 받은 것은 더욱 놀라운 일입니다. 위에서 제시한 사실들에 비추어 볼 때 당신의 이 요청이 무엇을 의미하는지 생각해 보십시오. 그것은 1938년에 교육받은 남성의 아들이 문화와 지적 자유를 수호하도록 도와 달라고 딸에게 요청한 것을 의미합니다. 그것이 왜 그렇게 놀라우냐고 당신은 묻겠지요. 가터 훈장을 단 데번셔 공작이 부엌으로 내려가서 뺨에 얼룩이 묻은 채 감자 껍질을 벗기고 있는 하녀에게 이렇게 말했다고 상상해 봅시다. "메리, 감자 껍질을 그만 벗기고, 핀다로스의 어려운 구절을 해석하는 걸 도와다오." 메리가 깜짝 놀라 요리사 루이저에게 달려가서는 "큰일났어, 루이, 주인님이 미쳤나 봐."라고 소리치지 않을까요? 교육받은 남성의 아들이 우리 즉 그의 누이에게 지적 자유와 문화를 수호하도록 도움을 요청할 때, 우리의 입술에서는 그와 같은 아니면 그와 유사한 외침이 솟구칩니다. 하지만 부엌 하녀의 외침을 교육받은 사람들의 언어로 바꾸어 보도록 합시다.

다시 한번 우리는 당신에게 우리의 시각에서, 우리의 관점에서 아서 교육 자금을 바라보아 달라고 간청해야 합니다. 당신의 머리를 그쪽으로 돌리는 것이 어렵겠지만, 다시 한번 노력해 보십시오. 만 명가량의 남자 형제들이 매년 옥스퍼드와 케임브리지에서 교육받을 수 있도록 수백 년 동안 그 그릇을 가득 채워 온 과정이 우리에게 무엇을 의미했을지 말입니다. 그것은 이미 우리가 공동체의 다른 어떤 계급보다도 문화와 지적 자유라는 대의를 위해 많은 것을 바쳤음을 뜻합니다. 교육받은 남성의 딸들은 1262년부터 1870년까지 가정교사와 독일어 교사와 무용 교사에게 지급된 하찮은 금액을 제외하고는 그들의 교육에 필요한 모든 돈을 아서 교육 자금에 바치지 않았습니까? 그들은 이튼과 해로, 옥스퍼드와 케임브리지, 그리고 유럽 대륙의 유명한 학교들과 대학들—소르본과 하이델베르크, 살라망카, 파도바, 로마—에서 받을 그들의 교육을 바치지 않았습니까? 비록 간접적이긴 해도 아주 관대하게 아낌없이 그들의 몫을 희생하지 않았습니까? 그리하여 마침내 19세기에 들어와서 그들이 교육비를 충당해 온 그 교육을 직접 받을 수 있는 권리를 얻게 되었을 때, 그들을 가르칠 수 있을 만큼 유료 교육을 충분히 받은 여성을 단 한 명도 찾을 수 없었지요.^{미주2} 그런데 이제 여성들이 그 동일한 대학 교육을 조금씩 훔쳐서 맛볼뿐더러 몇 가지 부수적인 것들—여행, 오락, 자유—도 누릴 수 있기를 기대하고 있는 시점에서, 난데없이 당신의 편지는 그 막대한, 그 엄청난 금액(현금으로 직접 계산하건 아니면 현금이 아닌 물건으로 간접 계산하건 간에 아서 교육 자금을 채운 금액은 막대하니까요.)이 낭비되었거나 잘못 쓰였다고 알려 주고 있습니다. 옥스퍼드와 케임브리지 대학교의 설립 목적이 문화와 지적 자유를 수호하는 것이 아니라면 무엇이겠습니까? 당신의 누이가 교육이나 여행과 같은 사치를 누리지 못한 것은, 그렇게 해서 절약된 돈으로 남자 형제가 학교와 대학에 가서 문화와 지적 자유를 수호하기를 배우게 하려는 것 이외에 다른 목적이 있었을까요? 그런데 이제 와서 당신은 문화와 지적 자유가 위험에 처했다고 선언하고 당신의 목소리에 우리의 목소리를, 당신의 기니에 우리의 6펜스를 보태달라고 요청하고 있습니다. 그러니 우리는 그렇게 쓰인 돈이 낭비되었고 그러한 교육 기관들이 실패했다고 가정할 수밖에 없습니다. 그렇다면 (이런 생각이 끼어들지 않을 수 없지요.) 마음을 훈련하고 몸을 훈련하는 정교한 체계를 갖춘 사립학교와 대학교들이 만약 실패했다면, 당신의 협회(저명한 이름들이 후원하고 있지만)가 성공할 것이고 당신의 성명서(훨씬 더 유명한 이름들이 서명했지만)가 사람들의 마음을 바꾸어 놓을 거라고 생각할 어떤 이유라도 있습니까? 당신은 사무실을 임대하고 비서를 고용하고 위원회를 구성하고 기부금을 호소하기 전에, 어떻게 해서 이 학교들과 대학들이 실패했는지 숙고해 보아야 하지 않을까요?

하지만 이것은 당신이 대답할 문제입니다. 우리가 관여할 문제는 문화와 지적 자유를 수호하기 위해서 당신을 어떻게 도울 수 있을까 하는 것이지요. 오랫동안 줄곧 대학에서 배제되어 왔고, 이제야 아주 제한적으로 수용되는 우리가 말입니다. 어떤 종류든 유료 교육을 전혀 받지 못했고 혹은 너무 적게 받아서 겨우 모국어를 읽고 쓸 수 있는 우리, 지식인 집단이 아니라 실은 무식한 집단의 구성원인 우리가 말입니다. 우리의 교양 수준에 대한 우리의 겸손한 평가가 타당함을 확인하고 당신도 실은 그런 평가에 공감한다는 것을 입증하기 위해 휘터커가 제시하는 사실을 들 수 있습니다. 휘터커에 의하면, 교육받은 남성의 딸들 가운데 두 대학교의 어디에서든 모국어 문학을 가르칠 수 있다고 평가되는 여성은 단 한 명도 없습니다. 또한 국립 미술관에서 그림을 구입하거나 초상화 미술관에서 초상화를 구입할 때 또는 대영박물관에서 미라를 구입할 경우에 여성의 견해는 물어볼 만한 가치도 없다고 휘터커가 알려 줍니다. 그렇다면 당신이 우리에게 문화와 지적 자유의 수호를 요청한 것이 어떤 가치가 있을까요? 휘터커가 냉정하게 사실로 입증하듯이, 우리가 기여한 돈으로 국가를 위한 문화와 지적 자유를 구입하는 데 있어서 우리의 충고는 구할 가치가 없다고 당신이 믿고 있으니 말입니다. 예상치 않았던 칭찬이 우리를 불시에 기습할 거라고 생각합니까? 하지만 당신의 편지가 아직 여기 있습니다. 그 편지에도 사실들이 담겨 있지요. 여기서 당신은 전쟁이 임박했다고 말합니다. 그리고 한 가지 이상의 언어로 계속 말합니다. 여기 프랑스어로 쓰인 부분이 있습니다. "공평무사한 문화만이 세계를 파멸에서 구할 수 있습니다."미주3 이어서 당신은 우리가 지적 자유와 문화유산을 수호함으로써 전쟁을 방지하도록 도울 수 있다고 말합니다. 첫 번째 진술은 최소한 논의의 여지도 없고, 비록 불어 실력은 형편없는 부엌 하녀라 할지라도 텅 빈 벽에 크게 쓰인 "공습경보"를 읽고 그 의미를 이해할 수 있으므로, 우리는 무지를 핑계 삼아 당신의 요청을 무시하거나 정숙함을 핑계로 잠자코 있을 수 없습니다. 만약 자기 목숨이 거기 달려 있다는 말을 듣는다면 어떤 하녀라도 핀다로스의 구절을 해석하려고 들겠지요. 그와 마찬가지로 교육받은 남성의 딸들도, 그들이 받은 교육으로는 거의 자격 미달이지만 문화와 지적 자유를 수호하기 위해서 무엇을 할 수 있을지 고려해야 합니다. 그렇게 함으로써 당신이 전쟁을 방지하도록 도울 수 있다면 말이지요. 그러니 우리에게 가능한 모든 수단을 동원하여 당신을 도울 수 있는 방법을 검토해 봅시다. 그리고 당신의 협회에 가입하라는 요청을 고려하기 전에, 약속을 지키려는 의도를 가지고 문화와 지적 자유를 옹호하는 이 성명서에 서명할 수 있을지 어떨지를 살펴봅시다.

그렇다면, 다소 추상적인 이 단어들이 뜻하는 것은 무엇일까요? 당신이 그것들을 수호하도록 우리가 도울 수 있으려면, 먼저 그 단어들을 정의하는 것이 좋겠지요. 그러나 명예 회계원들이 모두 그렇듯이 당신 역시 시간에 쫓기고 있는 데다 그 정의를 찾기 위해서 영문학 사이를 이리저리 거니는 것은 그 나름대로 즐거운 소일거리이기는 하겠지만 너무 멀리 나아갈지도 모릅니다. 그러니 당분간은 그것이 무엇인지 우리가 알고 있다고 가정하고, 당신이 그것을 수호하도록 도울 수 있는 방법에 관한 문제에 집중하기로 합시다. 자, 탁자 위의 일간 신문이 사실들을 제공하고 있으니, 그중 한 가지 사실을 인용하면 시간이 절약되고 탐구의 폭도 좁아질 것입니다. "어제 교장단 회의에서 14세 이상 소년의 교사로서 여성은 부적합하다고 결정했다." 이 사실은 여기서 우리가 당면한 문제에 즉시 참고가 됩니다. 우리가 어떤 부분에 있어서는 도울 수 없다는 사실을 명시하니까요. 우리가 사립 학교와 대학교에서 남자 형제의 교육을 개혁하려고 시도한다면, 죽은 고양이, 썩은 달걀, 부서진 대문 조각의 세례를 받을 것입니다. 그러면 거리 청소부와 열쇠장이들만 수지맞겠지요. 그동안 권위 있는 신사들은, 역사에서 확인할 수 있듯이 서재 창문으로 그 소동을 내려다보며 시가를 입에 문 채 그 훌륭한 보르도산 포도주를 입술에서 떼지 않고 그 진가를 음미하며 천천히 한 모금씩 마실 것입니다.[미주4] 그렇다면 역사의 가르침은 일간 신문의 가르침으로 강화되어, 우리를 좀 더 제한된 입지에 몰아넣습니다. 우리는 오직 우리 자신의 문화와 우리 자신의 지적 자유를 수호함으로써만 당신이 문화와 지적 자유를 수호하도록 도울 수 있습니다. 말하자면, 한 여자 대학의 회계원이 우리에게 기부를 요청한다면, 우리는 한 위성체가 위성이기를 그만둘 때 변화가 일어날 수 있다고 암시할 수 있습니다. 혹은 다시 말해서, 여성의 전문직 취업을 위한 단체의 회계원이 우리에게 기부를 요청한다면, 전문직에 종사하는 데 있어서 문화와 지적 자유를 증진하기 위한 어떤 변화가 일어나는 것이 바람직하다고 제안할 수 있습니다. 그러나 여성에게 유료 교육은 아직 역사가 짧고 생경하며, 옥스퍼드와 케임브리지에서 유료 교육을 받을 수 있는 인원은 엄격하게 제한되어 있으므로, 교육받은 남성의 딸들 대다수에게 문화란 아직도 그 신성한 교문 밖에서, 공공 도서관과 사설 도서관에서 얻어지는 것임에 틀림없습니다. 설명할 수 없는 어떤 부주의로 인해 그 문들은 잠기지 않은 채로 있었으니까요. 1938년에도 여전히 여성에게 문화란 대체로 모국어를 읽고 쓰는 데 한정되어 있습니다. 그러므로 그 문제는 한결 손쉬워집니다. 문화의 영광을 배제한다면 그것은 한층 쉽게 다룰 수 있지요. 그렇다면 우리가 지금 해야 할 일은 남자 형제에게 문화와 지적 자유를 수호할 방법에 대해 충고할 것이 아니라, 교육받은 남성의 딸에게 당신의 요청을 제시하고 전쟁을 방지하도록 도와 달라고 하는 것입니다. 모국어를 읽고 쓰는 일을 통해서 문화와 지적 자유라는 다소 추상적인 이 여신들을 수호해 달라고요.

사실만 놓고 보면 이것은 단순한 문제이고 논쟁이나 수사 따위는 불필요한 듯 보일 겁니다. 그러나 우리는 처음부터 새로운 어려움에 봉착합니다. 문학 — 그것을 단순하게 부르자면 — 이라는 전문직이 19세기에 일련의 전투를 치르지 않은 유일한 직종임을 우리는 이미 주목했습니다. 그럽가(街)의 전투도 없었지요. 이 전문직은 교육받은 남성의 딸들에게 닫혀 있었던 적이 없습니다. 이는 물론 그 직업에 필요한 것이 매우 저렴했기 때문이지요. 책, 펜, 종이는 대단히 값이 쌌고, 적어도 18세기 이후로는 읽기와 쓰기가 우리 계층에 대체로 보급되었으므로, 일부 남성 집단이 필요한 지식을 독점한다든가 그들의 조건에 맞지 않는 사람이 책을 읽고 쓰기를 원할 때 입장을 거부하는 일은 가능하지 않았습니다. 그러나 문학이라는 전문직이 교육받은 남성의 딸들에게 개방되어 있으므로, 당연히 그 전문직에는 자신의 전투를 수행하기 위해 일기니를 얻으려고 우리의 조건에 귀를 기울이고 그 조건을 지키기 위해 전력을 다하겠다고 약속할 명예 회계원이 없습니다. 당신도 동의하시겠지만, 이렇게 되면 우리는 곤란한 처지에 놓이게 됩니다. 우리가 그들에게 어떻게 압력을 가할 수 있겠습니까? 우리를 도와 달라고 그들을 설득하기 위해서 무엇을 할 수 있을까요? 문학이라는 직업은 다른 직업들과 다른 듯합니다. 그 직업에는 수장이 없습니다. 당신의 직업에 있는 대법관과 같은 사람이 없지요. 규율을 정하고 그것을 강요할 권력을 가진 공식적인 조직체도 없습니다.[미주5] 우리는 여성이 도서관을 이용하는 것을 막을 수 없습니다.[미주6] 또한 그들이 잉크와 종이를 사는 것을 금지할 수도 없지요. 또는 남성들만이 미술 학교에서 누드를 연구하도록 허용되므로 한 성만 은유를 사용할 수 있다는 규칙을 만들 수도 없습니다. 또는 남성들만이 음악 학교에서 오케스트라를 연주할 수 있으므로 한 성만이 리듬을 사용할 수 있다는 규칙을 만들 수도 없지요. 문학이라는 전문직의 파격적인 자유는 상상을 넘어설 정도라서, 교육받은 남성의 딸들이 남성의 이름 — 예컨대 조지 엘리엇이나 조르주 상드 — 을 사용해도 편집자나 출판업자는, 화이트홀의 당국자들과는 달리, 원고의 향기나 풍미에서 어떠한 차이점도 감지할 수 없고 심지어 그 저자가 결혼한 사람인지 아닌지조차 확실히 알 수 없습니다.

따라서 글을 읽고 쓰는 일로 생계비를 버는 사람들에게 우리가 미칠 수 있는 영향력이 거의 없으므로, 우리는 그들에게 뇌물을 제공하거나 처벌을 경고할 것이 아니라 겸손하게 접근해야 합니다. 우리는 거지처럼 모자를 손에 들고 그들에게 섭근하여, 읽고 쓰는 직업에 종사하면서 문화와 지적 자유를 진작시켜 달라는 우리의 요청에 친절하게 귀 기울여 주길 부탁

314

해야 합니다.

이 부분에서 분명 '문화와 지적 자유'에 대한 좀 더 깊이 있는 정의를 내릴 필요가 있겠지요. 다행히도 우리의 목적을 위해서는 철저하거나 정교한 정의일 필요가 없습니다. 밀턴, 괴테, 혹은 매슈 아널드를 참조할 필요도 없습니다. 그들의 정의는 유료 문화——위턴 양의 정의에 따르면, 물리학, 신학, 천문학, 화학, 식물학, 논리학과 수학뿐 아니라 라틴어, 희랍어, 프랑스어를 포괄하는 문화——에 적용될 테니까요. 우리는 대체로 무료 문화 즉 모국어를 읽고 쓸 수 있는 능력에 기초한 문화를 보유한 사람들에게 호소하고 있습니다. 다행히 당신의 성명서는 바로 가까이에서 그 용어를 좀 더 심도 있게 정의할 수 있도록 도와줍니다. 당신은 '공평무사한'이라는 단어를 사용하고 있군요. 그러므로 우리의 목적을 위해서 문화를 공평무사한 영어 읽기와 쓰기의 추구라고 정의합시다. 그러면 우리의 목적을 위해서 지적 자유는 자신이 생각하는 바를 자신의 말로, 자신의 방식대로 말하고 쓰는 권리라고 정의할 수 있을 것입니다. 이것은 무척 조야한 정의입니다만 그런대로 쓸모가 있겠지요. 그렇다면 우리의 호소는 이렇게 시작할 겁니다. "아, 교육받은 남성의 딸들이여, 우리 모두가 존경하는 이 신사는 전쟁이 곧 닥칠 거라고 말합니다. 그는 우리가 문화와 지적 자유를 수호함으로써 전쟁을 방지하는 데 도움을 줄 수 있다고 말합니다. 그러므로 글을 읽고 쓰는 일로 생계비를 버는 당신에게 간청합니다⋯." 그러나 이 부분에서 우리의 입은 말을 더듬고 그 간청은 각각 분리된 세 개의 점으로 사라집니다. 또다시 사실들 때문이지요. 책에 제시된 사실, 전기에 나오는 사실들로 인해 계속 말하기가 어려울 뿐 아니라 어쩌면 불가능하니까요.

그렇다면 이 사실들이란 무엇일까요? 다시 한번 우리는 호소를 중단하고 사실들을 검토해야 합니다. 그 사실들을 찾기란 어렵지 않습니다. 예컨대 여러 가지 사실을 밝혀 주는 문서가 여기 우리 앞에 있습니다. 대단히 솔직하고 정말 감동적인 작품이지요. 바로 올리펀트 부인의 자서전으로, 여기에는 사실들이 가득합니다. 교육받은 남성의 딸로서 그녀는 글을 읽고 씀으로써 생활비를 벌었지요. 그녀는 온갖 종류의 책을 썼습니다. 소설, 전기, 역사, 피렌체와 로마 안내서, 논평, 무수한 신문 기사들이 그녀의 펜으로부터 나왔습니다. 그 수익금으로 그녀는 생활비를 쓰고 아이들을 교육시켰습니다. 그러나 그녀가 문화와 지적 자유를 어느 정도나 수호했을까요? 이 점에 대해서 당신은 먼저 그녀의 소설 몇 권, 예컨대 『공작의 딸』, 『다이애나 트릴로니』, 『해리 조슬린』을 읽고 스스로 판단할 수 있습니다. 계속해서 셰리든과 세르반테스의 전기를 읽고, 『피렌체와 로마의 설립자들』로 나아간 다음, 그녀가 이러저러한 문학 신문에 무수히 기고한 색 바랜 기사, 논평, 스케치 들에 흠뻑 빠져든 다음에 결론을 내리십시오. 다 읽고 나서 당신 자신의 마음 상태를 검토하고, 이 독서로 인해서 당신이 공평무사한 문화와 지적 자유를 존중하게 되었는지 자문해 보십시오. 오히려 당신의 마음은 얼룩으로 더러워지고 당신의 상상력은 실망을 맛보아서, 올리펀트 부인이 생활비를 벌고 아이들을 교육시키기 위해 그녀의 두뇌, 그 감탄스러운 두뇌를 팔았고 그녀의 문화를 창녀로 만들었으며 그녀의 지적 자유를 노예로 만들었다는 사실에 한탄하게 되지 않았습니까?[미주7] 가난이 마음과 몸에 가하는 상처를 고려하고, 먹이고 입히고 돌봐 주고 교육시킬 아이가 있는 사람들이 겪어야 할 필연성을 참작하면, 부득이 우리는 그녀의 선택에 박수갈채를 보내고 그녀의 용기에 찬사를 보낼 수밖에 없습니다. 그러나 그녀와 같은 일을 하는 사람들의 선택을 성원하고 용기를 칭찬한다면, 그들에게 도움을 호소할 수고를 덜 수 있겠지요. 그녀와 마찬가지로 그들도 공평무사한 문화와 지적 자유를 수호할 수 없을 테니까요. 당신의 성명서에 서명해 달라고 그들에게 요청한다면, 술집 주인에게 금주를 옹호하는 성명서에 서명하라고 요청하는 것과 마찬가지일 겁니다. 그 사람 자신은 술을 전혀 마시지 않을지도 모르지요. 그러나 그의 아내와 아이들의 생활이 맥주 판매에 의존하고 있으므로 그는 계속 맥주를 팔아야 합니다. 그러므로 그가 성명서에 서명한다 해도 금주라는 대의에는 아무런 가치도 없습니다. 서명을 하자마자 그는 카운터로 돌아서서 맥주를 더 팔기 위해 손님들에게 술을 권유할 테니까요. 그러니 글을 읽고 씀으로써 생계비를 벌어야 하는 교육받은 남성의 딸들에게 당신의 성명서에 서명을 요청하더라도 공평무사한 문화와 지적 자유라는 대의에는 아무런 가치도 없을 것입니다. 그들은 서명을 하자마자 책상에 앉아서 문화를 창녀로 만들고 지적 자유를 노예로 팔아 버리는 그런 책과 강연문과 기사를 쓸 테니까요. 그것은 견해의 표현으로는 가치가 있을지도 모르지요. 하지만 당신에게 필요한 것이 견해의 표현이 아니라 적극적인 도움이라면, 당신은 당신의 요청을 조금 다른 방식으로 표현해야 합니다. 당신은 그들에게 문화를 더럽힐 것을 쓰지 않고 지적 자유를 침해하는 어떠한 계약에도 서명하지 않겠다고 맹세하기를 요청해야겠지요. 이 점에 대해서 전기가 제공하는 답은 짧지만 그것으로 족합니다. "내가 생계비를 벌어야 하지 않나요?"

따라서 우리가 호소해야 할 대상은 먹고살 것을 충분히 갖춘 교육받은 남성의 딸들이라는 점이 분명해집니다. 그들에게 우리는 이런 식으로 말할 수 있겠지요. "먹고살 것이 충분히 있는 교육받은 남성의 딸들이여……." 그러나 또다시 목소리가 잦아들고 또다시 호소는 각각의 점들로 사라집니다. 그런 여성이 과연 얼마나 있겠습니까? 휘터커, 재산법, 신문에 실린 유서, 간단히 말해서 여러 사실들을 참작해 보면 그렇게 부를 때 대답할 사람이 1000명, 500명 심지어 250명은 있을 거라고 감히 추정할 수 있을까요? 어떻든 간에 복수형을 유지하면서 계속합시다. "먹고살 것이 충분히 있고 즐거움을 누리기 위해서 모국어를 읽고 쓰는 교육받은 남성의 딸들이여, 이 신사가 내미는 성명서의 내용을 실천에 옮기겠다고 생각하면서 서명해 달라고 아주 겸손하게 간청해도 될까요?"

이 부분에서 만약 그들이 정말 우리의 말에 귀를 기울일 생각이 있다면, 아주 타당하게도 그들은 좀 더 명료하게 이야기하라고 요구할 것입니다. 문화와 지적 자유의 의미를 정의하라는 것은 아니지요. 그들에게는 책도 있고 여유도 있으니

318

스스로 그 단어들을 정의할 수 있겠지요. 하지만 그들은 이 신사의 '공평무사한' 문화가 무슨 의미이며, 그것과 지적 자유를 실제로 어떻게 수호할 수 있을지를 당연히 물을 것입니다. 그들은 아들이 아니라 딸이므로, 우리는 예전에 한 위대한 역사가가 딸들에게 표한 경의를 상기시키면서 시작할 수 있겠지요. "진정 메리의 행동은 남성에게는 가능하지 않지만 때로 여성에게서 발견되는 그 완벽한 공평무사함과 자기 헌신의 뛰어난 실례였다."[미주8]라고 매콜리는 말합니다. 무언가를 부탁할 때, 칭찬이 일을 그르치는 경우는 없으니까요. 다음으로 오랫동안 사적인 가정에서 존중되어 온 전통 즉 순결의 전통을 그들에게 환기시키도록 합시다. "수백 년 동안 여성이 사랑 없이 자기 몸을 파는 것은 사악한 일이고 자신이 사랑하는 남편에게 몸을 주는 것이 옳다고 여겨져 온 것처럼, 사랑 없이 당신의 마음을 파는 것은 그릇된 일이고 당신이 사랑하는 예술에 마음을 주는 것이 옳다는 데 당신도 동의할 겁니다, 부인." 그녀는 이렇게 묻겠지요. "하지만 '사랑 없이 마음을 판다'는 것이 무슨 뜻인가요?" 우리는 이렇게 대답할 것입니다. "간단히 말해서, 돈을 벌기 위해 다른 사람의 명령에 따라 당신이 쓰고 싶지 않은 것을 쓰는 것을 뜻합니다. 그러나 두뇌를 파는 것은 몸을 파는 것보다 더 나쁩니다. 몸을 파는 사람은 순간적 쾌락을 팔고 나면 그 문제가 거기서 끝나도록 합니다. 그러나 두뇌를 파는 사람은 두뇌를 팔므로써, 그 무기력하고 사악하며 병든 자손이 세상에 퍼져서 다른 사람을 감염시키고 타락시키며 질병의 싹을 뿌립니다. 그러므로 우리는 당신에게 두뇌의 간통을 저지르지 않겠다고 맹세하기를 요청합니다, 부인. 그것은 다른 간통보다 훨씬 더 중대한 범죄니까요." 그녀는 "두뇌의 간통이란 돈을 벌기 위해서 내가 쓰고 싶지 않은 것을 쓰는 행위라는 말이지요. 그래서 당신은, 내가 쓰거나 말하고 싶지 않은 것들을 돈 때문에 쓰고 말하도록 나를 매수하려는 출판 업자, 편집자, 강연 담당자들의 제의를 모두 거절하라고 요청하는 겁니까?"라고 묻겠지요. "그렇습니다, 부인. 더 나아가 당신이 그런 매매 제안을 받으면, 당신의 몸을 팔라는 제안에 대해 화를 내고 폭로하듯이 당신 자신을 위하여 그리고 다른 사람들을 위하여 똑같이 분개하고 폭로할 것을 요청합니다. 그러나 '간통하다'라는 동사는 사전에 따르면 '저급한 요소들을 섞음으로써 질을 떨어뜨리다.'라는 의미임을 주목하기 바랍니다. 저급한 요소가 오로지 돈만은 아닙니다. 선전과 명성 역시 간부(姦夫)입니다. 그러므로 개인적 매력이 혼합된 문화, 또는 선전과 명성이 혼합된 문화는 질이 낮은 형태의 문화입니다. 우리는 당신이 그런 것들을 배척하기를 요청합니다. 공적 연단에 나타나지 않고, 강연하지 않고, 당신의 얼굴이나 사생활의 세부적인 사실들이 출판되지 않도록 하며, 간단히 말해서 두뇌를 판매하는 직종의 뚜쟁이와 포주들이 무척이나 교활하게 제시하는 어떤 형태의 두뇌 매춘에도 편승하지 않고, 두뇌의 장점을 선전하고 인증하는 시시한 장난감과 꼬리표들 — 메달, 훈장, 학위 — 그 어느 것도 받아들이지 않기를 요청합니다. 이런 것들은 문화가 매춘되고 지적 자유가 매매되어 예속되었음을 입증하므로, 우리는 당신이 이런 것들을 전적으로 거부하기를 요청합니다."

문화와 지적 자유를 옹호하는 당신의 성명서에 단순히 서명하는 데 그치지 않고 그것을 실천으로 옮기는 것이 무엇을 의미하는가에 관한 이러한 정의 — 비록 온건하고 불완전한 정의이기는 하지만 — 를 들으면, 먹고살 것이 충분한 교육받은 남성의 딸들이라도 이 조건들이 너무 가혹해서 지킬 수 없다고 반박할 것입니다. 그것은 탐나는 돈의 손실, 대체로 기분 좋은 명성의 상실, 그리고 결코 무시할 수 없는 질책과 조롱을 의미할 테니까요. 두뇌의 매매에 이해관계가 걸려 있거나 거기서 돈을 벌려는 사람들은 그 각각에 대해서 조소를 퍼붓겠지요. 그러나 그렇게 함으로써 과연 어떤 보상을 받을 수 있을까요? 당신의 성명서에 있는 다소 추상적인 용어로 말하자면, 견해가 아닌 실천으로 '문화와 지적 자유를 수호'한다는 보상이지요.

이 조건들이 너무 엄격하고, 그들이 존중하고 기꺼이 따를 만한 지도력을 가진 사람이 존재하지 않으므로, 그들을 설득할 수 있는 다른 방법이 남아 있는지 생각해 봅시다. 사진들 — 시체와 파괴된 집의 사진들 — 을 가리키는 것 외에는 다른 방법이 없는 듯합니다. 매춘된 문화 및 지적 예속 상태와 그 사진들과의 관련성을 지적하고 후자가 전자를 함축한다는 사실을 아주 명료하게 밝혀냄으로써, 교육받은 남성의 딸들이 이 사진에서 가시화된 형벌을 스스로 받거나 다른 사람들이 겪게 두기보다는 돈과 명성을 거부하고 조롱과 경멸의 대상이 되기를 선택하도록 만들 수 있을까요? 우리에게 남은 짧은 시간 내에, 그리고 우리가 가진 빈약한 무기로는, 그 관련성을 분명히 제시하기 어렵습니다. 그러나 만약 당신의 말이 사실이라면, 즉 그것들 사이에 관련성이 있으며 그것도 대단히 현실적인 관련성이라면, 우리는 그것을 입증하도록 노력해야겠지요.

그렇다면 교육받은 남성의 딸을 상상의 세계에서라도 불러와서 시작해 봅시다. 그녀는 먹고살 것을 충분히 갖추고 있고 스스로의 즐거움을 위해 글을 읽고 쓸 수 있습니다. 그녀를 실제로는 전혀 계급이라고 부를 수 없는 계급의 대표자로 간주하고, 그녀에게 탁자에 놓인 읽기와 쓰기의 산물들을 검토하라고 요청합시다. "당신 탁자의 신문들을 보십시오, 부인." 우리는 이렇게 시작할 것입니다. "당신이 왜 일간 신문 세 가지와 주간 신문 세 가지를 구독하는지 물어보아도 될까요?" "정치에 관심이 있고, 사실을 알고 싶기 때문입니다."라고 그녀가 답합니다. "찬사를 받을 만한 욕구입니다, 부인. 하지만 왜 세 가지를 보십니까? 그 신문들이 사실을 서로 다르게 제시합니까? 그렇다면, 왜 그럴까요?" 이 말에 그녀는 약간 반어적으로 대답합니다. "당신은 스스로를 교육받은 남성의 딸이라고 자처하면서도 그런 것들을 알지 못한단 말입니까? 대체로 말해서 이 신문들은 어떤 위원회의 재정적 지원을 받고 있고, 각 위원회는 어떤 정책을 가지고 있으며, 작가들을 고용하여 그 정책을 표방하도록 하지요. 만약 작가들이 그 정책에 동의하지 않으면, 잠시 생각해 보면 기억하시겠지만, 그들은 해고되어 거리에 나앉게 됩니다. 그러므로 정치에 관한 어떤 사실을 알고 싶다면, 최소한 세 가지 다른 신문을 읽으며 동일한 사실에 대한 세 가지 다른 해석을 비교하고 마지막으로 당신 자신의 결론에 이르러야 합니다. 그래서 내 탁자에 세 가지 일간 신문이 있는 거지요." 이제 아주 간략하게나마 사실의 문학이라고 부를 수 있는 것에 대해 논의했으므로 픽션의 문학이라 부를 수 있는 것을 검토하기로 합시다. "그림, 연극, 음악, 책 같은 것도 있습니다, 부인. 당신은 그 부분에서도 동일한, 다소 지나친 방식을 따릅니까? 그림, 연극, 음악과 책에 대한 사실을 알고 싶으면, 세 가지 일간 신문과 세 가지 주간 신문을 보십니까? 예술에 대한 글을 쓰는 사람은 편집자에게서 보수를 받고, 편집자는 위원회에서 보수를 받고, 위원회는 그 나름의 정책을 추구하고 있어서 신문들이 제각기 다른 견해를 표방하므로, 당신은 세 가지 다른 견해를 비교하고 나서 어떤 그림을 볼지, 어떤 연극이나 음악회에 갈지, 어떤 책을 도서관에서 주문할지에 관한 당신 나름의 결론에 이른단 말입니까?" 이 물음에 대해 그녀는 이렇게 답합니다. "나는 교육받은 남성의 딸로서 독서 과정을 통해 겉핥기로나마 문화를 섭렵했으므로, 현재 언론의 상황을 고려하건대, 그림, 연극, 음악, 책에 관한 견해를 신문에서 얻는 것은 생각할 수도 없습니다. 정치에 대한 견해를 신문에서 얻을 수 없는 거나 마찬가지이지요. 견해들을 비교하고, 왜곡의 여지를 참작하고, 그러고 나서 스스로 판단을 내리십시오. 그것이 유일한 방법입니다. 그러므로 내 탁자에 신문들이 많이 쌓여 있지요."[미주9]

그렇다면 조야하게 구분해서 사실의 문학과 견해의 문학

은 순수한 사실이나 순수한 견해가 아니라 혼합된 사실이고 혼합된 견해이며, 사전에서 정의하듯이 "저급한 요소들을 섞음으로써 질이 떨어진" 사실과 견해입니다. 다시 말해서, 정치에 관한 어떤 사실을 믿을지, 예술에 관한 어떤 견해를 믿을지를 결정하기 전에, 당신은 교육받은 남성의 딸로서 각각의 진술에서 당신이 익히 알고 있는 온갖 다른 동기들은 말할 것도 없고 금전의 동기, 권력의 동기, 선전의 동기, 명성의 동기, 허영심의 동기를 벗겨 내야 한다는 말입니까? "그렇습니다."라고 그녀는 동의합니다. 그러나 만약 진실을 은폐할 이러한 동기를 전혀 갖지 않은 사람이 자기 의견으로는 이것 또는 저것이 사실이라고 말한다면, 당신은 물론 인간의 판단이 가진 오류의 가능성 ─ 예술 작품의 판단에 있어서는 틀림없이 상당할 ─ 을 언제나 참작하며 그 사람의 말을 믿겠습니까? "물론입니다."라고 그녀는 답합니다. 만약 그런 사람이 전쟁은 나쁜 것이라고 말한다면 당신은 그 사람의 말을 믿을까요? 혹은 그런 사람이 어떤 그림이나 교향곡, 연극이나 시가 좋다고 말하면 당신은 그 말을 믿을까요? "오류의 가능성을 염두에 두고, 믿을 겁니다." 자, 부인, 그런 사람들, 두뇌의 간통을 범하지 않겠다고 맹세한 사람들이 250명, 50명 또는 25명 존재한다고 상상해 봅시다. 그들의 말에서 진실의 알갱이를 벗겨 내기 위해 우리는 금전의 동기, 권력의 동기, 선전의 동기, 명성의 동기, 허영심의 동기를 벗겨 낼 필요가 없습니다. 그렇다면 아주 놀라운 두 가지 결과가 잇따르지 않을까요? 우리가 전쟁에 관한 진실을 알게 된다면, 전쟁의 영광은 사실을 퍼뜨리는 매춘부의 썩은 양배추 잎사귀에 싸여 웅크린 채 시들고 뭉개지지 않을까요? 그리고 문화를 매춘함으로써 살아가는 사람들의 얼룩지고 무력한 책장들 사이로 발을 질질 끌고 비틀거리며 걸어 다닐 것이 아니라 예술에 대한 진실을 알게 된다면, 예술의 즐거움과 실천은 아주 바람직하게 여겨지지 않을까요? 그에 비하면 전쟁을 추구하는 것은 적당히 건강에 유익한 오락을 추구하는 늙은 딜레탕트들의 지루한 게임 — 네트 위로 공을 던지는 대신 변방에 폭탄을 던지는 — 에 불과하겠지요. 간단히 말해서, 만약 정치에 관한 진실과 예술에 관한 진실을 말하는 것을 글쓰기의 유일한 목적으로 삼은 사람들이 신문 기사를 쓴다면, 우리는 전쟁을 믿지 않을 것입니다. 예술을 믿겠지요.

그러므로 문화 및 지적 자유, 그리고 시체 및 파괴된 집의 사진들 사이에는 아주 명백한 관련이 있습니다. 그리고 생활을 영위하기에 충분한 돈을 가지고 있는 교육받은 남성의 딸들에게 두뇌의 간통을 저지르지 말라고 요청하는 것은 그들에게 개방된 가장 적극적인 방식으로 전쟁을 방지하도록 도와 달라고 요청하는 것입니다. 아직은 문학이라는 전문직이 그들에게 가장 널리 개방된 것이니까요.

우리는 이 숙녀에게 이처럼 조야하게 그리고 아주 간결하게 말할 것입니다. 시간이 촉박하기 때문에 더 이상의 정의를 내릴 수 없으니까요. 만약 그녀가 실제로 존재한다면, 그녀는 이 호소에 대해 이렇게 답하겠지요. "당신이 말하는 것은 명백합니다. 더없이 명백하기 때문에 교육받은 남성의 딸들은 이미 스스로 알고 있습니다. 혹시 그렇지 않다면, 신문을 읽기만 해도 그것을 확신하게 될 것입니다. 하지만 공평무사한 문화와 지적 자유를 옹호하는 이 성명서에 서명하고 자신의 견해를 실천에 옮길 수 있을 만큼 여유가 있다 하더라도, 그 일을 어떻게 착수할 수 있을까요?" 그녀는 당연히 이렇게 덧붙일 것입니다. "별들 너머의 이상적 세계에 대해서 꿈을 꾸지 마십시오. 현실 세계의 현실적인 사실들을 고려하십시오." 사실, 현실 세계를 다루는 것은 꿈의 세계를 다루는 것보다 훨씬 더 어렵지요. 하지만 부인, 개인 인쇄기는 현실적인 사실이고, 적당한 수입만 있다면 손에 넣을 수 있습니다. 타자기와 복사기는 현실적인 사실이고, 그보다 훨씬 더 싸지요. 이처럼 값싸고 아직 금지되지 않은 도구들을 이용함으로써 당신은 위원회와 정책, 편집자의 압력을 당장 배제할 수 있습니다. 당신은 당신 자신의 말로, 당신 자신의 시간에, 당신 자신의 길로, 당신 자신의 뜻대로, 당신 자신의 마음을 말할 것입니다. 그리고 바로 그것이, 우리가 동의했던 바, '지적 자유'의 정의입니다. "하지만 일반 대중은? 내 마음을 고기 다지는 기계에 집어넣어 소시지로 만들지 않고 어떻게 대중에게 전달될 수 있습니까?" "대중은 우리 자신과 똑같습니다, 부인." 우리는 이렇게 그녀를 안심시키겠지요. "대중은 방에서 살고, 거리를 걸어 다니고, 게다가 소시지에 싫증을 낸다고 합니다. 소책자를 지하도에 뿌리고, 노점에 펴 놓고, 수레에 싣고 거리를 따라 밀고 가며 1페니에 팔거나 그냥 주어 버리십시오. '대중'에 접근할 수 있는 새로운 방법들을 찾으십시오. 대중을 한 덩어리로 뭉쳐서 몸은 거대하지만 마음은 나약한 괴물로 만들지 말고, 그것을 별개의 사람들로 나누십시오. 그러고 나서 숙고하십시오. 당신에게는 먹고살 것이 충분히 있으니까요. 당신에게는 방도 있지요. 꼭 '안락'하거나 '멋진' 방은 아니더라도 혼자만의 고요한 방입니다. 평판과 그 해독으로부터 안전한 그 방에서 당신은 심지어 당신의 노고에 대한 적절한 보수를 요구하면서 그림, 음악, 책에 대한 진실을 예술가들에게 말할 수 있습니다. 빈약하기 짝이 없는 그 예술의 판매에 영향을 주거나 예술가들의 거대한 허영심에 상처를 줄까 두려워하지 않으면서 말입니다.^{미주10} 벤 존슨이 머메이드¹³⁾에서 셰익스피어에게 해 준 비평은 적어도 그런 것이었습니다. 그리고 『햄릿』을 증거로 놓고 보건대, 그 결과 셰익스피어의 문학이 상처를 입었다고 생각할 이유가 없습니다. 최고의 비평가라 하더라도 한 명의 개인이 아니던가요? 그리고 경청할 만한 가치가 있는 유일한 비평은 직접 말로 전달된 비평이 아닙니까? 그렇다면 이것이야말로 당신이 모국어 작가로서 당신의 견해를 실천에 옮길 수 있는 몇 가지 적극적인 방법들입니다. 그러나 만약 당신이 작가가 아니라 수동적인 독자라면, 당신은 문화와 지적 자유를 수호할 적극적이 아닌 소극적인 방법을 택해야겠지요." 그녀가 묻겠지요. "그 방법이 무엇일까요?" "분명, 삼가는 것입니다. 지적 예속을 장려하는 신문을 구독하지 않는 것이지요. 문화를 매춘하는 강연에 참석하지 않는 것입니다. 쓰

---

13) 엘리자베스 여왕 시대에 문인들이 많이 모이던 옛 런던의 선술집.

고 싶지 않은 것을 다른 사람의 명령에 따라 쓰는 것은 노예로 예속되는 것이고, 문화를 개인적 매력이나 선전과 뒤섞는 것은 문화를 매춘하는 것이라고 동의했으니까요. 이런 적극적인 방법과 소극적인 방법으로 당신은 그 고리, 그 사악한 원, 오디나무 주위를 돌며 추는 춤, 지적 매춘의 유해한 나무를 쓰러뜨리기 위해 당신의 능력껏 모든 일을 할 것입니다. 그 고리가 일단 깨지면, 포로들은 해방되겠지요. 일단 작가들이 쓰고 싶은 것을 쓸 기회를 얻으면, 그것이 훨씬 더 즐겁다는 것을 알게 되어서 다른 조건에서는 글쓰기를 거부하리라는 사실을 누가 의심할 수 있겠습니까? 또한 작가들이 즐겁게 쓴 것을 독자들이 일단 읽을 기회를 얻으면, 그것이 돈을 위해 쓴 것보다 훨씬 더 풍부한 자양분을 가지고 있기 때문에 더 이상 흔해 빠진 대체물로 속아 넘어가기를 용납하지 않으리라는 사실 역시 누가 의심할 수 있겠습니까? 그리하여, 과거의 노예들이 돌을 쌓아 피라미드를 만들었듯이, 지금 단어를 쌓아 책을 만들고 단어를 쌓아 기사를 만드는 작업에 얽매여 옴짝달싹 못 하는 노예들은 손목의 수갑을 떨쳐 내고 혐오스러운 노동을 그만둘 것입니다. 그리고 현재 불성실에 뒤덮여 소심한 입술로 진실의 일부만을 토로하고, 자신의 메시지를 설탕이건 물이건 무엇으로든 달콤하게 만들고 희석하여 작가의 명성이나 주인의 지갑을 부풀리는 '문화', 그 무정형의 덩어리는 본래 형체를 되찾을 것입니다. 그리하여 — 밀턴과 키츠, 그리고 다른 위대한 작가들이 확인시켜 준 문화의 실체처럼 — 근육질로 변모하고 모험적이며 자유로워질 것입니다. 반면 부인, 지금은 문화라는 단어를 언급하자마자 머리가 아프고, 눈이 감기고, 문이 닫히고, 공기가 탁해집니다. 우리는 케케묵은 인쇄물의 고약한 냄새가 진동하는 강연장에서 매주 수요일마다, 매주 일요일마다 밀턴이나 키츠에 대해서 글을 쓰거나 강연해야 하는 신사의 말을 듣고 있습니다. 반면 정원에 우거진 라일락의 가지는 자유롭게 흔들리고, 갈매기는 소용돌이치고 급강하하면서 거친 웃음소리로 그렇게 케케묵은 물고기라면 자기들에게 던져 주는 편이 낫다고 암시합니다. 우리가 당신에게 호소하는 바는 바로 이것입니다, 부인. 그것을 촉구하는 이유는 바로 이것이지요. 문화와 지적 자유를 옹호하는 이 성명서에 그저 서명만 할 것이 아니라 적어도 당신의 약속을 실행에 옮기도록 노력해 주십시오."

먹고살 것이 충분히 있고 자신의 즐거움을 위해서 모국어를 읽고 쓰는 교육받은 남성의 딸들이 이 요청에 귀를 기울일지 아닐지 우리는 알 수 없습니다. 그러나 문화와 지적 자유를 단지 견해가 아닌 실천으로써 수호하려면, 그 방법은 바로 이것인 듯합니다. 쉬운 방법은 아니지요. 그건 사실입니다. 실제로 그렇기는 하지만 그럼에도 불구하고 이 방법이 남자 형제들보다는 그녀들에게 더 수월할 거라고 생각할 만한 이유가 있습니다. 비록 그들 자신의 미덕에서 비롯된 것은 아니지만, 그들은 어떤 강요된 의무로부터 면제되어 있으니까요. 문화와 지적 자유를 실천으로써 수호하는 것은, 앞에서 말했듯이 조롱과 순결, 명성의 상실과 가난을 의미합니다. 그러나 이런 것들은, 앞에서 살펴보았듯이 여성들에게 친숙한 스승입니다. 게다가 휘터커가 가까운 곳에서 사실을 제시하며 그들을 도와줄 것입니다. 그가 입증하듯이 전문적 문화의 모든 결실 — 예컨대 미술관과 박물관 관장, 교수와 강사 그리고 편집자의 직위 — 이 아직 여성의 손이 닿지 않는 곳에 있으므로, 여성은 남자 형제들보다 문화에 대해 더욱 순수하게 공평무사한 관점을 취할 수 있을 겁니다. 매콜리가 단언하듯이 여성이 천성적으로 더 공평무사하다고는 한순간도 주장할 필요가 없습니다. 그리하여 전통에 의해 원조를 받고 현재의 사실에서 도움을 얻고 있으므로, 우리는 그 원, 매춘된 문화의 사악한 원을 깨뜨리도록 도와 달라고 그들에게 요청할 약간의 권리가 있을 뿐 아니라, 그런 사람들이 존재한다면 그들이 우리를 도울 거라는 희망을 가지고 있습니다. 그렇다면 당신의 성명서로 돌아갑시다. 우리가 그 조건들을 지킬 수 있다면 그것에 서명할 것입니다. 그것을 지킬 수 없다면 서명하지 않겠지요.

이제 문화와 지적 자유를 수호하는 것이 무엇을 의미하는지 정의함으로써 전쟁을 방지하도록 도울 수 있는 방법을 알아보려 했으므로, 당신의 불가피한 다음 요청을 살펴보기로 합시다. 즉 당신 협회에 기부금을 보내 달라는 요청이지요. 당신 역시 명예 회계원이고, 다른 명예 회계원들처럼 당신도 돈이 필요하니까요. 당신 역시 돈을 요청하고 있으므로, 다른 명예 회계원들의 경우와 마찬가지로 당신에게도 당신의 목표를 정의하도록 요청하고 흥정하며 조건들을 제시할 수 있을 것입니다. 그렇다면 당신이 속한 단체의 목표는 무엇입니까? 물론 전쟁을 방지하는 것이지요. 그렇다면 어떤 수단에 의해서입니까? 대략적으로 말하면, 개인의 권리를 보호함으로써, 독재에 반대함으로써, 모든 사람에게 공평한 권리를 보장하는 민주주의 이상을 보장함으로써입니다. 당신은 이것이 "세계의 지속적 평화를 보장할 수 있는" 주요한 수단이라고 말합니다. 그렇다면 흥정이나 입씨름을 할 필요가 없습니다. 당신의 목적이 이런 것이라면, 그리고 의심할 바 없이 당신이 이 목적을 달성하기 위해서 가능한 모든 일을 하려 한다면, 이 기니는 당신 것입니다. 이것이 백만 기니라면 얼마나 좋을까요? 이 기니는 당신 것입니다. 그리고 이 기니는 자유롭게 선사한, 자유로운 선물입니다.

그러나 '자유로운'이라는 단어가 너무 자주 쓰이고 있고 닳고 닳은 단어들이 그렇듯이 거의 의미가 없어졌으므로, 이 맥락에서 '자유로운'이라는 단어가 무엇을 의미하는지 정확하게, 까다롭게라도 설명하는 것이 좋겠지요. 여기서 그것은 그 대가로 어떤 권리나 특권이 요구되지 않는다는 뜻입니다. 그 기부자는 당신에게 영국 국교회의 성직에, 또는 증권거래소에, 또는 외무부에 자신을 들여보내 달라고 부탁하지 않습니다. 그 기부자는 당신이 '영국인'인 조건들과 동일한 조건에서 '영국인'이 되려는 소망을 전혀 가지고 있지 않습니다. 그 기부자는 그 선물에 대한 대가로 어떤 전문직에 들어가거나, 어떤 훈장이나 칭호, 메달을 받거나, 교수직이나 강사직 또는 어떤 협회나 위원회 또는 중역의 한 자리를 얻을 권리를 주장하고 있지 않습니다. 그 기부자는 그런 상황으로부터 자유롭습니다. 모든 인간에게 가장 중요한 한 가지 권리를 이미 획득했기 때문입니다. 당신은 생계비를 벌 수 있는 그녀의 권리를 빼앗을 수 없습니다. 그렇다면 이제 영국 역사상 처음으로, 교육받은 남성의 딸이 남자 형제의 요청에 따라 위에서 상술한 목적을 위해서 어떤 대가도 바라지 않고 자신이 직접 번 1기니를 줄 수 있게 된 것입니다. 이것은 자유로운 선물입니다. 두려움 없이, 아부 없이, 조건 없이 주는 것입니다. 이는 문명의 역사에서 지극히 중요한 의미를 지닌 순간이므로, 어떤 축하 의식이 필요한 듯합니다. 그러나 옛 의식은 그만두기로 합시다. 바다거북과 주지사들이 수행하는 가운데 런던 시장이 지팡이로 돌을 아홉 번 두드리고 제의를 완전히 갖춘 캔터베리 대주교가 축복을 기원하는 그런 의식 말입니다. 이 새로운 순간에 적합한 새로운 의식을 만들어 봅시다. 어떤 구태의연한 단어, 한창때에 무척 많은 해를 입혔고 지금은 폐물이 된 사악하고 타락한 단어를 파괴하는 것보다 더 적합한 의식이 있을까요? 우리가 지적한 그 단어는 바로 '페미니스트'입니다. 그 단어는 사전에 따르면 "여성의 권리를 옹호하는 자"라는 뜻입니다. 이제 그 유일한 권리, 생계비를 벌 수 있는 권리가 획득되었으므로, 그 단어는 더 이상 의미가 없습니다. 의미가 없는 단어는 죽은 단어이자 타락한 단어이지요. 그러므로 그 시체를 화장하는 의식으로 이 순간을 축하합시다. 큰 종이 한 장에 검은색 글자로 그 단어를 커다랗게 씁시다. 그리고 나서 엄숙하게 그 종이에 성냥을 갖다 댑시다. 보십시오, 얼마나 잘 타는지! 불빛이 세상 너머로 춤추듯 너울거립니다! 이제 절구에 재를 넣고 거위 깃털 펜으로 빻으며 함께 노래합시다. 앞으로도 그 단어를 사용하는 사람은 '벨을 울리고 도망가는 사람'[미주11]이며, 이간질하는 사람이고, 유골을 더듬는 사람이며, 그 신성모독의 증거는 그의 얼굴에 더러운 물의 얼룩으로 남는다고 선언합시다. 연기가 서서히 사라졌습니다. 그 단어는 파괴되었지요. 축하의 결과로 무엇이 생겨났는지 보십시오. '페미니스트'라는 단어는 소멸되었고 공기가 맑아졌습니다. 더욱 청명한 공기 속에서 우리 눈에 드러나는 것이 무엇일까요? 동일한 대의를 위하여 함께 일하는 여성과 남성입니다. 과거를 덮었던 구름도 걷혔습니다. 19세기의 여성 — 챙이 쑥 나온 모자를 쓰고 숄을 두른, 기묘해 보이는 죽은 여성들 — 은 무엇을 위해서 일했을까요? 우리가 지금 추구하고 있는 것과 동일한 대의입니다. "우리의 주장은 오직 여성의 권리만을 위한 것이 아니다." 이렇게 말한 사람은 조세핀 버틀러입니다. "그것은 더욱 광범위하고 더욱 심원하다. 그것은 모든 인간 — 모든 남성과 여성 — 이 정의와 평등과 자유라는 위대한 원칙을 몸소 누릴 수 있는 권리의 주장이다." 이 말은 당신의 말과 동일합니다. 이 주장은 당신의 주장과 동일하지요. '페미니스트'라고 불리며 분노를 금치 못했던 교육받은 남성의 딸들은 실은 당신이 주장하는 운동의 전위대였던 것입니다. 그들은 당신이 상대하는 적과 동일한 적에 대항하여 동일한 이유에서 싸웠습니다. 당신이 파시스트 국가의 폭정에 대항하여 싸우는 것처럼 그들은 가부장적 국가의 폭정에 대항해서 싸웠습니다. 그리하여 우리는 어머니와 할머니가 치렀던 것과 동일한 싸움을 그저 지속하고 있을 뿐입니다. 그들의 말이 그것을 입증합니다. 당신의 말이 그것을 입증하지요. 그러나 지금 당신의 편지를 앞에 펼쳐 놓고 우리는 당신이 우리에게 대항해서가 아니라 우리와 함께 싸우고 있다는 당신의 확약을 얻게 됩니다. 이 사실은 대단히 고무적이라서 또 다른 축하 의식이 필요한 듯합니다. 죽은 단어들, 타락한 단어들을 종이에 더 많이 써서 그것들을 불살라 버리는 것보다 더 적합한 의식이 있을까요? 예컨대 폭군, 독재자와 같은 단어들 말입니다. 하지만 슬프게도 이 단어들은 아직 폐어가 되지 않았군요. 우리는 아직도 신문에서 독재자의 유충을 찾아낼 수 있고, 아직도 화이트홀과 웨스트민스터 지역에서 명백하고 특유한 냄새를 맡을 수 있습니다. 그리고 외국에서 그 괴물은 더욱 공개적으로 표면에 부상했습니다. 거기서는 그 괴물을 오인할 가능성이 없습니다. 그 괴물은 자기의 활동 범위를 넓혔지요. 이제 그것은 당신의 자유를 침해하고 있습니다. 당신이 어떻게 살아야 할지를 명령하고 있지요. 그것은 성을 차별할 뿐 아니라 인종을 차별하고 있습니다. 당신의 어머니가 여성이라는 이유로 내쫓기거나 감금되었을 때 느꼈던 것을 이제 당신은 당신 자신의 몸으로 느끼고 있으니까요. 지금 당신은 내쫓기거나 감금되고 있습니다. 당신이 유대인이기 때문에, 당신이 민주주의자이기 때문에 그렇습니다. 인종 때문에, 종교 때문에 그렇지요. 그것은 이제 더 이상 당신이 바라보는 사진이 아닙니다. 당신 자신이 그 행렬에 끼여 흐느적거리며 걷고 있으니까요. 그리고 이것은 중대한 차이를 만들어 냅니다. 옥스퍼드에서건 케임브리지에서건, 화이트홀에서건 다우닝가[14]에서건, 유대인에 대해서건 여성에 대해서건, 영국에서건 독일에서건, 이탈리아에서건 스페인에서건 간에, 독재의 모든 죄악상이 이제 당신에게 명백하게 드러나니까요. 그러나 지금 우리는 함께 싸우고 있지요. 교육받은 남성의 딸과 아들이 나란히 싸우고 있습니다. 이 사실은 너무나 고무적이기에, 아직은 어떠한 축하 의식도 치를 수 없다 하더라도, 이 금화가 백만 개로 증가될 수 있다면 그 금화를 모두 당신 마음대로 쓸 수 있도록 기부할 것입니다. 당신이 스스로 제시한 조건들 외에 다른 조건을 전혀 붙이지 않고 말입니다. 그러면 이 1기니를 가지고 그것을 사용하여 "모든 인간 — 모든 남성과 여성 — 이 정의와 평등과 자유라는 위대한 원칙을 몸소 누릴 수 있는 권리"를 주장하십시오. 1페니짜리 양초를 당신의 새 협회의 창가에 세워놓으십시오. 우리 공동의 자유의 불길로 폭군과 독재자와 같은 단어를 태워 재로 만들어 버릴 날이 오기를 바랍시다. 폭군과 독재자와 같은 단어는 폐어로 만들어야 하니까요.

그렇다면 1기니에 대한 요청에 답했고 수표에 서명했으므로, 당신의 요청 가운데 숙고할 것이 하나 더 남아 있습니다. 어떤 서식에 이름을 써넣고 당신 협회의 회원이 되어 달라는 것이지요. 언뜻 보기에 그것은 쉽게 응할 수 있는 단순한 요청인 듯합니다. 방금 1기니를 기부한 단체에 가입하는 것보다 더 수월한 일이 무엇이겠습니까? 표면적으로는 무척 쉽고, 무

---

14) 수상 관저, 외무성 등이 있는 런던의 한 거리.

척 간단한 일이지요. 그러나 그 속으로 깊이 파헤쳐 보면 얼마나 어렵고, 얼마나 복잡한 일인지···. 이 점들은 어떠한 의혹이나 망설임을 나타내는 것일까요? 이미 그 목적에 찬성했고 기부금까지 보낸 그 단체의 회원이 되기를 주저하는 것은 어떤 이유와 감정 때문일까요? 그것은 어떤 이유나 감정이 아니라 그보다 훨씬 깊고 근원적인 무엇 때문일 겁니다. 그것은 바로 차이일 겁니다. 이미 사실을 들어 입증했듯이, 우리는 성에 있어 그리고 교육에 있어 서로 다르니까요. 자유를 수호하고 전쟁을 방지하기 위해서 우리가 도울 수 있다면, 우리의 도움은 이미 말했듯이 그 차이에서 나올 수 있습니다. 그러나 우리가 당신이 협회의 적극적인 회원이 되겠다는 약속을 담고 있는 이 서식에 서명한다면, 우리는 그 차이를 잃어버릴 것이며 그러므로 그 도움을 포기하는 결과를 낳게 될 것입니다. 어떻게 해서 이런 일이 일어나는가를 설명하기란 쉽지 않습니다. 비록 1기니를 선물함으로써, 우리가 두려움을 느끼거나 아첨하지 않고 자유롭게 말하는 것이 가능해지긴(우리는 이렇게 자랑했지요.) 했지만 말이지요. 그렇다면 이 양식을 서명하지 않은 채 앞 탁자에 놓아두고, 우리가 그것에 서명하기를 주저하는 이유와 감정을 될 수 있는 대로 충실하게 논의해 봅시다. 이 감정과 이유는 대대로 내려온 기억의 깊은 어둠 속에 뿌리를 내리고 있으며 서로 혼란스럽게 뒤얽혀 자랐기 때문에, 환한 곳에서 그 꼬인 것들을 풀기란 매우 어려운 일입니다.

기본적인 구분으로 논의를 시작하자면, 단체란 어떤 목적을 위해 결집한 사람들의 덩어리입니다. 반면 몸소 손으로 편지를 쓴 당신은 한 명의 개인이지요. 개인으로서 당신은 우리가 존경할 만한 남성입니다. 우애가 있는 남성이지요. 그런 부류에 속하는 남자 형제를 전기에서 많이 찾아볼 수 있습니다. 앤 클러프는 자기 오빠를 이와 같이 묘사합니다. "아서는 나의 가장 훌륭한 친구이고 조언자이다. …… 아서는 내 삶의 위안이고 기쁨이다. 그를 위해서 그리고 그로부터, 나는 사랑스럽고 훌륭하다고 여겨지는 모든 것을 추구하도록 격려받는다." 다른 한편 윌리엄 워즈워스는 자신의 누이에 대해 이렇게 말합니다. 마치 과거의 숲 속에서 나이팅게일 한 마리가 다른 새를 부르듯이 앤 클러프의 말에 화답하면서 말이지요.

> 내 만년의 축복은
> 어린 시절의 나에게 있었지.
> 그녀는 나를 바라보았지, 나에게 귀를 기울였지.
> 겸손한 보살핌과 세심한 염려를,
> 애정을, 달콤한 눈물의 샘을,
> 사랑과 배려와 기쁨을 주었지.[미주12]

바로 이러한 것이 개인으로서 남매의 사적인 관계였고 어쩌면 지금도 그렇습니다. 그들은 서로 존중하며 돕고 공동의 목적을 가지고 있습니다. 전기와 시에서 입증되듯이 그들의 사적인 관계가 이런 것일 수 있다면, 법과 역사에서 입증되는 그들의 공적인 관계는 왜 그렇게 달라야 하는 걸까요? 여기서 남매의 공적, 사회적 관계는 사적인 관계와 매우 달랐다는 점을 증명할 셈으로, 처음 기록되었을 때부터 1919년까지의 영국 법령을 상기시킬 필요는 없습니다. 당신은 변호사이고 변호사다운 기억력을 가지고 있으니까요. '사회'라는 단어 자체가 거친 곡조의 음울한 종소리 — 해선 안 된다, 해선 안 된다, 해선 안 된다 — 를 기억에 울려 퍼지게 합니다. 너는 배워선 안 된다, 너는 돈을 벌어선 안 된다, 너는 소유해서는 안 된다, 너는 해서는 안 된다 — 이런 것이 지난 몇백 년 동안 누이와 남자 형제의 사회적 관계였습니다. 시간이 지나면 새로운 사회가 도래하여 멋진 하모니를 이루는 종소리를 울릴 수 있을 것이고, 낙관주의자들은 그 점을 확신하고 있으며 당신의 편지 역시 그것을 예고하고 있지만, 그날은 아직 멀리 있습니다. 어쩔 수 없이 우리는 스스로에게 묻게 됩니다. 사람들이 덩어리져 이룬 집단 속에는 개인들 내면의 가장 이기적이고 난폭한 것, 가장 비합리적이고 비인도적인 것을 풀어놓게 하는 무엇이 있지 않을까? 어쩔 수 없이 우리는, 당신에게는 아주 친절했고 우리에게는 아주 가혹했던 사회를 적합하지 않은 형태로 간주합니다. 그것은 진실을 왜곡하고 마음을 불구로 만들며 의지를 속박하니까요. 어쩔 수 없이 우리는, 집단들을 공모자로 간주합니다. 그것은 우리가 존경할 만한 친절한 남자 형제를 감추고 그 자리에 목소리가 크고 주먹이 세며 유치하게도 분필로 땅바닥에 줄 긋는 데 열중하는 괴물 같은 남성을 올려놓았습니다. 그 신비로운 분필 자국의 경계선 안에서 인간은 엄중하게 격리되고 인위적으로 갇혀 있습니다. 그곳에서 붉고 노란색을 더덕더덕 칠하고 야만인처럼 깃털로 장식한 그는 신비로운 의식을 치르고 권력과 지배의 수상적은 즐거움을 만끽합니다. 그동안 우리, '그의' 여자들은 그의 사회를 구성하는 많은 집단들에 끼지 못하고 사적인 가정에 갇혀 있지요. 많은 기억과 감정으로 밀집한 그런 이유들 ─ 지나간 시간들을 아주 깊이 저장하고 있는 마음의 복합성을 그 누가 분석할 수 있겠습니까 ─ 로 인해서, 당신의 서식을 채워 넣고 당신의 단체에 가입하는 것은 우리에게 이성적으로는 그릇된 것이며 감정적으로는 불가능한 것으로 여겨집니다. 그렇게 한다면 우리의 정체성은 당신의 정체성에 합쳐질 테니까요. 바늘이 고정된 축음기처럼 견딜 수 없이 동일한 목소리로 "군비에 3억 파운드를 지출"하라고 소리치는 사회의 낡아 빠진 틀을 따르고 반복하여 그 자국을 더욱 깊게 팔 것입니다. 우리 자신의 '사회' 경험으로 미루어 보아 충분히 예상할 수 있는 그런 전망을 실천에 옮겨서는 안 됩니다. 그러므로 우리는 개인으로서 당신을 존경하고 있고 당신 마음대로 쓸 수 있도록 1기니를 당신에게 선사하면서 그 사실을 증명하지만, 당신의 단체에 가입하기를 거절함으로써, 그리고 우리의 공동의 목적 ─ 모든 남성과 여성에게 정의와 평등과 자유 ─ 을 위해 당신의 단체 안이 아니라 밖에서 일함으로써, 당신을 가장 효과적으로 도울 수 있다고 믿습니다.

그러나 당신은 이렇게 말하겠지요. 우리의 말에 어떤 의미가 있다면 그것은 오직 이런 뜻이라고요. 우리 즉 교육받은 남성의 딸들이 적극적인 도움을 약속하고도 당신의 단체에 가입하기를 거부하는 것은 우리만의 다른 단체를 만들려고 한다는 것이지요. 그리고 양성이 공동의 목적을 위해서 함께 일할 수 있도록 당신의 단체에 협력하면서도 그 밖에서 설립하려는 단체가 과연 어떤 종류의 것인가를 묻겠지요. 이것은 당신이 충분히 제기할 만한 질문이고, 당신이 보낸 서식에 서명하지 않은 것을 정당화하기 위해 우리가 대답해야 할 질문입니다. 그러면 교육받은 남성의 딸들이 당신 단체의 목적에 협력하지만 그 밖에서 설립하고 참여할 그런 단체의 스케치를 신속하게 그려 봅시다. 우선 이 새로운 단체는 명예 회계원이 없을 겁니다. 이 말을 들으면 당신은 마음이 놓이겠지요. 그것은 기금이 필요하지 않을 테니까요. 사무실이나 위원회, 사무관도 없을 겁니다. 어떤 회의도 소집하지 않을 테니까요. 회담도 개최하지 않을 겁니다. 그것에 이름이 있어야 한다면, '아웃사이더의 단체'라고 부를 수 있습니다. 그 명칭은 울림을 주지는 않지만 사실과 일치한다는 이점이 있습니다. 역사, 법, 전기에 기록된 사실들, 심지어 아직 밝혀지지 않은 우리의 심리에 숨겨진 사실과도 일치할 것입니다. 그 단체는 각각 자신의 계층에서—사실 그들이 출신 계층이 아닌 다른 계층에서 어떻게 일할 수 있겠습니까?[미주13]—자유와 평등, 평화를 위해서 그들 나름의 방식대로 일하는 교육받은 남성의 딸들로 구성될 것입니다. 그들의 첫 번째 의무는 무기를 가지고 싸우지 않는다는 것입니다. 하지만 그들은 맹세로써 이 의무에 스스로를 옭아매지 않을 겁니다. 맹세나 의식은 그 무엇보다도 익명성을 유지하고 탄력적이어야 할 이 단체와 아무런 관련도 없으니까요. 그들은 이 의무를 쉽게 지킬 수 있습니다. 사실 신문에 보도되듯이 "육군 회의 결과 여성 부대를 위한 신병 모집을 개시할 의도가 없다."^{미주14}고 하니까요. 국가가 그것을 보장해 줍니다. 다음으로, 그들은 전쟁이 발발할 경우 탄약을 만들거나 부상자를 간호하기를 거부할 것입니다. 지난 전쟁에서 대체로 노동하는 남성의 딸들이 이 두 가지 일을 도맡아 했으므로, 이 부분에서도 그들에 대한 압력은 아마 불쾌하기는 하겠지만 그다지 크지는 않을 것입니다. 반면 그들이 서약해야 할 다음 의무는 상당히 어려운 것이고 용기와 주도력을 필요로 할 뿐 아니라 교육받은 남성의 딸들의 특별한 지식을 요구합니다. 간단히 말해서 그것은, 남자 형제를 전투에 나가도록 부추기거나 또는 나가지 않도록 설득할 것이 아니라, 전적으로 무관심한 태도를 견지하는 것입니다. 그러나 '무관심'이라는 단어로 표현된 태도는 아주 복합적이며 무척 중요하므로, 여기서 좀 더 자세히 정의할 필요가 있습니다. 우선 무관심은 사실에 확고한 기반을 가지고 있어야 합니다. 여성은 어떠한 본능이 남성을 전쟁으로 이끄는지, 전쟁이 어떠한 영광과 어떠한 이익, 어떠한 남성적 만족감을 제공 ─ "전쟁이 없다면, 전쟁으로 발달된 남성적 자질의 배출구가 없어질 것이다." ─ 하는지를 이해하지 못하므로, 전쟁은 여성이 공유할 수 없는 성적 특징이고 여성이 판단할 수 없는 본능입니다. 어떤 사람은 전쟁이 남성이 공유할 수 없는 모성 본능의 대응물이라고 주장하지요. 그러므로 아웃사이더는 남성이 자신의 본능을 혼자서 마음대로 처리하도록 내버려 두어야 합니다. 견해의 자유가 존중되어야 하니까요. 특히 그 견해가 수백 년간의 전통과 교육으로 인해서 그녀에게는 이질적인 본능에 입각하고 있으므로 그러합니다.미주15 이것이 바로 무관심의 바탕을 이루는 근본적이고 본능적인 차이입니다. 그러나 아웃사이더는 반드시 본능뿐 아니라 이성에 입각하여 자신의 무관심을 견지할 것입니다. 역사가 입증하듯이 과거에도 말해 왔고 앞으로도 말하겠지만 남성이 "나는 우리 나라를 지키기 위해서 싸운다."라고 말할 때, 그리하여 여성의 애국적 감정을 일깨우려고 할 때, 그녀는 자문할 것입니다. "'우리 나라'가 아웃사이더인 나에게 무엇을 의미하는가?" 이 물음에 답하기 위해서 그녀는 자신의 경우에 애국심이 무엇을 의미하는지 분석할 것입니다. 그녀는 과거 자신의 성과 계급의 위상을 알아낼 것입니다. 그녀는 현재 자신의 성과 계급이 소유한 토지와 부, 자산의 규모 ― '영국'의 어느 정도가 실제로 자기 것인지 ― 를 알아낼 것입니다. 동일한 원전에서 그녀는 과거에 법이 그녀에게 제공한 그리고 현재 제공하고 있는 법적 보호를 밝혀낼 것입니다. 그리고 만약 남성이 여성의 몸을 보호하기 위해서 싸우고 있다는 말을 덧붙인다면, '공습경보'라는 단어가 텅 빈 벽에 붙어 있는 이 시점에서 그녀는 자신이 지금 어느 정도의 육체적 보호를 받고 있는지 숙고할 것입니다. 그리고 만약 남성이 외국의 지배로부터 영국을 보호하기 위해서 싸우고 있다고 말한다면, 그녀는 자신에게 '외국인'이란 없다고 생각할 것입니다. 그녀가 외국인과 결혼하면 법적으로 그녀는 외국인이 되니까요. 그러면 그녀는 강요된 우애가 아니라 인간적 공감에 의해서 명실공히 외국인이 되려고 최선을 다할 것입니다. 이 모든 사실들은 그녀의 이성에 다음을 확인 시켜 줄 것입니다. 아주 간결하게 표현하자면, 그녀의 성과 계급은 과거 영국에 대해 고마워할 것이 거의 없었고, 현재에도 고마워할 것이 별로 많지 않다는 것이지요. 또 한편으로는 미래의 그녀 일신의 안전 또한 상당히 의심스럽지요. 그러나 어쩌면 그녀는 가정 교사에게서 어떤 낭만적인 생각을 주입받았을지도 모릅니다. 역사의 한 장에 행진하는 모습으로 그려진 영국인들, 즉 아버지와 할아버지가 다른 나라의 남자들보다 '우월'하다는 생각이지요. 그녀는 프랑스 역사가와 영국 역사가를, 독일 역사가와 프랑스 역사가를, 피지배자 — 예컨대 인도인과 아일랜드인 — 의 증언과 지배자의 주장을 비교함으로써 이런 생각을 반드시 검토할 것입니다. 그래도 어떤 '애국적' 감정, 다른 나라들보다 그녀의 나라가 지적으로 우월하다는 뿌리 깊은 믿음이 남을지도 모릅니다. 그러면 그녀는 영국의 회화를 프랑스 회화와, 영국 음악을 독일 음악과, 영국 문학을 그리스 문학(번역물이 풍부하니까요.)과 비교할 것입니다. 이러한 비교 작업이 이성적으로 충실하게 이루어졌을 때, 그 아웃사이더는 자신의 무관심을 견지할 아주 훌륭한 이유들을 얻게 되었음을 알게 될 것입니다. 그녀는 '우리' 나라를 지키기 위해서 자기 대신 싸워 달라고 남자 형제에게 부탁할 이유가 없다는 것도 알게 될 것입니다. 그녀는 이렇게 말할 겁니다. "우리 나라는 온 역사를 통틀어 나를 노예로 취급해 왔다. 우리 나라는 나를 교육시켜 주지 않았고, 그 자산의 조그마한 몫도 허용하지 않았다. '우리' 나라는 내가 외국인과 결혼하면 더 이상 '우리' 나라가 아니다. '우리' 나라는 나 스스로를 보호할 수단을 나에게 허용하지 않으며, 나를 보호하도록 매년 막대한 금액을 다른 사람에게 지급하도록 강요하고, 그러면서도 나를 보호할 능력이 없어서 벽 위에 공습경보를 써놓는다. 그러므로 당신이 나를 보호하기 위해서 또는 '우리' 나라를 지키기 위해서 싸운다고 주장한다면, 이성적으로 진지하게 이 점을 분명히 짚고 넘어가자. 당신은 내가 공감할 수 없는 성적 본능을 충족시키기 위해서, 내가 공유하지 못했고 아마도 공유하지 못할 혜택을 누리기 위해서 싸우는 것이지, 나의 본능을 충족시키거나 나 자신 또는 나의 나라를 보호하기 위해서 싸우는 것이 아니라는 점이다." 그 아웃사이더는 이렇게 말하겠지요. "사실, 여성으로서 나에게는 나라가 없기 때문이다. 여성으로서 나는 어떤 나라도 원하지 않는다. 여성으로서 나의 나라는 전 세계이다." 그리고 만약 이성적으로 할 말을 다 하고 나서도 어떤 끈질긴 감정이 남는다면, 어린 시절의 기억에 침전된 느릅나무 위의 까마귀 울음소리나 바닷가에 철썩이는 파도 소리 또는 자장가를 읊조리는 영국인의 목소리로 인해서 영국에 대한 어떤 사랑이 남아 있다면, 비합리적이기는 하지만 순수한 이 감정 방울에 충실하기 위해 그녀는 전 세계의 평화와 자유를 위해 바라는 바를 제일 먼저 영국에 바칠 것입니다.

그렇다면 이것이 그녀의 '무관심'의 본질이고, 이 무관심으로부터 어떤 행동이 잇따라야 합니다. 그녀는 애국적 시위에 가담하지 않을 것이며, 어떤 형태의 국가적 자화자찬에도 동의하지 않고, 전쟁을 고무하는 어떠한 박수 부대나 청중에도 끼지 않으며, '우리의' 문명이나 '우리의' 지배를 다른 종족에게 강요하려는 욕망을 부추길 군사 전시회, 경기, 군악 연주회, 시상식과 다른 의식들에 참석하지 않겠다고 서약할 것입니다. 게다가 사적인 생활의 심리로 미루어 볼 때, 교육받은 남성의 딸들이 이처럼 무관심을 행사하면 전쟁을 방지하는 데 상당한 도움이 될 거라는 믿음을 가질 수 있습니다. 인간은 자신의 행위가 흥분을 일으키는 주축이 될 때보다 다른 사람들이 자신에게 무관심하고 행동의 자유를 전적으로 허용할 때 훨씬 더 행동하기 어려워한다는 사실을 일상의 심리에서 알 수 있기 때문입니다. 어린 소년이 창밖에서 으쓱거리며 나팔을 불고 다닙니다. 그에게 그만두라고 애원해 보십시오. 그 애는 계속할 겁니다. 아무 말도 하지 마십시오. 그러면 그만둘 겁니다. 그렇다면 교육받은 남성의 딸들은 남자 형제들에게 비겁의 흰 깃털이나 용기의 붉은 깃털을 주지 않을 뿐 아니라 어떤 깃털도 주지 않아야 한다는 것, 전쟁이 논의되는 동안 빗발처럼 영향력을 퍼붓는 그 빛나는 눈을 감아 버리든지 아니면 다른 곳을 바라보아야 한다는 것, 이것이 바로 전쟁의 위협으로 어쩔 수 없이 이성이 무력해지기 이전의 평화시에 아웃사이더들이 스스로 훈련해야 할 의무입니다.

그렇다면 바로 이런 것이 아웃사이더들의 은밀한 익명의 단체가 전쟁을 방지하고 자유를 보장하도록 도울 수 있는 몇 가지 방법들입니다. 당신이 그 방법들에 어떤 가치를 부여하든지 간에, 당신은 당신의 성보다는 우리 성이 그 의무를 수행하기가 더욱 쉬울 거라는 데 동의할 겁니다. 게다가 그 의무들은 특히 교육받은 남성의 딸들에게 적합한 것이지요. 교육받은 남성의 심리에 대한 약간의 지식을 필요로 하고, 교육받은 남성의 마음은 노동하는 남성보다 고도의 훈련을 받았으며 그들의 말은 보다 더 미묘하니까요.^{미주16} 물론 다른 의무들도 있습니다. 그중 많은 것들은 다른 명예 회계원들에게 보낸 편지에서 이미 대략적으로 말했지요. 그러나 반복의 위험을 무릅쓰고라도, 그것들을 대충 신속하게 되풀이해 봅시다. 외부인들의 단체가 버티고 설 기반을 형성할 수 있도록 말이지요. 우선 그들은 자신의 생계비를 벌어야 합니다. 전쟁을 종식시키기 위한 방법으로서 이 의무의 중요성은 명백합니다. 경제적 자립에 입각한 견해가 수입이 없거나 수입에 대한 정신적 권리에 입각한 견해보다 훨씬 설득력이 있다는 점은 충분히 강조해 왔으므로 더 이상의 증거가 필요하지 않을 겁니다. 그러므로 아웃사이더는 이제 자신의 성에 개방된 모든 전문직에 있어서 최저 생계 임금을 반드시 역설해야 합니다. 더나아가 그녀는 새로운 전문직을 만들어내고 그 안에서 독자적 견해에 대한 권리를 얻을 수 있어야 합니다. 그러므로 그녀는 자기 계층의 무급 노동자(전기에 제시된 바에 따르면, 교육받은 남성의 딸과 누이들은 현재 현물 지급제로 식사와 잠자리 및 연간 40파운드의 푼돈을 받고 있습니다.)들을 위한 명목 임금을 요청해야 합니다. 특히 그녀는 국가가 교육받은 남성의 어머니들에게 법적으로 임금을 지급하도록 역설해야 합니다. 우리의 공동 투쟁에서 이것은 무한히 중요합니다. 바로 이것이 기혼 여성이라는 대단히 명예로운 대규모의 계층이 자신들 나름의 마음과 의지를 가지도록 보장할 수 있는 가장 효과적인 방법이기 때문입니다. 그 마음과 의지를 가지고, 만약 자기 남편의 마음과 의지가 그녀의 눈에 좋은 것으로 비친다면 그를 지지하고 그렇지 않다면 그에게 저항하면서, 어떤 경우이든 '그의 여자'로 있는 것이 아니라 그녀 자신이 될 수 있겠지요. 만약 당신이 당신과 같은 성(姓)을 쓰는 숙녀에게 수입을 의존한다면, 당신의 심리에 아주 미묘하고 바람직하지 않은 변화가 일어날 거라고, 물론 그 숙녀를 비방할 의도는 전혀 없이, 동의할 것입니다. 이런 점과는 별개로 이 방법은 자유와 평등과 평화를 위한 당신 자신의 투쟁에도 직접적인 중요성을 가지기 때문에, 이 기니에 어떤 조건이라도 붙는다면 바로 이것입니다. 결혼과 어머니가 되는 것이 직업인 사람들에게 국가가 임금을 지급하도록 당신이 조치해야 한다는 것이지요. 여담으로 흐를 위험이 있기는 하지만, 이런 조치로 해서 출산율이 낮아지고 있지만 출산이 바람직한 바로 그 계층, 즉 교육받은 계층의 출산율에 어떤 효과가 있을지 고려해 봅시다. 신문에 의하면, 군인의 급료가 증가하면서 군대 신병이 늘어났다고 합니다. 이와 마찬가지로, 출산 가능 세력의 신참자를 늘리기 위해서 동일한 유도책을 쓰는 것이 도움이 될 것입니다. 출산은 군인이 되는 것 못지않게 필요하고 명예로운 일이라는 것을 결코 부정할 수 없지만, 현재 그 세력의 가난과 곤경 때문에 신참자를 유도하지 못하고 있습니다. 현재 사용되고 있는 방법 — 학대와 조롱 — 이 실패한 그 부분에서 이 방법은 성공할지도 모르지요. 그러나 더욱 여담으로 흐를 위험을 무릅쓰면서 말하자면, 아웃사이더들이 당신에게 역설하려는 점은 교육받은 남성인 당신 자신의 삶과 당신 직업의 명예와 활기와 지극히 중요한 관련이 있다는 것입니다. 만약 당신의 아내가 아이를 낳고 양육하는 노동에 대한 보수, 즉 명목 임금이자 실질 임금을 받는다면, 그래서 지금처럼 무급인 데다 연금도 없고 따라서 불안정하고 명예롭지 못한 직업^{미주17}이 아니라 매력적인 직업이 된다면, 당신 자신의 노역도 줄어들 것입니다. 더 이상 당신은 9시 30분에 사무실로 가서 6시까지 그곳에 있어야 할 필요가 없을 테니까요. 노동은 공평하게 분배될 수 있겠지요. 환자들을 환자가 없는 의사에게 보낼 수 있겠지요. 소송 의뢰는 의뢰자가 없는 변호사에게 갈 것입니다. 신문 기사들을 쓰지 않고 내버려 둘 수도 있겠지요. 그리하여 문화는 자극을 받을 것입니다. 당신은 봄철에 꽃이 만발한 과일나무들을 볼 수 있겠지요. 당신은 인생의 한창때를 아이들과 함께 지낼 수 있을 것입니다. 그러므로 기계처럼 일하다가 한창때가 지나면 배스나 첼튼엄 주변을 활보할 만한 기력이나 흥미도 남지 않은 채 허섭스레기 더미에 던져져서 어떤 운이 나쁜 노예의 보살핌을 받아야 할 처지가 되지 않을 것입니다. 더 이상 당신은 토요일의 상습적인 방문객이나 사회의 목을 쪼아 대는 골칫거리, 동정 구걸자, 보급품을 요구하는 쪼그라든 노동의 노예가 될 필요가 없습니다. 혹은 히틀러의 죠현내로 '오락이 필요한 영웅', 또는 무솔리니의 표현대로 '시중드는 여성에게 자기 상처에 붕대를 감아달라고 요구하는 부상당한 병사'^{미주18}일 필요가 없습니다. 만약 국가가 당신의 아내에게 그녀의 노동(그 노동이 신성한 것이기는 하지만 성직자의 노동보다 더 신성하다고 말할 수는 없겠지요. 하지만 성직자의 노동은 급료가 지급되면서도 경멸받지 않으므로, 그녀의 노동도 그럴 수 있을 것입니다.)에 대한 최저 생계 임금을 지급한다면, 만약 그녀의 자유보다도 당신의 자유에 더욱 필수적인 이 조처가 취해진다면, 현재 전문직에 종사하는 남성이 스스로도 거의 즐거움을 느끼지 못하고 그 직업에도 거의 이득을 주지 못하면서 때로 아주 지친 몸으로 자기 차례를 돌리는 그 낡은 맷돌은 부서져 버릴 것입니다. 당신에게는 자유를 누릴 수 있는 기회가 주어질 겁니다. 모든 노역 가운데 가장 굴욕적인 것 즉 지적 노역이 종식되겠지요. 반쪽짜리 인간은 온전한 인간이 될 것입니다. 그러나 3억 파운드 또는 그 정도의 돈이 군대에 지급되어야 하므로 그러한 지출은 분명, 정치가들이 제공한 편리한 용어를 사용하자면, '실행 불가능'입니다. 그러니 실행 가능한 계획으로 돌아갑시다.

그렇다면 아웃사이더들은 그들 자신의 생계비를 벌 뿐 아니라, 전문가로서 생계비를 벌기로 약속할 것입니다. 따라서 그들이 생계비 벌기를 거부한다면 고용주들에게 심각한 문제로 여겨지겠지요. 그들은 전문직 수행에 필요한 지식을 철저히 갖출 것이며 또한 그들의 직업에 있어서 폭정이나 학대의 사례를 그 어떤 것이든 드러내기로 약속할 것입니다. 그리고 그들은 먹고살 만큼 충분히 벌었을 때, 어떤 직업에서든 계속해서 돈 벌기를 택하지 않고 모든 경쟁을 삼갈 것이며 연구를 위해서 혹은 일 그 자체가 좋아서 그 전문직에 실험적으로 종사하겠다고 약속할 것입니다. 또한 그들은 전쟁 무기를 만들거나 향상시키는 등 자유에 적대적인 직업에는 종사하지 않겠다고 약속할 것입니다. 또한 옥스퍼드나 케임브리지와 같이 자유를 존중한다고 선언하면서 실은 자유를 제한하는 어떠한 조직에서도 직책이나 명예를 받지 않기로 약속할 것입니다. 그리고 그들이 납세자로서 기여한 교회와 대학교 같은 모든 공적 단체의 주장을, 그들이 자발적으로 기여하는 사적 단체의 주장을 검토할 때와 마찬가지로 신중하고 두려움 없이 검토할 의무를 느낄 것입니다. 그들은 학교와 대학교 들의 기부 금액과 그 돈이 쓰이는 용도를 반드시 자세히 조사할 것입니다. 종교직에 대해서도 교육직과 마찬가지일 것입니다. 우선 신약 성서를 읽고 다음으로 교육받은 남성의 딸들이 쉽게 구할 수 있는 신학자와 역사가들의 저서를 읽음으로써, 그들은 기독교와 그 역사에 관한 지식을 어느 정도 획득할 것입니다. 더 나아가 그들은 기독교 예배에 참석하고 설교의 정신적, 지적 가치를 분석하며 다른 무리의 견해를 비판할 때와 마찬가지로 종교를 전문직으로 하는 사람들의 견해를 자유롭게 비판함으로써, 그 종교의 실상에 대한 정보를 얻을 것입니다. 그리하여 그들의 활동은 단순히 비판적인 데 그치지 않고 창조적인 것으로 나아갈 겁니다. 교육을 비판함으로써 그들은 문화와 지적 자유를 수호하는 문명화된 사회를 창조하는 데 도움을 줄 것입니다. 마찬가지로 종교를 비판함으로써 그들은 종교의 정신을 현재의 예속 상태에서 해방하여, 필요하다면 아마도 신약 성서에 바탕을 둔 새로운 종교를 만들어 내도록 도울 것입니다. 그것은 이미 신약 성서에 기초한 현재의 종교와는 대단히 판이하겠지요. 이러한 모든 일과 시간상 구체적으로 열거하지 못하는 더 많은 일들에 있어서 아웃사이더로서의 그들의 입지, 즉 비실재적인 충성심으로부터의 자유, 이해관계에 얽힌 동기로부터의 자유 — 국가에 의해서 그들에게 보장된 — 가 도움이 되리라는 것에 당신은 동의할 겁니다.

아웃사이더 단체에 속하는 사람들의 의무를 더욱 다양하게 분류하여 보다 정확하게 정의하기란 쉬운 일이겠지만 유익하지는 않겠지요. 탄력성이 필수적입니다. 그리고 나중에 드러나겠지만 현재로서는 어느 정도 은밀함을 유지할 필요가 있습니다. 그러나 이처럼 느슨하고 불충분하게 제시된 묘사만으로도 아웃사이더의 단체가 당신의 단체와 동일한 목적 — 자유, 평등, 평화 — 을 지향하지만 다른 성과 다른 전통, 다른 교육, 그리고 이러한 차이에서 비롯되는 다른 가치로 인해서 우리에게 주어진 수단으로 그 목적을 달성하고자 한다는 점을 충분히 보여 줄 것입니다. 개괄적으로 말해서, 조직의 밖에 있는 우리와 조직의 안에 있는 당신의 중요한 차이점은 당신은 당신의 지위에 제공된 수단 — 연맹, 회담, 캠페인, 유명 인사들, 그리고 당신의 재산과 정치적 영향력으로 손에 넣을 수 있는 모든 공적 수단들 — 을 사용하겠지만, 바깥에 머무는 우리는 공공연히 공적 수단을 실험하는 것이 아니라 개인적으로 사적 수단을 실험할 거라는 사실입니다. 이러한 실험들은 비판적일 뿐 아니라 창조적이겠지요. 명백한 예를 두 가지 들자면, 아웃사이더들은 화려한 행렬을 배제할 것입니다. 그것은 아름다움에 대한 청교도적 혐오 때문이 아닙니다. 오히려 개개의 아름다움을 증가시키는 것은 그들의 목적 가운데 하나입니다. 봄과 여름과 가을의 아름다움, 꽃과 실크와 옷의 아름다움, 옥스퍼드가의 들판과 숲에 넘쳐날 뿐 아니라 꽃수레에 가득한 아름다움, 여기저기 산재한 아름다움을 예술가들이 결합하기만 하면 모두의 눈에 보이게 되지요. 그러나 그들은 오로지 한 성이 적극적인 역할을 맡아 지시하고 통제하는 공식적인 행렬, 예컨대 왕의 장례식이나 제관식에 따른 행렬들을 배제할 것입니다. 또한 그들은 몸에 붙이는 영예의 표시—메달, 리본, 배지, 두건, 가운—를 배제할 것입니다. 몸의 치장을 싫어해서가 아니라 그러한 표시들에는 구속하고 고정된 틀에 옭아매고 파괴하는 효과가 명백하기 때문입니다. 종종 그렇듯이 이 부분에서도 가까이 있는 파시스트 국가의 선례가 교훈이 됩니다. 우리가 되고 싶은 것의 예를 찾을 수 없다면, 되고 싶지 않은 것을 매일 드러내 주는 예를 찾아보면 어쩌면 그와 동일한 가치를 가질 테니까요. 그렇다면 그들이 인간의 마음에 최면을 걸기 위해서 메달과 표상, 훈장, 심지어는 장식된 잉크병[미주19]을 준다는 예를 보면서, 우리의 목표는 스스로를 그러한 최면에 굴복하지 않도록 만드는 것입니다. 우리는 선전과 명성의 번쩍이는 섬광을 꺼 버려야 합니다. 그 강렬한 백광이 무능한 사람에게 주어질 가능성이 많기 때문만이 아니라 그 빛이 그것을 받는 사람들에게 미칠 심리적 영향 때문입니다. 나중에 시골길을 따라 운전할 때 헤드라이트의 번쩍이는 빛을 받은 토끼의 자세—그 흐리멍덩한 눈과 굳어버린 발—를 살펴보십시오. 독일뿐 아니라 영국에서도 인간들이 취하는 그러한 인위적이고 비현실적인 '자세'가 그 백광 때문이라고 생각할 이유를 우리 나라 밖으로 나가지 않아도 충분히 찾을 수 있지 않습니까? 강렬한 헤드라이트가 어둠 속에서 그 광선으로 뛰어든 작은 생물을 마비시키듯이, 그것은 인간의 기능의 자유로운 활동을 마비시킬 뿐 아니라 변화를 일으켜서 새로운 완전체를 창조하는 인간의 능력을 억제하지요. 이것은 추측에 불과합니다. 추측은 위험하지요. 하지만 편안함과 자유로움, 변화와 성장의 동력은 오로지 익명성에 의해서만 보존될 수 있다고 추측할 만한 몇 가지 이유가 있습니다. 인간의 마음이 동일한 바큇자국을 반복해서 긋는 것을 멈추고 창조적인 일을 할 수 있도록 만들고 싶다면, 최선을 다해서 그것을 어둠 속에 감춰 두어야 합니다.

그러나 추측은 이것으로 충분합니다. 다시 사실로 돌아가면, 당신은 이렇게 묻겠지요. 작성해야 할 서류도, 급료를 줘야 할 비서도 없을 뿐만 아니라 사무실도, 회의도, 지도자나 서열도 없는 그런 아웃사이더의 단체가 어떤 목적을 위해서 기능하는 것은 말할 것도 없고 어떻게 존재할 수 있겠는가 하고 말입니다. 실제로 이 제안이 한 성과 계급을 은근히 칭송하면서—그런 표현들이 대부분 그러하듯—작가의 감정을 해소하고 비난을 다른 곳으로 돌리고 나서 터져 버리고 마는 말의 거품에 불과하다면, 아웃사이더의 단체를 거칠게나마 정의하고 기술한 것은 시간 낭비였을 것입니다. 다행히도 그 모델이 이미 존재하고 있습니다. 위의 스케치는 그 모델을 그린 것이지요. 물론 은밀히 말입니다. 그 모델은 그림을 그릴 수 있도록 가만히 앉아 있는 것이 아니라 교묘히 빠져나가서 사라져버리니까요. 그러므로 이름이 있건 없건 간에 그러한 모델, 그러한 집단이 존재하고 기능하고 있다는 증거를 역사나 전기에서는 아직 찾아볼 수 없습니다. 아웃사이더들이 실제로 존재하게 된 것은 이십 년밖에 되지 않았으니까요. 즉 교육받은 남성의 딸들에게 전문직이 개방된 이후입니다. 그러나 그들이 존재한다는 증거는 생생한 역사와 전기 즉 일간 신문에서 찾아볼 수 있습니다. 때로는 행위에서 공개적으로, 때로는 행간에서 암암리에 제공됩니다. 그런 집단의 존재를 확인하고 싶다면 누구라도 신문에서 무수한 증거를 찾을 수 있습니다. 그러한 증거들 가운데 많은 것들은 분명 그 가치에 수상쩍은 점이 있습니다. 예컨대, 교육받은 남성의 딸들이 보수를 전혀 받지 않거나 거의 받지 않고 막대한 일을 한다는 사실을, 그들이 빈곤의 심리적 가치를 자유 의지로 실험하고 있다는 증거로 받아들일 필요가 없겠지요. 또한 교육받은 남성의 많은 딸들이 '적절한 식사'[미주20]를 하지 못하고 있다는 사실도 그들이 영양 결핍의 육체적 가치를 실험하고 있다는 증거로 여길 필요가 없습니다. 또한 남성과 비교하여 극소수의 여성만이 명예를 얻는다는 사실도 그들이 익명성의 미덕을 실험한다는 증거로 간주될 필요가 없겠지요. 그런 여러 가지 실험들은 강요된 실험들이고 따라서 긍정적인 가치를 가지지 않습니다. 그러나 훨씬 더 긍정적인 가치들이 매일 신문 지상에 등장하고 있습니다. 아웃사이더들의 단체가 존재하고 있다는 우리의 진술을 입증하기 위해서 세 가지만 검토해 보기로 합시다. 첫 번째 기사는 다분히 직설적입니다.

지난주 플럼스테드 카먼 침례교회에서 열린 바자회에서 (울리치의) 시장 부인은 이렇게 말했다. "……본인은 전쟁에 도움을 주기 위해 양말을 깁는 일조차 하지 않을 것입니다." 울리치의 시민들 대다수는 이 말에 분개했다. 그들은 시장 부인이, 아무리 좋게 평가하더라도 분별력이 없었다고 주장한다. 약 1만 2000명의 울리치 유권자들은 무기를 제조하는 울리치 군수공장에 근무한다.[미주21]

이런 상황에서 공식적으로 그런 진술을 한 것이 무분별하다는 점에 대해서는 논평할 필요도 없습니다. 그러나 그 용기만큼은 실로 우리의 경탄을 자아냅니다. 그리고 실제적인 관점에서 볼 때, 유권자들이 무기 제조업에 고용되어 있는 다른 도시와 마을의 다른 시장 부인들이 그 선례를 따른다면, 이러한 실험의 가치는 지대할 것입니다. 어떻든, 울리치의 시장 부인인 캐슬린 란스 부인이 양말을 깁지 않음으로써 전쟁을 방지하기 위한 용감하고 효과적인 실험을 감행했다는 데에 우리는 동의할 것입니다. 아웃사이더들이 활동하고 있다는 두 번째 증거로 일간 신문의 또 다른 기사를 들 수 있습니다. 그다지 명확하지는 않지만 그것 역시 아웃사이더의 실험이며, 매우 독창적이고 평화라는 대의에 대단히 가치 있는 실험이라고 당신도 동의할 겁니다.

운동 경기를 위한 많은 자발적 단체들의 활동에 대해 말하면서, 클라크 양(교육부의 E. R. 클라크 양)은 하키, 라크로스, 네트 볼, 크리켓을 위한 한 여성 단체를 언급하며 현행 규정하에서는 승리한 팀이 우승컵이나 어떤 종류의 포상도 받지 않는다고 지적했다. 그들 시합의 참여자 수는 남성의 게임보다 약간 적을지 모르지만, 그 경기자들은 게임 자체를 좋아하기 때문에 시합을 했고, 흥미를 유발하는 데 있어서 우승컵과 시상이 필요하지 않음을 입증하는 듯했다. 매년 경기자들의 수가 꾸준히 증가해 왔기 때문이다.[미주22]

당신도 동의하겠지만, 이것은 특히 흥미로운 실험입니다. 인간 본성에 지대한 가치가 있는 심리적 변화를 일으킬 수 있는 실험이며, 전쟁을 방지하는 데 실제적인 도움이 될 수 있는 실험이지요. 이 실험이 더욱 흥미로운 것은, 아웃사이더들은 어떤 금지나 설득으로부터 비교적 자유롭기 때문에 내부의 그런 영향력에 어쩔 수 없이 노출된 사람들보다 훨씬 더 수월하게 실험을 수행할 수 있기 때문입니다. 다음 인용문은 무척 흥미롭게 이 진술을 확인해 줍니다.

여기 (웰링버러 노샌츠) 공식 축구계는 소녀들의 축구가 점점 인기를 얻고 있는 것을 우려하며 주시한다. 노샌츠 축구 협회 자문 위원회의 비밀 모임이 어젯밤에 열렸고 피터버러 구장에서 열린 소녀들의 시합에 관하여 논의했다. 위원회 회원들은 입을 다물고 있었다. …… 오늘 한 위원이 말했다. "노샌츠 축구 협회는 여성 축구를 금지할 것이다. 소녀 축구의 인기는 전국적으로 많은 남성 클럽이 지원 부족으로 몹시 어려운 상태에 처한 시점에서 고조되었다. 또 다른 중대한 문제는 여성 경기자들의 심각한 부상의 가능성이다."[미주23]

여기서 우리는 현행 가치를 변화시키려는 실험을 자유롭게 수행하는 데 있어서 당신의 성이 우리의 성보다 훨씬 더 큰 어려움을 겪을 수밖에 없도록 하는 금지와 설득의 확실한 증거를 찾을 수 있습니다. 섬세한 심리 분석에 시간을 낭비하지 말고 이 협회가 제시한 그 결정의 이유를 서둘러 훑어보기만 해도, 보다 중요한 다른 협회들이 그들 나름의 결정에 이르는 이유를 밝힐 수 있습니다. 그러나 아웃사이더의 실험으로 돌아갑시다. 세 번째 예로서 소위 수동성의 실험이라 부를 만한 것을 들어봅시다.

어젯밤 옥스퍼드에 있는 성 처녀 마리아(대학 교회)의 교구 목사, 캐넌 F. R. 배리는 교회에 대한 젊은 여성들의 태도에서 주목할 만한 변화를 지적했다. …… 그의 말에 따르면, 교회가 당면한 임무는 바로 문명을 도덕적으로 만드는 것이며 이것은 기독교인에게 모든 것을 바치도록 요구하는 위대한 협동적 과업이었다. 이것은 그저 남성만으로는 수행될 수 없었다. 지난 백년 또는 이백 년 동안 집회에서 대충 75퍼센트 대 25퍼센트의 비율로 압도적인 다수를 차지한 것은 여성이었다. 이제는 상황 자체가 변화하고 있다. 예리한 관찰자라면, 영국의 거의 모든 교회에서 젊은 여성을 찾아보기 어렵다는 점을 알아차릴 것이다. …… 학생 인구 가운데 영국 국교와 기독교 신앙으로부터 훨씬 더 멀어진 것은 대체로 젊은 남성보다는 젊은 여성이었다.[미주24]

다시 한번 말하지만, 이것은 대단히 흥미로운 실험입니다. 이미 언급했듯이 그것은 수동적인 실험이지요. 첫 번째 예는 전쟁에 대한 반대 의사를 표명하기 위해서 양말 깁기를 공공연히 거부한 것이었고, 두 번째는 경기의 흥미를 유발하기 위해서 우승컵이나 포상이 필요한지를 증명하려는 시도였던 반면, 세 번째는 교육받은 남성의 딸들이 교회에 불참한다면 어떤 일이 일어날지를 알아보려는 시도입니다. 이것은 그 자체로서 다른 실험들보다 더 가치 있는 것은 아니지만, 실제로 더욱 흥미로운 실험입니다. 분명 많은 아웃사이더들이 어려움이나 위험을 거의 겪지 않고도 실천할 수 있는 실험이기 때문이지요. 불참하는 것, 그것은 바자회에서 큰 소리로 말하거나 창의적인 경기 규칙을 마련하는 것보다 훨씬 더 쉬운 일입니다. 그러므로 그 불참의 실험이 어떤 효과를 미쳤는지 ── 실제로 미쳤다면 ── 아주 주의 깊게 살펴볼 가치가 있을 것입니다. 그 결과는 긍정적이고 대단히 고무적입니다. 대학에 진학한 교육받은 남성의 딸들의 교회에 대한 태도를 교회가 우려하게 되었음은 의심할 바 없이 확실하니까요. 「여성의 성직에 관한 대주교 위원회의 보고서」가 그 사실을 입증합니다. 1실링밖에 안 하는 데다 교육받은 남성의 딸들이라면 누구나 읽어야 할 이 문서는 "남자 대학과 여자 대학의 두드러진 차이점 한 가지는 후자에 예배당이 없다는 것이다."라고 지적합니다. 또한 "삶의 이 시기에 그들(대학생들)이 비판력을 최대한으로 발휘하는 것은 자연스러운 일이다."라고 숙고하기도 합니다. 그리고 "대학에 진학한 여성들 가운데 사회사업이나 순전히 종교적인 사업에 지속적으로 자원 봉사를 할 수 있는 사람은 이제 거의 없다."라는 사실을 통탄합니다. 그러고는 "그러한 봉사가 특히 필요한 여러 특정한 영역이 있다. 그리고 교회 내의 여성의 역할과 지위에 대해 더 진취적인 결정을 내려야 할 때가 분명히 도래했다."[미주25]라고 결론을 내립니다. 이러한 우려가 옥스퍼드의 교회들이 텅 비었기 때문인지, 아니면 조직화된 종교가 운영되는 방식에 대해 "대단히 진지한 불만"[미주26]을 토로한 아일워스의 "나이 든 여학생"들의 목소리가 여성의 말이 허용되지 않는 그 존엄한 영역을 어떻게든 뚫고 들어간 것인지, 아니면 구제할 수 없이 이상주의적인 우리의 성이 "남성은 무보수의 성직 봉사를 귀중하게 여기지 않는다."[미주27]라는 고어 주교의 경고를 마침내 진지하게 생각하기 시작하여 연간 150파운드의 급료 — 교회가 여성 집사에게 제공하는 최고 액수 — 가 충분치 않다는 견해를 표명하게 되었기 때문인지, 그 이유가 무엇이든 간에 교육받은 남성의 딸들에게서 상당히 불편한 태도가 나타나게 된 것은 분명합니다. 그리고 정신적 중재자로서 영국 국교회의 가치를 우리가 믿든 안 믿든, 이러한 수동성의 실험은 아웃사이더로서 우리에게 대단히 고무

3기니

적입니다. 수동적인 것이 능동적임을 보여 준다고 할 수 있으니까요. 바깥에 머물고 있는 사람들도 기여할 수 있기 때문입니다. 그들의 부재를 느끼게 만듦으로써, 그들의 존재를 원하도록 만든 것이지요. 이러한 사실이 자신이 옹호하지 않는 다른 기관을 철폐하거나 변화시킬 수 있는 아웃사이더의 능력을 어느 정도나 밝혀 줄 것인지, 또는 공식 만찬이나 대중 연설, 런던 시장의 연회와 케케묵은 다른 의식들이 그 무관심에 부딪혀서 그 압력에 굴복할 것인지 하는 의문들은 경박한 물음이지만 우리의 여가 시간을 즐겁게 해 주고 우리의 호기심을 자극할 만한 물음들이지요. 하지만 당장 우리가 직면한 문제는 아닙니다. 우리는 세 가지 다른 실험의 세 가지 다른 예를 제시함으로써 아웃사이더들의 단체가 실제로 존재하며 활동하고 있다는 사실을 당신에게 입증하려고 노력했습니다. 이러한 예들이 모두 신문 지상에 등장했다는 사실을 고려하면, 이 예들이 공식적 증거는 없지만 표면에 드러나지 않은 훨씬 더 많은 개인적 실험을 대변한다는 사실에 당신은 동의할 겁니다. 또한 이러한 예들이 위에서 제시한 단체의 모델에 실체를 부여하며, 그 모델이 임의로 그린 허구적 스케치가 아니라 당신의 단체에서 설정한 목적과 동일한 목적을 위하여 다른 수단으로 활동하는 실제 집단에 근거하고 있음을 입증한다고 동의하겠지요. 캐넌 배리와 같은 예리한 관찰자들은 그러한 실험이 오직 옥스퍼드의 텅 빈 교회에서만 일어나는 것이 아니라는 증거를 원한다면 훨씬 더 많이 발견할 수 있을 겁니다. 웰스 씨도 귀를 땅에 대고 듣는다면, 교육받은 남성의 딸들 사이에서 나치와 파시스트에 대항하는 어떤 움직임이 진행되고 있으며 그것이 전혀 감지할 수 없는 정도가 아님을 믿게 될 것입니다. 그러나 그 움직임은 예리한 관찰자와 유명한 소설가들의 눈에도 띄지 않아야 합니다.

은밀함이 필수적입니다. 우리는 우리의 행동과 생각이 공동의 대의를 위한 것이라 하더라도 그것을 계속 숨겨야 합니다. 이렇게 해야 하는 상황이 어떤 것인지는 어렵지 않게 짐작할 수 있습니다. 휘터커가 증명하듯이 급료가 낮을 때 그리고 모두들 알고 있듯이 직업을 얻고 유지하기 어려울 때 당신의 주인을 비판하는 것은, 신문에서 표현했듯이 "아무리 좋게 평가하더라도, 분별력이 없는" 행위이니까요. 당신도 알고 있겠지만 어떤 지방에서는 농장 노동자라고 해서 모두 노동당을 지지하여 투표하지는 않습니다. 교육받은 남성의 딸은 경제적으로는 농장 노동자와 거의 같은 수준입니다. 그러나 농장 노동자와 그녀가 은밀함을 유지하려는 이유가 무엇인지를 알아내려고 시간 낭비할 필요가 없습니다. 가장 강력한 이유는 두려움이지요. 경제적으로 종속된 사람들은 두려움을 느낄 이유가 많으니까요. 그 점에 대해서는 더 이상 탐구할 필요가 없습니다. 하지만 이 부분에서 당신은 우리에게 1기니의 돈을 상기시키고, 비록 적기는 하지만 그 선물이 어떤 타락한 단어를 불태워 버렸을 뿐 아니라 두려움을 느끼거나 아첨하지 않고 자유롭게 말할 수 있도록 해 주었다는 우리의 당당한 자랑을 상기시키겠지요. 그 자랑에는 일말의 허풍이 있었던 듯합니다. 아직도 어떤 두려움이, 전쟁을 예고하는 대대로 이어져 내려온 어떤 기억이 남아 있는 듯합니다. 경제적으로 독립한 경우라 하더라도 교육받은 사람들이 서로 다른 성일 때 숨기거나 혹은 조심스러운 용어로 암시하고는 넘어가 버리는 어떤 주제들이 아직도 있습니다. 당신은 실제 생활에서 그런 것을 관찰했을 겁니다. 전기에서도 그것을 알아차렸겠지요. 우리가 자랑했듯이 사람들이 개인적으로 만나서 '정치와 민족, 전쟁과 평화, 야만과 문명'에 대해서 이야기할 때도, 그들은 회피하고 숨깁니다. 하지만 우리 스스로 자유로운 언행의 의무에 익숙해지는 것이 아주 중요하므로 —사적 자유가 없다면 공적 자유도 없을 테니까— 우리는 이 두려움을 벗겨 내 직면하도록 노력해야 합니다. 그렇다면, 교육받은 사람들 사이에서도 아직 은폐할 수밖에 없도록 만들고 우리가 자랑했던 자유를 시시한 익살로 격하시키는 이 두려움의 본질이 무엇일까요? ··· 또다시 세 개의 점이 있습니다. 또다시 그것들은 하나의 심연을 나타냅니다. 이번에는 침묵의 심연, 두려움으로 야기된 침묵의 심연이지요. 그리고 우리에게는 그것을 설명할 용기와 재주가 부족하므로, 우리 사이에 성 바울로의 베일을 드리우도록 —다시 말해서 통역자 뒤로 피신하도록— 합시다. 다행히도 그 나무랄 데 없는 자격을 갖춘 통역자가 우리 가까이 있습니다. 바로 앞서 인용했던 책자로「여성의 성직에 관한 대주교 위원회의 보고서」입니다. 그것은 여러 가지 이유에서 무척 흥미로운 문서이지요. 그것은 이 두려움에 관한 치밀하고 과학적인 빛을 조명해 줄뿐더러, 모든 전문직 가운데 가장 고귀하므로 전문직의 전형이라고 간주할 수 있는 종교직을 고려할 기회를 제공할 것입니다. 아직까지 그 전문직에 대해서는 의도적으로 거의 언급하지 않았지요. 또한 그것이 모든 전문직의 전형이므로, 이미 언급한 다른 전문직들에 대한 사실을 밝혀 줄 것입니다. 그러므로 우리가 여기서 멈추어 이 보고서를 좀 자세히 검토한다 하더라도 당신은 양해해 주시겠지요.

그 위원회는 캔터베리와 요크의 대주교들에 의해서 "여성 성직의 발전에 있어서 교회를 지배해 왔거나 지배해야 할 신학적 원칙 내지 관련된 다른 원칙들을 검토하기 위해서"[미주28] 소집되었습니다. 자, 종교직, 우리가 관심을 두고 있는 영국 국교회는 표면적으로는 다른 전문직들과 유사하게 보이는 면이 있지만 휘터커에 의하면 그 전문직은 많은 소득을 누리고 있고 큰 자산을 소유하고 있으며, 서열이 있고 급료를 받는 관리들의 계급제로 이루어져 있지요. 다른 어떤 직업보다도 우위에 있습니다. 캔터베리 대주교는 대법관에 우선합니다. 요크 대주교는 수상에 우선하지요. 그리고 그것은 종교직이기 때문에 어떤 전문직보다도 고귀합니다. 하지만 우리는 '종교'가 무엇인지 의문을 제기할 수 있지요. 기독교가 무엇인지는 그 종교의 창시자가 명확하게 진술했고, 그 진술은 아름답고 뛰어난 번역으로 제공되었기에 누구라도 읽을 수 있습니다. 그 말에 덧붙여진 해석을 받아들이든 아니든 간에, 우리는 그 말이 더할 수 없이 심오한 의미를 가지고 있음을 부정할 수 없습니다. 그러므로 의학이 무엇인지 또는 법이 무엇인지를 아는 사람들은 거의 없는 반면, 신약 성서를 가지고 있는 사람은 누구나 종교가 그 창시자의 마음에 무엇을 의미했는지 알고 있다고 말해도 무리가 없을 겁니다. 그리하여 1935년에 교육받은 남성의 딸들이 자신들에게 종교직이 개방되기를 바란다고 말했을 때, 다른 전문직에 비교하면 대략 의사와 법정 변호사에 해당되는 성직자들은 그 직업에 전문적으로 종사할 수 있는 권리를 남성에게 지정한 법령이나 헌장을 찾아보아야 했을 뿐 아니라 신약 성서를 참조해야 했습니다. 그들은 실제로 그렇게 했지요. 그리고 그 위원회의 보고에 따르면 그 결과 "우리 주님께서 남성과 여성을 똑같이 동일한 영적 왕국의 구성원으로, 신의 자녀로, 그리고 동일한 영적 능력의 소유자로 간주하셨음을 복음서에서 알 수 있다……"라는 사실을 알아냈습니다. 이러한 사실의 증거로 그들은 다음을 인용합니다. "남자도 여자도 없습니다. 여러분 모두가 예수그리스도 안에서 하나이기 때문입니다."(갈라디아서 4장 28절) 그렇다면 그 종교의 창시자는 이 전문직에 훈련도 성도 필요하지 않다고 믿었던 듯합니다. 그는 자신의 출신 배경인 노동 계급에서 제자들을 뽑았습니다. 그들에게 가장 중요한 자격은 그 먼 옛날에 목수나 어부, 심지어 여성에게도 변덕스럽게 주어졌던 어떤 희귀한 재능이었습니다. 그 위원회가 지적하듯이, 그 먼 옛날에 여성 예언자 즉 신성한 재능을 부여받은 여성이 있었다는 것은 의심할 바 없습니다. 또한 그 여성 예언자들은 설교를 할 수 있었습니다. 예컨대 성 바울로는 여성이 공적인 자리에서 기도할 때는 베일을 써야 한다고 주장합니다. "그 말에 함축된 의미는, 여성이 베일을 쓰면 예언(즉 설교)하고 기도를 이끌어 갈 수 있다는 것이다." 그렇다면 그 종교의 창시자와 그의 사도 한 명은 여성에게 설교할 자격이 있다고 생각했는데, 어떻게 해서 여성이 성직에서 배제되었을까요? 그것이 문제였습니다. 그 위원회는 그 창시자의 마음이 아니라 교회의 마음에 호소함으로써 그 문제를 해결했습니다. 그것은 물론 차이가 있었지요. 교회의 마음은 또 다른 마음에 의해서 해석되어야 했으니까요. 그 마음은 성 바울로의 마음이었습니다. 그리고 성 바울로는 교회의 마음을 해석하면서 자신의 마음을 바꾸었지요. 과거의 심연으로부터 무명의 존재이기는 하지만 존경할 만한 이름들 ─ 리디아와 클로, 유디아와 신티케, 트리파에나와 트리포사와 페르시스 ─ 을 끌어내어 그들의 지위를 논하고, 여성 예언자와 여성 장로의 차이가 무엇인지, 니케아 공회 이전의 교회와 이후의 교회에서 여성 집사의 지위가 어떻게 다른지를 논의하고 나서, 그 위원회는 다시 한번 성 바울로에게 호소한 다음 이렇게 말합니다. "디모데전서를 쓴 사람이 성 바울로이든 다른 사람이었든 간에, 그가 여성이 여성이라는 이유에서 교회의 공식적인 '스승'으로서의 지위나 남성에 대한 통치적 권위를 행사할 수 있는 어떤 직위에서도 배제되었다고 간주했다는 점은 명백하다."(디모데전서 2장 12절) 솔직히 말하면 이 설명은 그다지 만족스럽지 못합니다. "남성과 여성을 똑같이 동일한 영적 왕국의 구성원으로 …… 그리고 동일한 영적 능력의 소유자로 간주"한 그리스도의 지침과 성 바울로나 다른 사람의 지침을 무리 없이 조화시킬 수 없기 때문이지요. 그러나 이내 사실을 접하게 되는 시점에서 말의 의미에 대해 트집을 잡는 것은 무익한 일입니다. 그리스도의 말이 무엇을 의미했건, 성 바울로가 무엇을 뜻했건 간에, 4~5세기경 종교 직은 고도로 조직화되었습니다. "남자 집사(여자 집사와 달리) 는 '그에게 맡겨진 성직에 만족스럽게 봉사한 이후' 결국 교 회의 고위 직책에 임명되리라 기대할 수 있었다. 반면 여자 집 사에 대해서 교회는 그저 하느님이 '그녀에게 성령을 내려 주 시기를 …… 그녀가 자신에게 맡겨진 일을 훌륭하게 수행하 기를' 기도할 뿐이었다." 배우지 않고 터득한 메시지를 자발적 으로 전달하던 예언자나 여성 예언자는 3~4세기경에 소멸한 듯이 보입니다. 그들의 자리는 주교, 목사, 집사의 세 계급으 로 채워졌고, 그들은 언제나 남성이었으며, 휘터커가 지적하 듯 언제나 급료를 받는 남성이었습니다. 교회가 전문직이 되었 을 때 그 종사자들은 급료를 받았으니까요. 그러므로 원래의 성직은 현재의 문학이라는 전문직과 대단히 유사했던 듯입니 다.[미주29] 그것은 천부적인 예언의 능력을 받은 사람이면 누구 에게나 개방되었지요. 어떤 훈련도 필요하지 않았습니다. 직업 적 자격 요건은 극히 간단했습니다. 목소리와 장터, 펜과 종이 였지요. 예컨대 다음과 같이 쓴 에밀리 브론테는,

내 영혼은 겁쟁이가 아니라서
폭풍이 몰아치는 영역에서 떨지 않는다네.
천국의 영광이 비치는 것을 바라보고
믿음이 같은 빛을 발하며 두려움을 막아 준다네.

아, 내 가슴속의 신이여,

전능하고 언제나 존재하는 신성이여!
내 안에서 쉬고 있는 생명이여,
불멸의 생명인 나는 그대에게서 힘을 얻고 있기에!

영국 국교회의 목사가 될 만한 자질은 없었다 하더라도, 예언이 자발적으로 성행되고 직업으로서 보수를 받지 않았던 아득한 옛날의 어떤 여성 예언자의 정신적 후계자입니다. 그러나 성직이 전문직이 되면서 예언가에게 특별한 지식을 요구하고 그 지식을 전달한 대가를 지급했을 때, 한 성은 그 안에 남고 다른 성은 배제되었습니다. "남자 집사의 위상은 ── 부분적으로는 분명 주교와 맺은 가까운 친분 덕분에 ── 높아졌으며, 그들은 예배와 성찬식의 보조 목사가 되었다. 그러나 여자 집사들은 이러한 진화의 초기 단계만 공유했다." 그 단계가 얼마나 초기에 국한되어 있었는가는 영국에서 1938년 대주교의 급료가 1만 5000파운드이고 주교의 급료는 만 파운드이며 사제장의 급료는 3000파운드라는 사실로 입증됩니다. 하지만 여성 집사의 급료는 120파운드입니다. 그리고 "교구민의 생활을 거의 모든 영역에서 도와주어야 하는" '교구 직원'에 대해 말하자면, 그녀는 연간 120파운드에서 150파운드를 받습니다. "그녀의 활동에 있어 중심이 되어야 할 것은 바로 기도다."라는 진술은 전혀 놀랍지 않습니다. 그러므로 우리는 위원회보다 한 걸음 더 나아가 여성 집사의 진화는 그저 '초기' 단계에 불과한 것이 아니라 확실히 저지되었다고 말할 수 있습니다. 비록 그녀가 성직에 임명되었고 "성직 임명이란 …… 지울 수 없는 어떤 특성을 뜻하며 평생에 걸친 봉사의 의무를 수반"하지만, 그녀는 교회 밖에 머물러야 하며 가장 지위가 낮은 목사보다도 아래의 서열에 머물러야 합니다. 그것이 교회의 결정입니다. 그 위원회는 교회의 마음과 전통을 검토한 후에 최종적으로 이와 같이 보고합니다. "여성이 근원적으로 성직의 은총을 받을 수 없으며 그 결과 성직의 세 계급 어디에도 영입될 수 없다는 견해에 위원회 전원이 적극적으로 동의하는 바는 아니지만, 교회의 일반적 마음이 아직은 남성 성직자의 부단한 전통과 일치한다고 믿는다."

이처럼 최고의 전문직이 여타의 직업과 유사한 점들을 가지고 있음을 보여 줌으로써, 당신도 인정하겠지만 우리의 통역자는 이 전문직들의 영혼 또는 본질을 더욱 분명하게 밝혀 주었습니다. 이제 우리는 그에게, 그럴 의향이 있다면 그 두려움의 성격을 분석하도록 도와 달라고 요청해야 합니다. 우리 스스로 인정했듯이, 아직도 그 두려움으로 인해 우리는 자유로운 인간으로서 의당 그러해야 하듯 자유롭게 말하지 못하고 있으니까요. 여기서도 그는 도움이 됩니다. 종교직과 다른 전문직들이 여러 면에서 동일하기는 하지만 아주 중대한 차이점이 있다는 사실을 앞에서 지적했지요. 성직은 정신적 전문직이므로 그 행위에 대해 역사적 이유뿐만 아니라 정신적 이유를 제공해야 합니다. 법이 아니라 마음을 참조해야 하지요.^{미주30} 그러므로 교육받은 남성의 딸들이 성직에 수용되고 싶어 했을 때, 위원회는 그들의 수용을 거부하는 역사적 이유와 더불어 심리학적 이유를 제시하는 것이 타당하다고 생각했습니다. 그래서 그들은 옥스퍼드 대학교의 기독교 철학을 연구하는 놀로스 교수인 신학 박사 그렌스테드 교수를 초빙하여 "심리학적, 생리학적 관련 자료를 요약"하고 "위원회가 제안한 견해와 제안들에 대한 근거"를 진술해 줄 것을 요청했습니다. 그런데 심리학은 신학이 아니지요. 그 교수는 양성의 심리와 "그 심리가 인간 행위와 맺는 관련성은 아직 전문가가 다루어야 할 문제이며 …… 그리고 …… 그 해석은 여전히 논의의 여지가 있고 여러 점에서 불명료하다."라고 주장했습니다. 그러나 그는 곧이곧대로 증거를 제시했고, 그 증거는 우리가 인정하고 개탄한 그 두려움의 원천을 선명하게 밝혀 주므로 그의 말을 정확히 인용하는 것이 가장 좋을 것입니다.

위원회에 제시된 증거에서 남성은 여성에 대해 타고난 우선권을 가지고 있다고 기술되었다. 심리학적으로는 이러한 관점이 의도하는 바의 의미를 지지할 수 없다. 심리학자들은 남성 지배의 사실을 전적으로 인정한다. 그러나 그 사실을 남성의 우월성과 혼동해서는 안 된다. 더욱이 다른 성이 아닌 한 성만 성직에 수용되는 문제와 관련될 수 있는 어떤 종류의 우선권과도 혼동되어서는 안 된다.

그러므로 그 심리학자는 몇 가지 사실들을 밝혀 줄 수 있을 뿐입니다. 그리고 그가 탐구한 첫 번째 사실은 이것이지요.

여성이 세 가지 성직 계급의 지위와 직무에 수용되어야 한다는 유의 제안이 그 어떤 것이든 강렬한 감정을 일깨운다는 것은 실제로 지극히 중요한 사실임에 분명하다. 위원회에 제시된 증거를 보면, 이 감정은 그런 제안에 대해 주로 적대적이라는 것을 알 수 있다. …… 다양한 합리적 설명이 덧붙여지기는 했지만, 이 강렬한 감정은 강력한 잠재의식적 동기가 널리 퍼져 있음을 분명히 입증한다. 세세한 분석 자료가 부재한 상황이고 특히 이 문제와 관련된 기록은 전혀 없는 듯하지만 그럼에도 불구하고 흔히 이 주제 전반을 접근할 때 일어나는 그 강렬한 감정을 결정짓는 데 있어 유아 집착증이 중요한 역할을 한다는 것은 명백하다.

유아 집착증의 정확한 성격은 어쩔 수 없이 개인에 따라 다를 수밖에 없다. 그것의 근원이 무엇인가에 대한 추측도 그저 일반적인 것에 불과하다. 그러나 '오이디푸스 콤플렉스'와 '거세 콤플렉스' 이론의 바탕이 되는 자료의 정확한 가치와 그에 대한 해석이 어떻든 간에, 남성의 지배에다가 더욱이 여성의 열등성 — 여성을 '되다 만 남성'으로 간주하는 잠재의식적 개념에 근거한 — 을 일반적으로 수용하는 현상은 이런 콤플렉스 유의 유아적 개념에서 유래한다. 이런 개념들은 비합리적임에도 불구하고 흔히, 심지어 일반적으로 성인에게서도 존속하며, 의식적인 사고의 차원 아래에서 그것들이 일으키는 강렬한 감정으로 그 존재를 드러낸다. 여성을 성직, 특히 성소를 담당하는 성직에 수용하는 것을 흔히 수치스러운 일로 간주하는 현상은 이러한 견해를 강력히 지지한다. 이 수치심은 비합리적인 성적 금기 외에는 다른 것으로 간주될 수 없다.

여기서 우리는 그 교수가 이교도들의 종교와 구약 성서에서 "이런 무의식적 힘들의 풍부한 증거"를 찾고 발견했다는 말을 있는 그대로 받아들이고 그 부분을 뛰어넘어 결론으로 따라가 볼 수 있습니다.

동시에 성직에 대한 기독교의 개념은 이런 잠재의식적인 감정적 요인에 달린 것이 아니라 그리스도의 제정에 따른 것임을 잊어서는 안 된다. 그러므로 그것은 이교도의 성직제와 구약 성서를 완성할 뿐 아니라 그것을 능가한다. 심리학적으로 볼 때, 남성뿐 아니라 여성 역시 정확히 동일한 의미에서 기독교의 성직을 수행해서는 안 될 이론적 이유는 없다. 심리학자는 오로지 감정적이고 현실적인 어려움을 예견할 수 있을 뿐이다.

이러한 결론을 얻고 우리는 그를 놓아주기로 합시다.

당신도 동의하겠지만, 이 위원회는 우리가 그들에게 요청한 그 미묘하고 어려운 작업을 수행했습니다. 그들은 우리 사이의 통역자로 활약했지요. 그들은 우리에게 가장 순수한 상태의 전문직의 예를 훌륭하게 제시했고 어떤 직업이 어떻게 마음과 전통에 기반하고 있는지를 보여 주었습니다. 더 나아가 그들은 교육받은 사람들이 서로 다른 성일 때 왜 어떤 주제에 대해서는 터놓고 말하지 않는지를 설명했습니다. 그들은 아웃사이더들이 경제적으로 의존할 필요가 없을 때조차 자유롭게 말하거나 공공연히 실험하기를 두려워하는 이유를 알려 주었습니다. 그리고 마지막으로 그들은 그 두려움의 본질이 무엇인지 과학적으로 정확한 단어를 사용하여 밝혀 주었지요. 그 렌스테드 교수가 증거를 제시하는 동안, 우리 교육받은 남성 의 딸들은 외과 의사가 수술하는 것을 지켜보는 듯했지요. 공 정하고 과학적인 시술자가 인간적인 수단으로 인간의 마음을 해부하면서 우리가 느끼는 두려움의 밑바닥에 어떤 원인이, 어떤 뿌리가 있는지를 모두가 볼 수 있도록 드러냈습니다. 그 것은 하나의 알입니다. 그것의 과학적 이름은 '유아 집착증'이 지요. 우리는 과학적인 마음을 가지고 있지 않으므로 그 이름 을 잘못 불렀지요. 우리는 그것을 알이라고 불렀습니다. 어떤 배종(胚種)이라고 불렀지요. 우리는 공기 중에서 그 냄새를 맡 았습니다. 그 존재를 화이트홀에서, 대학에서, 교회에서 감지 했지요. 이제 그 교수가 그것을 아주 정확하게 정의하고 분명 히 묘사했으므로, 교육받은 남성의 딸이 아무리 교육을 받지 못했더라도 앞으로는 그것을 잘못 부르거나 잘못 해석할 수 없습니다. 이러한 묘사를 귀담아들으십시오. "여성이 수용되어 야 한다는 유의 제안은 그 어떤 것이든 강렬한 감정을 일깨운 다." 어떤 성직인가는 문제가 되지 않습니다. 의학의 성직, 과 학의 성직, 또는 교회의 성직이지요. 그녀가 수용되기를 요청 한다면, 강렬한 감정이 틀림없이 등장한다는 교수의 말을 그 녀는 확인할 수 있습니다. "이 강렬한 감정은 강력한 잠재의식 적 동기가 있음을 분명히 입증한다." 그녀는 그 교수의 말을 그대로 받아들이고 심지어 그가 알아채지 못한 다른 동기들 도 알려 줄 것입니다. 두 가지 동기에 관심을 기울여 봅시다. 솔직히 말하면 여성을 배제하는 배경에는 금전적 동기가 있습니다. 그리스도 시대에는 어떠했을지 몰라도, 요즘에는 급료가 중요한 동기가 되지 않습니까? 대주교는 1만 5000파운드를 받고 여자 집사는 150파운드를 받습니다. 그리고 위원회는 교회가 가난하다고 말합니다. 그러니 여성에게 급료를 더 지불하면 남성의 급료는 더 적어지겠지요. 두 번째로, 그녀를 배제한 데에는 위원회에서 '실제적 고려'라고 부른 것 아래 어떤 심리적 동기가 숨어 있지 않을까요? "현재 기혼 성직자가 '모든 세속적 근심과 노력을 버리고 제쳐 두라'는 성직 수임의 요구 조건을 충족시킬 수 있는 것은 대체로 그의 아내가 집안일과 가족 부양을 떠맡을 수 있기 때문이다……"미주31 모든 세속적 근심과 노력을 제쳐 두고 그것들을 다른 사람에게 떠맡길 수 있다는 것은 하나의 동기이며, 어떤 사람에게는 대단히 매력적인 동기입니다. 왜냐하면 일상생활에서 물러나 연구에 몰두하기를 바라는 사람들이 틀림없이 있을 테니까요. 정밀한 신학과 치밀한 고전 연구가 그것을 입증합니다. 실상 다른 사람들에게는 그 동기가 나쁘고 사악한 동기이며, 교회와 교인들, 문학과 인간, 남편과 아내를 갈라놓은 원인으로서, 우리 공화국 전체의 작동을 원활하지 못하게 만드는 데 한몫 기여한 것이 사실입니다. 그러나 여성을 성직에서 배제한 이면에 어떤 강력한 잠재의식적 동기들(분명 우리는 그 동기들을 모두 다 셀 수도 없고 더욱이 여기서 그것의 뿌리까지 파고들 수도 없습니다.)이 있든 간에, 교육받은 남성의 딸은 그 동기들이 "흔히, 심지어 일반적으로 성인에게서도 존속하며, 의식적 사고의 차원 아래에서 그것들이 일으키는 강렬한 감정으로 그 존재를 드러낸다."라는 사실을 경험적으로 증언할 수 있습니다. 강렬한 감정에 저항하려면 용기가 필요하며, 용기가 부족하면 침묵과 회피로 일관할 수밖에 없다는 데에 당신도 동의할 겁니다.

그러나 그 통역자들이 자신들의 임무를 수행했으므로 이제 성 바울로의 베일을 걷어 내고 그 두려움과 그 두려움을 야기하는 분노에 직면하여 거칠고 서투르게나마 그것을 분석하고자 시도할 때입니다. 당신이 우리에게 제기한 문제, 즉 전쟁을 방지하도록 우리가 도울 수 있는 방법에 관한 문제와 그것들 사이에 어떤 관련성이 있을지도 모르기 때문이지요. 그렇다면 정치와 민족, 전쟁과 평화, 야만과 문명에 대해서 양성이 사적으로 대화하는 도중에 갑자기 어떤 의문이 생겨났다고 가정해 봅시다. 말하자면, 교육받은 남성의 딸들을 교회나 증권거래소 또는 외무부에 수용하는 문제에 대한 의문이라고 할까요? 그 의문은 그저 어렴풋이 윤곽을 드러냈을 뿐입니다. 그러나 테이블 이쪽의 우리는 갑자기 당신 쪽의 테이블에서 "의식적인 사고 차원 아래의 어떤 동기에서 발생하는" "강렬한 감정"을 의식하게 되며 우리의 내면에 울리는 경고의 벨소리를 듣습니다. 혼란스럽지만 요란한 소리지요. 너는 해서는 안 된다, 해서는 안 된다, 해서는 안 된다……. 육체적 증상도 의심의 여지가 없습니다. 신경이 곤두서고, 손가락이나 담배를 쥔 손가락에 저절로 힘이 들어갑니다. 내밀한 정신 측정기를 흘끗 보면 감정 온도가 평소보다 10도에서 20도가량 높아졌음을 알게 됩니다. 머릿속에서는 침묵을 지키거나 화제를 바꾸려는 강한 욕구를 느낍니다. 예컨대 크로즈비라는 어떤 늙은 하인을 끌어들이는 거지요. 그녀의 개 로버가 죽었습니다……. 이렇게 해서 그 문제를 피하고 체온을 낮추려는 거지요.

그러나 테이블의 다른 쪽에 앉은 당신의 감정에 대해서는 어떻게 분석할 수 있을까요? 솔직히 말하면 크로즈비에 대해 말하는 동안, 우리는 종종 당신에 대한 질문을 던지고 있는 것이며 따라서 다소 동떨어진 대화를 하고 있는 겁니다. 테이블 저쪽의 당신에게 성난 깃털을 곧추세우게 만드는 그 강력한 잠재의식적 동기가 무엇일까요? 들소를 죽인 옛 야만인이 다른 야만인에게 자신의 용맹을 감탄하도록 요구하고 있는 걸까요? 지친 전문 직업인이 공감을 요구하며 경쟁에 분개하는 걸까요? 가장이 경보기를 울리려는 걸까요? 지배가 복종을 요구하는 걸까요? 그리고 우리의 침묵이 담고 있는 물음 가운데 가장 지속적이고 어려운 물음으로서, 지배는 지배자에게 어떤 만족감을 줄 수 있는 걸까요?[미주32] 자, 그렌스테드 교수가 양성의 심리는 "아직 전문가들이 다루어야 할 문제"이며 "그 해석은 여전히 논의의 여지가 있고 많은 점에서 불명료하다."라고 말했으므로, 어쩌면 이 질문들에 대한 답변은 전문가에게 맡기는 편이 현명할지도 모릅니다. 그러나 한편으로 평범한 남성과 여성이 자유로워지려면 자유롭게 말하는 법을 배워야 하므로, 양성의 심리를 그저 전문가의 몫으로 남겨 둘 수는 없습니다. 우리가 우리의 두려움과 당신의 분노를 분석하려고 노력해야 할 타당한 이유가 두 가지 있습니다. 첫 번째로 그러한 두려움과 분노가 사적인 가정의 진정한 자유를 방해하기 때문이고, 두 번째로 그러한 두려움과 분노가 공적 세계의 진정한 자유를 방해하기 때문입니다. 그것들은 전쟁을 야기하는 데 확실히 관련되어 있을지도 모릅니다. 그렇다면 적어도 안티고네와 이스메네와 크레온의 시대 이후로 우리가 겪어 온, 아주 오래되고 불명료한 그 감정들을 비전문가답게 더듬어 보기로 합시다. 성 바울로도 느꼈던 듯하고 교수들이 최근에야 표면으로 끌어올려서 '유아 집착증'이나 '오이디푸스 콤플렉스' 등등의 이름을 붙인 그 감정들 말입니다. 자유를 수호하고 전쟁을 방지할 수 있도록 우리에게 가능한 어떤 방법으로든 도와 달라고 당신이 요청했으므로, 아무리 미력하나마 이 감정들을 분석하려고 노력해야 합니다.

그렇다면 이 '유아 집착증'을 검토해 보도록 합시다. 당신이 우리에게 제기한 문제와 관련짓기 위해서는 그것이 적합한 이름인 듯하니까요. 우리는 전문가가 아니라 일반인이므로 다시 역사, 전기, 그리고 일간 신문 ── 교육받은 남성의 딸들이 손에 넣을 수 있는 유일한 증거 ── 에서 수집할 수 있는 증거에 의존해야 합니다. 우리는 유아 집착증의 첫 번째 예를 전기에서 끌어낼 것입니다. 그리고 또다시 빅토리아 시대의 전기에 의존할 것입니다. 빅토리아 시대에 들어서야 전기가 풍부해지고 대표적인 장르가 되니까요. 빅토리아 시대의 전기는 그렌스테드 교수가 정의한 유아 집착증의 사례를 너무도 많이 예시하기 때문에 어느 것을 골라야 할지 모를 지경입니다. 윔폴가(街)의 배럿 씨의 사례가 아마도 가장 유명하고 확실하게 입증된 경우일 겁니다. 실제로 그것은 너무나 잘 알려져 있기에 그 사실들을 되풀이할 필요도 거의 없습니다. 아들이든 딸이든 결혼을 금지한 그 아버지의 이야기를 우리는 모두 알고 있으니까요. 그의 딸 엘리자베스가 아버지에게 자기 연인을 숨겨야 했던 것, 그녀가 연인과 함께 윔폴가의 집에서 달아났고, 그녀의 아버지가 그 불충한 행위에 대해서 그녀를 결코 용서하지 않았다는 것도 모두 상세히 알고 있습니다. 배럿 씨의 감정이 극도로 강렬했고 그 강도로 보아 그 감정이 의식적인 사고 차원 아래의 어두운 곳에서 유래했으리라고 우리는 동의할 수 있습니다. 이것이 우리 모두 마음에 새겨 둘, 유아 집착증의 전형적이고 고전적인 사례입니다. 그러나 그보다 유명하지 않은 다른 사례들도 있습니다. 표면에 올려놓고 조금만 검토해 보아도 동일한 성질의 것임을 알 수 있는 사례들이지요. 패트릭 브론테 목사님의 사례가 그러합니다. 아서 니콜스 목사가 그의 딸 샬럿과 사랑에 빠졌지요. 니콜스 씨가 그녀에게 청혼했을 때 "그가 무슨 말을 했는지 당신은 상상할 수 있을 겁니다. 하지만 그의 태도는 실감할 수 없을 것이고 나는 그것을 잊을 수 없습니다. …… 나는 아버지에게 말씀드렸는지를 그에게 물어보았지요. 그는 감히 할 수 없었다고 말했습니다." 라고 그녀는 썼습니다. 그가 왜 감히 말하지 못했을까요? 그는 건강하고 젊은 데다 열정적으로 사랑하고 있었고, 아버지는 늙었는데 말입니다. 그 이유는 곧 명확해집니다. "그(패트릭 브론테 목사)는 언제나 결혼을 찬성하지 않았으며 늘 결혼에 반대하는 이야기를 했다. 그러나 이번에는 반대하는 정도가 아니었다. 그는 니콜스 씨가 자기 딸에게 애정을 가지고 있다는 생각조차 참을 수 없었다. 그 결과를 두려워하며 …… 그녀는 다음 날 아침 니콜스 씨에게 분명히 거절하겠다고 아버지에게 서둘러 약속했다."[미주33] 니콜스 씨는 호어스 목사관을 떠났고, 샬럿은 아버지와 함께 남았습니다. 그녀의 결혼 생활(그것은 아주 짧았지요.)은 아버지의 바람 때문에 더욱 단축되었습니다.

유아 집착증의 세 번째 예로 덜 단순하지만 바로 그 때문에 더욱 많은 점을 밝혀주는 사례를 고르도록 합시다. 젝스 블레이크 씨의 사례입니다. 여기서는 결혼이 아니라 생계비를 벌고자 하는 딸의 소망에 직면한 아버지의 사례를 보게 됩니다. 그 소망은 아버지에게 아주 강렬한 감정, 마찬가지로 의식적 사고 차원의 아래에서 유래된 감정을 일으킨 듯합니다. 당신이 허락한다면 우리는 그것을 또다시 유아 집착증의 사례라고 부를 것입니다. 딸 소피아는 수학을 가르치면 약간의 보수를 주겠다는 제안을 받았습니다. 그녀는 보수를 받기 위해서 아버지의 허락을 구했지요. 그 요청은 즉시 격앙된 어조로 거절되었습니다. "사랑하는 딸아, 나는 지금에야 네가 개인 교사로 보수를 받으려 한다는 것을 들었다. 그건 네 품위를 떨어뜨리는 일이란다, 얘야. 나는 그것에 동의할 수 없다.(강조는 아버지의 것) 명예롭고 유용한 사람으로서 직책을 얻어라. 그러면 나는 기쁠 테다. …… 그러나 일에 대한 보수를 받으면 상황이 전적으로 달라지지. 슬프게도 거의 누구나 너를 영락한 존재로 볼 거란다." 이것은 대단히 흥미로운 말이지요. 실제로 소피아는 그 문제에 대해 반박했습니다. 어째서 그것이 그녀의 품위를 떨어뜨리는지, 왜 그것이 그녀를 영락하게 만드는지를 물었지요. 어느 누구도 톰이 노동에 대한 보수를 받는다고 그를 영락한 사람으로 보지 않았습니다. 젝스블레이크 씨는 그것이 전혀 다른 문제라고 설명했지요. 톰은 남자이고, "남자로서 …… 자기 아내와 가족을 부양할 의무가 있다고 느낀다."라는 것이었습니다. 그러므로 톰은 '명백한 의무'를 택한 것이지요. 하지만 소피아는 만족하지 않았습니다. 그녀는 계속 주장했지요. 그녀는 가난하고 돈이 필요했을 뿐 아니라 "전적으로 정당화될 수 있다고 생각하는, 정직한 돈벌이의 자부심"을 강렬히 느꼈으니까요. 이와 같이 추궁을 당하자 젝스블레이크 씨는 마침내 그녀가 돈을 받는 것을 반대하는 진짜 이유를 어렴풋이 드러냈습니다. 대학이 주겠다는 돈을 그녀가 거절한다면 자신이 대신 돈을 주겠다고 제안한 것이지요. 그러므로 그는 딸이 돈을 받는다는 사실 자체를 반대한 것이 아님이 명백합니다. 그가 반대한 것은 딸이 다른 사람에게서 돈을 받는 것이었지요. 그의 기묘한 제안은 소피아의 날카로운 눈을 피하지 못했습니다. "그런 경우라면 학장에게 '보수를 받지 않고 기꺼이 일하겠어요.'라고 말할 것이 아니라 '우리 아버지는 내가 대학에서가 아니라 아버지에게서 보수를 받기를 바랍니다.'라고 말해야겠지요. 그 학장은 아버지와 나를 우스꽝스럽거나 적어도 어리석은 사람들이라고 생각할 거예요." 젝스블레이크 씨의 태도에 대해서 학장이 어떻게 해석하든, 그 근간에 어떤 감정이 있는지는 의심할 바가 없습니다. 그는 딸을 자기 권력의 수중에 두고 싶어 한 것입니다. 만약 그녀가 아버지에게서 돈을 받는다면 그녀는 그의 수중에 머물 것입니다. 다른 사람에게서 돈을 받는다면 그녀는 젝스블레이크 씨에게서 독립할 뿐 아니라 다른 남자에게 의존하게 되겠지요. 딸이 자신에게 종속되기를 바랐다는 것, 그리고 이처럼 간절히 원하는 종속을 오로지 경제적 종속으로써만 확보할 수 있다는 사실은 그의 또 다른 모호한 진술에서 간접적으로 입증됩니다. "만약 네가 내일이라도 내 마음에 드는 사람과 결혼한다면 — 혹시라도 그렇지 않은 결혼을 할 거라고는 생각하지 않지만 — 너에게 큰 재산을 줄 거란다."^{미주34} 만약 그녀가 임금 노동자가 된다면, 그녀는 아버지의 재산을 받지 않고 자기 마음에 드는 사람과 결혼할 수 있겠지요. 젝스블레이크 씨의 사례는 아주 쉽게 진단될 수 있지만 대단히 중요한 사례입니다. 일반적이며 전형적인 사례이기 때문이지요. 젝스블레이크 씨는 윔폴가의 괴물이 아니었습니다. 그는 평범한 아버지였지요. 그는 빅토리아 시대의 수천 명의 다른 아버지들(그들의 사례는 출판되지 않았지만)이 늘 하는 일을 했을 뿐입니다. 그러므로 그것은 빅토리아 시대의 심리 — 그렌스테드 교수의 말로는 아직도 매우 불명료한 양성의 심리 — 의 근저에 놓인 많은 것들을 설명해 주는 사례입니다. 젝스블레이크 씨의 사례는 딸에게 어떤 경우에든 돈을 벌도록 허용해서는 안 된다는 것을 보여 줍니다. 그 딸이 돈을 벌면 아버지에게서 독립하고 스스로 선택한 어떤 사람과도 자유롭게 결혼할 테니까요. 그러므로 딸이 생계비를 벌고자 하는 욕구는 아버지에게 두 가지 다른 질투를 일으킵니다. 각각 독자적으로도 강한 감정이지만, 합치면 대단히 강렬해지지요. 의식적 사고의 차원 아래에서 비롯된 이 대단히 강렬한 감정을 정당화하기 위해서 젝스블레이크 씨가 가장 흔한 회피책에 의존한다는 사실은 더욱 중요합니다. 그것은 주장이기는 하지만 논리적 주장이 아니라 감정에 대한 호소이지요. 비전문가로서 우리가 여성적 감정이라고 부를, 그 깊고 오래된 복합적 감정에 그는 호소했습니다. 돈을 받는 것은 그녀의 품위에 걸맞지 않는 일이라고 그는 말했습니다. 돈을 받으면 거의 모든 사람의 눈에 영락한 존재로 보인다는 것이지요. 톰은 남자이기 때문에 품위가 손상되지 않습니다. 그 차이를 만드는 것은 그녀의 성이었습니다. 그는 딸의 여성성에 호소한 것이지요.

어떤 남성이 여성에게 이렇게 호소할 때는 언제나 그녀에게서 아주 깊고 원시적인 감정들 간의 갈등(이렇게 말하는 것이 안전하겠지요.)을 일으킵니다. 그 감정들을 분석하거나 조화시키기란 대단히 어렵지요. 어떤 여성이 당신에게 흰 깃털을 건네줄 때[미주35] 당신의 내면에 일깨워질 남성적 감정들 간의 혼란스러운 갈등과 비교해 보면, 그 감정을 이해하는 데 도움이 될 것입니다. 1859년에 소피아가 이 감정을 어떻게 처리했는지 살펴보는 것은 흥미로운 일입니다. 그녀의 첫 번째 본능은 가장 명백한 형태의 여성성을 공격하는 것이었습니다. 그 여성성이란 그녀의 의식 상층부에 자리 잡고 있고 아버지의 그러한 태도를 유발한 원인 즉 그녀의 숙녀다움이었지요. 다른 교육받은 남성의 딸들처럼 소피아 젝스블레이크도 소위 '숙녀'였습니다. 숙녀는 돈을 벌 수 없었지요. 그러므로 숙녀는 처단되어야 합니다. "아버지, 돈을 받는다면 어떤 숙녀라도 그 단순한 행위 때문에 품위가 떨어진다고 진정으로 생각하세요? 아버지께서는 테드 부인에게 급료를 지급하셨기 때문에 그 부인을 낮추보셨나요?" 그러고는 가정 교사인 테드 부인이 중상류층 가문—"그 계보를 「버크 지방 신사 계층 연감」에서 찾아볼 수 있는"—출신인 자신과 동등하지 않음을 의식한 듯, 그녀는 재빨리 "우리 친척 중 가장 자부심이 강한 가문들 가운데 하나인 …… 메리 제인 에번스"와 "우리 가문보다 더 훌륭하고 더 유서 깊은 가문의" 우드하우스 양을 끌어들여서 숙녀를 처단하는 데 도움을 얻고자 합니다. 그들은 둘 다 소피아가 돈을 벌려고 하는 것이 옳다고 생각했습니다. 우드하우스 양은 그녀가 돈을 벌고자 하는 것이 옳다고 생각했을뿐더러 "내 의견에 동조한다는 것을 행동으로 보여 주었습니다. 그녀는 돈을 버는 것이 비천한 것이 아니라 그렇게 생각하는 사람들이 비천하다고 생각합니다. 모리스 학교의 교장직을 수락하면서 그녀는 그에게, 내 생각으로는 더없이 고귀하게 말했지요. '만약 내가 급료를 받는 교장으로 일하는 것이 더 낫다고 생각하신다면 나는 당신이 주시는 급료를 얼마든지 받겠습니다. 그렇지 않다면, 그 일을 기꺼이 무료로 하겠습니다.'" 숙녀란 때로는 고귀한 존재였습니다. 그래서 그 숙녀를 처단하기가 어려웠지요. 그러나 소피아는 "많은 소녀들이 런던 시내의 원하는 곳 어디든지 원할 때마다 돌아다니는" 낙원에 들어서려면, 그 숙녀가 처단되어야 함을 깨달았습니다. 그 '지상의 낙원'은 할리가의 퀸스 대학이(었)고 교육받은 남성의 딸들이 숙

녀로서의 행복이 아니라 "퀸즈의 행복——노동과 독립성!"^{미주36}

을 누리는 곳입니다. 이처럼 소피아의 첫 번째 본능은 숙녀를 처단하는 것이었지요.^{미주37} 그러나 숙녀가 처단된 후에도 여전히 여성이 남았습니다. 그 여성이 유아 집착증을 숨기고 변호하는 장면을 두 가지 사례에서 보다 분명히 찾아볼 수 있지요. 아버지를 위해 스스로를 희생하는 것을 자신의 신성한 의무로 만든 것은 바로 그 여성, 인간의 성이었습니다. 이후에 샬럿 브론테와 엘리자베스 배럿은 아버지를 처단해야 했지요. 숙녀를 처단하는 것이 어려웠다면, 여성을 처단하는 것은 더욱 어려웠습니다. 샬럿 브론테는 처음에는 거의 불가능하다고 생각했지요. 그녀는 애인을 거부했습니다. "……그리하여 아버지를 위한 배려로 개인적인 욕심을 버리고, (그녀는) 아버지가 원하는 대로 대답하겠다는 것을 제외하고는 다른 생각을 모두 배제했습니다." 그녀는 아서 니콜스를 사랑했지요. 하지만 그를 거절했습니다. "……그녀는 말과 행동에 있어서 자신이 그저 수동적이라고 여겼다. 그럼에도 아버지가 니콜스에 대한 이야기를 하며 사용한 강도 높은 표현들에서 날카로운 고통을 느꼈다." 그녀는 기다렸습니다. 그녀는 고통을 받았지요. 개스켈 부인이 표현하듯이, 마침내 "위대한 정복자인 시간이 막강한 편견과 인간적 결의에 대한 승리를 이끌었습니다." 결국 그녀의 아버지가 승낙했지요. 하지만 그 위대한 정복자인 시간은 배럿 씨에게서 호적수를 발견했습니다. 엘리자베스 배럿은 기다렸지요. 엘리자베스는 고통을 겪었습니다. 결국 엘리자베스는 달아났지요.

유아 집착증이 일으키는 감정들의 극단적인 강도는 이 세 가지 사례들로 입증됩니다. 그것이 놀라운 힘이라는 데에 우리 모두 동의할 것입니다. 그것은 샬럿 브론테뿐 아니라 아서 니콜스를 압도할 수 있는 힘이었지요. 엘리자베스 배럿뿐 아니라 로버트 브라우닝을 압도할 수 있는 힘이었습니다. 그러므로 그것은 인간의 가장 강렬한 정념 — 남녀의 사랑 — 과도 격투를 벌일 수 있으며, 빅토리아 시대의 가장 뛰어나고 가장 과감한 아들딸들의 기를 꺾고, 아버지를 속이고 기만하고 그러고 나서는 그 아버지에게서 달아나도록 몰아갈 수 있는 힘입니다. 그렇다면 유아 집착증은 어디에서 이 놀라운 힘을 얻은 것일까요? 이 사례들에서 분명히 드러나듯이, 부분적으로는 이 유아 집착증이 사회의 보호를 받고 있다는 사실에서 비롯됩니다. 자연, 법, 자산 모두가 그것을 변호하고 숨겨 줄 준비를 갖추고 있기 때문입니다. 배럿 씨, 젝스블레이크 씨와 패트릭 브론테 목사는 그들 감정의 본질을 스스로에게 쉽게 숨길 수 있었습니다. 만약 딸이 집에 머물러 있기를 그들이 바랐다면, 사회는 그들이 옳다고 동조했습니다. 만약 딸이 항의하면, 자연이 그들을 도와주었지요. 아버지를 버린 딸은 자연법칙에 반하는 딸이고 여성성이 의심스러운 존재니까요. 혹시라도 그녀가 더 고집을 부린다면, 그때는 법이 그를 도와주었습니다. 아버지를 버린 딸은 스스로를 부양할 수단이 없었지요. 합법적인 전문직은 그녀에게 차단되어 있었습니다. 마지막으로, 만약 그녀가 여성에게 개방된 유일한 전문직, 무엇보다도 오랜 역사를 지닌 전문직에서 돈을 번다면, 그녀는 여성성이 박탈된 것이지요. 의심할 바 없이 그 유아 집착증은 어머니가 감염될 때에도 강력한 영향을 발휘합니다. 그러나 아버지가 감염되면 그것은 세 배나 강력해집니다. 그에게는 그를 보호할 자연, 그를 보호할 법, 그를 보호할 자산이 있으니까요. 그러한 보호를 받고 있기 때문에, 패트릭 브론테 목사는 그의 딸 샬럿에게 여러 달 동안 '극심한 고통'을 겪게 하고 그녀의 짧고 행복한 결혼 생활을 몇 달 훔쳐도, 그가 목사로서 성직을 수행하는 영국 국교회로부터 어떤 책망도 듣지 않는 일이 전적으로 가능합니다. 그가 개 한 마리를 고문했다든가 시계를 훔쳤다면, 그 동일한 사회는 그에게서 성직을 박탈하고 그를 쫓아냈겠지요. 사회는 아버지이고, 역시 유아 집착증을 앓고 있는 듯합니다.

19세기 사회는 유아 집착증 환자들을 보호하고 실제로 변호해 주었으므로, 비록 이름은 알려지지 않았지만 그 질병이 창궐했다는 사실은 놀랍지 않습니다. 어떤 전기를 펼쳐 보든 간에 우리는 거의 언제나 그 익숙한 증상—딸의 결혼에 반대하는 아버지, 딸이 생계비를 버는 것에 반대하는 아버지—을 발견하게 됩니다. 결혼을 하거나 생계비를 벌려는 딸의 소망은 아버지에게서 강렬한 감정을 일깨웁니다. 그리고 그는 그 강렬한 감정에 대해 동일한 변명—숙녀의 품위가 떨어질 것이다. 딸의 여성성이 훼손될 것이다—을 늘어놓습니다. 그러나 이따금 아주 드물게 우리는 그러한 질병에 완전히 면역된 아버지를 발견합니다. 그때 그 결과는 극히 흥미롭지요. 리 스미스 씨의 경우가 그런 사례입니다.[미주38] 이 신사는 젝스블레이크 씨와 동시대인이었고 동일한 계층 출신입니다. 그 또한 서식스에 자산을 가지고 있었습니다. 그도 말과 마차를 가지고 있었고 역시 아이들이 있었습니다. 그러나 유사성은 여기까지가 다입니다. 리 스미스 씨는 아이들에게 헌신적이었지요. 그는 학교 교육에 반대했습니다. 그는 아이들을 집에서 가르쳤지요. 리 스미스 씨의 교육 방식을 논의하자면 흥미로울 것입니다. 그는 교사들을 초빙하여 아이들을 가르쳤으며, 버스처럼 생긴 커다란 마차에 아이들을 태우고 매년 영국 방방곡곡으로 긴 여행길에 나섰습니다. 그러나 많은 실험주의자들이 그러하듯 리 스미스 씨도 무명의 존재로 남게 되었지요. 그래서 우리는 그가 "딸도 아들과 동일한 자금을 받아야 한다는 유별난 견해를 주장했다."라는 사실로 만족해야 합니다. 유아 집착증에 대한 면역 상태가 무척 완벽했으므로 "그는 딸의 청구서에 돈을 지불하고 때로 선물을 주는 일반적인 방식을 채택하지 않고, 1848년에 바바라가 성년이 되자 그녀에게 연간 300파운드의 용돈을 주었습니다." 유아 집착증에 면역된 결과는 놀라웠지요. "돈이란 선을 행할 수 있는 능력이라고 생각한 바바라가 그 돈을 처음 사용한 곳은 교육에 관련된 것"이었으니까요. 그녀는 학교를 열었습니다. 다른 성과 다른 계급에 개방되었을 뿐 아니라 다른 종교에도 개방된 학교였지요, 로마 가톨릭, 유대인, 그리고 "진보적 자유사상을 가진 가족의 학생들"이 그 학교에 수용되었습니다. "그것은 아주 유별난 학교", 아웃사이더들의 학교였지요. 그러나 그녀가 연간 300파운드로 시도한 것은 그것이 전부가 아니었지요. 한 가지 시도는 다른 것으로 이어졌습니다. 한 친구가 그녀의 도움을 받아서 여성을 위한 나체 모델 그리기 협동 과정 저녁반을 시작했습니다. 1858년 런던에서 여성에게 개방된, 실제 모델을 이용하는 미술 교실은 오직 한 군데뿐이었지요. 그러고 나서 왕립 미술원에 탄원서가 제출되었습니다. 1861년에 왕립 미술원의 학교들은 대개 그렇듯 유명무실한 것에 불과했지만 여성에게 실제로 개방되었지요.^{미주39} 그 이후에 바바라는 여성에 관한 법률 문제에 몰두했습니다. 그래서 1871년에 기혼 여성의 재산 소유가 실제로 허용되었고, 마지막으로 그녀는 거턴 대학을 설립하도록 데이비스 양을 도왔습니다. 유아 집착증에 대한 면역성이 있는 한 아버지가 딸에게 연간 300파운드를 용돈으로 지급함으로써 실현할 수 있었던 일들을 생각해 볼 때, 대개의 아버지들이 딸들에게 연간 40파운드와 덤으로 잠자리와 식사를 제공한 것 외에 그 이상의 지급을 완강하게 거부했다는 것은 전혀 놀랄 일이 아닙니다.

그렇다면 아버지들에게 있어서 유아 집착증은 틀림없이 강력한 힘이었고, 드러나지 않는 힘이었기에 더욱 강력했습니다. 그러나 19세기가 진행되면서 아버지들은 그 나름대로 대단히 강력해진 다른 힘과 맞닥뜨리게 되었습니다. 심리학자들이 그 힘에 어떤 이름을 붙여 주면 좋겠지요. 우리가 보아 온 낡은 이름들은 쓸모없고 부정확합니다. '페미니즘'이라는 단어를 우리는 파괴해야 했지요. '여성 해방'이라는 단어도 똑같이 부정확한 표현이고 오염된 말입니다. 딸들이 반파시즘 원칙에 너무 일찍 고무되었다고 말하는 것은 현재 유행하는 가증스러운 상투어를 그저 반복하는 것에 불과합니다. 그들을 지적 자유와 문화의 챔피언이라고 부르는 것은 강연회장의 먼지와 공공회의장의 눅눅한 습기로 공기를 자욱하게 만드는 일입니다. 게다가 이러한 딱지나 꼬리표들 중 어느 것도 아버지의 유아집착증에 반대하게끔 딸들을 고무한 감정의 진정한 성격을 표현하지 못합니다. 전기에서 드러나듯이, 그 힘의 이면에는 서로 다른 감정들이 있으며 많은 감정들이 서로 상반되기 때문입니다. 물론 그 이면에는 눈물이 있었지요 — 눈물, 쓰라린 눈물입니다. 지식에 대한 욕구가 좌절된 사람의 눈물이지요. 어느 딸은 화학을 배우고 싶어 했습니다. 집에 있는 책들은 오로지 연금술을 가르치는 것이었지요. 그녀는 "사물을 배우지 못해서 몹시 쓰라리게 울었습니다." 또한 공공연하고 합리적인 사랑에 대한 욕구도 그 이면에 있습니다. 또다시 눈물이 있었지요 — 분노의 눈물입니다. "그녀는 눈물에 젖어 침대에 몸을 던졌다. …… '아, 해리가 지붕 위에 있는데.' 그녀가 말했다. '해리가 누군데? 어느 지붕에? 왜?' 내가 말했다. '아, 바보같이 굴지 마. 그 사람은 가야 했어.' 그녀가 말했다."[미주40] 그러나 또한 사랑하지 않으려는 욕망, 사랑 없이 이성적인 삶을 영위하려는 욕망이 그 이면에 있습니다. "나는 겸손하게 고백한다. …… 나는 사랑에 대해서는 아무것도 모른다."[미주41]라고 그들 중 한 명이 썼습니다. 수백 년의 오랜 세월 동안 결혼만이 유일한 직업이었던 계층의 구성원이 실토하는 고백치고는 기이하지요. 하지만 중요한 고백입니다. 다른 이들은 여행을 원했고, 아프리카를 탐험하고 그리스와 팔레스타인에서 유물을 발굴하고 싶어 했습니다. 어떤 이들은 음악을 배우고 싶어 했지요. 가정적인 곡조를 딸랑거리는 것이 아니라 오페라, 교향곡, 사중주곡을 작곡하기 원했습니다. 다른 이들은 그림을 그리고 싶어 했지요. 담쟁이덩굴이 덮인 오두막이 아니라 벌거벗은 몸을 그리기를 원했습니다. 그들은 모두 원했지요. 그러나 그들이 원하는, 그리고 의식적으로든 잠재의식적으로든 그렇게 오랫동안 원해 온, 그 다양한 것들을 요약할 수 있는 한 단어가 어디 있겠습니까? 조세핀 버틀러의 꼬리표 ─ 정의, 평등, 자유 ─ 는 멋진 것이지요. 그러나 그것은 꼬리표에 불과합니다. 무수히 다양하고 색깔도 다채로운 꼬리표들이 난무하는 우리 시대에 우리는 꼬리표들을 의심하게 되었지요. 그것들은 죽이기도 하고 조이기도 하니까요. 또한 '자유'[15]라는 고리타분한 단어도 쓸모가 없습니다. 그들이 원한 것은 방종이라는 의미에서의 자유가 아니니까요. 그들은 안티고네와 마찬가지로 법을 어기는 것이 아니라, 법을 발견하기를 원했습니다.[미주42] 비록 우리가 인간의 동기에 대해 무지하고 표현력도 제대로 갖추지 못하고 있지만, 19세기 아버지들의 세력에 항거했던 그 힘은 어떤 한 단어로 표현할 수 없다는 사실을 인정하기로 합시다. 우리가 그 힘에 대해 안전하게 말할 수 있는 바는 그것이 엄청난 괴력이었다는 것입니다. 그것은 사적인 가정의 문을 열어젖혔지요. 그것은 본드가와 피커딜리를 열었습니

---

15) 앞에서 조세핀 버틀러가 언급한 자유는 추상적인 의미의 자유(liberty)이며 여기서 언급된 자유는 개인적 방종의 의미도 함축된 자유(freedom)를 말한다.

다. 그것은 크리켓 경기장과 축구장을 열었지요. 그것은 스커트의 주름 장식과 코르셋을 오그라뜨렸습니다. 그것은 세상에서 가장 오래된 전문직(하지만 휘터커는 그 직업에 대해서는 어떤 수치도 제공하지 않습니다.)을 수지에 맞지 않는 것으로 만들었습니다. 간단히 말해서 오십 년 동안에 그 힘은 레이디 러블레이스와 거트루드 벨이 영위했던 삶을 되돌릴 수 없고 상상하기도 어려운 과거의 것으로 만들어 놓았습니다. 강력한 남성들의 가장 강렬한 감정에 대항해서도 승리를 거두었던 아버지들은 굴복해야 했지요.

만약 그 마침표가 이야기의 끝이라면, 요란한 소리를 내며 문을 최종적으로 닫아 버리는 거라면, 우리는 즉시 당신의 편지와 당신이 우리에게 채워 달라고 요청한 그 서식으로 관심을 돌릴 것입니다. 그러나 그것은 끝이 아니었습니다. 그것은 시작이었지요. 사실 과거 시제를 사용했지만 곧 우리는 현재 시제를 사용하게 될 것입니다. 사적으로 아버지들이 굴복했다는 것은 사실입니다. 그러나 단체와 전문직에 뭉쳐 있는 공적인 아버지들은 사적인 아버지들보다 더욱 쉽게 그 치명적인 질병에 걸립니다. 그 질병은 하나의 동기를 확보했고, 그것을 권리 또는 개념과 결부시켰으며, 그로 인해서 집 안보다 집 밖에서 훨씬 더 독성이 강해졌지요. 아내와 아이들을 부양하려는 욕망 — 어떤 동기가 이보다 더 강력할 수 있고 더욱 확고한 뿌리를 가질 수 있을까요? 그것은 남성성 그 자체와 연결되어 있기에, 자기 가족을 부양할 수 없는 남성은 그 나름의 남성다움의 개념을 실천하지 못한 것입니다. 그에게 그 개념은 딸에게 박힌 여성성의 개념만큼이나 뿌리 깊지 않을까요? 이제 이러한 동기, 이러한 권리와 개념들이 도전을 받게 되었습니다. 이러한 개념들을 여자들로부터 보호하려는 노력이, 어쩌면 의식적 사고의 차원 아래 있기는 하지만 분명 극히 격렬한 감정을 일으켜왔고 지금도 일으키고 있다는 것은 의심할 여지가 없습니다. 자신의 직업에 종사할 수 있는 성직자의 권리가 도전을 받는 순간 그 즉시 유아 집착증은 악화되고 격화된 감정으로 발전합니다. 그 감정은 과학적으로 성적 금기라는 명칭이 붙여지지요. 사적이고 공적인 두 가지 경우를 들어 봅시다. 한 학자는 "여성이 그의 대학에 입학하는 것에 대한 반대 의견을 표명하기 위해서 자신이 사랑하는 대학과 도시에 들어가기를 거부"[미주43]해야 했습니다. 어떤 병원은 장학금을 기부하겠다는 제안을 거절해야 했습니다. 그것이 여성을 위하여 여성이 제안한 것이기 때문이었지요.[미주44] 이 두 가지 행위가, 그렌스테드 교수의 말에 따르면 "비합리적인 성적 금기 외에 다른 것으로 간주할 수 없는" 수치심의 발로라는 것을 의심할 수 있을까요? 그러나 그 감정 자체의 강도가 증가되어 왔으므로, 그것을 변호하고 숨기기 위해서 더 강력한 동맹 세력의 도움을 끌어들일 필요가 있었지요. 자연이 소환되었습니다. 전지(全知)할 뿐 아니라 항구적인 자연이 여성의 두뇌를 그릇된 형태와 크기로 만들었다고 주장되었지요. "재미있는 소일거리를 원하는 사람은 누구든지 유명한 두개골학자들의 변절을 찾아보는 것이 좋을 것이다. 그들은 두뇌를 측정함으로써 여성이 남성보다 어리석다는 것을 입증하려고 노력했다."[미주45]라고 버트런드 러셀은 썼습니다. 과학은 무성의 존재가 아닌 듯합니다. 그것은 남성이자 아버지이며, 마찬가지로 감염되었지요. 그처럼 감염된 과학은 주문에 맞추어 측정 결과를 산출했습니다. 여성의 두뇌가 너무 작아서 검사할 수 없다는 것이었지요. 자연에 의해서 입학시험에 통과할 수 없도록 만들어졌다고 교수들이 주장한 그 두뇌는 심사받을 기회를 얻기 위해서 대학교와 병원의 신성한 문 앞에서 오랜 세월을 기다리며 낭비해야 했습니다. 마침내 그 허락이 주어졌을 때, 시험에 통과했지요. 필연적이기는 했지만 빈약하기 짝이 없는 이 승리의 길고 따분한 목록은 아마도 다른 파기된 기록들[미주46]과 함께 대학 기록 보관소에 있을 겁니다. 학생 지도에 애를 먹는 여교장들은 여학생들이 구제 불능인 평범한 두뇌의 소유자라는 공식적 증거를 원할 때 아직도 그 기록을 참조한다고 합니다. 하지만 자연은 계속 저항했습니다. 시험에는 통과할 수 있었지만 그 두뇌는 책임을 질 수 있고 높은 급료를 받을 수 있는 창조적인 두뇌가 아니라는 것이었지요. 그것은 실리밖에 모르는 두뇌, 되지 않는 소리를 늘어놓는 엉터리 두뇌, 상관의 명령에 따라 판에 박힌 일을 하는 데 적합한 두뇌였지요. 전문직이 차단되어 있었으므로, 그 주장을 부정할 수 없었습니다. 딸들은 제국을 지배한 것도 아니었고, 함대를 지휘한 적도 없으며, 군대를 승리로 이끌었던 적도 없으니까요. 나만 몇 가지 시시한 책들이 그들의 전문적인 능력을 입증했습니다. 문학이 그들에게 개방된 유일한 직업이었으니까요. 게다가, 전문직이 개방되었을 때 그 두뇌가 할 수 있는 일이 무엇이든 간에, 육체가 계속 문제가 되었습니다. 자연이 그 무한한 지혜로 창조자는 남성이라는 불변의 법칙을 세웠다고 성직자들이 말했지요. 남성은 즐길 수 있습니다. 여성은 수동적으로 견딜 뿐입니다. 고통을 견디는 육체에는 쾌감보다 고통이 더 유익했지요. "임신, 출산, 수유에 대한 의학자들의 관점은 꽤 최근까지도 사디즘에 물들어 있었다." 버트런드 러셀은 이렇게 씁니다. "예컨대 출산 시에 마취제를 사용할 수 있다고 그들을 설득하려면, 그 반대로 설득하는 것보다 훨씬 더 많은 증거가 필요했다." 그렇게 과학은 주장했고, 그렇게 교수들은 동의했습니다. 마침내 딸들이 개입했지요. 두뇌와 육체는 훈련에 의해 영향을 받지 않습니까? 야생 토끼는 우리에 갇힌 토끼와 다르지 않습니까? 우리는 이 불변의 자연을 변화시켜야 하고 변화시키고 있지 않습니까? 성냥으로 불을 댕기면, 서리는 도전을 받습니다. 자연이 내린 죽음의 명령은 지연되지요. 딸들은 계속 물었지요. 아침 식사의 달걀은 수탉 혼자서 만든 것입니까? 노른자가 없다면, 흰자가 없다면, 당신들 ─ 성직자와 교수 들의 아침 식사가 얼마나 풍요로울 수 있을까요? 그러면 성직자와 교수 들은 일제히 엄숙하게 읊조립니다. 하지만 출산 그 자체, 그 짐은 여성에게만 지워진다는 것을 부정할 수 없다고 말입니다. 여성도 그 사실을 부정할 수 없고, 그것을 포기하고 싶어 하지도 않습니다. 하지만 여성은 책의 통계 숫자를 참조하면서 자신이 출산에 들이는 시간은 현대의 상황(우리가 지금 20세기에 살고 있다는 것을 기억하십시오.)에서 단편적 시간에 불과하다고 주장했지요.^{미주47} 그 단편적인 시간 때문에 영국이 위험에 빠졌을 때 우리가 화이트홀과 들판, 공장에서 일할 수 없었습니까? 이 점에 대해서 아버지들은 대답합니다. 전쟁은 끝났고 지금 우리는 영국에 살고 있다고 말입니다.

현재 영국에 산다면 라디오를 켜서 일상적인 보도를 통해 유아 집착증에 감염된 아버지들이 그 질문들에 어떻게 답하는지 들을 수 있습니다. "여성이 진정으로 있어야 할 곳은 가정이다. …… 그들을 가정으로 돌아가게 하라. …… 정부는 남성에게 일거리를 주어야 한다. …… 노동부가 강력하게 항의해야 한다. …… 여성은 남성을 지배해서는 안 된다. …… 두 개의 세계가 있다. 여성의 세계와 남성의 세계이다. …… 그들에게 저녁 식사 요리법을 가르쳐라. …… 여성은 실패했다. …… 그들은 실패했다. …… 그들은 실패했다……."

심지어는 여기서도, 심지어는 지금도 유아 집착증이 일으키는 소란과 소음은 대단하기 때문에, 우리의 목소리를 거의 들을 수 없을 정도입니다. 그것은 우리가 말하려는 것을 앞질러서 말해 버립니다. 그것은 우리가 말하지 않았던 것을 말하도록 만듭니다. 그 목소리를 들으면 우리는 한밤중에 아기가 울부짖는 소리를 듣는 듯합니다. 지금 유럽을 뒤덮고 있는 깜깜한 밤에, 언어가 아니라 그저 소리를 내지르는 것이지요. 아, 아, 아……. 하지만 그것은 새로운 고함이 아니라 아주 오래된 외침입니다. 라디오를 끄고 과거에 귀를 기울여 봅시다. 지금 우리는 그리스에 있습니다. 그리스도는 아직 태어나지 않았고 성 바울로도 마찬가지입니다. 그러나 들어보십시오.

"도시가 임명하는 사람이라면 누구든지 그의 명령에 복종해야 한다. 사소한 일이든 중대한 일이든, 정당한 것이든 불공정한 것이든 간에 …… 불복종은 최고의 악이다. …… 우리는 질서라는 대의를 지지해야 하고, 어떤 식으로도 여자에게 굴복해서는 안 된다. …… 그들은 계속 여자로 있어야 하고 마음대로 한계를 넘나들어서는 안 된다. 하인들은 그들을 잡아들여라." 이것은 독재자 크레온의 목소리입니다. 그의 딸이 될 수도 있었던[16] 안티고네는 이렇게 대답했습니다. "신들에게 깃든 정의가 지상의 인간들에게 정해 준 법은 그와 같지 않습니다." 그러나 그녀를 뒷받침할 자본도, 무력도 없었지요. 크레온이 말했습니다. "나는 그녀를 더없이 외로운 길로 데려가서 살아 있는 채로 바위투성이의 지하 감옥에 가두겠다." 그리고 그는 그녀를 홀로웨이[17]나 강제 수용소가 아니라 무덤에 가둬 버렸습니다. 그리고 나서 크레온은 자신의 집안에 재앙을 초래했고 나라 전역에 죽은 사람들의 시체를 흩뜨려 놓았다고 합니다. 과거의 목소리들을 들으면서 우리는 마치 그 사진들, 스페인 정부가 거의 매주 우리에게 보내 주는 시체와 파괴된 집의 사진들을 다시 보고 있는 듯합니다. 상황은 이렇게 반복되는 듯하지요. 그 그림과 목소리들은 현재나 이천 년 전이나 동일합니다.

---

16) 안티고네는 크레온의 아들 하이몬과 약혼한 사이였다.
17) 런던 북부의 여성 교도소.

그렇다면 두려움 — 사적인 가정에서도 자유를 허용하지 않는 두려움 — 의 본질에 대한 우리의 탐구가 이른 결론은 이러합니다. 그 두려움은 실상 사소하고 하찮고 사적이지만 다른 두려움 즉 공적 두려움과 연결되어 있다는 것이지요. 공적 두려움은 결코 사소하거나 하찮지 않고, 당신으로 하여금 전쟁을 방지하기 위해 우리에게 도움을 요청하도록 만든 두려움이지요. 그렇지 않다면 우리는 그 사진을 다시 들여다보지 않을 것입니다. 그러나 그 사진은 이 편지의 서두에서 우리에게 동일한 감정(당신은 그것을 '공포와 혐오'라고 불렀지요. 우리도 그것을 공포와 혐오라고 불렀습니다.)을 불러일으켰던 사진과 동일한 것이 아닙니다. 이 편지가 진행되는 동안 사실들이 점점 쌓이면서, 또 다른 사진이 전면에 등장하게 되었으니까요. 그것은 어떤 남성의 모습입니다. 그는 남성 그 자체[미주48]이며 남성성의 정수이자 완벽한 유형으로서, 다른 사람들은 모두 그 유형의 불완전하고 흐릿한 윤곽에 불과하다고 어떤 이들은 말합니다. 다른 사람들은 부정하지요. 그는 분명 남성입니다. 그의 눈은 흐리멍덩합니다. 그의 눈은 무섭게 번득입니다. 자연스럽지 못한 자세로 긴장하고 있는 그의 몸은 꼭 맞는 제복에 싸여 있습니다. 그 제복의 가슴에는 몇 개의 메달과 신비스러운 표상들이 꿰매져 있습니다. 그의 손은 칼을 잡고 있습니다. 독일어와 이탈리아어로 그는 퓌러 그리고 두체[18]라고 불립니다. 우리의 언어로는 폭군 또는 독재자라고

_____

18) 각각 히틀러와 무솔리니를 지칭하는 총통이라는 의미의 단어:

불리지요. 그의 등 너머로 파괴된 집들과 남자, 여자, 아이 들의 시체가 있습니다. 그러나 당신 앞에 그 그림을 제시한 것은 다시 한번 그 무력한 증오심을 일깨우기 위해서가 아닙니다. 오히려, 그처럼 조잡하게 채색된 사진 속에서도 그 인간 형체가 역시 인간인 우리에게 일깨우는 다른 감정들을 풀어놓기 위해서입니다. 그것은 어떤 관련성을 암시하고 있고, 그 관련성은 우리에게 대단히 중요하니까요. 그것이 암시하는 바는 공적 세계와 사적 세계가 불가분 연결되어 있으며, 전자의 폭정과 굴종은 후자의 폭정과 굴종이라는 것입니다. 그런데 그 인간 형체는 심지어 사진 속에서도 더욱 복잡한 다른 감정들을 떠오르게 합니다. 그것은 우리가 우리 자신을 그 형체와 분리할 수 없으며, 우리 자신이 곧 그 형체라는 것이지요. 그것은 우리가 저항하지 않고 순종하게끔 운명 지어진 수동적인 관찰자가 아니라, 우리의 사고와 행동으로 우리 스스로가 그 형체를 변화시킬 수 있다는 것을 시사합니다. 하나의 공동의 관심사 즉 하나의 세계, 하나의 생명이 우리를 결합하고 있지요. 시체, 파괴된 집 들이 입증하는 그 단일성을 깨닫는 것은 진정 근본적으로 중요한 일이지요! 당신이 광대한 공적 추상 개념에 빠져서 그 사적 형체를 잊는다면, 또는 우리가 강렬한 사적 감정에 빠져서 공적 세계를 잊는다면, 우리의 파멸이 바로 그러할 테니까요. 공적인 것과 사적인 것, 물질적인 것과 정신적인 것, 양쪽 모두 파괴될 것입니다. 그것들은 불가분의 관계니까요. 하지만 당신의 편지를 앞에 놓고 우리는 희망을 가질 이유를 발견할 수 있습니다. 우리에게 도움을 청하는 것으로 당신은 그 관련성을 인정하고 있으니까요. 당신의 편지를 읽음으로써 우리는 표면에 나타난 사실들보다 훨씬 더 깊이 내재한 다른 관련성들을 기억하게 되니까요. 심지어 여기에서도, 심지어 지금도 당신의 편지는 우리에게 이 시시한 사실들, 하찮은 사실들에 귀를 닫아 버리고, 총성과 시끄러운 축음기 소리를 듣지 말고, 시인들의 목소리—서로 화답하면서, 마치 분필 자국을 지우듯 분열을 문질러 지워 버리며 단일성을 확인시켜 주는—에 귀를 기울이며, 경계들을 넘어서 다양성으로부터 통일성을 만들어 내는 인간 정신의 역량에 대해 당신과 이야기하고 싶은 마음이 들게 합니다. 그러나 그것은 꿈을 꾸는 것이겠지요. 시간이 시작된 이래로 인간의 마음에 자주 출몰하여 마음을 사로잡았던 그 꿈을 꾸는 것입니다. 평화의 꿈, 자유의 꿈이지요. 그러나 귓전에 울리는 총소리를 들으며 당신은 우리에게 꿈을 꾸라고 요청한 것이 아니었습니다. 당신은 우리에게 평화가 무엇이냐고 물은 것이 아니었지요. 당신은 우리에게 전쟁을 방지할 방법을 물었습니다. 그렇다면 그 꿈이 무엇인지 말해 주는 일은 시인들에게 맡기기로 하고 우리는 다시 그 사진, 그 사실에 눈을 고정시킵시다.

제복을 입은 그 남자에 대해 다른 사람들이 어떤 판단을 내리든 간에—견해란 다르기 마련이니까—당신의 편지를 보면 당신은 그것을 악의 사진으로 여기고 있음이 분명합니다. 비록 우리는 그 사진을 다른 각도에서 바라보지만, 우리의 결론도 당신의 결론과 동일합니다. 그것은 악이지요. 우리 모두 그 사진이 나타내는 악을 파괴하기 위해서 할 수 있는 모든 일을 다 할 작정입니다. 당신은 당신의 방식대로, 우리는 우리의 방식대로 말이지요. 당신과 우리는 다르기 때문에, 우리의 도움도 달라야 합니다. 지금까지 우리는 우리의 도움이 어떤 것이 될 수 있을지를 보여 주려고 노력했습니다. 무척이나 불완전하고 대단히 피상적인 설명이라는 점은 더 말할 나위도 없겠지요.[미주49] 그러나 그 한 가지 결과로서 당신의 질문에 대한 답은 이런 것이어야 합니다. 즉 우리는 당신의 말을 반복하거나 당신의 방법을 따를 것이 아니라, 새로운 말을 찾아내고 새로운 방법을 창조함으로써 당신이 전쟁을 방지하는 데 최선의 도움을 줄 수 있다는 것입니다. 우리는 당신 협회의 목적에 동조하지만 그 단체에 가담하지 않고 그 단체의 바깥에 아웃사이더로 있으면서 당신을 가장 잘 도울 수 있습니다. 그 목적은 우리 모두에게 동일합니다. 그것은 "모든 인간 ─ 모든 남성과 여성 ─ 이 정의와 평등과 자유라는 위대한 원칙을 몸소 누릴 수 있는 권리"를 주장하는 것입니다. 더 이상의 상세한 설명은 불필요합니다. 당신이 이 말을 우리와 같은 식으로 해석할 거라고 믿고 있으니까요. 그리고 변명도 필요하지 않겠지요. 우리가 이미 예고했고 이 편지에서 풍부하게 드러낸 결함들에 대해서 당신이 참작해 주리라 믿을 수 있으니까요.

그렇다면 당신이 우리에게 작성해 달라고 보낸 그 서식으로 돌아갑시다. 이미 제시한 이유들로 해서 우리는 그것에 서명하지 않을 것입니다. 그러나 우리의 목적이 당신의 목적과 동일하다는 것을 될 수 있는 한 실질적으로 증명하기 위해서, 여기 금화 한 닢을 보냅니다. 당신 스스로가 부과한 조건 외에 다른 어떤 조건 없이 기부하는 자유로운 선물입니다. 그것이 3기니 가운데 세 번째입니다. 그 3기니가 비록 서로 다른 세 명의 회계원에게 보내졌지만, 모두 다 동일한 대의를 위해 기부되었음을 당신은 알아차릴 것입니다. 그 대의들은 분리될 수 없는 동일한 것이니까요.

자, 당신들은 시간에 쫓기고 있으므로 당신들 세 명에게 세 차례 사과를 하며 끝을 맺기로 합시다. 첫 번째로 이 편지가 길어진 것에 대해, 두 번째로는 기부금이 적은 것에 대해, 그리고 세 번째로는 이 편지를 썼다는 것 자체에 대해서 말입니다. 하지만 이 세 번째에 대한 비난은 당신이 받아야 합니다. 당신이 편지에 대한 답장을 요청하지 않았더라면, 결코 이 편지를 쓰지 않았을 테니까요.

1) 스티븐 그윈, 『메리 킹즐리의 생애』, 15쪽. 교육받은 남성의 딸들을 교육하는 데 든 비용은 정확한 수치를 알기 어렵다. 메리 킹즐리(1862~1900)의 교육에 든 비용은 아마도 대략 20~30파운드였을 것이다. 19세기와 그 이후에도 평균 비용은 대략 총액 100파운드 정도로 추정할 수 있다. 그 정도의 교육을 받은 여성들은 이따금 아주 심각하게 교육의 결핍을 느끼곤 했다. 뉴넘 대학의 초대 학장인 앤 J. 클러프는 "나는 밖에 나갈 때마다 언제나 내가 받은 교육이 부족함을 더없이 고통스럽게 느낍니다."(B. A. 클러프, 『앤 J. 클러프의 생애』, 60쪽)라고 썼다. 클러프 양과 마찬가지로 학식이 높은 집안 출신이며 대략 비슷한 교육을 받은 엘리자베스 홀데인은 성장했을 때 "처음으로 내가 교육받지 못한 인간이라는 확신이 들었으며, 어떻게 이 점을 보완할 것인지에 대해 생각했다. 대학에 갔더라면 좋았을 것이다. 하지만 그 당시 대학은 여성에게 생소한 곳이었고 권장되지도 않았다. 또한 대학 교육은 돈이 많이 들었다. 미망인이 된 어머니를 두고 외동딸이 떠나는 것은 실제로 생각할 수도 없는 일로 여겨졌고, 대학 진학을 실행 가능한 계획으로 만들어 준 사람도 없었다. 그 당시에 통신 수업을 시행하려는 새로운 움직임이 있었다……"(엘리자베스 홀데인, 『한 세기에서 다음 세기로』, 73쪽) 이처럼 교육받지 못한 여성들은 무지를 감추려고 종종 과감히 노력했지만 언제나 성공적인 것은 아니었다. "그들은 시사 문제에 대해서 쾌활하게 이야기했지만 논쟁적인 주제는 조심스럽게 피했습니다. 나에게 인상적이었던 점은 그들이 자기 집단을 벗어난 문제에 대해서는 일체 무지하고 무관심하다는 것이었습니다. …… 다른 사람도 아닌 바로 영국 하원 대변인의 어머니가 캘리포니아는 우리에게 속한 땅이며 우리 제국의 일부분이라고 믿고 있었습니다!"(H. A. 베이첼, 『머나먼 들판』, 109쪽) 19세기의 교육받은 남성들이 공유한 당대의 믿음 때문에 여성이 무지를 가장하는 일도 종종 있

었다. 이러한 사실은 토마스 기즈번이 그의 교훈적인 저서 『여성의 의무에 관하여』(278쪽)에서 여성들에게 '자신의 능력과 재능을 결혼 상대자에게 전부 드러내지 않도록 조심할 것'을 당부하는 사람들을 격렬히 비난한 점에서도 드러난다. "그것은 분별력이 아니라 부자연스러운 기교이다. 그것은 은폐이며, 의도적 사기이다. …… 그것을 오랫동안 실천할 때 탄로 나지 않는 경우란 거의 없다."

그러나 19세기의 교육받은 남성의 딸은 학식보다 삶에 있어서 더욱 무지했다. 그 무지의 한 가지 원인은 다음 인용문에 제시되어 있다. "대개의 남성들은 '미덕'을 갖추지 않았다고 간주되었습니다. 즉 거의 대부분의 남성이 동반자가 없는 젊은 여성을 마주칠 때면 다가가서 말을 걸고 불쾌한 일을 할 수 있다는 겁니다."(메리, 러블레이스 백작 부인, 「사교계와 사교의 계절」, 『오십 년의 세월, 1882~1932』, 37쪽) 따라서 여성은 아주 협소한 교제 범위에 국한되어 있으므로, 그 범주를 벗어난 것에 대한 그녀의 '무지와 무관심'은 용서받을 수 있는 것이었다. 여성의 무지와 19세기 남성성의 개념 사이에는 명백한 관련이 있으며(빅토리아 시대의 영웅을 주목하라.) '미덕'과 '사내다움'은 양립할 수 없는 것으로 여겨졌다. 한 유명한 구절에서 새커리는 미덕과 사내다움이 자신의 예술에 부과한 제약에 대해 불평하고 있다.

2) 우리의 이데올로기는 아직도 뿌리 깊이 인간 중심적이므로, 사립 학교와 대학에서 교육받은 아버지를 둔 여성을 묘사하기 위해서 '교육받은 남성의 딸'이라는 세련되지 못한 용어를 만들어 낼 필요가 있었다. 분명 '부르주아'라는 용어는 그 여성의 남자 형제에게는 적합한 반면, 부르주아 계급의 가장 중요한 두 가지 특징인 자본과 환경에 있어서 전혀 다른 처지에 놓인 여성에게 그 용어를 적용하는 것은 전적으로 부적합하다.

3) 지난 세기에 영국에서 스포츠를 위해 살육된 동물의 수는 셀 수 없을 정도이다. 1909년 차츠워스에서 하루 사냥으로 포획된 사냥감은 평균 1,212마리라고 제시되었다.(포틀런드 공작, 『남성과 여성과 사물』, 251쪽) 스포츠에 대한 회상록에서 여성 포수에 대한 언급은 거의 찾아볼 수 없다. 또한 사냥터에 여성이 등장하면 무척 신랄한 말들이 오갔다. 19세기의 유명한 여성 기수였던 '스키틀스'는 품행이 단정치 못한 숙녀였다. 19세기의 여성에게 스포츠와 부정한 행실 사이에 상관관

계가 있다고 여겨졌을 가능성이 대단히 높다.

4) 존 버컨, 『프랜시스와 리버데일 그렌펠』, 189쪽, 205쪽.

5) 리튼 백작, 『앤터니(넵위스 자작)』, 355쪽.

6) 에드먼드 블런던 편집, 『윌프레드 오언의 시』, 25쪽, 41쪽.

7) 휴위트 경. 카디프에서 열린 '성 조지 협회'의 만찬에서 '영국'에 대한 건배를 제안하며.

8)과 9)《데일리 텔레그래프》, 1937년 2월 5일.

10) 물론 교육받은 여성이 공급할 수 있는 한 가지 필수품 즉 아이들이 있다. 그리고 전쟁을 방지하기 위해서 여성이 도울 수 있는 한 가지 방법은 아이 낳기를 거부하는 것이다. 그리하여 헬레나 노만턴 부인은 "어느 나라의 여성이든 전쟁을 방지하기 위해서 할 수 있는 유일한 일은 '대포 밥'의 공급을 중단하는 것이다."(「동등한 시민권을 위한 연례 회의 보고서」,《데일리 텔레그래프》, 1937년 3월 5일)라는 견해를 피력했다. 이러한 견해를 지지하는 편지들이 신문에 왕왕 등장한다. "이런 시대에 여성들이 왜 출산을 거부하는지 나는 해리 캠벨 씨에게 말할 수 있다. 남성이 자신이 통치하는 땅을 제대로 운영하는 법을 배우고, 분쟁을 일으키지 않은 사람들을 전쟁으로 소탕할 것이 아니라 분쟁을 일으킨 사람들에게만 타격을 준다면, 그런 때가 되어야 여성들은 다시 대가족을 이루고 싶은 생각이 들 것이다. 오늘날 이러한 세상에서 여성들이 왜 아이를 낳아야 하는가?"(에디스 매튜린포치,《데일리 텔레그래프》, 1937년 9월 6일) 교육받은 계층에서 출생률이 떨어지고 있다는 사실은 교육받은 여성들이 노만턴 부인의 조언을 수용하고 있음을 보여 준다고 할 수 있다. 약 이천 년 전에 이와 대단히 유사한 상황에서 리시스트라타(그리스 작가 아리스토파네스의 희극 『리시스트라타』의 주인공으로서, 아테네와 스파르타 등 도시 국가들 사이의 끝없는 전쟁을 끝내기 위해서 여성들이 단합하여 성 관계를 거부할 것을 제안한다.―옮긴이)도 비슷한 충고를 한 바 있다.

11) 물론 본문에서 언급된 것 외에도 무수히 다양한 영향력이 있다. "삼년 후에 …… 그녀는 친애하는 목사님이 왕실에서 제공하는 생활비를 받도록 그에게 각료로서 관심을 기울여 달라는 편지를 썼다……."(레이디 런던데리, 『헨리 채플린, 수상록』, 57쪽)라는 구절에 서술된 단순한 종류에서부터 맥베스 부인이 남편에게 행사하는 무척 교묘한 종

류의 영향력에 이르기까지 다양하다. D. H. 로렌스가 묘사한 영향력은 그 두 가지 사이의 어딘가에 존재한다. "내 등 뒤에 여성이 없는 상태에서 무엇인가를 시도한다는 것은 절망적이다. …… 내 뒤에 여성이 없으면 나는 세상에 감히 나앉으려고도 하지 않는다. …… 그러나 내가 사랑하는 여성은 내가 미지의 것과 직접 소통할 수 있게 해 준다. 그렇지 않으면 나는 그 안에서 종종 길을 잃는다."(『D. H. 로렌스의 서한집』, 93~94쪽) 더불어 열거하기에 적합지는 않지만, 전 국왕 에드워드 8세가 양위하면서 진술한 그 유명한 정의는 로렌스가 묘사한 영향력과 비교될 수 있으며 대단히 유사하다. 반면 현재 외국의 정치 상황은 이해관계에 얽힌 영향력을 사용하는 방향으로 복귀하는 듯하다. 예컨대 "한 일화를 보면 빈에서 현재 여성들이 발휘하는 영향력을 충분히 알 수 있다. 작년 가을에 여성의 취업 기회를 더욱 축소하려는 법안이 계획되었다. 항의나 탄원, 편지로는 도저히 그 계획을 막을 수 없었다. 마침내 그 도시의 유명한 귀부인들이 결사적으로 …… 모여서 계획을 세웠다. 다음 두 주일 동안 하루에 몇 시간씩 이 귀부인들은 겉으로는 그들 집의 만찬에 초대한다는 구실로 그들이 개인적으로 알고 있는 각료들에게 전화를 걸었다. 빈 사람들만이 발휘할 수 있는 모든 매력을 동원하여 그들은 그 각료들과 계속 통화했다. 이것저것에 대해 물어보고 마침내는 그들의 주 관심사인 그 문제에 대해 언급했다. 각료들은 계속해서 전화하는 몇몇 귀부인들의 기분을 상하게 하고 싶지 않았고 이런 책략 때문에 긴급한 국사를 처리할 수 없게 되자 타협하기로 결정했으며, 그 법안은 연기되었다."(힐러리 뉴위트, 『여성은 선택해야 한다』, 129쪽) 참정권을 위한 싸움에서도 이와 유사한 영향력이 종종 의도적으로 동원되었다. 그러나 여성의 영향력은 투표권을 얻음으로써 손상되었다고들 말한다. 폰 비버슈타인 대장은 이러한 견해를 표명했다. "여성은 언제나 남성을 이끌어 왔다. …… 그러나 남성은 여성이 투표하기를 바라지 않았다."(엘리자베스 홀데인, 『한 세기에서 다음 세기로』, 258쪽)

12) 영국 여성들은 참정권을 위한 투쟁에서 무력을 사용했다는 극심한 비난을 받았다. 1910년에 여성 참정권론자들이 비럴 씨의 모자를 "넝마 조각으로 만들고" 그의 정강이를 발로 찼을 때 앨머릭 피츠로이 경은 이처럼 논평했다. "조직화된 '앞잡이'들이 방어력이 없는 노인에게 이

런 식의 공격을 가한 것은, 바라건대, 이런 움직임을 주도하는 무정부주의적인 세력이 얼마나 비이성적인지를 많은 이들에게 확인시켜 줄 것이다."(『앨머릭 피츠로이 경의 회상록』, 2권, 425쪽) 이런 논평들은 분명 유럽 전쟁에서 사용된 무력에 대해서는 적용되지 않았다. 실제로 투표권이 영국 여성에게 주어진 것은 영국 남성이 그 전쟁에서 무력을 사용하게끔 대체로 여성이 도와주었기 때문이었다. "(1916년) 8월 14일에 애스퀴스 씨는 (참정권에 대한) 반대를 포기했다. '(여성이) 소총 따위를 들고 전장에 나간다는 의미의 싸움을 할 수 없는 것은 사실이다. 그러나 …… 그들은 전쟁을 수행하는 데 가장 효과적인 방법으로 도왔다.'고 그는 말했다."(레이 스트레이치, 『대의명분』, 354쪽) 이것은 곤혹스러운 문제를 야기한다. 전쟁을 치르는 데 도움을 준 것이 아니라 최선을 다해 전쟁을 방해한 여성들은 다른 이들이 "전쟁을 수행하도록 도왔기" 때문에 얻은 그 투표권을 사용해야 할 것인가? 여성이 영국의 친딸이 아니라 양딸이라는 사실은 그녀가 결혼하면 국적이 바뀐다는 점에서 드러난다. 여성은 독일인을 격파하도록 도와주었건 그렇지 않건 간에 독일인과 결혼하면 그녀 자신 역시 독일인이 된다. 그렇다면 그녀의 정치적 입장은 완전히 뒤바뀌어야 하고 그녀의 충성심도 전이되어야 한다.

13) 로버트 J. 블랙번, 『어니스트 와일드 경, 칙선 변호사』, 174~175쪽.

14) 투표권이 무시할 만한 권리가 아니라는 사실은 '동등한 시민권을 위한 국가 연합 협회'가 이따금 출판하는 소책자들로 알 수 있다. "이 출판물(『투표권은 무엇을 달성했는가?』)은 원래 한 쪽짜리 전단이었다. 그것은 지금(1927년) 여섯 쪽의 작은 책자로 늘어났으며, 끝없이 확대되어야 한다."(M. G. 포셋과 E. M. 터너, 『조세핀 버틀러』, 주석, 101쪽)

15) 양성의 생물학과 심리학에 아주 중요한 관련성을 지닌 이 사실들을 알려 줄 수치들은 아직까지 제시되지 않았다. 반드시 필요한 것이지만 묘하게도 소홀히 취급된 이 작업을 준비할 때 제일 먼저 대형 영국 지도에 남성이 소유한 지역을 붉은색으로, 여성이 소유한 지역을 파란색으로 그릴 수 있을 것이다. 그리고 나서 각 성이 연간 소비하는 쇠고기와 양고기, 포도주와 맥주, 담배의 양을 비교해야 한다. 그 후에 우리는 그들의 육체적 활동량, 가사 의무, 성 관계를 위한 편의 시설들을 살펴보아야 한다. 역사가들은 물론 전쟁과 정치에 주로 관심을 쏟고

있지만 때로 인간 본성을 밝혀 주기도 한다. 예컨대 매콜리는 17세기의 영국 시골 신사를 묘사하면서 이렇게 말한다. "그의 아내와 딸은 취미와 학식에 있어서 오늘날의 가정주부나 하녀보다도 낮은 수준이었다. 그들은 바느질과 실잣기를 했으며, 구스베리 술을 만들고, 금잔화를 말리고, 사슴고기 파이 껍질을 만들었다."

또한 "안주인들의 임무는 보통 식사를 준비하는 것이었는데, 음식을 다 먹어 치우고 식사가 끝나자마자 신사들이 맥주를 마시며 담배를 피우도록 물러났다."(매콜리, 『영국 역사』, 3장) 그러나 시간이 많이 흐른 뒤에도 신사들은 여전히 술을 마셨고 부인들은 여전히 물러났다. "섭정 시대와 18세기부터 이어진 오랜 폭음 습관이 어머니의 처녀 적 시절에도 여전히 계속되고 있었다. 위번 애비에서는 집안의 신뢰를 받는 늙은 집사가 밤마다 응접실의 할머니에게 보고하는 것이 관습이었다. 이 충실한 시종은 상황에 따라서 '신사 분들은 오늘 밤 상당히 많이 드셨습니다. 젊은 부인들께서는 물러나시는 것이 좋겠습니다.' 또는 '신사 분들이 오늘 밤에는 거의 드시지 않았습니다.'라고 알려 주었다. 어린 소녀들은 위층으로 물러나면 계단 난간에 서서, 술에 취한 무리들이 소리 지르며 식당에서 나오는 광경을 내려다보기 좋아했다."(F. 해밀턴 경, 『어제 이전의 나날들』, 322쪽) 술과 자산이 염색체에 어떤 영향을 미쳤는지는 미래의 과학자들이 우리에게 알려 줄 수 있을 것이다.

16) 양성 모두 의복에 대해 상이하기는 하지만 매우 두드러진 관심을 가지고 있다는 사실을 지배하는 성은 주목하지 않는 듯하다. 이것은 대체로 지배 세력의 자기 최면 때문이라고 생각해야 한다. 그리하여 고 맥카디 판사는 프랑코 부인의 사례를 요약하여 이렇게 언급했다. "여성이 여성성의 본질적 특징을 단념하거나, 극복할 수 없는 항구적인 육체적 결함에 대한 자연의 위안을 저버리리라 기대할 수는 없다. …… 결국 의복은 여성이 자신을 표현하는 중요한 수단 가운데 하나다. …… 의복의 문제에 있어서 어떤 여성들은 끝까지 아동의 수준에 머물기도 한다. 그 문제의 심리를 간과해서는 안 된다. 그러나 위의 문제를 염두에 두면서 법은 분별과 조화의 원칙을 지켜야 한다고 석설히 규정했다." 이와 같이 구술한 그 판사는 진홍색 외투와 담비 털 망토를 입고 모조 고수머리가 달린 거대한 가발을 쓰고 있었다. 그가 '극복할 수 없는 항구적인 육체적 결함에 대한 자연의 위안'을 누리고 있

었는지, 또는 그가 '분별과 조화의 원칙'을 스스로 지키고 있었는지는 대단히 의심스럽다. 그러나 '그 문제의 심리를 간과해서는 안 된다'. 그 자신의 의상과 마찬가지로 제독, 육군 대장, 의전관(儀典官), 근위병 연대, 귀족, 수위 등등의 의상이 그에게는 전혀 특이하게 여겨지지 않았으므로, 그가 자신 역시 그 부인의 약점을 공유하고 있다는 점을 전혀 의식하지 못한 채 그녀에게 훈계를 할 수 있었다는 사실은 두 가지 의문을 야기한다. 어떤 행위가 전통적인 것이 되어 존중을 받을 수 있으려면 얼마나 자주 일어나야 하는가? 자기 의상의 주목할 만한 특징에 무감각할 수 있으려면 어느 정도의 사회적 위신을 확보하고 있어야 하는가? 공직과 관련되지 않을 때 특이한 의상은 조롱을 면하기 어렵다.

17) 1937년 신년 서훈자 명단을 보면, 훈장을 받은 여성은 7명인데 비해 남성은 147명이다. 이것을 자기선전에 대한 상대적 열망을 드러내는 척도로 간주할 수 없는 이유는 명백하다. 그러나 훈장을 거절하는 게 심리적으로 남성보다 여성에게 더욱 용이하다는 데에는 반론의 여지가 없는 듯하다. 지성(대체적으로 말해서)은 남성에게 중요한 전문적 자산이고 훈장과 장식 띠가 지성을 선전하는 주요한 수단이다. 그러므로 여성에게 중요한 직업적 자산인 아름다움을 광고하는 주요한 수단 즉 파우더와 루주는 훈장 및 장식 띠와 동일하다고 말할 수 있다. 따라서 남성에게 기사 작위를 거절하라고 요구하는 것은 여성에게 드레스를 거절하라고 요구하는 것과 마찬가지로 불합리하다. 1901년 기사 작위에 지급된 금액은 웬만한 드레스 비용에 버금가는 정도인 듯하다. "4월 21일(일요일). 메넬을 만나다. 그는 평소와 마찬가지로 세상 돌아가는 이야기를 늘어놓았다. 국왕의 빚을 그의 친구들이 은밀히 갚아준 모양이다. 그 친구들 가운데 한 명은 10만 파운드를 빌려주고 2만 5000파운드를 돌려받으며 더불어 기사 작위를 받아서 만족하고 있다고 한다."(윌프리드 스카웬 블런트, 『나의 일기』, 2부, 8쪽)

18) 그 정확한 수치가 얼마인지 아웃사이더로서는 알기 어렵다. 그러나 그 수입이 상당하리라는 것은 몇 년 전에 J. M. 케인스 씨가 케임브리지 대학교 클레어 단과대학의 연혁 저서에 관하여 《네이션》에 쓴 재미있는 논평에서 짐작할 수 있다. 그 책을 "만드는 데 6,000파운드의 비용이 들었다는 소문이 있다." 또한 그 당시 새벽에 축제에서 돌아오던

일단의 학생들이 하늘에서 어떤 구름을 보았다는 소문도 있다. 그들이 바라보는 동안 그 구름은 여성의 형체를 띠었고 기적을 보여 달라고 간청하자 그 형체는 빛나는 우박으로 '생쥐'라는 단어를 만들어 내려 보냈다. 이것은 《네이션》 같은 호의 다른 페이지에 기록된 사실을 가리킨다고 해석되었다. 즉 여자대학의 학생들은 "생쥐들이 뛰어다니는 차갑고 음습한 침실 바닥"에서 무척 고생한다는 내용이었다. 그 환영은 이런 수단을 통하여 클레어의 신사들에게 "가장 훌륭한 표지와 까만 버크럼으로 치장한" 책이라 하더라도 책을 바치는 것보다는 모 대학의 학장에게 6000파운드의 수표를 내놓는 편이 자신을 더욱 높이 찬미하며 경의를 바치는 것임을 암시했다고 여겨졌다. 하지만 《네이션》의 같은 호에 기록된 "서머빌(옥스퍼드 대학교 내의 여자 대학—옮긴이)이 작년에 25주년 기념 선물과 개인 기증으로 들어온 7000파운드를 애처로울 정도로 고마워하며 받았다."라는 사실에는 신화적인 면이 없다.

19) 한 위대한 역사가는 자신이 교육받기도 했던 대학교들의 기원과 성격에 대해서 다음과 같이 묘사했다. "옥스퍼드와 케임브리지 대학교는 야만적이고 그릇된 과학의 암흑시대에 설립되었다. 그 대학교들은 아직도 그 기원의 악으로 오염되어 있다. …… 교황과 왕의 특허권으로 이 학교들의 법인 기관은 공교육의 독점권을 차지했다. 독점자들의 정신은 편협하고 게으르며 억압적이다. 그들의 작업은 독립적 예술가의 작업보다 훨씬 많은 비용이 드는 데다 생산성도 떨어진다. 자부심이 강한 이 기관들은 자유로운 경쟁자들이 열정적으로 추구하는 새로운 진보를, 위로는 경쟁자들을 두려워하고 아래로는 실수를 고백하면서 언짢아하며 마지못해 천천히 받아들인다. 어떠한 개혁도 자발적으로 일어나리라고는 기대하기 힘들다. 이 학교들은 법과 편견에 깊이 뿌리박고 있기 때문에 전능한 의회라도 이 두 대학교의 현황과 남용에 대해서 조사하기를 기피할 것이다."(에드워드 기번, 『내 생애와 저작의 회상록』) 하지만 '전능한 의회'는 19세기 중반경 "그 대학교(옥스퍼드)의 현황에 대해서, 즉 교육, 연구, 수입에 대해서 조사를 실시했다. 그러나 대학 측의 소극적인 저항이 워낙 완강했으므로, 마지막 항목은 조사할 수 없었다. 하지만 옥스퍼드의 모든 단과대학에서 542개의 장학금 가운데 혈통이나 지연 또는 인척의 제한적 조건 없이 실제로 경쟁

에 개방된 것은 오직 22개뿐임을 확인했다. …… 위원회는 …… 기번의 고발이 타당한 것이었음을 알게 되었다……"(로리 매그너스, 『모들린 대학의 허버트 위런』, 47~49쪽) 그럼에도 불구하고 대학 교육의 위상은 여전히 높았고 장학금은 무척 자랑스러운 것으로 여겨졌다. 퓨지가 오리엘의 명예 교우가 되었을 때 "퓨지의 교구 교회의 종을 울림으로써 그 아버지와 가족들은 만족감을 드러냈다." 또한 뉴먼이 명예 교우로 선발되었을 때 "세 탑에서 일제히 종이 울렸고 그 비용은 뉴먼이 치렀다."(제프리 페이버, 『옥스퍼드의 사도들』, 131쪽, 69쪽) 하지만 퓨지와 뉴먼 둘 다 정신적인 성향이 두드러진 사람들이었다.

20) 메리 버츠, 『크리스탈 캐비닛』, 138쪽. 이 문장을 전부 인용하면 다음과 같다. "여성의 학문에 대한 욕망은 신의 의지에 반한다고 들었을 뿐만 아니라, 여러 가지 순수한 자유, 순진무구한 기쁨도 동일한 이름으로 허용되지 않았다." 이러한 언급으로 미루어 볼 때, 교육받은 남성의 딸이 신에 대한 전기를 쓴다면 바람직할 것이다. 신의 이름으로 그런 잔인한 행위들이 저질러졌으니 말이다. 종교가 이러저러한 방식으로 여성의 교육에 미친 영향은 아무리 과대평가해도 지나치지 않다. 토머스 기즈번은 다음과 같이 말한다. "예컨대 음악의 용도를 설명한다면, 헌신적 애정을 강화하는 그 효과를 간과해서는 안 된다. 만약 그림이 논의의 주제라면, 학생이 창작품을 보고 조물주의 권능과 지혜와 선을 언제나 숙고하도록 가르쳐야 한다."(토머스 기즈번, 『여성의 의무』, 85쪽) 기즈번 씨와 그의 동류(무수히 많은 무리)들은 그들의 교육 이론을 성 바울로의 가르침에 입각하고 있었으므로, 여성이 '창작품에서' 조물주가 아니라 기즈번 씨의 "권능과 지혜와 선을 언제나 숙고하도록 가르쳐야 한다."라는 말로 이해할 수 있다. 그리고 이러한 사실에서 우리는 신에 대한 전기는 결국 '성직자 인명사전'으로 귀결될 거라는 결론을 내릴 수 있다.

21) 플로렌스 M. 스미스, 『메리 애스텔』. "불행히도, 그렇게나 새로운 제안(여자 대학)에 대한 관심보다는 반대가 더 많았다. 당대의 풍자가들은, 어느 시대의 재담가라도 그러하듯 진보적인 여성을 웃음거리로 삼았으며 메리 애스텔을 '학자연하는 여성' 유형으로서 코미디의 단골 농담거리로 만들었다. 뿐만 아니라 성직자들은 그 계획을 로마 가톨릭을 복원하려는 시도라고 여겼다. 그 제안에 대한 가장 강력한 반대자는

한 유명한 주교였고 밸러드의 주장에 따르면, 그는 어떤 유명한 귀부인이 그 계획에 1만 파운드를 기부하려는 것을 가로막았다. 밸러드의 문의에 대한 답장에서 엘리자베스 엘스톱은 이 유명한 여성의 이름을 가르쳐 주었다. '엘리자베스 엘스톱에 따르면 …… 그 귀부인을 설득해 그 훌륭한 계획이 성사되지 못하도록 방해한 사람은 버닛 주교였다.'"(앞의 책, 21~22쪽) '그 귀부인'은 앤 공주나 레이디 엘리자베스 헤이스팅스였을 텐데 아마도 앤 공주였을 거라고 짐작할 만한 이유가 있다. 교회가 그 돈을 가로챘으리라는 것은 가설에 불과하지만, 교회의 역사를 살펴보면 충분히 얻을 수 있는 가정이다.

22) 「음악을 위한 송시」. 1769년 7월 1일 케임브리지 대학교의 평의원 회관에서 낭송됨.

23) "나는 여성의 적이 아니라고 당신에게 단언합니다. 나는 여성이 노동자가 되거나 다른 비천한 직장에 취업하는 것에 대해서 대단히 호의적입니다. 하지만 그들이 자본가로서 사업에 성공할 가능성에 대해서는 의혹을 품고 있습니다. 대부분의 여성은 불안감에 짓눌려 신경쇠약에 걸릴 것이고, 어떤 종류의 협력에도 필수적인 훈련된 과묵함이 그들에게는 전적으로 결여되어 있습니다. 앞으로 이천 년이 지나면 여성이 달라질지도 모르지요. 하지만 현재의 여성은 그저 남성과 희롱을 하거나 말다툼만 할 것입니다." 거턴 대학 설립을 위해 도움을 요청한 에밀리 데이비스에게 월터 배젓이 보낸 답장에서 발췌하였다. 하지만 다우닝가의 볼드윈 씨(1936년 3월 31일)와 비교해 보라.

24) J. J. 톰슨 경, 『회상과 성찰』, 86~88쪽, 296~297쪽.

25) "케임브리지 대학교는 아직도 여성에게 그 구성원으로서의 완전한 권리를 인정해 주기를 거부한다. 그저 칭호뿐인 학위를 허용했으므로 여성은 대학 운영에 전혀 참여할 수 없다."(필리파 스트레이치, 『영국 남성의 지위와 비교한 영국 여성의 지위에 관한 비망록』(1935), 26쪽) 그럼에도 불구하고 정부는 공공 기금에서 '관대한 보조금'을 케임브리지 대학교에 지급한다.

26) "여성 고등교육기관으로 인정된 대학교에서 교육을 받고 있거나 대학 실험실 및 박물관에서 일하는 여성들의 총 인원은 어느 때라도 500명을 넘지 않을 것이다."(『케임브리지 대학교 학생 지침서』, 1934~1935, 618쪽) 휘터커는 1935년 10월 케임브리지 대학교에 거주한 남학생의

수는 5,328명이었다고 기록한다. 그 인원에는 어떤 제한도 있었던 것 같지 않다.

27) 1937년 12월 20일 《타임스》에 실린 케임브리지 대학교의 남자 장학생 목록은 약 31인치에 달한다. 여자 장학생 목록은 대략 5인치이다. 그런데 남자 대학은 17개인데 여기 실린 목록에는 11개 대학만 포함되어 있다. 그러므로 그 31인치는 틀림없이 늘어날 것이다. 여자 대학은 오직 두 곳이며 여기에 그 두 대학이 모두 포함되어 있다.

28) 앨더리의 레이디 스탠리가 죽을 때까지 거턴 대학에는 예배당이 없었다. "예배당을 짓자는 제안이 있었을 때, 그녀는 쓸 수 있는 자금을 모두 교육에 써야 한다는 입장에서 그 제안에 반대했다. "내가 살아 있는 한, 거턴에는 예배당이 없을 것이다."라고 그녀가 말하는 것을 나는 들은 적이 있다. 현재의 예배당은 그녀가 죽은 직후에 지어졌다."(퍼트리샤와 버트런드 러셀, 『앰벌리 문서』, 1권, 17쪽) 그녀의 유령이 그녀의 육신과 동일한 영향력을 발휘할 수 있었더라면 좋았을 것을! 하지만 유령에게는 수표책이 없다고들 한다.

29) "또한 여자 대학들은 대체로 그들 교육의 일반 노선을 더욱 나약한 성 즉 남성을 위해 오래전에 설립된 교육기관에서 따오는 것으로 만족했다고 생각한다. 내가 느끼기로는 어떤 독창적인 천재가 그 문제를 완전히 다른 노선에서 추진해야 한다……"(C. A. 앨링턴, 『옛것과 현대적인 것』, 216~217쪽) 천재가 아니고 독창성이 없더라도, '그 노선'이 무엇보다도 비용이 저렴해야 한다는 점을 충분히 짐작할 수 있다. 그러나 이 문맥에서 '나약한'이란 단어를 어떻게 해석해야 할 것인가는 흥미로운 문제다. 앨링턴 박사는 이튼 고등학교의 전 교장이므로, 남성이 유서 깊은 재단의 막대한 수입을 확보하고 유지해 왔다는 사실(그것은 성적 나약함이 아니라 오히려 성적 강인함의 증거라고 생각할 수 있다.)을 틀림없이 알고 있을 것이다. 최소한 물질적 관점에서 보면 이튼이 '나약'하지 않다는 사실은 앨링턴 박사의 다음 인용문에서 드러난다. "교육에 관한 각료 회의의 제안을 실행에 옮기면서, 내가 재직하던 시절에 사무장과 평의원들은 이튼의 모든 장학금이 일정한 금액이어야 하고 필요한 경우에 넉넉하게 확대할 수 있어야 한다고 결정했다. 이 증가분이 아주 넉넉했기에 몇몇 학생의 부모들은 기숙비나 교육비를 일절 지불하지 않았다." 후원자들 가운데 한 사람은 고 로즈

버리 경이었다. 앨링턴 박사에 따르면 "그는 그 학교의 관대한 은인으로서 역사학 장학금을 기증했다. 그와 관련하여 특징적인 사건이 하나 있었다. 그는 나에게 그 장학금의 액수가 적절한지를 물었고, 나는 200파운드만 더 있으면 시험관에게 보수를 제공할 수 있을 거라고 시사했다. 그는 2000파운드짜리 수표를 보냈다. 그 액수의 불일치에 대해 그의 관심을 환기시키자 그는 목돈이 푼돈보다 나을 거라 생각했다고 대답했고 나는 그 말을 내 수첩에 적어 두었다."(앞의 책, 163쪽, 186쪽.) 1854년에 여학생을 위한 첼튼엄 대학에서 급료와 방문 교사에게 지급한 수당의 총액은 1300파운드였다. "그리고 12월 정산 결과 400파운드가 부족함이 드러났다."(엘리자베스 레이크스, 『첼튼엄의 도로시아 빌』, 91쪽)

30) '무익하고 사악한'이란 단어에는 단서가 붙어야 한다. 강사와 강의가 모두 '무익하고 사악하다'라고 주장할 사람은 없을 것이다. 도표를 가지고 개인적으로 시범을 보임으로써 가르칠 수 있는 과목들도 많이 있다. 이 문맥에서 그 단어들은 학생들에게 영문학을 강의하는 교육받은 남성의 아들과 딸을 가리킬 뿐이다. 그것은 책이 귀했던 중세 시대부터 전해져 내려온 케케묵은 관행이며, 금전적인 동기나 호기심에서 그 관행이 지속되어 왔기 때문이다. 또한 책 형태의 출판은 청중이 강연자에게 지적으로 사악한 영향을 미치고 있음을 충분히 입증하며, 연단 위에 우뚝 서 있는 것은 심리적으로 허영심을 자극하고 권위를 행사하려는 욕망을 고무하기 때문이다. 더 나아가, 예술의 고충을 직접적으로 알고 있고 따라서 시험관의 찬성과 반대가 대단히 피상적인 가치밖에 지니지 못함을 알고 있는 사람들은 모두 영문학을 시험 과목으로 전락시킨 소행에 대해서 의혹을 가지고 바라보아야 한다. 그리고 예술이 최소한 한 가지라도 중간 매개자의 손에서 벗어나 경쟁과 돈벌이에서 될 수 있는 한 오래 자유롭기를 바라는 사람들은 모두 심히 유감스러워하면서 그러한 소행을 주시해야 한다. 다시 말해서 문학의 한 학파가 다른 학파와 격렬하게 대립하고, 한 유파의 기호가 다른 취향의 유파의 기호를 신속히 대치하는 요즘의 세태는, 성숙한 마음이 미성숙한 마음들에게 강의하면서 일시적이라 하더라도 강력한 견해로 그들을 감염시키고 개인적 편견으로 그들의 견해를 물들이는 힘에서 비롯된다고 해도 터무니없지 않다. 또한 비판적이거나 창조적인

글쓰기의 수준이 높아졌다고 말할 수도 없다. 강사에 의해서 젊은이들의 마음이 고분고분한 상태로 영락했다는 점은 영문학 강의에 대한 수요가 (모든 작가들이 입증할 수 있듯이) 꾸준히 증가하고 있으며, 그것도 가정에서 독서를 배웠어야 할 계층 즉 교육받은 계층에서 늘어나고 있다는 통탄할 만한 증거에서 알 수 있다. 때로 핑곗거리로 내세우듯이, 대학의 문학 동아리가 원하는 바가 문학에 대한 지식이 아니라 작가들과의 교류라면, 칵테일파티도 있고 셰리 파티도 있다. 이 두 가지 모두 프루스트와는 섞이지 않는 편이 나은 것들이다. 이런 말들은 물론 책이 부족한 집안의 사람들에게는 적용되지 않는다. 만약 노동 계층이 구술된 말로 영문학을 흡수하는 편이 더 수월하다고 느낀다면, 그들은 교육받은 계층에게 그렇게 도와 달라고 요청할 충분한 권리가 있다. 그러나 그 계층의 아들과 딸이라도 열여덟 살 이후에 영문학을 빨대로 빨아 먹는다면, 그것은 무익하고 사악하다고 표현될 만한 습관이다. 그 표현은 그들의 취미에 영합하는 사람들에게 더 심하게 적용해도 정당화될 수 있다.

31) 교육받은 남성의 딸들이 결혼 전에 받은 용돈의 정확한 액수는 알아내기 어렵다. 소피아 젝스블레이크는 연간 30~40파운드의 용돈을 받았다. 그녀의 아버지는 중상류층에 속했다. 레디 M. 라셀레스의 아버지는 백작이었고, 그녀는 1860년에 약 100파운드의 용돈을 받은 듯이 보인다. 부유한 상인인 배릿 씨는 딸 엘리자베스에게 "석 달마다 소득세를 공제하고 …… 40~45파운드"를 용돈으로 주었다. 그러나 이 금액은 8000파운드에 대한 이자였던 듯하다. "그것에 대해서 물어보기는 어려웠지만 …… 그 정도의 금액을" 그녀는 '국채'로 가지고 있었고, "그 돈은 두 가지 다른 이율로 계산되었으며" 그녀에게 속한 돈이기는 했지만 배릿 씨가 관리하고 있었다. 그러나 이들은 미혼 여성들이었다. 결혼한 여성은 1870년 기혼 여성 재산법이 통과될 때까지 재산을 소유할 수 없었다. 레디 세인트 헬리어는 옛 법에 따라 결혼 재산 양도서를 작성했기 때문에 "내가 가진 돈은 모두 남편에게 양도되었고 나는 한 푼도 개인적으로 사용할 수 없었다. …… 나는 수표책도 없었고, 남편에게 부탁하지 않고는 돈을 전혀 얻을 수 없었다. 남편은 친절하고 관대했지만, 여성의 재산은 모두 남편에게 속한다는 그 당시의 견해를 묵묵히 따랐다. …… 그는 내가 쓴 계산서를 모두 지급했

3기니

고, 내 은행 통장을 가지고 있었으며, 내가 개인적으로 사용하도록 약간의 용돈을 주었다."(레이디 세인트 헬리어, 『오십 년의 기억』, 341쪽) 그러나 그녀는 그 금액이 정확히 얼마였는지 말하지 않는다. 교육받은 남성의 아들에게 지급된 금액은 상당히 큰 액수였다. 1880년 무렵 "아직 근검절약의 전통이 이어지고 있었던" 베일리얼 대학의 학부생에게 200파운드의 용돈은 그저 근근이 살아갈 만한 금액이라고 여겨졌다. 그 용돈으로는 "사냥을 갈 수도, 도박을 할 수도 없었다. …… 그러나 신중하게 지출하고 휴가 때마다 집에 가서 지내면 이 돈으로 버틸 수 있었다."(C. 맬릿 경, 『앤서니 호프와 그의 저서』, 38쪽) 지금은 훨씬 더 많은 금액이 필요하다. 지노 윗킨스는 "연간 400파운드 이상의 용돈은 쓸 수 없었고 대학에서 필요한 잡비와 휴가비를 그 돈 안에서 모두 해결했다."(J. M. 스콧, 『지노 윗킨스』, 59쪽) 이것이 몇 년 전 케임브리지 대학교에서의 일이다.

32) 여성들이 그들의 유일한 직업을 얻으려고 노력을 기울인 까닭에 19세기 내내 끝없는 조롱을 받았다는 사실을 소설 독자들은 알고 있다. 이런 노력이 소설의 단골 메뉴에서 절반을 차지하기 때문이다. 그러나 전기를 살펴보면 금세기에 이르러서도 학식이 높은 남성들은 여성을 모두 결혼을 열망하는 노처녀로 간주하곤 했음을 알 수 있다. "'아, 저들에게 어떤 일이 일어날까?' 한번은 향학열에 불타는 한 무리의 미혼 여성들이 마치 물 흐르듯 킹스 대학의 앞뜰을 돌아가고 있었는데 그(G. L. 디킨슨)가 슬픈 듯이 중얼거렸다. '나도 모르고 그들도 모른다네.' 그러고 나서 그의 책장이 그의 말을 엿들을까 걱정하듯 더욱 나지막한 어조로 말했다. '아, 저들이 원하는 것은 남편이라네!'"(E. M. 포스터, 『골즈워디 로스 디킨슨』, 106쪽) 그들에게 선택이 가능했더라면, '그들이 원하는 것'은 법조계, 증권 거래소, 또는 깁스 건물의 사무실이었을지도 모른다. 그러나 사정이 그렇지 않았으므로 디킨슨 씨의 말은 매우 당연한 것이었다.

33) "이따금 정식 파티가 열리곤 했으며, 장소는 적어도 대저택이었고 오래전에 미리 선별된 사람들이 초대되었다. 이러한 파티에서는 언제나 두드러진 한 가지 숭배 대상이 있었는데 그것은 꿩이었다. 사냥은 사람들을 끌어들이는 수단으로 이용되었다. 파티가 열리면 그 집안의 가장은 스스로를 내세우는 경향이 있었다. 만약 그의 집이 터져 나갈 정도

로 사람들로 북적거리고 포도주가 대량으로 소비되며 최고의 사냥터가 제공된다면, 그는 그 사냥에 최고의 포수들을 불러 모을 수 있었다. 그 집 딸들의 어머니가 마음속으로 다른 누구보다도 초대하고 싶었던 어떤 사람이 사격 솜씨가 시원치 않아서 초대될 수 없다는 말을 들으면, 그녀는 얼마나 낙담했던지!"(메리, 러블레이스 백작부인, 「사교계와 사교의 계절」, 『오십 년의 세월, 1882~1932』, 29쪽)

34) 적어도 19세기에 남성들이 그들의 아내가 무엇을 말하고 어떻게 행동하기를 바랐는가를 알 수 있는 몇 가지 실마리를, 존 보들러가 "결혼 전 대단히 관심을 가지고 있었던 어떤 젊은 여성에게 보낸" 편지에서 찾아볼 수 있다. "특히 상스럽거나 천박한 언행을 조금이라도 드러내는 것이라면 무엇이든 피하십시오. 남성이 어떤 여성이건 특히 그가 애정을 지닌 여성이라면, 이런 것들에 약간이라도 접근하는 것을 얼마나 혐오하는지 여성은 전혀 알지 못합니다. 여성은 놀이방이나 환자들의 방에 다니면서 섬세한 남성이라면 충격을 받을 만한 언어로 그런 주제에 관하여 대화하는 습관을 들이는 경향이 많습니다."(『존 보들러의 생애』, 123쪽) 그러나 섬세함이 필수적인 자질이라면, 결혼 후에는 그 자질을 감출 수 있었다. "1870년대에 잭스블레이크 양과 그녀의 동료들은 여성의 의학 전문직 수용을 위해 격렬한 투쟁을 벌이고 있었고, 의사들은 미묘하고 본질적인 의학 문제를 연구하고 다루는 것이 여성에게 적합하지 않고 여성을 타락시킬 거라고 주장하면서 더욱 격렬하게 여성의 수용에 저항하고 있었다. 그 당시 《영국 의학 저널》의 편집자인 어니스트 하트는 미묘하고 본질적인 의학 문제를 다루는 그 저널에 기고된 원고들 대부분이 그 의사들의 아내의 필체로 쓰여 있었다고 나에게 말했다. 분명 그들은 아내에게 불러 주어 받아쓰게 했던 것이다. 그 당시에는 타자기나 속기사가 없었다."(J. 크리턴브라운 경, 『의사의 재고(再考)』, 73~74쪽)

하지만 섬세함의 이중성은 이보다 오래전에 진술된 바 있다. 맨더빌은 『벌들의 우화』(1714)에서 이와 같이 말한다. "……우선 나는 여성의 정조가 관습과 교육의 결과이고 그로 인해서 유행에 맞지 않는 노출이나 상스러운 표현들이 여성에게 끔찍하고 혐오스러운 것으로 여겨진다는 점과, 이런 사실에도 불구하고 더없이 정숙한 젊은 여성이라 한들 이따금 어쩔 수 없이 사물의 혼란된 개념이나 생각을 상상에 떠올릴 것이며, 무슨 일이 있어도 그것을 다른 사람들에게 밝히지 않으리라는 점을 고려해 보고자 한다." 그러므로 섬세함의 본질과 순결의 본질(결혼의 본질은 말할 것도 없이)은 아직도 다분히 추측에 의한 것에 불과하다.

1) 그러한 호소문들 가운데 하나를 정확히 인용하면 다음과 같다. "이 편지는 당신이 더 이상 사용하지 않는 의복들을 챙겨 주십사 요청하려는 것입니다. …… 또한 어떤 종류의 양말이든 아무리 낡았어도 기꺼이 받겠습니다. …… 이 의류들을 할인 가격에 제공함으로써 …… 보기 흉하지 않은 정장을 밤낮으로 갖춰 입어야 하지만 그것들을 살 여유가 없는 전문직 여성들에게 정말로 유용한 도움이 된다고 …… 위원회에서는 생각합니다."('여성을 돕기 위한 런던과 전국 협회'에서 보낸 편지(1938)의 발췌문)

2) C. E. M. 조드, 『조드의 증언』, 210~211쪽. 평화라는 대의를 위해서 영국 여성들이 직접, 간접으로 운영한 단체는 너무 많아서 인용할 수 없을 정도이므로 (전문 계층, 사업 계층, 노동 계층 여성들이 참여한 평화를 위한 활동 목록은 『무장해제 선언의 이야기』 15쪽을 보라.) 심리학적으로는 대단히 시사적인 부분이 있다 하더라도 조드 씨의 비판을 진지하게 받아들일 필요는 없다.

3) H. G. 웰스, 『자서전의 실험』, 486쪽. "파시스트나 나치 당원에 의한 실제적 자유 말살에 저항하는 (남성들의) 운동"은 아마도 더욱 눈에 띄었을 것이다. 그러나 그것이 더 성공적이었는지는 의심스럽다. "이제 나치 당원들은 오스트리아 전역을 통제한다."(일간 신문, 1938년 3월 12일)

4) "내가 생각하기에, 여성은 남성과 식탁에 합석해서는 안 된다. 여성이 있으면 대화가 엉망이 되어 유행에 따른 하찮은 화제로 일관되거나 기껏해야 그저 재치 있는 이야기가 오갈 뿐이다."(C. E. M. 조드, 『다섯 번째 갈비뼈 아래』, 58쪽) 이것은 감탄스러울 정도로 솔직한 견해이다. 조드 씨의 의견에 공감하는 사람들이 모두 자신의 견해를 그처럼 터놓고 표현한다면, 누구를 초대하고 누구를 초대하지 않을지 고민하는 안주인들의 곤혹감과 수고가 줄어들 것이다. 만약 식탁에서 같

은 성과의 교류를 선호하는 사람들이 예컨대 남성은 붉은 장미 장식을 달고 여성은 흰 장미 장식을 달아서 그 사실을 표시하고, 반면 양성 간의 교류를 선호하는 사람들은 붉은색과 흰색이 혼합된 얼룩덜룩한 꽃을 단추 장식으로 꽂는다면, 여러 가지 불편과 오해를 방지할 수 있을뿐더러 그 정직한 장식으로 말미암아 현재 너무나 만연된 위선적 사고를 종식할 수 있을 것이다. 조드 씨의 정직성은 최고의 찬사를 받기에 충분하며 그의 희망 사항을 반드시 따를 필요가 있다.

5)   H. M. 스원윅 부인에 따르면 W.S.P.U.가 "1912년에 기부받은 수입이 4만 2000파운드였다."(H. M. 스원윅, 『나의 젊었던 시절』, 189쪽) 1912년 여성 자유 연맹이 지출한 총액은 2만 6772파운드 12실링 9펜스(레이 스트레이치, 『대의명분』, 311쪽)였다. 그러므로 이 두 단체의 수입의 합계는 6만 8772파운드 12실링 9펜스였다. 그러나 이 두 단체는 물론 대립적이었다.

6)   "그러나 예외적인 경우는 별도로 하고, 여성의 평균 임금은 낮았으며, 수년간의 경험이 있고 고도의 자격을 갖춘 여성에게도 연간 250파운드를 버는 것은 대단한 성취였다."(레이 스트레이치, 『여성의 경력과 취업』, 70쪽) 그럼에도 불구하고 "전문직에 종사하는 여성의 수는 지난 이십 년간 대단히 급속하게 증가했고, 1931년 비서직과 공직에 종사하는 여성들을 합하여 약 40만 명이 되었다."(같은 책, 44쪽)

7)   1936년 노동당의 수입은 5만 153파운드였다.(《데일리 텔레그래프》, 1937년 9월)

8)   윌리엄 A. 로브슨, 『영국 문관과 공직』, 16쪽.
어니스트 바커 교수는 몇 년간 사회 관련 사업과 사회봉사에 종사한 "나이가 지긋한 남성과 여성"을 위해 대안적 공무원 시험이 있어야 한다고 제안한다. "특히 여성 응시자들이 혜택을 얻을 것이다. 현재의 공채에서 성공하는 여성의 비율은 아주 낮다. 실제로 경쟁에 나서는 여성은 극소수이다. 여기서 제안된 대체 시험은 여성이 훨씬 더 많이 응시할 가능성이 있으며 실제로 합격할 가능성도 높다. 여성은 사회 관련 사업과 봉사를 위한 재능과 역량을 가지고 있다. 대안적 경쟁 형태는 그들에게 그 재능과 역량을 내보일 기회를 제공할 것이다. 그것은 그들의 재능과 참여가 필요한 국가의 행정직 근무에 종사하기 위해 경쟁하려는 새로운 동기를 그들에게 부여할 것이다."(어니스트 바커, 「본국 공무원」,『영국 공무원』, 41쪽) 그러나 현재 본국 공무원직이 그러하듯 언제나 과중한 업무를 부과한다면, 여성이 과연 국가에 봉사하며 자유롭게 "자신의 재능과 역량"을 바치고자 할지 알기 어렵다. 딸에게 연로한 부모를 보살펴 주거나 집에서 봉사할 것을 요구하는 노인을 국가가 형사범으로 규정하지 않는다면 말이다.

9) 다우닝가에서 열린 뉴넘 대학 건립 기금을 위한 모임에서 볼드윈 씨의 연설. 1936년 3월 31일.

10) 설교단에서 여성이 미칠 영향은 『여성과 성직, 여성의 성직에 관한 대주교 위원회의 보고서에 관한 몇 가지 고려』(1936) 24쪽에 규정되어 있다. "그러나 여성의 성직 수행은 …… 대체로 또는 오로지 여성으로만 구성된 회중 앞에서 남성 목사가 직무를 수행할 때와 달리, 기독교 신앙의 정신적인 특징을 저하시킬 경향이 있을 거라고 우리는 주장한다. 이렇게 말할 수 있다는 것은 여성 기독교인의 자질에 대한 찬사이다. 남성보다도 여성은 그 사고와 욕구에 있어서 자연적인 것이 초자연적인 것에 쉽게 종속되고 육체적인 것이 정신적인 것에 종속되며, 또한 전능한 신을 경배하는 순간에 정지하고 있어야 할 여성의 인간적 본능이 남성 목사의 성직 수행으로 보통은 일깨워지지 않는다는 점은 당연한 일로 여겨질 것이다. 반면, 성공회 신자의 일반 남성 교인은 여성이 집전하는 의식에 참석하면 그녀의 성을 지나치게 의식하게 될 거라고 우리는 믿는다."

그러므로 위원회의 견해에 따르면, 여성 기독교인은 남성 기독교인보다 훨씬 더 정신적인 성향을 가지고 있다. 그리고 바로 이것이 여성을 성직에서 배제하는 두드러진 이유, 하지만 의심할 바 없이 타당한 이유인 것이다.

11) 《데일리 텔레그래프》, 1936년 1월 20일.

12) 《데일리 텔레그래프》, 1936년.

13) 《데일리 텔레그래프》, 1936년 1월 22일.

14) "내가 아는 바로는, 이 주제(즉 공무원들 사이의 성적 관계)에 대한 일반적 원칙은 없다. 그러나 공무원과 시 직원은 분명 양성 모두 관습적인 예절을 준수하고, 신문에 흘러 들어가 '스캔들'이라고 묘사될 만한 행동을 피하지 않으면 안 된다. 최근까지 우체국의 남성 직원과 여성 직원 사이의 성적 관계는 양자를 즉시 해고하는 처벌에 처해졌다.

…… 신문에 공표되지 않도록 하는 것은 법정 소송 절차에 관련되어 있는 한 해결하기 쉬운 문제다. 그러나 공식적 규제는 더욱 확대되었으며 여성 공무원(보통 결혼할 때 사직해야 하는)이 원하는 경우라 하더라도 남성과 공개적으로 동거하는 것을 방해할 정도였다. 그러므로 그 문제는 전혀 다른 양상을 띤다."(윌리엄 A. 로브슨,『영국 문관과 공직』, 14~15쪽)

15) 대부분 남성 클럽은 여성이 특별한 방이나 별관을 제외한 다른 방에 들어가지 못하도록 한다. 이 금기가 여성이 불순하다는 성 소피아에서 유래된 원칙 때문인지 아니면 여성이 너무 순수하다는 폼페이에서 유래된 원칙 때문인지는 생각해 볼 문제이다.

16) 바람직하지 않은 주제의 논의를 묵살하는 언론의 힘은 상당히 강력했고 지금도 그렇다. 그것은 조세핀 버틀러가 전염병 법안에 반대하는 운동에서 맞서 싸워야 했던 그 '특별한 장애물' 가운데 하나였다. "1870년 초에 런던 언론은 그 문제에 대해 침묵의 정책을 채택하기 시작했고 그것은 여러 해 지속되었으며 숙녀들의 협회로부터 그 유명한 '침묵의 공모에 대한 항의'를 이끌어냈다. 해리엇 마티노와 조세핀 E. 버틀러가 서명한 그 항의서는 다음과 같은 말로 결론 맺고 있다. '확실히, 주도적인 언론가들 사이에서 그러한 침묵의 공모가 가능할뿐더러 실행되고 있는 동안에, 우리가 자유로운 언론을 장려하면서 도덕과 입법의 중대한 문제에 있어 양쪽의 견해를 들을 권리가 있다고 공언한다면, 우리 영국인들은 자유 국민으로서 우리의 특권을 대단히 과대평가하고 있는 것이다.'"(조세핀 E. 버틀러,『한 위대한 개혁의 개인적 회상』, 49쪽) 또한, 투표권을 위한 투쟁이 진행되는 동안 언론은 그 사실을 묵살함으로써 상당한 영향을 미쳤다. 아주 최근 1937년 7월에 필리파 스트레이치 양은 (명예롭게도) 《스펙테이터》에 인쇄된 '침묵의 공모'라는 편지에서 버틀러 부인의 말을 거의 그대로 반복한다. "사무직 노동자들에 대한 새로운 연금 분담제 법안의 조항을 정부가 폐기하도록 유도하기 위해 수백 명, 수천 명의 남성과 여성이 협력하여 노력해 왔다. 그 조항은 남성과 여성 신입 사원들에 대한 소득 제한의 차별을 처음으로 도입하고 있다. …… 지난달에 그 법안은 상원에 상정되었고, 이 특정한 조항은 의회의 모든 당파로부터 강력하고 확고한 반대에 맞닥뜨렸다. …… 이것은 일간 신문에 게재될 만큼 충분히

홍미롭다고 여겨질 만한 사건이다. 그러나 《타임스》에서 《데일리 혜럴드》에 이르기까지 모든 신문들은 그 사건에 대해 일제히 침묵하며 묵살해 버렸다. …… 이 법안에서 제기된 여성에 대한 차등 대우는 참정권이 허용된 이래로 볼 수 없었던 분노를 그들에게 일으켰던 것이다. …… 이것이 언론에 의해서 완벽하게 은폐된 것을 어떻게 설명할 수 있을까?"

17) 웨스트민스터 전투에서는 물론 육체적 상해가 가해졌다. 사실 참정권을 위한 투쟁은 지금 인정되고 있는 것보다 훨씬 더 치열했던 듯하다. 그러므로 플로라 드러먼드는 이와 같이 말한다. "내가 믿고 있듯이 우리가 우리의 운동을 통해서 참정권을 얻었든, 아니면 다른 사람들이 말하듯이 다른 이유로 얻었든 간에, 젊은 세대는 삼십 년 전에 여성 참정권을 위한 우리의 주장이 일깨운 분노와 야만성을 믿을 수 없을 것이다."(플로라 드러먼드, 《리스너》, 1937년 8월 25일) 젊은 세대는 자유에 대한 권리 주장이 일깨운 분노와 야만성에 아주 익숙하므로 아마도 이 특정한 경우라고 해서 새삼스러운 느낌이 들지 않을 것이다. 게다가 이 특정한 투쟁은 영국을 자유의 본고장으로, 영국인을 자유의 투사로 만들어 준 그 전투들 대열에 아직 끼지 못하고 있다. 일반적으로 참정권을 위한 투쟁은 여전히 신랄한 비난조의 용어로 언급된다. "……그리고 여성들은 …… 불태우고, 채찍질하고, 그림들을 난도질한 그 운동, 결국 그들이 참정권의 자격이 있음을 정당 간부석에 입증하려는 그 운동을 아직 시작하지 않은 상태였다."(존 스콰이어 경, 『회상과 기억』, 10쪽) 그러므로 고작 창문 몇 장이 깨지고, 턱뼈가 부러지며, 사전트가 그린 헨리 제임스의 초상화가 칼로 찢어진(하지만 원상 복구가 불가능하지는 않은) 그 운동에 영웅적인 면이 없다고 젊은 세대가 믿는다면 그들을 너그러이 봐줄 수 있다. 불태우고, 채찍질하고, 난도질하는 행위는 오직 소총을 든 남자들이 대규모로 자행할 때만 영웅적으로 보이는 듯하다.

18) 마가릿 토드, M. D., 『소피아 젝스블레이크의 생애』, 72쪽.

19) "수상 임기 동안 스탠리 볼드윈 경이 이룩한 업적과 성취에 대한 논의와 저술이 최근에 많이 나왔지만, 아무리 많아도 충분치 않다고 말할 수 있다. 그러나 레이디 볼드윈이 이룬 성과에 대해 주의를 환기해도 될까? 내가 1929년에 처음으로 이 병원 위원회에 참여하게 되었을

때 병동에서 정상 분만의 경우 진통제를 사용하는 일은 거의 없었다. 지금은 일반적으로 그것을 사용하고 있고 실제로 백 퍼센트 이용한다. 이 병원에 해당되는 사실은 이와 유사한 다른 병원들에도 해당된다. 그렇게 짧은 기간 내에 이 놀라운 변화가 일어난 것은 당시 볼드윈 부인의 자극과 지칠 줄 모르는 노력 및 장려 덕택이다……."(《타임스》에 기고한 편지, C. S. 스탠리, 위원회 의장단, 런던 시립 산모 병동, 1937년) 클로로포름이 처음 투여된 것은 1853년 4월 빅토리아 여왕이 레오폴드 공을 출산할 때였으므로, "병동에서 정상 분만의 경우" 이 진통제를 사용하기까지는 칠십육 년이나 걸렸고 그것은 수상의 부인이 적극적으로 주창한 덕분이었다.

20) 『더브렛』에 따르면, 대영제국의 최고 훈장을 받은 나이트(남성)와 데임(여성)은 배지를 단다. 그것은 "끝 부분이 넓은 십자가와 유약을 입힌 진주로 되어 있는데, 황금으로 가늘게 원형 무늬가 새겨지거나 얹혀 있으며, 붉은빛 원형 안에는 영국이 그려져 있고 '신과 제국을 위하여'라는 모토가 담겨 있다." 이것은 여성에게 허용된 몇 안 되는 훈장 가운데 하나다. 그러나 여성의 경우에 리본의 넓이는 2와 1/4인치에 불과하지만 기사의 리본은 3과 3/4인치라는 사실로 여성의 하위를 표시한다. 성장(星章) 또한 크기가 다르다. 하지만 그 모토는 양성이 동일하며, 그처럼 배지를 다는 사람들은 신성과 제국 사이의 관련성을 이해하고 그것을 수호하기 위해서 헌신하리라는 의미를 담고 있다고 여겨진다. 만약 붉은 원형 안에 새겨진 영국이 메달에 명시되지 않은 곳에 자리 잡은 다른 권위와 (충분히 상상할 수 있듯이) 대립하게 된다면 어떤 일이 일어날지 『더브렛』은 언급하지 않으며, 나이트와 데임들이 스스로 결정해야 할 문제이다.

21) R. J. 래컴, 『어니스트 와일드 경, K. C.(법정 변호사)의 생애』, 91쪽.

22) 볼드윈 경, 《타임스》에 보도된 연설, 1936년 4월 20일.

23) G. L. 프레스티지, D. D.(신학 박사), 『찰스 고어의 생애』, 240~241쪽.

24) 『윌리엄 브로드벤트 경, K.C.V.O.(빅토리아 최고 기사), F.R.S.(영국 학술원 회원)의 생애』, 그의 딸, M. E. 브로드벤트 편집, 242쪽.

25) 데즈먼드 채프먼휴스턴, 『잃어버린 역사가, 시드니 로 경의 언행록』, 198쪽.

26) 윈스턴 처칠 경, 『사상과 모험』, 57쪽.

27) 런던데리 경, 《타임스》에 보도된 벨파스트에서의 연설, 1936년 7월 11일.

28) 윈스턴 처칠 경, 『사상과 모험』, 279쪽.

29) 《데일리 헤럴드》, 1935년 2월 13일.

30) 괴테의 『파우스트』, 메리언 스타웰과 G. L. 디킨슨 공역.

31) 『찰스 톰린슨의 생애』, 그의 질녀 메리 톰린슨, 30쪽.

32) 『위턴 양, 한 가정 교사의 일지, 1807~1811』, 에드워드 홀 편집, 14쪽, xvii.

33) B. A. 클러프, 『앤 제미마 클러프의 언행록』, 32쪽.

34) 조세핀 버틀러, 『한 위대한 개혁의 개인적 회상』, 189쪽.

35) "우리가 습지 속으로 깊이 파묻혀 들어가 눈에 보이지 않는 받침대가 되어야 한다 하더라도 거의 상관없다는 것을 당신과 나는 알고 있습니다. 그 위로 눈에 보이는 교각들이 세워지고 그것이 다리를 지탱하겠지요. 저 아래 받침대가 있다는 것을 사람들이 나중에 잊어버린다 해도, 다리를 건설하는 최상의 방법을 발견하기 이전의 실험 과정에서 어떤 것들은 소진된다 해도, 우리는 개의치 않습니다. 우리는 기꺼이 그 받침대가 되려고 합니다. 우리가 관심을 두는 것은 다리 그 자체이지, 그 안에서 우리가 차지할 자리가 아닙니다. 오직 이것이 우리의 목적이라는 점을 끝까지 기억에 담아 둘 수 있을 거라고 믿습니다."(옥타비아 힐이 N. 시니어 부인에게 보낸 편지, 1874년 9월 20일. C. 에드먼드 모리스, 『옥타비아 힐의 생애』, 307~308쪽.)

옥타비아 힐(1838~1912)은 "가난한 사람을 위한 더 나은 숙소와 대중을 위한 열린 공간을 확보"하기 위한 운동을 창시했다. "'옥타비아 힐 시스템'은 (암스테르담의) 도시 전체 확장 계획에서 채택되었다. 1928년 1월에 28,648채 이상의 숙소가 지어졌다."(『옥타비아 힐』, 에밀리 S. 모리스가 편집한 서한집, 10~11쪽)

36) 오랜 옛날부터 1914년 명예로운 모니카 그렌펠이 하녀를 동반하고 부상당한 군인들을 간호하러 갔을 때까지 하녀는 영국 상류층의 생활에서 대단히 중요한 역할을 해 왔기 때문에, 하녀의 봉사를 어느 정도 인식할 필요가 있다. 하녀의 임무는 특이한 것이었다. 그녀는 "몇몇 클럽 회원들이 창가에서 안주인을 바라볼지도 모를" 피커딜리에서 안주인을 호위해야 했다. 하지만 "악인들이 도처에 도사리고 있었던" 화이

트채플에는 동반할 필요가 없다고 여겨졌다. 그러나 의심의 여지없이 그녀의 일과는 고되기 그지없었다. 엘리자베스 배럿의 사생활에서 윌슨이 맡은 역할은 그 유명한 편지들을 읽은 독자들에게 잘 알려져 있다. 19세기 후반(1889~1892년경) 거트루드 벨은 "자신의 하녀 리지와 함께 그림 전시회에 갔다. 만찬 파티가 끝나면 데리러 오는 것도 리지였다. 그녀는 리지와 함께 메리 톨벗이 일하고 있던 화이트채플의 복지 사업관을 보러 갔다……"(『거트루드 벨의 초기 편지』, 레이디 리치먼드 편집) 외투를 벗어 두는 방에서 오랜 시간을 기다리고, 넓은 화랑에서 힘들게 걸어 다녔으며, 무거운 발걸음으로 웨스트엔드 포장도로를 따라 몇 마일을 다녔다는 것을 생각해 보면, 비록 리지의 나날이 이제 거의 끝나가기는 하지만 당시 그것은 무척 고된 하루하루였으리라고 결론을 내릴 수 있다. 그녀가 디도와 고린도인에게 보낸 성 바울로의 편지에서 진술된 명령들을 실천에 옮기고 있다고 생각하며 정신적 의지를 발견했기를 희망하자. 또한 그녀가 안주인의 몸을 훼손되지 않은 상태로 주인에게 넘겨주기 위해 최선을 다한다고 생각하며 위안을 얻었기를 바라자. 그렇다고는 하더라도, 육체의 나약함 때문에 지친 몸으로 바퀴벌레가 득실거리는 어두운 지하실에서 때로 그녀는 몹시 신랄하게 비난했을 것이다. 한편으로는 순결을 옹호한 성 바울로와, 다른 한편으로는 정욕을 해결하려는 피커딜리의 신사들을 말이다. 하녀들의 생애에 대한 기록을 『영국 인명사전』에서는 전혀 찾아볼 수 없기에 더욱 충실하게 문서화된 기록을 구성할 수 없다는 점이 무척 유감이다.

37) 『거트루드 벨의 초기 편지』, 레이디 리치먼드 수집 및 편집, 217~218쪽.

38) 몸과 마음의 순결의 문제는 더없이 흥미롭고 복잡한 문제이다. 빅토리아조, 에드워드조, 조지 5세 시대인들의 순결 개념은 더 멀리 갈 것도 없이 성 바울로의 말에 기반을 두고 있었다. 그 말의 의미를 이해하기 위해서 우리는 성 바울로의 심리와 그가 처했던 환경을 이해해야 한다. 그의 행적이 종종 불명료하고 전기적 자료가 부족하다는 사실을 감안하면, 그것은 쉬운 일이 아니다. 내재적 증거를 살펴보면 그는 시인이고 예언자였지만 논리력이 부족하고, 심리학적 훈련이 결여되어 있었던 것이 분명하다. 현대인이라면 시적, 예언적 능력을 거의 갖추지 못한 사람이라 하더라도 그런 훈련으로 말미암아 자신의 개인적 감정

을 세밀히 검토하기 마련이다. 그러므로 여성 순결론의 바탕이 되었던 베일에 관한 그의 유명한 견해는 여러 각도에서 비판받을 수 있다. 고린도인들에게 보낸 편지에서 여성이 기도를 하거나 예언할 때 베일을 써야 한다는 그의 주장은, 베일을 쓰지 않은 것은 "여성이 머리카락을 밀어 버린 것과 마찬가지"라는 가정에 기반을 두고 있다. 그 가정을 인정한다 하더라도, 우리는 머리를 밀어 버리는 것이 어떤 점에서 수치스러운가 하는 물음을 계속 제기할 수 있다. 성 바울로는 이런 의문에 답하지 않고, "남성은 머리에 베일을 써서는 안 된다. 남성은 바로 신의 이미지이며 신의 영광을 드러내기 때문이다."라고 주장한다. 이 말에서 유추해 보면, 그릇된 것은 머리를 밀어 버리는 것 그 자체가 아니다. 바로 여성이라는 것과 머리를 밀어 버리는 것이다. 그것이 여성에게 그릇된 이유는 "여성은 남성의 영광을 드러내기 때문이다." 만약 성 바울로가 여성들의 긴 머리 모양새를 좋아한다고 말했더라면, 우리들 가운데 많은 사람들은 그의 말에 동의하고, 그가 그렇게 말했기 때문에 그를 더 좋게 평가했을 것이다. 그러나 다음의 언급에서 드러나듯이 그는 다른 이유들을 더 선호할 만한 것으로 여겼다. "남성이 여성에게서 태어난 것이 아니라, 여성이 남성에게서 태어났기 때문이다. 또한 남성이 여성을 위해 창조된 것이 아니라, 여성이 남성을 위해 창조되었기 때문이다. 이러한 이유로 해서 천사들 때문에 여성은 머리에 권위의 표시를 얹어야 한다." 천사들이 긴 머리에 대해 어떤 견해를 가지고 있었는지 우리로서는 알 도리가 없다. 성 바울로 자신도 천사들의 지지에 대해서는 의심스러웠던 모양이다. 그렇지 않았더라면 그는 그 흔한 공범인 자연을 끌어들일 필요성을 느끼지 않았을 것이다. "자연 그 자체도 남성이 머리가 길면 그것을 불명예라고 가르치지 않는가? 그러나 여성이 긴 머리를 가지고 있다면, 그것은 그녀에게 영광이다. 그녀의 머리카락은 그녀에게 덮개로 주어졌기 때문이다. 그러나 혹시 어떤 남성이 반론을 제기한다 하더라도, 우리에게는 남성이 머리를 기르는 관습이 없으며, 하느님의 교회도 마찬가지다." 자연의 주장은 수정의 여지가 있는 듯하다. 특히 자연이 금전적 이득과 결부될 때는 자연을 신성한 근원으로 간주할 수 없기 때문이다. 그의 주장의 근거는 이리저리 바뀌지만, 그 결론은 확고하다. "여성이 교회에서 침묵을 지키게 하라. 그들이 말하는 행위는 허용되지 않기 때문이다. 법이 명하듯이 그들을 종속 상태에 머물게 하라." 이처럼 익숙하지만 언제나 수상쩍은 공범 삼위일체 즉 천사와 자연과 법에 호소한 다음, 성 바울로는 우리 앞에 아련히 그러나 의심의 여지없이 내비치고 있던 결론에 도달한다. "만약 그들이 무언가를 배우고 싶다면 집에서 그들의 남편에게 묻도록 하라. 여성이 교회에서 말하는 것은 수치스러운 일이기 때문이다." 순결과 밀접하게 관련된 그 '수치'의 성격은, 그 편지가 진행되면서 여러 가지가 혼합된 상당히 불순한 것으로 변모했다. 그것은 명백히 성적이고 개인적인 편견으로 이루어졌기 때문이다. 분명 성 바울로는 독신자(그와 리디아의 관계에 대해서는 르낭이 쓴 『성 바울로』의 149쪽을 보자. "그럼에도 불구하고, 성 바울로가 이 수녀와 더욱 내밀한 관계를 맺었다는 것이 전적으로 불가능한 일일까? 아무도 그것을 단언할 수 없을 것이다.")였고, 많은 독신 남성들이 그렇듯 여성에 대한 의구심을 품고 있었다. 그뿐 아니라 많은 시인들이 그렇듯 시인으로서 그는 남들의 예언을 듣기보다는 스스로 예언하는 쪽을 선호했다. 또한 그는 현재 독일에서 흔히 찾아볼 수 있는 사내다운 유형 혹은 지배적 유형―그들의 만족을 위해서 종속된 인종이나 종속된 성이 반드시 필요한―의 인물이었다. 그렇다면 성 바울로가 정의한 바 순결이란, 긴 머리카락에 대한 사랑, 정복에 대한 사랑, 청중에 대한 사랑, 법을 제정하는 행위에 대한 사랑에 기반을 두고 있으며, 무의식적으로는 여성의 마음과 몸을 한 남성, 오로지 한 남성이 사용하도록 보존하기를 바라는 아주 강렬하고 자연스러운 욕망에 근거한 복합적인 개념으로 보인다. 그러한 개념이 천사, 자연, 법, 관습과 교회에 의해서 지지되고, 그것을 실행하려는 강력한 개인적 이해관계와 경제적 수단을 가진 성에 의해서 강요되었을 때, 그것은 확실한 영향력을 획득했다. 성 바울로부터 거트루드 벨에 이르기까지 역사의 어느 장을 펼치더라도 그것의 유령 같은 흰 손가락들이 장악하고 있음을 볼 수 있다. 여성이 의학을 공부하거나, 누드를 보고 그림을 그리거나, 셰익스피어를 읽거나, 오케스트라에서 연주하거나, 본드가를 혼자 걸어 다니려 할 때, 그녀를 가로막는 것은 순결에 대한 호소였다. 1848년에 한 정원사의 딸들이 2인승 이륜마차를 타고 리전트가를 달린 것은 "용서할 수 없는 파격"이었다.(바이올릿 마컴, 『팩스턴과 독신 공작』, 288쪽) 만약 마차의 휘장이 열려 있었다면, 그 파격은 범죄가 되었으며 그 범죄의 경중은 신학자들이 결정할 문제였다. 금세기 초에 한 제철업자(오늘날 가장 중요하고 명예로운 계층이라고 일컬어지는 부류를 모욕하지 않기로 하자.)인 휴 벨 경의 딸은 "27세가 되어 결혼할 때까지 한번도 피커딜리를 혼자 걸어 본 적이 없었다. …… 물론, 거트루드는 그런 일은 꿈에서조차 생각하지 않았을 것이다……." 웨스트엔드는 악에 물든 지역이었다. "금기시되는 대상은 자기 자신의 계층이었다……."(『거트루드 벨의 초기 편지』, 엘서 리치먼드 수집 및 편집, 217~218쪽) 그러나 순결관은 복합적이고 일관성이 없는 개념이었으므로, 베일을 써야 했고 남성이나 하녀를 동반해야 피커딜리에 갈 수 있었던 소녀가 그 당시 악과 질병의 온상이었던 화이트채플이나 세븐 다이얼스에는 부모의 동의만 있으면 혼자 갈 수 있었다. 이런 기이한 현상에 대한 논평이 전혀 없었던 것은 아니다. 찰스 킹즐리는 소년 시절에 이와 같이 외쳤다. "……그 소녀들의 머릿속은 학교와 교구 방문과 아기 옷과 싸구려 클럽으로 가득 차 있었다. 맙소사! 그 소녀들은 가난한 이들을 방문하고 그들에게 성경을 읽어 주기 위해서 가장 더럽고 비참하며 불경스러운, 가장 혐오스러운 곳들을 돌아다녔다. 어머니께서는 그 소녀들이 다니는 곳이 소녀들이 보기에 적합하지 않으며 그런 곳이 존재한다는 사실도 알아서는 안 된다고 말씀하신다."(마거릿 패런드 소프, 『찰스 킹즐리』, 12쪽) 하지만 킹즐리 부인은 예외적인 존재였다. 교육받은 남성의 딸들 대부분은 그런 '혐오스러운 곳들'을 보았으며 그런 곳이 존재한다는 것을 알고 있었다. 그들은 알고 있는 것을 숨겼을 수도 있다. 여기서 그 은폐가 심리적으로 어떤 영향을 미쳤는지를 탐구하기란 불가능하다. 그러나 그 순결관이 진정에서 우러나왔건 강요되었건, 선하건 나쁘건 상관없이 막강한 힘을 가지고 있었다는 것은 확실하다. 심지어 오늘날에도 어떤 여성이 남편이 아닌 다른 남성과 교제를 하려면 그 이전에 성 바울로의 유령과 대단히 치열한 심리적 전투를 치르지 않으면 안 될 것이다. 순결을 옹호하기 위해서 그 위반자에게 강력한 사회적 낙인을 찍었을 뿐 아니라, 최대의 순결을 강요하기 위한 방안으로 서출자 법령을 만들어 재정적 압박까지 가했던 것이다. 여성이 1918년에 투표권을 얻을 때까지 "1872년의 서출자 법령으로 부친이 아무리 부유하다 하더라도 그의 서출 자식을 부양하기 위해 지불할 수 있는 최대 금액은 주당 5실링으로 정해져 있었다."(M. G. 포셋과 E. M. 터너, 『조세핀 버틀러』, 주석, 101쪽) 성 바울로와 그의 많은 제자들이 현대 과학에 의해서 그 정체를 드러내게 되었으므로, 순결 관은 상당한 변화를 겪었다. 하지만 양성 모두에게 있어서 어느 정도 의 순결을 옹호하려는 반작용이 있다고 논의된다. 이는 부분적으로는 경제적인 이유에서 연유한다. 하녀를 이용하여 순결을 보호하는 것은 중상 계층의 가계비에서 돈이 많이 드는 항목이기 때문이다. 업턴 싱 클레어 씨는 순결을 옹호하는 심리학적 주장을 다음과 같이 펼친다. "오늘날 우리는 성적 억압에서 야기되는 정신적 고통에 대한 이야기를 아주 많이 듣는다. 이것이 시대의 분위기다. 따라서 성적 방종에 의해 야기되는 복합적 심리에 대해서는 전혀 듣지 못한다. 그러나 내가 관 찰한 바로는, 언제나 성적 충동을 따르도록 스스로에게 허용한 사람 은 성적 충동을 언제나 억누르는 사람만큼이나 비참하다. 나는 대학 시절의 한 급우를 기억한다. 나는 그에게 말했다. '잠시 멈추고 자네 마음속을 들여다봐야겠다는 생각이 든 적 있나? 자네는 자네에게 가 까이 다가가는 것을 모두 성으로 바꾸어 버리네.' 그는 놀란 듯이 보였 다. 그가 그 점을 전혀 생각해 보지 않았다는 것을 알 수 있었다. 그는 잠시 생각하더니 '자네 말이 옳은 것 같네.'라고 말했다."(업턴 싱클레 어, 『솔직한 회상』, 63쪽) 다음의 일화는 그 점을 보충해 주는 일례이 다. "콜롬비아 대학교의 훌륭한 도서관은 아름다운 물건과 값비싼 조 각품들이 가득한 보고였다. 평소와 같이 탐욕적으로 덤벼들면서 나는 일이 주 안에 르네상스 예술에 대해 배울 수 있는 것을 모두 알아내겠 다고 작정했다. 그러나 나는 무수히 많은 나체들에 압도되었다. 정신이 어질어질해져서 물러나야 했다."(같은 책, 62~63쪽)

39) 여기서 사용된 번역은 리처드 젭 경에 의한 것이다.(『소포클레스, 희곡 들과 미완성 유고들』, 영어 산문으로 비평적 노트와 논평, 번역 첨가.) 어떤 책이든 번역본에 의해서 판단하는 것은 불가능하다. 하지만 번 역문으로 읽는다 하더라도 『안티고네』는 분명 희곡 문학의 위대한 걸 작들 가운데 하나이다. 그럼에도 불구하고, 분명 필요하다면 이 작품 은 반파시스트 선전용으로 사용될 수 있다. 창문을 깨뜨리고 홀로웨 이 감옥에 수감된 팽크허스트 부인이나 에센 지방 광산의 프러시아인 관리의 아내인 포머 부인과 안티고네는 뒤바꾸어도 좋을 것이다. 포머 부인은 이와 같이 말했다. "종교적 갈등으로 인해서 증오의 가시가 사

람들에게 아주 깊숙이 박혔다. 현대의 남성들이 사라질 때가 되었다.' …… 그녀는 체포되었고, 국가와 나치 운동을 모욕하고 비방한 혐의로 재판을 받을 것이다."(《타임스》, 1935년 8월 12일) 안티고네가 지은 범죄는 거의 같은 성질의 것이었고, 그녀도 거의 같은 방식으로 처벌받았다. "하늘에 대한 두려움을 저버리기를 저어했기 때문에 내가 어떤 고통을 겪는지, 누구로부터 고통을 받는지를 보라! …… 내가 천상의 어떤 법을 위반했다는 말인가? 경건함을 따랐기 때문에 불경하다는 멍에를 얻게 되었을 때―불운한 자여, 무엇 때문에 신들을 더 바라보아야 하는가? 어느 누구에게 협력을 호소해야 하는가?"라는 안티고네의 말은 팽크허스트 부인이나 포머 부인 어느 쪽이라도 할 수 있는 말이었고 화제를 불러일으킬 만한 말이다. 반면 "햇빛의 자식들을 지하 세계로 밀어 넣고, 살아 있는 영혼을 잔혹하게 무덤에 가두었으며", "불복종은 최고의 악"이라든가 "도시가 임명한 사람이 누구든지 그 사람의 명령에 복종해야 한다. 사소한 일이든 중대한 일이든, 공정한 것이든 불공정한 것이든 간에."라고 주장한 크레온은 과거의 몇몇 정치가들 및 현재의 히틀러와 무솔리니를 전형적으로 예시한다. 그러나 이 인물들에게 현대의 의상을 끼워 맞추기는 쉽지만, 그들을 계속 그 상태로 유지하기란 어렵다. 그들이 암시하는 것이 너무 많기 때문이다. 막이 내리면 우리는 심지어 크레온에게도 공감할 수 있다는 사실을 주목할 필요가 있다. 선전가들에게는 바람직하지 않은 이러한 결과는 소포클레스가 (심지어 번역본으로 판단해도) 작가로서 갖출 수 있는 온갖 재능을 자유롭게 발휘한다는 사실에서 비롯된 듯하다. 그러므로 정치적 견해를 선전하기 위해서 예술을 이용한다면, 예술가에게 자신의 재능을 잘라 내 좁은 곳에 가두어서 값싸고 조잡한 것을 제공하라고 강요하는 결과가 될 것이다. 문학은 노새가 겪은 것과 동일한 절단으로 고통을 입을 것이며, 그렇게 절단된 노새는 더 이상 말이 될 수 없을 것이다.

40) 안티고네의 다섯 단어는 다음과 같다. *Οὔτοι συνέχθει, ἀλλὰ συμφιλεῖν ἔφυν.* "증오가 아니라 사랑에 가담하는 것이 내 본성이다."(『안티고네』, 523행, 젭) 이 말에 크레온은 다음과 같이 대답한다. "그렇다면 죽은 자들의 세계로 가라. 네가 사랑할 필요가 있다면, 그들을 사랑하라. 내가 살아 있는 한, 어떤 여성도 나를 지배하지 못할 것이다."

41) 심지어는 현재와 같이 심각한 정치적 곤경에 처해 있는 때에도 여성에게 얼마나 많은 비난이 쏟아지고 있는지는 주목할 만하다. 출판 목록에는 연간 평균 세 번 정도 "현대 여성에 대한 빈틈없고 재기발랄하며 도발적인 연구"라는 선전 문구가 등장한다. 그 저자는 보통 문학 박사이고 언제나 남성이다. 선전 광고(《타임스 문학 부록》, 1938년 3월 12일)에는 "이 책은 순진한 남성의 눈이 번쩍 뜨이게 할 것이다."라고 묘사된다. 아마도 이런 사정은 희생양이 필요하다는 사실에서 대체로 그 원인을 찾을 수 있을 것이고, 그 역할은 전통적으로 여성이 짊어져 왔다. (창세기를 보라.) 혹시 오류가 있다 하더라도 일반적으로 타락한 남성성과 결부되는 어떤 특징들이 억제되지 않는다면 여성의 자유가 '실제적으로 말살'될 것이 확실함에도 불구하고, 교육받은 여성이 그런 비판을 수용할 뿐 아니라, 출판 목록을 증거로 놓고 볼 때, 그 비판을 되돌리려고 시도하지 않는 것은 기이한 일이다. 이러한 사실의 원인은 어느 시인의 말대로 우리 모두를 겁쟁이로 만든 빈곤에서 찾을 수 있을 것이다. 반면 "지난 몇 년간 여성들은 굴에 대한 입맛을 발달시켜 왔다."는 《타임스》의 기사(1937년 9월 1일)는 구매력의 증가로 인해서 시간이 지나면 여성의 감각적 기능뿐 아니라 비판적 기능도 발달할 것임을 시사한다.

1) 1936~1937년 사이에 광범위하게 발행된 다양한 성명서와 설문지들을 누군가 체계적인 사람이 수집하였기를 기대한다. 개인들은 정치적 훈련을 전혀 받지 않았음에도 불구하고 그들의 정부와 외국 정부들의 정책 변화를 요구하는 탄원서에 서명하라는 요청을 받았다. 예술가들은 국가, 종교, 도덕과 그들의 적절한 관계를 진술하는 서식을 채워 달라는 요청을 받았다. 작가들은 영어를 문법적으로 사용하며 천박한 표현을 피하겠다는 맹세를 해야 했다. 공상가들은 그들의 꿈을 분석하라는 요청을 받았다. 이를 위한 유인책으로는, 그 결과를 일간지나 주간지에 발표하겠다는 제의가 일반적이었다. 이러한 조사가 정부에 어떤 영향을 미쳤는지를 판단하는 것은 정치가의 일이다. 문학에 있어서는, 작품 생산이 중단되지 않았고 문법은 더 나아지지도 나빠지지도 않은 듯하므로, 그 영향은 대단히 미심쩍다. 그러나 심리학적으로나 사회학적으로 그 조사는 무척 흥미로운 것이다. 아마도 그것은 잉 사제장이 제안한 마음 상태에서 비롯되었을 것이다.(《타임스》에 보도된 '릭먼 가들리 강연', 1937년 11월 23일) "우리의 이해관계를 놓고 볼 때, 우리가 올바른 방향으로 나아가고 있는가? 우리가 지금 하고 있는 대로 계속한다면, 미래의 인간은 우리보다 우수할 것인가 아닌가? …… 사려 깊은 사람들은 우리가 신속히 나아가는 것에 대해 자축하기 전에 어디로 가고 있는지를 알아야 한다고 깨닫게 되었다." 즉 전반적으로 만연한 자기 불만과 '다른 방식으로 살고자 하는' 욕망을 알아야 한다. 이것은 또한 사이렌의 죽음을 간접적으로 지적한다. 숱한 조롱을 받아 온 그 상류층의 귀부인들은 귀족, 부유층, 지식인, 무지한 이들 등에게 집을 개방함으로써 모든 계층에게 그들의 마음과 태도 및 도덕 의식을 보다 개인적으로 어쩌면 유용한 방식으로 주고받을 수 있는 담화의 장소 혹은 '몸을 비빌 자리'를 제공하려고 노력했다. 18세기의 문화와 지적 자유를 고무하는 데 있어서 사이

렌의 역할이 어느 정도 중요한 의미를 지녔던 것으로 역사가들은 평가한다. 우리 시대에도 그녀는 쓸모 있는 존재이다. W. B. 예이츠의 말을 주목하라. "매력적이고 교양 있는 유한계급의 여성들과 — 발자크가 그의 한 헌사에서 '천재들의 최고의 위안'이라고 칭한 바 있는 — 친교를 누릴 수 있을 정도로 그(싱)[19]가 오래 살 수 있기를 얼마나 자주 바랐던가!"(W. B. 예이츠, 『등장인물』, 127쪽) 하지만 레이디 쾬처럼 18세기 전통을 존속시켜 온 레이디 세인트 헬리어는 "2실링 6펜스씩 하는 물떼새의 알, 촉성 재배된 딸기, 만물 아스파라거스, 약병아리는 …… 이제 훌륭한 만찬을 준비하는 사람들에게 거의 필수품으로 여겨진다."(1909)라고 말한다. 그리고 접대할 날이 되면 "무척 지쳐서 …… 7시 30분이 되면 기진맥진했고 8시가 되어 남편과 단둘이 평화롭게 저녁 식탁에 앉아서야 즐거워졌다."(레이디 세인트 헬리어, 『오십 년의 기억』, 3, 5, 182쪽)라는 그녀의 언급을 살펴보면, 그러한 저택의 문이 닫히고 그러한 안주인들이 사라지면서 지식인 계층, 무지한 계층, 귀족, 관료 계층, 부르주아지 등이 (누군가 경제적으로 알뜰하게 그런 사교 모임을 부활시키지 않는다면) 공적인 장소에서 담화를 하지 않을 수 없게 된 이유를 알 수 있다. 그러나 지금 유통되고 있는 수많은 성명서와 설문지를 고려할 때, 설문 조사자의 마음과 동기에 대한 또 다른 설문지나 성명서를 제안하는 것은 어리석은 일이다.

2) "하지만 그는 (1844년) 5월 13일에 퀸스 대학에서 매주 강의를 시작했다. 그것은 킹스 대학의 모리스와 다른 교수들이 기본적으로 여자 가정교사들을 심사하고 훈련하기 위해 일 년 전에 개설한 강의였다. 킹즐리는 여성 고등 교육의 필요에 대한 신념을 가지고 있었기 때문에 이 인기 없는 업무에 기꺼이 참여하려고 했다."(마거릿 패런드 소프, 『찰스 킹즐리』, 65쪽)

3) 앞의 인용문이 보여 주듯이, 프랑스인은 영국인처럼 성명서를 발표하는 데 적극적이다. 프랑스 여성에게 투표권을 허용하지 않고 아직도 여성에게 가혹한 법(거의 중세 시대처럼 가혹한 그 법은 프랜시스 클라크의 『현대 프랑스에서 여성의 지위』에서 찾아볼 수 있다.)을 적용하

---

19) 아일랜드의 극작가.

는 프랑스인이 영국 여성에게 자유와 문화를 수호하도록 도와 달라고 호소하다니 분명 놀라운 일이다.

4) 이 부분에서 리듬 및 음조에 있어 약간 어울리지 않기는 하지만, 엄밀하고 정확하게 표현하자면 '포드투갈산 포도주'라고 써야 할 것이다. 일간 신문에 실린 "만찬 후 특별 연구원 휴게실의 신사들"의 사진(1937)을 보면 "바퀴 달린 손수레 위의 포르투갈산 포도주 병이 식사를 끝내고 난롯가에 앉은 사람들 사이를 누비고 다니며 태양이 도는 방향으로 계속해서 돌아간다." 또 다른 사진은 '스콘' 컵을 어떻게 사용하는지 보여 준다. "이 오랜 옥스퍼드의 관습은 식당에서 특정한 주제를 언급하는 사람에게 맥주 3파인트를 단숨에 들이키는 벌을 주도록 규정하고 있다." 이러한 예만 보아도 용서할 수 없는 어떤 결례를 저지르지 않고 여성이 남자 대학의 일상을 글로 그려내는 것이 불가능함을 충분히 알 수 있다. 유감스럽게도 종종 신사들의 관습이 익살맞은 모방과 조롱의 대상이 되기는 하지만, 여성 소설가들이 그 관습에 대해 아무리 존중심을 가지고 있다 하더라도 심각한 물리적 제약을 받으며 작업한다는 사실을 고려한다면, 신사들은 더욱 관대한 마음으로 받아들일 것이다. 예컨대 케임브리지의 트리니티 대학의 만찬을 묘사하고 싶으면, 여성 소설가는 "집사 부인의 방에 난 구멍을 통해 트리니티 대학에서 열린 만찬에서 일어나는 대화에 귀를 기울여야" 했던 것이다. 1907년에 홀데인 양은 그렇게 만찬을 관찰한 뒤 "그 상황은 전반적으로 중세적이었다."라고 회상했다.(E. 홀데인, 『한 세기에서 다음 세기로』, 235쪽)

5) 휘터커에 따르면, 영국 문학 학술원과 영국 아카데미가 있다. 이 두 단체는 사무실과 직원이 있고 공식적으로 조직되어 있기는 하지만 어떤 권력을 가지고 있는지는 알 수 없다. 휘터커가 이 조직들의 존재를 보증하지 않았더라면, 그 존재조차 알아차리기 힘들 정도이기 때문이다.

6) 분명 18세기에 여성은 대영박물관의 열람실에 들어갈 수 없었다. "처들리 양은 열람실의 입장을 허락해 주기를 간청하고 있습니다. 지금까지 우리를 방문한 유일한 여성은 매콜리 부인이었습니다. 어떤 성가신 사건 때문에 그 부인의 섬세한 감정을 상하게 했던 것을 경께서는 기억하실 겁니다."(「다니엘 레이가 하윅 경에게 보낸 편지, 1768년 10월 22일」, 니콜스, 『18세기의 문학적 일화들』, 1권, 137쪽) 편집자는 각주

에서 이와 같이 덧붙인다. "이것은 매콜리 부인이 있는 자리에서 어떤 신사가 저지른 무례한 언행을 언급한다. 그것의 상세한 내용은 차마 글로 옮길 수 없을 정도다."

7) 『M. O. W. 올리펀트 부인의 자서전과 편지들』, 해리 콕힐 부인이 정리하고 편집함. 올리펀트 부인(1825~1897)은 "두 아들뿐 아니라 상처한 남동생의 아이들의 교육과 부양을 떠맡았으며 언제나 재정난에 허덕이며 살았다……."(『영국 인명사전』)

8) 매콜리의 『영국 역사』(표준판), 3권, 278쪽.

9) 최근까지 《모닝 포스트》의 연극 비평가였던 리틀우드 씨는 1937년 12월 6일 그를 위한 만찬 파티에서 저널리즘의 현재 상황을 묘사했다. 그는 "런던 일간 신문의 칼럼에서 연극 비평을 위한 공간을 좀 더 많이 확보하기 위해 불철주야로 언제나 싸워 왔다. 플리트 거리에서는 11시와 12시 30분 사이에, 그 이전과 이후는 말할 것도 없고, 수천 가지 아름다운 단어들과 사상들이 조직적으로 대량 학살되었다. 신문에 이미 중요한 뉴스들이 가득 찼고 연극에 관한 형편없는 기사를 실을 공간이 없다는 말을 듣게 될 거라고 확신하면서 매일 밤 그 도살장으로 다가서야 하는 게 그의 사십 년 경력에서 최소한 이십 년 동안 그에게 주어진 운명이었다. 다음 날 잠에서 깨어나 한때 훌륭한 비평이었던 글이 난도질당한 유해에 책임지는 것이 그의 행운이었다. …… 그것은 직원들의 잘못도 아니었다. 그들 가운데 어떤 사람은 눈물을 머금고 파란 펜으로 삭제를 표시했다. 진짜 죄인은 연극에 대해 아무것도 모르고 관심을 가지리라 기대할 수도 없는 막대한 대중이었다."(《타임스》, 1937년 12월 6일)

더글러스 제럴드 씨는 신문에서 정치를 다루는 방식을 다음과 같이 묘사한다. "그 짧은 몇 해(1928~1933) 동안에 진실은 플리트 거리에서 달아나 버렸다. 언제나 진실만을 말할 수는 없었다. 결코 그렇게 할 수 없을 것이다. 그러나 최소한 다른 나라에 대해서는 진실을 말할 수 있었다. 1933년경에는 위험을 무릅쓰고 진실을 말했다. 1928년에는 광고주들로부터 직접적인 정치적 압력이 없었다. 오늘날의 그 입력은 직접적일 뿐 아니라 강력하다."

문학 비평도 거의 동일한 상황이며 동일한 이유에서 그러하다. "대중이 신뢰하는 비평가는 존재하지 않는다. 그들이 조금이라도 신뢰하는 것은 다양한 도서 단체들과 각개 신문에서 선정한 도서들이고, 대체로 그들은 영리하다. …… 도서 단체는 솔직히 책 판매자들의 모임이며, 유력한 중앙 일간지들은 그 독자들을 어리둥절하게 만들 수는 없다. 그들은 전반적인 대중의 취향에 맞고 대량 판매의 가능성을 갖춘 책들을 선택해야 한다."(더글러스 제럴드, 『조지 왕조의 모험』, 282~283, 298쪽)

10) 현재 저널리즘의 상황에서 문학 비평이 불만스러울 수밖에 없음이 명백한 반면, 사회 경제 구조와 예술가의 심리 구조를 변화시키지 않고는 어떤 변화도 일어날 수 없음 또한 명백하다. 경제적으로는, 포고 사항을 소리쳐 알리고 다니던 마을의 관원처럼 평론 잡지 기자들이 새로운 책의 출판을 알릴 필요가 있다. "아 네, 네, 네, 이러저러한 책이 출판되었고, 그 주제는 이런 것, 저런 것, 또는 다른 것입니다." 심리학적으로는, 허영심과 '인정'을 받고자 하는 욕망이 예술가들에게 아직도 무척 강하기 때문에, 그들에게서 선전의 기회를 박탈하고 그들에게 계속해서 주어진 칭찬과 비난의 상반된 충격을 끊어 버리는 것은 마치 오스트레일리아에 토끼를 도입하는 것처럼 경솔한 일이다. 그러면 자연의 균형이 와해될 것이고 그 결과는 가히 재앙이라 할 수 있을 것이다. 이 글에서 제시하는 바는 대중적 비평을 철폐하자는 것이 아니라, 의학 전문직의 예에 입각한 새로운 서비스로 그것을 보완하자는 것이다. 평론 잡지 기자들(그들 중 많은 사람들은 진정한 취향과 학식을 지닌 잠재적 비평가들이다.)에서 선발된 비평가 위원단은 의사들처럼 극히 은밀하게 그 작업에 종사할 것이다. 명성이 배제된다면, 현대 비평이 작가들에게 필연적으로 무가치할 수밖에 없었던 원인인 산만함과 원문의 변조가 사라질 것이다. 또한 칭찬하거나 비난하려는 개인적인 이유도 소멸될 것이다. 판매나 허영심도 영향을 받지 않을 것이며, 작가는 대중이나 친구들에게 미칠 영향을 고려하지 않고 비평에 귀 기울일 수 있을 것이다. 비평가 역시 편집자의 삭제나 대중의 취향을 고려하지 않고 비평할 수 있을 것이다. 비평에 대한 끝없는 수요가 입증하듯이 살아 있는 작가에게는 비평이 무척 긴요하고, 비평가의 몸에 신선한 고기가 필요하듯 그의 마음에도 신선한 책들이 필수적이므로, 양자 모두 이득을 얻을 것이다. 심지어 문학도 혜택을 입을 것이다. 현재 대중 비평 체계의 장점은 주로 실리적인 것이다. 그것의 심리

학적 악영향은 키츠와 테니슨에 대한 《쿼털리》의 유명한 두 논평에서 잘 드러난다. 키츠는 깊은 상처를 받았고 "테니슨 그 자신이 받은 영향은 …… 꿰뚫고 들어가 지속적으로 남았다. 그가 처음 취한 행동은 신문에서 즉시 「연인의 이야기」의 게재를 취소하려는 것이었다. …… 그는 영국을 완전히 떠나 외국에서 살려고 생각하게 되었다."(해럴드 니콜슨, 『테니슨』, 118쪽) 처턴 콜린스 씨가 에드먼드 고스 경에게 미친 영향도 거의 마찬가지였다. "그의 자신감은 손상되었고, 그의 개성은 움츠러들었다. …… 모두들 그의 몸부림을 지켜보며 그의 운이 다했다고 여기지 않았던가? …… 그 자신의 감정을 직접 묘사한 바에 의하면, 그는 살아 있는 채로 계속 껍질이 벗겨지는 듯한 느낌이었다."(에반 차터리스, 『에드먼드 고스 경의 생애와 편지』, 196쪽)

11) '벨을 울리고 도망가는 사람.' 이 단어는 말로 상처를 입히고도 발각되지 않기를 바라는 사람들을 규정하기 위해 만들어졌다. 많은 자질들의 가치가 변화되고 있는 전환기에는 새로운 가치를 표현하기 위한 새로운 단어들이 절실히 필요하다. 예를 들어 외국에서 제공되는 증거로 판단하건대, 잔인함과 폭정의 심각한 혼란상을 초래하는 원인인 허영심은 아직도 하찮은 것을 연상시키는 명칭으로 그 본래의 의미를 감추고 있다. 『옥스퍼드 영어 사전』에 부록을 붙일 필요가 있다.

12) B. A. 클리프, 『앤 J. 클러프의 회상록』, 38, 67쪽. 윌리엄 워즈워스의 「참새 둥지」

13) 19세기에 교육받은 남성의 딸들은 당시 그들에게 개방된 유일한 방식으로 노동 계층을 위하여 대단히 귀중한 작업을 했다. 그러나 그들 가운데 적어도 몇몇은 값비싼 교육을 받았으므로, 그 몇몇은 자신의 계층에 남아서 다분히 향상될 필요가 있는 그 계층을 향상시키도록 그 계층의 방법을 사용하여 일하는 편이 더욱 효과적이라고 주장할 수 있다. 한편, 만약 교육받은 자가 (종종 그런 일이 일어나듯이) 교육으로 구입한 자질들—이성, 관용, 지식—을 거부하고 노동 계층에 속하는 체하며 노동 계층의 대의명분을 채택한다면, 그들은 결국 그 명분을 교육받은 계층의 놀림거리로 만들어 버릴 것이고 자신의 계층을 향상시키는 데 아무런 역할도 하지 못할 것이다. 그러나 교육받은 사람들이 노동 계층에 대해서 많은 책을 집필하는 것으로 보아, 오늘날 노동 계층의 명분을 채택함으로써 얻는 심리적 안도감과 노동 계층이

주는 매력은 이십 년 전 귀족 계층의 매력만큼이나 중산층에게 저항할 수 없는 것으로 여겨지는 듯하다. (『잃어버린 시간을 찾아서』를 보라.) 반면, 중산층의 자산을 희생하지 않고 노동 계층의 경험도 공유하지 않으면서 노동 계층의 대의명분을 채택하는 교육받은 계층의 한량들, 플레이보이와 플레이걸들에 대해서 노동 계층 출신의 남성과 여성이 어떻게 생각하는지 알 수 있다면 흥미로울 것이다. 영국 상업용 휘발유 조합의 가정용 판매 국장인 머피 부인에 따르면 "보통 가정주부는 연간 1에이커에 해당되는 설거지를 하고, 1마일에 달하는 유리컵을 닦고 3마일에 달하는 빨래를 하며 5마일 정도의 바닥을 걸레질한다."(《데일리 텔레그래프》, 1937년 9월 29일) 노동 계층의 생활을 보다 상세히 기록한 것으로는 여성 노동 협회에서 만들고 마거릿 루엘린 데이비스가 편집한 『우리가 아는 대로의 삶』을 보라. 『조지프 라이트의 생애』 또한 노동 계층의 삶을 친(親)프롤레타리아적 시각을 통해서가 아니라 직접적으로 제시한 놀라운 기록이다.

14) "육군 회의 결과 여성 부대를 위한 신병 모집을 개시할 의도가 없다고 어제 육군성에서 발표했다."(《타임스》, 1937년 10월 22일) 이것은 양성 간의 가장 근본적인 차별을 드러낸다. 여성에게는 평화주의가 강요되고 있지만, 남성에게는 아직도 선택의 자유가 주어지는 것이다.

15) 하지만 다음 인용문은 싸움의 본능이 인정받을 경우 쉽게 발달한다는 사실을 보여 준다. "눈구멍이 푹 꺼진 날카로운 얼굴을 한 그 여전사는 자기 분대의 선두에서 몸을 꼿꼿이 세운 채 말을 타고 있었다. …… 영국 의원 다섯 명은 미지의 '야수' 종을 볼 때처럼 찬탄과 약간 들뜬 경탄을 느끼며 이 여성을 바라본다. …… '아말리아, 더 가까이 와라.' 그 대장이 명령한다. 그녀가 우리 쪽으로 말을 몰고 와 그의 대장에게 칼을 들어 경례한다. '몇 살인가?' '서른여섯입니다.' '어디서 태어났는가?' '그라나다입니다.' '왜 군대에 들어왔는가?' '내 두 딸은 여자 민병이었습니다. 작은딸이 알토 드 레온에서 살해되었습니다. 나는 내 딸을 대신하여 복수를 해야 했습니다.' '딸의 복수를 위해서 적을 얼마나 죽였는가?' '대장께서 아시듯이, 다섯 명입니다. 여섯 번째는 확실하지 않습니다.' '하지만 너는 그의 말을 빼앗았지.' 그 여전사 아말리아는 반짝이는 얼룩무늬의 훌륭한 회색 말을 타고 있으며 그 말은 거리 행진에 나온 말처럼 돋보인다. …… 남자 다섯을 죽였지만 여

섯 번째에 대해서는 확신하지 못하는 이 여성은 하원 특사들에게 스페인 전쟁을 훌륭하게 소개한 사람이었다."(『마드리드의 순교』, 「미편집의 증언들」, 루이 델라프레, 마드리드, 1937, 34~36쪽)

16) 한 가지 증거로, 1870년부터 1918년까지 국회의 여러 회기 동안 투표권 법안에 반대하기 위하여 다양한 각료들이 제시한 이유들을 명료하게 밝혀 볼 수 있다. 올리버 스트레이치 부인은 이 부분에 탁월한 노력을 기울였다.(그녀의 『대의명분』에서 '정치의 사기성'에 관한 장을 보라.)

17) "우리는 1935년 이후에야 여성의 시민적 위상과 정치적 위상을 국제 연맹에 보고하게 되었다." 아내이자 어머니이며 가정주부로서 여성의 위상에 관해 제출된 보고서에서, "(영국을 포함한) 여러 나라에서 여성의 경제적 지위는 불안정하다는 유감스러운 사실이 확인되었다. 여성은 수행해야 할 명확한 임무들이 있음에도 불구하고 급료나 임금을 받을 자격은 없다. 영국의 여성은 남편과 아이들에게 전 생애를 바치고 남편이 아무리 부유하더라도 남편의 사망 시 빈곤한 상태로 남을 수 있으며 법적인 보상을 받지 못한다. 우리는 법 제정을 통하여 이런 상황을 바꾸어야 한다……"(린다 P. 리틀존, 《리스너》에 기고, 1937년 11월 10일)

18) 여성의 임무에 대한 이 특별한 정의는 이탈리아가 아니라 독일의 원전에서 유래한다. 이러한 정의들이 대단히 많지만 모두 무척 유사하기 때문에 각각 개별적으로 확인할 필요는 없는 듯하다. 그런데 그것들을 영국의 원전에서 끌어낸 정의로 요약하는 일은 신기할 정도로 용이하다. 예컨대 거하디 씨는 다음과 같이 기술한다. "지금까지 한 번도 나는 여성 작가들을 진지한 동료 예술가로 간주하는 실수를 저지른 적이 없다. 나는 그들을 그저 정신적인 원조자로 여긴다. 그들은 예술을 감상할 수 있는 민감한 능력을 갖추고 있어서, 천재성으로 고통 받는 우리 몇몇이 자신의 십자가를 지고 품위 있게 견디어 나가도록 도와줄 것이다. 그러므로 그들의 진정한 역할은 우리가 피를 흘리는 동안 우리에게 거즈를 대주고 우리의 이마를 식혀 주는 것이다. 실제로 그들의 공감적 이해력을 보다 낭만적으로 이용할 수 있다면, 그 점에 있어서 그들을 얼마나 소중하게 여길 것인가!"(윌리엄 거하디, 『여러 언어에 통달한 한 인간의 회상록』, 320~321쪽) 여성의 역할에 대한 이러

한 개념은 위에서 인용된 것과 거의 정확하게 일치한다.

19) 정확히 말하면, "독일 정부의 상징인 독수리 모양의 커다란 은 배지를 …… 과학자들과 다른 뛰어난 민간인들에게 포상하기 위해서 만들도록 힌덴부르크 대통령이 명령했다. …… 그것은 몸에 달 수 없었으므로 보통 수령인의 책상 위에 장식되었다."(일간 신문, 1936년 4월 21일)

20) "사무직 여성이 빵이나 샌드위치 하나로 점심 식사를 때우는 것은 흔히 볼 수 있는 일이다. 이것이 그들의 선택에 의한 것이라는 설도 있지만 …… 사실은 그들이 제대로 식사를 할 형편이 되지 못하기 때문이다."(레이 스트레이치, 『여성의 경력과 취업』, 74쪽) E. 터너 양의 말을 비교해 보라. "……많은 사무직원들은 자신이 왜 이전처럼 매끄럽게 일을 처리해 나갈 수 없는지에 대해 의아하게 생각했다. 하급 타이피스트들이 점심으로 사과 한 알과 샌드위치 한 조각밖에 싸 올 수 없었기 때문에 오후에는 기진맥진한 상태라는 사실이 밝혀졌다. 고용주들은 물가 인상을 급료 인상으로 해결해야 한다."(《타임스》, 1938년 3월 28일)

21) 울리치 시장 부인(캐스린 란스)이 바자회에서 한 연설, 《이브닝 스탠더드》에 보도됨, 1937년 12월 20일.

22) E. R. 클라크, 《타임스》, 1937년 9월 24일.

23) 《데일리 헤럴드》, 1936년 8월 15일.

24) 캐넌 F. R. 배리, 옥스퍼드의 성공회 그룹이 마련한 회담에서의 연설, 《타임스》에 보도됨, 1933년 1월 10일.

25) 『여성의 성직. 대주교 위원회의 보고서』, 7장, 「중등학교와 대학교」, 65쪽.

26) "아일워스의 그린 학교 여교장인 카루더스 양은 조직화된 종교가 운영되는 방식에 대해서, 나이 든 여학생들 사이에 '대단히 진지한 불만'이 있다고 말했다. 또한 '어떻게 된 일인지 교회는 젊은이들의 정신적 욕구를 충족시켜 주지 못하는 듯하고, 그것은 어느 교회에서나 흔히 볼 수 있는 실책이다.'라고 그녀는 말했다."(《선데이 타임스》, 1937년 11월 21일)

27) G. L. 프레스티지, D.D., 『찰스 고어의 생애』, 353쪽.

28) 『여성의 성직. 대주교 위원회의 보고서』 곳곳에서 참고하였다.

29) 예언의 재능과 시적 재능이 원래 동일한 것이었든 아니든 간에, 몇 세

기에 걸쳐서 이러한 재능과 전문직 사이에는 구분이 이루어졌다. 그러나 시인의 작품인 「아가」가 신성한 저서에 포함되어 있고, 전도사들의 시와 소설, 예언자들의 저서가 세속 문학에 속한다는 사실은 그 구분이 다소 뒤죽박죽임을 보여 준다. 영문학을 사랑하는 사람들은 셰익스피어가 후세에 태어난 나머지 교회에 의해서 성인으로 추앙될 수 없었다는 사실에 대해 아무리 고맙게 생각해도 충분치 않을 것이다. 그의 희곡들이 신성한 책으로 분류되었다면, 그것들은 구약 성서 및 신약 성서와 동일한 대접을 받았을 것이다. 그러면 일요일마다 목사님의 입에서 어떤 때는 『햄릿』의 독백을, 때로는 졸음에 거운 보고자의 펜에서 흘러나온 엉터리 문단을, 때로는 음탕한 노래를, 때로는 『안토니와 클레오파트라』에 나오는 문단의 반쪽을 틈틈이 조금씩 얻어들어야 했을 것이다. 영국 국교회의 예배 중에 구약 성서와 신약 성서가 조각조각으로 나누어져 찬송가와 더불어 군데군데 삽입되는 것처럼 말이다. 그러면 셰익스피어의 작품도 성서 못지않게 읽을 수 없을 지경이 되었을 것이다. 하지만 어린 시절부터 매주 그처럼 조각난 성서를 듣도록 강요받지 않은 사람들은 성서가 더없이 흥미로운 작품이며 대단히 아름답고 심오한 의미를 가지고 있다고 주장한다.

30) 『여성의 성직』, 부록 I.「심리학적, 생리학적 고찰」, 그렌스테드 교수, D.D., 79~87쪽.

31) "현재 기혼 성직자가 '모든 세속적 근심과 노력을 버리고 제쳐두라는' 성직 수임의 요구 조건을 충족시킬 수 있는 것은 대체로 그의 아내가 집안일과 가족 부양을 떠맡을 수 있기 때문이다……."(『여성의 성직』, 32쪽)
여기서 위원회는 흔히 독재자들이 진술하고 인정하는 원칙을 진술하고 인정하고 있는 셈이다. 히틀러와 무솔리니는 둘 다 종종 비슷한 용어로 "국가의 삶에는 두 가지 세계가 있다. 남성의 세계와 여성의 세계다."라는 견해를 피력했으며 더 나아가 의무들도 대략 동일하게 정의했다. 이러한 구별이 여성에게 미친 영향, 즉 사소하고 개인적인 것에 대한 여성의 관심, 현실적인 일에의 몰두, 겉으로 보기에 시석이고 모험적인 일에 있어서의 무능함―이러한 것들이 대단히 많은 소설들의 기본 소재였으며, 수많은 풍자의 대상이었고, 자연의 법칙에 따라 여성은 남성보다 덜 정신적이라는 무수한 이론들을 이론가들에게 확인시켜 주었기에, 여성이 자진해서건 아니건 간에 그 약정의 자기 몫을 수행해 왔다는 사실을 입증하기 위해서는 더 이상의 말이 필요치 않을 것이다. 그러나 이 의무의 구별이 "모든 세속적 근심과 노력을 버릴" 수 있었던 사람들에게 미친 지적, 정신적 영향에 대해서는 아직 거의 관심이 기울여지지 않았다. 하지만 이 차별의 결과로 고도로 정교한 현대 전쟁의 도구와 방법, 놀라우리만치 복잡한 신학, 그리스어와 라틴어 심지어 영어 원전의 밑에 달린 방대한 양의 주석, 평범한 가구와 도자기들의 무수한 조각과 무늬 및 불필요한 장식들, 『더브렛』과 『버크』의 무수한 대조가 산출되었으며, 대단히 독창적이기는 하지만 전혀 무의미한 이 모든 우여곡절들은 "집안일과 가족을 돌보는 일"에서 벗어난 지성이 스스로를 얽어맨 결과의 산물이라는 점은 의심할 수 없다. 성직자와 독재자들이 두 세계의 필요성을 강조하는 것은 그것이 그들의 지배에 필수적이라는 사실을 입증하기에 충분하다.

32) 지배의 만족감이 지닌 복합적 성격은 다음 인용문에서 그 증거를 찾을 수 있다. "내 남편은 나에게 자신을 '선생님'이라고 부를 것을 강요한다."라고 한 여성이 어제 브리스틀 경찰청에서 부양비 지급 명령을 신청하며 말했다. "가정의 평화를 위해서 나는 그의 요구에 순종해 왔다."라고 그녀는 덧붙였다. "나는 그의 구두를 닦아야 하고, 그가 면도할 때 면도칼을 가져다주었으며, 그가 나에게 물어볼 때는 즉시 큰 소리로 대답해야 한다." 같은 신문의 같은 호에서 E. F. 플레처 경은 "하원이 독재자들에게 용감히 맞설 것을 촉구"했다고 보도되었다.(《데일리 헤럴드》, 1936년 8월 1일) 이것은 남편과 아내, 하원을 포함한 공동의 의식에 지배하려는 욕망, 평화를 위해 순종해야 할 필요, 그리고 지배에 대한 욕망을 억제할 필요성(이 여러 가지 심리적 갈등은 떠들썩하고 일관성이 없는 현재의 많은 견해들을 설명해 준다.)이 동시에 공존하고 있음을 보여 주는 듯하다. 게다가 교육받은 계층이 느끼는 지배의 쾌감은 부와 사회적, 전문직업적 지위가 부여하는 쾌감과 긴밀히 결부되어 있다는 사실로 인해서 물론 훨씬 더 복잡하다. 그것이 비교적 단순한 쾌감—예컨대 시골길을 산책하는 쾌감—과 다른 점은 소포클레스와 같은 위대한 심리학자들이 지배자들의 내면에서 간파한 조롱에 대한 두려움으로 입증된다. 그 권위자에 따르면, 지배자들은 여성이 던진 조롱이나 도전에 특히 민감하다. 그러므로 이 쾌감의 본

질적 요소는 쾌감 그 자체에서가 아니라 다른 사람들의 감정의 반사에서 유래하는 듯하다. 따라서 그 쾌감은 다른 사람들의 감정의 변화에 의해 영향을 받을 수 있다. 어쩌면 웃음이 지배에 대한 해독제 역할을 할 수 있을지도 모른다.

33) 개스켈 부인, 『샬럿 브론테의 생애』.

34) 마거릿 토드, 『소피아 젝스블레이크의 생애』, 67~72쪽.

35) 여성이 남성에게서 정숙하지 않다는 놀림을 받을 때 특히 모욕적이라고 느끼는 것과 마찬가지로, 남성은 아직도 여성에게서 겁쟁이라고 놀림 받을 때 특히 모욕을 느낀다는 것을 외적인 관찰로도 알 수 있다. 다음 인용문은 이러한 견해를 지지한다. 버나드 쇼는 다음과 같이 쓴다. "나는 여성이 아주 강렬하게 표현하는 용기에 대한 찬탄과 호전적 본능이 전쟁으로 인해서 충족된다는 것을 잊지 않고 있다. …… 영국에서 전쟁이 발발하면 교양 있는 젊은 여성들이 달려 나와 군복을 입지 않은 젊은 남성들에게 흰 깃털을 나눠 준다. 이것은 야만적인 시절부터 내려온 다른 잔존물들처럼 아주 자연스럽다." 그는 계속해서 다음과 같이 지적한다. "옛날에 여성의 생명과 그 자식들의 생명은 배우자의 용기와 살해 능력에 달려 있었다." 전시 내내 대단히 많은 젊은 남성들이 그러한 장식을 달지 않고 사무실에서 일했으며, 코트에 깃털을 달아 준 "교양 있는 젊은 여성"은 그런 일을 하지 않은 여성과 비교할 때 극소수에 불과했으므로, 버나드 쇼의 과장은 오륙십여 개의 깃털(실제 통계치는 구할 수 없다.)이 일으킬 수 있는 엄청난 심리적 파장을 입증하는 증거로 족하다. 이러한 사실은 남성이 아직도 그러한 놀림에 대해 비정상적으로 민감하며, 아직도 용기와 호전성을 남성다움의 최고 속성으로 간주하고 있고, 아직도 남성은 그런 자질을 갖추었다는 찬사를 받고 싶어 하며, 따라서 그런 자질에 대한 조롱은 그 욕구에 비례하는 영향을 미친다는 것을 보여 줄 것이다. 또한 '남성다운 감정'이 경제적 자립과 관련된다는 사실 역시 틀림없는 듯하다. "누이든 정부든 간에 여성을 부양할 수 있음을 공개적으로나 은밀히 자랑스럽게 여기지 않는 남성을 본 적이 없다. 또한 고용주에게 경제적으로 독립적인 처지에서 한 남자에게 경제적으로 의존하는 처지로 바뀌는 것을 명예로운 승진으로 여기지 않는 여성을 본 적이 없다. 이런 문제에 대해서 남성과 여성이 서로 거짓말할 필요가 어디 있겠는가?

우리가 이런 상황을 만든 것도 아닌데."(필립 메이렛, 『A. H. 오리지』, vii) — 이것은 G. K. 체스터턴이 A. H. 오리지의 말로 추정한 흥미로운 진술이다.

36) R. B. 홀데인의 누이인 홀데인 양에 의하면, 1880년대 초반까지 숙녀는 일을 할 수 없었다. "물론 나는 전문직을 갖기 위해 공부할 수 있었더라면 좋았을 것이다. 그러나 그것은 '빵을 벌기 위해 일을 해야 하는' 슬픈 처지가 아니라면 불가능한 생각이었고, 그것은 곧 끔찍한 상태를 의미했다. 심지어 오빠는 랭트리 부인을 보러 다녀온 후에 그런 우울한 사실을 편지로 써 보냈다. '그녀는 숙녀였고 숙녀처럼 행동했어. 그런데 그녀가 그렇게 해야만 하다니 얼마나 슬픈 일이었는지!'"(엘리자베스 홀데인, 『한 세기에서 다음 세기로』, 73~74쪽) 그 세기 초에 해리엇 마티노는 가족이 재산을 잃자 기뻐했다. 그녀가 "점잖은 집안의 체면"을 떨치고 일을 하도록 허용되었기 때문이다.

37) 마거릿 토드, 『소피아 젝스블레이크의 생애』, 69~70쪽.

38) 리 스미스 씨에 대한 기록을 보려면 바버라 스티븐의 『에밀리 데이비스의 생애』를 보라. 바버라 리 스미스는 마담 보디콘이 되었다.

39) 그 학교 개설이 얼마나 유명무실한 것이었는지는 1900년경 왕립 미술원에서 여성들이 실제로 어떠한 상황에서 작업했는지에 대한 다음의 묘사에서 드러난다. "인간이라는 종에 있어 여성은 왜 남성과 같은 혜택을 받지 못하는지 이해하기 힘들다. 왕립 미술원에서 우리 여성들은 매년 시상되는 상과 메달을 받기 위해 남성과 경쟁해야 했다. 우리는 수업료의 절반에 해당하는 교육을 받았으며 연구의 기회는 절반도 되지 않았다. …… 왕립 미술원의 여성 회화실에서는 누드모델이 포즈를 취하도록 허용되지 않았다. …… 남학생들은 낮에는 남녀 누드모델을 두고 작업했을 뿐 아니라 저녁 수업을 받았고 거기서 그들은 왕립 미술원의 방문 강사의 지도를 받으며 인물을 놓고 연구할 수 있었다." 이것은 여학생들에게 "실제로 대단히 불공평하게" 여겨졌다. 콜리어 양은 용기와 사회적 지위를 가지고 있었기에, 여학생은 결혼하기 때문에 그들의 교육에 사용된 돈은 낭비라고 주장한 프랭크 딕시 씨에게 먼저 공개적으로 반발했고 다음엔 레이턴 경에게 반박할 수 있었다. 마침내 중대한 사안의 작은 실마리였던 옷 벗은 모델이 허용되었다. 그러나 "야간 수업의 혜택을 우리는 결코 누리지 못했다……" 그리하여 여

학생들은 돈을 추렴하여 베이커 거리의 사진관을 빌렸다. "위원들이었던 우리는 돈을 모아야 했기에 우리의 식사는 거의 기아 수준으로 떨어졌다."(마거릿 콜리어, 『한 미술가의 생애』, 79~82쪽.) 20세기 노팅엄 미술 학교에서도 동일한 규칙을 적용하고 있었다. "여성은 누드를 보고 그리도록 허용되지 않았다. 남성이 살아 있는 형체를 놓고 작업하면 나는 고미술품실로 들어가야 했다. …… 그 석고상들에 대한 증오심은 지금까지도 나에게 남아 있다. 나는 그 석고 조각에서 어떤 혜택도 받지 못했다."(로라 나이트 부인, 『유화와 메이크업』, 47쪽) 그러나 미술이라는 전문직이 그처럼 명목상 개방된 전문직으로서 유일한 것은 아니었다. 의학 전문직은 '개방'되어 있지만 "……런던 병원에 딸린 학교들은 거의 다 여학생들을 배제했고, 그들의 교육은 주로 런던 의술 학교에서 이루어졌다."(필리파 스트레이치, 『영국 남성의 지위와 관련된 영국 여성의 지위에 대한 비망록』(1935), 26쪽) "케임브리지 대학교의 의과 대학 여학생 몇몇은 그룹을 형성하여 불만을 토로했다."(《이브닝 뉴스》, 1937년 3월 25일) 1922년에 캠던타운의 왕립 수의과 대학에 여성의 입학이 허가되었다. "……그 이후로 그 전문직이 아주 많은 여성을 끌어들인 탓에 최근 여학생 수는 50명으로 제한되었다."(《데일리 텔레그래프》, 1937년 10월 1일)

40)과 41) 스티븐 그윈, 『메리 킹즐리의 생애』, 18, 26쪽. 편지의 한 부분에서 메리 킹즐리는 이와 같이 쓴다. "나는 때로 유용한 존재이다. 하지만 그것이 전부다. 몇 달 전에 한 친구를 방문했을 때 나는 아주 유용한 역할을 했다. 그녀는 나에게 자신의 침실로 올라가서 새 모자를 보라고 청했다. 그 제안으로 나는 깜짝 놀랐는데, 그런 문제에 대한 내 견해를 그녀가 어떻게 생각하는지 알고 있었기 때문이다." "이 편지는 인정받지 못한 연인의 모험담을 마무리하지 않았지만, 그녀가 그를 지붕에서 떨어지게 만들었으며 그 사건을 몹시 재미있어 했다고 나는 확신한다."라고 그윈 씨는 말한다.

42) 안티고네에 따르면, 두 가지 종류의 법, 즉 성문법과 성문화되지 않은 법이 있다. 그리고 드러먼드 부인은 때로 성문법을 어김으로써 그 법을 개선할 필요가 있다고 주장한다. 그러나 19세기에 교육받은 남성의 딸들의 다양한 여러 활동들은 분명 그저 법을 어기는 것에 주안점을 둔 것이 아니었다. 오히려 그 활동들은 성문화되지 않은 법이 무엇인

지를 발견하려는 실험적인 노력이었다. 그것은 본능과 열정, 정신적·신체적 욕망을 통제하는 개인적 법이었다. 그런 법이 존재한다는 것, 그리고 문명화된 인간들이 그 법을 준수한다는 것은 꽤 일반적으로 인정되고 있다. 그러나 그런 법이 '신'에 의해서 규정된 것이 아니라는 점은 이제서야 동의를 얻기 시작하고 있다. 오늘날에는 신이 가부장제에서 유래한 하나의 개념으로서 어떤 단계에서, 그리고 어떤 시대에, 어떤 인종에게만 유효한 개념이라고 대체로 상정된다. 또한 그 법은 자연에 의해 규정된 것이 아니다. 이제 자연은 그 명령에 있어서 대단히 다양하고 대체로 통제될 수 있다고 간주되며, 앞으로의 세대가 계속해서 그들 나름의 이성과 상상력을 바쳐서 새롭게 발견해야 할 대상으로 인식된다. 하지만 이성과 상상력은 어느 정도는 육체의 산물이며, 남성과 여성이라는 두 가지 종류의 육체가 존재하고, 그 두 육체는 근본적으로 다르다는 것이 지난 몇 년간 입증되어 왔으므로, 명백히 그 육체가 인지하고 존중하는 법은 다른 방식으로 해석되어야 한다. 그러므로 줄리언 헉슬리 교수는 다음과 같이 말한다. "……수정되는 순간부터 남성과 여성은 신체의 모든 세포에 있어서 염색체의 수가 다르다. 세상은 전적으로 생소한 존재들로 구성되지만, 지난 십 년간의 연구 결과 이 염색체들이 유전형질을 전달하며 우리의 성격과 자질을 결정하는 요인으로 밝혀졌다." 따라서 "양성에 있어서 지적이고 실제적인 삶의 상부구조는 잠재적으로 동일하다."라는 사실과 "소년과 소녀 들을 위한 중등학교 교과 과정의 차이에 관한 위원회의 최근 교육부 보고서(런던, 1923)는 양성 간의 지적 차이가 일반적으로 상정되는 것보다 훨씬 적다고 인정한다."(줄리언 헉슬리, 『대중 과학에 관한 에세이』, 62~63쪽)라는 사실에도 불구하고, 현재 양성은 차이가 있으며 앞으로도 언제나 그러할 것이라는 점은 명백하다. 만약 양성이 각각 자신의 경우에 어떤 법이 유효한지를 확인하고 각자의 법을 존중할 뿐 아니라 이러한 발견의 결과를 공유할 수 있다면, 각 성은 그 자체의 특성을 희생하지 않고 충실하게 발전시키면서 자질을 향상시킬 수 있을 것이다. 그렇게 되면 한 성이 다른 성을 '지배'해야 한다는 옛 개념은 쓸모없고 아주 불쾌한 것이므로, 어떤 지배 세력이 현실적인 목적을 위해서 어떤 문제를 결정할 필요가 있다면, 강제와 지배라는 혐오스러운 임무를 열등한 비밀 단체에 위탁할 것이다. 현재 범인들의 태형과 처형이 가면을 쓴 존재들에 의해 아주 어둑한 곳에서 자행되듯이 말이다. 하지만 이것은 미래를 예상하는 것이다.

43) 흔히 '그루거'라고 불렸던, 옥스퍼드 대학교 모들린 대학의 평의원, H. W. 그린의 부고에서.《타임스》, 1933년 2월 6일.

44) "1747년에 (미들섹스 병원의) 분기 위원회는 어떤 여성이건 조산원으로의 활동을 금지한다는 원칙하에 분만 환자를 위한 침상 몇 개를 따로 마련하기로 결정했다. 여성의 배제는 전통적인 방식으로서 지속되었다. 후에 가렛 앤더슨 박사가 된 가렛 양은 1861년 수업에 참석할 수 있도록 허가를 받았고 …… 상주 직원들과 함께 병동을 돌아볼 수 있도록 허용되었다. 그러나 학생들이 항의하자 의료직 관리들이 굴복했다. 위원회는 여학생을 위한 장학금을 기부하겠다는 그녀의 제안을 거절했다."(《타임스》, 1935년 5월 17일)

45) "현대 세계에는 진실성이 충분히 입증된 거대한 지식 체계가 있다. …… 그러나 어떤 강력한 감정이 끼어들어 전문가의 판단을 왜곡시키면, 그가 아무리 과학적인 도구를 소유하고 있더라도 그의 판단은 신빙성이 없어진다."(버트런드 러셀, 『과학적 전망』, 17쪽)

46) 하지만 기록 갱신자들 가운데 한 명은 기록을 갱신해야 할 이유를 제시했고 그 이유는 존경을 받지 않을 수 없다. "여성은 남성이 이미 이룬 것을 스스로의 힘으로 이루어야 하며, 때로는 남성이 하지 않은 것도 이루어야 하고, 그렇게 함으로써 스스로를 인격을 갖춘 존재로 확립하고 어쩌면 다른 여성들이 더욱 독자적인 사고와 행동으로 나아가도록 고무할 수 있다고 나는 또한 믿었다. …… 그들이 실패할 때, 그들의 실패는 다른 사람들에게 도전할 만한 과업으로 받아들여져야 한다."(아멜리아 이어하트, 『마지막 비행』, 21, 65쪽)

47) "사실 이 과정(출산)으로 인해 실제로 여성이 일상생활에서 활동할 수 없는 시기는 아주 짧은 기간에 불과하다. 심지어 여섯 명의 자녀가 있는 여성도 출산을 위해 꼭 누워 있어야 하는 시간은 전 생애에 걸쳐 열두 달에 불과하다."(레이 스트레이치, 『여성의 경력과 취업』, 47~48쪽) 하지만 현재 여성의 출산과 수유는 어쩔 수 없이 더 오랜 기간 동안 지속된다. 그 임무가 꼭 여성만의 일이 아니라 부모 양쪽이 공유해야 할 일이라는 과감한 제안이 있었다. 실제로 한 국회의원은 자녀들과 함께 시간을 보내기 위해서 사임하기도 했다.

48) 남성성의 본성과 여성성의 본성에 관한 정의는 종종 이탈리아와 독일의 독재자들에 의해 규정되었다. 양자 모두 싸우는 것은 남성의 본성이며 남성성의 본질이라고 반복하여 주장한다. 예를 들어 히틀러는 "평화주의자의 나라와 남성의 나라"를 구분한다. 여성성의 본성은 군인의 상처를 치료하는 것이라고 양쪽 모두 반복해서 주장한다. 그럼에도 불구하고 남성이 본질적으로 전사라는 오랜 "자연적이고 영원한 법칙"으로부터 남성을 해방시키려는 매우 강력한 움직임이 일어나고 있다. 오늘날 남성들 사이에서 평화주의가 증대되고 있음을 주목하라. "혹시 영구적인 평화가 정착된다면, 그래서 육군과 공군이 존재하지 않게 된다면, 전쟁으로 발달된 남성적 자질의 배출구가 없어질 것이다."라는 넵워스 경의 진술을 동일한 계층 출신의 한 젊은이가 몇 달 전에 진술한 다음 문장과 비교하라. "……소년들이 모두 마음속으로 전쟁을 갈망한다고 말하는 것은 진실이 아니다. 우리에게 칼과 총, 병정들과 제복을 줘서 갖고 놀게 함으로써 전쟁을 가르친 것은 바로 다른 사람들이다."(후버투스 로웬슈타인 공, 『과거의 정복』, 215쪽) 젊은 세대에게 적어도 낡은 남성성의 개념으로부터 해방되어야 할 필요성을 부각시킴으로써 파시스트 국가는 크림 전쟁과 유럽 전쟁이 그들이 누이에게 미친 영향을 남성들에게 미치고 있다고 볼 수도 있다. 하지만 헉슬리 교수는 "유전된 형질을 상당 수준 변화시키려면 수십 년이 아니라 수천 년이 걸리는 문제"라고 경고한다. 다른 한편 과학에서 입증된 바에 의하면 지상에서의 우리의 삶 또한 "수십 년이 아니라 수천 년에 걸친 문제"이므로, 유전형질의 변화는 시도할 만한 가치가 있을 것이다.

49) 하지만 콜리지는 다음 문단에서 아웃사이더들의 관점과 목표를 어느 정도 명확하게 표현한다. "인간은 자유로워야 한다. 그렇지 않다면 무슨 목적으로 그가 본능의 기계가 아닌 이성의 정령으로 만들어졌겠는가? 인간은 복종해야 한다. 그렇지 않다면 그가 무엇 때문에 양심을 가지고 있겠는가? 이 난제를 만들어 내는 능력은 마찬가지로 그 해결책을 내포하고 있다. 그 능력은 완벽한 자유에 봉사한다. 어떤 법칙 또는 법체계가 어떤 다른 봉사를 강요하고, 우리 본성의 품위를 떨어뜨리고, 신적인 것에 저항하여 동물과 연합하고, 우리 내면에서 즐거운 선행의 원칙을 말살하고, 인간성에 대항해서 싸운다 하더라도……. 그

리하여 사회가 적법한 정부 조직하에 존재하고, 합리적인 인간들이 그것에 복종하도록 도덕적이고 진정한 의무를 부과할 수 있다면, 그러한 원칙에 입각하여 다음과 같이 정리할 수 있다. 각 개인은 자신의 이성을 따르며 동시에 조직의 법칙에 복종하고, 국가의 의지를 이행하며 동시에 자신의 이성의 명령을 따르는 것이다. 루소는 완벽한 정부 조직의 문제를 진술하면서 다음과 같은 말로 이 점을 명백히 단언한다. '각 개인이 전체와 결합하지만 오직 스스로에게만 복종하며 이전처럼 자유로운 상태로 존재할 수 있는 사회 형태를 발견하는 것.'"(S. T. 콜리지, 『친우』, 1권, 1818년 판, 333~335쪽)

이 말에 월트 휘트먼의 진술을 덧붙일 수 있다. "평등에 대하여—마치 다른 사람들에게 나와 똑같은 기회와 권리를 준다면 나에게 해라도 된다는 듯—마치 다른 사람들이 나와 동일한 권리를 소유하는 것이나 자신의 권리에 꼭 필요할 일이 아니라는 듯."

마지막으로 반쯤 잊혀진 소설가, 조르주 상드의 말은 고려할 만한 가치가 있다.

"모든 인간의 삶은 서로 상호 의존적이다. 동료 인간들과 자신의 존재를 결부시키지 않고 홀로 자신의 존재를 주장하는 사람은 풀어야 할 수수께끼를 제공할 뿐이다. …… 이런 개인은 그 자체로 의미도, 중요성도 갖지 못한다. 그것이 보편적 삶의 한 부분이 되고 동료 인간들의 개체성과 혼합될 때에만 어떠한 의미든 확보할 수 있다. 그리고 이러한 과정을 통하여 역사의 일부가 되는 것이다."(조르주 상드, 『내 생의 역사』, 240~241쪽)

자유와 권력, 정치와 예술, 남성과 여성에 대한 다각도의 대화

1

1970년대 이후로 여성 문학 비평이 버지니아 울프를 구심점으로 발전하면서 울프와 그녀의 에세이 『자기만의 방(A Room of One's Own)』(1929)은 우리 시대의 문화적 아이콘으로 자리 잡았고 울프의 에세이 제목과 유명한 구절들은 관용적인 표현이 되기도 했다. 예컨대 《자기만의 방》이라는 현대 비평 저널이 출간되었고, '자기만의 삶', '자기만의 목소리', '자기만의 수입', '자기만의 언어', '그 남자만의 비평' 등의 제목이 붙은 비평과 소설이 쏟아져 나왔으며, "클로이는 옥타비아를 좋아했다."라는 유명한 문장은 소설 제목으로, 심지어 록 밴드의 음반 제목으로 사용되기도 했다. 여성 작가들에 대한 최초의 문학사이자 성을 중심으로 문학적 유산을 논의한 최초의 이론서라는 역사적 의의를 넘어서 『자기만의 방』은 여러 페미니즘 비평의 다양한 관심사를 아우르는 여성 문학 비평의 정전(正典)으로 인정되었고 더 나아가 문화적 컬트로 발전되기도 했다.

하지만 어느 시대의 문화적 표상이라도 그렇듯이 버지니아 울프와 그녀의 에세이도 편견과 선입관에서 비롯된 평가로부터 자유로울 수 없었다. 울프에 대한 평가만 보더라도 "빅토리아 시대의 스커트를 두른 게릴라 전사", 가부장제의 희생자, 어린 시절의 성추행을 견디고 살아남은 "성폭력의 희생양", 혹은 특권계층 의식에 철저한 "속물"이라는 등 종잡을 수 없이 다양하다. 이처럼 울프는 평자들의 관점에 따라 여러 각도에서 평가되고 극단적인 비난과 찬사를 동시에 받아 왔으며, 지난 이삼십 년간 양산된 울프에 관한 연구서와 논평들은 지금도 다각도의 논의를 진행하고 있는 상황이다.

이러한 다양한 평가들 가운데 특히 국내에서 가장 쉽게 찾아볼 수 있는 선입견은 울프를 감상적이며 병적인 상상력의 소유자로 간주하는 시각이다. 이러한 편견은 아마도 그녀가 평생에 걸쳐 여러 차례 정신 질환을 앓았고 우울증에 시달렸으며 자살로 생을 마감했다는 전기적 사실에서 비롯되었을 것이다. 그러나 그녀는 심각한 질환을 앓는 동안에도 치열하게 책을 읽고 글을 썼으며, 작가로서 활동한 삼십여 년 동안 20세기 최고의 걸작에 포함되는 두세 편의 소설을 비롯하여 아홉 편의 소설과 많은 평론, 서평, 일기, 편지 등을 썼다. 또한 그녀의 자살은 제2차 세계 대전 중 독일의 영국 침공이 예상되는 가운데 파시즘에 반대하는 주장을 공공연히 펼쳐 왔던 자기 자신과 유태인 남편 레너드 울프(Leonard Woolf)가 체포되어 처형될 거라는 확신에 근거한 것이었고 (실제로 울프 부부의 이름이 나치 블랙리스트에 들어 있었다는 사실이 후에 밝혀졌다.) 다시 정신 이상을 일으킬 경우 회복될 수 없을 거라는 합리적 판단에 따른 것이었다. 이러한 사실뿐 아니라 탁월한 지적 상상력의 소산인 그녀의 작품들을 살펴보면 울프가 감상적인 인물이라는 막연한 편견은 여지없이 무너지고 만다.

또 다른 편견은 울프가 소위 "의식의 흐름"이라 불리는 모더니즘의 창작 기법에 천착하여 개인의 심층 의식을 인상주의적으로 기록한 비정치적 작가이며, 따라서 그녀의 작품에는 외적인 세계와 사회에 대한 문제의식이 희박하다는 생각이다. 그러나 『자기만의 방』과 『3기니(Three Guineas)』(1938)에서 제기된 한 가지 핵심적인 문제가 바로 인간의 외적, 물적 환경이 인간 정신에 어떠한 영향을 미치는가 하는 물음이라는 점을 고려하면 이러한 편견 또한 근거가 없음을 알게 된다. 『자기만의 방』에서 울프는 여성이 작가가 되기 위해서는 돈과 자기만의 방이 필요하다고 역설하고, 『3기니』에서는 빈곤이 여성의 의식에 미친 영향을 상세히 분석하기도 한다. 모더니스트로서 울프는 인간의 의식에 과거와 현재의 무수한 인상들이 집적되어 그 나름의 리얼리티를 형성하고 있음을 그려내지만, 그와 동시에 그 인간의 존재가 역사적이고 정치적인 힘들에 의해 결정된다는 사실을 철저히 의식하고 있었다. 얼핏 보면 한유한 계층 여성의 안이한 의식 세계를 다루고 있는 듯한 『댈러웨이 부인(Mrs. Dalloway)』(1925)에서도 울프가 문제 삼고 있는 것은 1차 세계 대전 이후 전쟁의 상흔으로 피폐해진 인간들과, 효율성을 중시하고 차별주의를 신봉하면서 이들을 벼랑 끝으로 몰아세우는 영국 사회의 가부장적인 체계라고 볼 수 있다.

울프의 여성주의 평론에 대해서는 지적 엘리트 계층 출신인 울프가 여성 일반의 삶에 무지하며 따라서 그녀의 평론은 유한 계층의 헛소리에 불과하다는 편견이 있다. 『3기니』에서 울프는 "교육받은 남성의 딸" 즉 중상류 계층의 여성을 독자로 상정하고 있으며, 따라서 그 부류에 속하지 않는 대다수의 여성을 배제하고 있다는 인상을 주기도 한다. 그러나 두 에세이에서 드러나듯이 울프가 생계 대책이 없는 여성의 지난한 삶을 얼마나 공감적으로 이해하고 있는지 살펴보면, 그녀가 대다수 여성의 삶에 대해 몰이해하다는 비판은 납득하기 어렵다. 울프가 중상류 계층의 여성을 논의의 대상으로 삼은 것은 『3기니』 3장의 열세 번째 미주에서 피력하듯이, 자신의 계층에서 작업하는 것이 가장 효과적일 뿐 아니라 다른 계층 특히 프롤레타리아의 명분이나 이익을 대변하려는 입장이 자칫 지식인들의 허위의식으로 흐를 수 있기 때문이다. 울프를 특권 계층 의식에 안주한 작가로 간주하는 이러한 평가는 종종, 울프의 표현을 빌려 말하자면, 문학 비평 또는 문명 비평에 계급 비평을 끌어들이는 우를 범하기도 한다.

그런데 이러한 편견들로 인해서 울프의 에세이는 숱한 오해와 비판을 불러일으켰으며, 그 결과 출판 이후 사오십 년간 거의 주목을 받지 못했다. 『자기만의 방』이 출판된 1929년 당시 이 에세이에 대한 평가를 보면 "다른 이들의 작품에 대한 유쾌한 잡담"이라든가 "부드럽게 흐르는 산문", "섬세하고 변덕스러운 문체"와 "천부적인 취향" 등 울프의 에세이를 정치적 주장이 아닌 가벼운 문학적 한담으로 치부하는 비평이 일반적이다. 즉 울프를 정치와 사회 문제와는 무관한 여류 작가로 간주한 것이다. 사실 이 에세이가 나오기 이전에 울프는 이미 모더니즘 작가로서 확고한 입지를 구축한 상태였다. 1925년에 출판된 문학 평론집 『일반 독자(The Common Reader)』는 "영어로 쓰인 최고의 비평"이라는 평가를 받았으며, 『제이콥의 방(Jacob's Room)』(1922), 『댈러웨이 부인』, 『등대로 (To the Lighthouse)』(1927), 『올랜도(Orlando)』(1928) 등의 소설은 혁신적인 기법으로 내면 의식을 섬세하게 그려 낸 독창적 작품들이라고 평가되었다. 실험적인 작가로서 울프의 이미지는 『자기만의 방』이 담고 있는 정치적 메시지와 양립하기 어려웠을 것이다. 따라서 당대의 비평가들은 의도적이건 의도적이지 않았건 간에 그러한 메시지를 묵살해 버렸고, 그 메시지에 주목했다 하더라도 이미 여성의 참정권이 보장되었으므로 때늦은 논의라고 평가하거나 보다 온건한 논의와 유려한 문체에 관심을 기울였다.

『자기만의 방』보다 직설적이고 논쟁적인 어조로 가부장제와 파시즘의 관련성을 논의한 『3기니』는 출판 직후 합리적 비판을 넘어서는 저항과 조롱을 불러일으켰으며, 이후의 비평적 논의에서 아예 철저히 도외시되었다. 이 에세이가 "터무니없고" "위험하다"는 Q. D. 리비스(Leavis)의 혹평은 이러한 반응을 대변한다고 볼 수 있다. 당시 파시즘의 등장으로 전운이 감도는 가운데 각광을 받은 작가들은 군국주의적 대응을 주장한 오든(W. H. Auden)과 같은 시인들이었으며, 반전주의자로서의 입장을 고수한 울프와 같은 작가는 쓸모없는 옛 가치를 대변한다고 여겨졌다. 더욱이 2차 세계 대전에 임박하여 호전적 애국심을 고취하려는 분위기가 팽배한 상황에서, 여성에게는 조국이 없다거나 외국의 파시스트들과 영국의 권력자들이 동질적인 인물이라는 울프의 발언은 아마도 일반 독자들이 삼키기 어려운, 목에 걸린 가시와 같았을 것이다. 하지만 그 험악한 시대에 그러한 발언을 할 수 있었다는 사실은 울프의 문명 비판이 얼마나 근본적이고 철저했던가를 드러내는 것이기도 하다.

이러한 여러 가지 이유와 시대적 분위기로 말미암아 1930년대 후반 이후 기울기 시작한 울프의 명성은 2차 세계 대전 이후 영문학 비평계에서 주도적인 지위를 점했던 F. R. 리비스나 그 이후의 레이먼드 윌리엄스(Raymond Williams)의 가치 기준에 따라 더욱 쇠락하게 되었다. 이 비평가들이 중시한 중산층의 도덕의식이나 노동 계층 의식의 발전이라는 척도에서 볼 때 울프가 대변하는 블룸즈버리 그룹은 반동적인 특권 집단이었다. 울프의 소설 기법 실험과 복합적인 언어 사용이 여전히 비평가들의 관심을 끌긴 했지만 그녀는 제임스 조이스와 T. S. 엘리엇과 같은 모더니즘의 거봉들 아래의 이류 작가로 평가되었고, 이러한 평가에서 그녀의 에세이는 그녀의 미학적 관심사를 손상한 오점으로 간주되면서 더욱 주변적인 것으로

잊히게 되었다.

그러나 1970년대에 울프의 '재발견'과 더불어 페미니즘 문학 비평이 등장하면서 울프의 위상은 극적인 변화를 겪게 되었다. 울프는 현재 미국에서 가장 많이 연구되는 작가 중 한 사람이 되었고, 그녀의 작품에 대한 평가도 전적으로 달라졌다. 물론 현대의 페미니스트들 사이에서도 울프의 에세이에 대한 평가가 일치하는 것은 아니라서 울프가 어떤 부류의 페미니즘을 지지하는가, 또 그녀의 생각이 얼마나 진보적인가에 대한 논란은 지금도 계속되고 있다. 일부 비평가들은『자기만의 방』에서 제기된 여성 작가의 문제에 초점을 맞추어 여성 작가와 여성 문학사에 대한 연구를 발전시켰고, 다른 비평가들은 이 에세이에 드러난 가부장제와 자본주의, 문학적, 정치적 저항 방식, 혹은 여성 심리에 대한 통찰과 탁월한 분석에 찬사를 보내기도 했다. 또한 어떤 비평가들은 이 에세이의 정교하고 난해한 서술 방식이 여성의 자기표현, 특히 여성의 분노를 표출하지 못하도록 방해한다고 비판했으며, 울프가 계급 구조와 제국주의를 비판했음에도 불구하고 실은 자신의 계급적 특권과 대영제국의 권력관계를 무의식적으로 수용했다는 비판이 제기되기도 했다. 또 다른 비평가들, 특히 해체주의의 세례를 받은 프랑스 페미니스트들은 울프가 단 하나의 진실이나 특정한 결론을 주장하지 않고 끝없이 의문을 제기한다는 점을 높이 평가하기도 한다.

울프의 에세이가 이처럼 상이한 각도에서 조명되고 다양한 논의를 이끌어낼 수 있다는 점은 그 에세이의 복합적 성격을 반영한다고 볼 수 있을 것이다. 울프의 전기 작가 허마이오니 리(Hermione Lee)의 말을 빌리자면, 셰익스피어의 작품이 그러하듯이 울프의 에세이도 한마디로 정의될 수 없다. 울프의 에세이는 자유와 권력, 정치와 예술, 남성과 여성에 대한 다각도의 대화를 지속적으로 이끌어 내며 새로운 해석을 향해 나아가도록 열려 있는 텍스트인 것이다. 그러므로 여기서 시도하려는 작품 해설은 울프가 제기한 다양한 문제들 가운데 일부에만 초점을 맞추어 조명한 것임은 두말할 나위가 없다.

2

1928년 10월에 울프는 케임브리지 대학교 내의 여자 대학인 거턴과 뉴넘 학생들의 요청을 받고 두 차례에 걸쳐 강연을 했다. 오 년 후인 1932년에 울프가 케임브리지 대학교의 가장 권위 있는 클라크(Clark) 강연 요청을 거절했으면서도 여자 대학에서의 강연을 흔쾌히 수락한 이유는 그 강연을 통하여 여성의 권리를 향상시키려는 의도가 있었기 때문이었다. 한 편지에서 울프는 젊은 여성들이 "몹시 풀이 죽은 듯이 보이기" 때문에 그들의 용기를 북돋워 주고 싶었다고 기술한 바 있다. 그 강연에서 읽은 '여성과 픽션'에 관한 논문과 케임브리지를 방문했던 경험을 바탕으로 울프는 『자기만의 방』을 집필했다.

『자기만의 방』이 출판된 후 울프는 이 에세이의 후편을 구상하면서 『파지터 가족(The Pargiters)』이라는 에세이 소설을 시도했다. 1880년대부터 1930년대에 이르기까지 파지터 가족에 관한 허구적 장(章)과 각 시대별로 여성의 법적, 사회적, 경제적 지위를 상세히 다루는 사실적 장을 교대로 구성하려 했던 이 야심적 기획은 결국 『세월(The Years)』(1937)이라는 소설과 「여성의 전문직」 그리고 『3기니』라는 에세이로 나누어졌다. 「여성의 전문직」은 1931년 '여성 공직을 위한 런던/국립 협회'에서 강연한 내용을 바탕으로 발표한 에세이이다. 여기서 울프는 여성이 문학 전문직에 들어가려 할 때 맞닥뜨릴 가장 큰 장벽은 "집안의 천사"라는 여성성의 이상이며, 그것은 곧 여성에게 자기희생적이고 순결하며 매력적인 천사가 되기를 강요하는 가부장제의 이데올로기라고 주장한다. 이어서 잉크병을 던져 집안의 천사를 죽이는 상징적인 장면을 통해 울프는 수많은 여성 작가들을 질식시켜 온 이 이데올로기에서 과감히 탈피해야 함을 시사한다.

『3기니』는 비교적 잘 알려지지 않은 텍스트이고 이 에세이에서 표명된 급진적인 정치적 입장 때문에 페미니스트 비평가들도 불편함을 드러내곤 했지만, 울프에게는 진지한 노력의 결실이었다. 여성의 사회적, 문화적 역할을 이해하기 위해서 십여 년간 울프는 역사, 회상록, 전기, 이론서, 보고서, 일간 신문 등을 광범위하게 읽으며 부단히 탐구했고, 그 연구의 결과가 바로 이 에세이로 집약된 것이다. 한 편지에서 울프는 이 에세이가 당연히 누군가 했어야 할 발언이며 지금껏 그런 발언이 나오지 않았다는 사실이 이상할 정도라고 기술한 바 있다. 울프의 작품들 가운데 별종 취급을 당하는 『3기니』가 울프 자신에게는 진지한 기획의 산물이었던 것이다.

『자기만의 방』과 『3기니』를 나란히 놓고 보면 무엇보다도 서술 방식의 차이가 눈에 띈다. 우선 『자기만의 방』이 보다 허구적 기법에 의존하여 사회적인 제약이 여성에게 미치는 영향을 암시적이고 인상주의적인 방식으로 제시하고 있다면, 『3기니』는 신문 기사, 사진 및 방대한 주를 동원하여 구체적인 사실을 토대로 가부장제를 분석한다. 이러한 서술 방식의 변화에 대해서는 여러 가지 설명이 가능하겠지만, 그것이 울프가 의도적으로 선택한 전략의 결과라고 설명할 수도 있을 것이다. 당대의 비평이 『자기만의 방』의 정치적 메시지에 대해 '침묵의 공모'를 택하자 울프는 증거와 사실을 제시하고 분석하는 등 소위 남성적 글쓰기 방식으로 논지를 펼치고 있는 것이다. 따라서 『3기니』는 일면 울프답지 않은 글쓰기를 드러내는 것이 사실이지만, 이 에세이의 직설적인 어조는 여기서 다루는 주제들에 대한 작가의 절박한 문제의식을 드러내고 있다고 볼 수 있다.

그러나 『3기니』에서도 울프는 특유의 아이러니컬한 표현들을 도처에 삽입함으로써 자신의 서술 방식에 대한 거리를 유지한다. 예컨대 3장의 31번 미주에서 현대 전쟁의 정교한 기술뿐 아니라 방대한 주석이 달린 과거의 신학서 및 철학서 등은 남성이 가사와 가족 부양의 부담에서 놓여났기 때문에 가능했던 "대단히 독창적이기는 하지만 전혀 무의미한" 업적이라는 논평을 삽입함으로써 남성적 글쓰기를 풍자하며 동시에 자신의 서술 방식에 대해서도 조롱함으로써 비판적 거리를 확보하는 것이다. 또한 반복적인 어구와 이미지를 사용함으로써 리듬감과 의미의 확산을 유도하는 것은 두 에세이에 드러난 공통점이다.

무엇보다도 두 에세이를 연결하는 가장 큰 고리는 울프의 주관심사가 동일하다는 점이다. 다만 『자기만의 방』에서는 매끄럽고 세련된 표면 아래 감추어져 있던 울프의 분노가 『3기니』에서는 좀 더 직설적으로 표현되며 전작에서 개진한 논의들을 더욱 신랄하게 발전시킨다는 차이가 있다. 독일에서는 히틀러가 권력을 잡고 스페인에서는 내란이 일어나며 영국에서는 경기 침체와 대량 실업으로 양극화 현상이 두드러졌던 1930년대의 정치적 분위기에서, 울프는 도처에 산재한 가부장적 체제의 정치적 의미를 더욱 근본적으로 의문시하게 되었을 것이다. 이러한 점에서 이 두 에세이는 나란히 읽어야 한다. 한편에서는 비극적으로 삶을 마감한 천재적 시인 주디스 셰익스피어의 이미지가, 다른 편에서는 여성을 배제한 가부장적 권력과 파시즘이 불가분 연결되어 있다는 분석이 서로를 조명하고 있기 때문이다.

3

『자기만의 방』은 강연 주제인 '여성과 픽션'의 의미에 대한 고찰로 시작한다. 여기서 울프는 '픽션'이라는 개념을 여성이 어떠한 존재인가, 여성이 쓴 픽션, 그리고 여성에 관해 쓰인 픽션으로 분류하고, 이후의 각 장에서 이 세 가지 개념의 역사적 의미를 고찰하며 성과 글쓰기에 관한 사유를 발전시킨다. 하지만 글의 초반부터 울프는 여성이 글을 쓰기 위해서는 돈과 자기만의 방, 즉 독자적인 수입과 독립적인 공간이 필요하다는 결론을 제시하고 있으며, 전체적으로 이 에세이는 그 결론에 이르게 된 사고의 궤적을 구체적으로 드러내 보임으로써 독자들이 상상의 경험에 동참하도록 유도한다.

1장에서 화자가 옥스브리지의 잔디밭에서 내쫓기고 대학 도서관에 들어갈 수 없었던 일화들은, 남자 대학이 여성을 배제해 온 역사적 사실과 대학이 상징하는 특권에서 여성은 철저히 소외되어 왔음을 시사한다. 그 유명한 옥스브리지의 오찬과 펀엄 대학의 저녁 식사에 대한 묘사는, 남자 대학의 풍요와 여자 대학의 빈곤을 대조하면서 양성 사이에 존재하는 물적 토대의 차이와 부의 불공평한 분배를 드러낸다. 『3기니』와 마찬가지로 『자기만의 방』에서도 1장의 주요 화두가 대학의 문제라는 것은 우연이 아닐 것이다. 옥스퍼드나 케임브리지 대학교와 같은 고등교육기관은 중세에 설립된 이후 남성에게 기득권을 보장하는 유일한 통로였으므로, 울프가 제기하고 분석하려는 남성 지배 문화를 집약적으로 예시하기에 적절한 표상이었다. 숱한 투쟁을 치른 후에 거턴(1869)과 뉴넘(1871) 같은 여자 대학이 케임브리지 내에 설립되었지만 성적 차별이 종식된 것은 아니었다. 울프가 이 에세이를 쓰던 당시에도, 여학생들은 강의에 참석할 수 있었지만 학위를 받을 수 없었으며 대학 구성원으로서의 자격도 인정되지 않았다.

2장과 3장에서 화자는 여성이 어떤 존재인가라는 물음에 대한 답을 찾고자 한다. 2장에서 화자는 대영박물관에서 그 답을 찾으려 하지만 그곳에서 발견한 것은 "여성이 아니라는 사실 이외에는 아무런 자격도 없는" 남성들이 여성에 관해 무수히 많은 책을 썼다는 사실이다. 더욱이 놀라운 것은 여성의 열등성을 주장하는 이 저서들에 드러난 분노이다. 기득권을 독점하고 있는 남성들이 분개하고 있다는 놀라운 사실에서 화자는 여성의 열등성이, 보다 정확히 말하면 남성의 우월성이, 남성에게 심리적으로나 정치적으로 지대한 의미가 있다는 결론을 유추한다. "여성은 지금까지 수 세기 동안 남성의 모습을 실제 크기의 두 배로 확대 반사하는 유쾌한 마력을 지닌 거울 노릇을 해 왔으며", 이런 마력이 없었다면 남성은 "판결을 내리고 원주민을 교화하며 법률을 제정하고 책을 집필하며 정장을 차려입고 연회에서 장광설을 늘어놓을 수" 없었다. 즉 국내의 정치적이고 사회적인 지배부터 국외의 식민주의 사업에 이르기까지 남성의 활동은 여성을 열등한 존재로 치부함으로써 얻은 자신감에 기반을 두고 있다는 것이다.

　　3장에서 화자는 여성이 처했던 구체적인 상황을 알아보고자 역사를 참조한다. 화자가 알고자 하는 것은 과거의 여성이 "어떤 교육을 받았는지, 글 쓰는 법을 배웠는지, 자기만의 방이 있었는지, 스물한 살이 되기 전에 아이를 낳은 여자는 얼마나 되었는지, 간단히 말해 그들이 아침 8시부터 밤 8시까지 무엇을 했는지" 즉 1960년대 이후의 신사회사 연구 또는 1980년대 이후 신역사학파나 문화 연구의 주관심사가 되었던 평범한 개인의 일상에 대한 사항들이다. 하지만 왕의 행적이나 전쟁 등 남성 중심으로 기술된 기존의 역사서에서 여성에 관한 기록은 거의 찾아볼 수 없다. 그러므로 화자는 셰익스피어에게 천부적인 재능을 타고난 누이가 있었더라면 어떻게 되었을지를 상상으로 구성한다. 『자기만의 방』에서 가장 유명한 대목이기도 한 주디스 셰익스피어의 생애는, 철저한 가부장제 사회에서 교육을 받거나 돈을 벌 수 있는 권리 및 결혼 상대를 선택할 수 있는 권리마저 박탈당한 여성에게 재능을 발현할 수 있는 가능성이란 원천적으로 봉쇄되어 있으며, 더욱이 법과 관습으로 강화된 가부장제 이데올로기에 의해서 불합리한 갈등을 겪으며 온전하게 살아갈 수 없었음을 시사한다.

4장에서 화자는 여성이 쓴 픽션을 역사적으로 고찰한다. 16세기 귀족 계층의 여성이 비교적 여유로운 조건을 이용하여 글을 쓴다 하더라도, 여성의 본질적 의무는 남성에게 봉사하고 '집안 살림'에 전념하는 것이라는 가부장제의 이데올로기로 인해 고통을 받기 마련이었다. 이러한 이데올로기에 분노하고 저항하며 두려움을 느끼면서 귀족 여성들은 내면의 상충하는 충동으로 비틀리고 재능을 소모할 수밖에 없었다. 이런 의미에서 울프는 18세기에 중산층 여성이 글을 씀으로써 돈을 벌고 경제적으로 자립할 수 있게 된 것이 십자군 전쟁이나 장미 전쟁보다도 중요한 일이라고 단언한다. 경제적 자립은 마음의 자유, 즉 자신을 표현할 수 있는 자유의 필수 조건이기 때문이다. 그러나 제인 오스틴과 에밀리 브론테를 제외하면 19세기의 여성 작가들도 공동의 거실에서 제한된 경험과 인습적 통제로 고통을 받으며 분노와 경련으로 뒤틀린 작품을 쓸 수밖에 없었다. 한편으로는 지배적인 남성적 가치에 순응함으로써, 다른 한편으로는 여성 글쓰기의 전통이 부재한 상황에서 남성의 문체를 모방함으로써 그들의 작품은 결함을 지닐 수밖에 없었다. 여성의 고유한 경험과 가치의 중요성을 피력한 구절로서 "우리가 여성이라면 우리는 어머니들을 통해 거슬러 생각하기 때문입니다."라는 유명한 문장은 후에 모녀 간의 관계를 중심으로 여성 문학 전통을 고찰한 페미니즘 비평의 근간이 되었다.

5장에서 울프는 당시 사회적으로 파문을 일으킨 레즈비언 소설을 바탕으로, 메리 카마이클의 『생의 모험』이라는 소설을 상상으로 재구성하여 당대 여성 작가들의 작품을 논의한다. 이 소설이 문장과 플롯의 연속성을 깨뜨리고 있기는 하지만 그보다 혁신적인 것은 여성 간의 관계를 묘사하고 있다는 사실이고, 이런 점에서 울프는 희망을 발견한다. 몇 세기 동안 남성과의 관계를 통해서만 묘사되었던 여성이 이제 "클로이는 옥타비아를 좋아했다."에서 표현되듯 여성 간의 관계를 통해 묘사될 수 있다는 점은 대단한 파격을 의미한다. 19세기의 위대한 여성 소설가들과 달리 현대의 여성 작가는 증오나 두려움을 거의 느끼지 않으며 "자신이 여성이라는 사실을 잊어버린 여성으로서" 글을 쓸 수 있게 된 것이다. 그러므로 그녀의 글은 "성이 그 자체를 의식하지 않을 때라야 생겨나는 그 신기한 성적 자질로 가득 차" 있으며, 분노와 항의로 얼룩지지 않은 글쓰기가 가능하리라는 희망을 열어 놓은 것이다.

6장에서 화자는 남성으로서의 자의식 과잉 상태인 현대 남성 작가의 작품을 살펴본 후, 두 남녀가 함께 택시를 타는 장면을 묘사하면서 두 성이 화합하는 것이 자연스러운 일이라는 결론을 내린다. 양성적 마음이란 남성성과 여성성이 융합된 통합적인 마음이며 온 기능을 발휘할 수 있는 창조적인 마음이라는 것이다. 따라서 화자는 "글을 쓰는 사람이 자신의 성을 염두에 두면 치명적"이라고 주장한다. 이러한 논의에 대해서 몇몇 페미니스트 비평가들은 울프가 앞의 다섯 장에서 충실하게 기록하고 탐구한 억압의 의미에 과감히 맞서지 못하고 회피해 버렸다고 불만을 표시해 왔다. 사실 여성이 분노를 느낄 수밖에 없는 역사적 상황을 상세히 묘사하고 나서 분노를 피해야 한다는 결론을 제시하는 것은 모순으로 보이기도 한다. 하지만 양성적 마음이 '남성'과 '여성'에 대한 고정 관념에서 벗어나 성에 대한 자의식으로 방해받지 않고 자유롭게 창조력을 풀어놓을 수 있는 마음을 의미한다면, 그것은 마땅히 지향할 만한 상태일 것이다. 분열된 현상을 뛰어넘어 통합적인 인간상을 제시하고 있다는 점에서 인문주의적 모더니스트로서 울프의 면모를 느낄 수 있는 대목이다.

『자기만의 방』에서 울프는 가부장제 사회가 여성을 열등한 집단으로 치부하여 모든 특권을 조직적으로 박탈하고 기득권에서 배제하였으며 그 현상을 자연스러운 것으로 영속화해 왔음을 분석한다. 따라서 여성은 "그 문명의 타고난 계승자가 아니라 그 반대로 문명의 변두리에 서 있는 이질적이고 비판적인 존재" 즉 아웃사이더라는 사실을 깨닫게 된다. "잠긴 문밖에 있는 것" 즉 아웃사이더가 되는 것은 분명 불쾌한 일이다. 하지만 울프는 주류에서 배제된 여성에게만 관심을 국한하지 않고 시선을 확대하여 "잠긴 문 안에 있는 것" 즉 인사이더가 되는 것이 더욱 나쁠지도 모른다고 지적한다. 가장들이 돈과 권력을 획득한 것은 사실이지만 "그것은 끊임없이 간을 찢어내고 허파를 잡아채려는 독수리와 매를 그들 가슴속에 담아 두는 희생을 치르고서야" 가능했으며, "소유에 대한 충동과 획득에 대한 격정은 그들로 하여금 다른 사람들의 땅과 재산을 끝없이 탐내고, 개척지를 만들어 깃발을 세우며, 전함과 독가스를 만들고, 그들 자신의 생명과 자녀들의 생명을 바치도록 몰아갔다"는 것이다. 이런 점에서 그들의 교육은 바로 "문명의 결핍"을 드러내는 것이었다.

울프의 에세이가 페미니즘 비평에 그치지 않고 진지한 문명 비판에 이르는 것은 바로 이러한 통찰력으로 문명 전반을 조명하기 때문이다. 『자기만의 방』에서 암시된 아웃사이더로서 여성의 위상, 소유욕과 경쟁을 부채질하는 대학 교육과 전문직, 여성 억압과 자본주의적 및 제국주의적 전쟁과의 기획 관련성, 가부장제 사회의 문명의 결핍 등은 『3기니』에서 본격적으로 다루어지는 문제들이다. 여기서 울프는 아웃사이더로서 여성의 위상을 본격적으로 탐구하며 가부장제 문화에 대한 대안을 제시하고자 한다.

4

『3기니』는 전쟁을 방지하고 "문화와 지적 자유를 수호하기 위한" 방법을 문의한 중년 변호사의 편지와 여자 대학 재건 기금을 요청하는 편지, 여성의 전문직 진출을 원조하려는 협회의 기금 요청 편지에 대해 답변하는 세 겹의 편지 형식으로 구성되어 있다. 겉으로 보기에는 관련이 없는 이 세 가지 사안이 실은 평화의 증진이라는 대의에 긴밀히 연결되어 있음을 밝히면서 울프는 세 단체에 각각 1기니씩 보내기로 결정한다. 이 에세이는 바로 이러한 결정에 이르는 과정을 기술하고 있으며 그 과정에서 울프는 여성의 역사적이고 사회적인 위상, 공적 기관을 지배하는 정치적이면서 개인적인 가치, 군국주의와 남성성의 관계, 남녀 관계를 특징짓는 심리적 요인 등에 대해 복잡하고 다양한 논의를 전개한다.

그 복잡한 논의를 단순하게 요약하자면, 울프는 평화라는 대의를 위해서 여성의 고등 교육과 전문직 진출이 필수적인 전제 조건임을 역설한다. 전쟁을 방지하도록 여성이 영향력을 발휘하려면 독립적인 수입에 입각한 독자적인 영향력이 있어야 하기 때문이다. 그러나 가부장제 문화에 물들어 경쟁과 소유욕을 부추기는 현재의 대학과 전문직은 가부장제의 이데올로기를 재생산하고 전쟁을 부채질한다는 점에서 바람직한 대안이 되지 못한다. 하지만 여성이 독립적인 수입을 얻지 못한다면 독자적인 영향력을 발휘할 수 없으므로 마지못해 울프는 조건을 달면서 현 교육 제도와 전문직을 인정한다. 이처럼 반전되는 논의를 거듭하면서 파시즘과 전쟁에 저항하기 위한 한 가지 방편으로서 또한 가부장제 문화에 대한 대안으로서 울프는 "아웃사이더의 단체"를 상정하기에 이른다.

우선 1장에서 여자대학 재건 기금을 요청한 편지에 답하면서 화자는 "아서 교육 자금"이라는 용어를 사용하여 집안의 아들을 교육시키기 위해 딸들의 교육은 희생되어야 했음을 지적한다. 하지만 그 대학 교육은 남성을 자기 권리에 대단히 민감하고 자신의 특권을 남들과 나누지 않으려는 배타적 인간, 더욱이 자신의 권리가 침해되었을 때 무력을 사용하기를 주저하지 않는 인간으로 만들었다. 그러므로 가부장제 사회의 중추 기관인 대학은 경쟁적이고 호전적이며 비타협적인 문화를 유포하여 전쟁을 불가피한 것으로 만들었다는 것이다. 이러한 의미에서 가부장제와 제국주의 및 파시즘은 논리적으로 연결되어 있으며 그 바탕에는 여성에 대한 억압이 깔려 있다고 울프는 시사한다.

대학의 실상과 특권 의식을 날카롭게 지적하며 울프는 여성을 위한 대안적 고등 교육을 제안한다. 그것은 가난한 대학으로서 전통적인 관습과 경쟁이 사라지고 누구에게나 도서관이 개방되어 있으며, 창의적 토론으로 실생활에 필요한 통합적 기술과 지식을 배우고 익히는 곳이다. 그러나 이러한 교육을 받은 학생이 과연 현행 전문직에 들어갈 수 있을 것인가 하는 물음을 던지면서 울프는 이내 자신의 대안을 철회하고 기존의 대학 제도를 수용할 수밖에 없음을 인정한다. 여성이 경제적 자립을 얻지 못하면 독자적인 영향력을 가질 수 없고,

사적인 가정 교육의 희생자로서 다시금 전쟁을 옹호하는 세력이 되기 때문이다. 여성의 경제적 자립은 무엇보다도 중요한 전제 조건이므로, 울프는 여성 대학 재건 기금에 조건 없이 1기니를 보내기로 결정한다. 교육을 혁신적으로 재조직하는 데 가장 큰 걸림돌은 현행 전문직의 경제적, 사회적 구조인 것이다.

2장에서 화자는 여성의 전문직 진출을 원조하는 협회의 기금 요청 편지를 놓고 여성이 전문직을 가지게 된 지 이십 년이 지났는데 어찌하여 가난한가 하는 물음을 아이러니컬하게 제기한다. 이천 년이 넘는 오랜 세월 동안 여성은 무급 가사 노동에 시달리며 아버지와 남편에게 경제적으로 종속된 존재로 살아왔다. 하지만 1919년 여성이 전문직에 들어가 생계비를 벌 수 있는 권리를 얻게 되면서 여성의 역사적 삶에 획기적인 변화가 일어났다. 그럼에도 전문직 여성이 가난한 이유를 알아내기 위해 화자는 공직 체계를 상세히 검토한 후 여성이 고용과 승진에서 차별을 받아 왔음을 지적한다. 이러한 차별은 "여성에게 가장 적합한 곳은 가정"이라는 견해들과 일맥상통하며, 더 나아가 그러한 규범적이고 독단적인 태도는 파시즘과 동질적인 것이라고 화자는 피력한다. 가부장제와 파시즘으로 대변되는 독재의 공통점은 타인을 자신의 명령에 따라 굴복시킬 수 있다고 믿는 것이고, 따라서 매일 사무실에서 그런 세력에 대항하여 싸우는 전문직 여성은 바로 파시즘에 항거하여 싸우고 있다는 것이다.

전문직에서 여성이 차별받고 있고 따라서 여전히 가난하다는 사실을 인식하면서 화자는 여성의 전문직 진출을 위한 협회에 1기니를 보내기로 결정한다. 하지만 화자는 19세기 이래로 전문직이 재산권을 보호하기 위한 경쟁과 배제, 갈등의 온상이었음을 지적하며, 전문직에 종사하면서도 권위주의적이고 배타적인 문화에 물들지 않을 수 있도록 조건들을 제시한다. 그것은 네 가지 원칙으로서 가난, 순결, 조롱, 비실재적 충성심으로부터의 자유이다. 가난이 뜻하는 바는 경제적으로 자립할 수 있을 정도의 돈을 벌고 그 이상은 벌지 않는 것이며, 순결이란 돈을 벌기 위해 두뇌를 팔지 않는 것, 조롱은 자기선전이나 명예를 추구하지 않는 것, 비실재적 충성심으로부터의 자유는 국가나 전통, 교육기관 등에 대한 충성심을 가지지 않는 것을 의미한다. 역사적으로 여성은 법적으로나 재산상으로 보호를 받지 못하고 가난과 조롱에 노출되어 왔으므로, 아이러니컬하게도 이 원칙들은 그리 어렵지 않게 수행할 수 있는 것들이라고 화자는 덧붙인다.

3장에서 화자는 전쟁을 방지하기 위해 "문화와 지적 자유"의 수호를 촉구하는 신사의 편지로 다시 돌아가서 "문화와 지적 자유"를 수호하는 것이 바로 대학의 목적이 아니었느냐고 반문한다. 교육 제도와 문화적 생산을 지배해 온 남성이 여성에게 도움을 요청하는 것은 아이로니컬하다는 것이다. 하지만 여성이 이 문제에 기여할 수 있는 방법들을 모색하면서 화자는 여성에게 모국어를 읽고 쓰면서 위선과 경쟁, 계급 제도에 저항하고 "두뇌의 간통을 저지르지 않을" 것을 간청한다. 이 부분에서 화자는 전쟁을 방지하기 위한 협회에 1기니를 기부하기로 결정하며 이러한 정치적 결속을 축하하기 위한 상징적인 행위를 제안한다. 그것은 곧 '페미니즘'이라는 단어를 불태워 버리는 일이다. '양성성'에 대한 주장과 마찬가지로 이 부분도 상당한 논란을 일으켰지만, 울프가 제시하는 이유는 명확하다. '페미니즘'이라는 단어의 의미가 여성의 참정권과 같은 특정 권리에 제한되어 있으므로 더 이상은 유효하지 않다는 것이다. 그 대신 울프는 보다 근본적인 변혁을 제시하면서, 남성과 여성이 모두 "가부장제의 폭정"에 대항하여, 더 나아가 국내외의 권위주의적 독재 세력에 대항하여 싸우리라고 기대한다.

하지만 양성 간의 정치적 연합에는 한계가 있을 수밖에 없으며 남성들과 다른 사회적 경험을 겪어온 여성들은 다른 방식으로 대응할 수밖에 없다. 따라서 화자는 그 협회에 기금을 보내기로 동의하지만 그 협회에 가입하기를 거부하고, 그 대신 여성에 의한 "아웃사이더의 단체"를 제안한다. 실상 화자가 생각하는 개념은 화자가 피력한 경제적, 문화적, 정치적 가치들을 실천하는 익명의 인간들을 지칭하는 것으로서 단체나 조직이라고 부를 수도 없는 무형의 집단이다. 그 여성들은 무기를 들고 싸우기를 거부하며, '애국심'에 대해 무관심한 태도를 견지하고, 경제적으로 자립하며 가정주부에 대한 국가의 재정적 원조를 확보하도록 노력하고, 명예나 영예의 표시를 거부하며 소유욕과 경쟁을 배제하는 등 그들에게 가능한 수단을 통해서 평화를 위해 일할 것이다. 화자는 눈에 보이지 않는 이런 단체가 실제로 존재하며 활동하고 있다는 것을 입증하기 위해서 몇몇 사례를 들어 변화의 흐름을 지적하기도 한다.

아웃사이더들이 은밀하게 활동할 수밖에 없는 것은 여성의 사적, 공적 역할의 변화에 저항해 온 남성들의 무의식적인 힘, 지배 욕구에 대한 두려움 때문이다. 딸에게 절대적인 지배력을 행사한 빅토리아 시대의 가장들, 세상에는 남성의 세계와 여성의 세계가 있다고 주장한 히틀러, 이런 인물들의 전형으로서 『안티고네』에 등장하는 독재자 크레온을 예로 들면서 화자는 '남성성'의 정수를 시각적인 이미지로 떠올린다. 그것은 히틀러와 같은 독재자의 모습이다. 이 부분에서 울프는 그녀 나름의 특유한 제스처로 그 이미지를 해석하는데, 그 이미지에서 우리는 독재자에 대한 혐오뿐 아니라 우리 자신이 그 인물과 분리될 수 없고 바로 그 인물 자체이며, 우리의 생각과 행동으로 그 인물을 변화시킬 수 있음을 느낀다는 것이다. 즉 "공동의 관심사가 우리를 연결하고 있고, 하나의 세계, 하나의 생명"으로 우리가 결합되어 있다. 이처럼 공적인 세계와 사적인 세계가 분리될 수 없음을 상기시키면서 울프는 "인간 정신이 경계를 넘어서 다양성으로부터 통합성을 만들 수 있는 능력"을 상상하기도 한다. 그러한 세계를 지향하기 위해서, 그 이미지가 나타내는 악에 저항하기 위해서 가능한 일을 모두 하겠지만 여성은 남성과 다르므로 다른 말과 방법을 찾아냄으로써 가장 효과적으로 공헌할 수 있다는 주장으로 울프는 결론을 맺는다.

『3기니』에서 울프가 제기하는 문제들이 워낙 다양하고 복합적이기 때문에 그 평가는 고사하고 간단히 요약하는 것도 한계가 있기 마련이다. 하지만 지구상의 30퍼센트가 넘는 곳에서 언제나 전쟁이 벌어지고 있고 대부분의 지역이 테러와 전쟁의 위협에서 자유롭지 못한 현재 시점에서, 울프가 제기한 문제들은 더욱 절박한 물음이고 아직도 그 해결책을 얻지 못한 채로 남아 있다고 볼 수 있다. 가령 전쟁의 위협이라든가 권위주의적인 권력을 행사하는 정부의 문제, 대학 교육이 지적 자유와 문화를 고양하고 있는가, 전문직 여성이 평화를 증진하는 데 기여하고 있는가, 역사 발전이 문명사회를 이루는 데 공헌하고 있는가 등은 여전히 유효한 물음들이다. 어쩌면 소유와 획득을 위한 경쟁과 투쟁, 즉 가부장적 문화가 사회 전반의 지배적인 가치로 강화되면서 울프가 제기한 물음들은 무력해졌을지도 모른다. 울프가 기대한 바와 달리, 아웃사이더였던 여성들이 현대에 들어와서 인사이더로 편입되는 과정은 대체로 가부장적 문화를 내면화하고 확대재생산하는 결과를 낳았을 수도 있다. 그렇다면 울프가 제시한 대안은 더욱이나 터무니없고 실현 불가능한 것으로 보일 수도 있다. 하지만 어쩌면 그렇기 때문에 더욱더 절실한 가치일지도 모른다. 울프의 말대로 앞으로 백 년이 지나서도 어떻게 하면 전쟁을 방지할 수 있는지를 묻는 일이 벌어지지 않으려면 말이다.

『자기만의 방』과 『3기니』에서 울프가 지적한 가부장적 가치와 자본주의 및 파시즘을 비롯한 제국주의의 관련성은 귀중한 문명사적 통찰을 담고 있다. 거의 유일무이한 지적일 뿐 아니라, 당시 세계 최강의 제국으로서 숱한 식민지들의 종주국이었던 영국의 심장부에서 나온 비판이기에 더욱 그러하다. 일부 여성 작가들은 울프가 제3세계의 여성들에 대해 관심을 기울이지 않았고 계급적 편견을 가지고 있었다고 주장하지만, 울프는 그 누구보다도 당대의 인종적, 계급적, 성적 고정 관념에서 벗어나기 위해 치열하게 노력한 선구적 여성이었다. 그렇기 때문에 울프의 생각은 이 에세이들이 산출된 1920~1930년대보다는 오히려 현대의 사상적 흐름과 더 강한 친화력을 가진 듯이 보인다. 가령 여성에게 조국이 없다는 주장은 전 세계적인 디아스포라 현상으로 인해서 국가의 정체성이나 경계가 모호해진 현대의 코스모폴리터니즘을 연상시키고, 가정주부에게 국가가 월급을 지급해야 한다는 주장은 어쩌면 미래의 어느 복지 국가가 실행에 옮길지도 모를 미래지향적인 발언이다. 전쟁과 여성의 억압이 불가분 관련되어 있다는 예리한 통찰은 결국 인간 삶의 내적 세계와 외적 세계를 모두 아우르는 하나의 세계, 하나의 생명을 발견하는 총체적 비전으로 나아간다. 울프의 문명사적 비판이 또 다른 감동을 주는 이유가 바로 여기에 있다.

5

지난 20세기 후반 서구의 지성사적 흐름에서 가장 주목할 만한 진전을 꼽는다면 성적, 인종적, 계급적, 종교적 이유로 주류에서 배제되어 왔던 소수(minority)의 권리와 차이를 인정하고 존중해야 한다는 인식이 등장했다는 점을 들 수 있다. 탈구조주의, 해체주의, 탈식민주의 등 새로운 지성사적 성찰은 기존의 지배 담론 즉 지난 2000년간 서구 세계에 보편적 진실로 통용되어 온 백인 남성의 이성 중심주의에 의문을 제기하고 그것의 독선적 논리를 폭로해 왔다. 인류의 절반을 차지하고 있으면서도 남성보다 열등한 존재로 치부되어 권리를 박탈당해 온 소수집단인 여성의 권리를 옹호하려는 운동, 소위 페미니즘은 서구 백인 남성 중심주의의 보편성에 반기를 들고 '다름'과 '차이'를 강조한다는 점에서 여타의 사상들과 그 맥을 같이한다.

1960년대부터 서구 세계에서 일어나기 시작한 2차 페미니즘 운동이 삶에 대한 인식의 변화뿐 아니라 사회의 전반적인 변화를 야기한 강력한 운동이 되었다는 사실은, 그것이 불과 지난 이삼십 년 사이에 영어의 어휘와 사용법마저 바꾸었다는 점에서도 찾아볼 수 있다. 소수의 권리를 옹호하는 다른 사상들과 마찬가지로 페미니즘은 여러 가지 정책의 변화를 낳았고 일상생활의 사소한 영역에 이르기까지 막대한 영향력을 미쳤으며, 그 결과 한편에서는 소수에 대한 배려가 '다수' 즉 백인 남성을 역차별한다는 항의까지 나오는 실정이다. 좋든 싫든 간에 우리 시대에 들어서 페미니즘은 돌이킬 수 없는 강력한 흐름이 되었고, 과거에는 상상할 수도 없었던 사회적 변화를 이룬 것이 사실이다.

그렇다면 이 지대한 변화를 야기한 여성 운동의 동인은 무엇이었을까? 외적인 요인으로는 지난 세기 두 차례의 세계 대전으로 여성의 지위와 역할이 변화했고 여성의 교육 기회가 증대되었으며, 가사 노동을 덜어 준 도구들과 피임약 등의 발달로 여성이 가사 및 출산과 육아에서 보다 자유로워졌다는 점을 들 수 있다. 하지만 이러한 변화는 1900년을 전후하여 일어난 여성의 참정권 획득을 위한 1차 여성 운동의 결실이 아니었다면 가능하지 않았을 것이다. 영국에서의 1차 여성 운동은 탁월한 사회사상가 존 스튜어트 밀(John Stuart Mill)이 여성의 위상에 대해 분석한 『여성의 종속(The Subjection of Women)』(1869)과 더 나아가 메리 울스톤크래프트(Mary Wollstonecraft)의 『여성의 권리 옹호(A Vindication of the Rights of Woman)』(1792)와 같은 선구적인 업적에서 그 추진력을 확보했다고 말할 수 있다. 이 사상가들이 여성의 정치적인 권리를 확보하기 위한 운동의 발판을 마련했다면, 1960년대 이후의 여성운동 특히 영미권의 여성 문학 비평은 버지니아 울프의 저술에서 영감과 추진력을 얻었다고 해도 과언이 아니다. 이런 점에서 울프의 『자기만의 방』과 『3기니』는 여성 문학 비평 논의의 중심을 차지하는 고전이다.

그러나 이러한 문학사적, 비평사적 의의보다도 더 중요한 것은 이 두 편의 에세이가 일반 독자에게 지속적인 감동과 인식의 전환을 불러일으킨다는 점이다. 훌륭한 작품을 읽고 나면 마치 개안 수술을 받은 것과 같아서 세상이 달리 보이기 마련이라는 울프의 말을 빌려 표현하자면, 울프의 에세이가 바로 그런 범주에 속하는 희귀한 작품들 가운데 하나여서 그녀의 에세이를 읽고 나면 세상이 달리 보인다. 그녀의 에세이는 일상의 그늘에 가려 보이지 않았던 불합리한 감정과 충동을 한낮의 햇살에 드러냄으로써 독자의 고정 관념을 뒤흔들어 개인적인 삶과 세계에 대한 새로운 성찰을 유도하고 더 나아가 삶을 변화시킬 수 있도록 이끌어 간다. 이처럼 삶의 반영인 문학 작품이 삶을 변화시킬 수 있음을 예시하고 있다는 점에서 울프의 『자기만의 방』은 위대한 작품의 반열에 들어 있다고 하겠다. 울프의 말대로 위대한 작가는 죽지 않으며, 독자와의 대화를 통해서 그들의 삶에 살아남아 하나의 생명, 하나의 공동체 의식을 일깨운다. 그 대화를 계속함으로써 위대한 작가에게 지속적인 생명을 부여하는 것은 온전히 독자의 몫이다.

끝으로, 넓고 심오한 인문학의 세계를 보여 주신 문상득 선생님과 이상옥 선생님, 모더니즘 세계의 예리한 아름다움을 일깨워 주신 김명렬 선생님, 이 세 분 은사님께 깊은 감사를 드린다. 또한 울프의 에세이 두 편을 엮어 한 권의 책으로 내도록 흔쾌히 허락해 주신 민음사의 박상준 대표이사님과 원고를 꼼꼼히 다듬어 주신 김소연 씨께도 감사드린다. 하지만 가장 큰 감사와 존경은 작가 자신에게 돌아가야 할 것이다. 울프의 에세이는 때로 질책하는 목소리로, 때로 위로하는 목소리로 다가와 삶을 이끌어 갈 용기와 힘을 주었기 때문이다. 그러므로 미흡하나마 이 번역 작업은 한 평범한 독자가 저자의 탁월한 지성과 통찰력에 바치는 경의의 표현이었음을 밝혀 두고 싶다.

2005년
이미애

작가 연보

1882년   1월 25일 런던에서 태어났다. 본명은 애들린(Adeline)
        버지니아 스티븐. 아버지 레슬리 스티븐(Leslie
        Stephen)은 『영국 인명사전』을 편찬하고 명망 있는 《콘
        힐 매거진》을 편집한 당대 최고의 지식인이자 에세이
        작가였으며, 어머니 줄리아 스티븐은 뛰어난 미인이자
        귀족적 배경을 지닌 인물이었다. 경제적으로 상류층은
        아니었지만 그녀의 집안은 당대의 유명한 소설가 헨리
        제임스와 조지 메러디스, 윌리엄 새커리 등과 친분이
        두터운 지적·예술적 동아리를 형성하고 있었고, 빅토
        리아 시대 문화와 교양의 최고 중심이었다.

1895년   어머니의 죽음. 처음으로 정신 질환을 일으켰다.

1896년   언니 바네사와 함께 이탈리아 여행.

1897년	이복 언니인 스텔라가 결혼 후 사망. 버지니아는 런던 킹스 칼리지에서 그리스어와 역사를 배웠다.
1899년	오빠 토비(Thoby)가 케임브리지의 트리니티 칼리지에 진학하여 이후 '블룸즈버리 그룹'을 결성할 리턴 스트레이치(Lytton Strachey), 레너드 울프, 클라이브 벨, J. M. 케인스 등과 교류했다.
1902년	재닛 케이스(Janet Case)에게서 그리스어를 배웠다.
1904년	아버지의 죽음. 이탈리아 여행 후 두 번째로 정신 질환을 일으켜서 세 달간 병석에 있었다. 첫 번째 글 발표. 블룸즈버리로 이사.
1905년	포르투갈과 스페인 여행. 논평을 쓰고 런던 몰리 칼리지에서 근로자들을 위한 야간 강의를 시작했다.
1906년	그리스 여행. 토비의 죽음.
1907년	바네사와 클라이브 벨의 결혼. 버지니아는 남동생 에이드리언(Adrian)과 함께 이사. 첫 번째 소설 『멜림브로지어』(후에 『출항』으로 개칭) 집필을 시작했다.
1908년	이탈리아 여행. 《타임스》의 문예 부록과 《콘힐》지에 서평을 기고했다.
1909년	리턴 스트레이치의 구혼.
1910년	여성 참정권 운동에 참가. 요양원에서 두 달간 보냈다.
1911년	터키 여행. 에이드리언과 브런즈윅 스퀘어로 이사하여 케인스, 덩컨 그랜트, 레너드 울프와 한집에 거주했다.
1912년	레너드 울프와 결혼하여 프로방스, 스페인, 이탈리아로 신혼여행을 떠났다. 클리퍼드 인으로 이사.

1913년	『출항』 탈고하여 출판사에 보냈다. 병세가 악화되어 자살 기도.
1915년	런던 남부 리치먼드의 호가스 하우스(Hogarth House)로 이사. 『출항』 출판. 2월에 극심한 정신 이상 증세를 보이고 11월에 회복되었다.
1916년	여성 협동조합의 리치먼드 지부에서 강연.
1917년	호가스 출판사를 운영하기 시작하며 「벽 위의 자국」을 출판.
1918년	서평들을 기고하고, 『밤과 낮』을 집필했다.
1919년	『밤과 낮』 출판. 몽크스 하우스 구입.
1920년	단편들 출판. 『제이콥의 방』 집필.
1921년	여름 내내 병을 앓고, 단편집 『월요일이나 화요일』을 호가스 출판사에서 간행했다.
1922년	1월부터 5월까지 병치레. 비타 색빌웨스트를 처음 만났다. 『제이콥의 방』 출판.
1923년	스페인 여행. 『댈러웨이 부인』의 첫 원고인 『시간들』 집필.
1924년	케임브리지에서 현대 소설에 대해 강연하고 그 원고를 정리하여 「베넷 씨와 브라운 부인」 간행. 『댈러웨이 부인』 완성.
1925년	평론집 『일반 독자』 출판. 『댈러웨이 부인』 출판.
1926년	독감을 앓고 난 후 『등대로』 집필.
1927년	프랑스와 이탈리아 여행. 『등대로』 출판. 『올랜도』 집필 시작.

1928년 『올랜도』출판. 케임브리지에서의 강연을 토대로『자기
만의 방』집필.

1929년 베를린 여행.『자기만의 방』출판.

1930년 『파도』의 초고를 끝냈다.

1931년 프랑스를 자동차로 여행.『파도』출판.『플러시』집필.

1932년 『일반 독자 속편』출판. 처음에『파지터 가족』이라 제
목을 붙인『세월』집필 시작.

1933년 프랑스와 이탈리아를 자동차로 여행.『플러시』출판.

1934년 『세월』집필. 로저 프라이의 죽음.

1935년 『세월』재집필. 네덜란드, 프랑스, 이탈리아를 자동차로
여행했다.

1936년 『세월』완성.『3기니』집필 시작.

1937년 『세월』출판.『로저 프라이 전기』집필 시작. 바네사의
아들 줄리안 벨이 스페인 내란에 참전하여 사망.

1938년 『3기니』출판.『로저 프라이 전기』집필.『막간』을 구상.

1939년 『막간』작업. 런던에서 프로이트를 만났다.

1940년 『로저 프라이 전기』출판. 메클렌버그 스퀘어의 집이
폭격을 맞았다.『막간』완성.

1941년 『막간』수정. 병을 앓고 난 후 3월 28일에 몽크스 하우
스 근처의 우즈강에서 스스로 생을 마감했다.『막간』
출판.

세계문학전집 130

자기만의 방·3기니

1판 1쇄 펴냄   2006년 1월 10일
1판 48쇄 펴냄   2024년 6월 24일

지은이   버지니아 울프
옮긴이   이미애
발행인   박근섭, 박상준
펴낸곳   (주)민음사

출판등록   1966. 5. 19. (제 16-490호)
서울특별시 강남구 도산대로1길 62(신사동) 강남출판문화센터 5층 (우편번호 06027)
대표전화 02-515-2000   팩시밀리 02-515-2007
www.minumsa.com

ⓒ 이미애, 2006. Printed in Seoul, Korea

ISBN 978-89-374-6130-9 04800
ISBN 978-89-374-6000-5 (세트)

* 잘못 만들어진 책은 구입처에서 교환해 드립니다.

민음사　세계문학전집

세계문학전집 목록

세계문학전집은 계속 간행됩니다.